"声"的重构

新诗节奏研究

李章斌 著

南京大学出版社

目录

第一编 重探与重估

第一章 "自然的音节"论　　3
一、何谓"自然"？何谓"和谐"？　　6
二、"内部的组织"与韵律之营造　　20
三、"不整齐"的节奏美学　　24

第二章 "内在韵律"说　　32
一、"内在韵律"说的疑点　　32
二、"内在韵律"说的理论背景与症结　　34
三、"内在"的韵律如何"外在"地实现？　　45

第三章 新诗"格律"理念　　56
一、闻一多的"音尺"论的局限　　58
二、孙大雨对闻一多方案的改进　　70
三、新诗格律理论的"家族相似性"　　94

第四章 陈世骧：中国"韵律传统"与"律度"的重审　　96
一、歧见迭出的"抒情传统"论说　　96

二、"顾名思义"的陷阱与不为人知的理论资源　　101
　　三、"乐诗-韵律传统"的再出发　　116
　　四、重探旧诗的"律度"与"时间"　　136

第五章　帕斯《弓与琴》中的诗律学问题　　150
　　一、节奏的哲学问题　　152
　　二、诗歌与散文的节奏　　158
　　三、节奏与格律的关系　　163

第六章　哈特曼：自由诗的"韵律"如何成为可能？
　　　　　　　　　　　　　　　　　　　　170
　　一、"格律""节奏""韵律"三者关系的再辨析　　172
　　二、韵律的基础：分行抑或复现性的结构？　　182
　　三、对位法：走入多重认知的诗律学　　198

第二编　呼唤新的理论范式

第一章　"格律"与"韵律"的区别以及"非格律
　　　　韵律"　　211
　　一、重探"韵（律）"的本质：同一性与差异性　　212
　　二、"格律""韵律"不分：现代诗律学的困境　　219
　　三、韵律的基础与自由诗的韵律　　226

四、格律与非格律韵律的联系和区别　　232
　　五、"韵"之离散：当代的趋势　　247

第二章　节奏的"集群"特性与层级建构　　267
　　一、诸节奏元素的"多元共存"与节奏的三个层次　　267
　　二、"格律"与"节奏"的互动以及历史发展问题　　282

第三章　节奏的"非韵律面相"与"语言的节奏"　　298
　　一、被遮蔽的"语言的节奏"　　300
　　二、节奏划界：从"顿"到"边界"　　309
　　三、新诗节奏的速度　　327
　　四、停顿、暂歇与换气　　334
　　五、节奏的起伏　　344

第四章　新诗的"音乐感觉"与"时间"　　354
　　一、时间性：诗歌与音乐的内在关联　　354
　　二、新诗之"音乐感觉"的实现　　361
　　三、朝向"歌"的"诗"：重复与声响的示意　　369

第五章　书面形式与新诗节奏的"视觉化"趋势　　376
　　一、书面形式与节奏和时间性　　376
　　二、标点与分行　　384
　　三、"建模"与"拆模"　　399

第三编　杰出的范例

第一章　卞之琳诗歌与诗论中的节奏问题　　411
　　一、"格律"的迷思与困境　　413
　　二、重新发现卞之琳的"韵律"　　420
　　三、分行、标点与"广义的节奏"　　429

第二章　痖弦与现代诗歌的"音乐性"　　436
　　一、"诗"与"歌"的关系：新诗的一个难题　　436
　　二、"不感觉有格律存在"的音乐形式　　440
　　三、流动的"感觉"与变动的"时间"　　456

第三章　昌耀诗歌的"声音"与新诗节奏之本质　　471
　　一、昌耀的"韵语"　　474
　　二、昌耀的"硬语"　　481
　　三、以语言"修复时间"　　497

第四章　多多诗歌的音乐结构　　501
　　一、"重复"的玄机与诗意的跌宕起伏　　503
　　二、词语的"厮杀"与声音的召唤性　　510
　　三、韵律的"组织"作用　　517

结　语　　520

跋　　530

第一编 重探与重估

这种种迷思的根源在于，人们习惯于把一个层次丰富、性质多样的节奏与声响体系简化为一个单一的、同质性的概念，强求一致，让"牛头"一定得对上"马嘴"。

第一章 "自然的音节"论

新诗自诞生以来,就一直面临着诸如"没有形式""缺乏韵律"一类的质疑与争议,至今如此。实际上,这种合法性危机一开始就包含在新诗的诗体变革之中。胡适是最早提倡和实践白话新诗的作家,也是最早在节奏理论——新诗诗体理论之关键——层面上给新诗作分析和定义的学者。胡适提出,新诗的节奏是一种"自然的音节"[1],若用白话写诗,则必须采用长短不齐的自然节奏,不能再用过去那种旧诗的固定、整齐的体式。"自然的音节"论代表了五四时期诗体变革的主流,朱自清说,胡适的《谈新诗》一文"差不多成为诗的创造和批评的金科玉律了"[2]。可以说,"自然的音节"论是新诗诗体变革在节奏上的理论依据,也为众多的早期新诗的开创者所遵从。[3]

这一理论还有很多疑点,比如:它没有完全阐释清楚

---

[1] 民国时期学者所谓的"音节",与当下语言学中的"音节"(syllable)不同,一般指的是声音之节奏。

[2] 朱自清:《〈中国新文学大系·诗集〉导言》,《朱自清全集》,第四卷,南京:江苏教育出版社,1996年,第367页。

[3] 除胡适之外,提倡"自然的音节"论的作家还有康白情、俞平伯、刘半农、周作人、刘大白等。

"自然的音节"具体应如何构建,只是一味地强调语气、节奏"自然"之重要,而没有说清楚,"自然的音节"为什么就是"好的"音节,为什么用白话写的"自然"的新诗就会有"韵律"?其次,在与保守阵营的论战中,胡适更多地强调新诗的种种"优点",突出旧诗种种"不自然"的缺点,却没有给所谓的"自然"作出清晰的定义,也很少去思考两者之节奏方式的共通之处,这造成了新诗与旧诗在节奏上截然两分的对立状态。因此,胡适的理论不仅引来了更多的质疑甚至攻击,而且妨碍了人们去思考韵律(无论新诗与旧诗)的共通之本质。现在看来,胡适的诗体理论更多地着力于推翻前人建构的建筑,对于新诗中应该建什么样的建筑,却并无清晰的答案。

虽然胡适倡导新诗时颇有偏激之处,但是早期攻击胡适的论者(如梅光迪、胡先骕、杨铨等)也很少能够真正对其理念予以"同情之理解",而倾向于直接将新诗排挤出"诗"的国度,经常沦为意气化的争吵,双方的论辩变成一种"零和对抗"。二十年代之后的诗人和学者,尤其是新月派诗人,曾指出胡适把诗歌与散文、日常语言混淆的危害,对于胡适的形式理念所造成的自由、散漫倾向也多有批评。[1] 但是,他们转而提倡的"格律"诗体,问题也同样严重,而且未必是新诗所应走的道路。一方面,当代学者对

---

[1] 除了闻一多、饶孟侃、孙大雨等新月派诗人和理论家之外,二十年代还有刘半农、陆志韦、赵元任、李思纯、田汉、宗白华等,也试图对胡适诗体论述中漠视诗之艺术特性的倾向加以矫正,建立"新形式诗学"。关于这一问题,解志熙先生有较为深入的讨论,此不赘述,见解志熙:《"和而不同":新形式诗学探源》,《文学评论》,2001年第4期。

于胡适的节奏观念也有迫切的关注和尖锐的批评，但大都仍然没有跳出早期"格律"诗体论者的格局，所强调的无非是诗歌艺术与散文（日常语言）的区别，强调"诗国"之独立性——这诚然是正确的——但是对于诗歌形式建设方向的展望，或模糊或清晰地指向"格律"（"节律"）这个目标。而对于胡适提倡"自然的音节"反对"格律"的真正意图和意义，缺乏深入的理解。[1] 另一方面，当代提倡"自然的音节"的论者，虽然对胡适的节奏理念和新诗的发展道路有更多同情之理解，但是往往固守胡适的观点，较少深入思考其观点究竟在哪个意义上能在诗律学中立足的问题，因此也就很难进一步去建设一种新的诗律学体系。[2]

虽然胡适的理论存在着不少盲点和缺陷，但是胡适对于新诗节奏本身有着敏锐的直觉，若我们能够深入理解胡适诗体理论之所以然，进一步深入思考它所未能照明的晦暗之处，并思考"节奏"（"音节"）概念本身的不同层次的问题，同时避免二元对立地看待新诗与旧诗的关系，这对于我们理解新诗节奏理论的困境并寻找出路是大有助益的。在我们看来，无论是胡适等人的"自然的音节"论，还是郭沫若等人的"内在韵律"说，至今依然存在着一些悬而

---

[1] 可参见高逾：《胡适〈谈新诗〉论析——新诗的自然音节是什么》，《福建论坛》1989年第4期；陈本益：《谈胡适的"自然音节"论》，《涪陵师专学报》2001年第3期。

[2] 五十年代之后张扬"自然的音节"论的学者有陈世骧、郑毓瑜、王泽龙等。可参见陈世骧：《陈世骧文存》，台北：志文出版社，1972年；郑毓瑜：《声音与意义——"自然音节"与现代汉诗学》，台湾《清华学报》，新44卷第1期，第157—183页；王泽龙：《"新诗散文化"的诗学内蕴与意义》，《中国社会科学》2007年第5期。

第一章　"自然的音节"论

未决的"症结"。前者的"症结"在于,如何在"自然"的现代汉语节奏中,寻找并定义诗歌韵律所需要的"规律性",而又要避免回到旧诗那种模式化的格律道路上;后者则在于,如何在诗歌的"内部"(情绪、内容)与"外部"(形式、音韵)之间找到可靠的联系,从而让诗歌的节奏成为可以客观分析的对象。在这些"症结"逐渐解开之后,新诗的韵律理论便有望展开一个新的前景。

一、何谓"自然"? 何谓"和谐"?

胡适所提出的"自然的音节"理论一开始就是作为诗体革命的理论依据而诞生的。与小说等文体相比,新文化运动期间开展的诗歌革命显然更为激进,因为它不仅革新了诗歌的语言(由文言变成白话),同时也革新了诗歌的文体,废除了过去千余年来的主流诗歌体式(包括格律),而改写自由诗。胡适说:"新文学的语言是白话的,新文学的文体是自由的,是不拘格律的。""这一次中国文学的革命运动,也是要求语言文字和文体的解放。"[1] 这种双重革命一开始就造成了新诗与旧诗的截然对立,并且让前者一直享有"新诗"之名——而现在已经没有谁再把中国现代小说称为"新小说"了。白话小说早在明清两代就已经蔚为大观了,但完全以白话为载体的诗歌则是新文化运动之后的产物,因为以白话写诗歌,则必然要求解放诗体。在语

---

[1] 胡适:《谈新诗——八年来一件大事》,原载《星期评论》1919 年 10 月 10 日"双十节纪念号",收入《胡适研究资料》,陈金淦编,北京:十月文艺出版社,1989 年,第 371 页。

言革命与文体革命之间,实则有着紧密而深刻的关联。这也是胡适在不断的"尝试"中所得到的一个重要的发现。胡适在最开始的一些白话诗"尝试"之作中,曾经试图保留旧诗中的五言和七言的顿逗、句法以及押韵,而仅仅改以白话写诗,但他发现这样写不仅束缚颇大,而且写出来的诗歌在节奏效果上也不好:"句法太整齐了,就不合语言的自然,不能不有截长补短的毛病,不能不时时牺牲白话的字和白话的文法,来迁就五七言的句法。"[1] 实际上,若回顾后来三四十年代一些企图重新回到"格律"诗体的新诗人的作品,纵令是吴兴华、林庚等较有才华的诗人的作品,也不无胡适所言之"截长补短"、时时牺牲白话的词汇与句法的毛病,语气、节奏也难以自然。实际上,白话中的词汇并不像文言那样,有大量可供使用的单音词,而是以长短不一的多音词为主,而且夹有大量的"的、地、得、了"一类的虚词(这些词语带有"黏着性"),这些多音词和虚词的语法功能在整句中的位置相对固定,不像旧诗中的实词那样可以较为自由地调换位置以便符合诗律和顿逗句法。因此,若勉强以白话写五言、七言诗,即便写出来了,效果也很差,难免在语法、词汇的选用上有所牺牲,可谓费力不讨好。[2] 再者,若以半文半白的语言来写整齐的五言、七言体,或者写诸如林庚新创的所谓九言、十一言

---

[1] 胡适:《〈尝试集〉初版自序》,收入《胡适研究资料》,陈金淦编,北京:十月文艺出版社,1989年,第402页。
[2] 关于虚词与胡适的节奏试验的关系的讨论,参见王泽龙、钱韧韧:《现代汉语虚词与胡适的新诗体"尝试"》,《中国现代文学研究丛刊》,2014年第3期。

第一章 "自然的音节"论　　7

体，而不得不大量移用旧诗的意象、语汇、语法，那为什么不直接用回文言去写旧诗呢？[1] 正因为如此，胡适感觉到若要完全以白话写诗，贴近日常语言，则有必要试验一种不整齐的、更为自然的节奏方式，那就是"自然的音节"。可以说，"自然的音节"是诗歌革命合乎逻辑的选择结果，也是白话诗的写作本身所要求的。

"白话"与"自由诗"这一对关联限定了新诗的根本走向和性质。但是，人们的疑虑也随之而生：这样的诗歌也是"诗"吗？它们的"形式"或"韵律"何以见出呢？确实，新诗自诞生伊始就遭遇了空前的合法性危机，它作为一种文体遭受到比小说多得多的质疑和攻击。这些质疑中最重要，也最具有冲击力的一点，就是认为新诗缺乏"韵律"或"音节"。实际上，胡适刚出版《尝试集》时，这种质疑声就已经此起彼伏了："现在攻击新诗的人，多说新诗没有音节。不幸有一些做新诗的人也以为新诗可以不注意音节。"[2] 胡适自然不能同意这种攻击，他的依据是，新诗有"自然的音节"。那么来看，胡适的理论是否能消除这种质疑？

胡适说，"诗的音节全靠两个重要分子：一是语气的自

---

[1] 实际上，戴望舒就曾经对林庚的"新格律诗"写作提出有趣且有启发的批评，他将林庚的几首半文半白的"新格律诗"改回旧诗的五言、七言体式，结果反而更自然、妥帖；故而批评道："它们证明了林庚先生并没有带了什么东西给现代的新诗。"他将其称之为"新瓶装旧酒"。参见戴望舒：《谈林庚的诗见和"四行诗"》，收入《戴望舒诗全编》，梁仁编，杭州：浙江文艺出版社，1989年，第698—699页。

[2] 胡适：《谈新诗——八年来一件大事》，《胡适研究资料》，陈金淦编，北京：十月文艺出版社，1989年，第378页。

然节奏，二是每句内部所用字的自然和谐。至于句末的韵脚，句中的平仄，都是不重要的事"[1]。这里胡适实际上取消了旧诗（尤其是律诗）在节奏上的两个重要基点：平仄、韵脚。胡适列举旧诗中不调平仄的例子，以证明平仄之于节奏并非必要。如陆放翁之"我生不逢柏梁建章之宫殿，安得峨冠侍游宴？"这两句诗歌并不符合平仄安排之规律，但节奏依然很好，胡适分析道："这是因为一来这一句的自然语气是一气贯注下来；二来呢，因为这十一个字里面，逢宫叠韵，不柏双声，建宫双声，故更觉得音节和谐了。"[2]除了"自然语气"之外，胡适在他谈新诗的文章中多次提到双声叠韵对于节奏"和谐"的积极贡献，比如在分析沈尹默的《三弦》、胡适本人的《一颗星儿》等诗时，都屡屡强调双声叠韵对于节奏的意义，但是没有解释为什么双声叠韵能够起到这种作用，而且他似乎并不想把这种旧诗常用的手法纳入他的"自然音节"理论中，仅仅将其视作"新旧过渡时代的一种有趣味的研究"[3]。

实际上，胡适的理论暗含着许多矛盾与晦暗不明之处。为什么双声叠韵会对节奏"和谐"有积极影响，何谓节奏之"和谐"？胡适屡屡强调押韵（尾韵）对于诗歌而言并非必要，为什么又一再对双声叠韵如此倾心？难道两者对于新诗而言有那么明显的本质区别吗？再次，胡适虽然在具体的分析中屡屡提及双声叠韵，但是没有在他的"自然音

---

[1] 胡适：《谈新诗——八年来一件大事》，《胡适研究资料》，陈金淦编，北京：十月文艺出版社，1989年，第379页。
[2] 同上，第379页。
[3] 同上，第381页。

节"论中给这种现象赋予一个解释和一种地位,只将它视作一种局部的现象,而并非"大多数的趋势";而这个大的趋势和方向是"自然的音节"。[1] 那么,最后的问题是,仅有"自然的音节"就能有明显的,或者说"和谐"的节奏感吗?这些问题我们稍后再详细分析,先来看看"自然的音节"究竟是怎么构成的。

胡适把"自然的音节"分为两个层面来说。一是"节",二是"音"。"节"即"诗句里面的顿挫段落"[2]。比如旧诗中五言一般是两节半,七言是三节半。而新诗中并没有这样整齐的节律:"新体诗句子的长短,是无定的;就是句里的节奏,也是依着意义的自然区分与文法的自然区分来分析的。"[3] 例如:

万——这首诗——赶得上——远行人。
门外——坐着——一个——穿破烂衣裳的——老年人。
双手——抱着头——他——不声——不响。[4]
（以上节奏划分均为笔者所作）

可以看出来,胡适划分新诗的节奏所按照的是意义和文法的标准,这里胡适对诗句节奏的划分方式较为接近语言学

---

[1] 胡适:《谈新诗——八年来一件大事》,《胡适研究资料》,陈金淦编,北京:十月文艺出版社,1989年,第381页。
[2] 同上,第381页。
[3] 同上,第382页。
[4] 同上,第382页。

上常用的"成分分析法",用这种方式划分出来的每一个节奏段落,实际上大都是一些意群(sense group)。胡适划分出来的这些都是一些语法或者意义上的成分,而它们究竟能否表达我们朗读白话诗歌时真正的停顿状态,是颇可怀疑的。更重要的问题或许在于,任何语言(包括小说、散文、日常口语等)都可以这样划分,比如我们可以这样划分一些散文语句:

今天——你——吃了——吗?
这几天——天气——真好啊!
胡适——这首诗——毫无——诗意——可言。
（以上节奏划分均为笔者所作）

实际上,"自然的音节"从定义上来说就意味着诗歌语言与散文等文体的语言在节奏上没有任何区别。这里,我们开始触碰到"自然的音节"理论所面临的一个真正的危机了:它意味着诗歌语言与散文语言或者日常语言在节奏上是完全同一的,这岂不等于说,我们读的、说的每一句话(只要合乎语法)就有所谓的"自然的音节"?这样,胡适就坐实了那些对新诗的攻击了,即新诗无非是散文分了一下行而已,没有多少节奏上的独特性。所以,虽然"自然的音节"论是新诗革命在"音节"上的依据,但是它并没有给这一文体提供坚实的合法性支撑,反而无意中加剧了它的合法性危机。

再来看胡适说的"自然的音节"的第二个层次,即"音"。"音"即"诗的声调",在胡适看来,"新诗的声调有两个要件：一是平仄要自然，二是用韵要自然"[1]。胡适认为白话诗中的平仄与旧诗韵中的平仄大不相同，因此平仄调配也就失去了必要性，白话诗只能靠语言"自然的轻重高下"[2]。换言之，就是"有什么话，说什么话，话怎么说，就怎么说"[3]。笔者赞同胡适对于平仄的看法，因为现代汉语与中古时期的语言相对而言，不仅具体的某些字的读音发生了变化，就是平仄本身的意义也大不相同，再去追求律诗那种平仄调配，可谓刻舟求剑。而关于用韵，胡适则说："有韵固然好，没有韵也不妨。新诗的声调既在骨子里，——在自然的轻重高下，在语气的自然区分——故有韵无韵都不成问题。"[4] 这样，平仄与押韵这两个旧诗节奏的重要支点都被捣毁了。但是，问题依然没有解决：何谓节奏之"自然"？胡适也从未觉得有必要给这个自己频频使用的词语作出解释，读者只能大致推论，"自然"即尽可能地接近白话，或者日常口语（它们是"自然的"语言）的标准。实际上，大部分"自然的音节"论者也未就这个问题作出清晰的说明，而将其视为一种"约定俗成""不言而喻"的意涵。[5]

---

[1] 胡适：《谈新诗——八年来一件大事》，《胡适研究资料》，陈金淦编，北京：十月文艺出版社，1989年，第382页。
[2] 同上，第382—383页。
[3] 胡适：《建设的文学革命论》，原载《新青年》第4卷第4号，1918年4月15日，收入《胡适研究资料》，第357页。
[4] 胡适：《谈新诗——八年来一件大事》，《胡适研究资料》，陈金淦编，北京：十月文艺出版社，1989年，第383页。
[5] 胡适之外的"自然的音节"论者，或者强调自然的音节来自情感的自然抒发（康白情），或者认为其来自一种心理冲动和"真诚"（俞平伯），多在争论如何把诗写得"自然"，而没有就"自然的音节"本身作出定义。

综合起来看，胡适的"自然的音节"理论与写作实践成功地颠覆了传统诗歌节奏中那些模式化的结构因素，也确实成功地让诗歌语言与日常语言重新紧密地结合在一起，为诗歌引入源头活水，让新诗成为"活文学"。而且，新诗近百年来的发展路线确实基本上是在胡适规划的道路上前行的，而这样做的最大意义就在于把诗歌语言拉回到与日常语言的亲密关系中，使诗人在他/她的习用语言中寻找诗意。但是，这场激进的变革也让新诗在诗体上面临着一个深刻且迫切的危机，那就是它让诗歌语言与散文语言在节奏层面上完全同一，没有建立多少属于诗歌本身的特质，因此不仅让新诗这种文体遭受不断的质疑，也致使近百年来不断地有不满于此的诗人试图再回到"格律"的路线上去。

然而胡适说新诗是"自然的音节"是完全错误的吗？或者我们不能说我们的日常语言中就有"节奏""音节"吗？这个问题恐怕需要细细思量。同时，我们也要意识到那些攻击新诗"没有韵律""和散文无异"的观点也并非无的放矢。这就迫使我们去追问根源，即什么是节奏，什么是韵律？什么是"格律"？

实际上，我们完全可以说散文语言、日常语言，甚至所有的人类语言（当然也就包括新诗）都是有"节奏"的，而且我们也经常使用这个意义上的"节奏"概念，比如，"你说话节奏很快"，甚至可以说，"这是一场慢节奏的比赛"。这里我们触碰到的是广义的"节奏"（rhythm）概念，它可以指语言元素（包括停延、顿挫、高低、轻重，某些具体的音、词语或者词组等）在时间上的分布特征。就这一定义而言，所有语言都是有"节奏"的，而胡适的"自然的音节"也可以在这个意义上成立：它强调的是那种与口语或者日常语言接近的语言节奏（尤其是在停延顿挫这个层面上）。但是，应该意识到，胡适在对"白话"和"自然"近乎偏执却又模糊的追求中，忽略掉了一个问题，即单纯语言节奏的"自然"并不能保证诗歌节奏一定是"和谐"或者优美的，更不能保证诗歌一定会有"韵律"。把这两个方面混淆在一起是胡适诗体理论的一个重要的缺陷，先来看当年胡适颇为赞许（或自诩）的一些"自然的音节"的例证：

> 送客黄浦，
> 我们都攀着缆，——风吹着我们的衣裳——
> 站在没遮拦的船楼边上。
> 看看凉月丽空，
> 才显出淡妆的世界。
> 我想世界上只有光。
> ……1
>
> ——康白情《送客黄浦》

以及胡适本人的《老鸦》：

> 我大清早起，

---

1 胡适：《谈新诗——八年来一件大事》，《胡适研究资料》，陈金淦编，北京：十月文艺出版社，1989年，第384页。

站在人家屋角上哑哑的啼。
人家讨嫌我，
说我不吉利；
我不能呢呢喃喃讨人家的欢喜！[1]

自然虽则自然，但这些诗歌的"韵律"或者音节的"和谐"何以见出呢？实际上，这几首诗除了偶尔在句末押韵和零星的双声叠韵造成了一点微弱的节奏感以外，它们基本谈不上有什么"韵律"可言。众所周知，在胡适力主"自然的音节"之初，就有很多人对其不以为然，比如，胡适的老友任鸿隽（叔永）就曾经在给胡适的信中指出，"自然"是什么也要认真加以研究：

> 今人倡新体的，动以"自然"二字为护身符。殊不知"自然"也要有点研究。不然，我以为自然的，人家不以为自然，又将奈何？……所以我说"自然"二字也要加以研究，才有一个公共的理解。大凡有生之物，凡百活动，不能一往不返，必有一个循环张弛的作用。譬如人体血液之循环，呼吸之往复，动作寝息之相间，皆是这一个公理的现象。文中之有诗，诗中之有声有韵，音乐中之有调和（Harmony），也不过是此现象的结果罢了。因为吾人生理上既具有此种天性，一与相

---

[1] 胡适：《谈新诗——八年来一件大事》，《胡适研究资料》，陈金淦编，北京：十月文艺出版社，1989年，第388—389页。

违,便觉得不自在。[1]

胡适虽然承认任叔永说的"'自然'也要有点研究",但他对任叔永所得出的结论非常敏感,后者说:"实在讲起来,古人留下来的诗体,竟可说是'自然'的代表。什么缘故?因为古人作诗的时候,也是想发挥其'自然'的动念,断没有先作一个形式来束缚自己的。"[2] 胡适担心自己的"自然"论被任叔永用来"倒打一耙",变成了旧诗之合法性的根据,所以予以激烈的反驳,颇为意气用事地以古人缠足、君主专制之例作比,意谓它们与旧诗的体式一样,是束缚和压迫。令人惋惜的是,胡适在答信中以及此后的诗体学论述中并没有认真考虑任叔永提到的"自然"与规律性的问题。实际上,任叔永这里的质疑胡适很难反驳,"自然"的东西若无尺度与规律,那么何谓"自然"就很难有公认的标准。比如前面所引的胡适、康白情等的诗作,读者恐怕未必会认为它们就比李白、杜甫的诗更"自然",就算读者承认它们是"自然"的,它们也未必有优美的"韵律",这样的"自然"就没有太大意义了。更重要的是,任叔永强调,"自然"并不一定意味着散漫自由或者自由无度,也并不一定非得把矛头指向破坏;"自然"之物也可以包含着"循环张弛之作用""一定的次序与限度",换言之,就是某种规律性与结构。"血液之循环""呼吸之往复""音乐中之

---

[1] 引自胡适《答任叔永》所附原信,参见《胡适文集》,第 2 册,欧阳哲生编,北京:北京大学出版社,1998 年,第 74 页。
[2] 同上,第 75 页。

有调和（Harmony）"，谁能否认它们是"自然"的呢？[1]

"韵律"包含着"律"字，无论我们如何解释，作何定义，它总该具有某种规律性，而这恰好是胡适所一再忽视的性质。实际上，在古希腊语中，"节奏"或者"韵律"（ρυθμός-rhythmos）的基本含义是"有规律的重现的运动""各部分的比例或对称感"[2]。规律自不必解释，为什么要强调"重现"（recurrence）或者"重复"（repetition）呢？实际上，从哲学上来说，大多数有"规律"或者"结构"的东西，往往包含着某些重复的（或者同一性的）因素，否则便难以成为规律和结构。因此，我们将"韵律"（prosody）定义为语言元素在时间上的有规律的重复。[3] 重复之所以能够造成韵律，其原理就在于，"重复为我们所读到的东西建立结构。意象、词语、概念、形象的重复可以造成时间和空间上的节奏，这种节奏构成了巩固我们的认知的那些瞬间的基础：我们通过一次次重复之跳动（并且

---

[1] 对于胡适片面地强调"自然"，陆志韦、潘大道等也有类似的批评，详见前引解志熙文。

[2] ρυθμός, in Henry George Liddell, Robert Scott ed., *A Greek-English Lexicon*, on Perseus Project. （网络文献）

[3] 英文中的 rhythm 现在一般既可译为"节奏"，也可译为"韵律"，实际上，rhythm 在英文中同样也有广义和狭义之分，广义的用法泛指语言在时间上的分布特征。rhythm 的狭义用法，虽然诸种辞典与论著各有定义，但大都强调由某些语言元素的规律性重复所造成的节奏感（最常见的是轻重音的相互组合所形成的节奏）。另外，在语言学上，学者对于 rhythm 也有自己的一套定义，此不详论。因此，为论述严谨和概念体系清晰起见，笔者将较广义的 rhythm 直称为"节奏"，而较狭义的，意指某种规律性的节奏则称为"韵律"，以合"律"字之含义，也便于和中国传统的"韵文"概念形成内在的呼应。两者关系的讨论，详见本书第二编第一章、第二章。

把它们当作感觉的搏动）来认识文本的意义"[1]。二十年代至今，一直有诗人和学者在批判胡适对于规律性、结构的忽视，但是，大多数论者针对这个问题考虑的解决方案却是种种"格律"方案，即营造各种整齐一致的格律诗行（大都以数目均等的"顿"或"音步"为基本节奏单位），而很少考虑在自由诗中发现、建构韵律的可能性。需要注意的是，重复的形式有很多，并不仅限于旧诗那种整齐的顿逗节律和押韵的规则，在自由体诗歌中也不乏多种新诗的重复（比如语音、词语、意象、词组、句式的重复等），这些重复同样也与韵律有关。

上文提及胡适对于押韵以及双声叠韵的一些颇为矛盾又颇为含糊的论述，现在我们再来重新思考这些问题。就我们对"韵律"的定义和认识而言，押韵本身就是韵律的一个成分，因为它的本质就是在每行末有规律地重复某一声韵而已。就这点而言，"韵律""声律"（声韵之规律）自然可以包含押韵这种古老的节奏成分；不过，"韵律"并不仅指押韵，它包括更多、更大范围内的声韵规律现象，甚至某些作品的"韵律"也可以不包括"押韵"（只要其他方式的声韵重复有效的话）。[2] 比如胡适多次提及的双声叠韵，就是其中的方式之一。它们与押韵（尾韵）所起的节奏作用是类似的，在本质上则是同一的；西方诗歌中就有头韵（alliteration）、谐元韵（assonance）这些手法，两者与汉语

---

[1] Krystyna Mazur，*Poetry and Repetition*：*Walt Whitman, Wallace Stevens, John Ashbery*，New York and London：Routledge, 2005，p. xi.

[2] 因此，我们应该区分"韵律"（rhythm）和"韵"（rhyme）本身，关于押韵的具体规律我们不妨用另一术语称呼，即"韵式"。

之"双声""叠韵"近似,都可以视作广义的"韵"的一种。[1] 胡适对于双声叠韵与押韵两者厚此而薄彼,实际上是他对于这些现象与韵律之本质联系认识不清楚的结果。

　　关于韵的问题,胡适虽然没有深入思考"双声叠韵"、尾韵与韵律的关系,但是他的提倡并非全然错误:韵脚虽然有用,但非必然,有时也会产生负面的效果,而且并不是每行诗都非得押韵不可。实际上,英语中的主流格律诗体五音步抑扬格(iambic pentameter)在用于戏剧和史诗时,基本上也是不押韵的,[2] 因此也称为"无韵体"或者"素体诗"(blank verse),因为它们已经有抑扬格这种轻重音的规律性重复做韵律根基了,押韵有时显得多此一举。比如英国大诗人弥尔顿的名作《失乐园》,就是以抑扬格无韵体(英雄体)写的。实际上,不去考虑在每行行末"叮当一响"之后,《失乐园》的节奏反而更显雄健,其宏阔有力的声律尤为传世。[3] 格律诗本来在停延、顿挫上就已经有很强的规律性,再加上这种行末固定出现的尾韵,有时难免令人有烦腻之感。相比之下,双声叠韵(或者内韵)由

---

[1] 英、德等日耳曼语族诗歌中常用的"头韵"(alliteration),指的是词语的开首辅音或者重读辅音较为密集的重复,如"The cricket sang/ And set the sun"(Emily Dickinson);谐元音则广为西欧各种语言诗歌所使用,指同一元音在诗句中较为密集的复现,如"Silver quivering rills"(Pope)。详见 *The New Princeton Encyclopedia of Poetry and Poetics*,ed. A. Preminger & T. V. F. Brogan,Princeton: Princeton University Press,1993,pp. 36-8,102-3。

[2] 需要说明的是,自古希腊时代开始,直至19世纪,西方的史诗和悲剧大都是以格律诗体写的,并非散文。不过,这些长篇的格律作品却少有押韵。

[3] 关于弥尔顿的韵律的讨论,参见 Robert Bridge,*Milton's Prosody*,Oxford: Oxford University Press,1921; S. E. Sprott,*Milton's Art of Prosody*,Oxford: Oxford University Press,1953。

第一章　"自然的音节"论

于在诗行里面并无固定位置，可以自由安排，有时反而更能显出节奏，这恐怕才是胡适偏爱它们的真正缘由。

二、"内部的组织"与韵律之营造

胡适的节奏理论还有一些晦暗不明之处也值得进一步阐明，不过，这必须从新的韵律理念来理解。胡适在《谈新诗》一文中还提到一种"内部的组织"的节奏方式，这一点一直未得到学界重视（甚至包括那些提倡"自然的音节"论的论者）。胡适所谓的"内部组织"，即语句的"层次、条理、排比、章法、句法"，在他看来，这"乃是音节的最重要方法"[1]。但是对于如此重要的方法，胡适却没有去详细分析和阐述，只概略说了一句"乃是要我们研究内部的词句应该如何组织安排，方才可以发现和谐的自然音节"[2]。现在看来，这一胡适所言的"最重要"的节奏方法，颇有"无疾而终"的意味。但若详细观察胡适为这个现象所举实例，则问题又柳暗花明了：

……一面尽扫，一面尽下：
扫尽了东边，又下满了西边；
扫开了高地，又填平了洼地。[3]
——周作人《两个扫雪的人》

---

[1] 胡适：《谈新诗——八年来一件大事》，《胡适研究资料》，陈金淦编，北京：十月文艺出版社，1989年，第384页。
[2] 同上，第384页。
[3] 同上，第383—384页。

胡适说："这是用内部词句的组织来帮助音节，故读时不觉得是无韵诗。"[1] 确实如此。不过，为什么这里的"内部词句的组织"能够造成韵律呢？胡适并未明言，而读者若从白话之"自然"的角度来思索，恐怕也百思不得其解。实际上，这主要不是因为这些词句是用"自然"的白话写的，而是它们之中有大量的重复与对称。这里不仅有词语的重复（比如"一面""尽""扫"等等），还有句式的重复，实际上每一行里面的两个分句都是同样的句式，而这也是一种韵律的结构形式，因为它们同样可以在读者印象中造成一种"结构"，从而加强印象，自觉或不自觉地感觉到一种"规律性"。除此之外，这些词句之间还有一种对比，比如"东边"与"西边"、"高地"与"洼地"之间的对比，这也可以带来某种韵律感。众所周知，律诗中的颔联、颈联一般也要求对仗，为什么对仗也能造成韵律呢？对称或者对仗（都有"对"字），必须成"对"，这也就意味着必须有结构上的同一性。细细想来，大凡对称或者对仗的两个东西，虽然不是完全同一的，但是它们往往属于同一范畴，而且内部结构亦往往相同，比如"天"对"地"、"蓝水"对"玉山"、"千涧落"对"两峰寒"、"汉阳树"对"鹦鹉洲"、"晴川历历"对"芳草萋萋"等等。可见，对称实际上也是同一性的一种特殊形式，类似于"A"与"－A"这样的镜面对称关系。因此，它们的使用与重复一样，可以带来一种感知上的结构感和声韵上的韵律感。

---

[1] 胡适：《谈新诗——八年来一件大事》，《胡适研究资料》，陈金淦编，北京：十月文艺出版社，1989年，第384页。

而以重复与对称为基础，加以各种具体的安排和变化，就可以形成各种丰富的结构或者"比例感"。比如："弃我去者，昨日之日不可留；乱我心者，今日之日多烦忧。"（李白《宣州谢朓楼饯别校书叔云》）虽然前面两个分句字数和节奏都不相同，但是它们和后面两个分句构成了一种重复，也就形成了某种"比例感"，此外，1、3句和2、4句都在多个层次上构成了一种对比和对称，因此这几句诗歌的节奏可谓流畅而气势如虹，尽管它们在平仄上（比如第一个分句全为仄声）并不符合平仄调配之规律。

　　由此，胡适所谓"内部的组织"究竟为什么能够带来韵律这个问题就渐渐明朗了。所谓的"条理""章法"等等，无非是通过某种句式、词组、章节上的重复与对称，形成某种规律性，从而带来韵律而已。而通过不同的"章法"与"章法"（句法结构）的转换与衔接，也能带来一定的起伏与循序渐进的效果。就其哲学性质而言，依然没有脱离同一性与差异性之辩证关系的范围。这同样是一种既古老又现代的节奏模式，不仅五言、七言诗中常用，就是赋、骈文等，何尝不也倚重这些手法（章法）？而到了现代，这些手法就更为重要了。实际上，在新诗的草创时期，就已经有诗人苦心经营"内部的组织"了，其中之一便是胡适的门生俞平伯，后者在其诗集中大量使用旧诗词中常用的偶句、复沓等手法，比如："云皎洁，我底衣，/云浪漫，我底裙裾"（俞平伯《小劫》），"左顾汪洋，右顾迷茫。/平铺着的烂黄，/是海？是江？"（俞平伯《潮歌》）。这一类的诗，因其承旧诗词遗泽太多，而为胡适所不喜，被视作"旧诗词的鬼影"[1],这也再次反映了胡适那种新旧截然二分的对立观念,这妨碍了他去对诗歌的"音律"(韵律)作通盘的思考。不过,朱自清却对俞平伯诗歌的这些手法大加赞赏,并清楚地看到它们"足以帮助意境和音律底凝练"[2]。若我们将五六十年代中国的"新辞赋体"与之对比,便知两者是一脉相承的。实际上,胡适虽然非常排斥这种旧诗词的"鬼影",但是他本人也有较好的"内部的组织"而造成韵律的例子:

醉过方知酒浓,
爱过方知情重;——
你不能做我的诗,
正如我不能做你的梦。[3]
　　　　　　——胡适 《梦与诗》

此诗被放于胡适《谈谈"胡适之体"的诗》一文最末,可见胡适对其颇为自得。诗中的"醉过"与"爱过"、"酒浓"与"情重"、"你"与"我"、"我的诗"与"你的梦",种种词语、句式的复现与对称,诗句的韵律如行云流水。卞之琳的一些诗与胡适这首的"内部的组织"几乎如出一辙,只是更富哲思,比如《旧元夜遐思》:"人在你梦里,你在

1　胡适:《〈蕙的风〉序》,《努力周报》第21期,1922年9月24日。收入《胡适文集》,第3册,陈金淦编,北京:十月文艺出版社,1989年,第624页。
2　朱自清:《〈冬夜〉序》,《朱自清全集》第4卷,南京:江苏教育出版社,1996年,第46页。
3　胡适:《谈谈"胡适之体"的诗》,《胡适研究资料》,陈金淦编,北京:十月文艺出版社,1989年,第424页。

人梦里。/独醒者放下屠刀来为你们祝福。"[1] 还有更知名的《断章》:"明月装饰了你的窗子,/你装饰了别人的梦。"[2] 虽然这些诗句意思颇为晦涩,但读之朗朗上口,极易记诵。不难发现,它们与胡适《梦与诗》在句法组织与韵律上非常相似。

胡适虽然没有清晰阐明"内部的组织"的韵律作用,但是毕竟对于韵律有着直觉的感知,他对这种手法之重要性的预感并不是没有道理的。可以说,这确实是新诗最为关键的韵律手段,甚至也可以说,它也是旧诗,甚至还是骈文、八股文等文体最为重要的韵律手段之一。不难发现,"内部的组织"与旧诗文中的对偶、排比是血脉相连的,相关的讨论可见本书第一编第四章、第二编第一章,这里就不详细展开了。

三、"不整齐"的节奏美学

上文已经讨论到,新诗中的韵律手法有很多与旧诗是非常接近的,可以说是异曲同工。但是新诗与旧诗在节奏上的区别在哪里呢?新诗的节奏显然没有旧诗那么"整齐"或"均齐",实际上这不仅是胡适所倡导的新诗与旧诗的区别,也是自由体新诗与闻一多等提倡的"新格律诗"的显著的区别。另外,除了"自然"与"白话"这两点考虑之外,胡适提出"自然的音节"论还有一个出发点,就

---

[1] 卞之琳:《卞之琳》,张曼仪编,香港:三联书店(香港)有限公司、北京:人民文学出版社,1990年,第24页。
[2] 同上,第26页。

是对音节之"整齐"的批判,而这是最容易遭受攻击与误解的。若将其放于上文所论及之同一性与差异性之辩证关系的视角之下,胡适的观点或许能焕发新的光泽。

在谈及新诗能否运用旧诗中五言、七言的顿逗、句法时,胡适就意识到它们对节奏的消极影响:"第一,整齐划一的音节没有变化,实在无味;第二,没有自然的音节,不能跟着诗料而变化。"[1] 正因为如此,胡适在最早的"黄蝴蝶体"试验之后,就完全抛弃旧诗那种整齐的停延、顿逗,开始作长短不一的白话诗,追求"自然的音节"。可见,胡适的"自然的音节"论除了追求"自然"和"白话"这两点之外,还包含着这样的意图,即欲使新诗节奏摆脱整齐、呆板的状态,而具有丰富的变化和多样性,并且能够跟随"诗料"(即诗歌情感和内容)变化。当然,胡适的观点并没有得到清晰的论述,其意义没有被完全彰显出来。其中的原因是胡适在草创其节奏理论之初,并没有清晰地思考其"音节"的基础和发生效用的原理究竟是什么,没有意识到同一性与差异性之于韵律探讨的重要作用,因此也说不清楚"自然的音节"究竟如何随"诗料"而变化。从逻辑上来说,"变化"这个概念是要以同一性为前提的,没有同一性的对象只是一团无序的乱麻,也就谈不上,也感觉不到"变化"了。

因此,节奏、韵律的构建或分析必须考虑同一性与差异性的辩证联系。一方面,如果要建立某种声音结构或者

---

[1] 胡适:《〈尝试集〉自序》,《胡适研究资料》,陈金淦编,北京:十月文艺出版社,1989年,第402页。

"韵律",必须要有某些重复、同一的因素,这样才能形塑读者对声音的感觉,也便于在其基础上循序渐进,加以变化;另一方面,韵律的营造不能一味追求同一性,更不能唯"均齐"以及重复马首是瞻,就像英国哲学家怀特海认识到的那样,"同一性"与"差异性"是韵律中不可或缺的两个因素。[1] 从这个角度看,胡适对于旧诗过于整齐的批判并非毫无依据,它还潜含着在韵律上除旧革新的意图。实际上,前文提过的俞平伯的《冬夜》集中,就有很多过度使用叠字、偶句的例子,这使得其节奏过于平顺单调,反而影响了诗歌之表情传意,因此也被闻一多所批评。[2] 下面用新诗中的名作郑愁予的《错误》第二节做个实验,来看"整齐"与"不整齐"的诗行在节奏以及语感上究竟有什么区别:

东风不来,三月的柳絮不飞
你底心如小小的寂寞的城
恰若青石的街道向晚
跫音不响,三月的春帷不揭
你底心是小小的窗扉紧掩[3]

---

1 Alfred North Whitehead, *An Enquiry Concerning the Principles of Natural Knowledge*, Cambridge University Press, 1919, p. 198.
2 闻一多:《〈冬夜〉评论》,《闻一多全集》第 2 卷,武汉:湖北人民出版社,1993 年,第 69 页、第 77—78 页。另,王雪松在其博士论文《中国现代诗歌节奏原理与形态研究》(华中师范大学博士论文,2011 年)中对俞平伯的诗歌节奏作了详细探讨,详见此文第 123—128 页。
3 收入《中国现代文学选集》,第一册,齐邦媛主编,台北:尔雅出版社,1983 年,第 177 页。

若要诗行整齐,这几行诗可以删去几个字变成每行字数一样的"新格律体":

东风不来,柳絮不飞
你底心如寂寞的城
恰若青石街道向晚
跫音不响,春帷不揭
你底心是窗扉紧掩

读者若反复诵读原作,可以发现我们的"改作"在韵律上单薄、寡淡了很多,如顺口溜一般乏味,远不及原诗之曲折变化、曼妙多姿。这主要是原诗的诗行长短不一、节奏参差不齐所致。实际上,这节诗歌的节奏尽管不整齐,却巧妙地运用了我们所谈及的多种韵律手法,比如押韵(第3、5行)、复现("三月""小小的"等)、对称("东风不来"与"跫音不响"、"街道向晚"与"窗扉紧掩")等等。可见,此诗已有多种韵律手法的巧妙运用,又何必斧削为均齐的"豆腐块"呢?

因此,对于新诗而言,不必一味追求句子的整齐,长短不一反而在节奏上更为自由,效果更佳。进一步地说,不要过度地使用同一性的语言结构(即顿逗之均齐、复沓、偶句、排比等),而要适当地加入差异性的因素,更不能以牺牲语言的自然为代价来强行营造韵律结构。实际上,现代汉语的语句内部节奏往往较为多样,强行去追求诗行之整齐有时会适得其反,比如吴兴华的《锦瑟》:

何必夜雨在江头吹竹或弹丝
十年尘土仍闻得锦瑟的伤悲
堂中明月不复有惊鸿来照影
院角垂杨又撒开憔悴的金枝
宝靥新妆自怜的风度还如昔
危冠长剑惊世的心情已过时
惟应一梦幻化为失途的蛱蝶
不为人见飞上她越罗的轻衣

懒向北里沉浸入沸天的管弦
一解则必好此心如何能释然
白帢羊车不曾因曲误而回头
红裙翻洒肯追随豪华的少年
偶值残春斜风在四通大道口
偏忆伊人歌喉似三峡落激泉
广陵与家国之思山阳叹知友
并上心头来作成意外的悲酸[1]

这首诗虽然每行字数一样，句末大体押韵，是典型的"新格律诗"，但是，这些诗句内部的节奏却各自区别很大，节奏并不自然，很多地方显出凑字、凑韵的痕迹，若拉起调子来读，颇有点顺口溜的味道，与"黄蝴蝶体"没有太大区别。认真观察这首诗，不难发现作者为了让每行字数保

---

[1] 吴兴华：《森林的沉默：诗集》，桂林：广西师范大学出版社，2017年，第217页。

持一致，有时会删除"的""了"之类的虚字，还经常使用一些文言词语（如"昔""轻衣""北里"），因此就显得半文半白。另外，诗人还经常将两句凑成一句，比如"一解则必好此心如何能释然""偏忆伊人歌喉似三峡落激泉"。有时，作者似乎太在意诗句的整齐与"优美"了，而无意中犯下一些"低级错误"，比如"堂中明月不复有惊鸿来照影"，用来"照影"的东西应该不是"明月"，而是池塘或者水面，这里是支配关系错乱。当然，作者若是学习杜甫之"香稻啄余鹦鹉粒，碧梧栖老凤凰枝"句法，有意"不通"，那另当别论。再说，"惊鸿"已自"惊"了，还顾得上"来照影"？这是何其自恋的一只"惊鸿"？再来看"偏忆伊人歌喉似三峡落激泉"一语，三峡是长江之峡，所落应该是江水，哪来的"激泉"？莫非是峡边山岩上偶现的"山泉"？如果是这样的话，滔滔而来的三峡之水已自轰鸣了，哪还听得见峡边小小的山泉之声？这是用来比喻"伊人歌喉"的，什么样的歌喉要用此等"不可理喻"的峡边"激泉"作比？读来读去，只能说诗人又是为了凑韵（与"年""酸"押韵）带来的恶果。可见，这些看似"优美"的词堆砌成整齐的诗行，经常带来"以辞害意"的结果，还让意象、比喻显得相当的"隔"。分析到这里，我们就想起了当年戴望舒对林庚的批评，既然有这等增减字句、改字凑韵的功夫，为什么不直接去写旧诗呢？那样反而更为直接、自然了。现下这些不文不白、半通不通的"新诗"又"新"在何处？

　　正是在整齐或者"均齐"这个问题上，以自由体为主体的新诗与旧诗在韵律上的本质区别开始显现出来了。从前文对"韵律"的定义来看,旧诗的节奏在句中的停延、句末的押韵等层面上是大体均齐、固定的,换言之,是模式化的;而在新诗中,基本没有这样整齐的停延顿逗,其节律是不整齐的,换言之,这些语言元素在时间上的分布是非模式化、也是不固定的。因此,旧诗的主体(包括四言、五言、七言),无论今体还是古体,可以说是广义上的格律诗(metrical verse)。格律之"格"有定格之意,英文"meter"(格律)则有尺子之意,换言之,格律诗的韵律是可以用尺子来丈量的、大体固定的节奏,是一种"匀速运动";而新诗则是不固定也不均齐的"变速运动",是由于各种语言元素的重复(但非均齐地重复)带来的。这样的韵律与格律有别,可称为"非格律韵律"(non-metrical prosody)。[1] 现在来看,胡适对于旧诗过于"整齐"之节奏的批判,本质上是对于一种高度同一性的诗学的反叛,这种同一性有时发展到了损害韵律之多样性与丰富性的程度。而胡适的做法颇有点"置之死地而后生"的意味,在诗体变革中强调了过多的"破"的因素。如果说胡适的"自然的音节"论更多是以"除旧"为要务的话,这里所言"非格律韵律"之定义与体系则更强调"立新"的使命,思考什么样的节奏安排才是优美、和谐的"韵律"。

在胡适看来,新诗变革最终要达成的目标是:"白话可作韵文的唯一利器。"[2] 现在看来,胡适的目标只达成了一半,即白话可作新诗的"唯一利器",而尚未达成的一半

---

[1] 关于"非格律韵律",详见本书第二编第一章。
[2] 胡适:《〈尝试集〉自序》,《胡适研究资料》,陈金淦编,北京:十月文艺出版社,1989年,第 400、404 页。

是：革新之后，白话新诗何以是"韵文"？新诗何以具有韵律？[1] 在对胡适的节奏观念的剖析中，我们发现，有必要厘清节奏概念的两个不同的层次：其一，表示语言元素的一般分布特征的广义节奏概念；其二，表示语言元素分布之规律性的狭义节奏概念，即韵律。胡适所关注的节奏之自然的问题，主要是在节奏概念的第一层次上操作的，他由此否定了传统诗学在第二层次的系统建构。但他所谓的"双声叠韵""内部的组织"诸问题，却必须在第二层次的节奏概念上才能够解释清楚，即如何实现节奏的规律性（而他却忽略了这个问题）。我们的思路与过去提倡"格律"的论点的区别在于，不再拘泥于以所谓"音步"营造规律（格律），而从各种语言要素的重复出发，形成形态各异的"非格律韵律"。胡适所提倡的诸种现象和基本理念，实际上都可以在这个框架内得到解释，也得到新的发展，在诗律学中找到适当的定位。在认识到韵律的种种丰富的构成手段，它既古老又现代的恒常本质之后，不仅可以思索胡适当初提出"自然的音节"论时没有阐释清楚的一些疑点，也得以重新定义新诗"韵律"的本质。这样，新诗的韵律探索与实践就可以从构建种种均齐的"新格律体"的狭路上摆脱出来，投入新诗中已经大量存在的、体式各异的非格律韵律手段的探索之中，踏入更宽阔、更自由的"韵律"之路。

---

[1] "韵文"的定义是相对"散文"而言的，学者的定义也各有差别；但无论我们对"韵文"作何种解释，"韵文"总需具备"韵律"。

第二章 "内在韵律"说

一、"内在韵律"说的疑点

"内在韵律"/"内在节奏"理念是关于新诗（尤其是自由体新诗）节奏特征的典范性认识之一，它在中国最早由诗人郭沫若在 1921 年间写的《论诗三札》（一）中提出，[1] 这甚至比闻一多提出新诗格律理念（1926）还要早五年。一个值得注意的现象是，郭沫若本人也是新诗自由体形式的奠基者。早期的白话诗人（如胡适、刘半农、沈尹默）虽然打破了旧诗的形式并采用白话作为新诗的语言，但很多作品依然带有旧诗词的腔调和节奏，并没有给新诗找到一种非常有力的节奏形式；而郭沫若在其 1921 年出版的《女神》中大胆运用自由体新诗的各种节奏形式，成功地让新诗摆脱了旧诗的阴影，建立了新诗独有的节奏和语

---

[1] 《论诗三札》原为郭沫若致李石岑（一封）、宗白华（两封）的三封信，分别发表于 1921 年 1 月 15 日、1920 年 2 月 1 日和 1920 年 2 月 24 日的《时事新报·学灯》上，1925 年三封书信经作者删改后收入《文艺论集》，由上海光华书局出版。

言体系。因此，郭沫若提出的"内在韵律"说也一般被认为是自由体新诗节奏方向的重要路标。如果说闻一多是格律体新诗理念最早的提倡者和实践者的话，那么郭沫若则是自由体新诗最早的奠基人和理论先驱之一。

"内在韵律"说在三十年代之后的一个重要的承续者便是诗人戴望舒。富有兴味的是，戴望舒在二十年代写的《雨巷》被认为是"替新诗底音节开了一个新的纪元"[1]，而到了三十年代，戴望舒却一反自己过去的音乐性追求，宣称"诗不能借重音乐，它应该去了音乐的成分"[2]，与郭沫若类似，他转而提出诗歌的韵律在于内在的"情绪"而不是外在的文字形式。由于戴望舒在新诗音乐性上的建树，这种对外在音乐和形式的背离成了新诗韵律理论和实践的一个"风向标"，它进一步推动了新诗韵律探讨朝着"内在"的方向前进。

但是，当我们重审自郭沫若以降的"内在韵律"理论时，却发现这一理论依然有不少内在的缺憾和无法"照明"的盲点。首先，包括郭沫若、戴望舒在内的"内在韵律"论者大都强调新诗的韵律不是由外在的形式决定的，而是取决于内部的情绪、精神，是一种内在化的韵律感。然而，如果情绪本身就是一种韵律的话，那么这样的"韵律"定义似乎有混淆概念之嫌：情绪自然是诗歌不可或缺的成分，但是情绪本身未必就是韵律，而且小说、散文均包含情绪，那么岂不是所有文体都有所谓的"韵律"？其次，韵律之

---

1 杜衡：《序》，参见戴望舒《望舒草》，北京：人民文学出版社，2001年，第5页。
2 戴望舒：《戴望舒诗全编》，杭州：浙江文艺出版社，1991年，第691页。

"韵"字，顾名思义，从"音"旁，它理应在读音、声响上有所体现。然而"内在韵律"强调它不必体现于外在的音响和音乐；那么，这种"韵律"到底是如何实现的？它具体表现为何种特征？"韵律"从"律"的角度而言，理应具有某种规律性，那么"内在韵律"的规律又是什么，是不是凡有情绪处则有"内在韵律"？关于这些问题，无论是郭沫若、戴望舒，还是其他持此观点的论者，都没有很好地回答。再次，观察大部分谈论"内在韵律"的论著，不难发现它们谈论的其实大都是文本的情感脉络、神韵等，那么"内在韵律"与"神韵""气韵"这些概念有何实质区别？可见，"内在韵律"理念已经有陷入"玄谈"甚至"空谈"的危险，它很难与我们一般认识的"韵律"概念建立有力的联系，换言之，它很难证明自己为什么是"韵律"之一种。

为了深入理解"内在韵律"的理论背景、构建动机以及理论逻辑，我们有必要再去重读郭沫若、戴望舒集中讨论韵律问题的文章。在对这些文章的细读中，我们不仅发现"内在韵律"理念本身的理论漏洞和逻辑缺失，也得以体察这些漏洞和缺失之所以存在的缘由。要摆脱"内在韵律"理论的困境，必须寻找一种能兼顾"内""外"的韵律理论，摸索新诗的韵律是如何发于"内"而现于"外"的机制。

二、"内在韵律"说的理论背景与症结

郭沫若撰写《论诗三札》（一）最初的缘由是反驳 1920

年胡怀琛的《诗与诗人》一文，后者以《尚书》中著名的观点为据，即"诗言志，歌永言，声依永，律和声"，强调诗与音乐的密切关系，他提出诗的标准"便是要能唱，不能唱不算诗"；他进而批评新诗道："现在做新诗的人，往往不能有自然的音节，也不能有自然的字句，便是解放得太过分了。"[1] 而郭沫若对此说持激烈的反对态度，他强调"诗"与"歌"的分野，由此提出了"内在韵律"说：

> 自从文字发明之后，诗歌表示的工具由言语进化为文字。诗歌遂复分化为两种形式。诗自诗，而歌自歌。歌如歌谣、乐府、词曲，或为感情的言语之复写，或不能离乐谱而独立，都是可以唱的。而诗则不必然。更从积极的方面而言，诗之精神在其内在的韵律（Intrinsic Rhythm），内在的韵律（或曰无形律）并不是甚么平上去入，高下抑扬，强弱长短，宫商徵羽；也并不是甚么双声叠韵，甚么押在句中的韵文！这些都是外在的韵律或有形律（Extrinsic Rhythm）。内在的韵律便是"情绪的自然消涨"（第204页）[2]

可见，郭沫若提出"内在韵律"/"无形律"的背景是对诗与歌（音乐）之间相互分离的认识，由于诗歌走向书面化（以文字为表达载体），郭沫若强调诗歌不应该再坚持音乐

---

[1] 胡怀琛：《诗与诗人》，《民铎杂志》，第2卷第3号，1920年，第1—11页。
[2] 郭沫若：《文艺论集》，北京：人民文学出版社，1979年。本章所引郭沫若文章均出自此书，笔者在正文旁注页码，后不另注，下同。

第二章 "内在韵律"说　　35

（或外在形式）作为诗歌韵律的必要条件，转而突出的是其"精神"或"情绪"。但是，郭沫若的理论逻辑显然还有可商榷之处：中国诗歌的书面化在古代就已经开始，我国古诗的主流（五言、七言古体与近体）的表达载体也主要是文字而非口耳相传，但古诗依然保持了外在的韵律，而新诗为什么不能呢？这个问题，郭沫若并没有在文中解释或者提及。废名在《谈新诗》中提出的著名的观点，实际上与郭沫若的遥相呼应："旧诗的内容是散文的，其诗的价值正因它是散文的。新诗的内容则要是诗的，若同旧诗一样是散文的内容，徒徒用白话来写，名之曰新诗，反不成其为诗。"[1] 实际上，无论是郭沫若还是废名，都在强调新诗的"内容"或者"精神"所具有的"诗性"。我们更倾向于把郭沫若和废名的观点看作对新诗作为诗的合法性的辩护——这种辩护的目的是要证明新诗是能够"成其为诗"的——而不是对其韵律特征的具体表述。郭沫若说：

> 音乐是已经成了形的，而内在韵律则为无形的交流。 大抵歌之成分外在律多而内在律少。诗应该是纯粹的内在律，表示它的工具用外在律也可，便不用外在律，也正是裸体的美人。 散文诗便是这个。 （第205页）

前面说过，"内在韵律"说带有对新诗的合法性辩护的意

---

[1] 废名：《谈新诗》，收入《废名集》，第4卷，北京：北京大学出版社，2009年，第1610页。

味。但是，无论是郭沫若本人，还是这个理论后来的延续者和阐释者，都把"内在韵律"说看作对自由体新诗的韵律/形式本质的一种认定了。实际上，从他在《论诗三札》中举的例子（泰戈尔《园丁集》第四十二首）来看，他所说的"内在韵律"实质上是指诗歌给人的心理感应或精神交流，其实就是指诗歌的精神特征、神韵，而并不是狭义的"韵律"问题，既没有涉及外在的形式、声音这一层面，也没有解释"韵律"的规律性问题。因此，把"韵律"用"内在"来形容实际上已经是一种比喻性的说法，如果把它看作对新诗韵律的一种概括，就有混淆问题的不同层面的嫌疑。

郭沫若竭力突出诗歌的"内在律"而排斥"外在律"，这里面有其复杂而深刻的立论背景。我们知道，郭沫若不仅是中国现代诗人中第一个提倡"内在韵律"的人，也是新诗史上在自由体形式建设上取得突出成就，并且有效地建立了自由体新诗的节奏范式的诗人，他在同时期的《天狗》等作品中熟练而高密度地使用排比、对举、复沓等韵律形式——这些都是自由诗最基本的韵律形式——标志着自由体形式在新诗中的基本成形。比如：

我飞奔，
我狂叫，
我燃烧。
我如烈火一样地燃烧！
我如大海一样地狂叫！
我如电气一样地飞跑！

我飞跑,

我飞跑,

我飞跑,

我剥我的皮,

我食我的肉,

我嚼我的血,

我啮我的心肝,

我在我神经上飞跑,

我在我脊髓上飞跑,

我在我脑筋上飞跑。

我便是我呀!

我的我要爆了!

但是,郭沫若为何如此急切地强调诗的"内在律",以至于他本人的诗歌中运用得很成功的外在形式也顾不上去总结和提倡了呢?更有甚者,他在文中直言"惠特曼的《草叶集》也全不用外在律"(第205页),以为其"内在律"的倡导提供支持。这个断言显然是不符合事实的,惠特曼在其自由体诗歌中得心应手地运用排比、复沓、头韵等非格律韵律形式,也经常利用抑扬格(iambic)这种英语格律诗中最常用的节奏模式,这已经成为诗律学讨论的经典案例了。比如,安妮·芬奇(Annie Finch)在其研究自由诗的专著《格律的魔影:美国自由诗的文化与韵律》中指出,惠特曼的诗歌中利用了抑扬格和扬抑抑格(dactylic)两类节奏。她进一步指出,"《草叶集》不断地在抑扬格五音步(pentameter)诗律与扬抑抑格诗律之间寻找平衡,在它们背后所代表的事物间寻找平衡,因此它不断地重新安排这两种诗律的关系,后来艾略特也继续了这种探索"[1]。可见,以为自由诗与音乐/韵律无关这个危害深远的流行谬见必须被破除,而"内在韵律"说一定程度上助长了这个谬见的流传。

更有趣的是,郭沫若的断言也和他本人在另外一篇文章中的观点自相矛盾。在《论节奏》中,郭沫若区分了两种节奏:"大概先扬后抑的节奏,便沉静我们。先抑后扬的节奏,便鼓舞我们。这是一定的公例。"(第233页)"譬如惠迭曼(Whitman)的诗是鼓舞调,太戈儿(Tagore)的诗是沉静调。"(第234页)郭沫若对两种不同节奏的效果和用途的分析,实际上源自西方诗歌韵律中"扬抑格"(trochaic)和"抑扬格"(iambic)这两类节奏的区别,是诗律学上的常识;而郭沫若说惠特曼属于鼓舞调(先抑后扬),也是符合事实的。然而,前文郭沫若已经说他的"内在韵律"并不是什么"高下抑扬",后者属于"有形律"的范畴,这里又说惠特曼和泰戈尔的节奏分别为先抑后扬和先扬后抑,那么他说"惠特曼的《草叶集》也全不用外在律"显然是一种欠缺考虑的断言了,甚至他本人也在无意中把它否定了。

郭沫若不惜以违背事实的代价来为其"内在韵律"的

---

[1] Annie Finch,*The Ghost of Meter*:*Culture and Prosody in American Free Verse*,Ann Arbor:University of Michigan Press,1993,p.32.

提倡提供支持论据,这其中还有更深的文化背景。在我们看来,这种急切的心态还与他对诗歌传统的"过度反应"有关——一个人的立论态度很大程度上取决于其潜在的或明确的论辩对象。新诗自诞生伊始就遭受到"是不是诗"这样的合法性质疑(胡怀琛的质疑也带有这种意味)——尤其是在音乐性/韵律这个问题上。1920—1921年的《论诗三札》出现于这个历史时期,它力图为新诗(尤其是自由体新诗)寻找合法性依据——证明它也是"诗"之一种,且符合诗歌发展的"历史趋势"——并定义新诗的独特性质。但是,自由体新诗在"五四"前后的中国可以说是一个前所未有的新事物,对它的形式特征的认识在当时并没有,也不可能有多少积淀,它只能在与旧诗的对比,甚至对抗中来定义自身。在这种对照性、对抗性的合法性探寻和自我定义的过程中,不少新诗理论者不仅走向了反抗格律等固定形式的道路,有的(比如郭沫若和戴望舒)甚至进一步走向了反抗一切外在形式和音乐的道路,即不固定、非格律的外在形式也被包括在反对的范围之内。他们在这条道路上走得如此之远,以至于他们自己运用得得心应手的某些"外在韵律"和音乐形式都被忽略了,郭沫若和戴望舒莫不如此。

值得注意的是,戴望舒到了三十年代之后,反而否定自己早年的音乐性追求。他在《诗论零札》中提到"韵律齐整论者说:有了好的内容再加上'完整的'形式,诗始达于完美之境"。戴望舒认为此说"大谬":"以为思想应该穿衣裳已经是专断之论了(梵乐希:《文学》),何况主张不论肥瘦高矮,都应该一律穿上一定尺寸的制服?"出于这种对固定形式（"制服"）的反对（这明显是针对闻一多、林庚等新诗格律理论的提倡者），戴望舒走向了一个与郭沫若非常接近的结论："诗的韵律不应只有肤浅的存在。它不应存在于文字的音韵抑扬这表面，而应存在于情绪的抑扬顿挫这内里。"[1] 可见，出于与郭沫若类似的理论背景，即对格律或者固定形式的反叛，戴望舒的观点也与郭沫若"内在韵律"理论极其接近，即认为诗歌的韵律与外在的文字形式无关，而是存在于"内在的"情绪之中。然而，戴望舒在这种对"韵律齐整论"，即新诗格律理论的急切反驳中，却忽视了除了"齐整的韵律"以外，还有"不齐整的"韵律，即我们后文提出的"非格律韵律"，他的《雨巷》就是这种韵律的一个例证，可惜他本人并没有对这种韵律作认真思考，遑论正式的提倡。

进一步地分析，可以发现无论是郭沫若还是戴望舒，在他们对诗歌外在形式和音乐性的反对中，都隐藏着一种"工具—本质"或者"内容—形式"的机械二分法，认为诗歌只要"精神"或者"内容"具有诗性即可，而外在的形式则并不必要。郭沫若的观点已见于前文中关于"裸体美人"的看法。戴望舒也利用了这个关于"美人"与"衣服"的隐喻来提出他的论点："本质上美的，荆钗布裙不能掩。本质上丑的，珠衫翠袖不能饰。""诗也是如此，它的佳劣不在形式而在内容。"[2] 在郭沫若和戴望舒看来，只要"本质""内容"或者"思想"是"诗"的便可以成其为诗，

---

[1] 戴望舒：《戴望舒诗全编》，杭州：浙江文艺出版社，1991年，第702页。
[2] 戴望舒：《戴望舒诗全编》，杭州：浙江文艺出版社，1991年，第701页。

"情绪"本身就是"韵律";在他们看来,"诗"是一种超于"形式"而且不依赖"形式"的本体性存在:就像"美人"一样,衣服之优劣甚至有无都无关紧要。这便是"内在韵律"说的认识论基础,然而,这个基础却是大为可疑的。这种"内容—形式"的机械二分法的问题在于它往往忽略外在形式,更重要的是,它忽视了诗歌的内容和形式往往是有机地、紧密地融合在一起的。我们不妨以郭沫若和戴望舒本人的诗作为例,来看看"内容"与"形式"是否是"美人"与"衣服"的关系。按照郭沫若的《天狗》的节奏形式,我们"重写"了《雨巷》,看看它是否依然是一个"裸体美人":

> 我独自一人,
> 我撑着油纸伞,
> 我彷徨在悠长的雨巷。
> 我希望逢着一个姑娘!
> 一个丁香一样的姑娘!
> 一个结着愁怨的姑娘!
> 我彷徨,
> 我彷徨,
> 我彷徨,

不需要太多的解释,读者就可以发现这里的情绪和情韵已然迥异于原来的《雨巷》之悱恻徘徊、一唱三叹,可见"裸体美人"比喻之大谬不然:形式之于"精神"/"内容"绝非"衣服"之于"美人",可穿可脱;毋宁说,形式是

"美人"之肌肤,若剥去则血肉淋漓,惨不忍睹。换言之,它们是浑然一体、难解难分的。我们不妨再来分析《雨巷》之"肌肤"。

> 撑着油纸伞,独自
> 彷徨在悠长,悠长
> 又寂寥的雨巷,
> 我希望逢着
> 一个丁香一样地
> 结着愁怨的姑娘。

《雨巷》将多种形式的重复结合运用,而且在诗形结构、分行乃至标点方面有着微妙的安排。上面一节诗的前三行和后三行都是一个完整的单句,各自进行了两次跨行,如此频繁的跨行增加了诗句的曲折度并延长了其时间长度,而首二行又进行了句中的停顿,可以说作者在尽最大的可能延缓节奏步伐,让读者一开始就进入那种"悠长"的氛围,而这种时间尺度的安排被上面我们重写的"天狗版"《雨巷》破坏殆尽,变成了另一种节奏行进方式了。因此,节奏的行进与情绪之间的关联是至关重要的。

由此看来,"内在韵律"理论实际上面临着一个"瓶颈"。它并不能很好地说明"内在"的东西(情绪、内容)是如何与"外在"的事物(形式、韵律)发生联系的,它背后隐藏的"内容—形式"机械二分法明显地妨碍了它有效地进入作为一个整体的新诗文本中,而它对外在形式(韵律)这一"极"的忽视也使得它只能停留于分析作品的

"情绪""神韵"这个层面。由于"内在韵律"说在新诗理论界的长期主导地位，学界对自由诗的韵律形式和结构本身的分析显得非常薄弱，新诗理论界长期以来对自由诗的韵律基础、自由诗的韵律与时间之关系、新诗韵律与传统韵律之连接纽带和区别特征，缺乏足够的认识。因此，有必要开拓一条探讨新诗韵律是如何由"内"而"外"的路径，以补充"内在韵律"说的缺陷和盲点。从上面对《雨巷》等作品的分析中可以看出，新诗的韵律虽然来自诗歌情绪、内容的约束，即诗歌"内部"，但是也必定在外在的形式上有所体现，且"内""外"之间往往有着密切联系。换言之，韵律"生于内而形于外"。

直到今天，"内在韵律"说仍然为不少诗人和研究者所提倡。我们之所以提出"非格律韵律"这一概念（详后），目的之一在于强调"韵律"概念并不等同于"格律"概念，"韵律"还可以包括非格律形式的节奏类型（自由诗的节奏就是这种类型），而这样的韵律同样可以是"外在"的，虽然它的产生主要依据诗歌本身的要求。我们需要意识到"内在"与"内生"之间的微妙区别。"内在"的韵律存在于内部，不依赖形式，即所谓"裸体美人"，而"内生"的韵律虽然依据内部需要，即情感与意义来实现外部形式，但是完全可以在外在形式方面有所体现；如果它要想使自身满足狭义的"韵律"定义，则必须在外在形式上有所体现。我们之所以不沿用过去的"内在韵律"概念，而另用"非格律韵律"这一概念，就是想强调这一点区别。自由诗韵律与传统格律的区别，并不是"内在"与"外在"的区别（两者都可以是"外在"的），而是"先前约定"/"强制性规定"与"依自身需求而定"/"内生"之间的区别，简言之，是固定韵律（即格律）和不固定韵律（即非格律韵律）的区别。如果不强调这些区别，我们就会继续在混乱的概念和理论基础上混乱地讨论问题。

三、"内在"的韵律如何"外在"地实现？

那么，如何来认识、分析自由诗韵律之"生于内而形于外"呢？如果说韵律会在外部形式上有所体现的话，那么什么样的形式特征才会带来韵律感呢？要回答这些问题，不妨先从一些明显地具有韵律感的作品入手。郭沫若在《论节奏》一文中举了赛德尔（Heinrich Seidel）的一首德文诗，他称之为"德国诗人的绝妙的好诗"：

1 Weise Rose, weise Rose!　　白的玫瑰，白的玫瑰！
2 Träumerisch　　　　　　　梦微微
3 Neigst du das Haupt.　　　垂着头儿睡。
4 Weise Rose, weise Rose!　　白的玫瑰，白的玫瑰！
5 Blade　　　　　　　　　　不一会
6 Bist du entlaubt.　　　　　你的叶儿会飞坠

7 Weise Rose, weise Rose!　　白的玫瑰，白的玫瑰！
8 Dunkel　　　　　　　　　暗巍巍
9 Drohet der Sturm.　　　　暴风快来者
10 Im Herzen Heimlich　　　在你心悄悄地
11 Heimlich　　　　　　　　悄悄地

12 Naget der Wurm.　　　　有个虫儿在蛀你。

（第 230—231 页。 译文为郭沫若所作，行首序号为笔者所加）

郭沫若对此诗的节奏大加赞赏，然而他并没有详细分析其韵律特色与机制，仅仅用一个模糊的印象来形容："他这要算是把钻钻子的运动节奏，化成诗歌的音调节奏了。"（第 231 页）那么，这是怎样的一种"运动节奏"呢？实际上，如果我们把下面的《雨巷》这节诗与上面的德文诗（原文而非译文）对比的话，可以看出它们的形式有惊人的相似之处：

1　在雨的哀曲里
2　消了她的颜色
3　散了她的芬芳
4　消散了，甚至她的
5　太息般的眼光
6　丁香般的惆怅。

（行首序号为笔者所加）

两首诗在节奏上都有"一唱三叹"的效果，在结构上，它们都有很多重复、同一的因素。赛德尔的诗多次运用了复沓（第 1、4、7、10—11 行），头韵（第 5 行"Blade"与第 6 行"Bist"、第 8 行"Dunkel"与第 9 行"Drohet"），尾韵（第 3 行与第 6 行押"aupt"、第 9 行与第 12 行押"urm"），这两组诗行（第 3、6 行与第 9、12 行）恰好又有句式的重

46　"声"的重构：新诗节奏研究

复与对称，这样就构成了非常强烈的节奏效果（不妨读一下）。"Drohet der Sturm"与"Naget der Wurm"这种音韵的高密度重叠是民谣的典型写法，它的节奏效果甚至比格律还要强。[1] 无怪乎郭沫若读了这样的诗句要"手舞足蹈"（第231页）了。然而，原文中的句式、音韵、诗行结构等形式特征仅复沓和尾韵在郭沫若译文中有所体现，而译文在时间尺度上的行进特征也与原文大有区别，我们在译文中是体会不到多少原作的情韵的。不过，在上面的《雨巷》这节诗中，我们却可以体会到一些与赛德尔的诗类似的节奏。它的第2、3行和第5、6行都是同样的句式，中间第4行则在节奏上起到连接与转折的作用（犹如绝句中的第3行之功效）：从"消了""散了"再到"消散了"，一波三折、一唱三叹。而第5、6行的重复句式不仅与2、3行形成巧妙的对称，而且又浮现了前面的诗节反复回响着的"ang"韵（"光""香""怅"），直有余音袅袅之效，一种对美的消散无可奈何之感萦绕于怀。

可以看到，上面两首诗歌节奏感的关键都在于它们有很多重复（复现）的因素（读音、词语、句式、意象等），然而，它们的重复方式又有别于格律诗歌的那种"音步"或"顿"的整齐排列所造成的重复和韵律感，也就是这些重复因素在时间尺度上并不是匀称分布的。实际上，任何较为明显和密集的重复都可以造成节奏或者韵律，重复（repetition）或复现（recurrence）是格律和非格律韵律的共

---

[1] 当然它有一个弱点，就是很容易落入一种"俗曲"的调子，妨碍较为严肃的诗情之表达。但是，在 W. H. 奥登这样的现代诗人手里，谣曲（ballad）这种形式同样也可以表达严肃的、复杂的内容。

第二章 "内在韵律"说　47

同基础（详见下一编）。郭沫若在建立其"内在韵律"理论时，重点在于强调情绪的波动，并没有考虑到重复作为"韵律"基石的作用。有趣的是，郭沫若《论诗三札》的开首所引用的奈特（Knight）《美之心理学》（*The Philosophy of the Beauty*）一段关于诗歌与音乐之关系的论述中，却明确地指出了重复与韵律的关系："言语韵律反复时而诗歌以起。言语反复时，音有节奏，调有变化而音乐以起。"（第203页）而他在《论文学的本质》（1925）中则认为"同一句或同一字的反复"是一种"原始"节奏，是"文学的原始细胞"（第223页）。可见，郭沫若在二十年代思考新诗节奏问题时，已经具有较为广泛的理论视野，可惜他并没有把这些论述与自己的理论建构融合起来，令人扼腕。耐人寻味的是，郭沫若虽然在《论诗三札》中坚定地提倡"内在韵律"说，但是在《论诗三札》《论节奏》二文中，无论是理论定义还是具体举证（比如上面所举的德文诗和下文我们讨论的节奏与时间的关系），郭沫若又无意中回到了传统的（非比喻性的）"韵律"理念。通过分析这种缝隙和矛盾，我们不仅可以寻找到"内在韵律"说的困境和限度，也得以认识到，要摆脱这种困境，必须寻找一种能兼顾"内""外"的韵律理论。

应当注意的是，仅仅强调复现这一韵律的基石仍然是不够的，它还无法充分地说明韵律的安排是如何与情绪和意义发生联系，而且复现仅仅是韵律的"骨架"，并不是全部。要充分地理解作为一个整体的韵律，我们还必须考虑韵律与时间的关系。韵律的本质必须在时间维度中阐明。

时间是运动的尺度,[1] 它必须在具体运动中才能得到具体化的认识。在诗歌韵律中,声音就是运动的外在形式,它的重复和变异构成了韵律的肌理和质地。因此,对于韵律的探索不能忽略外在的声音或者音乐这个层面,否则就要付出"皮之不存,毛将焉附"的代价。"内在韵律"理念的根本问题就在这里,它跳过了对韵律本质和构成机制的思考,直接描述自由诗韵律的特征和功能(尤其是它与语义层的互动),但是它经常沦为对文本的脉络或"神韵"的模糊认识,一直无法落实到语言结构层,也无法阐明韵律和时间的关联性。

耐人寻味的是,"内在韵律"说的开创者郭沫若实际上也注意到了韵律与"时间"和"运动"的关系,他在《论节奏》一文中提出:

> 节奏的成分假如再详细去分析时,我们可以知道凡要构成节奏总离不开两个很重要的关系。这是甚么呢?一个是时间的关系,一个是力的关系。
>
> 简单的一种声音或一种运动,是不能成为节奏的。但是加上时间的关系,它便可以成为节奏了。……这种节奏叫着"时的节奏"。
>
> 有两种以上的声音或运动的时候,因为有强弱的关系,彼此组合起来,加以反复,我们便感觉

---

[1] 关于时间是运动的尺度或者度量的观点,柏拉图在《蒂迈欧篇》(39c—39e)、亚里士多德在《物理学》(221a—222a)均有讨论。

出一种节奏来。……这种节奏叫"力的节奏"。

（第 231—232 页）

这些认识即便放在现在的诗律学视野中，也是能够成立并且有价值的。郭沫若指出，"时的节奏"与"力的节奏"是互为表里的，"力的节奏不能离去时间的关系，而时的节奏在客观上虽只一个因子，并没有强弱之分，但在我们的主观上是分别了强弱的"（第 232 页）。时间与力的具体实现——运动（包括声音）[1]——是相互定义的一对概念。一方面，时间是运动的尺度，必须通过运动才得以呈现；另一方面，我们对运动的认识必须通过时间，不存在脱离时间的而被认识的"运动"。在格律诗歌中，我们把轻重音或者停顿较为均匀地分布于诗行中——这些都是具体的语言运动特征——于是，运动与时间构成一种较为有规律的关系，并且形成了"顿""音步"，甚至诗行这些作为运动周期的概念。

那么，运动（力）和时间的关系具体如何运用于自由体诗歌韵律的认识中呢？到这个节点上，郭沫若再次回到"情绪"这个概念："一切感情，加上时间的要素，便成为情绪的。所以情绪自身，便成为节奏的表现。"（第 235 页）于是，郭沫若在这篇文章中重提他的"内在韵律"观念与"裸体美人"的隐喻："我相信有裸体的诗，便是不借重音乐的韵语，而直抒情绪中的观念之推移，这便是所谓散文

---

[1] 郭沫若把声音与运动并举，不过"声音"也是一种运动，因为声音的产生需要振动，而其实现方式——声波，也是一种运动。因此，后文所说的运动均包括声音这种形式。

诗，所谓自由诗。"（第236页）问题在于，属于思维层面的情绪看不见摸不着，它就其本身而言并非运动——因此它与时间的关系也不明确——情绪要在诗歌中被感知必须通过声音或者文字，而作为韵律被感知更是如此。不妨用这个图式概括：

韵律—运动/时间—思维（含情绪）

在传统的诗律学中，（音乐或者诗歌的）"韵律"首先是作为一种声音运动的现象，而郭沫若选择了忽略声音运动这一因素，直接把思维或者情绪本身看作"运动"。这只能借助一种比喻性思维来实现，这样的"韵律"定义同样也是比喻性的。

前文说过，郭沫若提出"内在韵律"说的背景便是诗歌传播的书面化趋势。也就是说，在读者接受诗歌的过程中，声音仿佛成了一个附加物，读者直接接触书面文字，与情绪、思维打交道，而并不总是与诗歌的声响打交道。必须认识到，这是现代诗歌走向视觉化的最重要的原因，也是韵律在现代诗歌中地位下降的原因，而且还是郭沫若提出一个情绪、思维层面的"韵律"概念的缘由之一。在我们看来，这一概念之提出自有其存在的合理性——否则它也不会盛行那么久——它至少提醒人们注意诗歌的情绪与节奏感之间的微妙关系，而且限制了"格律"观念在"韵律"中的垄断地位。但是，它并不能取消直接意义上的（声音的）韵律在自由体新诗中的存在，更不能成为我们拒绝分析新诗外在的、形式的韵律的理由，因为两者在具体的诗歌之中是两个不同层面的事物,对思维/情绪的分析并不能取代对语言、音乐的分析。更重要的是,正如我们前文已经看到的,这两个层面在诗歌中是紧密地相互关联的,往往结成一个独特的整体。

但是,自由诗的诗律学分析面临着新的问题,那就是,它的传播媒介和表达形式主要是文字/书面形式,然而,文字本身同样也不是"运动",我们无法从诗歌的书面形式(空间形式)直接看出时间的存在。因此,我们先要解决文字(书面形式)和语言(声响形式)的关系问题。[1] 在语言学上有一种重要的观点,即文字是对语言的模仿,而语言是对思维的模仿。对于诗歌而言,可以说,以空间形式呈现出来的文字是对以时间进程呈现出来的语言的模仿,而语言的时间进程又是对思维过程(包括情绪)的模仿。以时间的进程呈现出来的语言就是所谓的"运动",也就是声响在时间中渐次发生的过程。强调语言的"时间性"就是强调语言声响的实际发生过程。只有这样,我们才能把无声的文字排列与有声的音乐联系起来。明确这个理论前提之后,我们就可以对自由体诗歌的形式进行较为严谨的诗律学分析了。再看前文讨论过的《雨巷》:

  撑着油纸伞,独自

---

[1] 这个问题在"内在韵律"理论中是缺席的,它的缺席既是"内在韵律"理论带来的结果,甚至也可能是它提出的原因之一:郭沫若用情绪代替语言成为一种"运动",很可能也是出于他没有看到书面形式(尤其是自由体的书面形式)与时间的关系,因此在分析诗歌形式与韵律的关系时就会遇到难以克服的困难,只能直接分析诗歌的"情绪"。

彷徨在悠长，悠长
又寂寥的雨巷，

这里，作者在句中进行了两次停顿（在"伞"和"长"后面，以逗号为标志），又把"悠长"重复了一次，这都是在延长诗句的时间进程。更耐人寻味的是，这里的句法结构（即上文所说的思维层面）与跨行（即空间-时间层面）之间的微妙关系。作者把一个单句（"［我］撑着油纸伞独自彷徨在悠长、寂寥的雨巷"）分成了三行，这本身就延长了时间尺度，或者说，放缓了节奏步伐。实际上，跨行与句法结构的关系远远比我们想象得复杂。在上面这种情况下，由于句子是在句中跨行（也就是一行诗的意思还未结束之处），它实际上就与句法结构构成矛盾与张力之关系。如果像前文改写过的《雨巷》那样安排句子，即每行都是完整的单句，就是另外一种效果了：

我独自一人，
我撑着油纸伞，
我彷徨在悠长的雨巷。
我彷徨
我彷徨

由于每句意思完整，而且都是同样的句式（即排比），这样就造成了一种急促而澎湃的节奏（如同《天狗》那样），与诗歌中表达的那种"彷徨""忧愁"的情调很不协调。由此，我们可以看出，作为一种思维特征的情绪并不是与外在的形式特征相互隔绝的。相反，它往往在后者身上有所体现，成功的作品可以找到一种最好的体现形式。再来看当代诗人多多的一首诗歌：

> 在树上，十二月的风抵抗着更烈的酒
> 有一阵风，催促话语的来临
> 被谷仓的立柱挡着，挡住
>
> 被大理石的恶梦梦着，梦到
> 被风走下墓碑的声响惊动，惊醒
> 最后的树叶向天空奔去
> ——《什么时候我知道铃声是绿色的》（1992）

读者想必和笔者一样，读到这两节诗时立即就被那三对动词的"联袂演出"给抓住了——"挡着，挡住""梦着，梦到""惊动，惊醒"。它们不仅在节奏上气势磅礴；更重要的是，它们以语言的线性前进序列成功地实现了对动作和场景的摹仿：一开始是风被立柱挡着，然后是停顿（逗号），过了一会儿才被"挡住"。而写风的声响的惊恐景象亦极其细致，先是被"惊动"，过了一会儿才被"惊醒"——仿佛一场噩梦就在我们眼前！相反，如果这几句诗歌写成"挡着和挡住"，则动作间的时间间隔没有体现出来；而如果直接写成"被谷仓的立柱挡住"而省略掉"挡着"，其间细微的过程则没有描绘出来，时间的脉搏亦无法听到。因为对运动的模仿本质上就是对时间的模仿。多多这样的诗句已经在接近诗歌这种时间艺术的极致，体现出一个"歌者"的杰出本质。在自由诗的非格律韵律中，诗人可以根据具体内容自由调度诗歌的节奏，因此也就可以与表现内容发生直接的、有机的联系，而节奏作为一种形式要素也就拥有了更多的表达意义、情感的可能性。可以说，相对于格律诗而言，非格律韵律不仅是韵律构成、发生机制上的转变，也是韵律的形式本质上的变化。

在回答了韵律的构成基础（重复）、韵律的实现方式（运动与时间之关系），以及韵律和书面形式的关系之后，我们可以较为有效地分析新诗韵律的外部形式和它与内部意义的关系。可以预见，在这一系列问题得到突破后，不仅新诗"有没有韵律"的疑虑有望逐步消失，而且新诗韵律研究也有望开启一个新的范式。当然，我们提出的韵律研究范式并不能解决诗歌的所有问题，它只是从诗歌意义流露于诗歌形式表层上的"冰山一角"入手，思考形式与意义的关系，给新诗韵律的分析提供一条可行的路径。它并不能取代其他层面（如语义学、修辞学）的分析，也不能穷尽诗歌形式和意义的各个方面。但是，如果我们要回答新诗究竟有无严格意义上的"韵律"、节奏与情绪和意义是何种关系的话，则这一路径必须被开拓出来。

第三章　新诗"格律"理念

中国新诗格律化的尝试自闻一多、饶孟侃等开始，经由三十年代朱光潜、罗念生、孙大雨、林庚等的几次论战，再到五十年代的大范围讨论，一直到今天仍然被研究者探讨着。但是，到目前为止新诗并没有建立具有明显的节奏效果，同时又被诗人和读者广泛接受的格律诗体，甚至连其节奏具体如何产生现在也没有达成基本的共识。对于这个令人尴尬的事实，学界并没有作出充分的反思，也未认真地思考新诗的格律形式为何难以建立并被诗歌的创作者和读者所接受。新诗的格律化理论自二十年代开始到现在，已经有一百年的历史，这里不打算对其发展史作出全面的回顾和描述，也不打算全面地展开对各家格律理论的比较和讨论，而仅仅聚焦于格律理论的一个最根本的问题，即节奏的构成基础和形成机制的问题。闻一多指出："盖节奏实诗与文之所以异，故其关系于诗，至重且大；苟一紊乱，便失诗之所以为诗。"[1]　本章将集中讨论关于新诗格律的以

---

[1] 闻一多：《律诗底研究》（1922）（生前未发表），收入《闻一多研究四十年》，北京：清华大学出版社，1988年，第437页。

下问题：新诗的节奏具体如何产生，其基本构成单位是什么，而这些节奏单位又是如何划分的，以这样的方式构建的诗行是否有实际上的节奏效果？

虽然新诗格律的倡导者们提出过各式各样的格律理念，但是它们都在这个问题上遇到困难：不管是闻一多的"音尺"，还是孙大雨的"音组"、林庚的"半逗律"，抑或是何其芳重新定义的"顿"，都无法在客观上给新诗造成明显的齐整节奏（而它们在旧诗或者西方格律诗中如何造成节奏，则是另一个问题）。在我们看来，这些节奏单位虽然有着不同的定义和出发点，但它们都在这些问题上遇到了瓶颈：如何在以白话文为载体的新诗诗句里划分节奏单位，读者能否明确地辨认出这些单位，以及它们如何形成节奏。关键的一点在于，这些所谓的新诗节奏单位虽然名目不同，但是它们的划分方式都大同小异：都是以句法结构作为基本原则来划分，而且节奏单位内部并无语音的有规律排列，或者说，这些"格律诗"在语音上和散文并无区别，仅仅是用某些方法"划分"了一下而已。因此，格律体新诗所谓的"音步"（"顿""音节"）往往是有名无实的，在这个问题上大部分格律理论都表现出了惊人的"家族相似"特性。

下面，我们将从节奏单位之划分与节奏效果之达成方式这两点入手，详细地分析新诗格律理论的几个主要的倡导者具体如何构建新诗的节奏，以及这样的构建方式在实践环节上遇到了什么样的问题；最后，我们还将分析几个主要的新诗节奏理论在何种意义上、在哪个层面上是"家族相似"的。

一、闻一多的"音尺"论的局限

新诗格律化的倡导始自以闻一多为代表的新月派诗人,而新诗格律化的困境也始自闻一多等人。虽然闻一多的格律方案受到了很多诗人和学者的批评,但是其真正的弊病和矛盾并没有得到深入和彻底的反思,这带来的直接后果就是闻一多的格律理论的一些内在的缺陷在其后一直被一些格律诗的提倡者延续着。闻一多提出的格律方案的核心是所谓的"音尺"(foot,现在一般译为"音步")概念。"音尺"概念的提出显然受到了西方诗律学(尤其是英语诗律学)的影响,但是"音尺"这个概念在闻一多的格律诗方案中的地位相当尴尬:闻一多认为新诗的特色是"增加一种建筑美",具体而言就是要做到"节的匀称和句的均齐",句的均齐就是每句字数相同,他设想道:"字数整齐的关系可大了,因为从这一点表面上的形式,可以证明诗的内在精神——节奏的存在与否。"[1] 但是既然每句字数已经均齐了,那又要"音尺"何用呢?而且字数的均齐能够证明节奏的存在吗?闻一多的回答是,"绝对的调和音节,字句必定整齐",不过"字数整齐了,音节不一定就会调和,那是因为只有字数的整齐,没有顾到音尺的整齐"[2],

---

[1] 闻一多:《诗的格律》,原载《晨报》副刊1926年5月13日,收入《闻一多全集》,第三卷,北京:生活·读书·新知三联书店,1982年,第415、417页。

[2] 闻一多:《诗的格律》,《闻一多全集》,第三卷,北京:生活·读书·新知三联书店,1982年,第418页。

那么"字数的整齐"加上"音尺的整齐"就会带来明显的节奏吗?闻一多并没有给他的"音尺"概念下定义,也没有明确表示他是依据什么原则划分音尺的,然而这恰好是问题的关键。先来看闻一多举的具体的实例(句中划分音尺的竖线为闻一多所加):

孩子们|惊望着|他的|脸色
他也|惊望着|炭火的|红光

下面这个例子则是闻一多自己的《死水》一诗中的首句:

这是|一沟|绝望的|死水[1]

必须强调的是,这种"音尺"的划分方式和英语诗歌中的"音步"(foot)的划分有根本的区别,后者是依据轻重音的有规律排列来划分"音步"的(而且语音的有规律排列是划分的前提,并不是任何句子都可以分为某一类音步),例如下面这四行诗,是典型的抑扬格五音步(iambic pentameter)诗句(出自莎士比亚戏剧《威尼斯商人》):

|How sweet | the moon | light sleeps | upon this bank!|

---

[1] 闻一多:《诗的格律》,《闻一多全集》,第三卷,北京:生活·读书·新知三联书店,1982年,第418页。

```
      —    /    —    /    —    /    —    /
|Here will | we sit | and let | the sounds | of music |
        /    —    /    —    /    —    /    —
|Creep in | our cars; | soft still |ness and | the night|
   —    /    —    /    —    /    —    —
|Become | the touch |es of | sweet har |mony. |
```

（每行上方的"—"表示轻读音节，"/"表示重读音节，为笔者所注）

可以看到，上面的诗句除了一两处不合律以外，轻重音的排列都是非常整齐的。但是，前面闻一多的"音步"显然不是根据声音的轻重或者高低来划分的，他诗句中的"音尺"明显是根据句法结构和句意来划分的，这些划分出来的单位在现在的句法学中一般被称为"意群"（sense group），而它们在语音上的排列则轻重高低各有不同。闻一多并没有明确表示他划分"音尺"的原则，而自20年代就开始与闻一多讨论新诗格律理论且观点与其较为接近的孙大雨则明确提出，其节奏单位（"音节"）是"基本上被意义或文法关系所形成的"[1]。罗念生也明确指出："在我们的新体格律诗里，音步是按照词的组织和意义划分的，原因是节奏不鲜明。"[2] 可以说，闻一多这样的"音尺"实际上是"义尺"，而且，以这种标准的"音尺"构建的"格律诗"的节奏和自由诗与散文语言的节奏并无太大的区别。

---

1 孙大雨：《诗歌底格律》（续），《复旦学报》（人文科学）1957年第1期，第10页。
2 罗念生：《罗念生全集》，第八卷，上海：上海人民出版社，2004年，第433页。

散文的句子稍微改动字句，然后整齐地分行就可转换成貌似整齐的"格律诗"，例如本章里的两句话就可以按照闻一多的方案进行分行和划分"音尺"：

  闻一多｜提出的｜格律｜方案
  核心是｜所谓的｜音尺｜概念

这是四个"音尺"一行的"格律诗"，下面是五个"音尺"一行的"格律诗"：

  散文的｜句子｜稍微｜改动｜字句
  然后｜整齐地｜分行｜就可｜转换
  成为｜貌似｜整齐的｜格律｜诗歌

  可见，要写出闻一多所谓的"格律诗"，所需要注意的无非是保证每行有相同数量的意群（即闻一多所谓的"音尺"），并保证每个意群的字数不超过四个字——当然，超过也无妨，可以将其再切分为两个"音尺"。然而这样的"格律诗"和散文语言的节奏究竟有什么区别呢？——很难说有什么实质性的区别。
  朱光潜在其《诗论》中对这种按照意义划分的节奏作出了反思，他在讨论新诗里的"顿"的划分时指出："旧诗的'顿'是一个固定的空架子，可以套到任何诗上，音的顿不必是义的顿。白话诗如果仍分顿，它应该怎样读法呢？如果用语言的自然的节奏，使音的'顿'就是义的'顿'，结果便没有一个固定的音乐节奏，这就是说，便无音'律'

第三章 新诗"格律"理念

可言，而诗的节奏根本无异于散文的节奏。那么，它为什么不是散文，又成问题了。"[1] 朱光潜这里使用的概念是"顿"而不是"音尺"，但是他这里指出的节奏问题同样也存在于闻一多的方案之中——因为闻一多的"音尺"的划分方法也是以"义"为原则的。朱光潜敏锐地觉察到了这种按照意义来划分的"节奏"的症结所在：那就是它没有固定的节奏，和散文的节奏并没有实质区别，因此很难回答它为何不是散文。按照闻一多的方法划分出来的诸如"这是""绝望的"这样的节奏单位，仅仅是句法和语义上的构成部分，而它们在语音上则轻重高低各有不同，而且其语音延续的时长也不相同，因此整个诗句在读音上并没有像古诗或者西方格律诗那样的整齐均衡的节奏，和散文并没有多少区别——而且在创作时不需要安排语音，散文怎么写，"格律诗"也怎么写，唯一要注意的是分行而已。

另外，朱光潜还觉察出了以意义划分节奏的另一个问题：那就是白话文的"虚字"（虚词）在节奏单位划分时如何处理的问题。来看朱光潜书中所举的例子：

门外─坐着──一个─穿破衣裳的─老年人

这里的"着""的"都划分在"顿"的末尾（这显然是因为它们和前面的词语在意义上是一个整体），而闻一多在划分"音尺"时（见前面的例子），也是这样处理虚词的。但是朱光潜反思道："虚字本应轻轻滑过，而顺着中国旧诗

---

[1] 朱光潜：《诗论》，北京：北京出版社，2005年，第222页。

节奏先抑后扬的倾向，却须着重提高延长，未免使听者起轻重倒置的感觉了。而且各顿的字数相差往往很远，拉调子读起来，也很难产生有规律的节奏。"[1] 朱光潜这里提出的问题大多数讨论新诗格律的学者都没有注意到，因为它涉及的是具体如何朗读、如何把握节奏这样微妙的细节问题。

朱光潜分析到，节奏单位内部的先抑后扬，不仅是中国古诗的总体倾向，也是西方诗歌（如英语、法语诗歌）的基本倾向，因为先抑后扬或先轻后重读起来显然要更为响亮、有力。他说："各国语言大半有先抑后扬的倾向（英文 iambic 节奏最占势力，法文在顿上略扬，都可以为证）。"[2] 又说："中诗顿绝对不能先扬后抑，必须先抑后扬，而这种抑扬不完全在轻重上见出，是同时在长短、高低、轻重上见出。"[3] 那么，白话文中频繁出现的虚词（如"的""地""得""着"等）应该如何处理呢？如何避免它们与诗歌先抑后扬的节奏冲突呢？朱光潜并没有回答这个问题，不过，可以看出他明显地觉察到了以"义"而不是"音"来划分节奏单位的弊病：一是节奏不固定，和散文没有多少区别；二是划分的节奏和实际朗读的节奏不一致，甚至直接影响朗读的节奏效果。正是在这个意义上，闻一多的名为"音尺"，实为"意群"的节奏单位，在其"豆腐干"式的诗歌中并没有发挥节奏上的效用，仅仅是一个看起来

---

[1] 朱光潜：《诗论》，北京：北京出版社，2005 年，第 223 页。

[2] 朱光潜：《诗论》，北京：北京出版社，2005 年，第 190 页。笔者按：iambic 即抑扬格。当然，英语诗歌中也有扬抑格，但它不是占主流的节奏形式。

[3] 朱光潜：《诗论》，北京：北京出版社，2005 年，第 215 页。

第三章 新诗"格律"理念

像"格律"的摆设而已。

前面说过，英语格律诗歌中的节奏是以轻重音的有规律排列为基础的，而闻一多在1926年提出的格律诗方案并没有实现句子/诗行内部语音有规律的排列。显然闻一多后来也意识到了这个问题，于是他进一步地试图以轻重音的有规律排列来造成新诗的节奏。虽然闻一多并没有发表文章公开、明确地提出这个主张，但是在1931年梁实秋致徐志摩的信（刊载于《诗刊》）中，梁实秋谈到字数整齐的新诗的缺陷，也提到闻一多在进行新的格律诗试验：

> 现在有人把诗写得很整齐，例如十个字一行，八个字一行，但是读时仍无相当的抑扬顿挫。这不能不说是一大缺点。这问题，你们做诗的人当然是注意到的，我和一多（笔者按：指闻一多）谈起，他说他已尽力在这方面试验，例如他自认为相当成功的两行是：
> 老头儿和担子摔了一交，
> 满地下是白杏儿红樱桃，……
> 每行算是有三个重音，头一行是"头""担""摔"三字重音，第二行是"地""杏""樱"三字重音。[1]

除了闻一多之外，陆志韦也试验过以轻重音相间构成

---

[1] 梁实秋：《新诗的格调及其他》，《诗刊》创刊号，1931年1月，第85—86页。

节奏的格律诗，他将其作品称之为"杂样的五拍诗"，他的23首诗作在1947年的《文学杂志》一起刊出时，他明确表示"要把英国古戏曲的格式用中国话来填补他。又不妨说要摹仿莎士比亚的神韵"[1]。我们知道，莎士比亚的大部分戏剧就是以抑扬格五音步诗体（说明见前文）写成的，陆志韦显然是要把这种诗体直接移植到汉语中来。为了明确诗歌中的"重音"，陆志韦甚至把这23首诗中的每一行都标明了重音，例如其中的第一首（原文以圆圈标明，这里改用下划线）：

1　是<u>一</u>件<u>百</u>家<u>衣</u>，<u>矮</u>窗上的<u>纸</u>
2　<u>苇</u>子<u>杆</u>子上<u>稀</u>稀<u>拉</u>拉的<u>雪</u>
3　<u>松</u>香<u>琥</u>珀的<u>灯</u>光为什么<u>凄</u>凉
4　<u>几</u>千年，<u>几</u>万年，<u>隔</u>这<u>一</u>层<u>薄</u>纸
5　<u>天</u>气<u>暖</u>和<u>点</u>，还<u>有</u>人<u>认</u>识<u>我</u>
6　<u>父</u>母<u>生</u>我<u>在</u>没落的<u>书</u>香<u>门</u>第[2]

（行首序号为笔者所加）

把重音标示出来，当然是为了让读者知道每行诗的"重音"数目都一样，而且和"轻音"有规律地间隔，这样看上去便与抑扬格颇为相似了。但是，汉语中的字，除了虚词（如助词、语气词）一般应该轻读以外，其他的字相互之间很难分清楚孰轻孰重，它们的轻重并不是像英语那

1　陆志韦：《杂样的五拍诗》，《文学杂志》2卷4期，1947年9月，第55页。
2　陆志韦：《杂样的五拍诗》，《文学杂志》2卷4期，1947年9月，第56页。

样明确而固定的。比如汉语的"学生"和英语的"student",英语读者都清楚重音在第一个音节上,那汉语读者呢?是不是凡识字者都知道重音在哪里呢?虽然语言学家可以通过统计学和声学等方式大概清楚哪个字稍微重一些,或者说,在大部分语境或者大部分人的朗读方式中,哪一个字读得稍微重一点的概率更大一些(这需要大量的语料研究和统计才能知道)。但是,普通读者对这些词语轻重的把握是无意识的,并不像英语的轻重和汉语的声调那样可自觉地把握。那么,汉语的轻重关系即便有,也不能作为一种诗律学意义上的节奏基础。因为格律是公共性的规则,要求有可以被广大作者与读者共享的规律性,而某个作者自行设定的规则不能被视为"格律"。另外,现代诗歌的主要传播方式是书面形式,而不是口耳相传,即便某个作家创作出一些自以为有轻重规律的诗句,读者也无法通过书面的方式感觉到这一点,因为在汉语的轻重这一点上(除了某些虚词以外),即便存在某些"共象",也没有出现读者普遍具有的"共识",格律单位的构成需要以普遍的可辨识性为前提。格律的形成不是一种纯粹的声学现象,还受制于作者、读者心理,也受制于文学传统,仅从语音角度"向壁虚构"是很难获得成功的。

和汉语不同的是,英语的词语中有大量的轻读音节存在,而且在英语中的复音词或多音词中,哪个音节轻读、那个音节重读一般是固定的,不同的词类有不同的重读模式(例如,名词的重读音节一般在词的前部,动词的一般在后部),这也方便了作家在创作的时候进行安排和读者在阅读时进行辨认,而这些条件都是目前的汉语所不具备的。

另外，语言学、诗律学家王力观察到，在汉语里实行轻重相间的格律的问题在于："因为英语里的复音词总只有一个重音，所以轻重相配，有许多变化；我们的复音，除了'枇杷''葡萄'等词之外，其他像'国家''银行''图书馆''攻击''斗争'之类，总是字字重读的，这样，绝对的轻声字太少了，变化也就太少了。"[1] 所以，从汉语现状来看，简单移植英语诗歌的格律形式是很难获得明显的节奏效应的。

而且，陆志韦所标示的重音，只着意于他所追求的轻重相间的格局，但并不符合语言本身的读音规律，而且有些"重音"甚至明显地标错了。例如，第三行中的"为什么"一词，在我们日常的读法中，"为"显然是读得最重的，如果这个词单独成句，也就是变成"为什么"。那么为了强调疑问语气，把"么"重读也能勉强说得通。可是陆志韦把句中的这个"么"认为是重音，若是把"么"读得比"为"还重，整个词的读音就会变得非常别扭、怪异了。陆志韦在判断"重音"时，经常显得自相矛盾。例如，首行中的"一件"，陆认为"一"是重音，可是读者在读的时候完全可以把"件"读得更重；而作者在第 4 行中，又把"一层"的重音认为是"层"，"一件"与"一层"结构和语音都比较相似，而作者在判断重音时却恰好相反；可见作者自己都无法将轻重音的标准统一并贯彻下去。再看首行的"百家衣"和"矮窗上"这两组词语，"百"和"矮"韵母相同，读音轻重也相近，可是作者认

---

[1] 王力：《汉语诗律学》，上海：上海教育出版社，2005 年，第 865 页。

为"百"是重音，而"矮"不是。根据非中心语重音（Nonhead Prominence）的原则，"矮窗上"中的"矮"才是重音所在。可见，这些所谓的重音基本上无视汉语的读音规律和语音特色，是在本无太大轻重分别的汉字中强行指派孰轻孰重，这种做法不仅普通读者无法接受和辨认，也没有提供什么创作上的规律供诗人参考——按照这种做法，随便哪首诗歌，只要每行字数相近或相同，我们也可以按照某种格律（比如抑扬格）的格式给它们标上"重音"，然后"拉起调子"来读便显得有"格律"，甚至散文也同样可以按这种办法读出"格律"来，这显然是不符合诗律学常识的。

而闻一多新试验的"格律诗"也有同样的毛病，来看前引梁实秋信中的那两句诗的后面几句（出自《罪过》一诗）：

老头儿爬起来直啰嗦，
"我知道我今日的罪过"
"手破了，老头儿你瞧瞧。"
"哎！都给压碎了，好樱桃！"[1]

在这些句子中，除了"了""儿""的"少数几个虚词明确应该轻读以外，大部分的字都可以说是"重音"，或者说很难区分出孰轻孰重。因此，这样的诗句实际上并没有形成轻重音的相互间隔的格局，也就无法产生有规律的

---

[1] 闻一多：《死水》，上海：新月书店，1933年，第73页。

节奏，它们和一般的自由诗并没什么区别。何其芳对闻一多的这种做法批评道："就是他自己，也无法全部实现他的主张。我们读他的诗，并不怎样感到轻重音的有规律安排。""至于我们的格律诗为什么不宜于讲究轻重音，这是因为我们语言里的轻重音和一般欧洲语言里的轻重音不同，无法作很有规律的安排的缘故。"[1] 因此，从目前汉语的情况来看，简单地移植英语格律诗歌的节奏模式显然是行不通的。

闻一多和陆志韦这种"为赋新'韵'强说愁"的做法在历史上并非孤例。在英语诗歌史上也曾经有复古诗人企图移植古希腊诗歌的长短音节相配合的韵律体系（quantitative verse），他们无视英语中并没有大量存在且清晰可辨的长短母音的区别的事实，强行给某个音节分派（assign）"长音"或者"短音"，这样的诗行，正如诗律学家所观察到的那样，"除非我们按古典韵律给诗行标示出'长音''短音'，否则读起来是听不出'韵律'的"[2]。英语中的"quantitative verse"由于束缚太多且其节奏不容易为读者所辨认，因此没有在诗人中得到推广，以失败告终。闻一多和陆志韦的做法与这个失败的例子相比，真可谓"似曾相识燕归来"。

1　何其芳：《关于写诗和读诗》，北京：作家出版社，1956年，第71页。
2　John Hollander, *Rhyme's Reason*, New Haven and London: Yale University Press, 2001, p.35.

二、孙大雨对闻一多方案的改进

经过了四十年代的相对沉寂之后，关于诗歌格律的讨论在五十年代又兴起了。在五十年代参与格律诗讨论的诗人和研究者为数甚多，讨论的问题涉及的方面也很广（甚至连其时的一些意识形态论争也牵涉了进来），本章也不打算对各家的观点逐一描述，而仅仅聚焦于开头所提出的问题：那就是新诗的节奏具体如何产生，而节奏单位又如何划分。在这个问题上，尽管这个时期的格律诗的提倡者力图避免闻一多的方案中的一些弊病（比如片面地追求字数的整齐，反而影响了节奏），但是他们依然继承了闻一多的格律理论的一些基本缺陷，最为明显的是他们依然继承了闻一多那种划分"音尺"的方法——虽然大部分人都采用了另一个节奏名词"顿"——就是在这个意义上，这些格律理论中体现出本章所说的"家族相似"特性。

众所周知，在五十年代提倡格律诗的论者中，何其芳是影响最大的一位，也是非常具有代表性的一位。何其芳在其时身居文艺界高职，又发起和组织了多次关于诗歌形式的讨论会，可以说何其芳是五六十年代颇为引人注目的格律诗鼓吹者。但是有一个细节被大部分研究者忽视了，那就是何其芳的格律诗理论在很大程度上受到了孙大雨的长篇论文的影响，而这篇在1956年、1957年才得以在《复旦学报》连载的长达58页的论文《诗歌底格律》，在笔者看来是五十年代在这个领域里所发表的文章中最为深入和系统的一篇,也是在闻一多所开启的格律诗路线上走得最远的见解。下面我们来分析孙大雨的见解如何影响了何其芳,再讨论这些见解如何弥补了闻一多的格律理论的某些缺陷,以及它们何种意义上和后者依然是"家族相似"的。[1]

孙大雨关于诗歌格律的长文早在四十年代就已经写好,可惜未发表就被焚毁了,多年后孙大雨将原材料整理为《诗歌底格律》一文,其好友罗念生(希腊文学专家,在三十、五十年代也参与过格律诗的讨论)撰文回忆道:"笔者曾将此文手稿给何其芳看,并同他讨论过格律诗问题。何其芳随即提出他的格律诗理论,而孙大雨的长篇论文直到1956年、1957年才在两期《复旦学报》上发表。因此,有人认为何其芳的格律诗见解创于孙大雨之前,这是错误的判断。"[2] 依然来看格律理论的核心问题,即节奏单位的划分和节奏的构成方式,看孙大雨的观点是如何影响了何其芳。孙大雨对格律诗的节奏构成做出这样的分析:"音组乃是音节底有秩序的进行;至于音节,那就是我们所习以为常大不大自觉的、基本上被意义和文法关系所形成的、时

---

[1] 而之所以只讨论这两个论者,是因为别的格律诗倡导者对新诗格律的理解虽然各有不同,但是在节奏具体如何产生和节奏单位如何划分这个问题上,与何其芳、孙大雨并无太大的区别。

[2] 罗念生:《罗念生全集》,第八卷,上海:上海人民出版社,2004年,第435页。笔者按:令人遗憾的是,何其芳在其讨论格律的文章中从未提到孙大雨的见解,而手稿是从罗念生手上传给何其芳的,作为当事人的罗念生显然意识到自己有责任澄清事实。

第三章 新诗"格律"理念

长相同或相似的语音组合单位。"[1] 而何其芳对其节奏单位这样定义:"我说的顿是指古代的一句诗和现代的一行诗中的那种音节上的基本单位。每顿所占的时间相等。"[2] 他对格律诗的规定则是"我们说的现代格律诗在格律上就只有这么一点要求:按照现代的口语写得每行的顿数有规律,每顿所占的时间大致相等,而且有规律地押韵"[3]。可以看到,何其芳的定义显然要模糊得多,但是它在一个重要的关节上沿用了孙大雨的见解,那就是节奏单位的"时长"(所占的时间)问题,这正是孙大雨在新诗格律理论方面的一个创见,而这个见解必须和孙大雨对"节奏"本身的见解结合起来理解。

我们知道,闻一多虽然大力提倡格律体新诗,但从未对新诗节奏和其节奏单位作出明确的定义;[4] 三十年代中

---

[1] 孙大雨:《诗歌底格律》(续),《复旦学报》(人文科学)1957年第1期,第10页。笔者按:这里孙大雨所谓的"音节"与一般所谓的"音步"是一个层级的节奏概念(但是其具体定义则与"音步"有所差别),"音节"相互组合而成"音组"。值得注意的是,"音节"在1949年前的韵律讨论中,又有一般意义上的"节奏"的意思;而在现代汉语语言学中,"音节"作为英文"syllabic"的译名,又指是由一个或几个音素组成的语言单位,是语音的自然单位。汉语中的一个字,一般就是一个"音节"。本书除了在讨论孙大雨的韵律理论时沿用他本人的"音节"定义以外,其他论述中的"音节"均指语言学中的"syllabic"的含义。

[2] 何其芳:《关于写诗和读诗》,北京:作家出版社,1956年,第58页。

[3] 何其芳:《关于写诗和读诗》,北京:作家出版社,1956年,第70页。

[4] 当代学者王瑾瑾提到闻一多1921年在清华学校就读时的一篇英文演讲大纲《诗节奏的研究》中,闻一多曾经摘录英文的《不列颠百科全书》《诗的研究》等多部著作和词典中对"节奏"的定义并加以阐发(参见王瑾瑾:《闻一多"均齐"理论的缘起》,收入《闻一多研究四十年》,北京:清华大学出版社,1988年,第294—295页)。但这不能认为是闻一多对新诗节奏提出了明确定义:首先,这些定义都强调轻重音的有规则排列以造成节奏,这主要是针对英文节奏的,并不适合于汉语诗歌(包括古诗和新诗);其次,闻一多在此大纲中仅仅是原文摘录西方学者的观点,是作者的读书笔记,并没有明确提出新诗节奏该如何定义。

期，朱光潜、罗念生、梁宗岱、周煦良等曾经就节奏的问题展开过激烈的争论，但是各人对"节奏"都没有一个确切的定义和认识，因而并没有争论出个所以然出来。罗念生后来回忆说："我当时觉得个人的讨论都不接头，你说你的节奏我说我的节律……"[1] 而孙大雨也意识到这个问题："'五四'以来每有人讲到诗歌艺术，总要提起节奏；不过节奏到底是怎么一回事，却总是依稀隐约，囫囵吞枣，或'王顾左右而言他'，仿佛大家都知道得十分清楚，毋须多费笔墨加以说明似的。不过对于'节奏'一词底涵义，可以说始终是一个闷葫芦。"[2] 有鉴于此，孙大雨不无眼光地引入了英国音韵学家衣·蔼·卓能享（E. A. Sonnenschein, 1851—1929）对"节奏"（Rhythm）的定义："节奏是时间里的一串事件底一个特质，那特质能使观察者心上对于这串事件的一个个事件底持续或一簇簇事件底持续，发生彼此之间有一个比例的印象。"[3] 简单地说，所谓节奏就是时间里发生的事件之间的比例感，这是对所有节奏的总体概括，而对于韵文里的节奏而言，就是语音之间的比例感，而且一般是整齐的比例，因此韵文"总可以分析成为规律化的音组及其时间单位——音步或音节或音段"[4]。正是基于文中对韵文节奏的体系性分析，孙大雨才把"音节"定义为

---

1 罗念生：《罗念生全集》，第八卷，上海：上海人民出版社，2004年，第315页。
2 孙大雨：《诗歌底格律》，《复旦学报》（人文科学），1956年第2期，第13页。
3 E. A. Sonnenschein, Stephen Jones, Eileen Macleod：*What is rhythm?* Oxford：Basil Blackwell, 1925. 转引自孙大雨：《诗歌底格律》，《复旦学报》（人文科学）1956年第2期，第13页。笔者按：孙大雨的引用注释为：E. A. Sonnenschein, "What is rhythm?" Oxford, 1925, 这是不完整的注释。
4 孙大雨：《诗歌底格律》，《复旦学报》（人文科学），1956年第2期，第13页。

第三章 新诗"格律"理念

时长相同或者相似的语音单位。把节奏和其根源——时间——联系在了一起,孙大雨无疑触及了问题的根本。而何其芳仅仅是沿用了这一系列思考的最后结果而已。

由于对格律诗的节奏本身有着更为全面和准确的理解,孙大雨在多方面改进了闻一多的格律方案的缺陷。在上一节中我们说过,闻一多追求字数的整齐,并认为这是一种"视觉方面的节奏",可是他无法证明字数的整齐和节奏有什么样的关系,也没有说明他的"音尺"究竟如何造成节奏——尤其是字数不同的音尺组合在一起如何能造成节奏这一点——因此他的"音尺"也就显得仅仅是摆设。而孙大雨从格律诗的基本原理出发,超越了对字数问题的纠缠(他称之为"等音计数主义"),直取节奏的核心,即时间,至少在理论层面解决了格律体新诗的节奏单位如何实现整齐一致的问题:在字数上并不相同的两个音节,在朗读时所占的时长完全有可能是相同或者相近的。这样,从理论上来说,各个节奏单位之间的"比例感"依然是均衡的,孙大雨文中举出了大量的古诗、西方格律诗以及新诗中类似的例子,这里就不赘述了。而正是由于格律诗讲究的是音节数量的整齐和每一音节时长的相近,每行字数是否相同就成了无关紧要的问题了。[1]

另外,孙大雨还首次尝试去解决上一节中提到的虚词对节奏的影响的问题,虽然其方案依然是不彻底的。他在

---

[1] 孙大雨:《诗歌底格律》(续),《复旦学报》(人文科学)1957年第1期,第13页。何其芳对闻一多追求字数整齐和"视觉方面的格律"的批判,也明显地受到了孙大雨的观点的影响,这里不赘述了,详见何其芳:《关于写诗和读诗》,北京:作家出版社,1956年,第71—72页。

文中对"有色的朋友们""当年的啸傲和自由""大英西班牙底奸商"三句诗作出这样的音节划分："有色的｜朋友们""当年｜的啸傲｜和自由""大英｜西班牙｜底奸商"。他对此解释道："作这样调节性的运用而不作呆板的规定，其原则是要尽可能地做到两个音节时长之间的平衡。'的'与'底'从纯粹文法上来讲，应联在上面的形容词与名词一起，但在诵读诗行时，一般讲来，和下面的名词联在一起我觉得更合于自然的语气；这就是我在前面所说的'……基本上被意义和文法关系所形成的……语音组合单位，而不是完全或者绝对'被意义或文法关系所形成的……语音组合单位'。可是这情形只是一般讲来是如此，遇到和音组底更基本的原则'时长相同或相似'这一点抵触时，则就得服从这原则而恢复原来的意义或文法关系。"[1] 孙大雨认识到把"的""底"和其后的词语连在一起读反而"更合于自然的语气"，这是难能可贵的。

孙大雨的这个设想得到了罗念生的回应（后者也曾多次参与节奏问题的讨论），他认为"把一些虚字如'的''和'移到下一音步里念，把实字放在响亮的位置上，这样勉强显出一种头轻短、脚重长的节奏"[2]。前面第一节说过，朱光潜曾对虚字对新诗节奏的干扰感到困惑，因为虚字附加在音节后面很难使节奏先抑后扬，若强行读成先抑后扬又会使"的"的读音有轻重倒的感觉。而孙大雨和罗念生的办法基本上解决了这个问题，而且在笔者看来这种办

---

[1] 孙大雨：《诗歌底格律》（续），《复旦学报》（人文科学）1957年第1期，第16页。

[2] 罗念生：《罗念生全集》，第八卷，上海：上海人民出版社，2004年，第434页。

法也符合汉语的音律特征，因为中国古诗的"音步"或"顿"本来就是在其末尾"延长、提高、加重"[1]。比如"江间｜波浪｜兼天涌"，按古诗的诵读方法，"间""浪"两字就有明显的延长和加重。而在"的"一类的虚字大量出现的新诗中，比如在"当年的啸傲"这句诗里，如果我们不去刻意把"的""了"这类虚字延长的话，那么"的""了"的读音本来就不及它们前面的实词的读音重和长，即便我们是按日常的念法（不似诵读旧诗时那样大幅度加强某些字词的音重和音长），也是如此。按照旧诗划分"顿"的一般规律，显然也应该把"的"放在下一个音步，而不是作为上一个音步的结尾，即"当年｜的啸傲"。因为中国诗歌的"音步"或者"顿"并非在中间停顿，[2] 而仅仅是略微地加重和延长，以显出节奏。新诗的节律由于探索者一直延续着闻一多那种以句法划分"音步"的方式，以至于这种细节性的问题直到五十年代才得到基本的认识。

不过，孙大雨却没有将前面这种朗读上的考虑（也就是语音实际进行情况的考虑）贯彻到底，而使其服从于另一个原则，即"时长相同或相似"。他依然把"有色的朋友们"划分音节为"有色的｜朋友们"而不是"有色｜的朋友们"，因为他要追求两个音节的"时长"的相同或相似（实际上就是字数的相同或相似）。既然把虚词和其后的词语连读效果更好，为何不坚持这么划分音节呢？那么，现在要追问，把新诗的句子划分成"时长"相同或相似的几

---

[1] 朱光潜：《诗论》，北京：北京出版社，2005年，第216页。
[2] 朱光潜：《诗论》，北京：北京出版社，2005年，第216页。

个音节就能够造成明显的节奏吗？

　　笔者的看法是不能，因为依然无法使格律诗的节奏区分于散文的节奏。首先，散文同样可以按照孙大雨的原则这样划分"音节"，例如前面笔者"依葫芦画瓢"改造的"格律诗"，也可以按照孙大雨的方案重新划分"音节"：

散文|的句子|稍微|改动|字句
然后|整齐|地分行，|就可|转换
成为|貌似|整齐|的格律|诗歌

而且由于不追求每行字数的相同，按照孙大雨的方案对散文划分"音节"比闻一多的方案更便利，甚至连字句也不用改动，读者不妨一试。然而，其节奏单位的主要划分依据依然是句法和句意，也就是说，划分出来的依然是"意群"，虽然孙大雨划分节奏单位的出发点是保持"时长"的均衡（这相对于闻一多的考究字数的做法显然是一个进步），但他依然是通过句法和句意作为节奏单位划分原则来做到这一点的，他明确地提出其音节是"基本上被意义和文法关系所形成的"[1]。他所谓节奏单位的"时长"的平衡在实际上仅仅是"意群"的"时长"相同或者相近，更确切地说，就是每个音节的字数相同或者相似而已，而与闻一多有所差异的仅仅是孙大雨把一些过长的意群重新划分了一下。因此，尽管孙大雨对节奏的理解和设计节奏的出

---

[1] 孙大雨：《诗歌底格律》（续），《复旦学报》（人文科学）1957年第1期，第10页。

发点均不同于闻一多,但是他最后呈现给读者的"格律诗"和其节奏模式在客观上和闻一多的方案却并没有多大区别,依然是一种语音上并无固定的排列和规律、仅仅是分行较为整齐的诗体,只有两点改进:(1)不追求每行字数的完全相同;(2)把部分虚词和其后的词语一起作为一个音节,读起来稍微响亮一些。

孙大雨的格律诗方案虽然基本上解决了划分格律体新诗节奏单位的基本原则的问题(即从时长的角度来衡量),但是其关键缺陷依然在于划分节奏单位的具体依据:他依然以句法和语义作为划分音节的主要依据,或者说,以意群为"音节"。为了给其划分节奏的方式寻找依据,孙大雨甚至不惜对古诗的节奏模式作出违背常识的划分和分析,以证明其节奏单位划分原则是放之四海而皆准的。在《诗歌底格律》一文的第四节"文言诗底音组"中,他这样分析古诗的节奏构成:"诗歌与韵文写作者所利用的是通常一个词或一个语式往往凝结两三个字(语音)在一起的那个意义或文法所造成语音关系;他们利用了这语音之间的黏着性,把语音们组织成一个个时长相同或相似的单位,以造成听者读者底整齐有度的节奏之感。"[1] 但是,古诗的节奏模式是相对固定的,其节奏单位的构成在大部分情况下并不依赖"意义或文法所造成的语音关系",闻一多在《律诗底研究》中曾经归纳道:"中国诗不论古近体,五言则前两字一逗,末三字一逗;七言则前四字每两字一逗,

---

[1] 孙大雨:《诗歌底格律》(续),《复旦学报》(人文科学)1957年第1期,第1页。

末三字一逗。五言底拍在第一、三、五字；七言在第一、三、五、七字。凡此皆为定格，初无可变通者。"[1] 相当多的诗律的研究者都承认古诗的节奏是固定的、模式化的，并不需要意义关系来组成或者辨别，例如：

关关｜雎鸠，在河｜之洲

涉江｜采芙蓉，兰泽｜多芳草

昨日｜紫姑｜神去也，今朝｜青鸟｜使来赊

如果按照意义和句法的关系，"在河之洲"应该分节为"在｜河之洲"，而不是"在河｜之洲"；同样，"昨日｜紫姑｜神去也，今朝｜青鸟｜使来赊"按照意义和句法的关系和词语的构造关系，也应该分节为"昨日｜紫姑神去也，今朝｜青鸟使来赊"，因为"紫姑神""青鸟使"都是一个名词。但是人们在朗读时经常读成"关关｜雎鸠，在河｜之洲""昨日｜紫姑｜神去也，今朝｜青鸟｜使来赊"，为什么不遵照这些意义上的关系呢？这个问题还需要细细辨析。

朱光潜在其《诗论》中讨论了旧诗中节奏的习惯划分与语义划分不一致的情况。他首先作了一个概念上的区分，即"音乐的节奏"（模式化的节奏）与"语言的节奏"（依照语言的句法结构和语气段落划分的节奏），模式化的"音乐的节奏"与语义上的分段无关，比如五言固定在第 2 字

---

[1] 闻一多：《律诗底研究》，《闻一多研究四十年》，北京：清华大学出版社，1988年，第43页。

后分"顿",一句共两顿;七言固定在第 2 字、第 4 字后分"顿",一句共三顿。[1] 就一般情形而言,"语言的节奏"与

---

[1] 关于五言、七言诗句的末尾三字如何分"顿",朱光潜似乎显得颇为自相矛盾。在《诗论》第六章关于"节奏"的专论中,朱光潜认为"五言句常分两逗,落在第二字与第五字,有时第四字亦稍顿。七言句通常分三逗,落在第二字、第四字与第七字,有时第六字亦稍顿"(第164页);这样,末尾三字大部分情况是视作一顿的,偶尔才分为两顿。但是,在《诗论》第九章"论顿"中,朱光潜主张末三字应为两顿,即"2+1"的分法。朱光潜之所以要对末三字进行再切分,主要是试图贯彻他关于"顿"的定义,即每顿时长相等或者相似,五言、七言的最末一字,在他看来可以"特别拖长,凑成一顿",这样就变成"中文诗每顿通常含两字音","所以顿颇与英文诗'音步'相当"(第212页)。这种以均齐为旨归对节奏进行"等时长"切分的方法显然受到了西方格律诗学的影响。从理论上说,这种划分方式是自洽的,但是它与五言、七言诗体的历史发展脉络不相符。若论顿之均齐,其实四言、六言是最为均齐整饬的,前者一般为"2+2"顿式,后者为"2+2+2"或者"3+3"顿式,不会在一句之中出现不同长度的顿。但四言、六言诗为什么反而被顿式不太均齐的五言、七言所逐渐取代呢?这一点,陈世骧有过精到的观察:"但比起四言诗的文采来说,五言绝句的特点更值得重视,更足见其经济之中的繁复内在的机构。四言诗最多用在碑铭、箴戒、教条,或后世的宗教禅偈。古来只有曹操、陶渊明少数诗人有例外的成功作品,但四言诗大概常常是一个简单的意见或事由,平平顺顺一直讲下去,或者训教、规诫,至多即像陶渊明那几首可爱的《停云》诗,也是平淡流露的抒情,写下去可以一往不复,不觉有什么呼应转折。像是每一个字是向前的一个指路碑,直指一个方向前进。从四言到五言,在中国诗中是一极重要的变化。只一字之差,就像音乐înactiv谱,只每节加一拍,全部乐性就完全改变了。"(陈世骧:《中国诗之分析与鉴赏示例》,收入《中国文学的抒情传统:陈世骧古典文学论集》,北京:生活·读书·新知三联书店,2014年,第285页)陈世骧观察到,五言、七言末尾的三言顿出现的意义在于"双数拍子和单数拍子的差别……从四言到五言,像由四平八稳的步法换成一种单奇的舞步"(同上),这种调式上的变化恰恰是中国韵文发展的一大变化。卞之琳同样也认识到,七言绝句比六言诗更受欢迎,"就因为七言奇偶相间,较易变化节奏,有伸缩性";因此,卞之琳认识到节奏建构中的"参差均衡律",尤其是二音节顿与三音节顿配合使用的必要性。概言之,传统诗歌在节奏建构和诗体形成中的基本规律是"松动中求整饬,整饬中求松动"。另外,卞之琳也反对对五言、七言的末三字再行分为两顿(卞之琳:《重探参差均衡律——汉语古今新旧诗体的声律通途》,《诗刊》1993年第3期,第49—50页)。换言之,整饬与参差变化是两个不可或缺、相反相成的节奏建构因素,[转下页]

"音乐的节奏"应该是重合的,但是在旧诗中也经常出现矛盾的情况,在处理这些例子时,朱光潜显得颇为纠结,一方面他觉得可以按照习惯的顿法,读成"似梅—花落—地,如柳—絮因—风";"静爱—竹时—来野—寺,独寻—春偶—到溪—桥";"管城—子无—食肉—相,孔方—兄有—绝交—书"。[1] 随后,他又觉得"似不如顿成下式,较为自然":

似梅花—落地,如柳絮—因风;
静爱竹—时来—野寺,独寻春—偶到—溪桥;
管城子—无食肉—相,孔方兄—有绝交—书。[2]

但是,随后他又说上面这种"自然"的顿法"在音节上究竟有毛病,因为语言节奏与音乐节奏的冲突太显然,顾到音就顾不到义,顾到义就顾不到音"[3]。显然,这个问题在朱光潜那里是悬而未决的。从整体上看,朱光潜《诗论》一书更为看重"模型"和"音乐的节奏"的作用,而且这些"模型"在具体的诗体中往往是"单质"的,即主要由一种成分决定,在中国旧诗中就是模式化的"顿"。而在碰到"音乐的节奏"与"语言的节奏"相冲突时,他更倾向

[接上页]不能片面地夸大均齐的作用。就此而言,五言、七言诗句中的末三字显然应该视作一个完整的节奏单位(无论对其是否进行再切分),它的出现本身就是为了给诗体增添灵活度和自由度,用一种"等时长"理念去假定它的末一字应具备两字的时间长度,其实是一种一厢情愿的假设。

1 朱光潜:《诗论》,北京:北京出版社,2005年,第214页。
2 朱光潜:《诗论》,北京:北京出版社,2005年,第214页。笔者按:此处第三例如前文所论,应如此分顿更自然一些:"管城子—无—食肉相,孔方兄—有—绝交书。"
3 朱光潜:《诗论》,北京:北京出版社,2005年,第215页。

于压抑后者的分量。不过，后面我们在讨论哈特曼的节奏理论时会提到，在西方诗律中，"格律"与具体的"节奏"其实往往有相互冲突的情况；另外，在同一诗行中，也会存在两种相互冲突的节奏认识，这可以构成一种"对位法"（counterpoint）。[1] 前面所谈的"音乐的节奏"与"语言的节奏"亦可以如是观之，两者完全可以同时共存，至于具体怎么读，要看读者更强调哪个层面的认知，就像在英语诗歌中，"戏剧诵"与"歌唱诵"两种读法可以共存一样。[2] 尤其是上面说的"自然"的读法，不仅谈不上"毛病"，甚至带有明显的诗律革新的意味。应该注意到，这种情况更多出现在宋诗当中（以上三例均为宋人作品），宋人的写作很大程度上是在唐诗这座大山所造成的"影响的焦虑"下开展的，这种有意把奇崛的"语言的节奏"带入诗歌当中的做法，显然是为了防止节奏的固化给人的烦腻之感，别开生面，重新营造活灵活现的节奏。

话说回来，那种违逆语义片段的"习惯"顿法（即"音乐的节奏"）又是如何形成的呢？需要考虑的事实是，古典汉诗的格律其实并没有就"顿"的具体位置作出明确的规定，它们所规定的是诗句长度、押韵、（近体诗中的）对仗、平仄等。我们的理解是，当一种诗体成形后，便会因为习惯和语言条件的制约（尤其是汉语以双音节复合词为主的状况），逐渐"沉降"出一种主流模式，它变成一种

---

[1] 参见本编第六章。
[2] 另外，即便在那些"语言的节奏"与"音乐的节奏"看起来不冲突的诗句里，具体的语气、重读音的分别也未必是那么僵化、固定的，这也是"格律"框架与具体"节奏"不同的另一个例证，参见第四章第四节。

诗体在节奏上的"平均数"。就五言而言,"1+4"或者"4+1"的顿式都比较少见,也不太符合汉语复合词以双音节为主的状况。而在"2+3"与"3+2"两种顿式中,后者又显得头重脚轻(如"似梅花—落地"),因此很难成为主流节奏模式。当然,当一种节奏模式流行日久,变会产生对它的反动。例如,黄庭坚的"管城子—无—食肉相,孔方兄—有—绝交书",就是明显的"反其道而行之"的产物。因此,我们既要承认节奏的主流模式(但绝非规定模式)的存在,也要认识到例外与创新的合理性,它们共同构成古典诗律中"习惯"与"反习惯"、"预期"与"突破预期"这两极。

旧诗节奏的这种"整中有散"的特征,过去朱光潜在《诗论》中也认识到了,他称其为"束缚之中有自由,整齐之中有变化"[1]。不过,对这个规律的本质却需要进一步反思。整齐中有变化,其实不应该理解为一种"大体整齐"的事实性存在。"整齐"更多的是一条心理基准线,"变化"围绕着基准线来"变化",因此便有持续的"预期"与"突破预期"的过程。至于某首诗在事实层面的节奏特征,则往往与过去学者所归纳的整齐的顿逗规律不符。以《琵琶行》里的段落为例,可以印证一下朱光潜关于旧诗分顿的说法究竟能在多大程度上实现。按前述朱光潜的主张,应为"大弦｜嘈嘈｜如急｜雨,小弦｜切切｜如私｜语。嘈嘈｜切切｜错杂｜弹,大珠｜小珠｜落玉｜盘"。首先,如前文所论,这里每句的后三字显然应该分为一顿而非生硬

---

[1] 朱光潜:《诗论》,北京:北京出版社,2005年,第160—161页。

地分为两顿。其次，每行前两顿的划分其实也只是语义上的一种"可能性"，而并不是读到"大弦"的"弦"字、"嘈嘈"的后一个"嘈"字就得按照朱光潜所主张的那样，需要把字音延长、加重来读。实际上，把"大弦嘈嘈""小弦切切"还有"嘈嘈切切""大珠小珠"这四组词各自当作一个"顿"四字连读反而更为自然，不必刻意分为两顿，也更符合此处较为急快的节奏。那么读者会问，一般所谓"2＋2＋3"的七言诗节奏分顿到底是什么呢？它难道就不存在了？对此，我们认为，这个"原则"其实是一种诗体在节奏点上的"心理基准线"，它是一种抽象出来的"最大公约数"，与英诗格律的情况相似，它作为抽象原则有可能在具体诗句中实现，也有可能不实现，但是大部分诗句都在此"基准线"上浮动，仅有少部分诗句与此相差巨大，比如"似梅花—落地，如柳絮—因风"（王淡交《雪诗》），后一句与五言之"2＋3"的顿法就相差很大，但这并不多见。因此，所谓"整齐之中有变化"应该这样理解："整齐"是在基准线上大体"整齐"，"变化"是在具体作品中围绕"基准线"来"变化"，八九不离十。可见，区别旧诗节奏的"理论状态"和"现实状态"是非常必要的。

　　回到前文关于孙大雨的节奏划分方式的问题。可以说传统诗歌的节奏绝非简单地"由意义或文法造成的语言关系"而决定，它形成了一套经常凌驾于文法之上的模式化的节奏，但也不乏对主流节奏体式的反动，其中充满着"主流模式-个性化探索"的内在张力，并非简单地把散文的句子"划分"一下就自动成为格律诗句。[1] 那么，读者或许会问，假设我们在新诗中规定每行的字数，会不会慢慢地也像旧诗那样"沉降"出一种主流的节奏体式呢？这一点恐怕很难（至少目前并没有发生），首先是因为现代汉语中虚词的大量使用、语法关系的严密，已经不是过去那种以双音节复合词就能基本满足表达的情形了，二音节、三音节乃至四音节词、词组的混用，其排序基本由语法、语意决定，并不能预先安排一个固定秩序，让每一行都安排成一个样式，比如"$3+2+3+4$"之类。其次，新诗的写作早已与音乐分了家，即便我们对语言进行删割，造成一种内部整齐的节奏模式（比如下文讨论的"半逗律"），也很难被广大的诗人与读者普遍接受。对于现代汉诗而言，"语言的节奏"占了主导性的地位，很难再以"音乐的节奏"凌驾其上了。

而在英语诗律中，情况相对而言较为明确。英诗"英步"（foot）的划分，主要不是依据意义与文法，而是词语自身的重音分布以及某一音节在诗行中的位置。例如，孙大雨本人在另一篇论文中所举的莎士比亚的戏剧诗中的几句（其中音步划分亦为孙大雨所作）：

---

[1] 孙大雨在后文中又对其观点作了让步，他说：譬如说，"在河之洲"若照意义或文法所决定的语音关系读，应作"在｜河之洲"，但我们通常读起"诗经""周南""关雎"来不那么念，而念成"在河｜之洲"。又如这里"皎皎当窗牖""纤纤出素手""荡子行不归"和"空床难独守"，讲究意义或文法关系都应读成二一二，但这里音组力量分明占优势，意义或文法所决定的语音关系便得服从它。不过这样的情形不是绝对而机械的：在别处也有可能是意义或文法所决定的语音关系较占优势，要看具体情况而定。（孙大雨：《诗歌底格律》[续]，《复旦学报》[人文科学] 1957 年第 1 期，第 26 页）

|The un|disco|ver'd coun|try from|whose bourn|

|No tra|veler|returns,|puzzles|the will|

|And makes|us ra|ther bear|those ills|we have|

|Than fly|to o|thers that|we know|not of?|[1]

可见，诗中很多音步都是在意群，甚至是单词的中间分为两个部分，如"coun|try""tra|veler"等，词中的两部分分属于不同的音步。可见英语诗歌中的"音步"也是一种语音上的段落，划分的依据是轻重音的排列，而不是句法或者意义。实际上，除了闻一多、孙大雨等所提倡和示范的"新格律诗"以外，并没有以句法结构和语义作为主要依据来划分节奏单位并建构格律诗的先例。

回到孙大雨引述的衣·蔼·卓能享（E. A. Sonnenschein）的"节奏"定义：节奏是时间中发生的事件之间的比例感。而具体对于音乐而言，是演奏的音调之间的比例感；对于诗歌而言，是朗读时的语音之间的比例感。然而无论是闻一多还是孙大雨，在理解诗歌节奏时都发生了一个偏差：他们把阅读（而不是朗读）时形成的结构当作节奏，而意群就是阅读进行过程中的基本单位。这里的问题就在于，看似整齐的意群的排列只是我们的思维分析的结果，并不

---

[1] 孙大雨：《莎士比亚戏剧是话剧还是诗剧？》，《外国语》1987年第2期，第9页。

是时间中发生的一连串事件（语音）的真实体现；而且阅读并无所谓"时长均等"的问题，我们在阅读时可以快速扫过一段，也可以长时间地思索某个词语并停留于之上。意群并不是语音发生时的自然段落，而是我们理解和接受语言时的一些思维上的基本单位（虽然它们有时也会与语音的自然段落重合）。而且作为具体"事件"的语音，指的是发生于朗读者和读者之间的真实的语音之流，因而节奏单位的划分依据只能是朗读时的语音的进行过程，而不是阅读时我们思维中形成的语义段落——因为读者无论是阅读诗歌，还是散文，都会形成这样的一系列的意义段落（意群），而只有在节奏整齐的诗歌中（尤其是格律诗），听者才会听到一个个均齐的语音序列或段落。

在我国古诗或者西方格律诗的节奏分析中，节奏单位的划分可以进一步明确节奏的步伐，增强朗读效果。然而用这个标准去衡量孙大雨的新诗节奏分析方案时，很难看出它与实际的朗读过程有何关联，也很难看出它对朗读效果有何助益（除了前述关于虚词的处理这一点以外）。例如，孙大雨文中所举的这几行诗（节奏划分为孙大雨所作）：

有色的|朋友们！　|让我问：|你们
祖先|当年|的啸傲|和自由|
到哪里|去了？　|你们|的尊严[1]

---

[1] 孙大雨：《诗歌底格律》（续），《复旦学报》（人文科学）1957年第1期，第10页。

前面说过,这些"音节"基本上是些意群,任何句子都可以这样划分出一组意群出来。但是,这样划分是否就有助于朗读呢?孙大雨并没有说明他给新诗划分出来的"音节"具体应该如何朗读。如果我们并不刻意地强调这些语音节段("音节")的话——也就是说原来怎么读,划分节奏之后依然怎么读——那么这些诗句在节奏上和自由诗或散文并无区别。如果我们在每个"音节"最后都停顿一下,或者把该"音节"最后一个字都延长一下(这也是我们读古诗的处理方式),那么当然可以显出语音上的一个个段落,但这样一来又显得很不自然了:把白话文读成一截一截的,听起来仿佛结巴一般。例如,上面的"到哪里去了"这几个字,我们一般会把"去了"和前面的"哪里"连在一起读,而且会把"去了"轻读,而现在为了强调它们是一个时长和"到哪里"相近的音节(按照孙大雨的定义),则必须把"去了"延长;而且为了显出它们是一个独立的"音节",则必须把它们和前面的"哪里"断开来读:这样"拉起调子"来读新诗,虽然可以勉强现出一个个的语音段落,但往往会显得怪声怪调,甚至结巴:可见在白话文诗句身上套用这样一个等时长的"格律"框架会显得相当别扭。

而同类的词语在我国古诗中的读法则是另一回事,例如"昨夜 | 紫姑 | 神去也"一句,"去也"与前面的例子中的"去了"虽然在结构上是一样的,都是"动词+补语(虚词)",但是它们的读法很不相同:"也"在这里可以适当地延长、加重,而我们却不觉得这样读有什么别扭,反而觉得更有韵味。另外,"神"与"去"之间没有意义上的"黏着性",也不是一个意群,但是把它们连着一起读也显

得很自然。可见音节时长相近且数量均齐的节奏模式对于古诗而言是贴切的，而套在以白话文为载体的新诗上却显得相当别扭。

由于闻一多和孙大雨的节奏都不是根据朗读时形成的语音段落划分的，这使得它们无法固定化，也很难被朗读者所采纳。虽然人们在分析新诗（或者用新诗诗体翻译的外国诗歌）时可以使用诸如"｜"这样的符号来划分音节（或者音步、顿），但是读者平时看到的新诗中并不会出现这样的节奏分析符号——而且也不应该出现；那么，如何划分新诗的节奏则往往是因诗句而异、因读者而异了，这要看朗读者觉得如何朗读效果更佳。例如，下面这句孙大雨翻译和划分音节的莎士比亚诗歌，"你将｜你所｜钟情的｜意中人｜和她比"[1]。可是，如果使用将每个音节最后一个字加重或者延长的读法的话（而不是停顿），这样分节或许朗读效果更好，"你将你｜所钟情｜的意中人｜和她比"。我们知道，希腊语诗歌中有整齐的长短音排列，英语诗歌中有较为整齐的轻重音排列，读者可以轻易地辨识出节奏的行进步伐，进而在朗读时掌握何时行何时停，何时急何时缓；而我国古诗也有相对固定的节奏模式（无论四言、五言还是七言，都是如此），读者也可以轻易地判断出何时停顿、延长，何时连读，进而显出抑扬顿挫之势；这样明确、固定的节奏模式，哪怕是识字未久的幼童也可以领悟，读起来朗朗上口。而闻一多、孙大雨等的所谓"格

---

[1] 孙大雨：《莎士比亚戏剧是话剧还是诗剧？》，《外国语》1987年第2期，第7页。

律诗"，不仅无法明确和固定化，也难以产生明显的节奏效果——甚至经常给朗读带来负面影响——而且需要进行一系列的句法与句意分析，才能够将"音步"或者"音节"辨识出来；如此费劲而无实效的"格律"方案，难以获得读者和诗人的广泛接受，难道不是必然的吗？

值得一提的是，林庚也试验过一种每行字数固定且节奏亦固定的"格律诗"（如九言、十一言、十三言等），他试图在古诗的节奏路线上继续延伸，进而发展出新诗的格律诗体。前面讨论过，古诗的节奏是相对固定的，林庚则归纳出一种所谓的"半逗律"，即古诗的大部分诗行在中间都有一个"逗"，这个逗将句子分为两个较为均衡的部分，如五言诗是"二·三"，七言诗是"四·三"。林庚试图将这个规律用于建立新诗的节奏，随之提出了多种格律诗体，如九言、十一言等。例如，林庚的这首《秋之色》："像海样地生出珊瑚树的枝／像橄榄的明净吐出青的果／秋天的熟人是门外的岁月／当凝静的原上有零星的火……"这首诗的每一行中间都有一"逗"，这个"逗"把每行的十一字都分为"六·五"两个部分。这种每行的"逗"（或称"节奏点"）位置固定，而且诗句长度也相等的诗行被林庚称为"典型诗行"。关于林庚的"半逗律"和"典型诗行"理论，我们曾撰文详细讨论，[1] 这里仅谈几点简要的观察。首先是"半逗律"是否是古典诗歌诗律特征的完整的概括问题。"半逗律"认为旧诗大都在诗句中部有一停顿，此停顿可以

---

1 李章斌、杨雅雯：《重探林庚的"半逗律"和"典型诗行"理论》，《广州大学学报》（社会科学版）2022 年第 3 期。

把诗句分为大致均等的两部分，这是对部分诗体的部分节奏特征的概括，最为符合这个特征的是《诗经》和《楚辞》。《诗经》以四言为主，四言大都可以分为均等的两个二音节顿；《楚辞》诗句中的"逗"更为明显，往往会在句中出现"兮""以""而"之类的虚词作为"逗"（节奏点）的标记，林庚"半逗律"的雏形就形成于他早年对《楚辞》艺术特征的研究。但是后来的诗体则未必符合这个规律，比如七言一般有三个顿（"2＋2＋3"），而骈文、词曲中常用的六言也有三个顿（"2＋2＋2"），如"凄凄惨惨戚戚""枯藤老树昏鸦，小桥流水人家"等等。其次，前文注释说过，最为符合"半逗律"的四言为什么反而被顿式奇偶相间的五言、七言诗所取代了呢？因为二字词组的连缀往往过于板正、机械，对于相对复杂的诗情的表达往往成了束缚，所以，我们不能把均齐视作节奏建构的唯一标准，还要考虑参差变化的作用，后者本身就是五言、七言的"三字尾"出现的缘由。"半逗律"假设五言的前二字与后三字、七言的前四字与后三字是对半"均匀"，就显得像是为了建构"理论"而有意抹杀其差异性了。回到新诗的节奏建构这个问题上，来看林庚的设想到底给新诗写作带来什么样的节奏。比如，这首林庚的"九言诗"《会后》：

在开过会后那个晚上
一切胜利地在进行着
我们已忘了这是冬天
有季节的风正在吹过

星星装饰了夜的天空
　　黎明期待着每个过客
　　在开过会后那个晚上
　　生活的脉搏就是工作

这首诗在节奏上是比较整饬的，每行都在第 5 个字后有一个"逗"，至少从理论上解决了前述闻一多、孙大雨等的"格律体"诗行内部节奏不太整饬的问题。不过，它在语气上却显得不太自然，而且也很难说是一首好诗。如果要把这首诗的节奏效果体现出来，最好的方式其实是用说快板或者流行乐里的"hip-hop"说唱的方式来读。这里，就不得不重新回头来思考为什么最为符合"半逗律"的是《诗经》与《楚辞》这两种诗体了，两者都诞生于诗、乐、舞尚未分离的时代，节奏中带有相当明显的音乐乃至舞蹈的烙印，它们都可以说是"强节奏"诗体，模式简单且高度重复。半逗律中的"逗"充当了吟唱乃至舞蹈的"节奏点"的作用，因为歌唱的时候往往需要中间"换气"或者稍稍顿歇。如果再来看当今的流行音乐，不难发现符合"半逗律"的歌曲也比比皆是："你说你│好孤独，日子过得│很辛苦，早就忘了│如何寻找幸福。太多的包袱│显得更加无助……"（梁咏琪《凹凸》）值得注意的是，这里的中间顿歇的划分依据是曲调，而非句法，比如第一句按句法的话应该是"你说│你好孤独"。这提醒我们，与音乐有不解之缘的"半逗律"或许在音乐与说唱艺术中还可以大有作为。然而，现代诗歌毕竟不是用来歌唱或者说唱的，它早已和音乐分了家，除了极少数例子之外（如袁水拍的《马凡陀的山歌》），大部分新诗更适宜诵读。那么，句中的"节奏点"不仅不必要，还会给诗句的声音带来"顺口溜"般的滑稽感。

如果我们观察林庚所作的"九言诗""十一言诗"等，不难看出，它们实际上是一种比闻一多式的"豆腐干"更严苛的体式，相当于在"豆腐干"中间再切一刀变成大体均等的两半，但切分的依据依然是句法、语义上的关系。如果要确保每句都分成"5＋4"（九言）或者"6＋5"（十一言）两个部分，那么这对诗人的选词造句都是极大的束缚。比如上面的《会后》一诗中的"有季节的风正在吹过"，为了凑齐五个字，硬生生把"季风"变成了"季节的风"；"星星装饰了夜的天空"一句，则把"夜空"扩展成"夜的天空"。可见，为了符合严苛的"半逗律"，势必逼出一堆"怪词""怪句"。这在歌词创作中偶尔为之还情有可原（因为要跟上曲调），而在以诵读为目的的新诗写作中则显得作茧自缚了。在林庚所示范的"格律诗"中，很多诗句都显得怪声怪气、语气滞涩——似乎只有将它们"说唱"出来才能体现出其节奏特色。因此，从文本本身来看，林庚给读者呈现出来的仅仅是比早期闻一多的"豆腐干"语气更别扭、意象和词汇更陈腐的"新豆腐干"，它也很难变成新诗节奏探索的正途。[1]

---

[1] 关于林庚的格律诗方案，详见西渡的《林庚新诗格律理论批评》（《文学前沿》2002年第2期），该文对其弱点和局限提出了全面的批评和分析。

三、新诗格律理论的"家族相似性"

这里对闻一多、孙大雨、林庚等的格律理论提出反驳的主要目的并不在于证明他们的方案是错的——这恐怕不需要笔者证明,新诗的历史已经证明了这一点——而在于推演他们的方案的全部可能性,由此探寻新诗格律化的努力为何在整体上失败了,也探寻新诗格律究竟在哪些方面和哪些问题上是不可能或不可操作的。归纳闻一多、孙大雨、何其芳等对新诗格律的探索,虽然他们的方案各有差别,但在以下几点原则上还是相同的,或者说是"家族相似":

(1) 追求每行诗中有相同数量的节奏单位(音尺、顿、音步等);

(2) 追求各个节奏单位之间的整齐一致(每个单位字数或所占时长相同或相近);

(3) 基本根据句法关系和语义划分节奏单位(除了陆志韦的方案以外)。

第(1)(2)点是西方格律诗的普遍特点,这也是新诗格律理论家们力图达至的目标。但问题在于第(3)点:以这种方式划分出来的是否是真正的节奏单位呢?而且这样的"节奏"单位如何辨识,如何在朗读中把握呢?或者说,读者是否能够自觉地辨析出其中的节奏划分呢?最后,这些"节奏"单位是否有利于我们朗读呢?通过上面的分析,我们不得不说以第三点的方式划分节奏根本无法解决上述问题。然而,除了这种方式还有别的划分音节和构建节奏的方式吗？第一节中说过，闻一多和陆志韦在三四十年代曾经试验过以轻重音相间构成音步的格律诗，但是问题在于这样的做法很不符合现代汉语的实际情况。

  虽然在过去几十年中有如此多优秀的诗人和学者对新诗格律作了认真和深入的探索，但是我们不得不说这些努力基本上是失败了，因为在节奏的构成方式上，格律体新诗遇到了根本性的困难：无法实现真正的（语音上的，而不是句法和语义上的）音节的均齐和数量的一致，也无法让其节奏划分方法成为作者与读者间的"约定俗成"。当然，闻一多、孙大雨等的探索虽然在最终的实践环节遇到了障碍，但是他们的某些理念依然值得作为我们在韵律探索的路上重新出发的起点——之所以要回过头来"重新出发"，是因为他们把这些理念导向了节奏单位的均齐与数量的一致（即格律）这个难以实现的目标上，但是，它们也可以导向格律之外的一些目标：这些目标虽然不等于实现新诗的格律化，至少不会让新诗毫无韵律可言。

第四章　陈世骧：中国"韵律传统"与"律度"的重审

一、歧见迭出的"抒情传统"论说

"抒情传统"是近些年来被学界热议的一个学术命题。虽然"情""抒情"以及与此相关的"诗缘情"都是中国古代早已有之的概念,但是这与现代意义上的"抒情""抒情诗"不可等同视之,朱自清在《诗言志辩》中说:"'抒情'词组是我们固有的,但现在的含义却是外来的——而造成。"[1] 自二十世纪以来,在中国现代文学中也有不少关于"抒情"的论说与争论,比如徐迟等人所提出的"放逐抒情"、穆旦的"新的抒情"、沈从文的"抽象的抒情"等等,但是作为一种系统的学术论说的"抒情传统"却是从海外学界开始兴起的,继而波及港台地区学界,最近二十年才

---

[1] 朱自清:《朱自清全集》,第 6 卷,南京:江苏教育出版社,1996 年,第 172 页。

在大陆引起注意和争论。它最早由旅美学者陈世骧提出来，经高友工的进一步发扬其说，后来又有吕正惠、蔡英俊、萧驰、柯庆明等人踵事增华，在八十年代以后即已在港台成为"显学"。最近二十年王德威等学者进一步将其引入中国现当代文学的研究中，不再局限于中国古典文学，更是引发了一波"抒情主义"的学术潮流，大陆学界亦纷纷跟进，蔚为大观。[1]

然而争论也随之而来。在港台学界，有颜昆阳、龚鹏程等学者相继发难，指出其概念泛化、以西律中之弊病，甚至直言"抒情传统"压根"不存在"。[2] 大陆也有学者指陈得失，不仅指出其立论偏颇之处，亦有学者直言此说"应该缓行"，一时间热闹非凡。[3] 这些批评声音中有不少确实是颇中要害的，"抒情传统"说若果如批评者所指出的那样以偏概全、漏洞百出，却被学界沿用、热议几十年，岂

---

1 相关代表性成果可参见柯庆明、萧驰编：《中国抒情传统的再发现》，台北：台湾大学出版中心，2009 年；陈国球、王德威编：《抒情之现代性："抒情传统"论述与中国文学研究》，北京：生活·读书·新知三联书店，2014 年。

2 颜昆阳：《从反思中国文学"抒情传统"之建构以论"诗美典"的多面向变迁与丛聚状结构》，《东华汉学》第 9 期，2009 年 6 月；颜昆阳：《混融、交涉、衍变到别用、分流、布体——"抒情文学史"的反思与"完境文学史"的构想》，台湾《清华中文学报》第三期，2009 年 12 月。龚鹏程：《成体系的戏论：论高友工的抒情传统》，台湾《清华中文学报》第三期，2009 年 12 月；龚鹏程：《不存在的传统：论陈世骧的抒情传统》，《美育学刊》，2013 年第 3 期。

3 汤拥华：《"抒情传统说"应该缓行——由王德威〈抒情传统与中国现代性——在北大的八堂课〉引发的思考》，《文艺研究》，2011 年第 11 期；王怀义：《汉诗"缘事而发"的诠释界域与中国诗学传统——对"中国抒情传统"观的一个检讨》，《文学评论》，2016 年第 4 期；李春青：《论"中国的抒情传统"说之得失——兼谈考量中国文学传统的标准与方法问题》，《文学评论》，2017 年第 4 期。

不滑天下之大稽？难道这一说法果真没有多少可取之处？然而，当我们去重读"抒情传统"说的创始者陈世骧的论说，却发现无论是对此说的界定、申论还是争辩都已经悄然发生了"漂移"，变成了主要是涉及"情"（以及相关的"缘情""言志"）的问题，而陈世骧最初提出此说的学术背景以及考量多少已经被遗忘了。1971年，陈世骧在一个会议报告中正式提出"抒情传统"这个理念，可惜旋即早逝，虽然他已经为"抒情传统"作了界说，但并未来得及对其展示进一步的申论，因而留下了不少"引申"的空间。不过，重读他在提出"抒情传统"前后的文章，可以发现它们的重心其实在诗歌的声音、节奏等语言与文体问题上。因此，与其说它是"抒'情'传统"，不如说是一个"乐诗传统"或者"韵律传统"（详后）。然而，声音、音乐性这一"抒情传统"的内核，却被后来的论说者有意无意地忽略了。从七八十年代的高友工开始，"抒情传统"说已经逐渐脱离了文体与语言的层次，而慢慢地变成一种"理想"或者"精神"，所涵盖的范围也不再限于文学，而涉及音乐、书法等艺术门类，演化成一个庞大的"意识形态"，作为整个中国文化的"理想"而存在："我个人以为这个［抒情］（为笔者所加）传统特别突出地表现了一个中国文化的'理想'。"[1] 在近二十年的研究者那里，这一概念的含义越发漂移不定，颇有"无边的抒情主义"的趋势。

由于在"抒情传统"论说中的普泛化与理想化的趋势，

---

[1] 高友工：《美典：中国文学研究论集》，北京：生活·读书·新知三联书店，2008年，第82页。

它的含义变得越来越可疑，它作为一种研究视镜的有效性也成了问题。颜昆阳意识到：

> 当"情"的范畴被极大化为普遍本质，则不但"抒情诗"做为一种特殊文类，已无从界定；甚至一切依特定质料与形式所范限、区分的诗歌类型，例如叙事、咏史、写物、玄言、山水之别，唐诗主"情"而异乎宋诗主"意"，诗有兴、趣、意、理四格之分等，诸多依据各殊文学事实或现象的"偶有性"（accident）所建立分类别体的知识，皆成无效的虚说。因为所有历史性、社会性存在的各殊"文学事实或现象"，都可化约为唯一、绝对的普遍本质——情；但是，"事实"之为"事实"，"现象"之为"现象"，就在于它必然受到"个体"或"种类"的"偶有性"所"限定"（determination）。任何"个体"或"种类"的"偶有性"，都不能被极大化而成为超越各殊个体或种类的"普遍本质"。[1]

颜昆阳敏锐地意识到，"抒情传统"的论述进路有明显的"形上学"（形而上学）特征，[2] 即把"情"抽象、提升为一种普遍本质，几乎无所不包，其结果是抹平了具体文学事

---

[1] 颜昆阳：《混融、交涉、衍变到别用、分流、布体——"抒情文学史"的反思与"完境文学史"的构想》，台湾《清华中文学报》第 3 期，2009 年 12 月，第 117 页。
[2] 同上，第 117 页。

实的流变性与差异性。这一点在高友工那里已经很明显：他先认定中国文化的"本质"，然后以此为理论框架筛选例证，但是在具体的论述中往往显得勉为其难，就像龚鹏程所指出的那样，"架空谈之，故触处皆误也"[1]。具体的例证在颜、龚二人文章中皆有详尽列举，这里就不赘言了。

问题在于，"抒情传统"便只有这样一条论述通道了吗？其实，前述这种将"情"与"抒情"抽象化为中国文学乃至文化的"普遍本质"的倾向其实并非源自陈世骧，而是导源于高友工等人七十年代之后的论说，只是在后来的争论中反而把陈世骧遗忘了。更确切地说，是以后来的理解进路"覆盖"了之前的路径。在当下高友工等人所实践的这条将"情"与"抒情""形而上学"的学术路径颇显疲态且已无新意的情况下，或许去重温一下陈世骧那些关于"抒情传统"的并不"形上学"的论述是有必要的。学者均了解陈世骧是从比较诗学的角度得出中国文学是一种"抒情传统"这个判断的，但是不太了然陈所指的"抒情传统"主要还是一种"乐诗传统"（或"韵律传统"），它本质是对中国文学中的"声响-节奏"层面的强调，并隐含着一种可称为"时间诗学"的理论视镜。那么，重新挖掘其"抒情传统"的内涵与技术分析手段，或可为中国文学研究开拓一种别样的视角，也在一定程度上修正了后来很多"抒情传统"论说者的凌空高蹈之弊。

---

[1] 龚鹏程：《成体系的戏论：论高友工的抒情传统》，台湾《清华中文学报》第3期，2009年12月，第173页。

二、"顾名思义"的陷阱与不为人知的理论资源

"抒情传统"之所以容易被往"情"与"抒情"的方向理解,是因为这个词太容易被"顾名思义"了,而一旦被"顾名思义",它的那些弊病就随之而来了。"顾名思义"的毛病不但在后来的抒情传统持论者那里有,在其反对者那里同样也有。比如龚鹏程在《不存在的传统:论陈世骧的抒情传统》中说,"抒情传统"实际上在中国传统中并不存在,他的理由有三个方面,这里先谈他文中的第一和第三这两个方面。

首先,在方法论上,龚鹏程认为陈世骧"是以西方抒情诗这一类型来看待中国诗,谓中国诗即具此抒情之特质","这在方法及范畴上便是错乱的"。"因为特色是一回事,它是否构成为一传统甚或道统,又如何形成,乃另一问题。陈先生于此俱未说明。"[1] 另外,龚鹏程指出,"抒情传统"这一说法无法说明那些不太有抒情性的作品,比如赋中的说理或者铺叙那一类作品,还有宋诗中相当一部分"以文字为诗,以才学为诗,以书卷为诗"(严羽《沧浪诗话》)的情况;此外,大量具有实用性的文体也难以被"抒情传统"所涵盖,比如祝、盟、谏、诏、表等等。[2]

其次,在思想上,龚鹏程认为陈世骧是以西方抒情诗的理念来看待中国文学,但中国文学中的"抒情"却迥异

---

[1] 龚鹏程:《不存在的传统:论陈世骧的抒情传统》,台湾《政大中文学报》第10期,2008年12月,第41页。

[2] 龚鹏程:《不存在的传统:论陈世骧的抒情传统》,台湾《政大中文学报》第10期,2008年12月,第42—43页。

于西方浪漫主义的抒情，"此抒非彼抒、此情非彼情也"。具体来说，中国文学中的"情"，"乃是与物相感而生的，不是自我内在之自白与倾诉"，需要从"气类兴感的哲学"中寻找阐释"情"的方法。[1]

龚鹏程对"抒情传统"的反驳引起了广泛的关注，无论论者是否同意他的判断，笔者以为以上意见都是对"抒情传统"论的有益提醒，即不能生硬地套用一个西方的文体概念来阐释中国文学，也要注意到中西方语境中的"情""抒情"的不同涵义。如果把"抒情传统"仅仅理解为抒发感情的传统，那么以上龚鹏程所列举的"抒情传统"论大而化之、以偏概全的毛病就很难避免，它不仅在涵盖范围上有极大的局限，也混淆了中国古典语境中的"情"与西方语境中的"情感"的概念内涵以及发生机制的巨大差异。另外，"情"只是中国诗学中众多概念中的一个，它的含义必须放在一个体系中来辨认和使用，这个体系包括"志""性""理""意""气"等一系列同等重要的概念，还必须考虑概念本身的历史语境与变迁的问题，不能将"情"以及"抒情"当作一个笼罩一切的概念，以致千川百流全数汇入"情"这一主干当中，而这一点正是高友工之后的众多"抒情传统"论述的一个基本的倾向。

值得强调的是，龚鹏程的以上批判基本上只能适用于陈世骧之后的"抒情传统"论述，却不太适用于陈世骧本人的论述，因为他并未将"抒情传统"简单地理解为一个

---

[1] 龚鹏程：《不存在的传统：论陈世骧的抒情传统》，台湾《政大中文学报》第10期，2008年12月，第47—48页。

崇尚"抒发感情"的传统。值得注意的是，陈世骧是在1971年的美国亚洲研究会会议上正式提出"抒情传统"（lyrical tradition）这一理念的，此报告的中文译文是在其离世后才在台湾与大陆面世的。[1]

我们要时刻记住的是，英文中的"抒情诗"（lyric）和"抒情的"（lyrical）就字面意义而言，与"感情""抒发感情"无关，英语"lyric"一词来自希腊语"lyra"，指竖琴这一乐器。在古希腊时代，"抒情诗"指的就是"乐诗"（melic poetry）。[2] 当然，这个概念在漫长的历史中发生了不小的变化，也慢慢地有论者从抒发感情的角度来定义它。不过，"lyric"所具备的音乐性的含义依然是其基本内核（后文还要论述这一点），而陈世骧也正是从这个角度来理解这一概念的。他说："所谓'抒情诗'亦即我们今天文学评论上所使用的专门术语，特指起源于配乐歌唱，发展为音乐性的语言，直抒情绪，或宜译称为'乐诗'。"[3] 陈世骧在解释"抒情诗"这个术语时非常谨慎，特地强调它是一个专门术语，还说称其为"乐诗"更合适。而在《论中国的抒情传统》一文中，陈世骧是这样定义"抒情诗"的："歌——

---

[1] 繁体字版《陈世骧文存》（台北志文出版社）于1972年出版，该报告译文为杨铭涂所译，辽宁教育出版社1998年亦出了简体字版的《陈世骧文存》；而以陈世骧的古典文学论文为主的《中国文学的抒情传统：陈世骧古典文学论集》则于2014年出版，其中《论中国抒情传统》由杨彦妮、陈国球所译，与《陈世骧文存》的译文不尽相同，可以对读。

[2] Alex Preminger, Frank. J. Warnke and O. B. Hardison, JR. eds. *Princeton Encyclopedia of Poetry and Poetics*, Princeton：Princeton University Press，1965，p. 460.

[3] 陈世骧：《中国文学的抒情传统》，北京：生活·读书·新知三联书店，2014年，第104页。

或曰：言词乐章（word-music）所具备的形式结构，以及在内容或意向上表现出来的主体性和自抒胸臆（self-expression），是定义抒情诗的两大基本要素。"[1] 通观《论中国的抒情传统》全文，可以看到陈世骧反复强调的是"抒情传统"的音乐性或者韵律特征，比如在说到"赋"这一体裁时他提道："赋家的文学绝技的精髓，反而更靠近阿博克罗姆比（Laecalls Abercrombie）观察所得的抒情诗要义：'透过语言中悦耳和令人振奋的音乐性，把要说的话有力地送进我们的心坎里。'"[2] 他观察到，即便在赋中有些微的小说或者戏剧化意向，也往往会转化为抒情（音乐）意向。反复检查《论中国的抒情传统》这篇报告，会发现他的"抒情传统"论说并不限于"抒发感情"，那么后来的误解又是如何产生的呢？

这很大程度上要归功于"抒情"这个汉语译名的暗示作用，还有译文本身的诱导。前面陈世骧明确指出，抒情诗所包含的要素包括两个方面：首先是形式结构方面，需要具备音乐结构或者"言词乐章"（word-music）；其次是内容与意向方面，需要具备"主体性"和"自抒胸臆（self-expression）"的特征，换言之，抒情文本是一种带有明显的主体性的自我表达，这就有别于戏剧中的模拟他人口吻，也区别于史诗中的以旁观者身份叙述的表达方式。可见，

---

[1] 陈世骧：《中国文学的抒情传统》，北京：生活·读书·新知三联书店，2014，第5页。
[2] 陈世骧：《中国文学的抒情传统》，北京：生活·读书·新知三联书店，2014，第5页。

这里真正强调的是一种"作者/主体-文本"关系，[1] 即抒情文本与创作主体的直接相关性，这是它在内容与意向方面有别于史诗、戏剧的特征，这三者的本质区别在于"作者/主体-文本"关系的差异，而不在于是否"抒发感情"，史诗、戏剧中都可以人物的身份"抒发感情"，也常常有大量的"内心独白"（比如在莎士比亚的几部著名的悲剧中），这都是不必赘言的常识。应该注意到，陈世骧说抒情诗在内容及意向上的特征是"主体性和自抒胸臆（self-expression）"，可见他小心翼翼地避开了将"抒情传统"与"情感抒发""内心独白"直接挂钩，可惜的是这重考虑在早期的译文中却又被毁掉了，《陈世骧文存》中把"self-expression"译为"内心自白"，[2] 便容易让人联想到浪漫主义诗歌那种抒发内心自白的写法，也就有了后来的一系列误解。

如果从"作者/主体-文本"关系（即自述性文本）的角度以及"音乐性"的特质来看，那么中国文学中确实大部分文本都可以纳入"抒情传统"这一范畴，包括诗、赋、词、曲，也包括骈文乃至龚鹏程所言不满足"抒情传统"定义的奏、颂、诔、表等文体。因为在内容上，陈世骧关于"抒情"的定义是"其情感流露、或公或私之自抒胸臆的主体性"，在形式上则是"内在的音乐性"。[3] 换言之，抒

---

[1] 严格来说，"作者"与"创作主体"也不是一个概念，只是在中国古典文学中，"诗言志"（自抒胸臆）与"知人论世"的传统一向占据主流，因此这里就把两者放在一起谈了。

[2] 陈世骧：《陈世骧文存》，沈阳：辽宁教育出版社，1998年，第2页。

[3] 陈世骧：《中国文学的抒情传统》，北京：生活·读书·新知三联书店，2014年，第7页。

发感情自然可以，即便不是抒发个人感情，而是"或公或私之自抒胸臆"（它对应的是"诗言志"传统），只要它是一种带有音乐性的自我表达，也完全可以放在"抒情传统"的范畴内。陈世骧之所以把"赋"纳入"抒情传统"，重点在于"语言中悦耳和令人振奋的音乐性"，[1] 无关于到底是说理还是铺叙之赋的问题，龚鹏程以"赋中有说理、铺叙之作"来反驳，实际上还是犯了"顾名思义"的毛病，只是对陈世骧论述的误解而已。后文还要补充的是，包括骈文、奏、表、颂、诔这些看似不怎么"抒发感情"的文体，其实都是音乐性与韵律感极强的"抒情"文本——前提是我们不要把"抒情"仅仅理解为"抒发感情"。因此，龚鹏程说陈世骧的"抒情传统"说以偏概全、覆盖范围有极大局限，其实更多的是基于误解的反驳。

那么，陈世骧先生有没有在其论说中正面讨论汉语语境中的"情"与"抒情"问题呢？自然是有的，因为说到"自抒胸臆"或者自我表达，自然也包括"情"的抒发。不过，在陈世骧的论述中，"情"与"诗缘情"一类的理念并不占有主导性的地位，这一点与后来的高友工、王德威等学者都有显著的区别。陈世骧最为强调的是"志"，屡屡阐发"诗言志"这个比"诗缘情"产生还要早的概念，但是他论述"言志"并不像汉代的解诗学那样突出其政治、道德方面的意义，而是返回其源头，探寻"志""诗"二字的文字学乃至人类学渊源，指出两者均有共同的字根止

---

[1] 陈世骧：《中国文学的抒情传统》，北京：生活·读书·新知三联书店，2014年，第5页。

("之"),前者从"心"后者从"言",而止具有"之"(向)和"止"(住)相反二义,"志"即"心之所向",带有一定的"目的性"。[1] 这就扣紧了前面他定义"抒情诗"时所谓意向上的自我相关性的论述——"在心为志,发言为诗",这种直接表达写作者内心意向的文本,即中国古人所理解的"诗"的含义,而从比较诗学的视镜下来看,这不正是"抒情性"文本吗? 而在谈到"情"时,陈世骧并不是像龚鹏程所误以为的那样一味地以"抒情"和"缘情"为尊,在分析陆机的"诗缘情"理念时,陈世骧指出"其中存在过分强调'纯粹感情'的危险,结果出现了某种类似于'为艺术而艺术'(l'art pour l'art)的倾向"[2]。为此,他肯定了刘勰、钟嵘等人将"情""志"二语合用的趋向,以纠正单方面"缘情"之弊。情志"既强调情感、排斥实用性,同时又保留了目的性",这体现出"一种新的对于情感的目的性的批评洞察"[3]。

龚鹏程或许是太想给陈世骧扣上"西方浪漫主义"这顶帽子了,言后者不懂中国传统中"调理悲喜之偏而得性情之正"和"性其情"(节制情感)的道理,也不知道要从"气类兴感"之类的哲学中寻找"情"的阐释。[4] 不过,上

---

[1] 陈世骧:《中国文学的抒情传统》,北京:生活·读书·新知三联书店,2014年,第19—26页。
[2] 陈世骧:《中国文学的抒情传统》,北京:生活·读书·新知三联书店,2014年,第26页。
[3] 陈世骧:《中国文学的抒情传统》,北京:生活·读书·新知三联书店,2014年,第27页。
[4] 龚鹏程:《不存在的传统:论陈世骧的抒情传统》,台湾《政大中文学报》第10期,2008年12月,第48页。

段所引的同一篇文章中,在讲对情感的"批评洞察"时,陈世骧就讨论了范晔《文苑列传》中的"情志既动,篇辞为贵。抽心呈貌,非雕非蔚",他解释道:"范晔期望找到的是一种平衡,艺术,既非自然或无目的的情感的过度丰茂,也非出于人为目的的过度算计。艺术之美,必须是主观情感与有目的的美学情感在规训的、客观化的,宛如天籁的形式中的均衡与整合。"[1] 这不正是在强调情感的节制与"得性情之正"吗?再往后一页,陈世骧又讨论了刘勰《文心雕龙》中的"触[应]物斯感,感物吟志,莫非自然",来阐释诗歌中的"情志"之动,[2] 而这段话同样也在龚鹏程的文章中讲"情"之触物而生时出现,说陈世骧不了解中国"气类兴感"的理念,有失公允。

再来看龚鹏程所说的陈世骧论述的第二个问题,即"以西律中"的问题。龚先生在文中说陈世骧在视界上是"以西方抒情诗为模型来说明中国文学",即以"西方浪漫主义的抒情诗概念"来理解中国文学。[3] 龚鹏程认为这种视界导致了一系列混乱,比如情理二元对立的模式,把"浪漫的抒情"与"理性精神"对立起来。[4] 说陈世骧的视界是"以西律中",倒也不完全是错的。陈世骧在提出"抒情传

---

[1] 陈世骧:《中国文学的抒情传统》,北京:生活·读书·新知三联书店,2014年,第28页。
[2] 陈世骧:《中国文学的抒情传统》,北京:生活·读书·新知三联书店,2014年,第29页。
[3] 龚鹏程:《不存在的传统:论陈世骧的抒情传统》,台湾《政大中文学报》第10期,2008年12月,第43—44页。
[4] 龚鹏程:《不存在的传统:论陈世骧的抒情传统》,台湾《政大中文学报》第10期,2008年12月,第44—47页。

统"说时，就明确交代他是以"比较的方式"来看待中国文学的特质，这个特质是"相对于西洋文学说的"。[1] 但是，陈世骧具体是从何种角度"以西律中"，包括龚鹏程在内的一些学者却存在一些误解，以为其不过是在片面地夸大浪漫主义式的"抒发感情"罢了，强调的其实是中国古已有之的"诗缘情"观念，大陆有不少学者也是这样理解的。[2] 不过，这并不符合事实。细察《论中国的抒情传统》一文所援引的关于"抒情诗"的认识，主要有以下三条：

（1）乔伊斯（James Joyce）："艺术家以与自我直接关涉的方式呈示意象。"[3]

（2）阿博克罗姆比（Laecalls Abercrombie）："透过语言中悦耳和令人振奋的音乐性，把要说的话有力地送进我们的心坎里。"[4]

（3）德灵克窝特（John Drinkwater，又译"德林克沃特"）："抒情诗是'纯'诗质活力的产物"，因此"抒情诗（lyric）和诗（poetry）是同义词。"[5]

在《原兴：兼论中国文学特质》中也出现了两条关于"抒情诗"的定义：

（4）布拉克摩（R. P. Blackmur，又译"布莱克默

---

[1] 陈世骧：《中国文学的抒情传统》，北京：生活·读书·新知三联书店，2014年，第3—4页。
[2] 比如第97页，页下注3，所列汤拥华、王怀义、李春青等几篇论文。
[3] 陈世骧：《中国文学的抒情传统》，北京：生活·读书·新知三联书店，2014年，第4页。
[4] 陈世骧：《中国文学的抒情传统》，北京：生活·读书·新知三联书店，2014年，第5页。
[5] 陈世骧：《中国文学的抒情传统》，北京：生活·读书·新知三联书店，2014年，第9页。

尔"):"以声律的适当,构架起诗意的文字……声律成章,其诗亦即音乐。"[1]

(5)弗莱(Northrop Fry):"声韵和意象二者结合的潜在模仿。"[2]

以上五人都是活跃于二十世纪前期、中期的作家和批评家,乔伊斯是现代主义诗人、小说家,布莱克默尔、弗莱都是知名的文学批评家,也算是"新批评派"的同路人,不能视作所谓的"浪漫主义"。若从理论本身来看,只有第三条德灵克窝特的认识较为接近浪漫主义诗人那种从诗的内部"诗质"来定义"抒情诗"的观点,但是也并非实在强调与理性对峙的情感的作用。可以说,陈世骧从未在文中认同过那种典型的浪漫主义观点,即把抒情诗当作"强烈情感的自然流露"(华兹华斯)。

陈世骧所援引的这些林林总总的有关"抒情诗"的认识是从何而来的呢?很少有学者对此有清晰的认知。这主要是因为《论中国的抒情传统》一文是一个会议报告,并未注出引文出处(一般如此)。而在陈世骧《原兴》一文中,上列引文(4)(5)倒是粗略注了出处,"前引,Encyclopedia of Poetry and Poetics",再看前引是"Encyclopedia of Poetry and Poetics,Princeton,1956"。问题在于,仅看这个注释是无法找到原书的,因为这个注释有两个疏漏:一是书名最前有"Princeton"一词缺失了,书名应为"Princeton

---

[1] 陈世骧:《中国文学的抒情传统》,北京:生活·读书·新知三联书店,2014年,第134页。
[2] 陈世骧:《中国文学的抒情传统》,北京:生活·读书·新知三联书店,2014年,第134页。

Encyclopedia of Poetry and Poetics";二是出版年份,应为1965年而非1956年,此书的初版是在1965年,再版已经是1974年陈世骧逝世后了。以上种种阴差阳错,导致读者无从追索陈世骧立论的一个重要的理论资源,即著名的《普林斯顿诗歌与诗学百科全书》(简称《百科全书》)。再加上此书经历了多次改版,内容变化颇大,若以后期版本为据则无异于刻舟求剑。[1] 2018年笔者在美找到此书的1965年版,惊讶地发现,上列"抒情诗"五条定义全数来自此书1965年版的"lyric"词条。而且,陈世骧关于抒情诗的起源、地位以及发展情况的认知基本上来自此书,比如,《论中国的抒情传统》中说:"在希腊哲学和批评理念中,史诗与戏剧是如此的先入为主,以致亚里士多德在他的《诗学》第一部第六、七节中指出用抑扬格和挽歌体(elegiac),或用其他相类格律写成的抒情体韵文,'迄今尚无名称'。戏剧和史诗的高度主导地位,使古希腊的歌唱诗(melic poetry)相形失色……"[2] 这段话基本上是化用了《百科全书》"lyric"词条里的介绍,"The Greek critics were less concerned with lyric or melic poetry than with the tragedy and the epic ... Aristotle, in the Poetics(1-4)observed the absence of a generic term which might denote such nonepic and nondramatic kinds of poetry as the works in

---

[1] 《普林斯顿诗歌与诗学百科全书》(Princeton Encyclopedia of Poetry and Poetics)目前共有四个版本,即1965年、1974年、1993年和2012年四版,1974年为小修版,1993年为大修版(书名加上了"新编"[New]一词),2012年版则基本上可以称为另一本书,主编与撰稿者都替换了。

[2] 陈世骧:《中国文学的抒情传统》,北京:生活·读书·新知三联书店,2014年,第7页。

iambic, elegiac, and similar meters"[1]。再如陈世骧在《原兴》文中给抒情诗下的定义,"所谓'抒情诗'亦即我们今天文学评论上所使用的专门术语,特指起源于配乐歌唱,发展为音乐性的语言,直抒情绪,或宜称为'乐诗'"[2]。也明显地采纳自《百科全书》的观点:"lyrical poetry may be said to retain most pronouncedly the elements of poetry which evidence its origins in musical expression—singing, chanting, and recitation to musical accompaniment."[3] 不过,最令人惊讶的是,《百科全书》中"lyric"词条在介绍中国诗歌时,居然已经先于陈世骧作出断言,"中国诗歌几乎都是抒情性的",还简单论述了中国诗歌与民间歌谣、乐府之间的联系。[4]

  笔者无意指摘陈世骧沿袭西人之说,《百科全书》所作初步的断言与陈世骧深入的论证自然不可同日而语。不过,重读这条长篇词条有助于我们明了陈世骧之"抒情传统"究竟是从何种角度立论、申说的,也再次印证了前文的判断,即"抒情传统"应理解为一种"乐诗-韵律传统"。该书"lyric"以及"genres"词条对"lyric"这个概念在历史中的发展作了一番"知识考古学"的调查。"genres"词条说,戏剧诗、史诗、抒情诗构成诗歌文体的三分法,这个

---

[1] *Princeton Encyclopedia of Poetry and Poetics*, 1965, pp. 464 – 465.
[2] 陈世骧:《中国文学的抒情传统》,北京:生活·读书·新知三联书店,2014年,第104页。
[3] Alex Preminger, Frank J. Warnke and O. B. Hardison, JR. eds. *Princeton Encyclopedia of Poetry and Poetics*, Princeton: Princeton University Press, 1965, p. 460.
[4] Alex Preminger, Frank J. Warnke and O. B. Hardison, JR. eds. *Princeton Encyclopedia of Poetry and Poetics*, Princeton: Princeton University Press, 1965, p. 466.

分类并非在古希腊时期就已完备，而是在十六世纪才最终成型，因为在古希腊，那些非戏剧的、非叙事性的诗体并没有一个统一的名称，在古希腊最接近现代"抒情诗"概念的是"乐诗"（melic poetry），但它也只是众多音乐性强的诗体中的一个。[1] "lyric"词条说，抒情诗的起源与音乐化的表达有密切关联，比如歌唱、配乐吟诵、背诵等。音乐性在史诗、戏剧中的地位是次要的，在抒情诗中的地位却是首要的，它内在于抒情作品的精神与美学特质之中。[2]

"lyric"词条回顾说，"抒情诗"概念在现代产生了较大的混乱。文艺复兴之后，由于诗人的写作更多诉诸视觉而非听觉手段，"抒情诗"的含义与古典的"乐诗"产生了明显的区别。诗人不需要进行表演性的"游吟"，其写作也不再是为配乐歌唱而"谱"诗，而是为案头阅读而"写"诗，因此，抒情诗丧失了它原来的基石：音乐。十七世纪末以后，人们已经很难区分严格意义上的抒情诗（乐曲化的"歌"）与非乐曲化的抒情诗（文字表达），而后来的浪漫主义诗人则进一步将这种术语上的含混加大，华兹华斯、柯勒律治、歌德等作家直接将"抒情诗"与"诗"画上了等号（前述德灵克窝特的观点延续了这种看法）。由于抒情诗与音乐之间的直接联系被削弱了，很多批评家开始为抒情

---

[1] Alex Preminger, Frank J. Warnke and O. B. Hardison, JR. eds. *Princeton Encyclopedia of Poetry and Poetics*, Princeton: Princeton University Press, 1965, p. 307.

[2] Alex Preminger, Frank J. Warnke and O. B. Hardison, JR. eds. *Princeton Encyclopedia of Poetry and Poetics*, Princeton: Princeton University Press, 1965, p. 460.

诗寻找音乐性之外的"第二特质",比如爱伦·坡认为,抒情诗必然是简短的诗体;华兹华斯认为,它是"强烈情感的自然流露";黑格尔认为,抒情诗是一种具有强烈的主体性和个人性的表达;叔本华认为,它是一种以"意志"(will)颠倒"精神"(mind)的行动;等等。[1] 词条作者则认为上面这些定义都有一定的偏颇性,因为总有不符合这些公式的抒情诗存在着(这与龚鹏程文中所举的例证相似)。比如弥尔顿表达情绪的《欢乐颂与沉思颂》(*L'Allegro* & *IL Penseroso*)就一点也不简短(针对爱伦·坡);意象派的抒情诗很少表现什么"强烈情感"(针对华兹华斯);伊丽莎白时代的情歌则很难让批评家们找出多少"主体性"(针对黑格尔);等等。因此,词条作者下结论说,所有抒情诗的"公分母"依然需要从它们的音乐性起源中来寻找,尽管它们已经脱离了音乐,其声音模式仍带有音乐留下的烙印。前面所列举的"抒情诗"定义(2)(4)(5)突出的都是抒情诗的音乐性和"言词乐章"的本质,是词条作者比较认同的定义。[2]

读完这几段概述,再看陈世骧的对"抒情传统"的申论,不难发现陈世骧对抒情诗的理解最为强调的还是其音乐性、韵律方面的本质,而对于"第二特质"(如主体性、自我相关性、情感等)虽然有所采纳,但是并未将其作为

---

[1] Alex Preminger, Frank J. Warnke and O. B. Hardison, JR. eds. *Princeton Encyclopedia of Poetry and Poetics*, Princeton: Princeton University Press, 1965, p.461.

[2] Alex Preminger, Frank J. Warnke and O. B. Hardison, JR. eds. *Princeton Encyclopedia of Poetry and Poetics*, Princeton: Princeton University Press, 1965, pp.461-462.

核心来论证，更未独尊"情感"之一端，这与后来的高友工、王德威等学者的路径都有很大区别。有趣的是，词条中提到的西方世界有关"抒情诗"含义的歧见，居然与汉学界发生的有关"抒情传统"的争论颇为相似，比如"抒情诗"概念的覆盖范围问题，"情"与"理""志""意"之间的偏重问题，在英语世界中早就发生过一遍。作为词条的"忠实读者"，陈世骧怎么会幼稚地重复浪漫主义重"情"轻"理"的偏执呢？说陈世骧立论受到西方影响是没错的，但是扣上"以西律中"的帽子则是诛心之论了。其实，诗与乐的紧密关联对于中国批评传统而言不能算是多么惊人的"新见"，中国诗学在早期就对此有直觉的认识，比如《诗大序》中的断言："情动于中而形于言，言之不足，故嗟叹之，嗟叹之不足，故永歌之，永歌之不足，不知手之舞之，足之蹈之也。"这段话可以看作，也经常被看作对中国早期诗歌中诗、乐、舞紧密融合之现实状况的表述（后文详述）。

　　之所以如此详尽地批驳龚鹏程的"批驳"，是因为龚的观点不仅典型地反映了高友工之后的学者对"抒情传统"说的理解与误解，也清晰地展示了这些理解和误解之进路的"洞见"与"不察"，因为将"抒情传统"理解为一个关于"情"的传统不仅有以偏概全之弊，也由于过于"形而上"而忽略了生成论意义上的细致辨析，后者对于每一种真实存在的"传统"都是不可或缺的。强调诗与音乐之关联的"抒情-韵律传统"虽然对于中国文学批评而言不算是"新见"，但是恰恰可以从生成论的意义上观照中国诗歌在形态上的基本特色，以及形式传统的生成。

三、"乐诗-韵律传统"的再出发

由上节可以看出,陈世骧从比较诗学中得出的方法论启示不仅是中西方文体偏向的差异(即以抒情诗为主对比以史诗、剧诗为主),还包括一种从诗与乐的源头性关联中看待诗的形式和文体的视角,以及从文体与韵律的角度来分析中国诗歌传统的方法。可以说,这一整套体系带着明显的二十世纪中期的英美新批评学说的烙印。不过,应该承认的是,陈世骧的"抒情传统"学说其实停留在"半完成"状态。虽然他对早期中国诗歌(《诗经》)的音乐性起源和形式特征已有详尽分析,也在批评理念上对中国"抒情传统"的含义和偏好作出了比较清晰的界定,但是这一学术大厦明显还有不少"未完工"的部分。下文的论述可以称为"乐诗-韵律传统"的再出发,主要是依据陈世骧奠定的基本理论构架,再补足一些他所未及详论的内容,重新展望"抒情传统"说开拓的可能性。限于篇幅与学养,我们的论述则更多地侧重于比较诗学式的宏观对比,而中国诗歌具体的文体变迁则不作过多地论述。

首先,他对整个中国诗歌文体发展的详尽分析只有先秦部分算是基本完成了,"抒情传统"或者说"乐诗-韵律传统"是如何体现于汉代之后的文学之中的呢?陈世骧已有的论著中并没有对此展开系统性论述,只是偶尔简略论及。他在给夏志清的信中,曾透露拟对《诗经》、楚辞、乐府、赋这四类文体各写一长论,以求对"中世"之前的有一个系统的总结,"制要以宏通"。[1] 可惜的是,他关于乐府和赋的长论都未面世,不然我们就可以看到他是如何看待两者的"悦耳和令人振奋的音乐性"了。其次,虽然陈世骧已经着重强调"音乐性"或者说韵律在中国"抒情传统"中的核心地位,但是这个比较诗学视野下的判断还有不少需要进一步澄清与论证的疑点、难点。比如说,撇开诗歌与音乐在起源上的关联,就诗论诗,这里的"音乐性"或者韵律到底是指什么呢?很多读者会以为所谓"音乐性"无非是指格律的有无,但是应该意识到的是,西方古典戏剧、史诗大都也是以格律体写成的,并非自由体诗歌,更不是散文,哪怕是十六至十七世纪莎士比亚戏剧、弥尔顿的史诗仍是如此。那么,作为一种文体偏向的"中国抒情传统"又是如何区别于西方的史诗、戏剧传统的呢?有无可能落实到具体的形式特征上?

要说清楚中国诗歌的"乐诗-韵律传统",首先得做一个概念上的澄清和对比。值得注意的是,自"五四"以来,谈到诗歌的"音乐性",很多学者及读者容易想到诗歌的"格律"特征上。这主要是因为中国现代自"五四"以来基本抛弃了古典诗歌的格律体系,很多诗人与诗律学研究者都有着某种程度的"合法性焦虑",往往把诗歌声音、形式的讨论重点放在要不要,以及如何建构"格律"这个问题上,这又带来一系列的概念与认知混乱。[2] 就本章的问题而言,抒情传统与史诗、戏剧传统在形式上的区别其实并不

---

1 夏志清:《序二》,《陈世骧文存》,沈阳:辽宁教育出版社,1998年。
2 详见第二编第一章。

在格律的有无这个问题上。实际上，无论是古希腊史诗、悲剧，十九世纪之前的英语诗剧，还是中国的"抒情诗"，在相对成熟的阶段，都有比较明确的格律体系。比如古希腊格律是长短音体系，一个长音的时长（duration）相当于短音的两倍，长音与短音按照特定的组合构成音步，如长短短格就是一个长音接两个短音。特定数量的音步构成一个诗行，比如史诗用六音步长短短格，悲剧常用三双音步短长格（或称六音步短长格），讽刺诗常用四双音步短长格。[1] 而英语是轻重音体系，轻重音按特定的组合方式构成音步，比如抑扬格（iambic）是轻音接重音，扬抑格（trochee）是重音接轻音，特定数量的某一种音步构成一个诗行，比如莎士比亚悲剧常用五音步抑扬格（iambic pentameter），弥尔顿的史诗《失乐园》也是如此。

既然西方的史诗、戏剧与中国古典诗歌都有所谓的"格律"，那它们在形式上的区别究竟在哪里呢？另外，很多史诗、悲剧都是鸿篇巨制，比如荷马史诗《伊利亚特》《奥德赛》都超过了一万行，莎士比亚悲剧也经常一部长达几千行，既然它们都能以格律体写成，为何在中国文学传统里，很少出现规模如此宏大的诗体作品？这里首先要注意的是西方的"格律"含义与中国的区别，西方文字是表音体系，一个单词乃至一个音节包括数量不等的字母，而汉字基本上是一字一音（音节），一个诗体（比如五言）成形之后，便没有太多变通的余地，除了歌行里偶尔可以例

---

[1] 亚里士多德：《诗学》，罗念生译，上海：上海人民出版社，2006年，第25—29页。

外,每句字数是严格限定的。而西方的格律则不然,首先是根本无从做到每行书写的字母数字完全一样(也没有意义);其次,在特定的格律中,一个音步所包含的音节类型和数量也是有变通余地的。比如古希腊的长短短格,后面的两个短音偶尔也可以一个长音替代;再如英语中的抑扬格音步,其所包含的轻音偶尔是可以省略的,有时还可以再多出一个。另外,很多在日常语言中并不被重读的音节其实还可以在诗体中被强行"赋予"重音,比如莎士比亚《哈姆雷特》中的名句:

To be| or not |to be,| this is| a question.

这里的第1—3音步都符合抑扬格先轻后重的规则,但是第四音步"this is"并不符合,正常读法应为"this"重读,"is"轻读。为了满足格律,也可以将"this"轻读,"is"重读,后面这个"重音"就是被强行赋予的,这就是所谓的"歌唱诵"的读法。另外,最后一音步也多出一个音节"-stion",因为它是轻读音节,且在句尾,也就不算不合律了。可见,西方史诗、戏剧中的"格律"其实还是给予诗人一定的自由度的,并没有像汉语旧体诗行限定得那么严苛,因此能允许长篇作品的出现。在古希腊,甚至有的演说与议论也可以用格律体来写,比如恩培多克勒曾用六音步长短短格写过《论自然》和《净化》,长达5 000余行。[1]这说明,西方史诗、悲剧中的"格律"起的作用更多是大

---

[1] 亚里士多德:《诗学》,陈中梅译,北京:商务印书馆,1996年,第35页。

体规约诗行的时间进程与节奏模式。而汉诗中的"格律"则远为严格,超过千行(句)的长篇的诗体叙事乃至议论都不太容易见到。

如果不能归结到"格律"的有无这一点上,汉语诗歌的所谓"乐诗-韵律"倾向究竟从何处见出呢?这还得从"抒情诗"与音乐的起源性关联中寻找答案。众所周知,音乐(包括歌曲)是一种时间性的形式,它以声音的形式在演奏者/歌者与听众之间口耳相传,一首歌或者一段旋律若希望在听者心里留下印象,必得有不少重复的成分,比如旋律的重复,某些音节、词语、词组乃至句子的重复,某种节奏模式的重复,等等。重复不仅加强了听众心里的印象,也通过特定的组合方式起到建立结构的作用。坡林(Laurence Perrine)指出,"音乐的本质是重复",而"节奏"(rhythm)一词指的本来就是"任何声音或者动作的波动性重复"。[1] 重复因素的增加也必然导致节奏感的增强,这也是诗歌与音乐在结构上的同一性。今日的流行歌曲,也有大量的重复片段和复现旋律,甚至大部分歌曲也如唐宋词分上下阕那样,分为旋律基本一样的两个部分;儿歌更是如此,叠词叠句大量使用,每句节奏模式基本一样。可见,音乐或者歌这种发生-传播方式与诗歌是有很大区别的,用来阅读的文学不必太考虑读者能否"即时"理解和接受,读到不太理解处可以停下来想想,或者回头去重读,这样它的"时间性"就不那么直接了,会慢慢削减简单的

---

[1] Laurence Perrine, *Sound and Sense: An Introduction to Poetry*, New York: Harcourt, Brace Jovanovich, 1982, p.155, 158.

重复形式的使用分量，因为太多单纯的重复容易让读者腻烦。可以说，大量的、较为密集的重复是诗与音乐拥有共同起源的明证，是作为固定规范的"格律"形成之前用来建构诗歌的主要形式。这一点不独汉语诗歌如此，其他文明的早期口传诗歌亦然："自由诗的历史其实可以追溯到规则的格律体系形成之前的口传诗歌时期，苏美尔（Summerian）、阿卡得人（Akkadian）、埃及、梵文、希伯来诗歌的文本都有一个共同点：在各自不同类型的格律还未被用于约束诗歌之前，就都使用重复和排比来实现韵律之规律性。"[1]

明了此点，我们可以看出陈世骧对于《诗经》的出色研究的用心所在。虽然，民国时期的闻一多、郭沫若等学者都已经屡屡申述早期汉语诗与乐合一的观点，[2] 不过，陈世骧是较早地结合文字学、比较诗学以及新批评式的文本细读对此予以系统的论述的学者。他注意到，汉语的"诗"字本身就脱胎于一种诗、乐、舞合一的原初状态，诗的字根屮原为象足着地的意象（从闻一多说），有"之"与"止"相反二义（取章太炎古字相反为义说），[3] 屮本身就是一个富有节奏的动作："不但是足之停，而又是足之往，之动。足之动又停，停又动，正是原始构成节奏之最自然的行为。所以先秦人存留的远古传说，'昔葛天氏之乐，三人操牛尾

---

[1] A. Preminger & T. V. F. Brogan. ed. *The New Princeton Encyclopedia of Poetry and Poetics*, Princeton: Princeton University Press, 1993, p.425.
[2] 闻一多：《诗与歌》，《闻一多全集》，第一卷，上海：开明书店，1948年，第181—191页。
[3] 陈世骧：《中国文学的抒情传统》，北京：生活·读书·新知三联书店，2014年，第18—19页。

投足以歌八阕。'犹特言'投足',自明是'蹈之'以击节。节奏为一切艺术的,尤其明显的为原始舞蹈、歌唱、诗章的基本元素。"[1] 以此为线索,他又对早期汉语诗歌极其重要又歧见迭出的术语"兴"这一概念作出别开生面的解释,他根据罗振玉、商承祚、郭沫若对甲骨文"兴"()的解释,即四手合托一物之象,中间所举的""带有还转动态的因素,依从商承祚所作的"兴是群众合力举物时所发出的声音"的判断,指出《周礼》所言之"兴"是指"有音乐伴奏的朗诵技巧",与"古代社会里和抒情入乐诗歌的萌现大有关系"。[2] 他观察到,"兴"在《诗经》里"已具有'复沓'和'叠覆',乃至于反覆回增的本质,《诗经》的作品结构与此关系甚密"[3]。不管是复沓(burden,字词的重复)、叠覆(refrain,句子的重复,或称"叠句")还是"反复回增"(incremental repetitions,同一诗句在重复中变换少数一两个字词),都是"重复"(repetition)的一种形式,前面说,它是大多数早期口传诗歌构建形式的基本方式。值得注意的是,"反复回增"(incremental repetitions)这个术语直接挪用自英语民谣的研究。《诗经》与英语民谣(ballad)的"重复"确实非常相似:

  I looked upon the rotting sea,

---

[1] 陈世骧:《中国文学的抒情传统》,北京:生活·读书·新知三联书店,2014年,第98页。
[2] 陈世骧:《中国文学的抒情传统》,北京:生活·读书·新知三联书店,2014年,第113—115页。
[3] 陈世骧:《中国文学的抒情传统》,北京:生活·读书·新知三联书店,2014年,第109页。

> And drew my eyes away;
> I looked upon the rotting deck,
> And there the dead men lay.
> ——柯勒律治《古船夫咏》(*Rime of the Ancient Mariner*)

这是以中世纪歌谣体写的诗歌，此处第 1、3 行只有最后一个词有差异，而第 2、4 行不仅押韵，而且有行首的"And"一词重复。这让我们想起了《诗经》中的重复方式："采薇采薇，薇亦作止。曰归曰归，岁亦莫止。""采薇采薇，薇亦柔止。曰归曰归，心亦忧止。"(《小雅·采薇》)"反复回增"这种韵律形式简单、易于记诵，甚至在今日的儿歌、流行歌曲当中也不鲜见，比如近来网络流行的童谣歌曲《花园种花》："在小小的花园里面挖呀挖呀挖，种小小的种子开小小的花。在大大的花园里面挖呀挖呀挖，种大大的种子开大大的花……"

陈世骧虽然已经对《诗经》的形式作了分析，不过他并没有对"重复"作为一个整体在《诗经》中的作用作出概括。[1] 在各种重复形式中，值得关注的就是"韵"。说到"韵"，首先应该强调的是它也是重复的一种形式，韵重复的是某一韵母或者整个音节。其次，应该注意到，与后来

---

[1] 不过，其博士弟子杨牧（王靖献）倒是直接走向了这个结论，他在博士论文中表明，重复出现于单一作品内部，也体现为不同作品中用语、措辞的重复使用（即套语），而这正是口传文学之关键。C. H. Wang, *The Bell and the Drum: Study of Shih Ching as Formulaic Poetry*, Berkley: University of California Press, 1974.

的五言、七言诗有较大区别的是,《诗经》中的"韵"其实相当宽泛与灵活,既有偶句押韵,也有句句押韵,有交叉押韵(交韵),还有抱韵,有两个叠字一起和另两个叠字一起押韵,还有在倒数第二字押韵(尾字为虚词的情况,即富韵)。另外,还有不少句首与句中用韵的情况。关于《诗经》中的用韵方式,王力在其《诗经韵读》中有详尽的分类和解析,他指出《诗经》用韵的最大特点在于:"第一是韵式多种多样为后来历代所不及;第二是韵密,其密度也是后代所没有的。"[1] 可见,中国早期诗歌对于声音的共鸣与同一性有极大兴趣,以各种方式实验"韵"之可能性。另外,也可以看出,"韵"在这个时期还没有和复沓、叠句等其他语言重复形式分离开来。在本书第二编第一章,我们将辨析,"韵"在古代可以理解为较为广泛的语声的同一性,而不仅仅是指尾韵,包括复沓、叠句、排比甚至偶句等其他重复形式都可以理解为"韵"。《文心雕龙·声律》对此有精彩的概括:"异音相从谓之和,同声相应谓之韵。韵气一定,故余声易遣;和体抑扬,故遗响难契。"[2] 因此,所谓"韵律"应该理解为语言中的同一性(重复)与差异性(变化)的有机的组合,而"韵文"与"散文"的分界线也不仅仅局限于尾韵的使用了。就《诗经》的情况而言,其"韵律"不宜称为"格律",因为"格律"在古代有法律

---

[1] 王力:《诗经韵读·楚辞韵读》,《王力文集》,第 6 卷,济南:山东教育出版社,1986 年,第 46 页。
[2] 刘勰:《文心雕龙注》,范文澜注,北京:人民文学出版社,1962 年,第 553 页。

之义，它是固定的规范。[1] 而在《诗经》当中，"韵"的使用远远没有凝固成一条固定、统一的规范，另外，其诗句长度也是如此，长短不一的诗句在《诗经》中很常见。概言之，以《诗经》为代表的中国的早期诗歌基本上是以重复（或者说广义的"韵"）组织起来的诗歌。

如果说中国古典的诗体文学可以称为"韵文"的话——当然，它所指不应仅局限于押韵，而是指一切较为密集地使用重复、对称等较有同一性的语言形式的文体——那么，西方的"verse"就显示出与"韵文"的显著差异了。"verse"本身没有"押韵"的意思，它原指"分行的语言"[2]，换言之，一行诗只要以某种方式分行，它就是"verse"。前面说过，西方古典戏剧、史诗的格律诗（metrical verse）中的"格律"，只是大体上规约诗句的时间进程和节奏模式，并没有规定必须得押韵（在史诗、戏剧中）。实际上，古希腊史诗和悲剧基本都是不押韵的。[3] 而英语的史诗、悲剧也大都使用"素体诗"（blank verse，又

---

[1] 比如唐代刘肃《大唐新语·孝行》，"复讎礼法所许，杀人亦格律具存"，此处"格律"是法规之义。虽然"格律"在中文语境中的含义经常是含糊和广泛的，不仅诗、词、曲有所谓的"格律"，甚至骈文、唐宋以后的古文也偶尔被认为是有"格律"。而狭义的"格律"又经常指近体诗中的平仄和对仗规则，这种概念的"漂移"导致了理论分析上极大的混乱和对话的"不接头"。从比较诗学的角度，我们认为应该将其理解为一种固定的、模式化的节奏形式，从这一定义出发，可以说汉代之后成形的五言诗、七言诗（无论是近体诗，还是古体诗）都是有所谓的格律的，因为它们每句字数是固定的，而且有偶句押韵的规范。

[2] Charles O. Hartman, *Free Verse: An Essay on Prosody*, Evanston, IL.: Northwestern University Press, 1996, p.11.

[3] Alex Preminger, Frank J. Warnke and O. B. Hardison, JR. eds., *Princeton Encyclopedia of Poetry and Poetics*, Princeton: Princeton University Press, 1965, p.707.

译作无韵诗)。莎士比亚时代的戏剧只有在某一演讲快结束之处,或者剧情高潮之处,才偶尔用两句诗押韵;而叠词、叠句等重复形式在戏剧中虽然偶有出现,但不是结构性的常用手法。另外,能否押韵跟一种语言的特质密切相关,密集押韵的前提条件是语言中有大量的同音词或者以相同音节结尾的词,英语中本身能相互押韵的词的数量远远没有汉语那么多,据统计,英语中以某一相同韵母结尾的词平均只有三个。[1] 这导致押韵会造成勉强乃至生硬的效果。在古英语中,更常用的是"alliteration",即词首辅音的重复,与汉语之"双声"有点相似。虽然,在中世纪后期英国遭受罗曼征服以来,押尾韵的习惯在英语中流行,而且也发明出押近似韵等变通的方法,比如在十四行体、英雄双行体中,押韵已成固定的规范;但是,一直到十七世纪,诗人弥尔顿还是强烈反对"韵"在英语诗中的效用,他有一句著名的断语:"(韵)仅仅是野蛮时代的发明而已,只会带来卑劣的内容和蹩脚的格律。"[2] 可见,在传统的英诗范围内,押韵也并非绝对必要的。

总体上,就史诗、戏剧这两种诗体而言,押韵并不占主导地位,只是偶尔为之。进一步说,两者中同一性的语言结构的使用频率远远不如抒情诗,这主要是因为两者都有大量的叙事细节、性格塑造、人物对话等内容,其旨归

---

[1] Alex Preminger, Frank J. Warnke and O. B. Hardison, JR. eds., *Princeton Encyclopedia of Poetry and Poetics*, Princeton: Princeton University Press, 1965, p.707.

[2] John Milton, "The Verse", *Paradise Lost*, in *The Poetical Works of John Milton*, Vol. 1, Helen Darbishire, ed. Oxford: Clarendon Press, 1952, p.3.

在于"模仿"(mimesis)现实而非抒发作者之"情志",过于频繁的重复显然会妨碍情节或剧情的推进。相比之下,"抒情诗"(尤其是中国的《诗经》这种与音乐关系极密切的"抒情诗")的"韵律密度"(prosodic density)要明显比史诗、戏剧诗大。高密度的韵律结构的使用的结果自然是节奏感的强化,还有就是注重通过节奏感的营造来传达特定的情感或者思想,这便是"抒情诗"要义之一。正是在这个意义上,相对于西方古典时代占主流的戏剧与史诗而言,整个中国文学传统更多是一个"抒情-韵律传统"。

但是,在作出这个判断时必须要注意几个限定条件,否则它就会失去效用。一是比较对象的限定,主要是中国古典的主流诗体与西方古典主流诗体的对比而得出的结论,即以抒情诗为主的中国诗歌传统和以戏剧、史诗为主流的西方古典诗歌的比较。而在"主流"之外,显然也有不符合上面结论的情况。古希腊也有可以放入"抒情诗"这一类型的写作(尽管当时并没有"抒情诗"这个类名),比如萨福的诗歌,还有哀歌和以短长格写的讽刺诗等;古罗马诗人贺拉斯也写了大量的讽刺诗和"歌"。而在古英语以及中世纪以后的英语诗中,也有不少谣曲(ballad)、赞美诗(hymn)等,它们同样是非常倚重各种重复形式(包括押韵)的抒情诗。旅美学者孙筑瑾对中国与英语抒情诗中的重复(repetition)进行了对比,她指出,尽管两者重复的具体方式有所区别,其美学旨趣也各有差别,但是复沓、迭句、反复回增、排比(或并置)以及押韵(头韵或者尾韵)等这些形式都是共有的,因此,重复是抒情诗这种独特的艺术形式的核心要素。[1] 至于中国文学传统里，抛开史书、子书这些文学以外的类别不论，唐传奇、明清小说都是侧重于叙事的文体，不在诗歌的范围之内，而且在古代处于边缘地位，因此也不是比较的对象。二是时间段的限定，这个对比仅限于各自的古典时代，即西方古典文学与中国古典文学的对比。自文艺复兴时代以来，"抒情诗"已经在西方诗歌中逐渐崛起，尽管史诗与戏剧诗的写作也在延续；到了十九世纪之后，"抒情诗"的地位已经超过了史诗与戏剧，不少浪漫主义诗人甚至直接把"抒情诗"等同于"诗"（详见上节），在这个意义上，西方现代诗歌也是一个"抒情传统"，这也是陈世骧为什么在《论中国抒情传统》一文最后引用德灵克窝特和柯勒律治这样的浪漫主义观点并称"从'精纯'之意义来看，所有文学传统都是抒情传统"的原因。[2] 反过来说，若从"精纯"的意义来看，中国的"抒情传统"恰恰是非常"现代"的。

　　"抒情-乐诗传统"强调的是诗之形式与音乐、舞蹈以及口传文学之间的密切关系，但是，无论是中国抒情诗还是很多西方语言中的抒情诗乃至史诗、戏剧，都先后走向了一个脱离民间口传、配乐和诗的方式，进入文人化、书面化写作的阶段。如果不进入这个阶段，便很难在知识群体中一代又一代地延续，并且不断生发出新的创作，也很难成为强有力的"传统"。这个问题之所以必要，是因为几

---

[1] Cecile Chu-chin Sun，*The Poetics of Repetition in English and Chinese Lyric Poetry*，Chicago：University of Chicago Press，2011.
[2] 陈世骧：《中国文学的抒情传统》，北京：生活·读书·新知三联书店，2014年，第9页。

乎所有的原初口传文学都经历过以种种重复为根基的"强韵律"阶段,也是诗、乐、舞不分的阶段,甚至在古希腊戏剧中,也存留着配乐歌唱的部分。因此,所谓"抒情传统"或者"史诗、悲剧传统"应该更多地从后续的书面化、文人化的阶段中才能体现出各自的独特性出来。那么,这个阶段的"抒情传统"就应该更多地从语言文字本身来寻找渊源和解释了,这是陈世骧所未及详尽阐述的问题。孙筑瑾指出:当诗歌从早期那种诗、乐、舞不分的"外向"状态走向较为独立自主的"内向"状态时,一般会越来越注意发掘语言本身的特征。她援引汤姆逊在《英诗格律的基础》中的话说:"书写的诗歌模仿的与其说是外在的世界,不如说是'语言的结构本身'。"[1] 换言之,"乐诗传统"在向文人化、书面化写作转型的过程中,会慢慢转变为一种更为依赖语言本身的节奏特性的"韵律传统"。相对而言,文人写作的五言、七言诗也会使用复沓、叠句这样的重复形式(尤其是古体诗和乐府之中),但是频率相对要小一些,而"反复回增"这种高密度的重复方式则基本被弃用了。押韵的密度也很少像《诗经》那么集中,因为不再需要应和音乐、舞蹈的拍子。

总体来看,当汉语诗歌创作进入文人书写为主的状态之后,已经在《诗经》《楚辞》中初具雏形的两个韵律特征被模式化了,即(1)诗句音节数量的等值,即字数的均奇;(2)押韵模式的固定,即明确在句尾押韵,尤其是偶句押

---

[1] Cecile Chu-chin Sun, *The Poetics of Repetition in English and Chinese Lyric Poetry*, Chicago: University of Chicago Press, 2011, p. 63.

韵。在口传与配乐的诗歌中，形式的核心是高密度的重复和强烈的节拍性，至于每句所占时值（duration）倒不是最主要的考量，因此，诸如"溯游从之，宛在水中央"（《诗经·蒹葭》）这样字数参差的诗句倒也不显得突兀，因为在"反复回增"中与其他两节的同类型诗句相互呼应而自成一种"形式感"。书写的文字则不同，由于汉字的一字一音（音节）的特性，字数均等与否会赫然体现出来。音数等值这个规律几乎主导了整个中国古典诗歌，哪怕在词中，虽然不是"等值"，但至少也是固定的（在同一词牌的作品里）。相比之下，在英诗格律中，由于重音的主导性地位，音节数量并没有当作绝对硬性的标准被明确，轻读音节经常是可多可少的，所谓的"等音记数主义"（quantitivism）并没有在英语诗律中得到广泛应用。

如果说音数等值与押韵只是从过去的"乐诗传统"中延续下来并予以模式化和规范化的话，那么有一个韵律特征则更多地导源于文人写作与汉语语言本身的特点，即对偶。关于对偶，日本学者松浦友久曾观察道："一般来说，对句的表现手法，无论在哪国的诗歌里面也不罕见。但是中国诗里，它根植于应该说是中国式思维的本质的对偶感觉，而且由于结合'中国语的基础单位二音节结构''古典韵律的基础单位平仄二分对立''汉字一字一音节的表记'等特点，使它超出了单纯的表现手法的范围，成为生理的、体质的东西。"[1] 松浦没有明言何谓"中国式思维的本质的

---

[1] 松浦友久：《中国诗的性格——诗与语言》，蒋寅译，《古代文学理论研究》第11辑，1986年8月，第213页。

对偶感觉",在我们看来,这种"感觉"实际上是对于认知的高度同一性的追求,这一点和押韵以及音数均等一样,都牵涉到韵律的核心:语言的同一性。观察那些能够构成对偶的词语,不难发现它们除了音节数、词性相同之外,往往都属于同一范畴,比如:"山"对"水"、"春花"对"秋月"、"碧水"对"蓝山"、"有"对"无"、"见"对"看"等等。而范畴,在康德看来,正是认知同一性的一种体现:"一切感性直观都从属于范畴,只有在这些范畴的条件下感性直观的杂多才能聚集到一个意识中来。"[1] 可见,对偶其实是对认知的高度同一性的追求,背后包含着一种万物之间不仅相互呼应,而且在深层次上与我们构成了统一整体的意识。这种一元论世界观通过两相呼应的方式在汉语中找到了完美的对应物,即对偶。而在西方语言中,很难像在汉语中那样找到如此之多的意义相对、范畴相同且音节数量相等的对偶词与词组。尽管在有的语言中,也出现过某种强调对称性的文体,比如英语中的"优敷"体(euphony),但是这样的体式很难成为整个文学中的主流或者基础性的成分,并变成一种广泛运用的韵律成分。而在汉语之中,对偶(以及排比)不仅出现在诗词之中,也大量出现在包括赋、骈文、八股文,以及书、表、诔、颂等文体之中,与音数均等这个因素一起成为文学中的结构性成分,使得整个文学传统具有了高度同一性的组织特征。换言之,在结构主义诗学理论家雅各布森那里被认为是诗歌

---

[1] 康德:《纯粹理性批判》,邓晓芒译,杨祖陶校,北京:人民出版社,2004年,第95页。

组织的核心的东西——"对等原则"(equivalence)[1]——实际上广泛地渗透到汉语文学的各个部门中，而成其为一种强大的"韵律传统"。

实际上，从历史发展的角度看，对偶的密集使用首先是在论说文字（如《易传》）、史书以及赋当中，其次才是诗。它更多来自文人书写的传统而非民间口传文化。对偶更多的是通过"读"与"想"来发生作用，它是一种简单的抽象思维。对偶在广大受众中的普遍流行与接受，有赖于文化体系中的知识沉淀，即人们对哪些东西能够成"对"成"偶"要有基本的共识。虽然"范畴"意识在汉语中早已存在，战国后期与汉代诸如易学、阴阳五行之类的学说的流行才加快了这种"范畴"的归类与对比意识，它们给万事万物都加上了一个二分法框架，因而能相互成"对"成"偶"。翻阅《汉书》，可以看到大量的骈偶，很多都变成了传世的名句，如"知足不辱，知止不殆"；"王者以民为天，而民以食为天"；"左青龙，右白虎，前朱雀，后玄武"；"饮马瀚海，封狼居胥"；等等，还发展出诸如借对、假性对、转品对等在后来的近体诗中常见的"高级"手法。[2] 而在书、表等应用性文体中，排比对偶等也是随处可见的。当种种重复对称因素被密集地使用时，往往也是文章气势与情绪要"起势"的时候，或者是作者想要着力强

---

[1] Roman Jakobson, "Closing Statement: Linguistics and Poetics," *Style in Language*, ed. Thomas A. Sebeok, Cambridge, MA: MIT Press, 1960, pp. 358–370.

[2] 参见何凌风：《〈汉书〉对偶运用之艺术成就初探》，《江西社会科学》，2005年第12期。

调其观点的时候。英国诗人霍普金斯曾经指出,"诗歌的技艺部分,可以归结为一种平行的原则(principle of parallelism)",语言学家雅各布森把霍普金斯所说的"平行"进一步扩展为一种诗歌的普遍原则,并命名为"对等"(equivalence)。[1] 他指出:"任何明显的同一语法概念的重复都是有效的诗歌手法。"[2] 霍普金斯所说的"平行",正可对应于"骈偶"之"骈"(两马并行之意);而雅各布森所谓的"对等",可以呼应中国之"对偶",对偶在本质上也可以视作"同一语法概念的重复行为",只是它的要求相对于西方诗歌的类似手法而言更为严苛(如词性、字数、音数、性状等方面的同一)。从这个视角来看,汉语的"诗性"与"韵律传统"实则是普遍地体现于各类文体之中,而不仅限于诗歌。

对韵律感与语言中的同一性的过度强调,自然也会带来负面的后果。诗人、诗论家帕斯观察到,语言中的"节奏倾向"往往与"逻辑倾向"相互冲突:"让思想自由驰骋(即漫想),就必然会回归于节奏;理性就会变成通感联觉,演绎推理变成类比思维,而思辨过程则变成意象的流动。"[3] 有趣的是,"逻各斯"(logos)在古希腊语中本来就有"散文""非格律文"的意思,[4] 它与韵律有着某种本质性的对

---

[1] Roman Jakobson, *Language in Literature*, Krystyna Pomorska and Stephen Rudy, ed. Cambridge, MA: Belknap Press of Harvard University Press, 1987, p. 145.

[2] Ibid. p. 127.

[3] Octavio Paz, *The Bow and the Lyre*, R. L. C. Simms, trans. Austin: University of Texas Press, 1987, pp. 56 - 57.

[4] 亚里士多德:《诗学》,陈中梅译,北京:商务印书馆,1996 年,第 33 页。

立。对于汉语诗歌而言，这个观察基本上也成立。松浦友久观察道："中国语特别是它的文言文，表现出的孤立语的特征之强，使得中国诗词与词、句与句之间的联系，与其说是逻辑的还不如说是感觉的、情绪的。"[1] 松浦认为汉语的这种语言特征完美地契合了中国诗的"抒情性"，汉语"由节奏性与声调性支持着的相互渗透的形象的连环"作为诗的语言条件，"恐怕可以说是最理想的形态了"。[2] 而高友工、梅祖麟也注意到，在近体诗中，语法关系经常是断裂的，甚至是含混的、模棱两可的，比如："泉声咽危石，日色冷青松"，这两句的主谓宾之间的关系是很不明确的："泉声，危石的形象，汨汨声响的动觉——三种感觉以某种不确定的方式联系着……至于究竟是阳光冷了青松，还是阳光在青松中变冷，或是青松冷了阳光——这个问题是无法回答也无须回答的，因为我们的注意力完全集中在意象上了。"[3] 高友工、梅祖麟将此称为"独立句法"（笔者以为称作"断裂句法"更形象一些）。概言之，诗歌的强韵律特征往往会将语言的"天秤"偏向感觉、意象的自由流动的一面，而牺牲了语法的连续性与逻辑的连贯性。由此，我们可以更透彻地理解陈世骧为何用"声韵和意象二者结合的潜在模仿"来定义汉语的"抒情传统"，后者可以从语言学、韵律学以及诗学之间的相互关联的角度得到更深入的

---

1 松浦友久：《中国性的性格——诗与语言》，蒋寅译，《古代文学理论研究》第 11 辑，1986 年 8 月，第 213 页。
2 松浦友久：《中国性的性格——诗与评言》，蒋寅译，《古代文学理论研究》第 11 辑，1986 年 8 月，第 213 页。
3 高友工、梅祖麟：《唐诗三论》，李世跃译，北京：商务印书馆，2013 年，第 59 页。

认识。

然而，古典汉语诗歌这种强韵律特征的"抒情性"受到了"五四"以来的现代作家的强烈抵制，有趣的是，其抵制首先也是从语言与韵律的角度展开的。胡适曾经激烈地攻击古典诗文语言"不通"，"尤以作骈文律诗者为尤甚"，"夫不讲文法，是谓'不通'"。[1] 为此，他把"讲求文法"列为其文学改良主张的"八事"之一。[2] 他在自己的各种"尝试"写作中直觉地感知到，汉语的诗体以及语言条件是内在地相互关联的，不可能只革新其中一项而保留其余另一项。因此，他主张同时对诗体与语言进行两重的"革命"，既废除古典诗歌的押韵、字数均齐、对仗等要求，又要采用以西方文法改造过的现代白话作为诗的语言。鲁迅也激烈地批评："中国的文或话，法子实在太不精密了，作文的秘诀，是在避去熟字，删掉虚字，就是好文章，……这语法的不精密，就在证明思路的不精密，换一句话，就是脑筋有些胡涂。"[3] 他还注意到古典语文为了节奏上的"滔滔而下"而犯的种种"胡涂"的毛病，并主张用"异样的句法"对汉语进行革新。"五四"一代人的革新主张尽管看上去是偏颇的，忽略了这一"抒情-韵律传统"的博大精深之处，但其主张也是直击要害的。从本章的脉络来看，"五四"以来的文学革新在某种程度上可以视作"逻辑主义"

---

[1] 胡适：《文学改良刍议》，收入《中国新文学大系·建设理论集》，胡适编，上海：良友图书公司，1935年，第37页。

[2] 同上，第37页。

[3] 鲁迅：《关于翻译的通信》，《鲁迅全集》，第四卷，北京：人民文学出版社，2005年，第391页。

对"韵律主义"的反叛,它确实有力地终结了古典文学中强大的"韵律传统"。至于在新诗中究竟如何继承和转化汉语的"韵律性",则又是另一个故事了(详见本书第二编第一章)。

四、重探旧诗的"律度"与"时间"

前面从重复、对称与韵律密度的角度讨论了汉语诗歌的"韵律传统",仅仅是作了一个初步的"定量"的分析。但是,任何一种发达的文学传统,不可能仅仅凭"量"便可傲立于世界文学之林,杰出的作品也绝非仅仅因为它们遵从了形式规范或者密集使用各种韵律手段,因此,仅有"量"的优势和规范的繁复是不够的。陈世骧在讨论中国诗歌的"音乐性"与"抒情性"时,便敏锐地认识到这个问题,他指出,诸如双声叠韵之类的音义重复固然是重要的诗律手段,但是专以"卖弄这一点技术以为能事"便会失败,比如"莺莺燕燕春春,花花柳柳真真,事事风风韵韵,娇娇嫩嫩,停停当当人人"(乔吉《天净沙》),就显得"只是技术照公式排演",因而"成为机械的、缺乏生命的了"。[1] 虽然这个道理学者们并不陌生,但如何在诗歌技术层面予以分析仍是个难题。陈世骧颇有预见性地提出一整套解决方案,他并非从常见的印象式批评的角度,而是从一种新颖的诗律学(prosody)的视角来处理诗歌的诸多技

---

[1] 陈世骧:《中国文学的抒情传统》,北京:生活·读书·新知三联书店,2014年,第238页。

术问题，以"量度"出"韵律传统"的复杂与精微之处。说到诗律学，值得一提的是，陈世骧在早年求学期间即参与过现代文学史上一场重要的诗律大讨论——三十年代中期在北京的文学沙龙与辩论，参与者主要有朱光潜、梁宗岱、沈从文、叶公超、罗念生、孙大雨等。[1] 不过，当时最受关注的朱光潜、梁宗岱、罗念生等人的观点，基本上都假定旧诗的节奏模式是大体整齐的，这种整齐的节奏模式经常被称为"格律"，并试图以之指引新诗的形式建构。在梁宗岱看来，格律诗才是中国新诗的"正途"，而自由诗只是"支流底支流"。[2] 与朱光潜、梁宗岱等人相较，叶公超与陈世骧的观点颇为"另类"，也都未引起足够的重视。陈世骧在1935年参与讨论的文章中明确提出，"讲求新诗的形式就是反对旧有即成形式的八股气"，"无'形式'的形式便是我们理想的新诗形式吧"。在他看来，好的语言"绝不只是它在字典上的意义和表面上的音韵铿锵，而是它在音调、色彩、传神、象形（不只是一个字样的象形）与所表现的情思绝对和谐"。[3]

陈世骧三十年代的观点只是一个雏形，但是这条思想线索一直延续到他五十年代之后的古典文学研究当中——在某种意义上，他是以一种现代诗的视野来研究古典诗歌的，不应忘记，他也是中国新诗最早的英译合集《中国现

---

[1] 关于这次争论的简要介绍，可参见上官碧（沈从文）：《新诗的旧账——并介绍诗刊》，《大公报·文艺》，1935年11月10日；张洁宇：《一场关于新诗格律的试验与讨论——梁宗岱与〈大公报·文艺·诗特刊〉》，《现代中文学刊》，2011年第4期。

[2] 梁宗岱：《新诗底十字路口》，《大公报·文艺》，1935年11月8日。

[3] 陈世骧：《对于诗刊的意见》，《大公报·文艺》，1935年12月6日。

代诗选》的两位编译者之一,[1] 而且他写过不少新诗的评论。贯穿于其早期与后期观点的核心理念,是一种"有机的形式"观念,后者正是十九世纪以来西方诗学的一个重要概念,也是现代自由诗在理论上的根基之一。陈世骧在1958 年的讲演《中国诗之分析与鉴赏示例》中明确提出:"所谓形式(form),决不只是外形的韵脚句数,而更是指诗里的一切意象、音调和其他各部相关,繁复配合而成的一种有机的结构(organic structure),作为全诗之整个表情的功能。"[2] 为了说清楚诗歌的声音、意象等各个部分是如何"有机"地配合的,陈世骧尝试着从诗律的角度切入——其中不无重翻那场三十年代诗律论争"旧账"的意味。陈世骧 1958 年的《时间与律度在中国诗中之示意作用》一文,显然带有对汉语诗律学进行范式(paradigm)变革的意图,也有助于我们理解他后来为何提出一个看重诗歌音乐性的"抒情传统"学说。与三四十年代朱光潜、罗念生等人强调节奏模式之固定、语音的时间进程之均齐的倾向不同的是,陈世骧在文中展现的是古典诗歌中节奏之丰富、灵动的一面,以及一种个别化的语言"时间性"。他提出一种关系来分析这种灵动的节奏特征,即"时间"与"律度"。

所谓"律度"(scansion),本取自英语诗律学,一般指诗歌中的音步(foot)的划分和节奏判定,常用于格律诗的

---

[1] *Modern Chinese Poetry*, translated by Harold Acton and Ch'en Shih-hsiang, London: Duckworth, 1936.
[2] 陈世骧:《中国文学的抒情传统》,北京:生活·读书·新知三联书店,2014 年,第 280 页。

节奏讨论之中。不过，陈世骧强调的重心不在格律规范，而在于辨析格律体式之下节奏的细微差别，去发掘古人"运用有限自由发挥妙用"之处。[1] 比如我们所熟知的王维《杂诗三首》（其二）：

> 君自故乡来，应知故乡事。
> 来日绮窗前，寒梅著花未？

一般以为诗人见故乡来人，不问人事只问寒梅，可谓高雅逸致，但是陈世骧认为这种只看字面意思的"硬解"，并没有触到诗之实情。他提醒我们注意诗之音节，首先是平仄，上联和下联几乎完全一样，在绝句中非常少见。其次是用语多重复，"故乡……故乡，来……来……"急遽连言，可见乡情之切："但是我们若也顾到音节律度，……我们就得到完全不同的结论。我们觉得它因节奏特别重复，而语气加快，并且用字多重复，更显情急，决不是万事不挂心的样子。"[2] 陈世骧提醒我们，在诗歌的字面意义（meaning）之外，还有一重诗的"示意作用"（poetic signification）或者潜在意涵，这便是诗歌中音节具体安排所暗示出来的。

前文从宏观上谈及的韵律密度问题，其实在具体的诗

---

[1] 陈世骧：《中国文学的抒情传统》，北京：生活·读书·新知三联书店，2014年，第264页。有趣的是，他所举的律度精彩的例子，甚至还有西方的自由诗，即T. S. 艾略特的《荒原》中的片段。这说明"律度"并非格律诗所专有，而是普遍地存在于各种诗体当中，其义与后面说的"节奏"基本一致。

[2] 陈世骧：《中国文学的抒情传统》，北京：生活·读书·新知三联书店，2014年，第266页。

第四章　陈世骧：中国"韵律传统"与"律度"的重审　　139

中也因密度的差异有深刻的区别。陈世骧在文中做了一项巧妙的"实验"。他对比了孟浩然《春晓》与刘长卿《茱萸湾北答崔戴（载）华问》这两首诗[1]，发现此二诗平仄模式基本是一样的，节奏却有显著的差别，何故？他发现关键在于押韵的密度上。《春晓》诗中四句有三句押韵（第1、2、4句），而《茱萸湾北答崔戴（载）华问》首句末字"绝"与第二、四句的韵字"远""苑"不仅不押韵，而且相差极远，故而节奏要舒缓一些。他试着将第二首诗的首句也变成押韵，把"绝"字改为"晚"字，不妨对比一下原作与改作：

原作：荒凉野店绝，迢递人烟远。
　　　苍苍古木中，多是隋家苑。

改作：荒凉野店晚，迢递人烟远。
　　　苍苍古木中，多是隋家苑。[2]

他发现，将原作第一句改成押韵的"晚"字之后，节奏紧快多了，反而与原作那种"悠然怀古，地远时长"的氛围相冲突。因此，"中国韵文可说以一韵脚为单位，韵脚多，单位就短，自然节奏也就快起来"[3]。这里需要补充的是，

---

[1] 陈世骧原书中误将"载"作"戴"字。
[2] 陈世骧：《中国文学的抒情传统》，北京：生活·读书·新知三联书店，2014年，第268—269页。
[3] 陈世骧：《中国文学的抒情传统》，北京：生活·读书·新知三联书店，2014年，第269页。

如果我们不把"韵律"仅仅理解为尾韵,而是语言中种种重复、对称因素的总和的话,那么别的体现韵律密度的形式,同样也可以塑造特定的"律度",并起到"示意作用"。比如,杜甫《闻官军收河南河北》:

> 剑外忽传收蓟北,初闻涕泪满衣裳。
> 却看妻子愁何在,漫卷诗书喜欲狂。
> 白日放歌须纵酒,青春作伴好还乡。
> 即从巴峡穿巫峡,便下襄阳向洛阳。

此诗在一般不对仗的尾联采用了"句中对"的形式,也是一种高密度的重复,它们把中间两联由对仗所积蓄的诗"势"进一步加速,"巴峡"和"巫峡","襄阳"和"洛阳",地名两两相对,在读者眼前一一飞逝,仿佛诗人已经踏上飞速的还乡之旅,顷刻间轻舟已过万重山,诗歌节奏的"速度"与诗人还乡之"速度"(或者想要还乡之急切)构成巧妙的呼应。另外,杜甫的诗题《闻官军收河南河北》也是一句颇有意涵的"诗",因为"河南""河北"连言并举就给人一种官军势如破竹的"速度"感,这个题目一开始便赋予了整首诗以狂喜的氛围和速度,而终于在末联达至巅峰。

如果我们把此文中的"律度"(或节奏)与闻一多、朱光潜等人的节奏理念对比的话,不难发现一些本质差别。朱光潜说:"节奏是声音大致相等的时间段落里所产生的起伏。这大致相等的时间段落就是声音的单位,如中文诗的句读,英文诗的行与音步(foot),起伏可以在长短、高低、轻重三方面见出……"[1] 在朱光潜看来，这个"大致相等的时间段落"在英文诗中是音步，而在中文诗中则是"顿"，每行或者每句诗含有相同数量的"顿"或音步，又在句末规律地押韵，因此构成一种整齐的节奏与规整的"时间性"。显而易见的是，平仄并不能那么规整地纳入这个框架中，因为每句的平仄模式往往是持续变化的。朱光潜的处理方式是将平仄从其节奏的定义中剔除出去，并且判定"四声对于中国诗的节奏影响甚微"[2]，因此带来理论上的一系列龃龉与矛盾。陈世骧则把很多现代诗律学家认定为"齐整"的节奏恢复其灵动的、个别化的特质。这就产生了一个问题，难道说过去闻一多、朱光潜等人对旧诗节奏的判断是完全错误的吗？也不尽然。

闻一多、朱光潜等人的诗律理论在某种程度上都是汉语新诗的形式焦虑的产物，而且多少受到了西方格律诗与诗律理论的影响，尤其是节奏单位的等时性特征（isochronism）的理念。因此，我们在很多汉语诗律学论述（如朱光潜、孙大雨、何其芳等）对"节奏"的定义中都看到对时长相等或者相近的节奏单位的强调，各家命名略有区别，朱光潜、何其芳叫"顿"，孙大雨叫"音组"，等等，但都假定这些单位在时长上是大体均等的。[3] 以这种理念去划分中国旧诗节奏，各家亦略有区别，比如五言，有人认

---

[1] 朱光潜：《诗论》，北京：北京出版社，2005年，第188页。
[2] 朱光潜：《诗论》，北京：北京出版社，2005年，第201页。
[3] 孙大雨明确强调他的节奏定义受到卓能亨（E. A. Sonnenschein, 1851—1929）对"节奏"（rhythm）的定义的影响，孙大雨：《诗歌底格律》，《复旦学报》（人文科学）1956年第2期，第13页。

为是"2+3"(两顿),有人则认为是"2+2+1"(两顿半或三顿),等等。问题在于,其实西方诗律学中的等时性特征(isochronism)只是格律理论上的一种假设,具体诗歌的节奏未必是与假定框架一模一样的,比如文学理论家弗莱(Northrop Frye)观察到,"如果我们'自然地'读很多抑扬格五音步诗行(iambic pentameter),把一些重要的词按重音来读(就像在口语中一样),就会发现,古老的四重音诗行从[五音步诗行的]格律背景中凸现出来了",弗莱认为,五音步抑扬格很多时候只有四个重音,实际上是古英语的四音步节奏在潜在地起作用。[1] 为此,诗律学家巴菲尔德提出:"节奏(rhythm)不是格律(meter),它不是格律的别名,而是比格律更为微妙的东西。节奏是在潜在的规律性之上不断变动的东西,而格律是不变的。"[2] 如果用这种视角去重新反思中国现代诗律学对旧诗"顿"式整齐的假定的话,不妨说它们是一种"理想形态"或者"平均形态",但具体诗歌的顿显然不是那么整齐一致的,其节奏"时间性"也是灵动多变的(后面分析《锦瑟》一诗再具体展开)。还需要补充的是,每一种"格律"规范其实只规定了声韵系统中的一部分特征,而在此之外,还有很多特征仍然是"自由"的。比如汉语五言、七言诗歌中,偶句必须押韵,但奇数句是否押韵则无定规;绝句虽然讲求一联中的两句平仄相对,但联与联之间的关系则有多种可能;再者,叠词、句中对的使用与否,字词之间的语法关系,

---

[1] Cited from: Charles O. Hartman, *Free Verse: An Essay on Prosody*, Evanston, IL.: Northwestern University Press, 1996, p.36.
[2] Ibid., p.22.

具体音质的选用,都不是被"格律"所完全规定的,这也就意味着在同一格律体式写就的不同诗歌中,各自的"节奏"也是千变万化的。陈世骧所举的例子仅仅是管中一豹,更多的实证可能仍需诗学研究者深入探讨。

最后,来看"时间"的问题。过去已经有学者意识到"时间"意识在"抒情传统"说建构中的作用,强调自我作为抒情主体在建构诗之时间观方面的意义。[1] 但是,"时间"主要是作为一个抽离出来的"主题"或者"视野"来讨论的,很少有学者将"时间"问题放在形式分析与诗律学的框架下讨论——这主要是因为"抒情传统"的音乐性本质很大程度上被遗忘了。不过,在陈世骧那里,"时间"问题不仅仅是一个主题讨论与玄学争辩的对象,在诗歌的语言、形式中还有非常具体的"位置",这就是《时间与律度在中国诗中之示意作用》这篇文章真正着力之处——它所关注的是内在于语言根处的时间意识。他注意到,"时间"与语言的节奏感(律度)几乎是相互定义的:时间感短则律度急促明快,时间感悠长则律度舒缓,"换过来说,因律度之急促而更觉时间之暂速;因律度之舒缓,而更觉时间之悠久"[2]。可见,节奏对于"塑形"诗之时间观有重要意义,它是"时间"在诗中"在场"的方式。陈世骧发现,在那些伟大的文学作品中,"时间"并非只是一个抽象的"主

---

[1] 例如,萧驰:《论阮籍〈咏怀〉对抒情传统时间观之再造》,收入柯庆明、萧驰编:《中国抒情传统的再发现》;周策纵:《诗词的"当下"美——论中国诗歌的抒情主流和自然境界》,收入《弃园诗话》,北京:世界图书出版公司,2014年。

[2] 陈世骧:《中国文学的抒情传统》,北京:生活·读书·新知三联书店,2014年,第270页。

题"，而更与诗之节奏发生有机的联系，产生丰富的"示意作用"。李商隐的《锦瑟》就是如此：

锦瑟无端五十弦，一弦一柱思华年。
庄生晓梦迷蝴蝶，望帝春心托杜鹃。
沧海月明珠有泪，蓝田日暖玉生烟。
此情可待成追忆，只是当时已惘然。

此诗一向难解，众说纷纭。陈世骧提醒我们注意诗中的时间观和节奏的时间性。中间二联对句暗示着"一切的无限变幻，自我与非我，沧海与良田，幻化无穷"，在诗的境界"扩到无穷的宇宙时空无限的变幻"之后，"终归一个情字的直感：'此情可待成追忆，只是当时已惘然'"。[1] 这两句显然是诗人之"时间感"的鲜明体现，不过还需要细细辨析其"律度"。其节奏可有两种读法，第一种"机械读法"就是过去很多诗律学论述所强调的"整齐"的顿式：

此情·可待·成追忆，
只是·当时·已惘然。

这种读法看似并无问题，问题出在第二句的"时"字上。因为按照顿的划分，顿末一字应该稍稍加重、延长一些（朱光潜即如此主张）。但是，加重"时"而不是"已"总

---

[1] 陈世骧：《中国文学的抒情传统》，北京：生活·读书·新知三联书店，2014年，第274页。

隐隐让人觉得有点不妥。陈世骧说,这里真正需要强调的是"已"字,即"只是当时已——惘然"。首先,这里涉及上下文的有机联系的问题,末句的"已"其实和上句的"待"一样,都是时间副词,对应不同的时间,一者为将来,一者为过去,两者赋予同样的声响地位有助于我们体验这种时间上的对比。其次,将"时"轻读速读有助于我们体验到语言自身由节奏生发的时间感:"因为'已'字特别拖长,而上四字'只是当时'要念得特别加速,更加速了水逝流光之感;但正因前四字加速,而'已'字更显得拖长,更复无限加深那不能解脱的'惘然'人生宇宙间'情'之颠倒。"[1] 可见,陈世骧认识到诗句内的节奏进程是非常个别化的,内在于文本的"肌理"之中,而非纯以"整齐"为度,后者反而会阻碍我们对诗中"言外之意"的体验。

之所以要对诸如诗中的停顿这样的技术细节如此"锱铢必较",是因为它们是观察"时间"在语言中的"在场"的重要窗口。在这个问题上,著名诗人布罗茨基的观点与陈世骧构成巧妙的呼应,他断言:"歌,是重构的时间。"[2] 他在解释这个命题的时候,正是从诗律学与"时间"的关联来说的:"因此,与其谈论曼德尔斯塔姆诗歌中的时间主题,不如谈论时间本身的在场——既作为一个实体也作为一个主题的在场。原因之一是不管怎样,时间在一首诗内

---

[1] 陈世骧:《中国文学的抒情传统》,北京:生活·读书·新知三联书店,2014年,第276页。
[2] 布罗茨基:《小于一》,黄灿然译,杭州:浙江文艺出版社,2014年,第114页。

部都有一个位置,它就是音顿。"他观察到,曼德尔斯塔姆诗歌中创造了一种"戏中戏,音顿中的音顿,间歇中的间歇的效果",因而"如果时间不因此停止,至少也被聚焦了"。[1] 不妨借用这个说法,在《锦瑟》一诗中所发生的,正是时间的"聚焦"。在这个意义上,陈世骧与布罗茨基都触及"节奏"之本质,即它是语言与思想之时间性的呈现,就像格罗斯所指出的:"节奏结构是有表现力的形式,有认知意义的元素,它们交流着只有节奏意识才能交流的经验:即人类对于流逝中的时间的强化反应。"[2] 可以进一步说,就是在对时间性的高度敏感这个意义上,抒情诗与音乐在本质上具有某种同一性,因此,完全有理由展望,可以由以语言中的"时间"意识为核心的诗律分析进一步地走向一种带有"时间诗学"向度的"抒情-韵律传统"学说。

通过上文的讨论可以发现,陈世骧提出的"抒情传统"说重点强调的是诗歌的声音与音乐性面相,其次才是书写的主体性与自我相关性的问题。这一学说的提出其实有着明显的针对性,二十世纪以来,由于费诺罗萨和意象派诗人庞德的广泛影响,在英美流行着一种观点,即把汉字视作一种注重视觉含义的"表意文字",而把汉诗视作一种看重意象的诗歌。这给西方读者带来了汉诗重视觉性、轻听觉性的误解。陈世骧对这种观点表示明确的反对,"我似乎一直在强调,甚至过于强调中文中听觉(auditory)、语音

---

[1] 布罗茨基:《小于一》,黄灿然译,杭州:浙江文艺出版社,2014年,第103—105页。
[2] Harvey Gross & Robert McDowell, *Sound and Form in Modern Poetry*, Ann Arbor: University of Michigan Press, 1996, p.10.

（phonetic）、音律（euphonic）和音乐性（musical quality）对于语义和美学理解的重要性"，在他看来，音律赋予诗歌以一种"总体感受"。[1] 因此，把它称为理解诗歌的"机杼"也是不过分的。清人刘大櫆说："音节高，则神气必高；音节下，则神气必下。故音节为神气之迹。"[2] 陈世骧从现代的"有机形式"理念出发，清晰地展现了音律并不仅是呆板的"条律"，更是活生生的、灵动的"肌理"，可以为一首诗的理解带来新鲜的"示意作用"。由此，恢复"抒情传统"的声音、音乐性面相有利于纠正当下种种"抒情传统"说架空而论、以偏概全之弊。

在对陈世骧尚未完成的"抒情传统"说开展进一步的论证时，我们发现，其韵律特征无法仅仅从诗与乐在起源上的关联来解释，还要进一步结合诗歌在其后的文人化书写阶段来论证，即诗歌如何从语言内部寻找其节奏特性。音数（字数）均等与对偶这两个特征不仅对于诗歌，甚至对于整个中国古典文学都是至关重要的节奏特征，它们造成汉语诗文中极强的同一性与"韵律密度"，也在根源上成就了汉语文学的"抒情性"。当然，这种特性并非没有弱点，它重感觉和节奏、轻逻辑与连贯性的倾向引发了"五四"以来的现代知识分子的激烈批判——这种批判本质上是"逻辑主义"对"抒情（韵律）主义"的反叛。可见，"抒情-韵律传统"是一个涉及语言、文学的根本发展方向

---

[1] 陈世骧：《中国文学的抒情传统》，北京：生活·读书·新知三联书店，2014年，第307—311页。
[2] 刘大櫆：《论文偶记》，收入《历代文话》，第四册，王水照编，上海：复旦大学出版社，2007年，第4110页。

的命题,还有大量的疑点需要学者去深入探索。当然,我们将"抒情传统"重新调整为"韵律传统"的尝试并不意味着否定当下种种重"情"之学说,毋宁说是与其互相增益、协商,不仅为"抒情传统"说增加了诗律学的方法与"时间诗学"的维度,也试图将此说引入语言与节奏的细微处,见微知著,以求得对中国文学整体上有一番别样的见解。

第五章　帕斯《弓与琴》中的诗律学问题

以下两章我们将讨论诗人、学者帕斯和哈特曼的诗律学观点。之所以将两者以专章单独讨论，主要是因为深入地剖析与反思他们的诗律学观念，可以为中国诗律学中的某些特定的问题提供参照系与启发，比如帕斯对于节奏的本质的思考、对格律与节奏的关系的认知，哈特曼对于节奏与时间体验的论述、对于分行与节奏之关系的考量，等等。当然，由于笔者的视野以及本书的篇幅的限制，还有很多重要的诗律学论述未能予以详细讨论，而仅仅引述部分观点。另外，说他们的观点可以给新诗的节奏理论建设提供启发与助力，并不意味着笔者认为帕斯、哈特曼的理论可以放之四海而皆准，而是因为各语言之间的节奏问题颇有共通之处，他们的论述也带有比较诗学的特色，纵论了英语、法语、西班牙语诗歌的节奏问题，甚至也偶尔涉猎汉语的节奏观念问题，这些理论尽管主要针对的是西方语言，但是其中触及的一些根本问题同样也可以对汉语节奏研究带来启发。本书中的分析和举证也尽量往汉语诗歌靠拢。

奥克塔维奥·帕斯（Octavio Paz，1914—1998）是有着广泛的世界影响的墨西哥诗人、散文家、文学理论家，1990年诺贝尔文学奖获得者。关于帕斯，人们更关注其作为诗人的成就，不过，帕斯也是一位出色的诗学理论研究者，其理论专著《弓与琴》（1956）、《泥淖之子》（1974）、《另一个声音》（1990）等均有相当高的成就和影响。其中《弓与琴》一书中有不少涉及诗体与诗律学（prosody）的论述，它对于我们思考节奏（rhythm）之本质、节奏与时间的关系以及节奏与格律（meter）的关系可以带来很多启发，而这些正是目前中国新诗的节奏理论所面临的难题。遗憾的是，这些论述至今未引起国内诗学研究者的充分关注。[1] 因此，我们在本章中介绍并分析帕斯的诗律学观点，也就其中的一些理论疑点展开讨论，初步地评估其在诗律学中的意义，并从比较诗学的视野出发，讨论帕斯的洞见对于中国新诗节奏理论建设的启发。帕斯的论述很多只是比喻式的断言，并没有系统、深入地论述，点到即止（这是诗人散文的特点），但我们在此文中并不满足于复述其观点，也试图论证、发展其观点。

---

[1]《弓与琴》汉语译本可见于《帕斯选集》，赵振江等编译，北京：作家出版社，2006年。书中关于节奏的两节分别为赵德明、沈根发译；译文中颇有不少含糊与混乱之处，尤其是"格律""韵律""诗律"几个汉语名经常处于混乱不分的状况，还有很多文学理论术语也译得不太确切，比如将"原型的"（archetypal）译为"标准的"，将"通感"（correspondence）译为"交流"，不一而足。

一、节奏的哲学问题

帕斯《弓与琴》中的一个核心问题,即节奏与格律的关系以及区别。不过,在切入这个问题之前,需要做一些认识论上的准备,而帕斯的论述恰好有助于我们做好这个准备。帕斯在《节奏》一节中首先对"节奏"作了一番哲学反思,他指出:"节奏就是形象和意义,是人面对生活的自发态度,它并非在我们之外:它就是我们本身,表现了我们自身。它就是具体的时间性(concrete temporality),就是人类不可重复的生活。"(第49页)[1] 帕斯这里的话颇为抽象,与国内诗律学者对"节奏"的解释大相径庭。为什么节奏就是"形象和意义"?"时间"看不见摸不着,"具体的时间性"从何谈起呢?关于时间,柏拉图和亚里士多德都认为,时间是运动的尺度。[2] 时间本身就是用运动的方式来测定的,比如"年""月""日"都是以地球公转、自转以及月相变化为参照而定义的,而现代的"原子钟"也是以原子的振动频率来精确测定"秒"的长度。换言之,若没有运动(当然这只能在哲学与宗教的假设中存在),就不会有时间。基督教所谓的"永恒",本质上就是一种取消时间的概念。反过来说,时间是人认知世界的一种方式,

---

[1] 本章所引《弓与琴》均据 Octavio Paz, *The Bow and the Lyre*, trans. R. L. C. Simms, Austin: University of Texas Press, 1987。为简便起见,均在引文旁标页码,不另出注。

[2] 柏拉图《蒂迈欧篇》(39c—39e)、亚里士多德《物理学》(221a—222a)。若从现代物理学(尤其是相对论)的角度,可以进一步说,时间与运动是相互定义的,这一点对于我们思考诗律学的问题也有启发,详后。

具体来说是认知事物之流变的一种方式。康德在《纯粹理性批判》中认为,"时间"和"空间"一样,都是一种"纯直观"(pure intuition),它给予现象以"形式",属于"先验感性"的范畴。[1] 如果说时间是一种感知世界的"纯形式"的话,那么,节奏则是这种"纯形式"的具体化形态,或者说,是时间这种纯直观与具体经验结合成的形态。虽然各语言的节奏构成原理有很多共通之处,但是具体形态是相互有别的,比如有的语言(如英语、德语)侧重于重音的分布,有的语言(如法语)侧重于音节数与顿歇。这说明,语言中的节奏感是后天习得的,和具体的感觉相关。因此,不妨借用康德的术语,称其为"经验性直观"。帕斯也指出:"每一种节奏都是一种态度,一种感觉(sense),一副世界的形象(image),是独特而且具体的。"(第49页)

既然时间"先天地"存在于我们感受世界的方式之中,那么作为一种"具体的时间性"的节奏的意义何在呢?在康德看来,时间的前后相继、替代更新是一种"先验直观",是先天地赋予我们的;[2] 而帕斯认为这只是一种"日常时间"(quotidian time),在"日常时间"之外,还有一种与神话、宗教祭祀、宗教历法、魔术以及文学密切相关的时间,即"原型时间"(archetypal time),或者说"原初时间"(original time)。原型时间是"古代时间观念的残余"

---

[1] 康德:《纯粹理性批判》,邓晓芒译,杨祖陶校,北京:人民出版社,2004年,第26页。
[2] 康德:《纯粹理性批判》,第34页。

（第 51 页）。[1] 帕斯观察道："神话既是一种过去，也是一种未来。因为神话发生的时间领域，并不是所有人类行为都无可挽回的、必将消逝的过去，而是一种充满可能性的过去，很有可能再次变成现实的过去。神话发生在原型时间之中。进一步地说，神话就是一种原型时间，随时可能再生的时间。"（第 51 页）在帕斯看来，神话（原型时间）打断了日常时间前后接替、一往不返的进程，过去变成了一个在现在开始出发的未来。因此，"神话便把人类生活包含在其总体之中：它通过节奏的方式，它使得原型的过去带有一种即时性（immediacy），也就是说，这种过去随时会化身为现实，这也就意味着它是一种潜在的未来（未到来之物）"（第 51 页）。

帕斯的"神话-原型时间"理论带有明显的结构人类学特色，他从这一观察出发，进一步分析节奏的本质，即它是"原型时间"的具体化再现，诗歌通过节奏的"模仿"，让我们再次亲临现场，重构了一种诗人和读者渴望的"现实"，也就重构了时间。"通过节奏的重复，神话回来了。""节奏的重复是对原初时间的乞灵与召唤。确切地说，是重新创造原型时间。"（第 51—52 页）在这一意义上，帕斯声称"每一首诗都是一个神话"，在这个神话中，"日常时间经历了一种变形：它不再是同质化而空洞的前后接替，而

---

[1] 帕斯在 1974 年的著作《泥潭之子》中详细剖析了从古至今主要的几种时间观念的发展与演变，从这本书的观念体系来看，上面的"日常时间"接近于他在《泥潭之子》中所说的"现代时间观"，而"原型时间"则更接近于他概括的几种前现代时间观（包括古希腊时间观、基督教时间观、佛教时间观等）。参见 Octavio Paz, *Children of the Mire*, Cambridge, Mass.：Harvard University Press, 1974, pp. 8 - 24。

变成了节奏"(第52页)。值得注意的是,帕斯在论述中不断地使用"节奏的重复"(rhythmic repetition)这一说法,这是值得琢磨的。因为"节奏"在古希腊语(ρυθμός-rhythmos)的基本含义就是"有规律的重现的运动""各部分的比例或对称感"[1],因此,重复(以各种形式出现)本来就是节奏的应有之义。帕斯也意识道:"悲剧、史诗、歌谣、诗都倾向于重复并重新创造一个瞬间、一个或一组行为,而这些对象在某种意义上就是一种原型。"(第52页)[2] 帕斯并没有清楚地阐释为什么节奏的重复会"重新创造原型时间",这是其理论中的一个疑点。在我们看来,重复(以及对称)都是同一性(identity)的一种形式,节奏的同一性也意味着时间体验的同一性,这种同一性超越了时间的前后接替、一往直前的线性过程,变成了"古今同一",正所谓"今人不见古时月,今月曾经照古人。古人今人若流水,共看明月皆如此"(李白《把酒问月·故人贾淳令予问之》)。若从我们习以为常的"科学"的角度(或者说"日常时间"的角度)来看,这种"原型时间"可以说是一种幻觉,是诗人制造的"魔术"。但若我们意识到,所有的时间(包括直线前进的"日常时间")都只是人把握世界的一种形式,而且时间与事物的流变本来就是相互定义的;那么,"原型时间"当然也可以成其为一种"时间",而且是人类深深渴望的那种时间。因为直线前进的时间指向的

---

[1] ρυθμός, in Henry George Liddell, Robert Scott ed., *A Greek-English Lexicon*, on Perseus Project. (网络文献)

[2] 古希腊、罗马的悲剧与史诗大都是以格律诗体写成,并非散文,而是"诗"的范畴。——笔者注

第五章 帕斯《弓与琴》中的诗律学问题

总是"死亡"这个终点,是人的必死命运;而原型时间则告诉我们过去的还会"再来,再来","现在"也并不是一座埋葬着"过去"的坟墓,这也是为什么种种宗教都指向重复或者轮回的时间观的原因之一。而诗歌(最终总是一种对抗死亡的形式),当然也倾向于"原型时间"。

在这个意义上,我们就可以理解帕斯的结论:"诗歌是一种原型时间,只要嘴唇一重复它那有节奏的诗句,这种时间就出现了。这些有节奏的诗句就是我们称为韵文(verses)的东西,其作用就是重新创造时间。"(第52页)这个断言与布罗茨基的见解几乎如出一辙,后者在评论曼德里施塔姆诗歌时说:"歌,是重构的时间。"[1] "重构时间""重新创造时间"云云当然不是指重构我们的"日常时间",而是重新创造一个时间"神话",或者说重构一种新的时间感受,就像美国诗律学家哈特曼所指出那样:"诗歌的韵律(prosody)就是诗人用来操控读者对于诗歌的时间体验的方法,尤其是操控读者对这种体验的注意力。"[2] 时间,如前所论,是运动的尺度,感受的形式。因此,对时间体验的操作就是让运动获得一种有规律的尺度,让感受形成一种特定的形态,让人有意识地去"注意"时间的存在。这一点在古典诗歌中是特别明显的,任举一首古诗:

碧城十二曲阑干,犀辟尘埃玉辟寒。

---

[1] 布罗茨基:《小于一》,黄灿然译,杭州:浙江文艺出版社,2014年,第114页。
[2] Charles O. Hartman, *Free Verse: An Essay on Prosody*, Evanston, IL.: Northwestern University Press, 1996, p.13.

阆苑有书多附鹤，女床无树不栖鸾。
　　星沉海底当窗见，雨过河源隔座看。
　　若是晓珠明又定，一生长对水晶盘。
　　　　　　——李商隐《碧城三首》（其一）[1]

这里，每行都以"2＋2＋3"的顿逗规律形成节奏重复（标准的七言诗的节奏），而二联、三联的对仗，首联第二句的当句对进一步让诗歌的图景获得对称性（同一性），自然意象与人事隐喻在节奏中展现其华章丽彩。如果我们考虑到节奏本来就涉及形象和意义的话，那么，对仗自然也构成了一种节奏，对句让我们感觉到事物以及词语之间巧妙的对称关系，情爱世界的种种现象被赋予一种"形式"，具备了一种"直接性"，跨越千余年再现于我们眼前。再看一首现代诗：

　　　人时已尽，人世很长
　　　我在中间应当休息
　　　走过的人说树枝低了
　　　走过的人说树枝在长
　　　　　　　　——顾城《墓床》[2]

这里的第一行和第三、四行都有明显的节奏的重复，这种

---

[1] 李商隐：《李商隐诗歌集解》，第四册，刘学锴、余恕诚编，北京：中华书局，2016年，第184页。
[2] 顾城：《顾城诗全集》，下卷，南京：江苏文艺出版社，2010年，第390—391页。

第五章　帕斯《弓与琴》中的诗律学问题

节奏让语言从一种无意识的自发进行过程中凸现出来，获得了一种形式感，仿佛给予了时间一个具体的形态，让我们把注意力从语言描述的内容转移到语言自身的进行过程上，玩味其行进与休止，往复反转。概言之，节奏让我们对于感受世界的方式有了更多的渴求和自觉，想要去感受世界、把握时间，去掌控事物进行的方式。正如帕斯所言，"诗就是对现实的渴求"（第54页）。

二、诗歌与散文的节奏

应该意识到，节奏并不专属于诗歌，节奏在任何语言中都存在，为何诗歌节奏较为特殊呢？这又是一个令现代诗律学家争论不休的问题，尤其是在自由诗兴起之后，诗歌与散文的界限已经变得模糊，这个问题就更显得迫切了。帕斯指出："一切语言表达，包括散文中那些最为抽象和学究式的表达在内，都是有节奏的。"（第56页）这个见解提醒我们，不要把节奏问题孤立地隔绝在诗歌的范围内来看待。帕斯观察道："语言就其本性而言，总是倾向于变得有节奏。"（第56页）

> 在一切散文的深处，总是流动着一条无形的节奏的潜流，虽然它或多或少会被论述的需要所削弱。而思想（只要它还是语言），同样也受到这股潜流的魅惑。让思想自由驰骋（即漫想），就必然会回归于节奏；理性就会变成通感联觉，演绎推理变成类比思维，而思辨过程则变成意象

的流动。但是散文作家追求的是逻辑连贯和概念清晰。因此他们竭力抵制这股节奏的洪流,而节奏注定就是以形象而不是概念来展现自身的。

(第56—57页)

帕斯的观察可以从两个例子得到证实:一是若我们观察逻辑思维不太发达的儿童以及丧失逻辑思维的神经官能症患者或者疯人的语言,就会发现他们的语言是相当有节奏的,尤其是以意象为核心,而且有大量的重复(往往超过必要的程度);二是很多初学者在开始写论文这种文体时,往往会不自觉地绕着一些词语或者意象展开论述,行文往往概念模糊、思维混乱,而且重复论述特别多,这也是"节奏引力"的作用的例证。

如果从语言学(尤其是韵律句法学)的角度,前面帕斯的观察中可以得到更确切的认识和进一步的发展。在西方的传统语言学体系中,"韵律"(prosody)一直是语法(grammar)的一个分支。[1] 可以说,韵律与句法是语言组织规则的两个主要的争夺者。近来汉语语言学界也有学者认识到韵律与句法的关系的重要性,进而提出"韵律句法学",强调"韵律受句法的影响与控制"和"句法受韵律的影响与控制"两方面。[2] 后一点是非常有趣的,比如冯胜利书中所举的例子:我们可以说"种植花草",或者"种花",

---

[1] Harvey Gross & Robert McDowell, *Sound and Form in Modern Poetry*, AnnArbor: University of Michigan Press, 1996, p.1.
[2] 冯胜利:《汉语韵律句法学》,上海:上海教育出版社,2000年,第5页。

却不说"种植花",为什么?[1]"种植花"从逻辑上当然讲得通,但是在韵律上则"不合法",因为不太顺口,而"种植花草"和"种花"都是平衡的"2+2"或者"1+1"组合。韵律影响句法的现象实际上早在十九世纪中期就被西方来华的传教士(比如艾约瑟)观察到了。除了上面所举的"种花"的例子(涉及语言的缩减与扩展规则)之外,艾约瑟发现,汉语的组词也深受韵律规则的制约(包括重叠和对偶),比如:"大惊小怪""谈天说地""多少""远近""输赢"(以上为对偶),"眼泪汪汪""笑嘻嘻"(以上为重复),等等。[2] 应该意识到,重叠、对偶正是诗歌中非常依赖的节奏手法,旧诗自不必说,新诗同样也如此,比如卞之琳的《无题四》:

> 昨夜付一片轻喟,
> 今朝收两朵微笑,
> 付一支镜花,收一轮水月……
> 我为你记下流水帐。[3]

可见诗律只是把日常语言中自发运用的法则上升到自觉的层次而已。

在我们看来,韵律和句法的关系可以简单地概括为:

---

[1] 冯胜利:《汉语韵律句法学》,上海:上海教育出版社,2000年,第3页。
[2] 艾约瑟:《上海方言口语语法》,钱乃荣、田佳佳译,北京:外语教学与研究出版社,2014年,第216—222、253—259页。
[3] 卞之琳:《十年诗草(1930—1939)》(增订本),合肥:安徽教育出版社,2007年,第69页。

狭义的"句法",是句子各部分之间的逻辑关系的规则;而韵律则更多的是一种关于声响的平衡、和谐的规则。句法管的是把话说"通",而韵律管的是把话说"好(听)"。句法更多涉及陈述、支配原则,即词语与词语之间孰先孰后、谁支配谁的问题;而韵律涉及的更多是词组、句子的缩减、扩展问题,即话说多长、词语与词语之间谁对应谁的问题。[1] 狭义的"句法"主要是一个逻辑问题——无怪乎古希腊中,"逻辑"(logos)的原义就是"言语""词组"。[2] 而韵律更多的是感觉的问题,因为"时间"本来就是一种"纯直观",而且平衡、对称的感觉实际上渗透于所有语言的骨髓之中,就像前面帕斯所言,"节奏的潜流"实际上隐含在所有语言之中。从本质上来说,这是一种对于语言的同一性与规律性的要求,[3] 这是人的认知本质所要求的,或者说,这是我们最为习惯的一种认知"形式"。汉语,尤其是古汉语,本来就是极富韵律感的语言(其代价是逻辑性的薄弱),正因为如此,诸如赋、骈文、八股文等被认为是"文"的文体,实际上也有很强的韵律特征,非常接近于诗体:它们不仅大量使用骈偶、复沓、排比,也经常押韵,而且其句子长度通常是一样的(如骈文之"四六"),以形

---

1 可参见艾约瑟:《汉语官话口语语法》,蔡剑峰等译,北京:外语教学与研究出版社,2014年,第277页;魏兆惠,《英国传教士约瑟夫·艾约瑟论汉语的韵律》,《当代修辞学》2016年第3期,第53页。

2 保罗·利科:《活的隐喻》,汪堂家译,上海:上海译文出版社,2004年,第11页。

3 分析"平衡""对称"为何物即知此点,天平上的东西若要"平衡",必须两头重量相等;而相对称的两物,也意味着它们在语义范畴上是同一的,比如"天"与"地"、"生"与"死"等。另可参见第一编第四章关于"对偶"的讨论。

第五章 帕斯《弓与琴》中的诗律学问题 161

成一种"气势"。但是,正是在这些韵律感占主导的文体之中,我们看到了帕斯所言的趋势,即由于节奏的需要,由于同一性的韵律结构(排比、对偶、押韵等)的使用,理性思维让位于类比与形象思维。所以这类文体一般以感情、气势、辞采取胜,很少有逻辑特别清晰,推理特别系统、深入的文章,后者更多的是在庄子、孟子等先秦散文中见到,它们相对而言较少受到韵律法则的支配。这里笔者想大胆提出一个假设:韵律法则的过多支配,正是古代中国散文思想性、逻辑性较为薄弱的根源之一,也是传统中国文学中散文体裁让位于诗体的标志之一。

可见,节奏(韵律)与逻辑(句法)一直就是语言组织规则的两大争夺者,他们会彼此影响,也会此消彼长。认识到这一点,就明白帕斯这个断言的意义了:"句子的统一性,在散文中是通过道理和意思来实现的,而在诗歌中则是通过节奏来实现的。"(第55页)因此,"没有节奏,就不会有诗歌;而仅仅有节奏,也不成其为散文;节奏对于诗歌而言是必要条件,而对于散文而言却不是本质性的"(第56页)。换言之,诗歌语言的首要组织原则是节奏,其次才是语法、语义;而散文语言的首要组织原则是语义、语法,而节奏的作用则处于无意识的、较为隐微的状态。当然,如前所论,也有不少散文文体(如古代的赋、骈文,现代的诗体散文),把节奏的作用像在诗歌中那样凸显出来。那么,诗歌与散文的节奏有何区别呢?帕斯回答:"节奏自发地出现在一切语言形式中,但是只有在诗歌中才表现的最完美。"(第56页)如果说在其他语言形式中节奏的出现是"自发"(spontaneously)或者"自在"(self-being)

的话，那么，我们可以借用一个黑格尔哲学术语说，诗歌中的节奏则是一种"自为"（self-making），即由潜在到展开，由无意识到有意识；而主动的诗律学的认识则可以称为"自觉"。"自为"的节奏相对而言更为完美，不过，它同样也要以日常语言中"自发"形成的语言条件为基础，不能完全脱离语言条件凭空构建诗律，否则就会成为无源之水。

三、节奏与格律的关系

关于语言条件的变化与诗律的构建之关系，帕斯有非常深入的观察，他提醒我们要用发展的眼光来看待格律的变迁，而且应该把节奏（rhythm）与格律（meter）区分开来。这对于中国诗律学研究是非常重要的提醒——自"五四"以来，就有相当多的诗人和研究者把节奏和格律混为一谈，这造成了很多迷思与误解（详见第二编第一章）。帕斯认为："格律与节奏并非是一回事。古代的修辞学家说，节奏是格律之父。当一种格律脱离了内容，变成一种僵死的形式，仅仅是声响的外壳时，节奏就会创造新的格律。"（第58页）相对于格律而言，节奏是更为基本的、根基性的语言性质，而格律是在节奏的基础上进一步固化、凝结成的形式，是带有历史性的、变动着的形态，可以说一代有一代之"格律"（体式）。那么，节奏和格律具体是如何定义的呢？帕斯解释道：

节奏与句子是融为一体的；它不是由一堆毫

无干系的词语组成,也不是纯粹的度量(measure)或者音节数量、重音、停顿:它是形象和意义。节奏、形象和意义同时出现在一个无法分割的坚实整体之中,即诗句,即韵文(verse)。与此相反,格律只是抽象的度量,独立于形象。格律唯一要求的是诗行必须有规定数量的音节和重音。(第58页)

我们将帕斯这种节奏观称之为一种"有机的整体节奏观"。这种观念可以追溯到十九世纪浪漫主义诗人(如施莱格尔兄弟、柯勒律治)对于"有机形式"(organic form)的追求,[1] 又可以在庞德的"绝对节奏"(absolute rhythm)中找到先声。[2] 帕斯节奏与固定的格律规范区别开来,定义成更为基本,也更为个体化、多样化的语言在时间中的形态。实际上,在西方诗律学历史上,一直存在一个争议,即强调诗律的规范量度的"格律派"和强调诗句的实际发声的"节奏派"的争论,从中世纪以来,"格律"(meter)与"节奏"(rhythm)就被赋予了不同的对立含义,比如"理性框架"—"实际声响","数量"—"重音",等等。[3] 在二十世纪,也有诗律学家把节奏从"格律"中区别开来,

---

[1] 相关观点与书目可参见 *Organic Form: The Life of an Idea*, G. S. Rousseau, ed. London and Boston: Routledge & Kegan Paul Books, 1972。
[2] 庞德设想一种"绝对韵律"(absolute rhythm),在这种诗歌中,韵律"与想要表达的情感或者情感的影子精确地相互呼应"。参见 Ezra Pound, *Literary Essays*, T. S. Eliot, ed. New York: New Directions, 1968, p.9。
[3] 相关讨论可参见 John Hollander, *Vision and Resonance: Tow Senses of Poetic Form*, New York: Oxford University Press, 1975, pp.13 – 14。

定义为一种更为微妙的声音运动特征。[1] 这与帕斯的观点可以说是同气相连。帕斯还提醒我们，节奏涉及的不仅是语言的问题，而且涉及语象、语义、语法等诸多方面。"格律是脱离于意义的度量，而节奏从来不单独存在……一切语言节奏本身就包含着形象，而且或潜在或现实地构成一个完整的诗句。"（第58页）这样，"节奏"也就意味着以声音形态出现的语言之整体。这样的节奏就不仅指声律，也带有中国传统诗学所说的"神韵""气韵"的含义。也正是在这个意义上，诸如"飞扬的节奏""稳健有力的节奏"之类形象化的说法才能成立，因为节奏本来就包含着形象与意义。

那么，我们要问，这样的"节奏"概念难道不会因为外延过于宽泛，而失去具体的可操作性、可分析性，以至于难以成为一个可靠的诗律学概念吗？确实有这个危险，而且国内外有关"呼吸节奏""内在韵律"一类的理论已经显示出这种概念泛化的危险。因此，我们在承认帕斯的基本论断的基础上，有必要明确一些界限，以免这种见解滑入"大而无当"的境地。首先，不管"节奏"涉及语义、语象、语法多少方面，它总归要围绕语音这一中心。语音（运动）总是在时间中展开的，时间性是语音的唯一维度，音乐也是如此。而语义、形象则是在逻辑、空间中展开的，后二者的时间性并不是本质性的。所以，强调节奏作为一种"具体的时间性"总是必要而且及时的，其目的在于让

---

[1] Charles O. Hartman, *Free Verse: An Essay on Prosody*, Evanston, IL.: Northwestern University Press, 1996, p.22.

节奏围绕着语言在时间中的运动（声响）这个中心展开，尽管节奏与语义、语象等方面也密不可分。借用"有机形式"理论经常使用的植物比喻来说，虽然枝干与叶子、根部是有机整体，不可分割，但是枝干还是枝干，不是叶子，也不是树根。其次，诗歌中的节奏尽管不同于格律，但总归会有一些趋向同一性、规律性的面相。帕斯在论述中屡屡将"节奏的重复"或者"重复的节奏"作为一个论据，却没有在概念体系和术语界定上进一步对此明确化。实际上，有必要将这样一种重复的节奏单独用一个概念来表示，即"韵律"概念，以强调声音运动的规律性、同一性面相，以便区别于帕斯所言的"一切语言都有节奏"这样的广义节奏概念。[1] 若仔细观察帕斯文中对"节奏"一语的使用，我们就会发现它往往游移在"节奏"概念的这两个层次之间，这也是他的部分观点在读者看来有点模糊，甚至自相矛盾的原因。

格律与节奏的区别虽然抽象，但实际上也不难理解。因为"格律"只规定了它"最在乎"的那部分语言成分，比如英语格律中的轻重音数量、法语格律中的音节数量、西班牙语诗歌的音节数和重音数、汉语格律中的字数（诗行长度）、押韵等；[2] 但是，这些规定并没有囊括语言的全部成分，比如各字词的音质的选择，复沓、谐音的运用，

---

[1] 这样，也就形成了"格律—韵律—节奏"三层次概念体系，详见第二编第二章。
[2] "格律"在我国古代有"法律"之义，我们将其理解为韵文的硬性规定的总和，所以这里的"格律"并不仅指律诗中的平仄对仗，而更多指的是诗行的字数（长度）、停顿（或者说"顿"）、诗行数量（比如四行、八行）、押韵的规则，所以包括四言、五言、七言在内的诗体都可以说是"格律诗"。

词语之间的语法关系，词语的语义暗示和形象，等等，这些都会造成节奏的微妙差异。因此，不仅同一格律写成的不同的作品的节奏会有差异，甚至同一诗作的不同诗行之间的节奏也会有差异。[1] 帕斯说："节奏，是具体的时间性，加尔西拉索的十一音节诗就不同于克维多或者贡戈拉的十一音节诗。他们的格律度量是相同的，但节奏是不同的。"（第59页）朱光潜也触及这种区别，他指出：李白与周邦彦的两首《忆秦娥》，"虽然用同一调子，节奏并不一样"，又说"陶潜和谢灵运都用五古……他们的节奏都相同吗？"[2]

帕斯还高度概括了节奏与格律之关系的历史变迁："格律源于节奏又返于节奏。最初，两者的界限是模糊的。后来，格律凝结为固定的形式。这是它光辉的时期，也是它僵化的时期。由于脱离了语言节奏的潮流，韵文变成了声响度量。在和谐之后，随之便是僵化；接着就是不和谐，在诗歌的内部开始产生一种斗争：要么是格律度量压制形象，要么是形象冲破这种禁锢，返回到口语，然后形成新的节奏。"（第59页）这个过程也大体符合中国韵文发展的过程。在先秦时代的诗歌中（如《诗经》与《楚辞》），格律与节奏浑然不分，或者说，格律尚未明确、固化，因此，在同一首诗中，也往往会出现四言、五方、六言、七言等不同长度的诗行，这一时期节奏的同一性多以简单直接的重复（如复沓、叠章）营造。而自汉魏之后，诗体开始凝固，先后出现了五言、七言诗体，这个"格律化"的时期

---

[1] 参见本编第四章。
[2] 朱光潜：《诗论》，北京：北京出版社，2005年，第154页。

长达一千多年,这既是中国诗歌的辉煌盛世,也是它逐渐走向僵化的时期。五四时期的诗体变革,本质上就是打破格律造成的诗体与口语(日常语言)的隔绝,让日常语言和现代语言的节奏重新进入诗歌中的一种努力。

关于自由诗的出现,帕斯认为,在格律诗的黄金时代,诗歌形式和语言之间有着非常紧密的联系,因此一首诗往往同时也是一个完整的意象和句子,而这种联系到了现代逐渐丧失了:"一个现代意象往往会被传统的格律弄得支离破碎,它往往很难适宜于传统的十四或者十一音节格律,这种情况在过去格律就是口语的自然表达的时代是不会出现的。"(第60页)与此相反,自由诗恢复了这种联系,它往往就是一个完整的意象,而且可以一口气读下来,甚至经常不用标点。他提出:"自由诗就是一个节奏整体。劳伦斯(D. H. Lawrence)认为自由诗的整体性是由意象带来的,而不是外在的格律造成的。他曾引证惠特曼的诗行,说它们就像是一个健壮的人的心脏的收缩和扩展。"(第60页)在帕斯看来,这正是自由诗在诗体上的优点,它让诗体重新贴近了日常语言的节奏,因此也就与呼吸高度吻合(有人提出了"呼吸节奏"的说法)。强调自由诗与口语的自然节奏以及呼吸的关系是非常重要的,因为自由诗的写作很容易被书面化写作和智性思考所支配,从而使节奏的完整性受到损害,如同帕斯所担忧的:"智性和视觉对于呼吸日盛一日的凌驾,反映出我们的自由诗也有转化为一种机械量度的危险,就像亚历山大体和十一音节体一样。"(第60—61页)换言之,自由诗也有很大的危险变成一种可以"看"而不适合"读"的诗歌,丧失其节奏的活力。

众所周知，现代诗律学这门八十年代之前曾经非常热闹的学科到了当代颇有"半途而废"的态势。新诗领域的诗律学研究在八十年代以来处于一个相对沉寂的状态——这当然不是在否定当代学者的贡献——之所以如此，笔者以为是因为新诗的诗律学研究遇到了一些"瓶颈"，或者说困惑，比如："节奏"到底指什么？节奏与格律的关系如何设定？在基本上缺失了格律的现代汉诗中，诗歌的节奏如何区别于散文节奏？这种没有格律约束的节奏，如何进行学理化的研究，而不仅仅是印象化的批评？以及，新诗的节奏与旧诗有何共同点，或者说，有什么可以相互对话的基础吗？这些问题显然不可能一蹴而就地通盘解决，而是需要我们细细思考具体的现象、作品和理论，抽丝剥茧，逐步推进。帕斯的见解，我们以为，至少可以为这些问题的解答提供一些重要的线索。而且，正如帕斯所提醒的，我们不能将节奏问题的思考仅局限于诗歌领域，而要扩展到其他文体乃至整个语言之中，还应比较别国的语言与诗体，作通盘考虑。

第六章　哈特曼：自由诗的 "韵律"如何成为可能？

自二十世纪维姆萨特（William K. Wimsatt）、温脱斯（Yvor Winters）等新批评派以及外围批评家之后，美国的几个主流学派很少对诗歌韵律问题有强烈的兴趣和关注，诗律学几乎有消亡之势。这里面的原因既有外部的：比如文学研究的兴趣转向历史、社会、心理等方面，对纯形式研究越来越缺乏兴趣；但也有内部的：传统的格律研究在二十世纪初期就已经很发达了，没有太多的"生长点"，似乎已山穷水尽；而现代诗大都采自由诗（free verse）的形式，其诗律特征甚难把握，也很难进行深入的系统研究。不过，哈特曼在1980年出版的《自由诗的韵律》（*Free Verse: An Essay on Prosody*）却值得注意。在我们看来，这本不到200页的著作可以说是"异军突起"，颇可给诗律学研究激发新的思路。

查尔斯·哈特曼（Charles O. Hartman，1949—　）是美国当代诗人、诗学研究者，其专著《自由诗的韵律》多次再版，产生了很大的影响。[1] 它讨论的是现代诗歌和诗学上的大问题：自由诗究竟有没有韵律或节奏可言？它的韵律（如果有的话）究竟如何定义，如何分析？这样的"韵律"与传统的格律究竟是什么关系？与大部分涉入这一领域的著作相比，哈特曼这本书的视野更为长远，立论深思熟虑，它从自由诗的韵律问题出发，重新质问过去诗律学的一些基本假设，力图破除后者给现代诗歌节奏的理解设置的一些障碍，从而重新设定韵律之本质与基础。虽然笔者不完全赞同其观点，但是，在我们看来，对其中涉及的一些问题深入辩驳，有望让传统的诗律学研究焕发新的生机，柳暗花明。哈特曼的专著虽然针对的是英语诗歌，但是对汉语新诗的节奏研究也有重要启发。颇以为憾的是，哈特曼的著作在中国甚少人问津，目前未见有专文介绍这本论著，仅有少数学者简略提及。[2] 有的学者的"介绍"甚

---

[1] 此书由普林斯顿大学出版社 1980 年初版（2014 年重版），西北大学出版社 1996 年出版了修订版，本文引述均据 Charles O. Hartman, *Free Verse: An Essay on Prosody*, Evanston, IL.: Northwestern University Press, 1996. 文中凡引述此书，均在正文旁标页码，不另出注。

[2] 除了笔者以外，国内有几位学者在几篇论文中简略提到过哈特曼的这本书，不过都没有详细介绍其主要观点，可参袁欣：《意象主义之桥——中西文化交流的范式》，《外国文学评论》，2004 年第 2 期，第 143 页。祝朝伟：《绝对节奏与自由诗——庞德〈华夏集〉对英语诗歌韵律的创新》，《中国比较文学》，2006 年第 2 期，第 152—153 页。黎志敏：《英语诗歌形式研究的认知转向》，《外国文学研究》，2008 年第 1 期，第 167 页。李国辉：《从胡适的文学创作重审其早期诗学理论》，《浙江社会科学》，2008 年第 3 期，第 114 页；李国辉：《清代中国与二十世纪英美诗律话语规则的比较》，《江南大学学报》（人文社会科学版），第 9 卷第 3 期，2010 年，第 114 页。

至南辕北辙，言不及义。[1] 下面笔者从一个中国诗学研究者的角度出发，对哈特曼的理论进行细读和讨论。虽然哈特曼并未详细讨论中国诗歌的韵律，但是在我们看来，其理论体系可对中国新诗的诗律学建构带来启发，对其理论深入对话和辩驳（而不是简单地介绍引进），将其与汉语诗学和诗歌相互映照，可以对汉语诗歌韵律中的一些悬而未决的问题提供重要的解决线索。

一、"格律""节奏""韵律"三者关系的再辨析

谈到自由诗的"韵律"或者"节奏"，很多读者的第一反应就是：自由诗难道也有韵律或者节奏吗？这种理解在英语或者汉语诗歌中都普遍存在，这也是哈特曼这本书首先要面临的难题。要解决这个问题，必须重新审视关于诗歌节奏已有的一些（自觉或不自觉的）认知体系。哈特曼说："如果'自由诗'可以被认为是一种'韵文'（verse），那么，所有那些在诗律学中已经取得的发现都必须再重新审视。"（第6页）确实如此。首先需要重新审视的就是"格律"（meter）、"节奏"（rhythm）、"韵律"（prosody）以及"韵文"这几个基本概念。因为，"韵文在过去曾经被定义为有格律的作品（甚至在现在的一些辞典中也依然这样定义）"，因此，在很长时间以来，一直有一种根深蒂固的理解，即"格律等于韵文，等于诗歌，甚至等于文化，等

---

[1] 比如前面黎志敏文中认为其"尽管理论性较弱，观念比较零散，但是对于自由诗节奏研究的实用性很强"（第167页）。这与事实正好相反，哈特曼的这本书理论性相当强，概念构建层层推进，立论步步为营。

于文明"(第 6 页)。正因为这种理解,长期以来,自由诗在诗律学上也往往被当作"异类"甚至"异端",而自由诗的盛行,也危及诗律学(prosody)的存亡。"如果自由诗被驱逐或消灭,那么诗律学将会幸存;如果没有,那么诗律学将消亡。而后一种情况果然成了现实"(第 7 页)。哈特曼指出,诗律学在二十世纪虽然一直有学者研究,但是越来越不被学界和教育界所重视,也很难引起持续的学术兴趣。[1] 很长一段时间以来,自由诗与韵律和诗律学一直处于尴尬的对立之中:"自由诗与韵律(学)无关,而韵律(学)也与自由诗无关。自由诗与韵律(学)传统的断裂之大,简直可以与一战对历史确定性的毁坏程度、现代文学对传统的否定程度相提并论。"(第 8 页)[2]

确如哈特曼所言,自由诗与诗律学一直处于一种对峙状态,甚至是一种"互毁"状态中:一方面是自由诗的写作普遍忽视传统的诗律(学);另一方面是一些认同传统诗律(学)的学者和读者频频攻击自由诗是一种没有"韵律"或者"节奏"的诗歌,甚至不能算"诗",更不能算"韵文",因为它没有格律。这种情况无论在英语诗坛,还是汉语诗坛都普遍存在。比如哈特曼提到,二十世纪一二十年代很多参与自由诗大论争的学者就是如此。康拉德·艾肯(Conrad Aiken)把自由诗称为一种"没有节奏的诗"(第

---

[1] 格罗斯在 1964 年的专著《现代诗歌的声音与形式》的绪论中也描述了二十世纪诗律学面临的一些难题,参见 Harvey Gross, *Sound and Form in Modern Poetry*, Ann Arbor: University of Michigan Press, 1964, pp.1ff.

[2] "prosody"既表示诗歌韵律,也有"诗律学"之义,在此句的语境中,二义兼有。

23页);而富勒(Henry B. Fuller)则认为自由诗"既不是韵文,也不是散文"(第46页)。哈特曼意识到,很多学者都把"节奏"(rhythm)和"格律"(meter)看成一回事,因此韵文就等于格律诗。比如华纳(H. E. Warner)断言:"毫无疑问,节奏(rhythm)是诗歌的基本成分;就诗歌而言,节奏与格律是同一的,就我所知,它们与音乐中的时间也是同一的。"(第23页)从这种认识出发,很多人自然就会推断,自由诗在节奏上是某种"散文"(第23页)。

非常有趣而又并非巧合的是,中国现代很多学者和诗人也有与此极其相似的见解。比如,从一开始就反对新诗的学衡派主将吴宓认为,无论是白话诗还是美国的自由诗,都不能算诗:"所有学者通人,固不认此为诗也。"[1] 吴宓自视学贯中西,他放言美国自由诗只是"少数少年,不学无名,自鸣得意"的产物,不会有什么前途。[2] 值得注意的是,吴宓还曾翻译了美国学者葛兰坚(C. H. Grandgent)攻击自由诗的文章,发表于《学衡》杂志,后者对自由诗的攻击更甚,直言其"数典忘祖""模仿抄袭""浮泛空疏",只是"假诗之名"的散文而已。[3] 吴宓颇受这种极端保守论调的影响。而提倡新格律诗的诗人闻一多则把"节奏""格律"和"form"(形式)看作同一个概念,在他看来,没有格律,就谈不上有形式,甚至不能算是"诗":

---

[1] 吴宓:《论新文化运动》,《学衡》第四期,1922年4月,第5页。
[2] 同上。
[3] 《葛兰坚论新》,吴宓、陈训慈合译,《学衡》第六期,1922年6月,第8—10页。葛兰坚论文原文可见于 *Old and New*: *Sundry Papers*, Cambridge, MA: Harvard University Press, 1920。

"因为世上只有节奏比较简单的散文，决不能有没有节奏的诗。本来诗一向就没有脱离过格律或节奏。这是没有人怀疑过的天经地义。"[1] 这显然与胡适、郭沫若等人的自由诗倡导针锋相对。学者叶公超1937年发表的《论新诗》认为："格律是任何诗的必需条件，惟有在适合的格律里我们的情绪才能得到一种最有力量的传达形式；没有格律，我们的情绪只是散漫的，单调的，无组织的……只有格律能给我们自由。"[2] 可见，"格律＝韵文＝诗歌"这种观念在中国很多学者心中也是根深蒂固的。

针对这种对自由诗的质疑，英语诗坛和学界有一种回应方式是，自由诗也有某种"格律"。自二十世纪二十年代以来，美国学界一直有一种企图去自由诗中寻找所谓的"格律"，或者类似于格律的理论尝试，即在自由诗的节奏中寻找某些固定的、抽象的法则，来证明自由诗也是"韵文"的一种。洛厄尔（Amy Lowell）、格罗斯（Harvey Gross）、弗莱彻（J. G. Fletcher）等，都是这条路线的代表。比如，洛厄尔认为在自由诗中，一般两个重音之间的时间间隔往往是相同的，因此自由诗是"有节拍的"（cadenced）。[3] 而格罗斯则认为很多自由诗都是一种宽松的"重音格律"（accentual meter），如 T. S. 艾略特《荒原》

---

[1] 闻一多：《诗的格律》，原载《晨报副刊·诗镌》7号，1926年5月13日，收入《闻一多全集》，第2册，武汉：湖北人民出版社，1993年，第140页。
[2] 叶公超：《论新诗》，《文学杂志》创刊号，1937年5月，第18页。
[3] Amy Lowell, "The Rhythms of Free Verse." *Dial*, 64, 1918, pp. 51–56; "Some Musical Analogies in Modern Poetry." *Musical Quarterly*, 6, 1920, pp. 127–157.

的首四行。[1] 哈特曼详细分析这些主张，他发现，这些理论都太过于含糊，缺乏可分析性，并没有真正说清楚自由诗的所谓"节拍"（cadence）究竟是如何区别于散文的，而它们几乎在所有的语言（不管是不是诗）中都存在。所以他认为："如果这些作家的理论能成立的话，所有的英语韵文——甚至所有的英语语言——都是重音格律和等时节奏的（isochronous）。"（第44页）这些论者实际上犯了和前面那种否定自由诗的论者同样的错误，即以为韵律就是格律，因此把自由诗勉为其难地与传统的格律体系画上等号。这注定是要失败的，因为自由诗本来就是以有意抛弃格律为初衷的（这在庞德等意象派诗人身上体现得很明显），它的节奏体系显然不在"格律"的定义范围内。可是，若抛弃"格律"概念，又如何定义和认识自由诗的节奏呢？

哈特曼认为，要弄清楚自由诗的节奏，就必须先清晰地区分"节奏"（rhythm）、"韵律"（prosody）和"格律"（meter）这三个概念，不能将三者随意画等号，也不能将"韵文"（verse）与"格律"直接等同起来。首先来看"节奏"，哈特曼的定义是：

> 诗歌中的节奏，指的是语言元素在时间中的分布特征。（第14页）

这个定义相当宽泛，按照这个定义，任何语言都是有节奏

---

[1] Harvey Gross, *Sound and Form in Modern Poetry*, Ann Arbor: University of Michigan Press, 1964, p.38.

的（哈特曼也承认这一点）。但这也正是它的好处，因为这样就可以将过去被很多关于"节奏"的严苛定义排斥在外的因素重新囊括，纳入诗律学的视野之内。诗歌声韵的所有方面都可以，而且应该纳入"节奏"的概念中来，而过去诗律学关注的焦点，其实主要是"格律"的范围。哈特曼指出，格律与节奏从来都不是一回事。他援引巴菲尔德的见解："节奏不是格律，它不是格律的别名，而是比格律更为微妙的东西。节奏是在潜在的规律性之上不断变动的东西，而格律是不变的。"（第 22 页）换言之，格律是一种与节奏相对的潜在的规律性，它是固定的。在哈特曼看来，区分这两者非常有意义，节奏与格律之间的关系就是一种"实际成形"（actuality）和塑形的"抽象原则"（abstractions）之间的关系，而且两者之间充满"张力"（tension）。（第 22 页）

在我们看来，作出这个区分对于格律诗的研究同样也是有意义的，因为这样就可以把过去被格律法则的探讨遮蔽的一些节奏因素彰显出来。比如文学理论家弗莱（Northrop Frye）观察到，很多英语格律诗中的重音分布与格律法则经常相互矛盾，甚至相互取消："如果我们'自然地'读很多抑扬格五音步诗行（iambic pentameter），把一些重要的词按重音来读（就像在口语中一样），就会发现，古老的四重音诗行从［五音步诗行的］格律背景中凸现出来了。"弗莱认为，这实际上是古英语的四音步节奏在潜在地起作用（第 36 页）。我们知道，五音步诗行的规则要求每行必须有五个重音，如果弗莱这里的观察能成立的话（对于很多英语诗歌而言，确实能成立），那么这岂不是意味着英语所谓的"格律"实际上并不成立？对于这个争论不休的问题，哈特曼的分析是，弗莱所观察到的，实际上是抽象的格律规则与语言的实际运动之间的差别，即格律与节奏的差别，因为英语格律中的重音，本来就是一种"相对重音"（relative stress），是由抽象的格律法则所"给定的"（imposed）。（第36页）哈特曼反复强调，韵律（包括格律）很大程度上是由习俗所约定的，并不是一种纯自然的语音现象。哈特曼指出，格律法则如果要生效，就必须"被诗人和读者所分享，而且被认定为一种'约定俗成'（convention）"（第17页）。哈特曼对"格律"的定义是：

> 格律是组织模式可以计数的（numerical）的一种韵律。（第17页）

格律诗有着诗人和读者所公认的较为恒定的语音元素的分布规则，可以计数和量度（measure），那自由诗呢？它的语言元素并没有恒定的分布规律，它如何造成一种大家认可的"习俗"，如何具备"韵律"呢？哈特曼意识到，必须反思和调整对于"韵律"的定义与认知路径了。过去很多诗律学家都是从特定的"组织"（organization）或者"结构"（structure）的角度来定义"韵律"。哈特曼从"格式塔心理学"（Gestalt psychology）的角度反思这个问题，他指出："在很大程度上，组织或者结构存在于观看者的眼里。人们越是关注节奏，就越会深切地将其理解为有组织的。"（第14页）换言之，一种节奏是否成"组织"，更多地取决于你是否有意去"感知"它，而不是它本身的组织、结构

因素如何。因此,他釜底抽薪,绕开"组织""结构"层面,直接从其效用的角度来定义"韵律"(prosody):

> 诗歌的韵律就是诗人用来操控读者对于诗歌的时间体验的方法,尤其是操控读者对这种体验的注意力。(第13页)

为了与传统的"韵律"定义接轨,他又提供了一个"折中"的定义:

> 韵律是主导诗歌的建构和理解的节奏组织系统。(第14页)

这两个定义和前面的节奏定义一样,是非常宽泛而"包容"的,它不直接指定"韵律"的结构成分,而更多的是从功能的角度来定义它,它们的特点——同时也是其缺陷——在于其明显的认知-心理倾向,也由此带来了空泛化的危险(后文详述)。哈特曼把"时间体验"放在其诗律学的核心,是非常独到的见解:正如我们上一章所讨论的那样,要认识韵律的本质和意义,就离不开"时间"这个问题。

那么,诗歌是如何"操控"读者的时间体验的呢?或者说:这种能够主导诗歌的建构与理解的节奏组织是由什么组成的呢?哈特曼指出,节奏组织所运用的成分是来自言语的各种成分,包括:(1)音色或音质(timbre),以诸如头韵(alliteration)、谐音(assonance)、押韵等形式出现;(2)音长(duration),就音节而言,就是音数(quantity);

第六章 哈特曼:自由诗的"韵律"如何成为可能? 179

(3)音高（pitch）或者音调（intonation）；(4)音强或者音量；(5)边界（boundary，语言的绵延边界）。（第 14 页）过去的诗律学家关注的主要是前 4 种成分，但是，哈特曼强调了第 5 种（边界）的重要性，边界是哈特曼诗律学关注的焦点，也是其韵律定义的关键。在哈特曼看来，语音边界甚至也是格律诗韵律的重要因素。他援引新批评理论家维姆萨特（W. K. Wimsatt）和比尔兹利（Monroe Beardsley）的一篇论述格律的论文说："要理解韵句或者诗行，你必须理解一些更大的结构特征，尤其是［诗行］结尾。弥尔顿的诗行并不仅仅是一种书页上的视觉或者印刷事实，也是一种语言事实。例如，如果你尝试去把他的五音步诗行截成四音步诗行，那么，你会发现诗行结束于某个单词的正中或者一些诸如'on'或者'the'这样的弱词。"（第 14—15 页）哈特曼进一步说："分行的效果取决于诗行的边界。进一步说，至少在弥尔顿诗歌的韵律中，词语的长度和其交界点的分布是重要的节奏因素。"（第 15 页）另一个鲜明的例子是惠特曼，他喜欢把一些多音节词放在诗行后部或行尾，造成一种庄重的韵律，惠特曼尤喜长诗行，以达至壮阔的节奏效果。[1]

现在，我们就来到此书的一个关键节点上了：分行与节奏和韵律之间的关系，这也是自由诗节奏的一个关键问题。诗人废名曾屡次强调"新诗应该是自由诗"，"新诗本来有形式，它的唯一的形式是分行，此外便由各人自己去

---

[1] 昌耀的诗句亦有类似手法——昌耀恰好是一个在多方面可以与惠特曼比较的中国诗人（参见第三编第三章的讨论）。

弄花样了"。[1] 分行是新诗形式的关键,关于分行与新诗节奏的关系,却一直缺乏深入的理论探索,哈特曼的理论路径可以对汉语诗歌诗律学带来启发。他说:

> 韵文比散文更难读。原因之一是,除非一个人有意忽视分行,他/她都会在行末停顿一下。不管这个停顿还起到别的什么作用,它首先迫使读者放慢读速,使后者更加注意所读的东西。(第52页)

这样,分行就直接关涉到哈特曼的"韵律"定义的核心,即"时间体验"和"注意力"的操控:"我对'韵律'的定义集中于注意力的操控这一点,如果分行有助于增强注意力,那么它就是一种韵律手段,不管是在格律诗行中还是在别的诗行中。"(第52页)他进一步说:"诗歌之所以常常以韵文来写是因为分行增强了这种注意力,后者对于韵律而言是必需的,对于诗歌而言也是基本的。"(第52页)因此,通过分行造成的节奏效果(除了停顿之外,还有别的效果,详见第二节),达成对"时间体验"和"注意力"的操控,从而成其为一种"韵律",而自由诗的"韵律"也就可能了。从哈特曼的角度来说,虽然自由诗摒弃格律,但仍注重分行,这就意味着,不管是有意还是无意,诗人都在操控诗歌的节奏进程,这就与散文在节奏行进上的无区别性显著地区别开来了。因此,哈特曼认为,分行可以

---

[1] 废名:《论新诗及其他》,沈阳:辽宁教育出版社,1998年,第154页。

作为韵文与散文的分界线（第 52 页），进而保证自由诗也是一种"韵文"（verse），因此"free verse"就不再是一个自相矛盾的名词了；而且，他考证英文"verse"之本义，即"分行的语言"（第 11 页）。因此，在此意义上说自由诗是"韵文"，也是合理的。[1]

可以看出，哈特曼追根溯源，从诗歌整体（包括格律诗）和整个诗律学的角度，探索了分行的诗律学意义，为自由诗的韵律问题打开局面，也彻底阐明了分行与节奏的内在关系。至少，在其自身的理论逻辑中是严密而周全的。但是，这一理论逻辑既是他的重要贡献，也是其不足。读者恐怕和笔者一样持有疑虑：难道仅分行就可以保证一首诗具有"韵律"，保证自由诗是"韵文"？这与我们的"韵律"观念相差未免太大，也未免太轻易了吧？那么，传统诗律学所念兹在兹的各种韵律结构、组织，在这个理论体系下还有什么意义？

二、韵律的基础：分行抑或复现性的结构？

不妨先看看哈特曼对语言边界（boundary），尤其是分行的节奏效用的分析，这样就可以大致画一个"边界"，再深入讨论其局限性才更为稳妥。关于分行，在二十世纪一

---

[1] 笔者按："verse"与汉语"韵文"二字的含义颇为不同，它并没有押韵的本义（英语格律诗有很多诗体不押韵）。而中国传统诗学的"韵文"概念很少强调"分行"这一点。但是，除"韵文"一词以外，并没有更适当的术语来译"verse"一词（"诗歌"更不妥，因为哈特曼明确强调"verse"有别于"poetry"），只能从权译为"韵文"。

二十年代自由诗争论时,有不少保守派论者将自由诗攻击为一种分行的散文。哈特曼则反其道而行之,他做了一个实验,将《传道书》(Ecclesiastes)一段散文改写为分行的"自由诗":

> Remember now thy Creator,
> In the days of thy youth,
> When the evil days come not,
> Nor the days draw nigh,
> When thou shalt say:
> I have no pleasure in them…

(第56页)

> 你应记念造你的主
> 趁着你还年轻的时候,
> 在衰老的日子还未到之前,
> 也就是在你还未接近
> 那些当你说:
> "我毫无喜乐"的日子时

(笔者自译,下同)

哈特曼发现,经过分行后,由于读时必须在行末停顿,这段话的节奏产生了显著的变化:(1)每读到新的一行时,由于需要能量来重启新的节奏段落,这需要在行首增加一些特别的重音;(2)每一行变成了单独的节奏整体,而不是更大的节奏单元的一部分;(3)由于分行打断了句子的行进过程,排比(parallelism)、对比(antitheses)这些结构原来从属于更大的节奏单元,现在则需要单独强调(重读),来回应前面的排比、对比单元(比如第2、3、4行的"days")。(第56页)实际上,与不分行的散文相比,分行不仅带来了节奏的变化,甚至也导致了"言外之意"的差异。哈特曼从格罗斯的《现代诗歌的声音与形式》中摘取了一句论文语言,并做了一番有趣的实验。原文是"Our 'scansions' lay the lines down in Procrustean beds."("我们的'诗律分析'把这些诗行放到了普洛克路斯忒斯之床[1]上"),哈特曼把这句话改写成不同版本的"自由诗",如下:

1. Our "scansions"
   Lay the lines down in Procrustean beds.
   我们的"诗律分析"
   把这些诗行放到了普洛克路斯忒斯之床上

2. Our "scansions" lay the lines
   Down in Procrustean beds.
   我们的"诗律分析"把这些诗行放
   到了普洛克路斯忒斯之床上

3. Our "scansions" lay
   The lines down in Procrustean beds.
   我们的"诗律分析"放

---

[1] "普洛克路斯忒斯之床"是一个典故(隐喻),即"强求一致"之意。

这些诗行到普洛克路斯忒斯之床上

4. Our "scansions" lay the lines down
   In Procrustean beds.
   我们的"诗律分析"把这些诗行放到了
   普洛克路斯忒斯之床上

(第57—58页)

和原文对比后可以发现，这些诗歌的节奏和意涵各不相同（这些微妙区别未必能反映于笔者的译文之中）。比如原文的节奏接近于抑扬格，而版本1的第2行则为扬抑抑格（dactylic）。英诗的扬抑抑格显得较为欢快，甚至轻浮，这与这个论文语句的表达场合颇不协调。另外，诗行结束于"scansions"，由于scansions一词加了引号，在此处停顿颇有讽刺之义。而版本2则不同寻常地以介词"down"开始，而且需要重读（因为在行首），这样就暗示着"普洛克路斯忒斯"（强盗）有"低下""地下"之意。版本3则在"lay"处断行，单读这一行会带来歧义（译文亦如此），因为会把"lay"理解为不及物动词，读者若只读这一行，会把"lay"理解为"躺着"（第57—59页）。

通过这个有趣的实验可以看到，语言是否分行、如何分行绝不是一件无关紧要的事情。这样，哈特曼也有力地反击了那些攻击自由诗的论者，后者往往把分行视为自由诗无关紧要的遮羞布。有的反对自由诗的论者认为，每一段话都可以有很多种分行的方式，这些不同的方式"同等地好，而且不会改变语言的价值"[1]。不同的分行显然不是"同等"地好，其节奏和"言外之意"都会显著地不同，这也提醒自由诗的写作者，谨慎地对待分行，尤其要留意它对节奏所带来的微妙影响。

现在可以较为清楚地看出哈特曼诗律学的特色与局限了：这种倚重语言边界的韵律认知路径在一定程度上是依赖于诗歌的书面形式的，即必须通过"看"的方式来体验。分行的停顿在听觉上，与行内的停顿是没有区别的，如果仅凭听觉，不看文字排列，听众很难分辨出何处是行尾、何处是行中，尤其是当行中有句号、逗号等停顿时。在传统的格律诗中，由于分行基本上是均齐的（至少长度是固定的、先行约定的），而且有较为规律的节奏模式，读者很容易从听觉上判断分行，所以，格律诗的分行主要是一个语音（声韵）事实，书面形式是次要的。[2] 而在自由诗中，由于约定性的节奏模式不复存在，而且分行往往长短不一，读者对节奏的辨认必须得靠书面形式的协助（类似于乐谱与音乐的关系），所以其分行同时是一个书面事实和声韵事实。这也是哈特曼的诗律学向视觉——阅读的方向倾斜的根源。但是，哈特曼还进一步强化了其诗律学的认知——心理倾向，如前所述，他虚化了传统的节奏组织、结构在诗律学中的作用，而更关注于注意力的控制和心理体验的

---

[1] H. E. Warner, "Poetry and Other Things." *Dial*, 61 (Aug. 15, 1916), p.92. 前引吴宓译葛兰坚文有类似的看法。

[2] 一个很有意思的现象是，中国古代印刷的诗集，往往是首尾相接竖排，不用分行甚至不用标点的，读者很容易就可以从句法、押韵等角度判断某首诗的体裁（比如五言、七言），这也证明了中国古诗的分句主要是一个语音事实。

生成，这就有将"诗律学"变成"阅读学"或者接受心理学的危险了。诚然，正如哈特曼所论证的，分行可以将"韵文"（包括自由诗）与"散文"在形式上区别开来，但是，将整个诗律学大厦建立在"边界"这一根柱子上，我们难免会担忧它是否稳固可靠。若我们将分行视作韵文与散文之间的一个"界碑"或者分界线，那么，问题就在于：分界线确实可以划定韵文这一"国度"的范围，但是这一"国度"的性质并不是边界线本身，后者只是一个记号，它并没有说明这个"国度"的全部性质和特征。

前面介绍过，哈特曼的韵律认知注重"时间体验"的控制，这确实是有见识的观点。但是，"时间"这个问题显然还需要深入挖掘。时间是运动的尺度，必须放在"动"中来认识和体验，而在书面形式上看到的是静止的空间。就诗歌而言，"时间"必须放在声韵的流动绵延中来感受。诗人布罗茨基说："所谓诗中的音乐，在本质上乃是时间被重组到这样的程度，使得诗的内容被置于一种在语言上不可避免的可记忆的聚焦中。""换句话说，声音是时间在诗中的所在地，是一个背景，在这个背景的衬托下，内容获得一种立体感。"[1] 布罗茨基的话清晰地告诉我们，韵律/作诗法究竟是如何操控"时间体验"的：营造独特的声音进行方式，使其置于一种"可记忆的聚焦中"。韵律/诗律学不管往什么方向发展，必须立足于声音，而不能完全变成一种阅读体验。因此，必须考虑一些对于韵律更为根本的

---

[1] 布罗茨基：《小于一》，黄灿然译，杭州：浙江文艺出版社，2014年，第37页。

因素。前面哈特曼分析过，可以供节奏利用的语言因素至少有五种，而他强调的其实是第五种（语言边界），那么，前四种呢？比如某种音质的重复、某些声调或者音量的字音的有序搭配，是否可以造成韵律呢？

实际上，哈特曼也考虑过这种可能，但是他质疑这些手段能否在自由诗中有效运用。他曾引述布里奇斯（Robert Bridges）的观点，后者试图把复现（recurrence）原则运用在自由诗中："对于某些听众而言是韵文的东西，在另一些人那里可能就是散文；而且，考虑到散文中没有什么言语节奏片段是不能用于格律节奏或者格律体系之中这一点，那么，韵文与散文的唯一区别似乎是，散文的节奏没有那么明显或者很少重复；如果节奏有重复你就会形成一种期待。"因此，布里奇斯认为自由诗这种"中间形式"，"或许可以结合韵文/散文两个系统的优点：它可以在某种程度上拥有散文的自由和韵文的可预期性。"[1] 布里奇斯是传统的诗律学家，他对韵律的认识是从"复现-预期"这一理论线索展开的，在现代中国，朱光潜也有类似的观点。[2] 但是，哈特曼更关注传统诗律学的不足（尤其在面对自由诗时），对其优点却很少纳入考虑范围。他认为复现原则并没有办法将诗歌与散文区分开来，甚至会让自由诗的韵律"失效"（unworkable），因此并不看重其效用。（第48

---

1 Robert Bridges, "A Paper on Free Verse," *North American Review*, 216 [804] (Nov., 1922), p. 649.
2 朱光潜对"节奏"（其实是"格律"）的认识也是从"模型"—"预期"的角度展开的，参见朱光潜：《诗论》，北京：北京出版社，2005年，第151—153页。

页）而布里奇斯则更关注自由诗抛弃格律之后引发的负面效应，他对于自由诗如何"结合两个系统的优点"也没有详细分析，甚至没有讨论具体的自由诗作品和作家，这是颇为遗憾的。[1]

实际上，布里奇斯的观点值得重新思考，但是需要调转一下方向。关于如何造成韵律"预期"，他关注的主要是格律的固定范式。但是，从世界各国的诗歌史来看，在"格律"成熟之前，诗歌就已经形成了丰富的韵律手段了。我国早期的《诗经》《楚辞》也是大量使用重复、排比来形成韵律（参见本书第一编第四章）。在我们看来，语言元素较为明显、密集的重复都可以造成心理"预期"，形成韵律，而格律只是各种手段中最为固定、严格的一种而已，而且往往是文人化的结果。自由诗虽然抛弃了格律，但是依然可以运用很多古老的、基本的韵律手段。比如 T. S. 艾略特《荒原》（*The Waste Land*）的开头四行：

> April is the cruellest month, breeding
> 四月是最残酷的月份，让死地
> Lilacs out of the dead land, mixing
> 生长出丁香，混杂着

---

[1] 布里奇斯文中所分析的"自由诗"，全是他从传统的格律诗"改写"而来的，他以此来讨论其"缺点"，其实很多是不能成立的，比如他认为自由诗以语法段落为界限分行，带来了节奏的单调贫乏（Robert Bridges,"A Paper on Free Verse," *North American Review*, 216 [804] Nov. 1922., p.656），这是与事实不符，很多自由诗并不以语法段落分行，比如和他同时代的意象派。

> Memory and desire, stirring
> 回忆与欲望,用春雨
> Dull roots with spring rain.[1]
> 扰动着迟钝的根芽。

前三行都以动词的现在进行时结束,这是一种最简单的重复(也可算是"押韵"),它们营造了一种"正在发生"的感觉。[2] 值得留意的是它们的分行(这里哈特曼的理论就可以派上用场了):它们并没有以句法单位为依据分行,而是在三个进行时的动词后跨行,这样既强调了这种音韵上的重复,又通过停顿的方式,把动作在时间上的进程模仿出来,仿佛"breeding"(生长)、"mixing"(混杂)、"stirring"(扰动)这几个动作都缓缓地发生于眼前,如果这几句在"month,""land,""desire,"处断行,这种模仿时间进程的微妙感就被抹除了。

令人遗憾的是,哈特曼在分析这些例子时,很少深入地考虑这些重复和"韵律"之间的微妙联系,比如他在分析艾略特《四个四重奏》(Four Quartets)中的这个著名片段时,

> Time present and time past
> 过去时间和现在时间

---

1 T. S. Eliot, *Collected Poems*, 1909-1962, New York: Harcourt, Brace & World, 1963, p. 53.
2 这里,因为汉语语序的关系,笔者的译文亦只能部分(第二行)反映出这种节奏安排。另外,三个动作的发出者都是"四月",很多译者忽略了这一层关系,让"死地""春雨"变成了施动者。这也是笔者在第1、3行加上"让"和"用"字的缘由。

Are both perhaps present in time future,
或许都将呈现于将来时间里,
And time future contained in time past.
而将来时间又包含在过去时间中。
If all time is eternally present
如果所有时间都永远是现在,
All time is unredeemable.[1]
所有时间都不可赎回。

哈特曼认为这首诗的节奏控制更依赖句法,他注意到诗中的高密度的重复,他认为:"这些重复,代替了格律的确定性,让我们想起了惠特曼;但排比句法不如其中咒语的循环逻辑重要。"(126—127页)但是,哈特曼并没有意识到,其实两者在韵律上并没有本质区别,排比意味着句法、语词的重复;而所谓"循环逻辑"在声韵上也必定反映于同一词语的重复(但语义有微妙的变化),比如此诗中的"present"一词。在这样一本谈论"韵律"的书中,面对如此明显的韵律时,哈特曼考虑的却是"逻辑""句法"(当然,其分析是可以成立的),这个例子鲜明地暴露了其"诗律学"的"阅读学"倾向。若读者朗诵这几行诗,很容易会发现其中有着大量的词语重复,比如"time"(7次)、"present"(3次)、"future"(2次)、"past"(2次),如此频繁的反复让这首诗在听觉上几乎接近绕口令。绕口令、

---

[1] T. S. Eliot, *Collected Poems*, *1909-1962*, New York: Harcourt, Brace & World, 1963, p.175.

谐音本来就是一种韵律游戏,它们通过语音、语法的重复对语言自身展开了"质问"。另外,诗中的排比("time..."词组)、对比("past"与"present"),都起到了韵律作用,排比自然是一种重复;而对比,也要求相互"对比"的两个对象在结构、范畴上是一样的,换言之,只有在同一范畴内的东西才谈得上"对比"(如"天"对"地"、"水"对"火"),这就是为什么在中国的律诗中,"对仗"也是格律规范的要求。它首先是一种韵律机制,加强了认知的结构性。

因此,结构、组织特性并不是一个可以随意抛弃的诗律学因素,哪怕在自由诗的韵律与诗律学研究中,它们的地位同样重要。而且,从惠特曼、T. S. 艾略特身上可以观察到,由于抛弃了格律法则,写自由诗的诗人必须求助于一些更基本的韵律手段,比如复沓、排比、头韵、对比、对称等。这是因为,人类可以运用的韵律手段本来就很有限,不用此类则用彼类。因此,应该重新从结构、组织的角度来定义"韵律"(包括自由诗的"韵律")。我们的"韵律"定义只需要在哈特曼最基本的"节奏"定义基础上,稍微缩小范围即可:

韵律就是语言元素在时间中有规律的重复。

而"格律",正如哈特曼认识到的,依赖于"约定俗成",而且,在我们看来,其节奏特点其实也是一种重复,只是这种重复往往是周期性的、固定的,因此,我们对它的定义是:

格律就是语言元素在时间中周期性的、先前约定的重复。

我们的"韵律"定义比哈特曼的定义要窄,它更强调节奏的规律性的层面,这就与传统的诗律学"接轨"了。读者可能会问:那么,那些没有明显的重复的自由诗,岂不是没有"韵律"可言?对此,我们的理解是,诗律学其实不必强行保证所有自由诗都有"韵律",只需要证明很多自由诗有"韵律"即可。而且,那些不符合我们的"韵律"定义的诗歌(或者诗歌片段),也未必在节奏上和散文无异。就像哈特曼已经证明的那样,它们可以通过分行等语言边界的控制,实现特别的节奏效果。

我们的定义与哈特曼的定义与其说是矛盾的,不如说是互补的,两者的差异本质上是认识角度、关注焦点的差异。在我们看来,韵律、韵文的认知不仅需要"分行"这一支柱,而且需要语言元素的规律性重现这一因素。这种必要,甚至可以从哈特曼的韵律分析的一些"漏洞"中看出来。比如,前面哈特曼在分析他"改写"的《传道书》时,所论述的第三点:"由于分行打断了句子的行进过程,排比、对比这些结构原来从属于更大的节奏单元,现在则需要单独强调(重读),来回应前面的排比、对比单元。"可是,我们不妨质问作者:为什么"排比""对比"在韵文中需要强调呢?他只告诉我们"然"却没有告诉我们"所以然",因为这样做的必要性其实已经不是"边界"的节奏效应能说明的。排比与对比,如前所述,都是建立在重复与同一性的基础上。而要求重复、同一性,是人的韵律认知的基本成分。叶公超认为:"在任何文字的诗歌里,重复似乎是节律的基本条件,虽然重复的要素与方式各有不同。"[1]

在"结构/组织—认知/心理"这两极中,哈特曼明显地向后者倾斜,因此,他的这本书可以说开启了八十年代以来诗律学的"认知范式"的先河。[2] 对于这种范式,我们并不反对,在乐观其成的同时也有所保留。因为,到底"结构"是人有意"认知"出来的,还是"认知"是由"结构"塑造的,这其实是一枚硬币的正反两面。比如哈特曼认为,分行导致了人们对韵律结构的"特别注意",所以会觉得韵文相对而言较有结构性。其实这个问题也可以反过来看,在很多情况下,正是由于分行对句子的语法、时间进程的"中断",很多复现性的结构才有频繁出现的可能。来看一个极端的例子:

  一切都是命运
  一切都是烟云
  一切都是没有结局的开始
  一切都是稍纵即逝的追寻

---

[1] 叶公超:《音节与意义》,《大公报·诗特刊》(天津),1936年4月17日。
[2] 就笔者所知,英语学界近来从认知角度研究韵律问题的代表性著作有:Richard D. Cureton, *Rhythmic Phrasing in English Verse*, London: Longman, 1992. Reuven Tsur, *Poetic Rhythm: Structure and Performance: An Empirical Study in Cognitive Poetics*, Berne: Peter Lang, 1998. G. Burns Cooper, *Mysterious Music: Rhythm and Free Verse*, Stanford, Calif.: Stanford University Press, 1998. Michael H. Thaut, *Rhythm, Music, and the Brain: Scientific Foundations and Clinical Applications*, New York: Routledge, 2005. 等等。

> 一切欢乐都没有微笑
> 一切苦难都没有泪痕
> 一切语言都是重复
>
> ——北岛《一切》[1]

这首诗在韵律上并不是一个完美的例子（这种排比节奏过于单调），但是很能说明问题：在散文中，我们很少这样一味重复一个句式，而在诗歌中却司空见惯。可以进一步推论说，正是"分行"这一界碑标示了"诗"这一体裁（以及它所意味着的一整套"习俗"）的存在，诗歌才可以在一定程度上忽视散文的句法逻辑，安排更多的韵律结构，比如韩博的《国定路》（2021）第一节：

> 野榛。 你从铁锈来。 你
> 问烟囱消失的发型，问
> 脑血管遗传石灰的雕像，
> 问所知甚少所念甚多的
> 抖擞，问针叶，问试图
> 独食真理的沙沙，问电
> 和哑：熬过今天，意义
> 何在？ 打算采别人的血
> 补自己梦的一肚子情愿
> 正把失足醒来的不情愿
> 塞进甲虫：他们不懂而

---

[1] 北岛：《结局或者开始》，武汉：长江文艺出版社，2008年，第10页。

读而不懂的翻译体命运。[1]

这节诗很快便让读者坠入一个不确定的韵律旋涡中，这里的节奏被"问"这个词带着向下旋转，把读者绕得晕头转向。语言在这里呈现出"螺旋"形态，比如"所知甚少所念甚多""补自己梦的一肚子情愿/正把失足醒来的不情愿""不懂而/读而不懂的翻译体命运"等，词语仿佛被无形之手搅拌过一样，来回打转。读到后面，我们才发现作者已自"晕眩"，他像卡夫卡笔下的甲虫一样醒来，醒在一个"不情愿"的时刻，却毫无办法，活着变成了煎熬，而且熬得毫无意义，以至于诗人被逼疯到想去"问电/和哑：熬过今天，意义/何在？"显然，这首诗写于一个外部的"危机时刻"，这个时刻让我们的命运显得像是卡夫卡式城堡故事的一个翻译版本，问题在于，"城堡"里面的角色（"他们"）虽身为"甲虫"，但是"不懂"甚至"读而不懂"自己的这个"翻译体命运"。这解释了这首诗的节奏中仿佛带着某种"郁愤"乃至"暴力"，它以一种几乎是暴力式的节奏来面对、转化这个"由外而内"的危机。这里的诗歌节奏让我们想起了英国诗人W. H. 奥登早期的一些作品，后者经常反复使用前置状语（甚至绵延一整个诗节），将读者置于一种语义上的不确定性之中。这些例子说明，"分行"其实是一张进入"韵文"的"通行证"，它给语言运作带来很多"自由"，其中就包含了创造韵律的自由。所以，虽然分行并不确保自由诗必定有明显的"韵律"（就我们的定义

---

[1] 韩博：《韩博专辑：上海墙》，《新诗》丛刊总第25辑，第108页。

而言），但是它促成了更大"韵律"之可能性和必要性。在这个意义上，确实可以从文体"趋向"的角度，将自由诗视为一种"中间型式"，它融合了同一性与差异性，既制造"预期"，往往也突破"预期"，带来"惊奇"。

关于哈特曼诗律学的心理——认知路径，我们想做的第二点修正就是，这一路径强调的是韵律自觉意识的唤醒，主要是"意识"层次的问题。但是，韵律很多时候是靠潜意识/前意识来发生效应的，它可以同时在潜意识与意识层面运作，并不总是要求人们去"特别注意"才能感受到它的存在。对于同一性、重复节奏的认可，甚至可以说是人类的"时间体验"中的"集体无意识"。约定俗成的东西固然是可以共享的，但是可以共享的东西未必是明确约定的东西，它也可以是集体无意识的东西。否则就难以说明，为何在口传诗歌时期，也就是人们还没有对"韵律"有任何理性认知之前，各种语言的诗歌就有那么多重复性的节奏元素的存在。而且，在民谣、流行音乐中，亦以大量的重复性节奏段落来加强韵律感。再者，在新诗中，那些读者熟读能诵的诗句，也大都是采用重复、对称（对比）这些韵律手段。比如"轻轻的我走了，正如我轻轻的来"（徐志摩《再别康桥》），"卑鄙是卑鄙者的通行证，/高尚是高尚者的墓志铭"（北岛《回答》），"该得到的尚未得到/该丧失的早已丧失"（海子《秋》）。还有一些诗句本身看不出明显的重复，比如"雪落在中国的土地上"（艾青《雪落在中国的土地上》），"一个民族已经起来"（穆旦《赞美》）等，也是因为作者在诗中不断重复这些诗句，形成一种回旋的韵律感，强化了读者的认知和记忆。这些现象，正说明了韵律有潜移默化的感染方式,"不约而同"地被分享。

三、对位法:走入多重认知的诗律学

关于自由诗的节奏,哈特曼并不重视复现性的节奏元素的作用,他强调的是一种他称之为"对位法"(counterpoint)的节奏组织。"对位法"本为音乐术语,意谓多重独立的旋律同时在一个乐段中发声,相互配合,形成既对立又和谐的效果,它也是"复调"的主要手段之一。在哈特曼看来,当多种节奏模式相互冲突时,就会构成"对位法"(第25页)。他以一整章的篇幅来论述诗歌节奏中的"对位法"形式。哈特曼以弥尔顿的《失乐园》为例,来说明格律诗中的"对位法":

... Him the Almighty Power
Hurl'd headlong flaming from th' Ethereal Sky
With hideous ruin and combustion down
To bottomless perdition, there to dwell
In Adamantine Chains and penal Fire,
Who durst defy th' Omnipotent to Arms.
(第70页)
……全能的神把他
倒栽葱,全身火焰,从净火天上
摔下去,这个敢于向全能全力者
挑战的神魔迅速坠下,一直落到
无底的地狱深渊,被禁锢在

金刚不坏的镣铐和永不熄灭的刑火中。[1]

弥尔顿的诗歌大量使用倒装、省略等，对语法的扭曲几乎达到极限，这是众所周知的（这极难在译文中反映出来）。比如首行的宾语"Him"（指撒旦）在前，主语"the Almighty Power"在后，而动词"Hurl'd"则放到了下一行，这一动词的指向介词"down"则又被放到第三行，而最后一行引导从句的"Who"修饰的是第一行的"Him"，以上六行构成一个句子。如此多的倒装导致所有的诗行都处于一种"悬置"状态，读者必须从整个句子的层次来理解每一行，而这模仿的是一种"永恒视角"。哈特曼认识到，通过句子语法结构的扭曲，每一诗行都具备"自持力"，每一行都创造了一种"能量的旋涡"（第71页）。比如"down"本来用来指"Hurl'd"（猛掷，摔）这一动作的方向（正常语序是"Hurl'd Him headlong down ..."），但是放在第三行末，就使得它与前面的"hideous ruin and combustion"产生了关联，让这个介词也描绘了它们的下坠之态。我们想补充一点，就是通过倒装，这几行诗的动态过程被完全展现出来，而且让这些介词都具备了动词的效果，从"from"到"with"，到"down"再到"to"，最后到"in"，摹写了撒旦从天上被猛掷下来，着火、下坠，坠入地狱，最后禁锢于镣铐与刑火之中的过程。[2] 哈特曼认为，从他的较为宽泛的"韵律"定义（即操控读者对于诗歌的时

---

[1] 弥尔顿：《失乐园》，朱维之译，上海：上海译文出版社，1984年，第5页。
[2] 有趣的是，这些介词在汉语中大都以动词的方式被翻译出来，比如上引朱维之译本就是如此。

间体验）来看，这是一种非常高明的韵律手法，它在语法与抑扬格诗行之间构造了一种对位。在中国古诗中，也可以找到与弥尔顿类似的手法。比如杜甫，他也是一个在诗律上极其微妙的诗人，他的"香稻啄余鹦鹉粒，碧梧栖老凤凰枝"（杜甫《秋兴八首》）就是以类似的倒装方式，在格律与语义、语法之间构造了奇妙的"对位法"，从而给人带来新颖的韵律感受。上面的例子提醒我们，在韵律认知中，声韵层面与语法、语义层面的冲突，往往可以带来奇妙的韵律效果。

　　哈特曼并非第一个意识到"对位法"在诗律中意义的学者，研究传统的格律的学者也意识到其存在，只是定义有所区别。早在1920年的《弥尔顿的韵律》一书中，布里奇斯就讨论了格律与句法、音节数量等其他节奏因素的"互动"（interplay）。[1] 这可能是哈特曼的对位法论最早的起源。而新批评派的温脱斯认为，英语格律诗的重音-音节格律本来就是内在地使用对位法的（counterpointed）。[2] 霍普（A. D. Hope）认为，对位法对于任何韵文而言都是基本的要素。[3] 但是，富塞尔（Paul Fussell）认为："除非在有节制的较为规律的格律作品中，对位法是不可能实现的；

1　Robert Bridges，*Milton's Prosody*，Oxford：Oxford University Press，1921，p. 87.
2　Yvor Winters，"Mr. Winters' Metrics," *Saturday Review of Literature*，7 (Oct. 4, 1930)，p. 188.
3　A. D. Hope，*The Cave and the Spring*，Chicago：University of Chicago Press，1970，pp. 41 - 43.

因为变化首先得参照固定的东西,才能成其为变化。"[1] 哈特曼反对此看法,他通过重新定义的"韵律"概念,将"对位法"本身也纳入"韵律"的范围内,扩大了它所指的范围。哈特曼认为,自由诗节奏中也存在对位法。那么,自由诗的对位法是如何形成的呢?请看哈特曼的例子,威廉斯(W. C. Williams)的《阴影》("Shadows"):

  Shadows cast by the street light
在星空下,街灯
   under the stars,
  所投下的阴影,
    the head is tilted back,
   头向后昂着,
the long shadow of the legs
双腿的长长的影子
   presumes a world
   假定了一个
    taken for granted
    理所当然的世界
On which the cricket trills.
蟋蟀在其中颤鸣的世界。
   the hollows of the eyes
   眼窝后的空洞

---

[1] Paul Fussell, "Counterpoint," in *Princeton Encyclopedia of Poetry and Poetics*, Enlarged edition. ed. A. Preminger et al. Princeton: Princeton University Press, 1974, p. 155.

are unpeopled.

无人居住。

Right and left

从左边或者右边

    climb the ladders of night

    爬上黑夜的梯子

as dawn races

当黎明竞争着

to put out the stars.

去扑灭星光。

  That

  这

    is the poetic figure

    就是诗歌形象

but we know

但我们知道得

  better: what is not now

  更多：现在存在的

    will never

    将不会再

be. ...

存在。……

（第 67 页）

  读者可以看出，威廉斯的这首诗颇为接近未来派诗人常用的"楼梯诗"形式，三行为一单元，呈阶梯状排列。哈特曼认为，这首诗歌使用了一种等时节奏，即每一行所占时长是相同的。这一说法是受到威廉斯的启发，后者称这样的诗行每一行可视为一个"可变音步"，三行构成一个三音步诗句（第 66 页）。哈特曼进一步推论说，这首诗实现了等时节奏与语法之间的对位法（第 66 页）。比如，第 1—13 行基本上是以语法分段来断行，但到第 14 行之后的几行，则打断了语法的连续性，在语法段落中间跨行，如"That/is"，这造成一种"悬置不定"的感觉，代替了前面 13 行的那种"镇定的"节奏感（第 69 页）。诚然，这里的分行与语法的关系确实起到了一定的节奏效果，但是很难在这首参差错落的诗中感受到像《失乐园》那般强的节奏感以及与语法结构的对位效果。哈特曼的论断需要再斟酌。他所谓的"等时节奏"几乎是无法实现的，试问第 14 行（只有一个单词"That"）是如何与前后的诗行（多达 5—6 个音节）在时间长度上是"等时"的呢？哈特曼提示应该把一部分较短的诗行读长一点，或者停顿长一点，可是，这样读起来忽快忽慢，一惊一乍，节奏未免太怪异了吧？所以这里的所谓"等时节奏"很难实现。哈特曼承认，若自由诗行中没有等时节奏之类的节奏形式，仅依靠分行与语法之间的对位来控制节奏，那么这样造成的韵律很可能就是一种"极弱的韵律"（第 72 页）。实际上，这首诗的所谓"韵律"就是比较弱的，因为其"等时节奏"并没有实现。其诗行忽长忽短，几乎感觉不到明显的规律性，那与此"对位"也无从谈起了。

因此，我们需要认真考虑前面富塞尔那句看似极端的断言，即当诗歌节奏的规律性丧失之后，与之相生相克的

第六章 哈特曼：自由诗的"韵律"如何成为可能？ 203

"对位"因素也很难起到明显的效果了。但是，自由诗也不是完全没有可能实现这种"对位法"，而且相互对立的节奏因素的使用同样是有意义的。前文我们说过，语言因素的重复会给诗歌带来韵律，而自由诗也多使用词语、词组、句式的重复来营造韵律。同时也要意识到，过于整一化的重复（尤其是排比）会使得诗歌节奏显得单调、乏味。比如前面引述的《一切》一诗即如此。实际上，若观察郭沫若的诗歌，或者五六十年代的"政治抒情诗"（如郭小川），我们会发现其问题并非没有节奏，而是节奏过于单调，一味排比重复。"重复—预期"只是韵律认知的一面，而另一面是"变化—惊奇"，这是对位法的真正效应。这一点哈特曼并没有认识到，其根源恐怕在于他漠视传统诗律学的复现结构，因此与其"对位"、对比的节奏因素如何生效也无从谈起。正如富塞尔所言，要认识"变"的因素，首先得参照不变的、重复的因素。差异性是从同一性中对比出来的，如果"对位"的两者都是不断变化的一团乱麻，"对位法"就无从谈起了。

总的来看，哈特曼的韵律认知强调的是对"节奏"的体验和注意力的生成，他关注的焦点是诗行和语法等层面对于节奏的影响。而我们的"韵律"定义强调的是语言的结构特征以及它对认知的"塑形"，关注的重心是复现性的韵律结构与差异性因素的作用。在我们看来，哈特曼定义的"韵律"改名为"节奏感"或者"节奏自觉"（rhythmical awareness）则更恰切。虽然"节奏"是所有语言都拥有的特征，但并不是任何语言都能引起我们对其节奏的"注意"，我们定义的"韵律"，其实在效果上也可以带来这种"节奏意识"。但是，通过上文分析可以看到，仅仅依靠分行和语法的操控，这样造成的"节奏感"很可能是很微弱的。当然，我们所定义的"韵律"涵盖的种种复现性的结构，并不能囊括所有能够引起"节奏意识"的手段，但它们依然是这些手段中最基本、最重要的一类，而其中"格律"又是这一类手段中最鲜明、最具分享性的一种，而且是一种"约定俗成"，无怪乎人们经常将"格律"与"韵律""节奏"混淆在一起。

从现在来看，过去中国的诗律学研究的一个核心症结就是将这三个层次的节奏概念混为一谈，从而造成了概念混乱、问题指向不明、"牛头对马嘴"等诸多问题和误解：比如以为提倡外在的节奏，即在提倡格律，以为废除格律，就是不再讲究诗歌的节奏；再比如一谈诗歌的韵律，即以为是在主张字数的整齐和押韵。这种种迷思的根源在于，人们习惯于把一个层次丰富、性质多样的节奏与声响体系简化为一个单一的、同质性的概念，强求一致，让"牛头"一定得对上"马嘴"。当我们从这种同质化的认知体系中解放出来时，就会意识到，在新诗中，尤其是自由体新诗中，包含着丰富的诗律学问题，待人求索。在当下诗坛基本已经摒弃格律的语境下，诗律学继续沉迷于为新诗臆想种种"格律"是不合时宜的。摆在面前的问题是，自由诗的"韵律"的构成机制是怎样的？它与更基本的"节奏"的关系又是怎样的？声音安排与句法的关系如何认识，书面形式（分行、标点、空格等）与节奏的关系又如何分析？而在这些问题上，哈特曼的分析即便不是定论，也是极有启发性的。

总的来看，节奏问题纷繁复杂，要给它作一个单一而又面面俱到的"定义"，以此构建一个同质性的理论体系几乎是不可能的，也是没必要的。现在来看，诗歌的节奏是"一群"现象，而不是"一个"现象。法国哲学家保罗·利科在面对关于"隐喻"的种种研究路径和定义时，也面临着类似的难题。他辨析两千余年来各种"隐喻"定义，区分了"名义定义"和"现实定义"两种定义角度："名义上的定义使我们能够辨认某事物，现实定义则表明它是如何产生的。"[1] 利科出色地分析了各种定义之间的内在联系，于是，很多因为角度、立场不同导致的争议和疑题也就迎刃而解。这种阐释路径给笔者的分析带来了启发，节奏、韵律的定义和本质问题的复杂程度较之"隐喻"有过之而无不及。我们对韵律的定义与哈特曼相比，不仅角度和强调重心不同，而且定义的方式不同：我们的定义更接近于"名义定义"，侧重于韵律的结构特征的辨认；而哈特曼的定义（及分析路径）则更接近于"现实定义"——注重节奏意识这种现象是如何产生的，如何在认知-心理上运作，等等。关于韵律、节奏的定义，几乎每个诗律学家都不一样，更不要说不同文化中的学者了。在我们看来，诗歌韵律研究者不仅需要给出一个自圆其说的、有可分析性的理论体系，而且更需要对自身的特色、角度以及不足有清醒的认识，能够将不同的角度相互联系（如保罗·利科那样），这样才能将诗律学从一种"各执己见"的分歧状态中

---

[1] 保罗·利科：《活的隐喻》，汪堂家译，上海：上海译文出版社，2004年，第88页。

拉出来。研究韵律可谓"盲人摸象",往往各有所得,亦各有所失,如能"盲人"之间能相互补足所得、认识所失,离真"象"就近了一步。

第二编 呼唤新的理论范式

自由诗的韵律给我们的启发是,要不断地回到诗歌本身中去,回到诗歌的真实性与具体性中去,思索韵律与意义的复杂关联。

第一章　"格律"与"韵律"的区别以及"非格律韵律"

在中国现当代诗律学与诗学论述中，一直有一个根深蒂固的理解——在我们看来也是一种误解——认为"格律"与"韵律"（节奏）是同一的。在不少诗人、学者眼里，它们甚至与"形式"也是同一的。这种混淆从表面来看是一个概念定义的问题，但背后隐藏着一个深刻的认识误区，即把固定的、周期性的格律当作韵律的全部形态，甚至当作诗歌之形式本身。值得注意的是，闻一多、郑振铎、林庚、戴望舒等人虽然关于"格律""自由诗"的问题见解各有不同，甚至相互对立，却不约而同地持有这种韵律认知体系，这里面的原因究竟是什么？细读现当代诗论，我们发现"格律＝韵律＝形式"这一等式让很多立场各异的诗人、学者都不约而同地陷入一个误区之中。大部分学者误以为没有"格律"的自由诗即没有"韵律"（至少没有外在的韵律），与形式无涉。而另一部分试图为自由诗辩护的学者则反其道而行之，不仅认为自由诗有"韵律"或者"节奏"，甚至还申言自由诗也有"格律"，如此则"自由诗"又与"格律诗"无异了，这又导致新的概念混乱。这种情况一直到当下依然没有改变。

时至今日,自由诗无疑已经成为新诗写作的主体,那种把自由诗继续排斥在诗律学关注的范围之外的做法现在看来问题重重,这不仅意味着坚持对"韵律"本身的偏狭理解,也意味着封闭诗律学本身的一种发展的可能性。虽然,中国现当代诗论关于"韵律""格律"以及"形式"的定义一直是争论迭出,各执一词;我们不打算,也不可能提供一种可以一劳永逸地消除争议的定义。但是,我们通过分析过去这些"韵律""格律"的定义和认知,重新思考它们究竟在定义什么,又无法定义什么,在那些过去无法定义的现象中探究"韵律"之本质,并为自由诗的韵律形式作一个初步的界定,即"非格律韵律"。如果不去重新审视和厘清"韵律""格律"以及"形式"这些基本的理论基点,重新认识"韵(律)"的起源与本质,对于自由诗的韵律认知便只能付之阙如,我们对当代新诗的韵律现状以及整个文体的理解也会产生偏差。

一、重探"韵(律)"的本质:同一性与差异性

在讨论新诗的"韵律"之前,我们需要简要地回顾一下,"韵律"的来源和本质是什么,在古典诗学中,"韵"到底在何种意义上构成一条文体划分的边界?这些问题的厘清对于我们重新认知新诗的"韵律"是一个重要的前提。过去所理解的"韵律"大体离不开"押韵",而且经常被当作诗歌与散文之间的一个分界线。早在魏晋,就有所谓"文笔之辨",《文心雕龙·总术》言:"今之常言,有文有

笔,以为无韵者笔也,有韵者文也。"[1] 刘勰提到当时的一般看法是把"韵"理解为"文"与"笔"的区别,这是后来所谓"韵文"与"散文"之分别的先声。不过他对此提出了疑问,认为"笔"只是"言"(口语)之书面化表达。问题集中在:刘勰所谓的"韵"指的到底是什么?因为我们都知道,当时被当作"文"的很多体裁其实并不怎么押韵,比如《文选》所选之"文",包括部分赋、论、序、述等,尤其是骈体文字,其实基本不押韵,这作何解释呢?清末的阮元在其《文韵说》中认为"韵"之所指并不限于韵脚:"梁时恒言所谓韵者,固指押脚韵,亦兼谓章句中之音韵,即古人所言之宫羽,今人所言之平仄也。""是以声韵流变而成四六,亦只论章句中之平仄,不复有押脚韵也,四六乃有韵文之极致,不得谓之为无韵之文也。昭明所选不押韵脚之文,本皆奇偶相生有声音者,所谓韵也。"[2] 阮元这里触及的其实是广义的"韵"或者"韵律"概念的问题,在他看来,不押韵的骈文是"韵文"之极致;他还提到其实在沈约那里,"韵"就有兼指声律的用法。[3]

阮氏的看法又在清末民初引发了一波有关骈散之争的讨论,刘师培、黄侃、章太炎等均对此有所申说,其中各家对于"文""笔"以及"韵"的定义和认识亦有区别,有

---

[1] 刘勰:《文心雕龙注》,范文澜注,北京:人民文学出版社,1962年,第655页。
[2] 阮元:《揅经室集》,邓经元点校,北京:中华书局,1993年,第1064—1065页。
[3] 阮元:《揅经室集》,邓经元点校,北京:中华书局,1993年,第1064页。

学者已经阐述,此不详论。[1] 阮氏之说的一个明显问题是,平仄对仗乃齐梁后起之说,用来绳齐梁之前之"文"显然不妥,包括赋在内的许多"文"体都难以涵盖在他所谓"文"的范围内。刘师培的看法是:"偶语韵词谓之文,凡非偶语韵词,概谓之笔。盖文以韵词为主,无韵而偶,亦得称文。"[2] 他指出凡是"偶语"(排偶或对偶)便可称"文",但是"偶语"又与"韵"有什么关系呢?刘师培没有回答这个问题,而且后期他似乎又回到较为保守的看法上去了,即刘勰所谓"韵"专指韵脚,这样骈文又只能归入"笔"的范畴,整个学说显得颇为龃龉。[3] 在笔者看来,其实这些问题看似互不相关,实则有内在的统一性。《文心雕龙·声律》有一句颇有意味的话:"异音相从谓之和,同声相应谓之韵。韵气一定,故余声易遣;和体抑扬,故遗响难契。"[4] 刘勰这里的"韵"与"和"显然是一组相对相成的概念,如果这里的"韵"专指押韵,那所谓"和体抑扬"与接着的"选和至难"就不好与"韵"放在一起解释了,不同声音之间的"和"又能与押韵扯上多大关系呢?实际上,英国哲学家怀特海倒是有一句话与刘勰的观点可以相互阐发:"韵律的本质在于同一性和差异性的融合……

---

1 成玮:《"韵"字重释与文学观念的流转——六朝文笔之辨在晚清民国》,《文学评论》,2019年第5期。
2 刘师培:《刘申叔遗书补遗》,万仕国辑校,扬州:广陵书社,2008年,第1309页。
3 成玮:《"韵"字重释与文学观念的流转——六朝文笔之辨在晚清民国》,《文学评论》,2019年第5期。
4 刘勰:《文心雕龙注》,范文澜注,北京:人民文学出版社,1962年,第553页。

单纯的重复和单纯的不同事物的混合一样，都会扼杀韵律。一个晶体是没有韵律的，因为它有太多的模式（pattern）；而一片雾同样是没有韵律的，因为它的细节部分的混合并没有模式。"[1] 怀特海认识到韵律的关键是同一性与差异性之间的结合，这与《文心雕龙》所言不谋而合。刘勰所谓的"韵"可以理解为语言中的同一性因素的契合，而"和"则可以指语言中差异性因素的参与，两者的关系与音乐中的和声（harmony）、对位（counterpoint）的关系类似。因此，"韵"之所指显然不仅包括押尾韵（其本质无非是句尾音节的同一，只是"同音"的形式之一而已），也可以指双声叠韵（而刘勰恰好在谈"和""韵"之前就谈到了双声叠韵）。我们甚至还可以从刘勰所认知到的原则进一步引申出广义的"韵"之含义，即包括其他一切声响上的同一性机制，比如偶句、排比、复沓等，而这种普遍的同一性原则，与差异性因素结合在一起（"奇偶相生"是对此原则的部分认知），便是我们现在所谓"韵律"的核心。

这里特别要提到的就是"偶句"与"韵（律）"的关系问题，因为"偶句"涉及的不仅仅是——或者主要不是——声音问题，更多的是意义与句法逻辑问题。偶句在楚辞和汉赋之中就非常普遍，它要求句式相同，比如"魂逾佚而不反兮，形枯槁而独居。言我朝往而暮来兮，饮食乐而忘人。心慊移而不省故兮，交得意而相亲"。（司马相

---

[1] Alfred North Whitehead, *An Enquiry Concerning the Principles of Natural Knowledge*, Cambridge: Cambridge University Press, 1919, p.198.

如《长门赋》)[1]"……而……兮，……而……"这种句式的反复使用，带来节奏感上的同一性。其次，偶句往往也要求词语之间能够成"对"，比如"绿水"对"蓝山"，是自然意象对自然意象，颜色对颜色；"惊鸿"对"游龙"也是如此，动物对动物。概言之，能够"相对"成偶的词语意象，必然要求他们属于同一个范畴，对偶暗含着一种高度同一性的认知机制。在传统汉语文学这种对对称性的强烈的渴求背后，是一种将万事万物视为一个有韵律、有节奏之整体的世界意识，即一种有机的同一性世界的意识，而这正是推动具体的诗律形成的动力。关于偶语与声律的关系，朱光潜观察到，讲求意义的排偶在讲求声音的对仗之前，"我们可以推测声音的对仗实以意义的排偶为模范。辞赋家先在意义排偶中见出前后对称的原则，然后才把它推行到声音方面去"[2]。声音对仗是否直接源于意义排偶或可商榷，但两者都是对称原则的体现是显而易见的，而对称，无非是同一性原则的一种变体，或者说，是加入了少许差异性的同一性。也正是如此，偶句才可以成为"韵律"的成分，而且是非常重要的成分。到了律诗中，则既讲意义对偶又讲声音对仗，成为汉语声律发展到巅峰的标志之一。

如果我们放宽视野，不难发现以同一性为基础的韵律原则（或者按刘勰的术语称为"韵气"）在汉语文学之中是无孔不入的。有时它并不明显，所以只能以"藻采"这种模糊的形容词来概括。比如诸葛亮《出师表》："然侍卫之

---

[1] （南朝梁）萧统编：《文选》，李善注，上海：上海古籍出版社，1986年，第713页。
[2] 朱光潜：《诗论》，北京：北京出版社，2005年，第251页。

臣不懈于内，忠志之士亡身于外者，盖追先帝之殊遇，欲报之于陛下也。"[1] 这里虽不押韵，但也有同一性原则的支配：两两对举，言"内"之后必言"外"，说完"先帝"必言"陛下"，"侍卫之臣"与"忠志之士"也相对。因此，可以说宽泛意义上的"偶语"几乎是充盈整个汉语文章体式的"韵律结构"，不仅造成语言内在的对称感与平衡感，也是文章气势的来源。当然，写作中更突出的问题主要不在于让语言成"偶"（这只是入门技巧），而更多的是如何在高度同一性的语言中运用得游刃有余，而且能在细微的差异性对比转换中发出弦外之音，显出匠心之独到。当然，"有韵（律）"与"无韵（律）"之间的区别并不是那么绝对。比如《管子》中的"仓廪实则知礼节，衣食足则知荣辱"就是典型的偶句，而这样的句子在史书、诸子著述中也不少见。因此，"有韵"与"无韵"在各体文字中只有程度上的区别，并没有绝对的"有"与"无"的泾渭之别，因此要硬性地给"文"与"笔"或者"诗歌"与"散文"之间划出一条截然的界限是不可能的，也无必要，两者之间应该是一个渐变的五色光谱，存在多样的组合和中间地带。

我们更应该思考的是，这种高密度的同一性原则在汉语文学中的渗透意味着什么。从现在的视角来看，"五四"以来的新诗革命所针对的首先便是这种高度同一性的韵律体系。胡适最为激烈地反对的两种体裁——律诗与骈

---

[1] （南朝梁）萧统编：《文选》，李善注，上海：上海古籍出版社，1986年，第1671页。

第一章　"格律"与"韵律"的区别以及"非格律韵律"　　217

文——恰好是这个庞大体系顶端的两个标志,也是最具同一性的两种文体,而且两者都讲求对偶和声响上的整一。对于胡适而言,最为迫切的是让逻辑关系明确的现代语言用文学的方式"催生"出来,而传统文学中那种普遍性的对称和韵律原则显然对一门现代语言是极大的束缚。他优先考虑的显然是如何让现代汉语在诗歌写作中"立足",而不是建设诗歌的韵律形式。[1] 新文学运动的另一先锋钱玄同在其为胡适《尝试集》写的序言中说,败坏白话文章的"文妖"有二:一是六朝骈文,因其"满纸堆砌词藻……删割他人的名号去就他文章的骈偶"[2]。他注意到为了实现"骈偶"往往意味着堆砌词藻,而且为了实现整一的节奏感(它要求词语"时长"的相同或者对称),必须要对语词进行缩减或者扩展。二是宋以降的"古文",因其只会学前人的"句调间架","无论作什么文章,都有一定的腔调"[3]。这实际上也是因为过于重视模式而导致节奏僵化,所以钱玄同言其病在"卖弄他那些可笑的义法,无谓的格律"[4]。连本来以"说理"为要务的"古文"都变成以"格律"为准绳,这恐怕是一个非常严重的问题。这个问题也体现在"八股文"上,因为所谓"八股",无非就是八组对偶,在

---

[1] 参见本书第一编第一章。
[2] 钱玄同:《〈尝试集〉序》,收入胡适《尝试集》,合肥:安徽教育出版社,2006年,第4页。
[3] 钱玄同:《〈尝试集〉序》,收入胡适《尝试集》,合肥:安徽教育出版社,2006年,第4页。
[4] 钱玄同:《〈尝试集〉序》,收入胡适《尝试集》,合肥:安徽教育出版社,2006年,第5页。

朱自清看来,"但它的格律,却是从'四六'演化的"[1]。这同样也是一种过度追求韵律的结果。钱所谓中国文章之"文妖化"若以一个中性的名词来说,其实就是"韵律化",即对称同一原则在各式文体中的普遍、强有力的渗透,这个趋势在汉代以后是非常明显的。它当然是中国文学的一个非常重要的特点,但这一特点不是没有代价的,它经常与逻辑思维的构建冲突,也会妨碍长篇叙述的展开。"五四"一代人的观点虽然现在看起来颇为激进偏颇,但是他们对传统诗文的痼疾有着非常深刻的感知,否则他们的变革措施不会直击传统文学的要害,也不会产生长久的影响。胡适等人的新诗革命把押韵、对仗,乃至句子的整齐等传统诗学的支柱逐一推倒了,较为激进地走向了一条逃离同一性的道路,这也给新诗这个文体带来深刻的内在危机,当然,重建的努力也不断地出现。

二、"格律""韵律"不分:现代诗律学的困境

在中国现代诗论中,"格律""韵律"以及"形式"的相互混淆在"五四"前后就出现了,这不仅在很大程度上遮蔽了前文所述的"韵律"的本质,也给新诗韵律的创作和理论探讨带来很大的困扰。比如最早试验新诗"格律"的诗人闻一多,就曾在其著名的《诗的格律》一文中说:"格律在这里是 form 的意思。'格律'两个字最近含着一点坏的意思;但是直译 form 为形体或格式也不妥当。并且我

---

[1] 朱自清:《经典常谈》,上海:上海古籍出版社,1999 年,第 108 页。

们若是想起 form 和节奏是一种东西，便觉得 form 译作格律是没有什么不妥的了。"[1] 闻一多觉得"没有什么不妥"的概念定义，现在看来却颇为不妥。"form"在现在一般译为"形式"，为什么闻一多别出心裁地将其"译"为"格律"呢？细读全文，可以发现闻一多把"节奏""格律"和"form"看作同一个概念，"上文讲了格律就是 form"，"上文又讲了格律就是节奏"。[2] "form"在闻一多眼里等同于"格律"和"节奏"，是因为在他看来，没有格律或者节奏，就谈不上有形式，甚至不能算是"诗"："因为世上只有节奏比较简单的散文，决不能有没有节奏的诗。本来诗一向就没有脱离过格律或节奏。这是没有人怀疑过的天经地义。"[3] 可见，闻一多提倡"格律"，并不仅仅是为新诗提供一种写法那么简单，而是要重设诗歌的发展方向，因为在他看来，没有"格律"或节奏的诗歌，根本就不算诗，而且这是"天经地义"的。众所周知，在闻一多提倡"格律"之前，新诗的开创者胡适已经提出新诗的节奏是一种"自然的音节"[4]，随即诗人郭沫若也提出新诗的韵律是"内在韵律"[5]，两者的观点虽然不同，但是两者都提倡自由诗，反对格律。而闻一多直接将形式、节奏都等同于"格律"，

---

[1] 闻一多：《诗的格律》，原载《晨报副刊·诗镌》7 号，1926 年 5 月 13 日，收入《闻一多全集》，第 2 册，武汉：湖北人民出版社，1993 年，第 137 页。
[2] 同上，第 140 页。
[3] 同上。
[4] 胡适：《谈新诗——八年来一件大事》，原载《星期评论》"双十节纪念号"，1919 年 10 月 10 日。
[5] 郭沫若：《论诗三札》，原载《时事新报·学灯》1921 年 1 月 15 日、1920 年 2 月 1 日、1920 年 2 月 24 日，收入《文艺论集》，北京：人民文学出版社，1979 年。

自然也就否定了"格律"之外的形式或者节奏的可能性，也直接将"自由诗"逐出诗国了。可见，概念定义争论的背后隐藏着关于新诗的发展方向和新诗之合法性的争执，不可不辩。那么，我们要提出的第一个问题就是："诗歌是不是必须有格律，韵律与格律是否是同一个事物？是否存在没有格律却有节奏（韵律）的诗歌？"

将节奏（或韵律）与"格律"等同视之的并非只有闻一多一人，也不仅限于和闻一多一样提倡"格律"的新月同道，这种情况在现当代诗论中甚至相当普遍，只是有时明显，有时隐晦而难以察觉而已。郑振铎并不提倡格律，而是与胡适等人一样，主张"自由诗"或者"散文诗"，且看他对格律问题的辩驳："即以古代而论，诗也不一定用韵。'日出而作，日入而息，凿井而饮，耕田而食，帝力于我何有哉'的歌与各国古代的诗歌，都是没有固定的Rhythm。没有固定的'平仄'或Metre的。"[1] 郑振铎这里提到一个重要的事实，即格律并非从来就有，古代就有不少没有格律的诗歌（这一点后文详论）。郑振铎这里所谓的"韵"，并不专指韵脚，而是"包括Metre与Rhythm"[2]，即包括格律与韵律。在此文中，郑振铎屡屡反驳"非韵不为诗"的观点，力证"自由诗"也可以为诗，因为"诗的要素，在于诗的情绪和想象的有无，而决不在韵的有无"。[3]

虽然郑振铎与闻一多观点相左，其立论的基点却有相

---

[1] 郑振铎：《论散文诗》，原载《文学旬刊》24号，1922年1月1日，收入《郑振铎选集》，第二册，福州：福建人民出版社，1984年，第1091页。
[2] 同上，第1093页。
[3] 同上，第1095页。

似之处,即古代的"歌"和现当代的自由诗是没有"韵"(韵律和格律)的。但是,若细读郑振铎上文引述的那首"歌":"日出而作,日入而息,凿井而饮,耕田而食,帝力于我何有哉"(《击壤歌》)这首"歌"确实不押韵,也不调平仄,固然谈不上有何"格律"可言,但是它们果然如郑振铎所言的没有"节奏"(rhythm)吗?狭义的节奏(或称"韵律")一般指某些语言元素在诗句中有规律的重复(参见本章上节),以之为准绳细看《击壤歌》,可以发现它不仅具有节奏或者韵律,还颇有特色:前四句不但字数、顿逗完全一致(均为"2+2"形式),而且句式一样("……而……"),在这一意义上可称为排比。另外,"日出"与"日入"、"作"与"息"、"饮"与"食"、"耕田"与"凿井",均为对偶,而末句又出之以变化,在整饬的节奏上加入灵活的因素,因此这几句"歌"读之朗朗上口,节奏有力,完全符合 rhythm 的定义。可见,郑振铎也无意中犯了和闻一多一样的错误,把韵律、节奏等同于格律,因此作出了各国古代的歌没有韵律的错误判断。

"格律""韵律""节奏"不分的情况并非现当代中国诗论所独有,在英语诗论中也屡见不鲜,尤其是在自由诗与格律诗论辩最为激烈的二十世纪上半期。而这背后自有根源,比如华纳(H. E. Warner)在 1916 年说:"韵律(rhythm)无疑是诗歌的基本成分,但是,就诗歌而言,韵律与格律是同一的;在我看来,它们都等同于音乐中的时间。"[1] 另一位论者艾肯(Conrad Aiken)在 1918 年的一篇

---

1 H. E. Warner,"Poetry as a Spoken Art." *Dial*, 62 (May3, 1917), p. 386.

文章中则把自由诗称为"没有韵律的诗"(verse without rhythm)[1]，这种论断与闻一多、郑振铎几乎如出一辙。他之所以认定自由诗是没有韵律的，根源在于其所谓"韵律"实则专指"格律"。实际上，一直到今日，还有不少词典把韵律、节奏（rhythm）等同于格律（meter）来定义。细细想来，在自由诗大行其道之前，格律诗确实占据了人们的韵律体验和诗歌认知的大部分，这一点，无论是英语、法语、德语还是汉语诗歌都是如此。虽然格律诗并非在诗歌诞生时就已形成，但是在上述这些诗歌体系中，格律诗歌确实风行了少则几百年，多则千余年。因此，将"韵律"等同于"格律"甚至诗歌的形式本身也情有可原。这就像在近代之前，中国人习惯性地将中国以及周边地带称为"天下"一样，原因在于不知"天"外有"天"。

但是，西方诗歌自十九世纪后期以来，格律体系渐趋瓦解，以自由诗为主的诗歌大家不断涌现，而中国诗歌自胡适等人发起新诗革命以来，也摒弃了传统的格律，驶入了一片诗歌的新天地。然而，直至今日，人们的韵律意识与认识体系并没有随着诗歌的变革同步发展，在新的诗歌现实面前颇为无所适从。如果说有什么在现当代诗论之"格律""韵律""形式"不分的混乱状况中付出了代价的话，那么无疑是自由诗和关于自由诗的诗学认识。一方面，这种混淆让很多诗人、学者认为，若要让"诗"之所以为"诗"，若要使诗歌具有韵律，就非走格律一途不可。比如

---

[1] Conrad Aiken, "The Function of Rhythm." *Dial*, 65 (Nov. 16, 1918), p. 418.

大力宣扬"新格律诗"的诗人林庚，就认为："自由诗在今日纵是如何重要，韵律的诗也必须要有起来的一天。"[1] 林庚实际上直接将自由诗当作"没有韵律的诗"，而并不考虑有无这种可能，即有韵律的自由诗。实际上，林庚所谓的"韵律"，实际上还是指格律，其首要条件是整齐（或者"均齐"），这一点与闻一多一样。林庚说："我每读到唐人的好诗，就常觉得自由诗里好像还缺点什么，而我的诗也就愈整齐。"[2] 实际上，无论是新月派的闻一多、饶孟侃、朱湘，还是三四十年代的林庚、吴兴华，或是五十年代的何其芳、孙大雨等，他们的"格律诗"试验均以整齐或者均齐为目标。[3] 直至今日，整齐依然被很多学者当作韵律甚至整个诗歌的必要条件。当代学者冯胜利在其《汉语韵律诗体学论稿》中认为："齐整律是诗歌之所以为诗歌的首要原则；诗之不齐不为诗，因此这里的原则可以概括所有的诗。"[4] 然而，我们想就此提出第二个问题：韵律的必要条件是否一定是整齐（或均齐）？是否存在不以整齐为组织原则的韵律？

另一方面，虽然"自然的音节"论、"内在韵律"说都一定程度上抵消了这种诗必格律的倾向，但是并没有从根本上解决问题，前者认为新诗的节奏只在语气、措辞之自然，后者则认为节奏在于内在的情绪之波动，显然，两者都有意无意地把自由诗当作一种不需要形式，没有外在的

---

[1] 林庚：《问路集》，北京：北京大学出版社，1984年，第169—170页。
[2] 同上，第222页。
[3] 关于闻一多、林庚、孙大雨等所试验之"新格律"，参见本书第一编。
[4] 冯胜利：《汉语韵律诗体学论稿》，北京：商务印书馆，2015年，第40页。

声韵之规律性的文体,这样也就无法化解"自由诗"所遭遇的合法性危机,甚至无意中加剧了这种危机。而且,很多反对格律、提倡自由诗的论者也同样接受了闻一多、林庚等人的韵律认知体系,以为自由诗就是没有外在形式、韵律的诗,只需讲求情感与想象即可为"诗"。例如,与林庚展开论战的诗人戴望舒,就不仅反对"韵和整齐的字句",还提出一个更为极端的推论:"诗不能借重音乐,它应该去了音乐的成分。"[1] 这是颇令人困惑的,戴望舒本人的《雨巷》不正是倚重音乐性而成功的吗?实际上,问题还出在前面所谈及的诗律学概念体系上,在戴望舒眼里,"韵律""形式"乃至"音乐"实际上指的还是格律,这从两组《诗论零札》的措辞中就可以看出来;[2] 而《雨巷》所包含的那种不固定、不整齐的非格律韵律,是不在其考虑范围之内的。正因为把格律当作韵律、形式的全部,戴望舒只能落入这样的立论之中:"诗的韵律不在字的抑扬顿挫上,而在诗情的抑扬顿挫上,即在诗情的程度上。"[3] 这就与郭沫若的"内在韵律"说几乎如出一辙了。可见"格律=韵律=形式"这一等式让很多立场各异的诗人、学者都不约而同地陷入一个误区之中,误以为自由诗与外在的韵律无关、与形式无涉,长期以来,自由诗的形式和韵律少有人问津。但是,时至今日,自由诗无疑已经成为新诗

---

[1] 戴望舒:《诗论零札》,收入《戴望舒诗全编》,杭州:浙江文艺出版社,1989年,第691页。

[2] 比如:"诗情是千变万化的,不是仅仅几套形式和韵律的制服所能衣蔽。"(戴望舒:《诗论零札》,《戴望舒诗全编》,第702页)

[3] 戴望舒:《诗论零札》,收入《戴望舒诗全编》,杭州:浙江文艺出版社,1989年,第691页。

写作的主体，而中国现当代诗学却对自由诗这一片诗律学上的"蛮荒之地"有点手足无措，应对乏策。那么，我们的最后一个问题是：自由诗究竟有无韵律可言？它的形式究竟有无可能形成韵律？

三、韵律的基础与自由诗的韵律

首先，来看上面提出的第一个问题："诗歌是不是必须有格律，节奏与格律是否是同一个事物？是否存在没有格律却有韵律的诗歌？"我想答案是显明的：格律本身就是诗歌发展的一个阶段，并非自诗歌诞生伊始就形成了"格律"（如果我们不将其与"韵律"概念混淆的话）。实际上，正如前面郑振铎注意到的那样，古代的歌是没有格律的。实际上，《诗经》《楚辞》及赋中的很多作品以至于宋词都不太整齐，但是依然有明显的韵律和节奏感。这是为什么呢？试看几个例子：

坎坎伐檀兮，置之河之干兮。河水清且涟猗。不稼不穑，胡取禾三百廛兮？不狩不猎，胡瞻尔庭有县貆兮？彼君子兮，不素餐兮！

坎坎伐辐兮，置之河之侧兮。河水清且直猗。不稼不穑，胡取禾三百亿兮？不狩不猎，胡瞻尔庭有县特兮？彼君子兮，不素食兮！

——《诗经·魏风·伐檀》

其形也，翩若惊鸿，婉若游龙。荣曜秋菊，

华茂春松。髣髴兮若轻云之蔽月，飘飖兮若流风之回雪。远而望之，皎若太阳升朝霞；迫而察之，灼若芙蕖出渌波。

——曹植《洛神赋》

表面上看来，上面这些诗句并不整齐，每句字数长短不一，从三言到八言都有，既不符合"齐整律"，也不算一般所谓的"格律诗"（关于"格律诗"定义的讨论详见下文）。这样的诗句依然有明显的韵律感，这是因为这些诗歌的韵律并不在于整齐，而在于重复与对称。虽然整齐也是一种重复的形式，但重复的形式并不仅限于整齐，上面这些诗歌的重复就是不整齐的。比如上引《洛神赋》中的句子，有三言、四言、七言、九言等各种长度，其节奏与组织原则其实是靠对偶实现的，比如"惊鸿"对"游龙"，"秋菊"对"春松"等，"髣髴"不仅拥有相同的形旁，还是双声关系，"飘飖"则是叠韵，形旁也相同，两组词也构成一种奇特的对偶关系。还有"远而望之"与"迫而察之"这样的句式叠用，都是其节奏感与韵律之"同一性"的构成因素。《伐檀》不仅大量使用重复的字词（如"坎坎""不稼不穑""不狩不猎"等），以及字音的重复，即押韵（如首节的"檀""干""廛""瞻""貆""餐"），还有句式的重复（如"不……不……，胡……"句式）。更重要的是，这首诗的诗节与诗节之间，在句式、结构、措辞上都是重复的，这与英语民谣常用的"反复回增法"（incremental repetition）极为相似。种种重复并辅以适当的变化，自然可以形成一种朴实而明快的节奏。《诗经》中这种以重复为基本结构构建的形式,带有典型的"前格律"阶段诗歌的特征。[1]

实际上,不仅句式、意象的重复或对称可以造成韵律,就是单个字词的密集重复出现同样也能带来很强的韵律感,比如:"秦人不暇自哀,而后人哀之;后人哀之而不鉴之,亦使后人而复哀后人也。"(杜牧《阿房宫赋》),这几句赋句式长短不一,却节奏感十足,有余音袅袅之韵致。其关键在于作者反复使用了"哀""之""后人"等字词,这不仅带来了节奏,而且令关切之意、痛切之情溢于言表。当代诗人多多也非常善于使用这种手法:"在曾经/ 是人的位置上忍受着他人/ 也是人"(《忍受着》);"一种酷似人而又被人所唾弃的/像人的阴影/被人走过"(《我始终欣喜有一道光在黑夜里》)。这样,不仅诗句具有了很强的韵律,一些极为平常的字眼(如"人")在诗人笔下也变得意涵极为丰富了,可谓是"折腾语言"之杰作。

可见,韵律的存在与否在于重复与对称,而整齐与否根本无伤大雅。前文已考察,古人所谓"韵"的本质其实在于语言中的同一性,重复与对称,都可以视作同一性之体现。重复自不必说,对称(包括对仗、对偶等),也要求相"对"之物事具有同一性。因此,我们把"韵律"定义为语言元素在时间中有规律的重复,其规律性的基础是同一性。而整齐只是同一性的结构可能具有的形式之一而已,重复(同一性)也能以不整齐的方式出现,无论古今,都存在过很多不整齐的韵律形式,"格律"只是这些韵律形式固化和定型的结果而已。

---

[1] 另参见本书第一编第四章。

实际上，不独中国古代有很多格律之外的诗歌体式与韵律形式，很多别的古代文明的诗歌，也都存在过一个"前格律"的发展时期，也可以说是"自由诗"的历史时期，这些诗、乐不分的早期诗歌往往以简单的重复、排比为基础构建韵律。例如，早期希伯来诗歌的文本至今留存于《圣经·旧约》之中（如《诗篇》），读者不难发现它们大量使用重复（叠词叠句）、排比。有一个很有意思的现象是，无论是中国的还是西方的自由诗，在挣脱了格律之后，也大量使用排比、重复这些古老的节奏手法。这恐怕是因为在每种语言中，可供使用的韵律建构方式总是有限的，若不用格律，则必用那些非格律的韵律手法。现代英语自由诗的开创者惠特曼，在其诗歌中就大量使用排比、重复，如其名作《自我之歌》（"Song of Myself"）：

1 I celebrate myself, and sing myself,

2 And what I shall assume you shall assume,

3 For every atom belonging to me as good belongs to you.

4 I loafe and invite my soul,

5 I lean and loafe at my ease observing a spear of summer grass.

6 My tongue, every atom of my blood, form'd from this soil, this air,

7 Born here of parents born from parents the

same, and their parents the same,

  ... [1]

（行前序号与句中下划线、着重号均为笔者所加）

  这里作者不仅大量使用排比（比如 1、4、5 行均为"I ..."句式），也频繁地使用叠词叠句（比如第 1、2、3、7 行下划线标示的词语）；另外，值得注意的是，惠特曼还经常使用古英语中流行的"头韵体"（alliteration，即同一辅音在词语的开首处或重读处较为密集的重现），例如 1、2、5、6 行着重点所标示的辅音，即"头韵"。总的来看，惠特曼的诗句虽然长短不一，也不押韵，但依然能形成气势如虹的响亮节奏，极具爆发力（explosive），也是自由诗节奏的典范。读者常将惠特曼的诗歌误以为是无韵律之诗，其实是一个极大的误会。

  实际上，在中国新诗的草创时期，就已经有在节奏上较为可观的自由诗作品。比如在诗体上受惠特曼影响很深的诗人郭沫若，在其《女神》中就已经很自如地运用自由诗的那些常用的韵律方式。如果说"五四"前后的"新诗"仿佛是刚解开裹脚布的"缠足"的话——被旧诗词的韵律束手束脚，半旧不新——那么郭沫若的早期诗歌节奏，就像"天足"一样奔跑自如了。不过，郭沫若诗歌的节奏虽然也有"爆发力"，但过于简单，词语的重复也过于简单，一味地排比堆砌，读多了难免乏味，在韵律上缺乏灵动感，

---

[1] Walt Whitman, *Leaves of Grass*, Philadelphia: Rees Welsh & Co. 1882, p. 29.

在心理上则难以突破读者之"心理预期",带来"审美疲劳"。相比之下,戴望舒与卞之琳的一些作品则较好地回避了这一缺点。与郭沫若的《天狗》相反,戴望舒的《雨巷》、卞之琳的《无题》(五首)、《断章》等诗作并不会将某一种节奏方式重复到让读者腻烦的地步,而是适时加以变化,在变化中又有所回应,因此形成了灵动的节奏,不显单调。实际上,对节奏之多样性、丰富性的追求,本来就是新诗诗体变革的初衷之一。胡适在其《〈尝试集〉自序》中解释为何要写长短不一的新诗时说:"第一,整齐划一的音节没有变化,实在无味;第二,没有自然的音节,不能跟着诗料而变化。"[1] 可以说,不整齐并不意味着没有韵律,在运用得当的情况下,不整齐的句式反而会增添韵律之丰富性与灵动感,这一点在赋、词这些诗体中都可以得到印证。来看台湾诗人周梦蝶《摆渡船上》的前两节:

负载着那么多那么多的鞋子
船啊,负载着那么多那么多
相向和背向的
三角形的梦。

摇荡着——深深地
流动着——隐隐地
人在船上,船在水上,水在无尽上

---

[1] 胡适:《〈尝试集〉自序》,收入《胡适研究资料》,陈金淦编,北京:十月文艺出版社,1989年,第402页。

第一章 "格律"与"韵律"的区别以及"非格律韵律"

无尽在，无尽在我刹那生灭的悲喜上。[1]

读者很容易就发现此诗充满了词语、句式、意象等方面的重复与对称，尽管句子并不均齐也不押韵，却依然有着明显的韵律和节奏感。首节连用四个"那么多"，并且把"相向"与"背向"相对，突出渡船之拥挤，隐喻人世之纷纷扰扰。这里尤其值得称道的是第二节，读者细读之下，可以发现作者似乎在模仿渡船摆渡的节奏与感受，前两行模仿的是摆渡时均齐的划桨之起落、顿歇，而后两行则是人坐在船中行船渡水时的感受，由近及远，由有限至无尽，而句子长度也随之拉长，恰好应合了这种节奏与感受。节奏模仿事物，本质上是模仿时间，而这首诗中的摆渡，本身就是一个时间的隐喻。节奏只是将这一隐喻、这一生命体验外化为一种恰当的形式而已。所以，放开形式的硬性约束之后，形式与内容（即胡适所谓的"诗料"）可以产生更为有机的、多样化的联系，而真正实现一种"个体化"的韵律。因此，新诗的诗体变革废除了旧诗的格律，这从本质上来说是为了增添更多的韵律上的可能性，增加作品自身韵律的个体性，而不是为了废除韵律本身。

四、格律与非格律韵律的联系和区别

在重新认识韵律的本质和表现形式之后，不难发现，自由诗并不意味着没有韵律、没有节奏，充其量我们只能

---

[1] 周梦蝶：《周梦蝶·世纪诗选》，台北：尔雅出版社，2000年，第26页。

说自由诗没有格律而已。很多论者往往被"自由诗"（free verse）这一名称的"自由"二字所误导，把"自由"当作"放任自由""自由无度"的意思，而认为自由诗是没有形式之诗。实际上，从自由诗诞生的缘由和它的现状来看，"自由诗"之"自由"应理解为不拘格律之自由，即从"格律"中"解放"（free of）出来的诗。为了避免"自由"二字带来的误解，现代英语诗论经常把自由诗称为"开放形式"（open forms），这个术语正是要说明自由诗也有形式，只是它的形式并不"固定"（fixed）而已。所以，自由诗应与"格律"相对立，而不应与"韵律"和节奏相对立。

那么，当我们把自由诗这种体裁纳入考虑之后，"格律"与"韵律"的关系究竟该如何理解呢？一方面，"格律"一词古已有之，含义极其丰富，它有"法律条令""法规"等义，又可以泛指诗、词、曲、赋等关于字数、对仗、押韵、平仄的规律和格式，有时又专指律诗中关于平仄、对仗、用韵的规律。[1] 另一方面，不少中国现当代诗论所谓的"格律"，其实已经是受西潮冲击后重新定义的"格律"，被当作英文"meter"的译名。西方的"meter"大都比较整齐（每行"格律诗"的音节数大致相同，或者重音数大致相同），因此现代诗人（如闻一多、孙大雨、林庚等）理解的"格律"大都比较均齐。而有的学者则依旧采用传统的"格律"定义，从后一定义出发，不独诗，连词、曲、赋也

---

[1] （唐）刘肃《大唐新语·孝行》："复雠礼法所许，杀人亦格律具存。"此处"格律"是法规之义；（唐）白居易《编集拙诗成一十五卷因题卷末戏赠元九李二十》诗云："每被老元偷格律，苦教短李伏歌行。"从上下文来看，此处"格律"所指并不限于律诗之规制。

第一章　"格律"与"韵律"的区别以及"非格律韵律"　　233

都具有"格律",它们也未必以均齐为原则。可见,由于参照系和下定义时考虑的对象不一样,不同的诗人、学者对于"格律"的定义可谓各执一词,并无统一的意见。"韵律"一词在中国古代较少被使用,一般被视作英文"rhythm"或"prosody"的译名,但是学界对"韵律"的定义和认知也是各持己见。各自定义尚且混乱,"格律"与"韵律"之关系就难免更加混乱了。这种状况给体系性的韵律理论建构带来极大的困难。

关于"格律""韵律"的定义问题,若从当代新诗诗体建设的角度看,考虑到新诗本身就是受中国与西方两个传统影响的产物,无论是自由诗还是所谓"新格律诗"的写作和理论,其实都或多或少受到了中西方文学、文化的影响;所以,不妨采取一种"比较诗学"的视野,把不同语言的诗歌都接纳进来,综合考虑"格律""韵律"究竟该如何定义。实际上,闻一多、朱光潜、郑振铎、王力等现当代诗论家在阐述这些问题时,多少已经暗含了比较诗学的视野,只是立场有所区别而已。对于"格律"而言,它作为一种"法式"的性质,从比较诗学的角度来定义、定位它也极为棘手。因为,某种具体的体式对于一种语言的诗歌是"格律",对于另一种语言的诗歌而言则变成了"自由诗"。所以,我们只能"约取"不同语言中主流的格律体式背后共通的性质,不能拘泥于具体的形式规范。考虑到"格"这个词本身既有"法式""量度"之义,"律"则有

"法"的含义，[1] 而英文"meter"有"计量器""量度"之义。所谓"格律诗"所选取的范围应是那些能够直接量度、形式规整且固定之作，至于那些特殊的体式则另当别论。"韵律"这个词中国古代并不常用，我们将其理解为"韵"的普遍规律（见上节），定义韵律的方式则正好与"格律"相反，考虑的是如何囊括尽可能多的韵律形式，以求得一个能够说明大部分的韵律形式的"公共"定义。

从前文对韵律之本质的认识和定义来看，"格律"其实也是"韵律"之一种，而且是一种极为特殊的类型。因为，"格律诗"中的顿逗之重复（五言、七言诗）、规则的押韵模式、轻重音的有序相隔（英语格律诗），都只是同一性的一种形式而已，其原理同样也是通过同一性带来韵律感。格律与非格律的韵律结构的区别在于，格律中那些语言元素的重复是固定的、周期性的，常常也是均齐的。结构主义语言学家雅各布森说："诗歌组织的实质在于周期性的复现。"[2] 现在看来，这个认识只对格律诗是有效的，对非格律的诗歌（包括自由诗）则是失效的，因为在后者中，语言元素虽有重复，但并不固定也不一定均齐，所以就谈不上"周期"。来看中英诗歌中各一首典型的格律诗：

  来是空言去绝踪，月斜楼上五更钟。 梦为远别啼难唤，书被催成墨未浓。

---

[1] 本局编辑部编：《辞海》（最新修订本），台北：中华书局，1981年，第2324页、1717页。

[2] 引自瓦·叶·哈利泽夫：《文学学导论》，周启超等译，北京：北京大学出版社，2006年，第326页。

蜡照半笼金翡翠，麝熏微度绣芙蓉。刘郎已恨蓬山远，更隔蓬山一万重。

——李商隐《无题》

To-morrow and to-morrow and to-morrow,
Creeps in this petty pace from day to day
To the last syllable of recorded time,
And all our yesterdays have lighted fools
The way to dusty death. Out, out, brief candle!
Life's but a walking shadow; a poor player,
That struts and frets his hour upon the stage
And then is heard no more: it is a tale
Told by an idiot, full of sound and fury,[1]

——莎士比亚 《麦克白》（Macbeth） 第五幕第五场

（句中下划线均为笔者所加）

上面这首中文诗歌的节奏之整饬是显而易见的，诗中的每一句都可以按这个方式分为三顿"来是｜空言｜去绝踪"，而且在每一联末尾都押韵，这也起到"标示"节奏进程的作用，再加上平仄的有规律的交替（尤其在第二、四、六字上最为在意），又更为鲜明地突出了节奏的顿逗段落。[2]

---

[1] William Shakespeare，*Macbeth*（*The Arden Shakespeare*），Kenneth Muir，ed. Cambridge, Massachusetts: Harvard University Press, 1953, pp. 159 - 160.

[2] 当然，即便没有平仄之有序安排，五言、七言诗（古体诗）的顿逗段落也比较明显，所以，若以比较诗学的角度来看，它们也可以算作"格律诗"。

可见，汉语"格律诗"节奏之规律性的基础是大体均齐的顿逗、断句。而上面这首英文诗看似不整齐，实际上在听觉上仍然是整齐的，这是英语诗歌中典型的抑扬格五音步（iambic pentameter），每行均含五个音步，每音步均由前轻后重两个音节组成（诗中标示下划线处即格律重音），所以读起来也能够形成均齐的抑扬顿挫，当然也有少数例外。

韵律的本质必须从时间的角度来认识，无论是自由诗的韵律还是格律诗的韵律都是如此。在我们看来，对于格律诗而言，均齐只是其形式外观的形态之一，而不是其本质。英语的格律诗从形式外观来看显然不太整齐，而中国的五言、七言诗的形式看起来似乎很"均齐"，实际上却未必。五言、七言诗行的后三字，无论我们把它们划分为一顿（或一个"音步"），还是划分为一顿半（一个半"音步"），即"2+1"的结构，它们终究与前面两字构成的一顿并不"均齐"。若要追求均齐，为何不改用六言呢？但事实是，能使顿逗完全"均齐""齐整"的六言、八言诗很少被诗人使用。可见，五言、七言诗的节奏的本质并不在于均齐，而在于同样的顿逗结构在时间中的反复出现，即每一行形成一个周期，而两行（一联）又形成一个更大的周期。

因此，格律诗的节奏的实质——从时间上来考量——是一种周期性的重复，[1] 也就是某些语言元素在一定的时间内会以相同、相近的方式重复出现。朱光潜说："节奏是声

---

[1] 实际上，在少数格律诗体中，诗歌的断行也可以是不整齐的，比如法语的"音节格律"（syllabic meter）并不一定要求每一行的音节数都一样，而是要求节与节之间以同样的方式重复各行的音节数。因此，其周期性是从节与节之间才能见出。英语诗人玛丽安·摩尔（Marianne Moore）也曾用此诗体创作。

音大致相等的时间段落里所产生的起伏。这大致相等的时间段落就是声音的单位,如中文诗的句读,英文诗的行与音步(foot),起伏可以在长短、高低、轻重三方面见出……"[1]这个定义看起来像是为一般意义上的"节奏"下的定义,实际上却只适合格律诗的节奏。因为"大致相等的时间段落里"也就意味着周期性的重复,如果断行、顿逗长短不一(比如说在自由诗中,或者古代的词、赋等体中),或者在不再注重轻重音的有序相隔的英语自由诗中(连"音步"也无从量度),那么"大致相等的时间段落"又从何说起呢?[2] 若将此定义放在上引惠特曼或者戴望舒、周梦蝶等人的自由诗上,"节奏"岂不是无从说起?而且,若没有周期性重复的节奏段落(如顿逗、断行),没有某些语言元素的均齐分布(如英语的轻重音、汉语的顿歇),"大致相等的时间段落"又是如何划分、辨认出来的?所以"大致相等的时间段落"实际上暗含着一个假设,就是语言元素的周期性复现。这一点,陈本益对"节奏"的认识则说得更为明确:"作为一种节奏,它必然包含上述两方面的因素,即一定的时间间隔和某种形式的反复。"[3] 实际上,这就与雅各布森的结论非常接近了,即"诗歌组织的实质在于周期性的复现"[4]。反过来说,也只有固定的、具备特定模式的运动才会形成"周期"。因此,在我们看来,上述

---

[1] 朱光潜:《诗论》,北京:北京出版社,2005年,第188页。
[2] 实际上,从诗律学来说,所谓顿、音步等单位,都是以时长(duration)为分析手段的,正是因为周期性的存在,"时长"这个分析手段才是有效的。
[3] 陈本益:《汉语诗歌的节奏》,台北:文津出版社,1994年,第5页。
[4] 引自瓦·叶·哈利泽夫:《文学学导论》,周启超等译,北京:北京大学出版社,2006年,第326页。

这些"节奏"或者"诗歌组织"的定义实际上针对的是"格律"。这一类"节奏"定义与我们的"韵律"定义有一个区别,即"周期性"。我们对"韵律"的分析同样也强调"复现",只是这种复现并不是固定的、周期性的而已。因此,与格律相对,可以定义、分辨出一种非格律的节奏方式,即非格律韵律(non-metrical prosody)。非格律韵律就是语言元素在时间中非周期性、不固定的重复,其规律性固然可以由重复形成,但是由于周期性的不复存在,其韵律变得不可预期,这是格律与非格律韵律的一点关键区别。

应该注意到,周期性的复现可以在读者心中造成一种可预期性,久而久之,在读者心中形成一个固定的节奏模型,这就是所谓的诗体(如五言、七言)。这些模型(格式)是相对固定的,甚至带有一定的强制性(可以在一定程度上凌越语言本身的规范)。读者注意到,上引英文诗中有的标明为重读的地方在日常语言中其实并非重读音(比如第二行"Creeps in",在日常语言中应重读的是"Creeps"而不是"in"),但是在所谓的"歌唱诵"的读法中,依然是按照格律所要求的来读。[1] 实际上这是中、英文格律都具有的特点,就是有时格律规范会违背语言的自然节奏和语法结构,它具有一定的强制性。所以,当格律的"模子"广为人知之后,也就是一种诗体广为流传之后,读者就可以"无师自通"地掌握诗歌的节奏,这也大大加强了节奏的可接受性。朱光潜认为,由于"节奏"具备一定的"模型"

---

[1] 朱光潜也曾讨论此一问题。详见朱光潜:《诗论》,北京:北京出版社,2005年,第162—163页。

(pattern),可以满足读者心理之"预期"(expectation)并节省"精力",因此能够带来"快感"。[1] 这是很恰当的见解,当然,正如前文所分析的,它其实针对的只是固定的、周期性的格律诗的节奏,而在旧诗中,也有不少诗句越出固定的模式而有一定的"自由"(参见本书第一编第三章)。至于自由诗的节奏,又得另当别论了。

相比之下,自由体诗歌中虽然也会有语言元素的重复,偶尔甚至有部分诗句也是"均齐"的(比如下文所分析的《一片芳草》),但是由于并没有固定的体式和"模型",也无法形成周期性的节奏规律,因此它的韵律的可交流性、可分享性就远远不如格律诗了。换言之,自由诗的韵律——即便有的话——也总是有待读者去"发现"的,而没有现成的模子、模型。这一点不仅对于普通读者,就是对于专业的研究者,也是一个难题。正如哈特曼所言,自由诗的开创者们所面临的基本问题就是难以将那些新的节奏组织原则变成一种可以为读者广泛接受、分享的"韵律"(prosody)。[2] 因此,很多自由诗即便有韵律,也往往让读者"无所适从",甚至"摸不着头脑",这在很大程度上是因为找不到和诗歌本身的韵律"对接"的方式,因为没有公共平台——固定的格律体式。因此,这种不可预期性在一定程度上也是自由诗韵律的一个缺陷。

既然自由诗的句子往往长短不一、节奏不齐,缺乏周期性与可预期性。那么,如何见出一首诗歌韵律安排的妙

---

[1] 朱光潜:《诗论》,北京:北京出版社,2005年,第151—153页。
[2] Charles O. Hartman, *Free Verse: An Essay on Prosody*, Evanston, IL.: Northwestern University Press, 1996, p.21.

处呢？否则，某些诗人对某些诗歌的韵律做苦心安排，读者却思考觉察不出，奈何？换言之，在新诗的"非格律韵律"中，作者与读者怎么样才能享有共同的认知基础，从而实现"交流"呢？这一点还是得从韵律与时间的关系角度来思索答案。在传统的格律诗中，节奏段落是大体整齐的；但新诗则不一样，语言元素在时间上的分布（甚至在每一行上）都是有差异的，那么，这也就意味着多元化的表达的手段和传达"意涵"的可能了。比如昌耀的《一片芳草》：

> 我们商定不触痛往事，
> 只作寒暄。　只赏芳草。
> 因此其余都是遗迹。
> 时光不再变作花粉。
> 飞蛾不必点燃烛泪。
> 无需阳关寻度。
> 没有饿马摇铃。
> 属于即刻
> 惟是一片芳草无穷碧。
> 其余都是故道。
> 其余都是乡井。[1]

这首诗充满了结构同一性的因素，比如词语、句式重复，意象或者词语的对称，因此虽然不押韵，诗行也不完全均

---

[1] 昌耀：《昌耀诗文总集》（增编版），北京：作家出版社，2010年，第453页。

齐，但是节奏依然如行云流水般优美。不过，这并非我们分析的重点。需要注意的是，除了第8—9行之外，这首诗歌其他部分都是在句末断行，而且大都是一个整句一行。第二行却包含两个整句，中间以句号停顿。其实按照习惯，完全可以写成"只作寒暄，只赏芳草"。为什么诗人在两个分句之间加了一个句号呢？这里面的节奏与时间之关系颇耐寻味。这首诗歌是两个有着不想再去"触痛"的"往事"的朋友（更可能是恋人）久别重逢后的体会。当两个有着种种无法言说之隐痛，而且分离已久的友人再度相见，两个人之间能说什么，能做什么呢？只好假作寒暄，只好假装欣赏芳草了，而在这两者之间是什么呢？是欲言又止的尴尬，是许久无言的沉默。无怪乎在"只作寒暄"之后，作者用了一个句号，句号表示的停顿远远比逗号或者顿号长，表示寒暄之后长久的沉默，可谓传神。[1] 尽管用逗号或者顿号也丝毫不损害这一行的意思（meaning），但是它们所暗示的意涵（signification）是完全不一样的，而这种意涵正是通过韵律之时间性来实现的。而第8—9行在断行上的处理也值得注意，此诗其他诗行都是在句末断行，为何唯独这两行却在句中分行（即跨行）呢？这两行前面所述种种，皆是虚幻缥缈之事，"时光不再变作花粉。/飞蛾不必点燃烛泪。……"但是把视野转回当下，属于两个人之间的此刻是什么呢？仅仅是片碧绿得令人忧郁的芳草。诗人写到"即刻"二字时，忽然停顿（换行）了，仿佛无语

---

[1] 昌耀诗歌经常使用行内的句号来达到这种缄默的效果，比如"我不语。但信沉默是一杯独富滋补的饮料"（《在古原骑车旅行》）；"一切平静。一切还会照样平静"（《极地民居》）。

凝噎。转到下一行,才说出这句长长的"惟是一片芳草无穷碧"。仿佛是将目光投向了远方的芳草,长长地叹了一口气,目光由近及远,令人想及生命有限,而时间与空间无穷,何其悲哀!可见,诗行在何处断行、在何处停顿,停顿多长,甚至诗行的长短,都与时间、节奏相关,换言之,都是时间的一种外化形式。因此,在运用得当的情况下,可以发挥出细腻微妙的韵律意涵。这一点,也正是诗行长短不一、节律参差不齐的新诗的优点。

现在,可以尝试回答本章第一节提出的三个问题了:如果将韵律与格律分辨开来,认知到格律其实只是韵律之一种,整齐并非韵律所必要之条件的话,那么就不难认识到,格律并非诗歌的必要条件,非格律的诗歌从古至今都存在,而且同样具有韵律;打破格律的自由诗不仅可以具备韵律,还具备了很多与格律有别的新的本质。当然,读者也意识到,我们对韵律本质的认识(以重复和同一性为重点)并不能普遍适用于所有的新诗。换言之,并不是任何一首新诗的任何诗行都毫无疑问地具有"韵律",韵律对于新诗而言只是一个可选项,而不是一个必备项。此外,在"韵律"之外,还有一个更广义的"节奏"概念,这一点后文再论。在我们看来,没有必要在理论上毫无选择地为任何新诗作出一个有韵律的保证,这样一种"和稀泥"的诗律学并不能给具体的新诗写作与分析带来多少帮助。我们的韵律定义力求立足于韵律共通的本质,并接纳那些已经实现的韵律事实。

自由诗丧失了格律这种固定的、周期性的法则与约束,这固然会使得其韵律的可预期性、可接受性受到一定的影响，但是，这也不完全意味着是一种缺陷。格律诗较为严苛的形式要求实际上多少阻碍了节奏与个人性情的相互生发，很难形成完全个体化的节奏方式。诗人、学者杨牧说："缺少真性情，懒得创新——一千四百年来恶例不胜枚举，他们全盘使用音韵规律作诗，遂觉得是有了诗的音乐性了，……诗的毁坏大致如此：当诗人心目中只有人为的四声原理，没有天籁之美，诗就坏了。"[1] 此言虽看似极端，但也不无道理。胡适等人发起的新诗诗体变革，其初衷就是要恢复诗歌韵律与个人情感和语言的密切关联。而自由诗中个体化、多样化的韵律也包含着一种可能：形式与内容之间更为有机的联系，成为一种"有机形式"，即由作品的内在要求所决定的形式。[2] 实际上，在闻一多构想新诗"格律"时，就曾经认为新诗的形式是"相体裁衣"："律诗的格律与内容不发生关系，新诗的格式是根据内容的精神制造成的。"[3] 但颇为矛盾的是，他又汲汲于为新诗设计均齐的"格律"，定制统一的"制服"。实际上，真正的"相体裁衣"并不需要"制服"这种形式。当然，就写作而言，制作统一的制服比"相体裁衣"恐怕要容易一些，因为后者在每一次"裁衣"时都得细细考量所裁之衣是否"合

---

[1] 杨牧：《一首诗的完成》，台北：洪范书店，1989年，第152页。
[2] "有机形式"作为一种文学形式的隐喻，自19世纪以来被大量的西方诗人、学者所讨论和构想，比如柯勒律治、施莱格尔（F. Schlegel）等浪漫主义诗人和布鲁克斯（C. Brooks）、兰色姆（J. C. Ransom）、比尔兹利（M. C. Beardsley）等新批评派学者，相关观点与书目可参见 *Organic Form: The Life of an Idea*, G. S. Rousseau, ed. London and Boston: Routledge & Kegan Paul Books, 1972。
[3] 闻一多：《诗的格律》，《闻一多全集》，第2册，武汉：湖北人民出版社，1993年，第142页。

体",换言之,每一次自由诗的写作在诗体上都是一次"自创新体"的过程。可想而知,这对于写作而言是增加了难度,而不是降低了。新诗在韵律上非常成功的作品并不是很多(相对于其庞大的总数而言),这恐怕才是根本原因。

正如钱锺书所言:"盖韵文之制,局囿于字数,拘牵于声律,……散文则无此等禁限,……犹西方古称文为'解放语'(oratio soluta),以别于诗之为'束缚语'(oratio ligata, vincta, astricata)。"[1] 确实,在中西传统诗学中,诗歌形式、格律都被理解为一种"束缚",而所谓"戴着镣铐跳舞"的说法也由此而来。但是,自由诗这一体裁的出现对这一"诗"之定义构成了挑战,也带来了启发。由于"格律"的束缚不复存在,自由诗在表面上似乎是一种"解放语"。但是,颇为悖论的是,始终困扰着自由诗的难题——也是考验现当代诗人的"试金石"——是如何构建与内容适应的有效的形式,如何营造独特而又有意义的韵律。这真可谓"作茧自缚"!所以,自由诗更应称为"自缚语",若往积极的方面说,就是"自治语"。韵律的自治性与个体性是自由诗这一诗体的本质,若不理解这一点,便很容易对自由诗这一诗体的本质产生误解,把它当作一种自由无度的"散文"。

自由诗韵律的存在,实际上也对整个诗律学构成了一种"挑战"与启发。诗人、诗律学家哈特曼有一个高屋建瓴的见解值得引述:

---

[1] 钱锺书:《管锥编》,第一册,北京:中华书局,1980年,第149页。

> 自由诗的重要之处在于它对整个韵律问题（对于任何诗体而言）提供了新的启发……由于自由诗的读者无法再像在格律诗中那样，满足于那些抽离出来的[格律]法则，而自以为了解了它们的韵律，他在读自由诗时被迫直接面对节奏与意义的复杂关联。这迫使他回到诗歌本身，而这才是一个读者真正应该去的地方。这是自由诗给所有诗歌发出的一个有益的提醒，它提醒的既是诗人，也是读者，最后还包括韵律的研习者。[1]

换言之，自由诗的韵律给我们的启发是，要不断地回到诗歌本身中去，回到诗歌的真实性与具体性中去，思索韵律与意义的复杂关联，而不能满足于那些抽离出来的格律模式。实际上，就是在同一体裁的格律诗中，节奏也是千差万别的。通过自由诗打开的这扇窗子，我们可以看到：韵律作为一种现象远远比我们预想的复杂，它并不是构建、分析一些"模式"那么简单。这就像来到一个崭新的、粗野的新世界的鲁滨逊，会发现他原以为很简单的事情其实并不简单，他在事必躬亲的实践中也会对原来习以为常的认识重作考量。更重要的是，他必须与所面对的一切物事直接建立关系，换言之，就是时时回到世界的具体性与真实性当中。

---

[1] Charles O. Hartman, *Free Verse: An Essay on Prosody*, Evanston, IL.: Northwestern University Press, 1996, p.28.

五、"韵"之离散:当代的趋势

在古希腊的神话中,诗与音乐的共同女神(缪斯)之母是记忆女神,这对于诗歌而言是一个耐人寻味的隐喻。布罗茨基也谈到了这个神话,他接着说:"一首诗只有被记忆后方能留存于世。"[1] 实际上,诗歌韵律的核心功能,就是增加诗句的可铭记性。以新诗为例,那些广为流传的"名句",其实大都在使用重复、对称这些最基本的韵律原则,比如:

"轻轻的我走了,正如我轻轻的来;我轻轻的招手,作别西天的云彩。"

——徐志摩《再别康桥》

"黑夜给了我黑色的眼睛,我却用它寻找光明"　　　　　——顾城《一代人》

"卑鄙是卑鄙者的通行证,高尚是高尚者的墓志铭"　　　　——北岛《回答》

还有一些名句的韵律方式则近似于古典诗歌的韵律原则,比如海子那句广为人知的"面朝大海,春暖花开",这里不仅"大(da)海(hai)"与"花(hua)开(kai)"叠韵,而且"面朝大海"四字的平仄与"春暖花开"四字恰好相反,

---

[1] 约瑟夫·布罗茨基:《文明的孩子——布罗茨基论诗和诗人》,刘文飞、唐烈英译,北京:中央编译出版社,2007年,第81页。

读起来抑扬顿挫，与传统的律诗的声响非常相似，无怪乎这个诗句甚至成了很多房地产广告的标语。每一个写诗的人都渴望自己的作品能够流传于世，尤其是被口耳传诵，所以也需要好好考虑诗句的韵律与可铭记性问题。

但是，一个不容否认的事实是，总体上说，九十年代以来的当代中国诗歌的可铭记性不是很强，而且像上面这些诗句讲究重复、对称等韵律原则的写法也并未受到欢迎，像一个烫手山芋一样让很多诗人避之唯恐不及。读者或许会问：前面这样好记好背的诗句为什么不多写一些呢？是当代诗人的创作力下降了吗？这里面有深层次的原因，恐怕不是简单的集体"缺陷"问题。从整个文化的角度来看，诗歌形式的流变与整个文化的状态有着深刻的联系，尤其是某些韵律的"模子"的流行与一个文化共同体的集体认知密切相关。最令人深思的是上面顾城和北岛这两个名句的流行，它们之所以能在八十年代不胫而走，广为传播，除了历史方面的原因以外，恐怕也是因为这种二元对立、辩证转换的思维方式本身就是八十年代初期人们非常熟悉的思维与语言方式。所以，韵律的同一性背后有着认知同一性，或者集体记忆的阴影。然而，当代新诗不仅诞生于一个充满着集体记忆与公共语式的时代；而且，对于某些集体记忆（或者意识形态）的抵抗，是当代新诗持久且根深蒂固的"母题"之一。要明了当代诗歌与"韵律"以及背后的同一性的复杂纠葛，先得思考它与整个社会和文化的结构有什么联系；还有它在 1949 年以来的当代中国历史中究竟发生了什么。

一

从社会与文化的角度来看，某些韵律原则、节奏构建方法的兴起与流行往往与一个文化共同体的集体认知密切相关，或者说，它们本身就是集体记忆的化身。古典诗歌的创作与阅读群体——"士"，即知识者与官僚群体——天然就是这样一个同质性的文化群体，而且，诗歌不仅是文人之间交往酬唱的必要途径，也是科举考试的考察形式，所以在他们之中逐渐形成一些公共的韵律规则没有太大问题。可以看到，包括传统诗歌中五言、七言体式的形成，平仄、对偶的普遍使用，都与文人群体的风尚乃至宫廷文化密切相关。但是，正如奚密所观察到的那样，现代中国的社会机构和教育制度都发生了巨大的变化，不仅知识分子在一定程度上被边缘化，诗歌本身也被边缘化，过去诗人与读者之间那种同质性的文化群体已不复存在，诗歌写作在很大程度上变成了一种私人性、个人化的写作行为，这导致的直接后果就是公共性的诗歌成规的消失。[1] 这也是现代中国诗歌韵律的作用在不断削弱的社会与文化根源。

在不同文化中，韵律都有两个基本作用：一是便于沟通，二是便于记忆。便于记忆的功用前已详述。而"沟通"不仅仅是一个"雅俗共赏"的问题，也涉及诗人与诗人、诗人与读者之间如何建立一个公共的渠道，以便于在这个渠道中磨炼某些精妙的技艺，传达种种微妙的体验的问题。

---

[1] 奚密：《现代汉诗：1917年以来的理论与实践》，奚密、宋炳辉译，上海：上海三联书店，2008年，第4页，第10—13页。

诗人 W. H. 奥登说："在任何创造性的艺术家的作品背后，都有三个主要的愿望：制造某种东西的愿望；感知某种东西的愿望（在理性的外部世界里，或是在感觉的内部世界里）；还有跟别人交流这些感知的愿望。"[1] 韵律以及诗律学的重心与其说是关于"如何写/评价一首好诗"，不如说是关于诗人与读者、诗人与诗人之间是如何"交流"的，它更多涉及的是奥登所说的第三种"愿望"。无论古今，有韵律或者韵律感强的作品并不意味着它们就是杰作（反之亦然），韵律与诗律学更多是关于诗歌给读者传达的东西究竟在哪些方面是公共性的或者是可以共享的，它在不同的诗人之间也建立了一个可以相互比较和传承的共同通道。对于当代中国诗歌而言，这个问题或许更为迫切，因为"韵"之离散的背后是诗歌"交流"的公共渠道的消失，这是自由诗面临的最本质的文体问题，而可诵读性与可记忆性的削弱只是这个大趋势下的两个表征。因此，我们必须反思诗歌与读者的沟通渠道在当代遭遇了何种危机，才可以去思索如何创造性地重建的问题。

如果我们把目光转向当代诗歌史，不难发现最强调诗歌之韵律感的时期是五十至七十年代，这正是整个文化与社会生活最具有"公共性"和"同质性"的时期，耐人寻味的是，它却显然不是现代诗歌写作的高峰时期。这一时期形成了两类较为明显的诗歌体式：一是民歌体，二是政治抒情诗。民歌体与正统文化对于传统诗歌和民间歌谣形

---

[1] 威·休·奥登：《〈牛津轻体诗选〉导言》，收入《读诗的艺术》，王敖译，南京：南京大学出版社，2010年，第125页。

式的倡导密切相关，它也确实从传统诗歌和民间歌谣身上汲取了不少养分，比如贺敬之的《桂林山水歌》：

> 云中的神啊，雾中的仙，
> 神姿仙态桂林的山！
>
> 情一样深啊，梦一样美，
> 如情似梦漓江的水！
>
> 水几重啊，山几重？
> 水绕山环桂林城……[1]

先云"云"再言"雾"，前有"神"而后有"仙"，然后又复叠为"神姿仙态"，这种对称以及复叠手法与传统辞赋几乎如出一辙，比如："妾在巫山之阳，高丘之阻，旦为朝云，暮为行雨。朝朝暮暮，阳台之下。"（宋玉《高唐赋》）[2] 诸如"信天游"这样的民间歌谣形式也被频繁使用："手抓黄土我不放，/紧紧贴在心窝上。//……几回回梦里回延安，/双手搂定宝塔山。"（《回延安》）[3] 这里也实现了一种节奏上的整一性，即后三字为一整体（且押韵），前四五字为一整体。这种悉数以三字顿结尾的节奏方式曾经被卞之

---

[1] 贺敬之：《贺敬之诗选》，济南：山东文艺出版社，1984年，第361页。
[2] （南朝梁）萧统编：《文选》，李善注，上海：上海古籍出版社，1986年，第876页。
[3] 贺敬之：《贺敬之诗选》，济南：山东文艺出版社，1984年，第218页。

琳称为"吟调",[1] 相对于一般节奏而言更有歌唱性,几乎可以如快板一样演唱出来,而且其写作缘起本来就是为了拿到联欢晚会上去表演。可见,五十至七十年代的诗歌写作在某种意义上接近中国诗歌的"古典时期",即它的写作很大程度上是为了在公众之间口耳传颂,这种写作在抗战期间曾以"朗诵诗"的形式短暂地存在过一段时间,而在五十至七十年代又曾流行过三十年,而这两个时期,都是要求作家将某些公共理念以公共的方式传播开去,因此写作也是高度同质性的,形式上的韵律感和同一性是其外化形式。而曾盛行一时的政治抒情诗更是如此:

南方的甘蔗林哪,南方的甘蔗林!
你为什么这样香甜,又为什么那样严峻?
北方的青纱帐啊,北方的青纱帐!
你为什么那样遥远,又为什么这样亲近?

我们的青纱帐哟,跟甘蔗林一样地布满浓阴,
那随风摆动的长叶啊,也一样地鸣奏嘹亮的琴音;
我们的青纱帐哟,跟甘蔗林一样地脉脉情深,
那载着阳光的露珠啊,也一样地照亮大地的清晨。

---

[1] 卞之琳:《哼唱型节奏(吟调)和说话型节奏(诵调)》,收入《人与诗:忆旧说新》,北京:生活・读书・新知三联书店,1984年,第141页。

肃杀的秋天毕竟过去了，繁华的夏日已经来临，
　　这香甜的甘蔗林哟，哪还有青纱帐里的艰辛！
　　时光象泉水一般涌啊，生活象海浪一般推进，
　　那遥远的青纱帐哟，哪曾有甘蔗林的芳芬！
　　　　——郭小川《甘蔗林——青纱帐》[1]

观察这几节诗句，会发现它们的韵律结构几乎是一样的：每节的第一句与第三句、第二句与第四句均构成重复或对称，而且句式大体一样，同时还押韵：比如"南方的甘蔗林哪，南方的甘蔗林！"对"北方的青纱帐啊，北方的青纱帐！"；"你为什么这样香甜，又为什么那样严峻？"对"你为什么那样遥远，又为什么这样亲近？"；等等。诗句内部也充满了对称，比如"这样香甜"对"那样严峻"；"肃杀的秋天"对"繁华的夏日"；"泉水一般涌"对"海浪一般推进"；等等。这几乎是骈文或者赋里的偶句的翻版。因此，这些诗句毫无疑问是具备高度同一性的。当然，这种写法的缺点也很明显，就是几乎每一句都是可以期待的（这在诵读活动中当然未必是一个缺点，因为在朗诵时听众接受不了太多信息和"惊喜"），但若放于案头阅读，就毫无余味了。在"政治抒情诗"之后出现——却又对其不乏承续因素——的地下诗歌写作虽然在词语、意识上作了一定更新，但是这种高度同一性的写法很顽固地被继承了下

---

[1] 洪子诚、奚密等编：《百年新诗选》（上），北京：生活·读书·新知三联书店，2015年，第239页。

第一章　"格律"与"韵律"的区别以及"非格律韵律"

来,它们也跟前者一样非常适合口耳相传和记诵,尤其是这些早期作品:

>当蜘蛛网无情地查封了我的炉台,
>当灰烬的余烟叹息着贫困的悲哀,
>我依然固执地铺平失望的灰烬,
>用美丽的雪花写下:相信未来。
>
>当我的紫葡萄化为深秋的露水,
>当我的鲜花依偎在别人的情怀,
>我依然固执地用凝露的枯藤,
>在凄凉的大地上写下:相信未来。
>
>我要用手指那涌向天边的排浪,
>我要用手掌那托住太阳的大海,
>摇曳着曙光那枝温暖漂亮的笔杆,
>用孩子的笔体写下:相信未来。
>
>——食指《相信未来》[1]

这里每节诗也是同样的结构:一、二行是一组复叠(且押韵),最后一行都是一个句式,且反复呼告"相信未来"。北岛的早期作品也经常使用这种对称与同一结构:"如果海洋注定要决堤,/就让所有的苦水都注入我心中,/如果陆地注定要上升,/就让人类重新选择生存的峰顶。"(《回答》)无怪乎早期"朦胧诗"甫一出现就抓住了听众的耳

---

[1] 食指:《相信未来》,桂林:漓江出版社,1988年,第26页。

朵，因为这些耳朵早就被郭小川、贺敬之、艾青们的作品塑形了。前面说过，在传统汉语文学对于对称和同一性韵律形式的强烈渴求背后，是一种将万事万物视为一个有节奏、有韵律之同一性整体的意识，这种世界意识在现代社会很大程度上已经崩解了，但是五十至七十年代的中国是一个较特殊的"例外时代"，尽管其主导的意识形态和世界观已经与传统中国有着巨大差异，但是在"同一性"这一点上却有着令人意外的相似之处。这种意识，甚至也遗留在这三十年间成长起来的先锋诗人的意识深处。

这恰恰是肇始于七十年代的当代先锋诗歌写作一开始就面临的症结。他们以反叛者的姿态出现，但是其思维方式与发声方式又在很大程度上是从其反叛对象身上学来的。他们渴求建立个人性，表现自身的独特个性和心理内涵，与此同时又渴望为"一代人"代言，在台上用诗歌振臂一呼引领人群（而且不少人确实这么做过），无怪乎他们那些广为人知的诗句都具有和前代人那样的韵律感和公共性，哪怕他们宣扬的是"个人"：

"在没有英雄的年代里，/我只想做一个人。"　　　　　　　　　　　　（北岛《宣告》）
"卑鄙是卑鄙者的通行证，高尚是高尚者的墓志铭"　　　　　　　　　（北岛《回答》）
"与其在悬崖上展览千年/不如在爱人肩头痛哭一晚"　　　　　　　　（舒婷《神女峰》）
"你，一会儿看我，一会儿看云。我觉得/你看我时很远，你看云时很近。"（顾城《远和近》）

是的，二元对立、非此即彼，这不是那个时代的人最熟悉不过的历史逻辑和"叙事结构"吗？简单的重复与对称，这不是近两千年以来的汉语耳朵最熟悉的"韵律"吗？比如"忘记过去就意味着背叛"，"高贵者最愚蠢，卑贱者最聪明！"虽然早期"朦胧诗"与"政治抒情诗"在思想上是相左的，但是两者的发声方式和韵律结构极其相似，背后的"深层意识结构"甚至也相似。

或许正是嗅到了这种危险的连襟关系，八十年代中期以后的诗歌写作变得对这些"叙事模式"和韵律结构异常敏感，像回避高压线一样回避它们，早期朦胧诗的这种韵律结构与言说方式也变得可疑，至少对于严肃的诗歌写作而言是如此，包括朦胧诗人本身在内的写作也开始了自我调整。但是，颇为讽刺的是，它们又以另一种方式在一些"通俗诗人"身上得到了复活，比如九十年代初红极一时的汪国真，就有不少"反向朦胧诗"：

"恋爱使我们欢乐/失恋使我们深刻"

(《失恋使我们深刻》)

"只要明天还在/我就不会悲哀"

(《只要明天还在》)

"我不去想未来是平坦还是泥泞/只要热爱生命/一切，都在意料中"　　(《热爱生命》)

"没有比脚更长的路/没有比人更高的山"

(《山高路远》)

这些诗句能依稀看到朦胧诗的影子，但是磨平了朦胧诗身上那些反叛的毛刺，过滤掉后者的"负能量"，让其变成温暖柔和的"心灵鸡汤"，因而能取悦大众。这也正是当时（1991）的先锋诗坛为何如此反感汪国真式"心灵鸡汤"的原因，相反更青睐表达很多创伤体验的海子诗歌。"海子热"正好取代了"汪国真热"，并在时间上恰好接续"汪国真热"（虽然海子去世得较早），且持续时间更长，一直到今天——尽管海子诗歌同样也有通俗性的层面，韵律感也非常强。当时的严肃诗人并不是不会写汪国真式诗歌，而是不屑为之，才让汪国真式的诗人能够去抓住这个"空白"，收获大量的读者，这种"不屑"的背后有着深刻的历史根源和伦理意识。

二

理解这重历史背景，便不难理解为何九十年代以来的大部分当代先锋诗人几乎像害怕"污点"一样害怕这些整齐对称的韵律结构在诗作中浮现。在抵制声音的公共性、整一性的同时，"声音"的个人性与独特性也不断地被当代诗人所强调和实践，这种"韵"之离散的趋势背后不乏"声音的伦理""声音的政治"，乃至"声音中的世界意识"。当下的中国社会，是一个相对个体化、多元化的文化，过去那种大一统的世界意识与言说形态已然崩散，与此几乎同时崩散的是语言中的"韵"（韵律意识和韵律密度），当代新诗大部分的作者多少有着一种反抗公共规则（包括韵律规则）的"集体无意识"，所以像"卑鄙是卑鄙者的通行证，高尚是高尚者的墓志铭"这样整齐对称的诗句，当下的诗人未必愿意去写，也未必推崇这样的形式规则。在陈超看来,"诗歌重要的不是视觉上的整饬和听觉上的旋律感、节奏感。决定诗之为诗的重要依据是诗歌肌质上的浓度与力度,诗歌对生命深层另一世界提示和呈现的能量之强弱"[1]。这诚然不错,不过"诗歌肌质上的浓度与力度"和"诗歌对生命深层另一世界提示和呈现的能量"具体如何显现呢?这依然是需要进一步思考和探索的问题。

  古典诗律学的基本原则,如前文所分析,总体上是一种平衡稳定的同一性原则,而且经常以对称方式组织起来,大体可以概括为"固定的同一性",因此慢慢地也就凝固成为不同的"格律",就像一座座钢筋水泥结构的大厦,尽管外形和内部装潢都各自有别,但其框架结构是方方正正的梁柱,保持相对的平衡与稳固。八十年代中期以来,以自由诗为主体的当代诗歌却不太追求这种稳固平衡的同一性,当然,这并不意味着它们便没有任何韵律感可言,由于它们加入了非常多的变化与个人性语言因素,所以其"韵气"在很大程度上也离散了。所谓"离散",是指语言中的同一性因素不仅被大量差异性、个人化的因素冲淡了,也指这种同一性不再是一种约定性的诗体规范。在不少当代诗作中,其实也有一种可以称为"流动的同一性"的韵律,比如多多就有很多这样的作品。他的韵律以更隐蔽的方式流露出来,其中也不乏柔韧的力量:

    夜所盛放的过多,随水流去的又太少

---

[1] 陈超:《打开诗的漂流瓶:陈超现代诗论集》,石家庄:河北教育出版社,2014年,第165页。

> 永不安宁的在撞击。 在撞击中
> 有一些夜晚开始而没有结束
> 一些河流闪耀而不能看清它们的颜色
> 有一些时间在强烈地反对黑夜
> 有一些时间，在黑夜才到来
> ——多多《北方的夜》[1]

这些诗句里也有很多重复的同一性元素，不少词语与句式也是反复出现的，不过这些重复的元素不是固定的、可预测的，而是在诗句内部"流动"，随诗句情绪、感觉的变化而变化。比如第一行，虽然其中也有"过多"和"太少"的比对，但比对之物不是那种"香甜"对"严峻"或者"卑鄙"对"高尚"类型的工整对称，而更多是"随物赋形"，充满着对这个世界的敏锐触觉，其韵律并不加以强行规整，仿佛如泉水一般自然涌出，充满了陈超所言之"对生命深层另一世界提示和呈现的能量"。值得一提的是，多多是"朦胧诗人"或者说"今天派诗人"的同时代人，却不属于"朦胧诗人"。可以看到的是，他自七十年代起的作品就明显在回避"朦胧诗"经常使用的发声方式和韵律结构，因此也很少在他诗歌中看到那种"朦胧诗"式的"箴言诗句"。

这种离散的韵律，由于它没有那么强烈的"制服"特征，是比较容易为当代诗人所接受的——要考虑到，由于读者面的缩小以及文化群体的分裂，当代严肃诗歌写作不仅不太倾向于取悦大众读者，甚至连一般的知识群体也不

---

[1] 多多：《多多诗选》，广州：花城出版社，2005年，第117页。

怎么顾及。换言之，当代诗人与诗评家群体本身是当代诗歌的首要阅读者和接受对象，这对于诗歌的长远发展而言当然是一把双刃剑。正是由于这种高度专业化和个体化的读者群以及写作者对这一读者群接受心理的想象，当代诗人在声音方面显然不太重视声音之"公共性"（也即它如何被大部分读者以同一方式传播的问题），而更为强调种种精微复杂的声音表达和其心理效应，去增强诗歌声音本身的个性与表现力，让每一首诗的写作都成为"又一种新诗"，如陈东东所指出的那样："把握语言的节奏和听到诗歌的音乐，靠呼吸和耳朵。这牵涉到写作中的一系列调整，语气、语调和语速，押韵、藏韵和拆韵，旋律、复沓和顿挫，折行、换行和空行……标点符号也大起作用。写诗的乐趣和困难，常常都在于此。由于现代汉诗没有一种或数种格律模式，所以它更要求诗人在语言节奏和诗歌音乐方面的灵敏天分，以使'每一首新诗'都必须去成为'又一种新诗'。"[1]

关于这种让每一首诗歌都成为"又一种新诗"的追求，我们想起了诗人昌耀，确切地说是八十年代中期之后的"后期昌耀"。有趣的是，从五十年代开始写作的昌耀是一位经历了完整的五十年当代中国诗歌历程的诗人，他早年其实也写过一些"政治抒情诗"（大部分已经被他自行删改或者淘汰），甚至也整理过藏族民谣，可以说他对于前三十年的两大诗歌体式是非常熟悉的。但是到了八十年代中期以后，由于"新诗潮"的冲击和整个社会文化的剧变，他不仅诗风大

---

[1] 陈东东、木朵：《诗跟内心生活的水平同等高——陈东东访谈》，《诗选刊》2003年第10期。

变,也大刀阔斧地删改自己的早期作品,极其迫切地想要从过去那种发声方式中挣脱出来。[1] 他宁愿冒着"佶屈聱牙"的风险,也要把汉语的独特发声方式给"敲打"出来:

> 泪花在眼角打转已不便溢出。
> 人生迂曲如在一条首尾不见尽头的长廊
> 竞走,
> 脚下前后都是斑驳血迹,而你是人生第
> 几批?[2]
>
> ——昌耀 《江湖远人》

第二行是一个长达19字的长句,读起来几乎让人胸闷。如果说对于昌耀而言,人生犹如在一条无尽的长廊"竞走",那么他的诗歌写作也是如此,这仿佛是在雪域高原上攀爬高峰,尽管已"呼吸困难而突然想到输氧",却还要咬牙向着新的高度"趔趄半步"(《僧人》)[3]。这种让人上气不接下气的节奏构型其实也意味着一种精神强度,以此来与"斑驳血迹"的死亡阴影对抗。虽然,这样的诗句未必能在大众中广为流传——大众依然还是对"固定同一性"的形式接受度最高——但是,也可以加强诗歌声音本身的感染力,

---

[1] 相关讨论参见王清学、燎原:《昌耀旧作跨年代改写之解读》,载《青海社会科学》2008年第3期;燎原:《昌耀评传》,北京:人民文学出版社,2008年,第255—270页;王家新:《论昌耀诗歌的"重写"现象及"昌耀体"》,《文学评论》2019年第2期。

[2] 昌耀:《江湖远人》,《昌耀诗文总集》(增编版),北京:作家出版社,2010年,第457页。

[3] 昌耀:《僧人》,《昌耀诗文总集》(增编版),第455—456页。

是值得寻味的。

虽然离散的韵律显然要比过去那种整齐对称的韵律要显得薄弱，但是在某些诗人那里这也意味着更多的声音模式的可能，比如台湾诗人商禽的这首《无言的衣裳》：

月色一样的女子
在水湄
默默地
捶打黑硬的石头

（无人知晓她的男人飘到度位去了）

荻花一样的女子
在河边
无言地
捶打冷白的月光

（无人知晓她的男人流到度位去了）

月色一样冷的女子
荻花一样白的女子
在河边默默地捶打
无言的衣裳在水湄

（灰蒙蒙的远山总是过后才呼痛）[1]

这首诗是商禽回忆他多年前回到四川故乡的见闻，虽然仅仅是在反复描刻女子在河边洗衣的画面，只字不提自己几十年离开故土、漂泊异乡的沧海桑田之感，但是在一唱三叹之后，别有一番沉痛在其中。实际上，这首诗的整个韵律结构可以说全然是以音乐的形式组织起来的。这首诗的六个诗节可以分为两类，一种是没有加括号的四行一节的诗节（1、3、5节），另一种是有括号的单独一行成节的诗节（2、4、6节）。第1、3节可以视作同一旋律的两个乐段复叠，而第5节的词语与意象其实全都是从第1、3节拿来重新组合的，且形成一种回环，可以看作一个合奏。若以女子搥打衣裳的声音作比，第一节诗像是在"咚哒咚哒"，第三节是"啪嗒啪嗒"，第五节则是"咚哒啪嗒，咚哒啪嗒"。而带括号且较长的第2、4、6节则相当于旁白或者副旋律，这个副旋律的语气和视角又与主旋律有所不同，拉远了画面感，仿佛从一个遥远的地方望向那幅月下洗衣的画面，别有伤痛在其中。可见，通过重复以及书面形式、标点符号的安排，可以让诗歌形成类似交响乐的多声部效果，并表达复杂的心理感受，全然是现代诗的写法，而且离不开书面排版以及标点符号的支持，可以说是以视觉形式辅助形成的"音乐形式"，这显然又是一个有趣的悖论。

1　商禽：《商禽诗全集》，台北：印刻文学生活杂志出版有限公司，2009年，第247—248页。

三

问题在于,让每一首诗歌写作本身就是"又一种新诗"也毫无疑问面临着诗律学上的困境,前面说过,韵律与诗律学更多是关于诗歌如何实现一种公共形态的交流的问题,韵律可以说是从个体通往共同体的一个桥梁,如果两者之间有无数座桥梁,其实也就相当于没有桥梁——因为读者不知道该上哪座桥。因此,个体化因素的空前加大显然也意味着交流的困境,有时这种难题不仅发生在诗人与普通读者之间,甚至也发生在诗人与诗人、诗人与批评家之间。换言之,有的诗歌的声音形式甚至连专业的诗人与批评家也难以说出所以然来——当然,这也不是说古典诗歌的形式与声音就那么容易被领会,它虽然有公共规则,但是最杰出作品的那些精微之处同样也可以令专业读者挠破头皮。区别在于,由于公共规则和交流渠道的崩散,现在几乎每一首新诗都让读者面临这种困境,无怪乎它的读者市场在缩小,而且经常令读不懂的读者"愤愤不平"。

然而,这仅仅是当代中国新诗才面临的窘境吗?恐怕不是。首先,包括英、法、德语在内的主要语种的诗歌写作在二十世纪甚至更早就已经进入以自由诗为主体的状态,所以当代诗歌所面临的问题,其他语种的诗歌也同样面临着。其次,从更大的文化与社会角度来看,诗人群体与读者的分裂是近代以来的西方普遍面临的一个问题,奥登有一篇著名的文章就谈到这个问题:

当诗人和观众们在兴趣和见闻上非常一致,

而这些观众又很具有普遍性，他就不会觉得自己与众不同，他的语言会很直接并接近普通的表达。在另一种情况下，当他的兴趣和感受不易被社会接受，或者他的观众是一个很特殊的群体（也许是诗人同行们），他就会敏锐地感受到自己是个诗人，他的表达方式会和正常的社会语言大相径庭。[1]

虽然奥登谈的是"轻体诗"的消散的问题，但其实涉及整个诗歌发展的大势，尤其是诗歌的言说方式与社会文化发展的内在联系。实际上，如前文所言，在古典时期以及现代某些特殊时期里流行过的那些较为明确且为大众所接受的韵律体式，大都与一种同质性的社会文化以及读者群体有关系，但是这也会带来种种问题，正如奥登所言："一个社会的同质性越强，艺术家与他的时代的日常生活的关系就越密切，他就越容易传达自己感知到的东西，但他也就越难做出诚实公正的观察，难以摆脱自己时代的传统反应造成的偏见。一个社会越不稳定，艺术家与社会脱离得越厉害，他观察得就越清楚，但他向别人传达所见的难度就越大。"[2] 在奥登看来，十九世纪以来的英国诗歌总体上走向了他所说的第二种情况，因此诗歌也从过去那种与读者亲密无间的"轻"的状态走向了一种与读者较为疏离的

---

[1] 威·休·奥登：《〈牛津轻体诗选〉导言》，收入《读诗的艺术》，王敖译，南京：南京大学出版社，2010年，第126页。

[2] 威·休·奥登：《〈牛津轻体诗选〉导言》，收入《读诗的艺术》，王敖译，南京：南京大学出版社，2010年，第127页。

"困难的诗"或者"重"的状态。在我们看来，九十年代以来，当代诗歌建立稳固的"形式"的困难，"韵律"之离散与诗歌"声音"之个体化、多元化的趋势，以及由此带来的读者接受的难题，都与社会文化的多元化、读者-作者同质性文化群体的崩散有关联。这从世界范围来看，却是一个普遍的趋势。在当下以及可见的未来，这个大趋势很难有根本性的改变。因此，也不可能强求诗人去构建一些公共的、明确的形式规则，而只能去思考在种种个体化的韵律形式背后，哪些是可以共享的，或者至少是可以"分析"和"分享"的——而不至于让读者处于一头雾水之中。换言之，或许可以实现一种最低限度的"诗律学"，在一个"重"诗时代里让诗歌变得稍许"轻"一些。

第二章　节奏的"集群"特性与层级建构

虽然前面我们分析了自由诗中的"非格律韵律",但是,以重复、对称等同一性语言结构为基础的"韵律"概念还不足以涵盖新诗节奏中的种种丰富的面相,如速度、强度的变化,声音的起伏,停顿的安排,书面形式的使用,等等,这里就需要一个更广义的"节奏"概念来作理论支撑——虽然在过去的讨论中它经常被看作"韵律"或者"格律"的同义词——但在我们看来,无论是"节奏"(或过去常用的"音节")一词的起源,还是它在现代汉语日常的使用中,[1] 都已经暗示着存在一种广义的"节奏"概念,这里我们尝试对其进行理论化的分析。

一、诸节奏元素的"多元共存"与节奏的三个层次

卞之琳在考虑自由诗的节奏时,就曾提过"广义的节

---

[1] 比如在说"他弹琴的节奏太快了点""这是一场慢节奏的篮球比赛",都暗示着节奏可以指涉速度的控制与安排。

奏"问题,他认为哪怕是不讲"旋律"的诗也存在"广义的节奏"。[1] 可惜的是,他并没有就此展开详细论述。从逻辑上说,外延越宽则内涵越简单,定义的限制也越少。那么,把"时长"的整饬与均衡、语言的同一性、复现结构诸项内涵上的限制去掉之后,"广义的节奏"概念还剩下什么呢?会不会变成一个空洞虚无的伪概念?在我们看来,广义的节奏概念依然可以有它的核心属性,即时间。强调节奏作为"语言的时间性"的体现不仅有利于我们理解和欣赏新诗的音律,也有利于重新观察旧诗的音律。诗歌就其本质而言是一种语言艺术,和音乐类似,它的基本维度就是时间性。因此,广义的"节奏"概念应该指涉语言中的一切时间性的因素。在诗人、批评家帕斯看来,节奏的根本作用在于"对原型时间(archetypal time)的再创造"[2]。而诗律学家格罗斯等人认为,"正是节奏(rhythm)赋予时间一个有意义的定义,赋予时间一种形式"[3]。可以说,节奏的本质就是对"时间"的赋形,而诗歌节奏之意义,就在于重新创造一种新的时间感受,使其摆脱散文语言中那种无意识的、直线前进的时间感。

当然,从这个视角来看,"韵律"以及更严格的"格律"也是一种对时间的"赋形",自然也起到了操控读者的"时间感"的作用,而且,就强度和接受度来说,它们(尤

---

[1] 卞之琳:《完成与开端:纪念诗人闻一多八十生辰》(1979),收入《卞之琳作品新编》,高恒文编,北京:人民文学出版社,2009年,第113—114页。
[2] Octavio Paz, *The Bow and the Lyre* (1956), R. L. C. Simms, trans. Austin: University of Texas Press, 1987, p.52.
[3] Harvey Gross & Robert McDowell, *Sound and Form in Modern Poetry*, Ann Arbor: University of Michigan Press, 1996, p.9.

其是格律）还是效果最为显著，也最为常用的方式。但是，之所以要单独地去谈论"节奏"，甚至谈论"格律""韵律"以外的"节奏"因素，是因为语言的时间性并不限于后二者，它有更鲜活、灵动，也更微妙的面相。它所包含的抑扬顿挫、起承转合、高低快慢、强烈和微弱、行进与歇止，乃至具体的音质和特定的声响效果，对于诗歌声音与意义传达有关键的作用。就如帕斯所言："格律（meter）是种趋向于与语言分离的度量方式（measure），而节奏（rhythm）从不脱离语言（speech），因为它就是语言本身。格律是方法，是规矩；而节奏，则是具体的时间性（temporality）。"[1] "节奏（rhythm）从来不单独存在，它不是度量方式，而是有特性的、具体的内容，一切言语节奏本身就包含着形象，并且或现实或潜在地构成一个完整的诗意表达。"[2] 实际上，古人已经很清楚地认识到"节奏"所描述的声音之丰富与多变，唐代孔颖达在《礼记·乐记》中这样给"节奏"作"疏"："节奏，谓或作或止。作则奏之，止则节之。言声音之内，或曲或直，或繁或瘠，或廉或肉，或节或奏，随分而作，以会其宜。"[3] 可见，"节奏"原本就有非常具象化的含义，不仅有停顿和行进的含义（这是过去很多学者都承认的），还有"曲""直""繁""瘠"等鲜活灵动的姿态。这是节奏体系中最为细微的层

---

[1] Octavio Paz, *The Bow and the Lyre* (1956), R. L. C. Simms, trans. Austin: University of Texas Press, 1987, p. 59.
[2] Ibid., p. 58.
[3] （汉）郑玄注，（唐）孔颖达正义，吕友仁整理：《礼记正义》，中册，上海：上海古籍出版社，2008年，第1559页。

面,不仅是诗人创作时需要"随分而作"、因地制宜的细节,也是节奏研究中必须细察的对象,差之毫厘则谬以千里。因此,我们可以把节奏视作具体的时间性的成形。上文我们已就诗歌中的"格律""韵律"分别作了定义,把"节奏"定义加进来,就有:

> 格律是指语言元素在时间中固定的、周期性的重复。
> 韵律是指语言元素在时间中的有规律的重复。
> 节奏是指语言元素在时间中的具体分布特征。

就概念外延的宽狭而言,不妨以三个同心圆的方式来表示三者的关系:

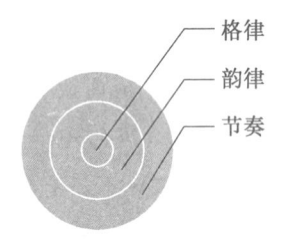

节奏与韵律、格律之间的区别不仅在于外延的宽狭,也在于内涵上的差异。这一点,不少西方理论家和诗人都认识到了。诗律学家巴菲尔德(Owen Barfield)认为:"节奏不是格律,它不是格律的别名,而是比格律更为微妙的东西。节奏是在潜在的规律性之上不断变动的东西,而格律是不变的。"[1] 换言之，格律是用来约束诗歌节奏的固定的规范，而节奏自身却是不断变化的面相（即便在格律诗中也是如此）。而哈特曼将这两者的关系定义为一种"抽象原则"（abstraction）和"实际成型"（actuality）之间的关系。[2] 换言之，即便以同一格律体式写的作品，其具体的节奏也有细微的差别。朱光潜《诗论》也触及这种微妙的关系，他指出：李白与周邦彦的两首《忆秦娥》，"虽然用同一调子，节奏并不一样"，又说"陶潜和谢灵运都用五古……他们的节奏都相同吗？"[3] 可惜的是，朱光潜并没有具体分析两者的节奏是如何不同的，以及为何会不同。

就大部分情况而言，每种语言中的"格律"往往会选择一到两种节奏因素来规约其节奏，以造成整饬的效果，比如古希腊诗歌是用音节的长短，英语诗歌侧重轻重音，汉语古典诗歌则主要依赖音节数量或者时长（duration），具体体现在句的均齐重复、顿（或音组、音步）的周期性安排，这一点朱光潜、王力、孙大雨等过去都有深入的研究，此不赘述。但问题在于，"格律"体式只规约了节奏各元素中它们最看重的那部分元素（如英诗的轻重音，法诗中的音节数，古典汉诗中句子的字数、押韵等），却没有规

---

[1] Owen Barfield, "Poetry, Verse and Prose," *New Statesman*, 31 (1928), p. 793.

[2] Charles O. Hartman, *Free Verse: An Essay on Prosody*, Evanston, IL.: Northwestern University Press, 1996, p. 22.

[3] 朱光潜：《诗论》，北京：北京出版社，2005 年，第 154 页。但是，后文朱光潜定义的"节奏"，又从声音的周期性起伏着眼，如中文的顿逗的起伏（同上，第 188 页）。如果这样定义"节奏"的话，那么陶潜和谢灵运的五古的节奏是一样的。朱光潜无意中把两个层次的"节奏"概念混为一谈了，后面他所定义的"节奏"，实际上是"格律"而非广义上的"节奏"。

约其他元素的使用，比如复沓、谐音的使用，语言中重复因素的多与寡，某些具体音质的使用，诗句的语法关系，语义上的暗示，等等，而这些主导因素之外的成分其实也构成了诗篇整体的节奏。比如，在英语或者汉语中，具体的某种音质（timbre）的使用，往往会带来特定的"拟声"的效果，而且经常会影响到诗句的速度与强度。[1] 因此，不要说使用同一格律体式的不同作品之间有差异，甚至同一诗作中的不同诗句的节奏也有微妙的差别。

对于格律规范之下的节奏的具体差异问题，治古典文学者也不是对此毫无感知。比如，陈世骧就较早地对此展开过系统论述——所谓系统论述，即不仅能够观察到某些现象，也构建了相应的理论体系与分析方法来进一步认识它们。他直陈其方法论："我们的兴趣不在把文类的条律标出来做权威以责成文艺作品来照条律合格；相反地，我们要看一首作品，在守着条律的约束之下，还能怎么样显现其本身独体的特色……"[2] 对于他而言，形式（form）"绝不只是外形的韵脚句数，而更是指诗里的一切意象、音调和其他各部相关，繁复配合而成的一种有机的结构（organic structure），作为全诗之整个表情的功能"[3]。陈世骧所认识的诗歌节奏，可以称为"有机的节奏"，与前文讨论的帕斯的节奏理念不谋而合。在具体的形式分析中，他特意提出"时间"与"律度"（scansion）在诗歌中的"示

---

[1] 另参见本篇第四章第三节关于节奏速度的讨论。
[2] 陈世骧：《中国诗之分析与鉴赏示例》，《中国文学的抒情传统》，北京：生活·读书·新知三联书店，2015 年，第 283 页。
[3] 陈世骧：《中国诗之分析与鉴赏示例》，第 280 页。

意作用"作为基本的分析手段,来细察诗歌中微妙的节奏变化和细节:"诗中的时间感是最能动人的,但其动人的力量,在于时间暗示的流动;又因为时间可说是藏在人生一切事物的背后而推动的,所以在诗中也可说越是蕴蓄在事物之中越好。"[1] 诗中的律度与时间是相互定义的,时间感短则律度急促明快,时间感悠长则律度舒缓。[2] 于是,他列举了两首五律,其平仄几乎一模一样,节奏与时间感却大有区别,原因在于两者韵脚的疏密(详见第一编第四章)。

  影响节奏的速度和诗歌之"情意"的不仅有韵脚的多与寡,还有声调模式乃至字词的重复密度。就一般情况而言,重复模式越是单一,重复的元素越是密集,往往会对节奏起到加速的作用,有时也起到增加强度的作用。比如郭沫若的《天狗》:"我是月的光,/我是日的光,/我是一切星球的光,/我是 X 光线的光,/我是全宇宙的 Energy 的总量!"北岛的《回答》:"我不相信天是蓝的,/我不相信雷的回声;/我不相信梦是假的,/我不相信死无报应。"这

---

[1] 陈世骧:《中国诗之分析与鉴赏示例》,《中国文学的抒情传统》,北京:生活·读书·新知三联书店,2015 年,第 260 页。

[2] 严格来说,陈世骧所使用的"律度"(scansion)一词是一个不太贴切的术语,"scansion"即格律划分之义,原为格律研究中使用的概念,主要指对诗歌中的"音步"(foot)进行划分以确定格律之体式。但是陈世骧所举的西方诗歌的"律度"之例,其实也有艾略特的《荒原》这样的自由诗作品片段。虽然"scansion"偶尔也会被用于自由诗的分析中,但是在英语自由诗中划分"音步",往往会遇到规则很难统一的问题,一句诗可以有两种以上的划分方式,相互差别还颇大,这一点和汉语新诗中划分"顿"或者"音尺"的情况类似。这说明,在现代自由诗中,格律划分普遍遇到了困难。由于它与格律体式过于密切的联系,大部分研究自由诗的学者已改用"rhythm"(节奏)这个词。为避免歧义,我们将陈世骧的"律度"称为"节奏"。

些诗句显然都要比一般的诗句节奏更快,强度也更强。

陈世骧文中所论的旧诗节奏的具体性差异的情况,此处不再列举,读者可详见第一编第四章中的讨论。这里笔者还想补充两首"非典型"的旧诗来进一步明了"节奏"问题的复杂性。我们知道,虽然自六朝以来五言、七言诗就已经占据绝对的主导地位,但是写歌行、乐府等体的诗人也不在少数。从现代的视角看,很多作品其实可以称之为旧诗中的"自由诗"或者"半自由诗"。比如陈子昂的《登幽州台歌》就是一个典范,可以看到,哪怕没有规整"格律"的存在,诗之节奏也有其独特的"声情":

前不见古人,后不见来者。
念天地之悠悠,独怆然而涕下。

过去很多诗人、学者(如艾青)盛赞其不押韵也不整齐,仍有独特的韵味。此诗的立意与主题其实源自屈原的《远游篇》:"惟天地之无穷兮,哀人生之长勤。往者余弗及兮,来者吾不闻。"有学者甚至怀疑此诗非陈子昂本人所作。[1] 然而,这并不影响此诗本身的价值。值得注意的是,它的节奏和声情与一般五言诗大有区别,这正是其妙处所在。其实这首诗完全可以改写成五言,删去第二联的两个助词,变成:

前不见古人,后不见来者。

---

[1] 陈尚君:《〈登幽州台歌〉献疑》,《东方早报》,2014年11月23日。

念天地悠悠，独怆然涕下。

然而，这样一改，虽然节奏上变得整齐了，但是声情与韵味差远了。此诗云人处于浩瀚宇宙与漫长历史中，却孑然一身，暗示的是一种漫长辽远的时间感，显然在节奏上宜悠缓而不宜紧快，而我们的改句删去"之"与"而"，恰好变得紧快了。在音乐上，增减一个音调往往会导致整个乐句调式的变化。在诗歌中也是如此，"之"与"而"并非可有可无的点缀，而是诗歌之节奏与声情的必要成分。"念天地之悠悠，独怆然而涕下"虽然每句只有六言，但是其节奏单位有四个，即"念｜天地｜之｜悠悠，独｜怆然｜而｜涕下"不仅较五言为多，甚至也多于七言常见的"2＋2＋3"调式的三个单位，这种曲折悠长的节奏，吟讽之下，更觉宇宙之浩渺和历史之漫长，对照下独显一己存在之孤独。与五言、七言相比，此诗反而更接近楚辞的节奏感，比如"路漫漫｜其｜修远｜兮，吾将｜上下｜而｜求索"（《楚辞·离骚》）；"与｜天地｜兮｜同寿，与｜日月｜兮｜齐光｜"（《楚辞·九章·涉江》）。无怪乎，在表达天地无穷、时间浩渺时，两者虽隔千年，但使用了相似的节奏方式。

当然，节奏的速度、强度以及"示意作用"产生的方式多种多样，并非长句的节奏就一定悠缓、短句就一定紧快。它具体的效应还要看诗句的具体情境、诗句语法与节奏单位的构成，以及不同的词与词、句与句之间的关系。比如李白的《将进酒》开首四句：

君不见黄河之水天上来，奔流到海不复回。

> 君不见高堂明镜悲白发，朝如青丝暮成雪。

这首千古传颂的作品其实在节奏与时间的"示意作用"上也有独到的造诣。"君不见黄河之水天上来"这样的十言长句是由七言句"黄河之水天上来"加上"君不见"三字衍生而来。虽然"君不见"从语义上来说几乎是可有可无的，但是它对于诗歌的声情与诗意有着微妙的作用。"黄河之水天上来"是诗人的出奇之想，并非实景，但是加上"君不见"变成一个超长诗句之后，不仅显出黄河之"长"，更是显出其奔流之"速"。由于第一联的两句在语法上实为一个整句，读的时候自然也应一气呵成，再加上首句本来就长，就进一步加快了节奏的速度，咏歌之下给人一种视觉上身临其境的直接性和压迫感。而第二联"君不见高堂明镜悲白发，朝如青丝暮成雪"同样也如此，"朝如青丝暮成雪"是诗人的超现实想象，也是时间之无情流逝的象征。在诗句如此急促的节奏之下，显出"时不我待"的迫切，此中显然蕴含着诗人的时间焦虑。[1] 虽然"河流"从古至今都是时间消逝的象征，但是李白这首诗通过强有力的节奏打上了他个人的鲜明烙印：一方面是时间流逝之无情；另一方面是"天生我才"的豪迈与壮阔，仿佛矛盾的两极，不停地推动诗歌的节奏与情绪走向高潮，最后达致"五花马，千金裘，呼儿将出换美酒，与尔同销万古愁"这样一个接

---

[1] 在节奏与时间感的传达上，昌耀的这两句诗也与李白的诗句相似："时光之马说快也快说迟也迟说去已去。/感觉平生痴念许多而今犹然无改不胜酸辛。"（《江湖远人》）这也是新诗中利用超长句来营造急促的节奏感的常用手段之一。

近古希腊酒神精神的狂欢景象。可见，此诗表面上是在写恣意纵酒及时行乐，实则深含一种对抗时间与运命的悲剧英雄意识，抵抗无法逆转的"万古愁"。它与《锦瑟》一诗处理的都是"时间"这个问题，却不像后者那样低回婉转，反而如古希腊悲剧中的英雄那样，有一种面对悲剧事件的雄伟气概。它以其宏伟与"速度"对抗时间之无情消逝，成为另一种时间"赋形"艺术的杰出典范。

上面这些例子当然只是旧诗节奏复杂性的冰山一角，但它们足以表明在旧诗中，"格律"体式与具体的"节奏"不是一回事，前者是诗歌形式的基本框架和规范，是一种"抽象"，而后者则是具体的实现。一方面，即便在同一格律体式下的不同作品中，节奏的速度、强度，停顿与行进的方式，声音的抑扬也有着微妙而重要的区别，其中所包含的情意自然也有不同。另一方面，古代诗歌中也存在不少越出整齐格律体式的"半自由诗"，它们在节奏上异于一般格律诗之处不仅没有成为缺陷，反而更加强了节奏的个性与特色，与诗歌的情感和意识产生微妙的有机关联。这条理路也正是现代自由诗在节奏上进行创新的动机，以及其合法性的根由。概言之，杰出的诗作正是从种种细微的节奏差别与变化中暗示复杂精微的言外之意与弦外之音，就像陈世骧所言，诗的"轻重、快慢、高、扬、起、降、促"及"诗句与诗句的呼应"关系，正是"诗的所以为诗"之处。[1]

另外，在讨论哈特曼"对位法"这一理念时我们曾触

---

[1] 陈世骧：《时间和律度在中国诗中之示意作用》，《中国文学的抒情传统》，北京：生活·读书·新知三联书店，2015年，第277页。

及节奏声响的多重性问题,某个韵律体系中往往会存在多种节奏组织,它们之间也有互动乃至张力(参见第一编第六章)。这一视野对于中国诗歌的节奏研究也会带来启发,可以避免过去那种将节奏问题同质化为"格律"范式的倾向。关于旧诗的节奏,有不少学者认为其基础是平仄,有学者(比如英国翻译家韦利[Arthur Waley],中国学者吴宓、王光祈等)甚至将其与英诗格律的轻重音所构建的音步相比,认为旧诗节奏之规律性也是由平仄相间构成的。[1] 但此说漏洞甚明:古体诗并不拘平仄,但它依然有整齐的节奏,不逊于近体(律诗)。闻一多反驳了韦利的看法,他认为中国旧诗与英诗的音步之排列类似的是"逗",五言前两字一逗,末三字一逗,七言前四字每两字一逗,末三字一逗。[2] 朱光潜也持类似的看法,他认为"四声对于中国诗的节奏影响甚微",旧诗节奏可与英诗的轻重音步相类比的是顿之均齐。[3] 笔者同意朱光潜的基本判断,即顿的均齐分布是旧诗节奏之规律性、同一性的基础,这也是本书使用"格律"一词时主要指的对象。[4] 但是,四声也并非对节奏影响"甚微"。在我们看来,律诗中平仄之安排和顿逗之分

---

[1] Arthur Waley, "Introduction," in *One Hundred and Seventy Chinese Poems*, Arthur Waley, trans. London: Constable, 1918. 吴宓、陈训慈合译:《葛兰坚论新》,《学衡》,第六期,第 10 页中的译者按语。王光祈:《中国诗词曲之轻重律》,上海:中华书局,1933 年,第 2—3 页。
[2] 闻一多:《律诗底研究》,收入《闻一多全集》,第 10 册,武汉:湖北人民出版社,1993 年,第 148—149 页。
[3] 朱光潜:《诗论》,北京:北京出版社,2005 年,第 201、212 页。
[4] 当然,过去"格律"一词所指涉的对象显然要更广泛一些,不仅五言、七言古诗、律诗有所谓"格律",词曲乃至骈文、八股,甚至唐宋以来的"古文",都有"格律"可言,实际上它是各体文类规范的总称。

布，是两种不同的节奏因素，它们之间的对立与配合，实际上也构成了一种"对位法"，这比哈特曼的例子更接近音乐之"对位法"的含义。这一点，闻一多直觉地认识到了。他认为，整齐的顿逗所造成的节奏，会显得"单调"，而"救济之法"就是平仄："前既证明平仄与节奏，不能印和，且实似乱之也。诚然，乱之，正所以杀其单调之感动也。盖如斯而后始符于'均齐中之变异'之律矣。"[1] 闻一多观察平仄声调与顿逗节奏之间的张力，而且意识到这正是在均齐的节奏中加入差异性因素，殊为难得。卞之琳在其《重探参差均衡律》一文中，也意识到汉诗的平仄安排与英诗轻重交替规律之区别："我一再说过英语传统律诗以轻重音安排成格，可以行行都是'轻重/轻重/轻重/轻重……'之类，汉语定型律诗却不能平仄（失对、失粘）即不能句句都安排成'平平/仄仄/平平仄'之类，而必须在各句间保持'对'和'粘'。"[2] 之所以如此，是因为旧诗平仄的安排并不是像英诗轻重音的安排那样用来加强节奏的整一性，而是为了在参差变化中实现一种"均衡"。否则，为何不像英诗那样每行都安排成一样的平仄调式呢？卞之琳所谓的"参差均衡律"，如若放在"对位法"的视野中，就可以得到更深入的理解了。

把"对位法"这个音乐隐喻引入诗律学，目的之一就在于避免把节奏看作一个单一本质的现象，而是看成由多

---

[1] 闻一多：《律诗底研究》，收入《闻一多全集》，第10册，武汉：湖北人民出版社，1993年，第149页。

[2] 卞之琳：《重探参差均衡律》，收入《人与诗：忆旧说新（增订本）》，合肥：安徽教育出版社，2007年，第397—398页。

重因素构成的一个体系，节奏并非"一个"东西，而是"一群"东西。这些不同的因素并非总是相互协调，甚至也可能相互对立。在旧诗中，我们就可以看到一些鲜活的例子。前面说过，旧诗节奏的规律性之基础是句的整齐与大体均齐之顿逗。但是，实际上的情况更为复杂，因为诗句的语法结构并不一定与顿逗分布吻合。这里面有两种情况——"昨日紫姑神去也，今朝青鸟使来赊"（李商隐《昨日》），按照语法、语义，它们的节奏分段是"昨日｜紫姑神｜去也，今朝｜青鸟使｜来赊"，"紫姑神""青鸟使"都是一个词。但是，受七言之顿逗一般规律的影响，我们还是会按一般的读法来读："昨日｜紫姑｜神去也，今朝｜青鸟｜使来赊"，这样读就与语法、语义上的认知发生了矛盾，"神去也""使来赊"这两个奇怪的组合，在节奏上反而呈现出袅娜多姿之感。另外，"去也""来赊"两句中较为罕见地用了语气词"也"和"赊"，而一般五言、七言诗（尤其对仗句）是很少使用语助词的，它们的加入也给这两句诗增加了几分灵动色彩。这首诗写的是"仙女"（暗指情人）之来去无定、聚少散多，这种灵动摇曳的节奏与诗的情景是非常相宜的。

还有更进一步的情况。五言、七言的诗歌经过唐代的发展，已经趋于巅峰，其表达手段（尤其是语法与节奏）难免让后来者觉得"烦腻"，宋代以后的诗人往往追求在体式上别开新路。除了在语法上经常以古文句法入诗之外，也经常在节奏上有意违拗主流的体式，这种节奏上的张力与对比往往也为诗歌文体带来新的活力。节奏试验在杜甫、李商隐那里已经偶有出现，而到了宋人那里则成为自觉的创造，南宋魏庆之《诗人玉屑》（卷三）中将这种不太符合一般顿逗规律的句法称为"折句"，比如："静爱竹时来野寺，独寻春偶过溪桥"（欧阳修），两句顿逗为："3＋2＋3"；"想行客过梅桥滑，免老农忧麦垅干"（卢襄），此为"3＋4"。[1] 另外，他还举了不少五言"上三下二"、七言"上五下二"的例子：

> 野店寒无客，风巢动有禽。
>
> （周繇《送宇文虞》）
>
> 似梅花落地，如柳絮因风。
>
> （本朝王淡交《雪诗》）
>
> 送终时有雪，归葬处无云。
>
> （任藩《哭友人》）
>
> 永夜角声愁自语，中天月色好谁看。
>
> （杜甫《宿府》）[2]

很明显，这些诗句是典型的以"文"之句法入诗，有意让其与诗之一般顿逗规律矛盾，以上四联均与五言主流之"2＋3"句法、七言主流之"2＋2＋3"句法不符。关于"折句"，又有论者称为"折腰句"，如宋末元初韦居安、明梁桥等，已有学者论之甚详，此不敷述。[3] 可见，古人（尤其

---

[1] 魏庆之：《诗人玉屑》，上海：上海古籍出版社，1978年版，第45页。
[2] 魏庆之：《诗人玉屑》，上海：上海古籍出版社，1978年版，第80页。括号中书名号为笔者所加，末行"愁"应作"悲"。
[3] 饶少平：《折腰体新解》，《文学遗产》2002年第4期。按：这里所谓"折腰句"，是指句法与顿逗方面的情况，与律诗中平仄失粘之"折腰体"不同，详见此文辨析。

第二章　节奏的"集群"特性与层级建构　　281

宋之后）已经自觉意识到这是一种有意义的艺术创新，而绝非作者笔力不逮的结果。更有甚者，在少数诗人那里，还出现了"1＋4"顿逗，比如黄庭坚《子瞻诗句妙一世乃云效庭坚体盖退之戏效孟郊》："我诗如曹邺，浅陋不成邦。公如大国楚，吞五湖三江。"这里的"吞五湖三江"，就很难按一般规律读成"吞五｜湖三江"，而只能读成"吞｜五湖三江"，但是，其节奏之所以吸引读者的"注意力"，是因为在读者心里已经有了一般的"2＋3"顿逗模式，对比之下，往往觉得这样的诗句有"奇崛"之感。若读者没有这样的韵律预期（比如在白话诗中），这种诗句就不会有什么"奇崛"之感了。可见，节奏认知（包括格律诗中的节奏）是一个相当复杂、多面的过程，并不是简单的拍子整齐的问题，它涉及预期与突破预期、习俗与违背习俗、声韵与语义、语法等多层面的复杂关系。诸节奏元素是一种"多元共存"的关系，而非由单一元素所"垄断"。体会到这一点，不仅让我们对古典诗歌节奏的多样性有更深入的了解，而且对新诗的节奏特征有更为同情之理解。

二、"格律"与"节奏"的互动以及历史发展问题

在区分了"格律"与"节奏"外延上的广狭区别之后，就有必要再讨论一下它们在内涵上有何区别与联系，并思考"格律"与"节奏"之间的互动在历史中是如何展开的，即"格律"是如何在"节奏"的基础上一步步产生的；而到了现代，为何又被很多语种的诗歌（包括汉语）普遍所废弃。关于这个问题，帕斯有精到的观察："格律源自节

奏，也会返回到节奏。最初，两者的界限是模糊不清的。尔后，格律凝结成固定的模式。这既是它光辉的时代，也是它僵化的末世。当韵文脱离了语言的涨潮与落潮，就蜕变成了声响度量。和谐之后，便是僵化……"[1] 可以进一步说，如果韵律是种种诗歌声音的规律性和原则的总称话，那么格律则是这些原则中的一部分在诗歌史中凝结成的固定的、约定性的体系，因此也是历史性的、相对的；而非格律的韵律则是写作中自发形成的不固定的原则与方法。正是在这一意义上，T. S. 艾略特断言："一个诗律学（prosody）体系不过是一系列相互影响的诗人的节奏所具有的共同点的程式化（formulation）而已。"他指出："自由诗是对僵死的形式的反叛，也是对新形式的到来和旧形式的更新所作的准备。"[2] 从这些认识出发，我们可以将"节奏""韵律"和"格律"三者的关系以一个金字塔图示：

格律
韵律
节奏

节奏是所有的语言都有的特点，而在诗歌文体的发展中，以语言的鲜活节奏为基础，逐渐形成了一些较为明晰的韵律手段（比如通过某种节奏因素的重复、韵的使用），

---

[1] Octavio Paz, *The Bow and the Lyre*, R. L. C. Simms, trans. Austin: University of Texas Press, 1987, p. 59.

[2] T. S. Eliot, "The Music of Poetry" (1942), in *On Poetry and Poetics*, New York: Farrar, Straus and Giroux, 2009, p. 31.

再往后则进一步形成更为稳定、约定俗成的格律体系，处于金字塔的顶端，也是最广为人知的模式。但是，同时也必须认识到，格律乃至一切较为固定的韵律体系，都是在历史中形成的，往往处于变动的过程中，必须从活生生的语言节奏出发，否则便有僵化的危险，需要再次进行变革。现代英语、法语等语言诗歌中的自由诗运动就是这种企图打破僵化的韵律体系（即格律），重新引入源头活水的努力。自由诗也可以形成种种不太固定的韵律手段，只是由于人们看不到金字塔"塔尖"（格律）的存在，所以会误以为它没有"韵律"或者没有"节奏"。[1] 用这个视野来回顾中国韵文发展的过程，便会更明了一些内在的规律。在先秦时代的诗歌中（如《诗经》与《楚辞》），格律与节奏浑然不分，或者说，格律尚未明确、固化。因此，在同一首诗中，也往往会出现四言、五言、六言、七言等不同长度的诗行，这一时期的节奏的同一性多以简单直接的重复（如复沓、叠章）营造，押韵方式也比较多样化。而自汉魏之后，诗体开始凝固，先后出现了五言、七言诗体，并且逐渐明确在偶数诗句末押韵这一硬性规定。这个"格律化"的时期长达一千多年，它既是中国诗歌的辉煌盛世，也是逐渐走向僵化的时期。"五四"时期的诗体变革，本质上就是打破格律造成的诗体与口语（日常语言）的隔绝，让日

---

[1] 虽然有的研究者未必会同意这里对"格律""韵律""节奏"等概念所作的界定，而且这些词语的涵义在历史中本来就是不断变迁的。但是考虑到现代诗论中这些概念的使用经常处于混乱不堪的状况，这给严密的分析和体系性的理论建构带来极大的困难，也给新诗的形式问题带来很多不必要的歧解和争论。因此，区别这些不同的概念层次势在必行。

常语言和现代语言的节奏重新进入诗歌中的一种努力。

正如沃伦所观察到的那样,诗歌的韵律与日常语言的节奏一直有着一种"张力",它存在于"韵律的刻板性和语言的随意性之间",也存在于"散文体与陈腐古老的诗体"之间。[1] 在很多情况下,这种张力本身也可以成为格律诗体的一个重要的诗意生成机制,成为诗歌创造和诗体更新的动力。但是,在某一诗体发展到僵化的阶段,就会出现一种彻底更新和推翻它的需求。帕斯观察到,"在诗歌的内部开始产生一种斗争:要么是格律度量压制形象,要么是形象冲破这种禁锢,返回到口语,然后形成新的节奏"[2]。他指出:"一个现代意象往往会被传统的格律弄得支离破碎,它往往很难适宜于传统的十四或者十一音节格律,这种情况在过去格律就是口语的自然表达的时代是不会出现的。"[3] 与此相反,自由诗恢复了这种联系,它往往就是一个完整的意象,而且可以一口气读下来,甚至经常不用标点。他提出:"自由诗就是一个节奏整体。劳伦斯(D. H. Lawrence)认为自由诗的整体性是由意象带来的,而不是外在的格律造成的。他曾引证惠特曼的诗行,说它们就像是一个健壮的人的心脏的收缩和扩展。"[4] 可以说,自由体的出现也是诗

---

[1] 赵毅衡编:《"新批评"文集》,北京:中国社会科学出版社,1988 年,第 181—182 页。

[2] Octavio Paz, *The Bow and the Lyre*, R. L. C. Simms, trans. Austin: University of Texas Press, 1987, p.59.

[3] Octavio Paz, *The Bow and the Lyre*, R. L. C. Simms, trans. Austin: University of Texas Press, 1987, p.60.

[4] Octavio Paz, *The Bow and the Lyre*, R. L. C. Simms, trans. Austin: University of Texas Press, 1987, p.60.

歌写作主动适应语言条件的结果。

诗体约束与语言条件的适应问题在中国诗歌的现代转换过程中也同样存在。在白话文运动中，作家们都或多或少地意识到了旧诗的诗体与格律规则对于语法、措辞的巨大的约束乃至压制，也认识到，在传统诗体的框架下是无法容纳一门语法相对严密、用词较为灵活的现代语言的，即现代汉语。当然，诗体与语言的这种冲突并非到了"五四"前后才出现，哪怕是在旧诗的巅峰期，我们都可以看到诗体与韵律要求对于语法、措辞的强有力的干预。王力在《汉语诗律学》中指出：

> 古诗的语法，本来和散文的语法大致相同；直至近体诗，才渐渐和散文歧异。其所以渐趋歧异的原因，大概有三种：第一，在区区五字或七字之中，要舒展相当丰富的想象，不能不力求简洁，凡可以省去而不至于影响语义的字，往往都从省略；第二，因为有韵脚的拘束，有时不能不把词的位置移动；第三，因为有对仗的关系，词性互相衬托，极便于运用变性的词，所以有些诗人就借这种关系来制造"警句"。[1]

由于诗体与格律的要求，近体诗往往省略虚词，还常常使用倒装、词的变性等手法，一句诗经常只余名词、动词等实词（如"鸡声茅店月，人迹板桥霜"之类）。这样一来，

---

[1] 王力：《汉语诗律学》，上海：上海教育出版社，2002年，第261页。

在旧诗中（尤其近体诗中），语法关系经常是断裂的，甚至是含混的、模棱两可的。高友工、梅祖麟曾将此特征称之为"独立句法"（其实叫"断裂句法"或者"不连续句法"更明确一些），比如杜甫的"江汉思归客"（《江汉》），此句以两个名词性的部分组成，即"江汉"与"思归客"，两者之间关系是不明确的，这里有两种理解方式：一种是把"江汉"理解为地点条件（状语），即"在江汉，一个思归客"；另一种是将其理解为定语，即"一个江汉的思归客"。前者意味着"江汉"是当下的地点，后者则意味着"客"来自江汉。[1] 因此，这里便存在歧义或者多义现象。这种现象在五言、七言诗中是非常常见的，此处就不详细列举了。之所以出现这种句法上断裂、语义上含混的现象，高友工、梅祖麟认为首先是诗体与格律上的影响所致：

> 其一，除了最后两句，近体诗的每行都构成一个独立的单位，当两行组成一联时，独立性就更强；对句的形式总是阻碍诗中内在的前驱运动并引起两句中对应词之间的相互吸引。其二，七言诗中的主要停顿位于第四音节之后，次要停顿位于第二音节之后，五言诗的主要停顿则在第二音节之后。因此，出现在五、七言诗句首的双音节名词，凭借这些节奏特征，已经获得了某种程度的独立。[2]

---

[1] 高友工、梅祖麟：《唐诗三论》，李世跃译，北京：商务印书馆，2013 年，第 56 页。

[2] 高友工、梅祖麟：《唐诗三论》，第 55 页。

可见，字数的拘牵，对仗与停顿的安排都导致了近体诗经常在语法上"不连续"，也就是没有明确的主谓宾定状补关系，经常以纯实词拼合的方式出现，这固然有利于格律上的安排，也有利于凸显实词意象，在表现上比较直观、生动，也有利于加强实词意象之间的暗示性联系。[1] 但是，这种方式的问题也很明显，即其格律与意象效用的达成是以削弱或扭曲语法、删割词语、颠倒语序为代价的，因此也就慢慢与日常语言拉开了距离，有时甚至"禁锢"了日常语言。这个问题不仅近体诗中有，在古体诗、词、曲，还有骈文、赋中也多少存在——最显著的自然是在既有字数要求，又有对仗要求的律诗与骈文中。因此，这两种文体也恰好成了"五四"时期的文学改革者们最激烈攻击的对象。例如，胡适经常指责旧诗文句法的"不通"，"尤以作骈文律诗者为尤甚"，"夫不讲文法，是谓'不通'"。[2] 为此，他把"讲求文法"列为其文学改良主张的"八事"之一。[3] 他提出："只有欧化的白话方才能够应付新时代的新需要。欧化的白话文就是充分吸收西洋语言的细密的结构，使我们的文字能够传达复杂的思想，曲折的理论。"[4] 胡适的看法若孤立起来看，显得颇为独断、偏颇。但是，若从

---

[1] 如"鸡声茅店月，人迹板桥霜"中，"鸡声"与"月"在时间上联系，此时应是鸡声已起而月亮尚可见的黎明前，而"人迹"与"霜"则暗示动作之间的联系，若无"霜"，显然也不易于见到"人迹"。

[2] 胡适：《文学改良刍议》，收入《中国新文学大系·建设理论集》，胡适编，上海：良友图书公司，1935年，第37页。

[3] 同上，第37页。

[4] 胡适编：《中国新文学大系·建设理论集》，上海：良友图书公司，1935年，"导言"第24页。

前文所述之格律与句法之矛盾关系来看，胡适的做法有其不得不为的初衷。因为律诗和骈文这两种文体，恰好就是诗与文中受到格律法则支配最深的体裁。对于胡适而言，最为迫切的是让逻辑关系明确的现代语言用文学的方式"催生"出来。他优先考虑的显然是如何让现代汉语在诗歌写作中"立足"，而不是建设诗歌的韵律形式。所以他反复强调把话说"通"；而且他屡屡提醒人们要注意语法，不要因为诗律的需要去写一些"病句"，这说明他对于传统诗文中语法与逻辑受到格律的挤压这个根本问题是有直觉的感知的。[1]

关于诗体与格律对语言、语法的禁锢，钱玄同有更激烈的表述。他在《〈尝试集〉序》中说，败坏白话文章的"文妖"有二：一是六朝骈文，因其"满纸堆砌词藻……删割他人的名号去就他文章的骈偶"[2]。从现在的观点来看，

---

[1] 当然，这种"挤压"（我们把它理解为一个中性词），对于诗歌写作而言是优点还是缺点，依然是一个有待讨论的问题。叶维廉在其比较诗学的论述中，对于传统诗歌这种忽视语法与逻辑关系的倾向颇为赞许，他注意到，旧诗经常省略虚词，忽略时态的差异，省略人称代词主语，很少使用解释性、演绎性的词语，他以为这实现了一种"自然显露""直接呈现"的表达方式，可以造成"蒙太奇效果"，为诗歌带来朦胧多义与含蓄韵致。反之，叶维廉对"五四"以来的汉语诗歌在语法、逻辑上变得更为明确的倾向颇有微词，他认为这让白话具备了太强的"分析性"和"演绎性"，一定程度上丧失了诗性，变成了白话诗歌写作中的"陷阱"（叶维廉：《中国诗学》，北京：人民文学出版社，2006年，第333—334页）。古典诗歌语言这种美学上的特点当然有其可取之处，但是"五四"以来的诗体变革也有其"不得不为"的必要，而且现代汉语在语法、逻辑上变得明确化并非只是诗学上的"弱点"，也起到开拓表意空间的作用。另参见李章斌：《现代汉诗的"语言问题"——叶维廉〈中国现代诗的语言问题〉献疑》，《中国现代文学研究丛刊》，2022年第2期。

[2] 钱玄同：《〈尝试集〉序》，收入胡适《尝试集》，合肥：安徽教育出版社，2006年，第4页。

"堆砌词藻"主要涉及格律法则中语词意象的对仗问题，"删割名号"则涉及语词的缩减与扩展问题，因为格律必须控制词语的"时长"，即相互对仗的词语需要字数（音节数）一样。钱玄同说的第二个"文妖"是宋以降的"古文"，因其只会学前人的"句调间架"，"无论作什么文章，都有一定的腔调"。[1] 这同样也是韵律感占了太大的分量，导致节奏模式僵化的问题。所以钱玄同云其病在"卖弄他那些可笑的义法，无谓的格律"。[2] 这样显然不是没有代价的。作为"古文家"之一的曾国藩曾说："古文无施不宜，但不宜说理耳。"钱玄同打趣此言道："这真是自画供招，表明这种什么'古文'是毫无价值的文章了。"[3] 钱玄同敏锐地观察到，连本来以说理为要务的"古文"，在宋代以后也逐渐被韵律法则过多地支配，而慢慢变得"不宜说理"，甚至还形成了"格律"。其他文体（如赋、诔、骈文）就更是如此：对偶、复沓、排比的大量使用，词句的整齐等"风格化"、韵律化的努力让这些文体的重心很难落到逻辑与思想方面上，韵律模式的驱动力压倒了逻辑的驱动力。这也是为什么在这些文体中很少有达到先秦诸子散文所达到的思辨高度的作品的原因。可见，韵律法则的过多支配，正是汉魏以降中国散文思想性、逻辑性较为薄弱的根源之一，也是传统中国文学中散文体裁让位于诗体的标志之一。

本来，在传统文学与思想的框架内，旧诗文的种种特

---

[1] 钱玄同：《〈尝试集〉序》，收入胡适《尝试集》，合肥：安徽教育出版社，2006年，第4页。
[2] 钱玄同：《〈尝试集〉序》，第5页。
[3] 钱玄同：《〈尝试集〉序》，第4—5页。

征（包括格律、语法、用词上的特征）也自有其存在的根据，未必尽是缺点，也有其卓越精微之处；但是，在现代世界的复杂、丰富的语言与思想状况的对照下，这些缺陷就被陡然放大，而且变得叫人无法忍受了。鲁迅与胡适、钱玄同有着极其相似的看法，他认为：

> 中国的文或话，法子实在太不精密了，作文的秘诀，是在避去熟字，删掉虚字，就是好文章，讲话的时候，也时时要辞不达意，这就是话不够用，所以教员讲书，也必须借助于粉笔。这语法的不精密，就在证明思路的不精密，换一句话，就是脑筋有些胡涂。倘若永远用着胡涂话，即使读的时候，滔滔而下，但归根结蒂，所得的还是一个胡涂的影子。要医这病，我以为只好陆续吃一点苦，装进异样的句法去，古的，外省外府的，外国的，后来便可以据为己有。[1]

无论是鲁迅还是胡适，都有很深的旧学功底，深谙旧诗文的根本性缺陷，因此，他们的改革举措也极有针对性，这样才能从根底上撼动传统文体几千年的统治地位。"五四"一代人建设现代语文的主张虽然偏颇，但非常有效。

从这条线索来看，新诗变革的本质，首先是把语言从诗体要求与格律的"强制"所导致的"变形"状态中解放

---

[1] 鲁迅：《关于翻译的通信》，《鲁迅全集》，第四卷，北京：人民文学出版社，2005年，第391页。

出来，重新引入源头活水，让新鲜的现代语词较为自由地进入诗歌写作中，并采纳口语的自然节奏。这种变化用"五四"时期常用的一个比喻说，即从"缠足"到"天足"的变化。在语法方面，一个根本性的转变就是由过去大量的断裂、不连续句法，到基本连续、统一的句法，即句法结构相对严密、明确了，话说得明显要"通"了。这是因为诗体与格律上的硬性约束解除了，旧诗中"独立句法"（或断裂句法）的前提条件不存在了。反过来说也成立，新诗在节奏上之所以走向以自由诗为主体的状况，根本原因也在于需要容纳现代汉语这门语法上相对严密、用词上较为灵活自由的语言。可以说，现代汉诗的节奏特色与现代汉语的语法、词汇特点的形成是互为前提、相辅相成的。这也是为什么新诗变革要从诗体与语言两方面同时进行革新。换言之，在现代汉语（包括其词语、语法、语气等方面）的条件下，已经很难再让诗歌的写作适应于传统格律诗体。新诗革命的先驱者胡适在不同形式的诗歌写作"尝试"中，已经深刻地触及这一问题。他在早期曾经考虑过保留旧诗的五言、七言形式，只在语言上进行革新，用现代汉语写旧诗。结果，他那些用现代汉语写成的五言、七言诗句往往过于单薄，显得支离破碎，像是刚解开裹脚布的缠足女子走路，并不自然："两只黄蝴蝶，双双飞上天。/不知为什么，一个忽飞还。"（《蝴蝶》）[1] 首句的"两只"已经成"双"，次句又言"双双飞上天"，显然是为了凑齐五字所迫，其重复啰唆与"一个和尚独自归，关门闭

---

[1] 胡适：《尝试集》，合肥：安徽教育出版社，2006年，第8页。

户掩柴扉""异曲同工"。钱玄同批评胡适诗集中"有几首因为被'五言'的字数所拘，似乎不能和语言恰和"[1]。因此，胡适在探索中决定彻底抛弃传统诗体，以长短不一的诗行来译诗、写诗，逐步找到了真正实现"话怎么说，诗就怎么作"的自然节奏。

当然，有必要承认的一点是，由于胡适等人颇为偏执地追求诗歌与口语的同一，着意于如何让现代语言（包括语法、词汇上的诸多特征）进入诗歌中，而不太重视如何让"诗"成其为"诗"，尤其是忽视了韵律形式的建设，这让他们受到很多传统诗歌的拥护者的攻击。但是，如若保存传统诗律的种种规范，又用完全自然的现代汉语写作，这在今日尚且不太可能，何况于当时？在韵律与语法这两极中，胡适、钱玄同等人更偏向的是语法这一极，他们考虑得更多的是诗歌的载体（语言）的完备，比如语法关系的明确、词汇的现代化、语气的自然等等，实现更复杂、丰富的表义可能性，以面对在思想上急剧变化的现代社会。概言之，他让诗歌首先成为"现代汉语的"，其次才是"诗的"。前一点对于新诗的形成，是决定性的；而后一点对于这个新诗体的立足，也是至关重要的，这是胡适一代留待后人解决的课题（参见第一编讨论）。实际上，如果将"韵律""节奏"概念从"格律"概念的笼罩下解放出来，认识到语言中的同一性的面相即可以构成韵律，并且意识到诗歌的韵律与语言本身的韵律之间的密切关系这一点，那么，

---

[1] 钱玄同：《〈尝试集〉序》，收入胡适《尝试集》，合肥：安徽教育出版社，2006年，第7页。

新诗（哪怕自由体新诗）的节奏和韵律不仅是必要的，而且是可能的。理论上的辨析可见本编上一章，这里仅举一个例子以便于读者明了此点：

（我打江南走过
那等在季节里的容颜如莲花的开落）

东风不来，三月的柳絮不飞
你的心如小小寂寞的城
恰若青石的街道向晚
跫音不响，三月的春帷不揭
你的心是小小的窗扉紧掩

我达达的马蹄是美丽的错误
我不是归人，是个过客……
——郑愁予《错误》[1]

这首诗从体式上说当然是自由诗，写得既不整齐，也很少押韵（只有第 1—2 行和第 5、7 行相互押韵），看上去颇为"散文化"，读起来自有优美且独特的韵律感。何故？细细查看，可以发现此诗也有很多重章迭唱的韵律装置。比如"东风不来，三月的柳絮不飞"与"跫音不响，三月的春帷不揭"二句，"你的心如小小寂寞的城"与"你的心是小小

---

[1] 齐邦媛主编：《中国现代文学选集》，第一册，台北：尔雅出版社，1983 年，第 177 页。

294　"声"的重构：新诗节奏研究

的窗扉紧掩"二句，句式、措辞基本保持一致，隐隐中加强了语言中的同一性与韵律感。之所以可以称为"韵律"，是因为句式、词语的重复与押韵这种同一声韵的重复模式在本质上并无二致。只是这里的句式、词语的复叠并不像旧诗中那般固定、整饬，而更多的是"见缝插针"般融入诗歌的措辞中，流动自然，故称为"非格律韵律"。值得注意的是，第二节诗中还有一个微妙的"不"字的多次重复：平常我们看到诗中的这些意象多是它们"在"的状态，这里却屡屡重复一个"不"字（不在），暗示着等待恋人那种若有所失的失落与忧郁。这些"不"在语义上具有陌生化的效果，起到"突出"的效应，因此也起到很强的韵律作用。另外，这首诗结束的方式也值得玩味，"过客"的"过"既与上一行的"错误"的"错"谐韵，而"过"又与"归"形成双声，声韵重叠之间有巧妙的暗示：我"过"而不"归"，而你"错"将"过客"作归人，看来是一个美丽的误会。

更有意思的是"恰若青石的街道向晚"与"你的心是小小的窗扉紧掩"二句，这两句押韵倒是其次，值得注意的是两者在句式与语法上有着巧妙的同一与共振。两者都是双重谓语的构型，比如"恰若"已然是谓语动词，后面却又接着一个动词"向晚"，"你的心是小小的窗扉紧掩"也是如此。读者或许会问，为什么不写成"恰若向晚的青石的街道"呢？这一点诗人杨牧有精到的观察："心如小城也并不惊人，但接着一句无可回换的'恰若青石的街道向晚'使愁予赫然站在中国诗传统的高处。'青石的街道向晚'绝不是'向晚的青石街道'，前者以饱和的音响收煞，后者文法完整，但失去了诗的渐进性和暗示性。诗人的观察往往是平凡的，合乎自然的运行，文法家以形容词置于名词之前，诗人以时间的嬗递秩序为基准，见青石街道渐渐'向晚'，揭起一幅寂寞小城的暮景……"[1] 杨牧很敏锐地察觉到此中的"中国句法"，确实在旧诗词中十分常见，比如李煜的"寂寞梧桐深院锁清秋"与"别是一般滋味在心头"（《相见欢》）都是如此。这里之所以不用严密的主谓宾句式，是因为诗人的表达要考虑更多的是词语的"时间性"（出现的秩序）问题，这样的词序安排更符合诗人观察的自然顺序。前文说过，现代汉诗在语法上的大趋势是变得统一与连续了，但是某些诗句重新回归古典传统依然是有可能的，包括前文说的"不连续句法"与这里的双重谓语句式，其实在新诗中也屡见不鲜，甚至在流行歌曲的歌词中也不少见。可见，虽然新诗已经废弃旧诗的格律体式，但依然在韵律乃至句法上与旧诗词"暗通款曲"，因之生发出一种既灵活自由又有韵律的诗体。

当然，分析新诗节奏不能仅仅关注这些重复、对称的韵律结构，它的节奏还包括很多微妙而难于把捉的层次。比如前文《错误》一诗的前两行："我打江南走过/那等在季节里的容颜如莲花的开落"，这两行除了押韵就没有别的韵律装置了，不过它的好处却不在押韵，而在于其诗行长短的相互对比。"我打江南走过"自然是一个短促的动作与过程，然而"那等在季节里的容颜如莲花的开落"却需要经历漫长岁月。由此，节奏长度上的一短一长的对比不仅

---

[1] 杨牧：《传统的与现代的》，台北：志文出版社，1974年，第161页。

仅是为了造成错落有致的声响效果,其实也在暗示一短一长的时间对比:殊不知在"我"走过的一瞬间,那等待的"容颜"已历经漫长岁月,由此这一长句就显得意味深长了。这里的节奏感涉及另一个面相,即"非韵律面相",涉及节奏的时间"边界"问题(即一个节奏片段所延续的时间长度),这是跟节奏作为一种"语言的时间性"的本质内在地关联的,这个问题我们将在下章讨论。

第三章　节奏的"非韵律面相"与"语言的节奏"

前面讨论了诗歌节奏体系的历史变迁问题，格律源自语言中鲜活的节奏，每一个语种诗歌中的格律体系都是由一些常用的韵律法则逐步凝练、固化而成的；但是，在诗歌发展的某些阶段，它也会压制乃至禁锢语言中的自然节奏，出现很多诗歌特有的、变形的表达方式。而到了现代，已有的格律诗体很难再容纳现代汉语这门语言，因此便出现了从根本上推翻它的需要。把固化的、周期性的格律废除之后，我们依然可以在自由体诗歌中找到较为灵活的、同一性的声音模式，即"非格律韵律"。然而，需要认识到，在大量的自由诗作品中，并非每首诗、每行诗都会使用双声叠韵、排比对偶、叠词叠句、复沓回环之类的语言复现结构，那么在这样的诗中，"节奏"以什么方式存在？与散文的节奏有无区别？显然，以同一性为根底的"韵律"概念是很难解决这个问题的。另外，现代诗歌的传播与接受方式是相对书面化的，即读者更多的是在书页（或屏幕）上"读"诗，而不是"听"诗，口耳相传的方式已经很少在现代诗中见到了。那么，呈现在书页与屏幕上的诗歌形式，比如分行、标点、空格、分节以及诗歌的整体排版与布局，与诗歌的节奏有无关系呢？这也是"韵律"概念很难涵盖的范围。此外，前文讨论过，就当代诗歌的总体趋势而言，已经走向了"韵"之离散的状况，诗人们在使用叠词叠句、排比对偶等韵律机制时变得非常谨慎。于是，新的问题来了——在同一性崩散、韵律趋于涣散的现代诗歌中，"节奏"又是什么状况呢，是否与散文毫无区别？

因此，有必要讨论节奏的"非韵律面相"问题，这个问题实际上与过去学者所触及（却并未展开论述）的"语言的节奏"概念有关。节奏的"非韵律面相"或者"语言的节奏"这个概念的提出，首先意味着"节奏"与"韵律"也不是一个概念。韵律意味着语言元素的复现，以此为基础形成某种同一性和"结构"。而节奏自然可以包括"韵律"，但又不限于"韵律"，因为在节奏中还有很多因素无法用复现、对称和同一性的角度来解释，而更为微妙、灵动，也更难把握，故而称为"非韵律面相"，或者说，"非结构性面相"。相对于种种韵律结构而言，它们虽然细微琐碎，但是与节奏的时间性关联更为直接，不可不察。其次称其为"面相"，意味着它们只是某些因素和成分，并不是完全与"韵律"对立的另一种节奏方式。在新诗中，这些面相往往与韵律结构相互配合，形成整全的节奏感和诗歌的"有机整体"。我们知道，旧诗中的"节奏"，并不与"格律"雷同，而是潜伏于格律之下的声响之具体性，但也正是在"格律"体式的对照下，"节奏"的个性才能为读者所感受到。那么，到了新诗之中，"格律"不存在了，与"节奏"对照的因素也不存在了，这样的"节奏"又该如何分析呢？这里，笔者想提出几个节奏分析的技术问题，即（1）节奏边界的控制；（2）节奏速度、强度的安排；（3）具体声调、音质的选用与声音的起伏；（4）语法的构造与节奏的关系。这些问题未必能够完全涵盖新诗节奏的方方面面，而仅仅是一些可供进一步讨论的"起点"，从这些起点出发，按图索骥，或可为灵活多变的新诗节奏找到一些稍微具体的观察视镜。

一、被遮蔽的"语言的节奏"

在展开技术性的分析之前，需要重探一桩诗律学的"旧案"，即朱光潜所提出的"语言的节奏"问题。在有关诗歌的节奏研究中，朱光潜的《诗论》是一本具有典范性的论著，对迄今为止的新诗节奏研究有着深远的影响。然而，就在这本集大成之作中，关于"节奏"本身的定义却出现了令人生疑的模棱两可。《诗论》中至少出现了两种"节奏"定义和性质认定，这两种定义之间的关系却是耐人寻味的。一种是"语言的节奏"，另一种是"音乐的节奏"。关于两者的区别，朱光潜说："语言的节奏是自然的，没有规律的，直率的，常倾向变化；音乐的节奏是形式化的，有规律的，回旋的，常倾向整齐。"[1] 按朱光潜所论，诗源自歌，所以必有音乐的节奏，而又以语言为载具，所以也有语言的节奏。那么，诗的节奏就是"束缚之中有自由，

---

[1] 朱光潜：《诗论》，北京：北京出版社，2005年，第160页。

整齐之中有变化"[1]。然而，再往下读，读者不难发现朱光潜在有关中国古诗的分析中更重"整齐"（"音乐的节奏"）之一端，而对所谓"变化"（"语言的节奏"）基本上是存而不论的。他分析旧诗节奏，尤其看重旧诗中的"顿"，言中国诗的节奏"大半靠着'顿'"[2]，另一小半则是"韵"[3]。朱光潜之所以倚重此二者，主要是因为它们都是相对规整的节奏因素（至少在旧诗中基本如此），脚韵自不必说，它们都固定地出现在句尾。"顿"在旧诗中也是模式化的。在朱光潜看来，"中文诗每顿通常含两字音，奇数字句则句末的字音延长为一顿，所以'顿'颇与英文诗'音步'相当"[4]。可以看出，朱光潜对"顿"之规律的把握有着清晰的英诗格律的烙印，勉强造成一种均齐节奏的假象。[5] 基于这种理解，朱光潜推论说："旧诗的顿完全是形式的，音乐的，与意义常相乖讹。凡是五言句都是一个读法，凡是七言句都另是一个读法，几乎千篇一律，不管它内容情调与意义如何。"[6] 如果他的推论成立的话，那么旧诗节奏岂不主要是一种整齐的"音乐的节奏"，而基本没有"语言的节

---

1 朱光潜：《诗论》，北京：北京出版社，2005年，第160—161页。
2 朱光潜：《诗论》，北京：北京出版社，2005年，第210页。
3 朱光潜：《诗论》，北京：北京出版社，2005年，第231页。
4 朱光潜：《诗论》，北京：北京出版社，2005年，第212页。
5 就一般理解而言，五言、七言诗句的末三字是一个顿，然而朱光潜将其分为两个"顿"，即"2+1"，而且把后一个顿的时长假定为具有两个音节的时间长度，这都是英诗格律观念的清晰印记（格律体英诗中每一个"音步"的音节数量一般假定为是均等的，比如五音步抑扬格，即五个音步，每音步有轻重两个音节，均齐重复——当然这只是假定，实际情形却是相当多变的）。如果五言诗的顿是两顿（"2+3"），七言是三顿（"2+2+3"），那就不完全符合"整齐"的规律了。
6 朱光潜：《诗论》，北京：北京出版社，2005年，第221页。

奏"的地位了，即没有太多的灵活变化可言？

朱光潜对旧诗分顿的判断到底能否完全成立，此处我们不详论。这里再补充一些朱光潜在其对诗歌"节奏"认定中有所偏向的例证，即偏向整齐的"音乐的节奏"的一面。（1）朱光潜意识到旧诗分顿其实经常是灵活的，比如谈到"中天月色好谁看"，如果分顿成"中天—月色好—谁看"，朱光潜认为也"未尝不可用"，[1] 虽然这并不符合他所概括的规律（"2＋2＋2＋1"）。而像"似梅花—落地，—如柳絮—因风"，则更与他假定的规律（"2＋2＋1"）相差甚远，他认为这"在音节上究竟有毛病，因为语言节奏与音乐节奏的冲突太显然"[2]。令人忍俊不禁的是，这种不太符合他认定的"音乐节奏"规律的例子，他径直认为是"有毛病"的，将之打发到不可取的特例中去，因而也影响不到他关于旧诗节奏模式化的整体判断。（2）朱光潜把那些不太符合齐整规律的节奏因素剔除出去，没有放入他所指认的"节奏"定义之内。比如平仄四声，其规律相当复杂而且多变，他认为"四声对于中国诗的节奏影响甚微"[3]。这就更令人疑惑了，平仄涉及声音的音调乃至长短，怎么就不影响"节奏"了？朱光潜将"节奏"这样作定义："单就声音的节奏来说，它是长短、高低、轻重、疾徐相继承的关系。这些关系时时变化……"[4] 按照这个定义，四声对于"节奏"的影响恐怕远不止"甚微"。朱光潜所谓影响"甚

---

1 朱光潜：《诗论》，北京：北京出版社，2005年，第213页。
2 朱光潜：《诗论》，北京：北京出版社，2005年，第215页。
3 朱光潜：《诗论》，北京：北京出版社，2005年，第201页。
4 朱光潜：《诗论》，北京：北京出版社，2005年，第151页。

微",其实指的是对节奏的均齐进程影响甚微,而非对广义上的"节奏"没有影响。由此可见,要疏通这些朱光潜理论体系中的模棱两可、自相矛盾之处,必须认识到《诗论》中称为"节奏"的词语往往在不同语境中有不同的含义:一种是变化的、无定的节奏概念;另一种是均齐的、模式化的节奏概念。而朱光潜在《诗论》中想要着重指认、定性的"节奏",主要是后一种节奏概念。正是从这种"节奏"的指认中,可以清晰地看到那些不太整齐、不具有硬性的均齐分布规律的因素被舍弃掉了,由此造成了旧诗节奏如同时钟里秒针匀速转动一样的假象。

进一步说,这种对于齐整、均质、匀速的节奏模式(或者模式化节奏)的渴求是新诗节奏研究中一个挥之不去的阴影,朱光潜显然不是孤例。对于新诗缺乏固定形式的焦虑,普遍地存在于有关新诗节奏的讨论中。前有二十年代闻一多、饶孟侃等新月派诗人和理论家的格律论述,后有五十年代的新诗格律大讨论。闻一多认为:"字数整齐的关系可大了,因为从这一点表面上的形式,可以证明诗的内在精神——节奏的存在与否。"[1] 为此,他主张以数量固定的"音尺"来构建诗行。而五十年代孙大雨、何其芳各自对"顿"(或"音节")提出了相似的定义,孙大雨称之为"音节","音节"相加而成"音组":"至于音节,那就是我们所习以为常但不大自觉的、基本上被意义和文法关

---

[1] 闻一多:《诗的格律》,原载《晨报》副刊1926年5月13日,收入《闻一多全集》第三卷,北京:生活·读书·新知三联书店,1982年,第415、417页。

系所形成的、时长相同或相似的语音组合单位。"[1] 而何其芳称之为"顿":"我说的顿是指古代的一句诗和现代的一行诗中的那种音节上的基本单位。每顿所占的时间相等。"[2] 他对格律诗的规定则是,"我们说的现代格律诗在格律上就只有这么一点要求:按照现代的口语写得每行的顿数有规律,每顿所占的时间大致相等,而且有规律地押韵"[3]。两者都主张每行顿数(或"音节"数)一定,那么我们不妨来做一个算术题,如果每顿时长相近或相同,每行顿数一定,那不也等于说是每行的总时长基本相同而且内部的节奏进程相同?这里就可以清晰地看到英诗格律曾经在朱光潜理论中打下的那个烙印了。

闻一多、孙大雨、何其芳等的观点都可以视作对新诗节奏所进行的一种整齐的规整,他们假定新诗可以有,而且应该有一种大体上匀速的、均质的节奏。但是,相对而言,朱光潜在理论上更为谨慎一些。他虽然认定旧诗节奏主要是整齐的"音乐的节奏",但对"语言的节奏"存而不论,至少在理论上留下一个"缺口"。而关于新诗的节奏,他坦言"很不容易抽绎一些原则出来","就大体来说,新诗的节奏是偏于语言的"。[4] 至于他在旧诗中"抽绎"出来的整齐的"音乐节奏"在新诗中有无存在的必要,《诗论》

---

[1] 孙大雨:《诗歌底格律》(续),《复旦学报》(人文科学)1957年第1期,第10页。按:此处孙大雨所说的"音节"与语言学一般说的"音节"(syllable)不同,也不是"五四"时期常用的意指节奏的"音节",更接近朱光潜所说的"顿",一般包括两个以上的"音节"(syllable)。
[2] 何其芳:《关于写诗和读诗》,北京:作家出版社,1956年,第58页。
[3] 何其芳:《关于写诗和读诗》,第70页。
[4] 朱光潜:《诗论》,北京:北京出版社,2005年,第165页。

亦存而不论。朱光潜对于他的"顿"说，以及背后的"模型-预期"理论能否在新诗中实现并不抱太大希望。对于新月派诗人的格律体新诗实验，朱光潜在1936年发表的《论中国诗的韵》一文中指出："旧诗分顿所生的抑扬节奏全在读的声音上见出，文字本身并不像英文轻重分明。现在新诗偏重语言的节奏，不宜于拉调子读出抑扬的节奏来，所以虽分有规律的音步，它对于音节的影响仍是狠（很）微细。"[1] 显然，哪怕写得整齐的"格律体"新诗也还是偏重"语言的节奏"，那么它的在诗律学上的必要性就显得不太充分了，这是他保持谨慎判断的原因之一。

把时间线放回到八十年代以后，对于种种格律体式和节奏模型的探索显然在当代已经走入了低潮，很难再掀起三十年代中期和五十年代那样的讨论热潮，即便偶尔有诗人、批评家提起，也未能激起太大的波澜。对于过去的格律探索，诗人西川甚至如是评价：

> 他们大多是一些创造力匮乏、趣味良好、富有责任感的好心人。他们多以19世纪以前的西方诗歌为参考系，弄出些音步或音尺，这没什么太大意思。将"为什么我的眼中常含泪水"划分成"为什么/我的/眼中/常含/泪水"五个音步或者"为什么我的眼中/常含泪水"两个音步，这没什么太大的意思。难道五个音步就比两个音步更经典吗？……现代汉语诗歌当然有它内在的根由，

---

[1] 朱光潜：《论中国诗的韵》，《新诗》第1卷第2期，1936年，第207页。

有它的音乐性、它的轻重缓急、它的绵密和疏松、它的亮堂和幽暗、它的简约和故意的饶舌、它的余音、它的戛然而止、它的文从字顺、它的疙疙瘩瘩、它的常态、它的反常，所有这一切，是使用语言的人绕不开去的。[1]

西川的评价显得激烈，却也颇中要害。"好心人"虽然有对新诗这一文体的"责任心"，但把"好心"用错了地方：他们固执地把希望托付在一个新诗很难实现的前景上，即一种整齐、均质、匀速的节奏模式，却很少反思这个模式究竟和现代汉语之间能否"适配"。这套"音步"（或顿）的均齐规律其实是主观地加上去的，并没有太多的现实依据，在新诗中它的划分带有明显的随意性。在以自由体为主的新诗中，这套一厢情愿的对均齐节奏的假定，在诗歌的写作与欣赏中却几乎是无用的，它无法进入新诗写作的"内核"中去。那么，被朱光潜称之为"语言的节奏"或者被西川形容为"轻重缓急""绵密和疏松"等诸种特征的"节奏"到底应该如何看待和分析呢？

过去，虽然新诗的写作并不以格律体为主导，但格律理论在诗律学中占据了强势的主导地位，这主要是因为只有格律理论提出了明确的节奏构成因素分析，而其他的理论（如"自然音节"论、"内在韵律"说）虽然更贴近新诗创作，但大都在节奏具体如何构成、如何实现和传达这样

---

[1] 西川：《大河拐大弯——一种探求可能性的诗歌思想》，北京：北京大学出版社，2012年，第228页。

的技术问题上顾左右而言他。由于格律理论的强势主导地位，节奏速度、强度的变化问题在很大程度上被掩盖了，仅有少数学者和诗人从技术层面稍微有所涉及。[1] 另一个原因是，现代汉语的轻重高低并没有绝对的硬性标准，因此论者也很难提出放之四海而皆准的规律，很多问题便只能付之阙如。在当代诗人中，很多诗人都意识到无法在整齐的格律模式下写作，也模糊地提出一些有关节奏和诗人创作心理以及时空感的关联的"感受"，但是在具体的节奏细节的分析上基本陷入沉默。比如骆一禾认为："这（诗歌的音乐性）是一个语言的算度与内心世界的时空感，怎样在共振中形成语言节奏的问题，这个构造纷纭迭出的意象带来秩序，使每个意象得以发挥最大的势能又在音乐节奏中互相嬗递，给全诗带来完美。这个艺术问题我认为是一个超于格律和节拍器范围的问题，可以说自由体诗是一种非格律但有节奏的诗，从形式惯例（词牌格律）到'心耳'，它诉诸变化但未被淘汰，而是艺术成品的核心标志之一。"[2] 我们同意他的判断，即"自由体诗是一种非格律但有节奏的诗"，主要"诉诸变化"。不过，"语言的算度"与"内心世界的时空感"具体有何联系呢？它们又如何创造特定的"语言节奏"呢？这些问题只能读者"自行体会"了。

在当代诗人有关诗歌节奏的言说中，普遍存在回避具

---

[1] 叶公超曾经在1937年《论新诗》一文中指出，闻一多的《一个观念》一诗由于顿逗与行句过于整齐，韵脚也得到特别加重，造成一种"整齐急促的节奏"，与诗本身的内容和情调并不相宜。（叶公超：《论新诗》，《文学杂志》第1卷第1期，1937年，第21—22页）

[2] 骆一禾：《骆一禾诗全编》，上海：上海三联书店，1997年，第842页。

体的论证和技术分析的问题,而仅仅强调诗歌形式与诗人心灵的"有机"联系。本质上,它们可以视作一种"作者诗学"。不过,"作者诗学"的持论者并不限于诗人,有的批评家的论说亦可包括在内。有学者认为:"'无形之形''内在之形'赋予了现代汉语诗歌一种神秘性和开放性,'自由'和'内在'让新诗的音乐性进入了不可言说的状态,这是新诗发展的必然,相对于古典诗歌,具有更多的不可操控性,而这样一种神秘性更符合现代人的经验特点。"[1] 如按此言所论,那么去探讨新诗的"声音"或者节奏就没有太大意义了,在不可言说的事物面前最好保持沉默。新诗节奏自然有不可言说的因素——旧诗节奏又何尝不是如此?——但批评家的任务是言说那些尚可言说的部分。"作者诗学"显然无法解决新诗节奏理论上所遭遇的困境。它的优点是较为贴近创作实践,不去悬设一个形式标准让诗人去遵守,对现代汉诗写作的自主性和自由有足够的尊重。可它的问题是不具有清晰的可分析性,更多是诗人的"夫子自道",很难在"作者—文本—读者"之间建立桥梁。尤其是关于诗歌的节奏与声音,往往在这些言说中成了"只可意会不可言传"的奥秘。这个问题早在郭沫若提出的"内在韵律"说那里就已初现端倪,不妨将后者视作现代"作者诗学"的开端之一。因此,对于新诗的节奏研究(以及广义上的形式研究)还亟须一种"读者诗学",或者在作者、文本、读者之间起到交流作用的"交流

---

[1] 李蓉:《从"声音"到"呼吸"——论新诗音乐性的现代转换》,《文艺研究》2017年第3期,第54页。

诗学"。

"交流诗学"或者"读者诗学"并不意味着排斥"作者诗学"所作出的种种关于新诗节奏的体会，只是更多从文本细节出发，立足于"看得见摸得着"的语言现象本身，以之为起点去考量作者的情思与"内心世界"问题。桐城派大家刘大櫆有言："学者求神气而得之于音节，求音节而得之于字句，则思过半矣。"[1] 这也可以用来概括我们的节奏研究的理论进路，即由字句而度音节（节奏），由音节而度神气。节奏之变化（无论旧诗新诗）虽然多端，但基本的面相无非快慢、高低、强弱、抑扬以及行止（停顿）。此中必然涉及诗人之"神气"等因素，确有不可言说或很难言说的方面。下文所勉力言说的，仅仅是一些初步的分析工具与手段，以及若干粗浅易见的语言细节，以此为起点思考影响新诗节奏变化的方方面面，以期能稍稍补足过去"作者诗学"付之阙如的一些空缺，起到"沟通"之效。

二、节奏划界：从"顿"到"边界"

（一）节奏的"边界"与情绪、意象的呈现

过去在旧诗中我们划分和认定诗体，首先是看其基本节奏单位是如何构成的，尤其是一个诗句绵延的时间长度，因此有了四言、五言、七言等诗体。而在新诗之中，每一

---

[1] 刘大櫆：《论文偶记》，收入《历代文话》，第四册，王水照编，上海：复旦大学出版社，2007年，第4117页。

句或每一行的字数以及时间长度不再遵守恒定的硬性规定（除了少数"格律体新诗"之外），那么它们的节奏的基本面貌应该如何描述呢？这里笔者想借用一个在国外诗律学讨论中经常使用的概念，即"边界"（boundary），所谓节奏的"边界"，即某个节奏段落在时间上绵延的长度和范围。对于新诗而言，和旧诗一样，句子自然意味着节奏的边界，不过，与句子同等重要——甚至更为重要——的节奏边界是分行。虽然新诗的一行经常就是一个句子，但是也存在以下情况：（1）一行内包括两个以上的句子；（2）一个句子跨越两行（或两行以上），即跨行。实际上，这两种情况都会对诗句的节奏进程带来潜在的影响（相对不分行的情况而言）。行的内部结构以及其长度不仅构成了诗的节奏边界，也奠定了一首诗在声音上的基本"调性"。另外，在新诗当中，由于书面形式是主要的传播形式，很多印刷与视觉因素也可以构成节奏边界，比如标点、空格等的使用，也经常隔断了节奏的进行过程。

当然，句与行之内还可以包括更小的节奏边界和单元，比如"顿"。在旧诗中，"顿"是一种相对稳固、明确的节奏边界，比如四言诗一般是前二字一顿、后二字一顿，即"2+2"，五言是"2+3"，七言是"2+2+3"，六言是"2+2+2"，虽然也有部分诗句例外，但毕竟是少数情况。有了这样稳固的句中节奏构造，句与句之间形成了周期性循环，节奏的变化虽然依然存在，但也是在一个大体整齐的节奏"框架"之内的变化。[1] 到了新诗之中，由于现代汉语组词

---

[1] 参见本书第一编第三章。

造句的变动不居，再加上虚词的大量使用，很难再把每一句话砍削成诸如"2＋2＋3"这样的周期性循环的格律句。另外，在现代汉语中，"顿"的效用是"机缘性"的，并不是按照词义和句法划分出来的任何"顿"都会在声响上体现出来，[1]而且"顿"的划分至今是模棱两可的，换言之，诗人以及读者未必会普遍一致地认同某个词、词组会构成一"顿"。"顿"作为一种节奏划界方式和节奏构成成分在新诗中还无法做到"约定俗成"，它也就很难变成一个可以由作者的手里传达到读者的心里的节奏特征，而更多是理论上的臆造——这也是前面西川质疑其效用的缘故。因此，我们倾向于在节奏边界讨论中弱化——但非取消——"顿"的作用的原因。

对于大部分新诗而言，不仅句中的顿是变动不居的——甚至如何划分都缺乏共识——行或者句子的长度也是变动不居的，这两个层次上的节奏边界都没有稳固的硬性"框架"，现代诗因此也就经常被认为在节奏上与散文无异。然而，诗歌既然用分行的方式排列，这本身就意味着对语言节奏的主动干预，行的结束不仅意味着一次停顿，分行书写的形式也让读者意识到行与行之间是平行的节奏单位，行的推进自然意味着节奏的推进，那么，如若诗行之间存在某些语词、语法、意象上的重复或者相似，自然

---

[1] 比如北岛的《回答》中"卑鄙是卑鄙者的通行证"一句，按照大部分新诗格律理论的划分方法，可以划分成"卑鄙｜是卑鄙者的｜通行证"或者"卑鄙｜是｜卑鄙者的｜通行证"，但在日常朗读中，完全可以只在"卑鄙"后稍稍停顿，后面"是卑鄙者的通行证"几个字一气读完。可见，顿的划分在现代汉语（包括新诗）中常常是模棱两可的，很难像旧诗那样在读者心里形成一种共识。

第三章　节奏的"非韵律面相"与"语言的节奏"　　311

也会让读者体会到韵律感（就像押韵在旧诗中的作用那样），无论每行的字数是否均等、行内顿的构造是否一致。例如，海子的《远方》：

  这时　石头
  飞到我身边

  石头　长出　血
  石头　长出　七姐妹

  站在一片荒芜的草原上

  那时我在远方
  那时我自由而贫穷

  这些不能触摸的　姐妹
  这些不能触摸的　血
  这些不能触摸的　远方的幸福
  远方的幸福　是多少痛苦[1]

很容易发现，行与行之间经常叠用相同的词语、句式，比如第3—4行、6—7行、8—10行，这些复叠排比增强了行本身带来的节奏效应，也让诗句充盈了韵律感。进一步说，读者会发现海子的诗歌中经常使用字词、意象的重复

---

[1] 海子：《海子诗全集》，北京：作家出版社，2009年，第471页。

来"推动"诗歌，构建整体的结构。在分行的诗句中之所以经常出现行与行之间的重复与呼应，是因为分行在一定程度上阻断了散文中句法的"垄断"地位，诗人有了罔顾一个句子是否完整、是否"通顺"的权力，[1] 从而可以更为轻松自如地安排重章叠句；而在散文中，由于语法的牵制，思维与叙述向前推进的需要，各种重复性的韵律因素的使用经常受到很大的牵制。我们可以尝试着把海子这首诗的分行分段空格形式去除，变成一段"散文"：

> 这时，石头飞到我身边。 石头长出血，石头长出七姐妹。 站在一片荒芜的草原上，那时我在远方，那时我自由而贫穷。 这些不能触摸的姐妹，这些不能触摸的血，这些不能触摸的远方的幸福，远方的幸福是多少痛苦。

如以散文的标准来看这段话，会发现整段话给人一种神经质的感觉，句与句之间显得毫无逻辑，仿若呓语，而且节奏显得过快，像是有人追杀向前逃命似的，可见，在散文形式中如此高密度地进行语词、意象的重复实际上是不太相宜的。相反，这些话在分行书写的诗中出现则显得颇为自然，并不会给人以违和之感。诗中的分行、分段不仅在

---

[1] 比如从"那时我自由而贫穷"到下一行"这些不能触摸 的姐妹"之间，就没有直接的承接关系。在散文中，说到"那时我自由而贫穷"时，我们会习惯性地往下说那时如何"自由"如何"贫穷"，或者因此而行为举止如何如何，不会毫无征兆地跳到"这些不能触摸的 姐妹"上去。这说明诗歌对于跳跃性的容忍度往往要高于散文，尤其是分行、分段给予了诗人这样做的便利，而散文往往需要考虑思路的连续与句子的完整。

视觉、听觉上赋予读者以呼吸的空间，而且赋予了这些话以情感的"结构"，安排了停顿与语气，还赋予了一定的情感"逻辑"。在这种形式与情感逻辑的框架下，重章叠句的韵律才显得有章法。可见，分行以及分段作为一种节奏边界实际上潜在地"默许"了韵律的形成。

　　不过，韵律并非本章讨论的重点，此处的重点是节奏的"非韵律面相"，即节奏中那些主要不以重复、对称等同一性结构发生效用的个体化因素，其中首先值得注意的是节奏边界的控制。这首诗中出现了空格，这些空格有的可以用逗号等标点替代，有的则不能。比如"石头　长出血"，"这些不能触摸的　姐妹"，等等。显然，空格是为了暂缓或者阻断节奏的进行，因此，它们构成了一种节奏的边界。然而，这里空格的使用并非像过去旧诗的"顿"那样为了加强节奏的整饬感；相反，很多空格还让节奏显得极其不规整，比如"这些不能触摸的　血"中的空格就让整句话分成了极其不成比例的长短两个部分。那么，这样怪异的节奏边界划分用意何在，有什么必要吗？

　　前面说过，这节诗已经在行与行之间有不少语词、句式的复叠，值得注意的是，当节奏单位之间重复性因素的密度增加时，往往也会加快或者加强语言的节奏，比如郭沫若的《天狗》就是明显的例子。然而，这首诗显然不是在传达昂扬激越的情绪，而是一种孤独与痛苦，过快过强的节奏对于它来说是不太相宜的。这时，空格的必要性就体现出来了，它们阻断、放缓了诗的节奏行进，让读者有了暂时凝神思索的时间和空间，体味诗中的情绪与意境。如果诗歌的节奏过快地向前冲，"余味"就略显不足了。

进一步说，诗中之所以在"石头""血""姐妹"之类的名词意象或词组前后空格停顿，在诗意传达上还另有微妙的效果。在上一章讨论过，旧诗中的语法经常处于一种不连续或者断裂的状态，缺乏明确的主谓宾定状补关系，这种状态被一些学者称为"独立句法"，比如"江汉思归客""鸡声茅店月"等。[1] 相较而言，使用现代汉语的新诗在语法上变得相对严密和连续了，大部分诗句都有了相对明确的主谓宾关系。其优点是表意的空间和容量扩大了，但是也慢慢变得与散文同一了。此外，叶维廉注意到，新诗中虚词的大量使用，语法、逻辑关系的显明，在一定程度上会损害意象传达的直接性和多义性，变成一种"分析性""演绎性"的文字。[2] 当然，这个判断是否能够普遍适用尚存疑义。不过，从这个角度却可以发现海子这首诗有一隐秘的妙处：现代汉语中句法的连续以及语法的严密在一定程度上会"掩盖"实词意象的鲜明传达与直接性，而海子用一个"简单粗暴"的方式解决了这个问题，即直接把这些名词意象在视觉和声音上"独立"出来，让它们从句子的绵延中"跳"了出来，成为独立可感的"实体"，或者说，"自身具足的意象"。"这时　石头/飞到我身边"，"石头　长出　血"，像是诗人把"石头"放到读者眼前似的。而末节的"这些不能触摸的　姐妹"等三句更妙，诗人似乎在用空间上的间隔（空格）和时间上的阻滞（停顿）来暗示"我"与"姐妹"、"血"以及"远方的幸福"之间

---

[1] 高友工、梅祖麟：《唐诗三论》，李世跃译，北京：商务印书馆，2013年，第55—56页。

[2] 叶维廉：《中国诗学》，北京：人民文学出版社，2006年，第333—334页。

的距离感:"姐妹"无法亲近,而"远方的幸福"显得遥不可及。显然,这些空格都是不能去除的。可见,新诗中的节奏进行虽然不像旧诗那样整齐有序,但是诗人往往可以通过主动的干预来实现特定的节奏边界与进程,进而产生微妙的暗示效果。

旧诗中"独立句法"的使用,主要效果是突出了实词意象本身,使其免于受到句子的逻辑架构的遮蔽和掩盖。然而,新诗中不太可能完全回避主谓句法结构,这时节奏边界控制的作用就体现出来了。叶维廉是对此有理论自觉的诗人,他本人的作品也体现出他对此问题的处理方式:

突然
自沉默亮起

山

光

被疾风吹皱了

——叶维廉《攸》

这里,分行、分段所起到的作用与前面海子诗歌中的空格是类似的,即把意象或"动相"从句子的连续性中孤立出来、突出出来。比如首句,仅以"突然"二字单独成行,这样的建行方式本身就很"突然"。"山"与"光"二字不仅单独成行,而且单独成节,营造了比空格更大的节奏段落的间隙。"山""光"被孤立在疏朗空阔的空间中，给人一种扑面而来的直观性。"山""光"既可以视作上一行的谓语，也可以视作下一行"被疾风吹皱了"的主语，因此也就造成了歧义与多义性。这和旧诗中的"独立句法"情况相似，同样也起到了打破句子的连续性的作用，让读者停留于诗歌本身的意象与动作之中，延长了感受过程，起到语言的"陌生化"的作用。

（二）句法、分行、分节与"边界"的控制

对于节奏边界的控制，句子和诗行的长度是最为直接有效的方式，也是新诗节奏研究中跳不过去的问题。然而遗憾的是，这个问题在过去的"格律"研究中被省略掉了。不过，诗人却在自觉的实践中开掘出多种多样的节奏边界营构方式，比如昌耀，就是一个对节奏进程极其敏感、对节奏边界的控制颇为独特——甚至怪异——的诗人，比如其《内陆高迥》前两节：

内陆。 一则垂立的身影。 在河源。
谁与我同享暮色的金黄然后一起退入月亮宝石？

孤独的内陆高迥沉寂空旷恒大
使一切可能的袤动自肇始就将潮解而失去弹性。
而永远渺小。
孤独的内陆。

无声的火曜。

无声的崩毁。[1]

  第一行的节奏边界就显得颇为怪异，它居然包括了三个"句子"，却又不是完整的句子。从句法上来说，第一行这三句颇为神似旧诗词中的"独立句法"，比如"枯藤老树昏鸦"。与旧诗的情况相似，这里的几个句子之间的关系也是可以作多重理解的，比如可以理解为"（我）在内陆的河源，看到一则垂立的身影"，或者"在内陆，（我）这则垂立的身影，来到河源"，等等。然而，究竟要选取哪种解释其实并不重要，因为诗人已经把意象和语气直接呈现到读者面前了。说到语气，就得来看节奏的边界了。昌耀用句号把本来是一个句子的一行诗隔开，不仅放缓了节奏步伐，而且话说得上句不搭下句，给人一种喃喃自语的感觉，孤独感油然而生。再往下读，果然出现了照应上一行的孤独感的一行："谁与我同享暮色的金黄然后一起退入月亮宝石？"但这行使用了一个超长句，因为这是问句，语气自然要紧迫一些，节奏也要快一些。

  上一章讨论旧诗节奏的个体化面相时提到，当诗人使用一些超长句时，由于需要一气读完，这不仅加快了节奏的步伐，往往也在情绪上提升了强度，比如"君不见黄河之水天上来，奔流到海不复回。君不见高堂明镜悲白发，朝如青丝暮成雪"。（李白《将进酒》）昌耀这首诗也是如此，当他使用长句时，仿佛是节奏上的"涨潮"，而使用短

---

1 昌耀：《昌耀诗文总集》（增编版），北京：作家出版社，2010年，第414页。

句或短行时则是"落潮",在涨潮落潮之间,似有汹涌澎湃之势。把这几行诗通读下来,我们会发现,昌耀在节奏上的"气场"也显得比常人要大一些,他以短句与长句参差对比、相互配合,显出一种大开大合的气象。比如"孤独的内陆高迥沉寂空旷恒大",自"内陆"二字以后连用四个形容词"高迥|沉寂|空旷|恒大",在现代汉语中极其少见,真是语不惊人死不休,四个词构成四"顿",将节奏的波涛一浪一浪向前推。让读者仿佛身临高迥内陆,由近及远,目穷四极,体味高原内陆之旷大与孤寂;这股节奏的涨潮推到下一行,则是一个更长的长行:"使一切可能的轰动自肇始就将潮解而失去弹性。"这在节奏上是一个顶点,凸显了高迥内陆悲剧性的否定力量。尔后,节奏和情绪都开始落潮,"而永远渺小。/孤独的内陆。/无声的火曜。/无声的崩毁"。四个短行,各自单独成句,让节奏步伐复归于缓慢的独语和沉思状态,以便深味其中的悲哀。昌耀已经被公认为是一个境界阔大、气象磅礴的诗人,不过大多数论者仅从意象与措辞来看待这个问题,而鲜有考虑其声音形态的讨论。其实,昌耀在节奏上也有其匠心独运之处,后者对于其气象乃至诗境的补助不可或缺。"气""气象"一类的中国文学批评术语,在起源上本是身体术语,与人呼吸之"气"相关,后来才运用到诗学领域中。那么,从节奏的涨落起伏,呼吸之吞"气"吐"气"来谈"气象",也并非毫无根由的牵强之论。可以说,节奏的边界不仅形塑了一首诗基本的节奏外形,而且内含了其吞气吐气的基本方式。

　　前面讨论了空格、分行对于节奏边界和进程的形塑。

第三章　节奏的"非韵律面相"与"语言的节奏"　　319

需要补充的是，分行作为一种节奏边界的划分方式固然有效，但也有局限，它只能在书页左右两端的距离之间发生效用，其"控制范围"一般不超过20字。但是，在现代诗的写作中，显然经常会出现这种情况，即需要超过一行的句子（或多个句子）作为一个连续的、完整的节奏片段，这时行就不够用了，于是很多诗人转而采用了分节（或称分段）这种方式，开始写散文诗。比如昌耀后期就写了不少散文诗，台湾诗人商禽也是一位非常擅长写散文诗的诗人。下面，我们来看商禽的《聊斋》：

她用一双辫子背对着我说：请把我的形象找回来，我把它遗失在黄昏之中了。

我倒退着向黎明奔去，穿越凌晨、午夜，翻遍了昨日所有的晚霞，立即折返，再次穿越午夜、凌晨，以为一脚踏进的应是朝云之际，我高声对她说：找到了！

她缓缓地转过身来面对着我以一头长长的黑发，我的第二只脚已然站在夕暮之中。[1]

我们知道，商禽的作品中既有分行的自由诗，又有不分行（却分段）的散文诗，还有部分诗杂用分行诗与散文诗两种

---

[1] 商禽：《商禽诗全集》，台北：印刻文学生活杂志出版有限公司，2009年，第212—213页。

形式（如《醒》《门或者天空》等），那么，他为什么采用（或不采用）散文诗这种形式就是一个耐人寻味的问题了。由于分行的缺失，散文诗中发生节奏边界控制作用主要有两个因素：一是句子的长度与句子内部的语法构造；二是分节。这里颇为耐人寻味的是第二节，我们可以把它变换成分行的自由诗，以便明了到底发生了什么：

> 我倒退着向黎明奔去，
> 穿越凌晨、午夜，
> 翻遍了昨日所有的晚霞，
> 立即折返，
> 再次穿越午夜、凌晨，……

相较原文而言，由于分行多多少少会带来停顿的效应，因此比散文排列方式在节奏上显得慢了，没有显出那种迫不及待的心情。原诗第二节整个就是一个句子，诗人显然不想打断这个"找"的过程和画面的连续性，分行则反而画蛇添足了。这首《聊斋》令我们想到《聊斋志异》里面的鬼故事（如《伍秋月》中王鼎入冥府救女鬼的故事），却又有所区别。它对鬼故事中人鬼殊途的思想有一种精确而抽象的把握，又加上了一些现代人对于时间之无法掌控的焦虑。整首诗分为三节，由三幅画面组成，第一节是她托我去寻找"形象"，第二节是找的过程，第三节是"找到"后的情景。其实这里的分节可以视作更大体量的"分行"，它与一般散文划分段落的方式是很不一样的。比如从第二节末到第三节，就充满了戏剧的张力与反转：当我兴高采烈地对她说"找到了!"的时候,下一段画面一转:"她缓缓地转过身来面对着我以一头长长的黑发",此时我们才意识到,她背面是"辫子",前脸也是头发(无脸女鬼的形象在《伍秋月》中也出现过),这幅鬼气森森的画面令人猝不及防。可见,这里的分节跟痖弦以及商禽本人的自由诗中某些分行的效果极其相似,起到一种镜头切换的作用。再往下读,原本"我"以为自己踏进的是"朝云",却没想到另一只脚已然踏进了"夕暮",时光飞梭,颠倒错乱如许!

从商禽散文诗中,我们可以发现,"散文诗"虽然看起来像是散文,但它的节奏依然和普通散文有很大的区别,其中最明显的一点是,诗人不仅用分节来控制节奏的边界与行进过程,也有意在句子的长度和构造上显出与日常语言的区别。并非偶然的一点是,昌耀与商禽的散文诗都注意使用极其长的句子,并与短句参差对照,不仅产生了节奏上的张力,也从中暗示情绪、情节的变化或者突转。比如商禽《头七——纪念女儿她们母亲的母亲》:

都快到家了。

当她以半世纪前的习惯,俯身在这条少女时代浣衣的溪畔,发现双手竟然捧不起半点清凉,而平如明镜的水面照不出她丝毫的形影;这才想起儿媳们都作兴上教堂,没有人为她念经,她连一块灵牌都没有。

一瓣桃花从月牙上流过,外婆差一点哭出声

来。 她几乎忘了自己是踏着茅草的波浪踏着芦花的波浪踏着台湾海峡的波浪踏着洞庭湖的波浪回来的。[1]

商禽有几首纪念死去的亲人的诗,都有"七"字,如《头七》《三七》《五七》等,写得极其恳切又动人。这首也是如此。开首一节仅以一句极其短,而且有点"没头没尾"的话构成,"都快到家了"。这句话说完后,这节就结束了,与下一节的长度形成明显的反差,后者也是由一个整句构成的。第一节这一句在节奏上给人一种生硬地中断的感觉,读到这里,读者心里不免琢磨:是的,快到家了,然后呢?再一想,新的问题又出现了:谁快到家了,到哪个家?谁在说话?诗的一开头就充满悬念。说到悬念,值得一提的是,它是商禽散文诗中除了节奏控制之外的另一"玄机",毕竟散文诗没有分行的诗那样显著的节奏感和较为确定的进程,所以它需要一些悬念来推动。这些悬念并不是故事情节意义上的"悬念",而是话语意义上的,节奏与诗形的设计也服从于"悬念"的制造和展开过程。读到后面,我们会逐步解开这个悬念,之所以说"都快到家了",是因为女儿外祖母的"魂魄"是跨越海峡、千里迢迢赶回故乡的,然而,快到家的时候,却突然发现自己居然无法照见自己的影子——这自然是迷信的说法——因为儿媳们没有为她念经超度灵魂,她千里迢迢扑了个空。理解这点后,回过

---

[1] 商禽:《商禽诗全集》,台北:印刻文学生活杂志出版有限公司,2009年,第214—215页。

头来看第一节，就能体会到开首那句"都快到家了"话中的懊恼与悲凉，也不难体会到旅居他乡的人文化上的那种无根感和漂泊感。

前文讨论昌耀的长句短句时说过，他的长句往往意味着节奏与情绪的"涨潮"，短句或短行往往意味着"落潮"，可以说他对节奏边界的控制与诵读声响效果的联系还是比较密切、直接的。在商禽的散文诗中，情况却有点区别，不能骤下结论说其长句在节奏上是加强加快的，短句则是缓慢低沉的。比如上一首诗的"她缓缓地转过身来面对着我以一头长长的黑发"，还有这首诗的最后一句，都是比较长的句子，尤其后者，根本无法一口气朗读完，只能停顿几次。可以说，散文诗的长句更多的是诉诸眼睛，而不是嘴巴和耳朵；它更多的是用来"看"的，而不是用来诵读的。"她几乎忘了自己是踏着茅草的波浪踏着芦花的波浪踏着台湾海峡的波浪踏着洞庭湖的波浪回来的"这个超长句子其实是在凸显一种视觉效果，即"她"长途跋涉渡海跨湖的回乡旅途之漫长。而上一首的"她缓缓地转过身来面对着我以一头长长的黑发"则像是电影里的"慢镜头"，节奏不快，但是过程很"长"。可见，诉诸眼睛的语言自然也有节奏问题——只要语言有时间性维度，就多少有节奏问题——但是其时间性更多的是思维中虚拟的时间性，不是语言实际声响中的时间性。用来"看"的语言经常省略诵读发声这一环节，因此它的边界对于节奏速度的影响就不太明显了。散文诗中的节奏边界更多的是对阅读进程的操控，以形成阅读中的跌宕起伏。

当我们初步了解到散文诗中几种节奏边界控制的方式

和特点后，以此对照，就可以发现很多自由诗在节奏边界控制上的一些特点了，那就是与诵读（语言实际发声）有直接而密切的关联。因此，如何分界往往也意味着对具体诵读方法的选取。对声响效果的重视，不仅仅体现于双声叠韵、叠词叠句、对称排比之类的韵律机制，也体现于对节奏边界和时间进程的精确把控，因为节奏边界的划分不仅造成了停顿，也影响了发音重心和强调重点的分布。比如，把一个完整的句子分为两行后，往往会加强分行前或者分行后的词的声音分量，在英语诗歌中也存在这种情况，即分行往往会把行首的音节变成重音。[1] 来看多多的《冬夜女人》（F）的末节：

> 请，送我一双新手吧，诗人
> 的原义是：保持
> 整理老虎背上斑纹的
> 　　疯狂。[2]

其实，"诗人"二字之后的文字完全可以写成不分行的一句，即"诗人的原义是：保持整理老虎背上斑纹的疯狂"。那么，诗人为什么要把一句话频频分行呢？这显然不是为了节奏的整齐。对比不分行的句子，可以发现四次分行造成了四个词分量的加重，即"诗人—保持—整理—疯狂"。这整节诗其实是多多在给"诗人"下一个他自己的定义，

---

[1] Charles O. Hartman, *Free Verse: An Essay on Prosody*, Evanston, IL.: Northwestern University Press, 1996, pp.56–58.
[2] 多多：《多多诗选》，广州：花城出版社，2005年，第100页。

这一定义是颇有张力的，一方面是"保持"和"整理"，这意味着诗歌写作中那些考验韧性与耐心的层次（这自然是老生常谈），但是这种韧性和耐心所朝向的却是一个颇为"疯狂"的目标，即"整理老虎背上斑纹的疯狂"。这里在"疯狂"前跨行和空格就是为了突出这种反转的张力，所以读的时候不仅应该稍稍停顿，而且应该声音加重，唯其如此，才能把握诗中这股情绪与思想上的张力平衡。

在传统诗歌的几种主流诗体中，节奏的"边界"倾向于以"整齐"为第一义，句子内部的"顿"大体上是周期性地重复的，句子的长度也是确定的。至于差异性，即便有，也是寓于"整齐"这一框架中的。词看起来长短不齐，颇有差异性，但是其实每句乃至每顿的时长也是严格限定的，所以才有"填词"这种说法，具体"词牌"的时间进程也是被严格地规定的。到了现代诗歌中，"整齐"的第一义慢慢消失了，"规定性"也不复存在，差异性占据了主导地位，而整齐与同一性更多的是作为一种隐含因素融入差异性的流动之中。在这种语境下，节奏边界的经营与操控就显得尤其重要了。

前面我们讨论了句法、空格、分行、分段等操控节奏边界的方式，它们之所以可以（但不是必然）实现特别的节奏作用，是因为它本质上是对语言"边界"（即时间绵延长度）的控制，这种控制在与语义、语法关系形成直接冲突的时候，效应更为明显，就像我们在昌耀、海子诗例中所看到的那样。帕斯指出："句子的统一性，在散文中是由观念或意义给定的，而在诗歌中是通过节奏来获得的。"[1]当诗人营造的节奏与语义、语法上的构成并不重合时，读者会有意无意地感到诗歌的前进步伐与一般散文有别。从理论上来说，所有的分行、空格、分段以及句子长度的设定都意味着对诗歌语言的时间性进行某种操控；但是，分行、空格等都是极易被误用、滥用以致失效的技术手段，对此有"自觉"的诗人并不多。换言之，并不是任何新诗中的节奏分界都像前面的例子那样可以找出足以成立的理由。因此，摆在诗人以及诗歌批评家、诗律学研究者面前的新课题是，如何能让现代诗中独特的节奏控制方式广泛而有效地传达到读者心里？

从上文的讨论中可以看到，节奏的分界看似简单，实则微妙复杂，并没有太多硬性的法则可供遵循，而需要诗人因地制宜、随分而作，可谓运用之妙，存乎一心。此外，节奏的分界还涉及与语义、语法结构的关系，与情感、思维、呼吸的配合等复杂层面，影响到一首诗意象的呈现（如海子），吞气吐气的基本方式、情感的波动起伏（如昌耀），悬念的设置与展开、动作与形象的模拟（如商禽），语调重心的分布与思想的张力平衡（如多多）等诗艺的诸多方面，可谓牵一发而动全身。

三、新诗节奏的速度

节奏的速度变化并非在新诗的节奏研究中才会遭遇的

---

[1] Octavio Paz, *The Bow and the Lyre*, R. L. C. Simms, trans. Austin: University of Texas Press, 1987, p. 55.

新问题，它在旧诗节奏中同样也存在，只是经常被掩盖在种种格律模式的讨论之中，习而不察。这里首先需要提出的一点是，语言节奏的速度与种种语言因素重复的密度和模式有关，重复的密度越高，模式越是简单同一，往往会加快节奏的速度。当然，这并非绝对的铁律，只是相对而言的。最简单的例证，就是绕口令和顺口溜。比如："四和十，十和四，十四和四十，四十和十四。""吃葡萄不吐葡萄皮，不吃葡萄倒吐葡萄皮。"这一类语言现象往往字音乃至词语的重复率特别高，句子模式简单重复，读起来自然也会有意无意地加快速度。新诗中也有巧用绕口令的例子，比如多多：

死人死前死去已久的寂静

(《他们》)[1]

而四月四匹死马舌头上寄生的四朵毒蘑菇
不死
五日五时五分五支蜡烛熄灭
而黎明时分大叫的风景不死

(《五年》)[2]

在第二个例子中，头一句反复出现"si"这个音，读起来刺耳，又有不祥的谐音（"死"），在节奏的加速中也隐隐浮现

---

[1] 多多：《多多诗选》，广州：花城出版社，2005年，第171页。
[2] 多多：《多多诗选》，广州：花城出版社，2005年，第213页。

出一种死亡的焦虑。叠用字音、词语以加快速度的方法在旧诗中也很常见，比如白居易的《琵琶行》就是典型的例子，其中描述琵琶弹奏的句子也是论者所津津乐道的：

　　　　大弦嘈嘈如急雨，小弦切切如私语。
　　　　嘈嘈切切错杂弹，大珠小珠落玉盘。
　　　　间关莺语花底滑，幽咽泉流冰下难。
　　　　冰泉冷涩弦凝绝，凝绝不通声暂歇。

由于此诗本身书写的对象就是音乐，它对音乐节奏的"模仿"也是题中之义，过去学者对此多有讨论。这里的前四句不仅叠音叠词特多，句式多简单重复（颇似顺口溜），而且句句押韵（不独偶数诗句），节奏紧快，读起来自然有一种急切之感。而从第五句"间关莺语花底滑"开始，字音重复变少了，押韵也减少了（第五句不押韵），句中多用"咽""涩""绝""歇"等不太响亮的字音，模拟琴声放缓，滞涩低抑之势，诗句节奏也较为滞缓。

　　类似《琵琶行》这样的例子正好印证了古人对节奏的理解。[1] 如苏轼答黄庭坚诗："独喜诵君诗，咸韶音节缓。"[2] 可见，不独音乐，古代诗人意识到诗歌也有音节（节奏）的舒缓与急快的问题。而以闻一多、朱光潜、孙大雨等为

1　王泽龙、王雪松曾对"节奏"一词含义的演变作了分析，参见《中国现代诗歌节奏内涵论析》，《文学评论》，2011年第2期。
2　苏轼：《往在东武，与人往反作絷字韵诗四首，今黄鲁直亦次韵见寄，复和答之》，《苏轼全集》，第4卷，（清）王文诰注，长春：时代文艺出版社，2001年，第1002页。

代表的格律论者，出于新诗缺乏固定形式的文体焦虑，往往有意无意地把"节奏"往模式化、均齐、匀速的方向定性和命名，因而对古人已然认识到的"节奏"之丰富面相置若罔闻或存而不论。在三十年代和朱光潜等一起参与过诗歌节奏大讨论的诗人、学者中，除了本章第一节注释提过的叶公超之外，还有一位学者在后来的论述中也注意到节奏的快慢问题，那就是赴美后主要从事古典文学研究的陈世骧。比如他对比了孟浩然的《春晓》和刘长卿的《茱萸湾北答崔戴（载）华问》这两首五律，两者虽然平仄几乎一样，节奏感却有区别，因为后者押韵较少，而且第一行尾字（"绝"）与第二行押韵的字（"远"）声音上相差甚远，因而节奏上较为悠缓，而《春晓》则四句中有三句押韵，节奏相对要快一些。"中国韵文可说以一韵脚为单位，韵脚多，单位就短，自然节奏也就快起来。"[1] 这也印证了前文说的节奏速度与语言诸要素重复密度之关系的观察。

进一步说，在整散结合的文字中，当文字由散入整（比如句式趋于一致，重复对称等同一性的元素增加），往往会起到加快节奏的作用。"整"与"散"是传统诗学对于语言之同一性和差异性关系的一种直觉认知。就一般情况而言，同一性程度高的语言，不仅便于记忆，也便于我们认知，因此节奏的加快是常有的情况。在种种同一性强的语言形式中，排比是最简单易见的一种，效果也最为直接。在新诗中，远的有郭沫若的《天狗》，全诗径直以"我"领

---

[1] 陈世骧：《中国诗之分析与鉴赏示例》，《中国文学的抒情传统》，北京：生活・读书・新知三联书店，2015年，第269页。

起全部诗句,一气排比而下:"我是一条天狗呀!/我把月来吞了,/我把日来吞了,/我把一切的星球来吞了,/我把全宇宙来吞了。/我便是我了!"[1] 全诗节奏飞快,不留回旋的余地,气势逼人,颇有"五四"前后那股狂飙突进的时代精神。

新诗的书面形式(如空格、分行、标点等)对新诗的节奏也会带来显著的影响,前面说过,它们会直接对诗句节奏分界,而分界与停顿也意味着在总体上延缓了诗歌的节奏。陈启佑注意到:"单就制造缓慢节奏一项而言,传统诗人所未曾考虑过的特殊技巧,例如将句子分割后给予分行处理、表面文字排列、标点符号的应用、外语的渗入、冗长句的刻意经营等,这些具有深厚理论基础的修辞方法,可以提供节奏感乃是毋庸置疑的,它们业已成为约定俗成而又极富弹性的规则,为新诗作者所乐于遣用不弃。"[2] 确如陈启佑所言,这些因素都可以提供"节奏感",确切地说是影响语言的节奏进程。而且由于他所言的诸种因素的存在,新诗节奏确实相较于散文而言更为缓慢。不过,我们的兴趣点倒不在判断新诗在整体上是快还是慢,而在于思考具体的某种形式对于一首诗的影响究竟是怎么样的。比如就分行而言,虽然新诗基本都分行,但分行方式有很大不同,不同的方式所造成的节奏感互有区别,而且与诗人的个性、气质有隐秘的联系。接下来,可以对比以下两首诗的分行和节奏:

---

[1] 郭沫若:《女神》,北京:人民文学出版社,2000年,第50页。
[2] 陈启佑:《新诗缓慢节奏的形成因素》,台北《中外文学》,1978年第1期,第182页。

姐姐，今夜我在德令哈，夜色笼罩
姐姐，我今夜只有戈壁

草原尽头我两手空空
悲痛时握不住一颗泪滴
姐姐，今夜我在德令哈
这是雨水中一座荒凉的城

除了那些路过的和居住的
德令哈……今夜
这是唯一的，最后的，抒情。
这是唯一的，最后的，草原。

——海子《日记》[1]

梅雨为幔的窗， 好过一把伞
撑开时齑粉四散， 光滑的柄
栽种进天空， 往事全都失重……
这里， 慢是一种胶粘剂， 也是病；
你苦涩的舌苔， 早已养成
一种为拖延症而道歉的习惯。

自我的羊角每扎进一小截篱笆，
后退一步就需要花费数年。
手指变得和父辈一样焦黄，

---

[1] 海子：《海子诗全集》，北京：作家出版社，2009 年，第 487 页。

> 内心的火山兑换成一截截烟灰：
> "语言，假如是一根柳枝，必须
> 栽在路边生长，否则就只剩鞭子的功能。"
> ——朱朱《给来世的散文》（二）[1]

　　就节奏感和语言的控制方式而言，海子与朱朱恰好构成两个极端，这两首诗的分行方式也正好与两者的语言感觉和精神气质形成对应。《日记》很少使用跨行（即句子未完结之处分行），偶尔跨行也是在一行诗的意思相对完整之处跨行。而朱朱的《给来世的散文》则经常在话说到"半截"之处跨行，比如"好过一把伞""光滑的柄""早已养成""必须"，读者可能会好奇：为什么把话说得如此不"顺"呢？比较而言，海子诗歌是典型的抒情语调，就像他诗中所言，这就是"最后的，抒情"，一气而下，没有反思和犹豫的余地，因此读起来也非常"顺"。就像臧棣所言，海子诗歌里有一种"加速度"，写作是一次性的行动，"这行动不是重复的行动，他强调具有穿透性、尖锐性，一次抵达内部"[2]。相比之下，朱朱的诗则往往是一种沉思的语调，斟字酌句，仿佛每说出下一个词都要犹豫一下，因此他不希望语言的节奏进程过快地往下冲。他的分行服务于这种语感和精神气质，它们形成了一种语言的"慢"和黏滞状态。也只有如此，才便于诗人（以及读者）进行静观。这首诗是对"外省"的"慢生活"的写照，它的语言本身

---

[1] 朱朱：《我身上的海：朱朱诗选》，北京：北京联合出版公司，2021年，第101—102页。

[2] 臧棣：《海子，诗的加速，诗的慢》，无纸质版，仅在网络发表。

第三章　节奏的"非韵律面相"与"语言的节奏"

也慢，慢到"后退一步就要花费数年"。语言本身的生成仿佛发生了一次"兑换"，把"内心的火山兑换成一截截烟灰"，它所力求达到的，乃是"寂静的深度"。当然，需要说明的是，在海量的新诗作品中，并非每首诗都如上述两首诗那样，节奏形式与作者的思想、气质形成较为紧密的联系；大量作品的分行显得相当随意，暴露出作者对诗行和节奏安排的无意识状态，也影响了新诗在读者中的认识和接受，这是需要坦然面对的事实。

四、停顿、暂歇与换气

关于节奏的速度，有一类特殊的问题可以单独予以讨论，即停顿或者暂歇。停顿或者暂歇就是速度为零；但是停顿、歇止时间的长短又影响到整首诗的速度。旧诗的停顿分布比较固化，即句子结尾之处。至于很多格律论者所说的诗句内部的"顿"，严格来说并不是停顿，多数情况只是把"顿"的尾字加重、延长而已，这一点不少学者都讨论过了。[1] 相比之下，新诗在行内、句内停顿已经是常态。停顿与暂歇的存在与否，不仅关涉到诗句整体的节奏感，也内含一种呼吸"换气"的方式，还隐隐地与诗歌的情感和诗人的个性相关。

新诗中的停顿与暂歇主要是通过分行、句法与标点来实现的，偶尔也通过空格等排版形式来实现。与标点的节

---

[1] 朱光潜：《诗论》，北京：北京出版社，2005年，第216页。金克木、徐迟等在五十年代也指出，"顿"并非是停顿，参见《诗歌格律问题的讨论》，载《文学评论》1959年第5期。

奏控制效用相比，分行更多的是对一首诗整体上的节奏感进行规划与设定，它相当于诗歌节奏的"框架结构"（用建筑来比喻）。而标点则往往是在这一"框架"下对某些节奏细节进行修饰和细化，句法的作用更为内在一些，相当于这一"建筑"内部的钢筋骨架。分行与标点、句法各司其职，共同决定了一首诗的停顿点与换气方式。分行的作用前文已经说过，这里来看标点。

> 脱净样样日光的安排，
> 我们一切的追求终于来到黑暗里，
> 世界正闪烁，急躁，在一个谎上，
> 而我们忠实沉没，与原始合一，
>
> 当春天的花和春天的鸟
> 还在传递我们的情话绵绵，
> 但你我已解体，化为群星飞扬，
> 向着一个不可及的谜底，逐渐沉淀。
>
> ——穆旦《诗》（1948）[1]

这两节诗的后两行都在句中进行了停顿，这些停顿的存在，降低了节奏的速度，甚至也压低了语气，给人一种沉静之感。如果考虑到这首诗的前后文和写作语境的话，那么不妨说这是一种绝望之后的沉静，是意识到"世界"建立在

---

[1] 穆旦：《穆旦诗文集》，第 1 册，北京：人民文学出版社，2014 年，第 278 页。

第三章 节奏的"非韵律面相"与"语言的节奏"　　335

"一个谎言"之上的冷静,其中不乏厌世论的气息。如果做一个实验,把一些停顿去掉,会更明了它们的意义:

世界正在一个谎上闪烁急躁
而我们忠实沉没并与原始合一

向着一个不可及的谜底逐渐沉淀

改成这三个句子后发生了什么呢?首先,自然是节奏变得更为紧快了。其次,更为微妙的是,语言中的跳跃和突转被抹平了,似乎从"立体"回到了"平面"。"世界正闪烁,急躁,在一个谎上"这一句的理解其实有一个渐进的过程,我们先是看到了"世界"的状态("闪烁,急躁"),然后诗人才提醒这是建立在"一个谎上",语调不乏反讽。可见,这个停顿的存在暗示着语气的跳跃与转折,而且与下一行的停顿呼应。相比之下,"世界正在一个谎上闪烁急躁"显得像是一句概括性语言,"在一个谎上"变成了一个修饰谓语动词的状语,严密的语法关系掩盖了语气的转折和反讽,诗句因而少了情感的"褶皱"。由此,我们也得以一窥现代汉诗节奏控制的另一个玄机:它往往可以削弱——至少是制衡——语法结构对于语言的统摄力,以此获得更多的"意涵"产生的可能。"向着一个不可及的谜底,逐渐沉淀"这里的停顿不仅放缓了诗句的节奏,获得一次"换气"的机会,同样也在一定程度上打断了句子线性前进的过程,让句子的片段与片段之间变成一种"藕断丝连"的关系——节奏"断"而语义"连"——形成了有别于散文的节奏感和语感。

过去已经有学者注意到分行造成了语句的断裂和歧义效果，并认识到它对于语言的跳跃性和多义性所起的作用。[1] 这里需要强调的是，句中的停顿与分行的效果其实也颇为相似，它们不仅打断了句子的连续性，也造成了语句的"多次理解"和"多重理解"（多义性）。来看一个简单的例子：

> 猫会死，可现实一望无限，
> 猫之来世，在眼前，展开，
> 恰如这世界。
> ——张枣《猫的终结》[2]

由于语言本身的规定性，一般读者读诗是一句一句从前往后读，读到下一句会自觉地把它和上一句关联在一起，形成一种"理解"，然后读到下下句，又形成一种"理解"。比如"猫之来世，在眼前"，读到"在眼前"时，不看下文的"展开"，其实也能通，即猫的"来世"映于眼前。但是读到"展开"后，新的理解又出现了，原来是"来世""展开"在眼前。这里的停顿暗示着一个缓缓展开的过程，仿佛是作者在你眼前展示这个"展开"的动作，"展开"这个词被活化了。这个效果是"猫之来世在眼前展开"这样的

---

[1] 孙立尧：《"行"的艺术：现代诗形式新探》，《学术月刊》，2011年第1期；一行：《论分行：以中国当代新诗为例》，《诗蜀志》（2016卷），哑石编，成都：时代出版社，2016年。

[2] 张枣：《张枣的诗》，北京：人民文学出版社，2017年，第208页。

句子无法实现的,因为语言在这里过于迅速地"展开"了,它的纹理与褶皱无法清晰地展示。再下一行的"恰如这世界"的出现又给这个语段添加了新理解,它暗示"这世界"也在眼前"展开",换言之,"来世"与"此世"同时缓缓展开在眼前——何等新奇的想象!由于停顿的存在,一句诗的理解和认知的过程变成一个"多次成形"的过程,仿佛意义的生成是"层垒地造成"的一样。可见,节奏对语言的时间性的操控,与语言自身蕴含的思维、认知过程是相互勾连的。不把节奏与语言的认知结合在一起,就很难对诗歌语言这种堪称人类语言最复杂的形态有鞭辟入里的理解。

停顿往往意味着节奏的暂缓和降速,那么反过来说,不停顿则意味着加速,有时甚至是加大强度,尤其那种在散文中本应停顿在诗句中却不停顿的情况。例如:

江湖。
远人的夏季皎洁如木屋涂刷之白漆。
此间春熟却在雨雪雷电交作的凌晨。
是最后的一场春雪抑或是残冬的别绪?
时光之马说快也快说迟也迟说去已去。

——昌耀《江湖远人》[1]

充盈于诗中的,是一种对于时间飞逝的焦虑,诗句的节奏也明显较一般诗句紧快。这样的长句读下来颇有一种让人

---

[1] 昌耀:《江湖远人》,《昌耀诗文总集》(增编版),北京:作家出版社,2010年,第457页。

上气不接下气的压迫感。读者或许好奇,为什么不多停顿一下,便于"换气"也便于理解呢?比如变成:"是最后的一场春雪,抑或是残冬的别绪?/时光之马说快也快,说迟也迟,说去已去。"这固然是便于诵读,换气次数增加了,但是在气势上却逊色了许多(就这首诗的语感而言),节奏切分得过于细碎,读来有"英雄气短"之感。而原诗在一气贯注中具备恢弘的气魄,用昌耀诗中的话来说,是一种"气度恢弘的人生感叹"[1],它的节奏与气势本身就是对抗时间与运命的方式。看来,停顿、暂歇与换气的使用与否更多地取决于表达的内容、情境以及诗人的语感和个性,需要"随分而作"。

在诸种标点符号中,省略号停顿的时间最长,句号次之,而逗号、顿号又较句号为短。省略号与破折号除了表示停顿外,在意义上还有别的暗示作用,也经常被诗人遣用。破折号在语法上一般表示说明关系,不过,在新诗中却经常另作他用。在不少诗作中,结尾经常出现破折号。例如,多多的《解放被春天流放的消息》(1982):

  当记忆的日子里不再有纪念的日子
  渴望赞美的心同意了残忍的心
  喜好吸食酸牛奶的玫瑰变成了好战的玫瑰
   并且是永远永远地
   用来广播狠毒

---

[1] 昌耀:《江湖远人》,《昌耀诗文总集》(增编版),北京:作家出版社,2010年,第457页。

已被改写成春天的第一声消息——[1]

这首诗不禁让人联想起多多早年的诗友根子的名作《三月与末日》，两者都是借自然书写——而且是借丑恶的自然书写——来讽喻人世的写法。这首诗显然包含了与历史语境的对抗性的对话，它以寓言的方式道出。结尾的这个破折号，不妨称为一个"招引的手势"。因为行末本来就意味着停顿与结束，而诗人特意再加上破折号，除了延长停顿以外，显然也是希望读者去思考为什么"喜好吸食酸牛奶的玫瑰变成了好战的玫瑰"，而且用来"广播狠毒"？这样广播出来的"第一声消息"还值得信赖、欣喜吗？末行的破折号所暗示的停顿，实际上是让读者自行去接续诗末的弦外之音。同样的例子在多多诗歌中还有不少，例如：

被俘的野蛮的心永远向着太阳
　向着最野蛮的脸——
　　——《被俘的野蛮的心永远向着太阳》（1982）[2]

这两行作为这首诗的结尾可以说出色地完成了任务。最后一句戛然而止，不仅通过空格与停顿拉高了语调（这与"阶梯诗"的递进效果类似），结尾的破折号招引我们去思索人性之奴役的反讽意味。

关于破折号的节奏（停顿）作用，陈启佑认为它给予

---

[1] 多多：《多多诗选》，广州：花城出版社，2005年，第62页。
[2] 多多：《多多诗选》，广州：花城出版社，2005年，第58页。

人的节奏感要比任何"点号"(如句号、逗号等)都要"缓慢"。[1] 在我们看来,这个判断只能在一部分情况下成立。比如当放于行首或者行尾时,它所暗示的停顿确实较长,如陈启佑提到的例子:

结尾如此之凄美
——落日西沉。
　　　　　　——洛夫《烟之外》[2]

这里的破折号暗示着太阳西沉过程中一段时间的流逝过程,意味着较长的停顿与缓慢的节奏。不过,在现代诗歌中,破折号也经常被放置在句子中间,这时的停顿就未必有句号、逗号长了,有时甚至称不上是"停顿",更多的只是语气上的延长或者暂缓。延长的例子较为常见,比如"告诉你吧,世界/我——不——相——信!"(北岛《回答》)[3] 这显然是加强、延长字音,并不需要停顿。而破折号表示暂缓的情况则更微妙,它最早源于某些国外诗人的运用,比如俄罗斯诗人茨维塔耶娃的《这种怀乡的伤痛》(1934):

每一个庙宇空荡,每一个家
对我都陌生——我什么都不关心。
但如果在我漫步的路上出现了一棵树,

1　陈启佑:《新诗缓慢节奏的形成因素》,台北《中外文学》,1978年第1期,第194页。
2　洛夫:《洛夫诗选》,北京:九州出版社,2012年,第12页。
3　北岛:《北岛诗集》,厦门:鹭江出版社,2008年,第20页。

第三章　节奏的"非韵律面相"与"语言的节奏"　　341

> 尤其是，那是一棵——花楸树……[1]

最后一行在"花楸树"前面用破折号隔开，不仅意味着说话时语气上的暂缓，也暗示着诗人在说到这个词时心里的波澜起伏，展现出她那种矛盾、痛苦的怀乡情绪。应该注意到，破折号、省略号在茨维塔耶娃诗歌中出现的频率远较一般诗人高，这不仅意味着一种带着咏叹调的抒情，也是由于其诗中经常出现句意的突然断裂和跳跃。在中国新诗中，用破折号在句子中间实现换气与暂缓的诗句也有不少，经常起到跳跃、递进或者突转的作用。比如：

> 百年来日暮每日凝聚的一刻
> 夕阳古老的意志沿着红墙移下
> 改造黄金——和锈穿红铜的努力啊
> ——多多《技》[2]

此处的破折号既有在呼吸上换气的效果，也起到提高后半部分语调的作用，破折号前后在情绪上是递进的关系。如果没有它，"改造黄金和锈穿红铜的努力啊"这样由"和"连接的并列词组，则容易把后半部分"掩盖"住，语调上的加强和情绪上的递进就体现不出来了。多多之所以体现出与茨维塔耶娃相似的标点符号使用习惯，除了有受后者影响的因素以外，也是由于两者都是抒情性比较强的诗人，

---

[1] 玛丽娜·茨维塔耶娃：《新年问候：茨维塔耶娃诗选》，王家新译，广州：花城出版社，2014年，第83页。
[2] 多多：《多多诗选》，广州：花城出版社，2005年，第102页。

经常在句子之内进行迅速的跳跃、突转以及暗示性的"招引",这时破折号、省略号就派上用场了。

说到省略号,它在诗歌中的作用与破折号有点相似。新诗中出现省略号的诗句,倒未必是省略了哪句具体的话,而更多的是起到"余音绕梁"的效果,以引领读者展开想象。比如张枣的《大地之歌》第2章:

人是戏剧,人不是单个。
有什么总在穿插,联结,总想戳破空虚,并且
仿佛在人之外,渺不可见,像
　　　　　　鹤……[1]

这里的"鹤"是一个有关艺术的象征,它的出现仿佛天外飞仙一般突如其来。此处的排版也颇有视觉上的暗示性:读到"像"时,诗分行(停顿)了,可不待读者把视线转到书页或屏幕左边,直接在"像"的右边约5毫米处就出现了"鹤"。"鹤"的出现仿佛灵感一样,来无踪去无影。它现身之后,这一章诗就结束了,只留下省略号让读者自行去想象其神态,可谓"神'鹤'见首不见尾"。这里的"鹤"是一尊艺术的神鸟,总是在"穿插,联结","总想戳破空虚",虽然我们不知它到底是什么,但已感觉到"冥冥之中自有'鹤'意"——这正是作者想传达的效果。

从这些例子中也可以看出,新诗节奏(以至于整个现代诗歌的节奏)已经出现了明显的"视觉转向",即它的节

---

[1] 张枣:《张枣的诗》,北京:人民文学出版社,2017年,第264页。

奏效果的传达和实现很多是需要借助视觉因素的（比如分行、标点、空格等），视觉化趋势与新诗节奏的关系我们将在下一章详细讨论。这里想强调的是，新诗节奏研究之所以需要特别留意停顿与暂歇，是因为它们是显而易见、无可争辩的节奏特征，不像新诗的"顿"的划分那样有很强的主观性和随意性，而是可以"约定俗成"的，有较为明确、固定的"标记"（比如种种书面上的符号）。这对于节奏研究的客观性而言非常重要，否则就容易落入以玄道玄、以空对空的随意性中。以停顿、暂歇为切口，可以发现不少有关诗人进行节奏控制、呼吸换气、语言的突转与跳跃、情绪的转换与递进等方面的"玄机"。

五、节奏的起伏

说完速度与停顿，再来看节奏的高低起伏以及声音的强度、轻重问题。这同样是新诗节奏研究中一个"老大难"的问题。因为就现代汉语而言，除了虚词一般较实词读音为轻之外，字音的轻重并没有特别明确而稳固的规律——至少没有明确到可以变成一个诗律学规则的地步——而不是像英语那样，词的重音比较确定，而且词性也与重音相联系。至于汉语的声调，虽然在律诗中平仄的粘对安排曾处于核心地位，但是这条规律到了新诗中几乎无用武之地。这是因为新诗中的词是一组一组而遣用的，而不是像旧诗那样由相对独立的字较为自由地根据诗意与粘对规则来安排，因此在新诗中普遍地实现平仄对仗几乎是不可能的——何况现代汉语的语音本身也和过去有很大不同。当然，偶尔在个别诗句中出现平仄相对的句子是有可能的。比如海子的"面朝大海，春暖花开"，八字的平仄分别是"仄平仄仄，平仄平平"，虽然与律诗中的平仄不尽相同，但前四字与后四字的平仄也刚好相对。另外"大海"与"花开"四字也分别形成叠韵，因此整个句子在声音上获得了一种平衡感，语气上显得比较平和宁静——虽然这是作者自杀前不久写的——后来成为广为传颂的名句之一。

但是这样的句子毕竟是少数，在一首诗中悉数追求平仄的粘对是不太可能的，更别说在大量诗作中普遍运用了。因此，平仄粘对已经无法成为现代汉诗的格律了，因为格律首先要求广为大众所接受和普遍运用。不过，在某些诗句中，通过对声调的特殊安排，在诗歌声情的表达上达致特定的效果依然是可能的。例如：

  我写青春沦落的诗
  （写不贞的诗）
  写在窄长的房间中
  被诗人奸污
  被咖啡馆辞退街头的诗
  我那冷漠的
  再无怨恨的诗
  （本身就是一个故事）
  ……
  ——多多《手艺——和玛琳娜·茨维塔耶娃》（1973）[1]

---

[1] 多多：《多多诗选》，广州：花城出版社，2005年，第25页。

读到第6—7行，可以发现这里的仄声字明显增多，11个字中有8个是仄声字。在现代汉语中，上声、去声的声调起伏是较平声明显的。这两行诗语调上趋于激烈，甚至有点刺耳。声音的变化"本身就是一个故事"。诗人表面上声言"再无怨恨"了，但是从语气上来看，一点也不像"再无怨恨"的样子，反而让人怀疑：有多少怨恨在其中？若非如此，诗人怎么会在下一行又接一句补充说明"（本身就是一个故事）"？显然，他想让读者去体味其中的"故事"——包括声音上的"故事"。这里语调的激越，既是愤慨于诗歌的社会地位之卑下，也是对诗歌这种"手艺"的骄傲的自觉，是卑微与骄傲混合的产物。可见，此处的诗歌声音在一定程度上"背叛"了语义。不过，这也并非诗歌里才有的现象。比如情侣吵架，女生气呼呼地抛出一句"我再也不理你了！"这种情况下，"再也"一般不是"永不"的意思，"再也"两字在声音上和多多的"再无"相似，背后的"情绪意涵"也相似：一个下定决心"永不理你"的人，说话是不会如此激烈的。概言之，声音暗示的"言外之意"有时往往违拗文字表达的"言内之意"。

新诗节奏的高低起伏，不仅与字词的声调相关，也与构词的方式、句子的长度乃至停顿的分布有关。需要注意的是，此处所说的"高低起伏"，并不是语音学意义上的高低起伏，不是单个字词绝对意义上的轻重高低对比，而是指在诗句当中，受制于诗歌的语境、意象乃至情绪而产生的高低起伏，因此它是相对的，带有一定的主观性。诗人、小说家帕斯捷尔纳克指出："语言的音乐性决不是声学现象，也不只表现在零散的元音和辅音的和谐，而是表现在言语意义和发音的相互关系中。"[1] 他提醒人们要从"言语意义和发音的相互关系"来看待语言的"音乐性"问题，这对于研究新诗中的高低起伏也是一个有益的提示。来看昌耀的《斯人》(1985)：

静极——谁的叹嘘？

密西西比河此刻风雨，在那边攀援而走。
地球这壁，一人无语独坐。[2]

这首诗第一行在声音上富于暗示，读起来有一种强烈的孤寂感。细细揣摩，这里对词语的选用颇有"弦外之音"："静极"两字是双声，韵母不同，从后鼻音"ing"到舌面前高不圆唇元音"i"，两者虽同属齐齿呼，发音方式颇为相似，但开口有一个从大到小的变化，而且声音由重入轻，而"极静"则反了过来。同样，"叹嘘"二字，"叹"是开口呼，"嘘"是撮口呼，声音也有从响亮到微弱的变化。若写成"嘘叹"，看上去意思还是一样，但声响上的暗示性就毁了："嘘叹"把重心放到了"叹"这个声音上，却无法暗示那种声音渐趋寂灭的孤寂感。大概一个人处于寂静之中，对声音就会尤其敏感。比如说完"静极"之后，诗人又长长地停顿了一下（以破折号标示），仿佛在停下来听此时的声音。由于选词造句的种种安排，这一句读下来仿佛英语

---

[1] 帕斯捷尔纳克：《空中之路》，转引自瓦·叶·哈利泽夫：《文学学导论》，周启超等译，北京：北京大学出版社，2006年，第291页。

[2] 昌耀：《昌耀诗文总集》(增编版)，北京：作家出版社，2010年，第283页。

中的扬抑格——先重后轻的音步——节奏也较为缓慢、低沉。

到了下一行，节奏起了变化。先出现的是一个五音节词语"密西西比河"。哪怕在现代汉语中，五音节词语也是不同寻常的，读这个词需要舌头持续发力，节奏不仅需要提速，声音上也加大了强度。后面，"攀援而走"也是一幅有力量感的画面。"密西西比河"令我们想到了昌耀所敬仰的诗人惠特曼，他作为一个强有力的诗人形象"在那边"存在。对比之下，"这壁"就显得孤寂、消沉多了，最后一行句子重又变短，节奏与语调回归低沉。这首诗虽然极短，节奏与情绪却有明显的起伏，两者形成巧妙的共振。当然，需要再次强调的是，这里的轻重、强度的变化也只能在个别诗句中因地制宜地突出，而没办法成为一种普适性、规定性的"格律"，这是因为它们的规则很不明确，而且更多地受制于语境。这也是为什么过去有学者（如陆志韦）曾想在汉语中推广轻重格律却很难真正地实行与推广的原因之一。[1]

节奏感的营造也与语法有关系。在上一节讨论的例子中，我们看到节奏的控制往往起到制衡乃至削弱语法的统治的作用，由此获得了语义上的断裂与新的表意空间。但这只是故事的一半。语法与节奏的关系并非总是对立的，有时它们也相互成全。诗人、学者福格特（Ellen Bryant Voigt）则讨论了"思想的节奏"（语法）与"音乐的节奏"

---

[1] 关于陆志韦的轻重格律实验，参见陆志韦：《杂样的五拍诗》，《文学杂志》2卷4期，1947年9月。

之间的关系，并分析了诸如语法的平行关系、"右向分枝"句法在诗歌中的节奏效用。下面，以她提到的这段弗罗斯特的诗为例：

> Back out of all this now too much for us,
> Back in a time made simple by the loss
> Of detail, burned, dissolved, and broken of
> Like graveyard marble sculpture in the weather,
> There is a house that is no more a house
> Upon a farm that is no more a farm
> And in a town that is no more a town.
> 　　　　　　——Robert Frost "Directive" [1]

语法的平行关系指在语法架构中处于相同地位的语言要素，比如第一行的"Back out"和第二行的"Back in"各自引导的两个状语是平行的句法关系；第三行的"burned""dissolved""broken of"三个词（和词组），都是前面"detail"的修饰语，也是平行关系。最后三行的三个"no more"是词汇上的平行关系。平行的单位反复出现，可以让我们在头脑里认知信息时形成"组块"（chunks），这一点与音乐颇为相似，因为后者也是由一些反复出现的单位来形成一个乐段的。[2]这一段诗的前四行其实都是前置状语，它们修饰的主干句

---

[1] Ellen Bryant Voigt, *The Art of Syntax: Rhythm of Thought, Rhythm of Song*, Minneapolis: Graywolf Press, 2009, p.9.
[2] Ellen Bryant Voigt, *The Art of Syntax: Rhythm of Thought, Rhythm of Song*, Minneapolis: Graywolf Press, 2009, pp.9-12.

是第五行"There is a house",因此,它们是"左向分枝"的。从第五行开始变奏,变成所谓的"右向分枝"句法,即主词(被修饰语)在前,修饰语在后的句法,比如这段诗的第5—7行,"that is no more a house/Upon a farm that is no more a farm/And in a town that is no more a town",均修饰前面的"a house"。这样的句法让诗歌变得简省而充满悬念,即由于修饰语的缺失,我们会不停追问前面所缺失的信息。因此,这样的节奏可以说是较有"流动感"的,这与诗中描述的时间的无情流逝、事物的消亡相呼应。

　　说到这里,就得再次思考现代汉诗的语法与节奏的关系。由于欧洲语言的深刻影响,现代汉语在语法上比过去要严密和复杂得多,这已是老生常谈。但是在新诗中,如何以句法来营造节奏感依然是一个较少被问津的课题。比如张枣的《大地之歌》(第四章,诗见下一章)。它的第二节全数以"那些……的人"这样的"左向分枝"的语法构成,即主词在后、修饰语在前,而且每个句子都是名词性的、描述性的罗列。所以整个诗节其实在句法上都没有结束,它就是一个巨大的主语,而谓语被延后到了第三节,即"他们都不相信"。这与英语中常见的"主干优先"原则(即主谓宾一般在前)刚好相反。到了第三节,才转为"右向分枝"句法,变成了总结与断论的语气。就在这个意义上,它颇像交响乐里音乐的变奏。再来看穆旦的《赞美》(第一节),相对而言,它对节奏进程的控制显得"法度严明":

　　　　走不尽的山峦的起伏,河流和草原,

数不尽的密密的村庄，鸡鸣和狗吠，
接连在原是荒凉的亚洲的土地上，
在野草的茫茫中呼啸着干燥的风，
在低压的暗云下唱着单调的东流的水，
在忧郁的森林里有无数埋藏的年代
它们静静的和我拥抱：
说不尽的故事是说不尽的灾难，沉默的
是爱情，是在天空飞翔的鹰群，
是忧伤的眼睛期待着泉涌的热泪，
当不移的灰色的行列在遥远的天际爬行；
我有太多的话语，太悠久的感情，
我要以荒凉的沙漠，坎坷的小路，骡子车，
我要以槽子船，漫山的野花，阴雨的天气，
我要以一切拥抱你，你，
我到处看见的人民呵，
在耻辱里生活的人民，佝偻的人民，
我要以带血的手和你们一一拥抱，
因为一个民族已经起来。[1]

与前面所引的弗罗斯特那段诗相似，这节诗也是以无主句开始的，而且有很多句法上的平行单位，它们几乎渗透于每一行。比如第一行"走不尽……"与第二行"数不尽……"是平行的，"山峦的起伏"与"河流""草原"也是平行的，都是被"走不尽的"修饰。后面第3—6行则是一

---

[1] 穆旦：《穆旦诗文集》，第 1 册，北京：人民文学出版社，2014 年，第 68 页。

第三章　节奏的"非韵律面相"与"语言的节奏"　　351

连串由"在"字领起的4个平行的状语从句,往下从第8行的"沉默的"开始,又是三个由"是"领起的平行倒装句。后面的平行句和词组笔者就不一一点出了。[1] 读者可以把这整节诗诵读一遍,不难发现它有一种气势磅礴的节奏感,而且节奏进程显得张弛有度。这节诗歌有助于我们理解前引骆一禾的判断,即诗的"音乐性"的关键在于"语言的算度与内心世界的时空感,怎样在共振中形成语言节奏的问题"[2]。这里,语法、词汇上的安排呼应着诗人内心世界的时空感,最后以一种整合的节奏感出现。一开始,作者仿佛是以"空中视野"去俯瞰中国大陆,他开始并不急于说出想说的话,而是让读者去俯瞰一幅幅的画面,去看这破碎的山河,这仿佛是在节奏上进行漫长的铺叙和蓄力。前6行"左向分枝"的平行句更适合描述,而从第7行"它们静静的和我拥抱"开始,诗行转换成"右向分枝"的语法,节奏开始"变奏",又以一连串平行句进行铺叙,构成第二个"组块"。第三个组块以第13行抒情主体"我"的现身为标志,节奏开始推向高潮,到诗节的末尾爆发:"我要以带血的手和你们一一拥抱,/因为一个民族已经起来。"可以说,语法在这里充当了节奏的"内部组织"的作用,[3] 它主导了整首诗在宏观层面上的高低起伏。没有语法的支撑,这种宏大的架构与节奏的循序渐进是不可能实现的。当然,语法与节奏的关系恐怕远远不止"平行结构"

---

1 排比是最简单的平行结构,但后者所包括的范围要更大一些。
2 骆一禾:《骆一禾诗全编》,上海:上海三联书店,1997年,第842页。
3 这个概念胡适曾在《谈新诗》中提出来,却没有被清晰地讨论过,详见本书第一编。

"左向分枝""右向分枝"那么简单,还有更多的问题有待研究者去思考。限于篇幅与学力,这里就点到为止了。

由于整齐、程式化的"音乐节奏"在新诗中遭遇到很难克服的困难,新诗所倚重的更多是变化的"语言的节奏"。上面笔者对新诗当中的"语言的节奏"诸面相进行了初步的分析,如快慢、高低起伏、行止等方面。可以看到,具体字音的使用、词序的安排、句子的长短、停顿的分布、分行等书面形式的使用,语言中同一性元素的多寡,语法结构的安排都会对新诗节奏的特性以及变化趋势带来显著的影响。因此,设若由字句而进一步追溯节奏、由节奏再追溯诗之"神气",可以得到一条较为稳妥的诗歌理解进路。与过去的"顿""音尺"理论不同的是,我们并不试图为诗歌写作去悬设种种模式与法则。这些格律模式往往无法深入新诗语言运作的内核中去,因为它们往往是从具体的语言现象中抽离出来的模式,凌驾于语言之上。重提"语言的节奏"这个概念,意在回到语言运作的现实与细节中去,把新诗语言的纹理、褶皱、张力充分地考虑进来,彰显节奏之有机整体。

第四章　新诗的"音乐感觉"与"时间"

一、时间性：诗歌与音乐的内在关联

苏轼的《醉翁操·琅然》无论在词史还是音乐史上都是一首特别的作品，或许苏轼本人就知道其特别之处，所以特意写了一段长长的"序"，交代其所由来：

> 琅琊幽谷，山水奇丽，泉鸣空涧，若中音会。醉翁喜之，把酒临听，辄欣然忘归。既去十余年，而好奇之士沈遵闻之往游，以琴写其声，曰《醉翁操》，节奏疏宕而音指华畅，知琴者以为绝伦。然有其声而无其辞。翁虽为作歌，而与琴声不合。又依楚词作《醉翁引》，好事者亦倚其辞以制曲。虽粗合韵度，而琴声为词所绳约，非天成也。后三十余年，翁既捐馆舍，遵亦没久矣。有庐山玉涧道人崔闲，特妙于琴。恨此曲之无

词，乃谱其声，而请于东坡居士以补之云。[1]

由此，我们大致知道事情的原委，原本是欧阳修喜爱琅琊幽谷的山水，后来沈遵听说此处山水之美也前去游玩，还为此作了一首琴曲叫《醉翁操》，"节奏疏宕而音指华畅"，显然是一首绝妙之曲。欧阳修听了此曲之后，也为其填词作歌，文辞虽好，但与琴曲的声调并不协和（"调不注声"）。欧阳修后来还另作一首《醉翁引》，没想到，这居然成为一个事件，有"好事者"为欧阳修作的词重新谱曲，虽然在"韵度"上是基本相合的，但是琴曲受制于欧阳修的文词，不太自然。三十年后，有一精通琴乐的玉涧道人崔闲，把沈遵所谱之曲重新弹奏给苏轼听，苏轼听了之后就填了这首词。听苏轼的言下之意，文词到此时才终于与琴曲相合，浑然天成。这是一个音乐与诗歌之间关系的故事，由此可略微窥见宋朝风雅。来看苏轼作的词：

琅然。清圆。谁弹？响空山。无言。惟翁醉中知其天。月明风露娟娟。人未眠。荷蒉过山前。曰有心也哉此贤。 醉翁啸咏，声和流泉。醉翁去后，空有朝吟夜怨。山有时而童巅。水有时而回川。思翁无岁年。翁今为飞仙。此意在人间。试听徽外三两弦。[2]

---

[1] （宋）苏轼：《苏轼词编年校注》中册，邹同庆、王宗堂校注，北京：中华书局，2016年，第451页。
[2] （宋）苏轼：《苏轼词编年校注》中册，邹同庆、王宗堂校注，北京：中华书局，2016年，第451—452页。

这首词本为模仿琴音而作,而原来的琴音又是模仿山水而作,可谓双重模仿。从收录于明代编撰的《风宣玄品》中的《醉翁吟》琴谱来看,苏轼的词中每字对应了琴曲中的一个音,前面"琅然""清圜"两句,琴弦舒缓地各拨了两下,拨两下即停顿,已现苏轼所言"疏宕"之节奏感,而且"琅然""清圜"本身就是对琴曲节奏的描述。其后的"谁弹"和"响空"所对应的四声琴声则相比节奏略紧快一些,两者之间的停顿也要短促。其后的"山"对应的琴声则停顿(或者延长)要长一些,仿佛抚琴山中,琴声拨奏一段后,最后一音在疏朗空阔的山谷中回响。这里苏轼的文辞所进行的事情,正是用语言的节奏边界(即一个语言片段绵延的长度)来模仿(或者说跟上)音乐的节拍。而后面的"惟翁醉中知其天"也是在模仿一小段稍长一些的乐段,因此,尽管后来的谱曲者与演奏者可能对琴曲的把握各有区别,但弹奏的停顿以及各乐段的长度(边界)还是可想而知的。

根据欧阳修的《醉翁引》(《醉翁吟》)的自述,沈遵的琴曲原为"三叠"。[1] "三叠"意味着旋律相同或相近的乐段要重复三次。如果我们看苏轼的文辞,确实也可以看到有不少时长相同的片段被连用了三遍,比如"醉翁啸咏,声和流泉。醉翁去后","空有朝吟夜怨。山有时而童巅。水有时而回川","思翁无岁年。翁今为飞仙。此意在人间"。此皆为"三叠"。在这些三叠句之外,还有一些不能嵌入

---

[1] (宋)苏轼:《苏轼词编年校注》中册,邹同庆、王宗堂校注,北京:中华书局,2016年,第454页。

"三叠"模式的语词,比如"响空山""无言"等。可以猜测的是,琴曲除了三叠重奏的旋律之外,也会夹带一些别的旋律作为搭配,就像我们开始提出的解释一样,文词还是严格依照乐声的进行。沈遵所奏之乐与苏轼所填之词具体在节奏上如何精确配合现今已无法考知,后世所传之谱与当时所奏之乐是否完全契合亦无法确定,但是,苏轼的文辞的时间性与琴曲的时间性有直接关联应是确定的,这一点与欧阳修所作的"歌"是大不相同的,后者更多的是独立于琴曲的作品,重在写"意",其节奏与时间性并不配合琴曲。

这里苏轼的文辞还发生了一个我们在现代诗歌中也经常看到的节奏-语法现象,即有意中断语言的语法连续性,在句子的中间强行中断,以造成"疏宕"之感。"琅然"与"清圜"的潜含主语应该是琴声,而"谁弹"的发问者则是作者,后面的"响空山"的主语则又是琴声。不过,这些潜在主语都被作者省略了,读者被诗人直接带入情境之中。这种把完整的语句打碎成片段,以之作为音乐片段的手法在现代诗歌中也偶有出现。和苏轼一样,有的现代诗人也不太在乎语义、逻辑的连贯性,而更多的是以一个个片段的排列来造成某种"音乐感觉",比如昌耀的《内陆高迥》:

  内陆。 一则垂立的身影。 在河源。
  谁与我同享暮色的金黄然后一起退入月亮宝石?

  孤独的内陆高迥沉寂空旷恒大

> 使一切可能的轰动自肇始就将潮解而失去
> 弹性。
> 而永远渺小。
> 孤独的内陆。
> 无声的火曜。
> 无声的崩毁。[1]

无独有偶，昌耀也是一个强调"音乐感觉"的诗人："但我近来更倾向于将诗看做是'音乐感觉'，是时空的抽象，是多部主题的融会。""诗，自然也可看做是一种'空间结构'，但我更愿将诗视做气质、意绪、灵气的流动，乃至一种单纯的节律。"[2]《内陆高迥》第一行也是三个独立的片段，相互之间在语法上是断裂的，与一千年前苏轼的《醉翁操·琅然》有几分相似。第二行"谁与我同享暮色的金黄然后一起退入月亮宝石？"像是对读者发起的一封邀请函，邀请读者一起进入这"暮色的金黄"，这一行长句仿佛一段渐趋高潮的乐段。其后第二节第一行再次"蓄力"，尤其后面的"高迥沉寂空旷恒大"，四个形容词叠用，仿佛手指在琴键上用力弹了四次，预示着最强音即将来临。果然，后面又出现了一个长句："使一切可能的轰动自肇始就将潮解而失去弹性。"趋于巅峰之后，旋律开始缓缓下降，接着四行五言短句都是"余响"，吟咏之下，余音绕梁。不仅情

---

[1] 昌耀：《昌耀诗文总集》（增编版），北京：作家出版社，2010 年，第 414 页。

[2] 昌耀：《我的诗学观》，《昌耀诗文总集》（增编版），北京：作家出版社，2010 年，第 300 页。

绪趋于低潮,孤独感亦顿生。这首诗和苏轼的词一样,它对情绪的复刻与音乐感觉的呈现首先是靠语段的长度,有时为了语段长度的考虑不惜打断、打乱句子的连贯性(比如"而永远渺小"其实是上一行的下半部分,但单独断成了一句),这体现出"音乐感觉"或曰"节奏"对于语义、语法的高度优先性。

说到"节奏",应该注意到,中国古代"节奏"一词的使用是在有关音乐的论述中开始的,比如《礼记·乐记》中多次谈及"节奏":"乐者,心之动也。声者,乐之象也。文采节奏,声之饰也。"[1]"先王耻其乱,故制雅颂之声以道之,使其声足乐而不流,使其文足论而不息,使其曲直、繁瘠、廉肉、节奏足以感动人之善心而已矣。"[2] 根据《说文》,"节奏"的"节"原指竹约,可以引申为"暂止"之义,而"奏"是"进"(行进)的意思,两者相反为义,组成了合成词"节奏",表示音乐之"饰"(特征)。唐代孔颖达在《礼记·乐记》中这样给"节奏"作"疏":"节奏,谓或作或止,作则奏之,止则节之。言声音之内,或曲或直,或繁或瘠,或廉或肉,或节或奏,随分而作,以会其宜。"[3] 可见,"节奏"是对乐声的行进状态的描述,构成了古人对音乐之"动势"或者"时间性"的认知概念,其道理与"远近""上下""前后"的构词法一样。在上古时期,

---

[1] (汉)郑玄注,(唐)孔颖达正义,吕友仁整理:《礼记正义》,中册,上海:上海古籍出版社,2008年,第1507页。
[2] (汉)郑玄注,(唐)孔颖达正义,吕友仁整理:《礼记正义》,中册,上海:上海古籍出版社,2008年,第1558—1559页。
[3] (汉)郑玄注,(唐)孔颖达正义,吕友仁整理:《礼记正义》,中册,上海:上海古籍出版社,2008年,第1559页。

诗、乐、舞是合一的艺术。为什么对"节奏"的集中论述是在音乐中开始出现的呢？大概是音乐相对于后来与"乐"分家的"诗"而言，其时间性更为直接、明显，而作为语言艺术的"诗"虽然也讲时间性，但显然不如音乐那么敏感，这里之所以选取苏轼这首"自度曲"来谈，首先是因为它与音乐直接的、活生生的关系。

古诗词中那些与音乐直接相关的作品，其节奏也是颇为耐人寻味的，比如李商隐的《锦瑟》、白居易的《琵琶行》等。大抵是因为受到音乐演奏的直接感发，诗歌的节奏感有意无意地"追上"了"音乐感觉"，比如白居易《琵琶行》中的"大弦嘈嘈如急雨，小弦切切如私语。嘈嘈切切错杂弹，大珠小珠落玉盘。间关莺语花底滑，幽咽泉流冰下难"；李商隐《锦瑟》中的"锦瑟无端五十弦，一弦一柱思华年"；李贺《李凭箜篌引》中的："昆山玉碎凤凰叫，芙蓉泣露香兰笑。十二门前融冷光，二十三丝动紫皇"。从以上诗句中都可以体会到文字在努力"追"上音乐的感觉。然而，苏轼毕竟是大才，在和前人"音乐感觉"的较量中，丝毫不落下风，甚至别出机杼。他发明的诗体（词体），与现代的自由诗暗通款曲，其中最重要的一点，就是对语段长度的"自由"控制，以便完完全全地跟上"音乐感觉"。相比之下，前面所说的那几首七言，由于受限于七言的字数和押韵规范，对音乐的模仿总感觉还是有点"隔"，当然，它们也通过押韵词的安排（比如李贺以仄声押仄声，平声押平声）、叠字的使用（如白居易、李商隐），来控制节奏的快慢高低，但这毕竟是微毫之中的变化，它们对"音乐"的模仿更多的是通过比喻、意象所营造的"画面感"来实现的,而苏轼的实验性的作品则直接指向诗歌中的核心,即语言的时间性。

二、新诗之"音乐感觉"的实现

说到"时间",这似乎已经是被诗学讨论了无数次的问题,大多数论者讨论的是诗歌中的"时间意识",即对过去、现在、未来的总体感觉,经常跟"历史感"难以区别。很少有论者注意到,其实"时间"在诗歌中有一个非常具体的位置,即节奏。亚里士多德说:"时间是运动的尺度。"语言自然也是一种运动,它运动的尺度就是"节奏",节奏就是语言本身的时间性的呈现。诗律学家格罗斯认为:"正是节奏(rhythm)赋予时间一个有意义的定义,赋予时间一种形式。"[1] 为什么说到"节奏",非得把它和"时间"这个抽象概念联系在一起呢?而不是像过去有的诗人、论者那样把它定义为某种"模式""重复",或者"波动"呢?这里就不得不说它与"格律"这个概念的关系了。前面在讨论《礼记》中的"节奏"概念时,我们就发现古人心里的"节奏"是非常具体而多样化的,它"或曲或直,或繁或瘠,或廉或肉,或节或奏",可见节奏不是一成不变的"模式",它可灵动着呢。而在文章开头苏轼的"序"中所说的"节奏疏宕",也是指特定的一种声音形态("疏宕"),并非随便什么乐声都可以称之为"疏宕",非得"特妙于

---

[1] Harvey Gross & Robert McDowell, *Sound and Form in Modern Poetry*, Ann Arbor: University of Michigan Press, 1996, p. 9.

琴"的行家才能奏出这种感觉。可见,节奏是对于乐声之"动势"与"时间性"的精妙把握,同样是贝多芬第九交响曲,卡拉扬指挥的和其他指挥家指挥的也会大不相同。而"格律"不一样,"格律"在古代有"法律"之义,就诗歌而言,它是对声音中某些"作法"的规定以及由此形成的规定性,比如押韵、字数、平仄等。因此,"格律"规定了某一类诗的大体形式样貌,但是每首诗的"节奏"则各有区别。

当然,由于过去旧诗中各种形式规范的强有力存在,同一种体式下不同诗作的"节奏"的区别即便有,也很微细,是难以捕捉、无法明言的,所以人们经常把"格律"和"节奏"混为一谈。不过,到了现代诗中,由于"格律"被废除了,整齐的"制服"没有了,因此不同诗歌的"节奏"之具体性就被突显出来,像是一个从幕后走到前台的演员。而与它一起走上来的自然还有"时间"与"音乐"。首先来看一个简单的例子,张枣的《德国士兵雪曼斯基的死刑》(节选):

军事法庭判我叛国罪。
给我四十八小时的时间。
我用二十四小时潜逃,
被揪回;又用十四小时求恩赦,
我写道:Bitte,bitte,Gnade!
被驳回;他们再给我十个小时
八个小时,六个小时,五个小时;
后来战地牧师来了,

慈祥得像永恒：
可永恒替代不了我。
正如一颗子弹替代不了我，
我，雪曼斯基，好一个人！
牧师哭了，搂紧我，亲吻我：
——孩子，孩子，Du bist nicht verloren!
　还有一点儿时间，你要不要写封信？
　你念，我写——可您会俄语吗？
　上帝会各种语言，我的孩子。
于是，我急迫地说，卡佳，我的蜜拉娅，
蜜拉娅，卡佳，我还有十分钟，
黎明还有十分钟，
秋天还有五分钟，
我们还有两分钟，
一分钟，半分钟，
　十秒，八秒，五秒，
　二秒：Lebewohl! 卡佳，蜜拉娅！

　嘿，请射我的器官。
别射我的心。
卡佳，我的蜜拉娅……
我死掉了死——真的，死是什么？
　死就像别的人死了一样。[1]

---

[1] 张枣：《张枣的诗》，北京：人民文学出版社，2017 年，第 128—129 页。

这首诗写的是一个被判为叛国罪的德国士兵临刑前最后的日子。这里的"时间感"是非常生动的,从被军事法庭审判为死刑开始,是争分夺秒的逃亡,"时间"仿佛进入一种"冲刺"状态,尤其是在他乞求恩赦失败之后:"他们再给我十个小时/八个小时,六个小时,五个小时",眼看着时间一点点被耗尽,仿佛进入了最后的倒计时。但是,当牧师来了之后,"时间"的压迫感有所舒缓——或许牧师的意义正在于此,即取消时间——"后来战地牧师来了"一句往下的十行没有前面几行那么多的排比与重复,"时间"的冲刺仿佛暂时停止,或者说被搁置起来了。"牧师"与"我"的对话让"我"暂时忘记了"剩余的时间"。不过,最后牧师在让他写临终遗言时,时间的紧迫感又回来了:"十分钟……五分钟……两分钟……""十秒,八秒,五秒"这样的排比句式仿佛让读者也和"我"一样进入临刑前的倒计时状态,而且语句的长度越来越短,"时间"越冲越快,直至终止。末节独立出来的那五行诗就像这个士兵在子弹飞来的瞬间的一闪念。这种节奏与时间感让读者也参与到死亡的"时间"当中,就像诗人所言:"我死掉了死。"

再来看张枣的另一首与音乐关系更为密切的作品《大地之歌》(第2、3章):

2
人是戏剧,人不是单个。
有什么总在穿插,联结,总想戳破空虚,并且
仿佛在人之外,渺不可见,像

鹤……

3
　　　你不是马勒，但马勒有一次也捂着胃疼，守在
　　　　角落。你不是马勒，却生活在他虚拟的未来之中，
　　　迷离地忍着，
　　　马勒说：这儿用五声音阶是合理的，关键得加弱音器，
　　　关键是得让它听上去就像来自某个未知界的
　　　微弱的序曲。错，不要紧，因为完美也会含带
　　　另一个问题，
　　　一位女伯爵翘起小拇指说他太长，
　　　马勒说：不，不长。[1]

这首诗不仅标题就带有"歌"字，而且诗中还以一整章的篇幅写到了作曲家马勒，后者正好有一部著名的交响乐作品《大地之歌》。显然，作者已经明示了这首诗与音乐的关系。[2] 但是，某首诗歌提到了音乐或者音乐家，并不必然意味着它具备活生生的、内在于文本脉络的"音乐感觉"。前面说过，这种"音乐感觉"必须与诗歌自身的节奏和时间感结合起来。那么就《大地之歌》而言，诗歌与音乐的关

---

[1] 张枣：《张枣的诗》，北京：人民文学出版社，2017年，第264—265页。
[2] 另外，张伟栋认为，张枣这首诗还受到了特朗斯特罗姆的长诗《舒伯特》的影响，两者的形式和主题颇为相近，参见张伟栋：《"鹤"的诗学——读张枣的〈大地之歌〉》，《山花》，2013年第13期。

系又如何从文本自身看出来呢？说到诗与音乐的关系，首先应该意识到，从古代到现代，诗与音乐各自都发生了巨大的变化，从过去旋律相对较简单的声乐（如歌谣）、器乐，到现代结构宏大、复杂的交响曲，其差别几乎与原始人和现代人的差别一样大。因此，所谓诗歌中的"音乐感觉"，也不能笼统而论，而要看对应的是什么样的音乐、什么样的"感觉"。就《大地之歌》这首诗而言，它试图摹仿的显然是交响乐的结构与感觉，这种摹仿还得从语言的节奏和结构感入手才能见出。比如上面引出的第2章诗，比起后面要讨论的第四章诗就要短得多，不仅整体上短，而且具体诗句的"边界"（时间长度）切得比较短，没有一气呵成的长句，稍长的句子（如"有什么总在穿插，联结，总想戳破空虚"）还被标点切分成好几个小单位，整个诗章的节奏较为简短轻快，语言在此处仿佛被加上"弱音器"，听上去就像第3章所说的"来自某个未知界的/微弱的序曲"。第2章给我们展示了一只似有似无、仿若天外飞仙一般的"鹤"，鹤之动虽轻，可"总在穿插，联结"，其意义不可小觑，因此这个"序曲"确实在暗示某个"未知界"，吊足了读者的胃口。不过，在此章之后的第3章却不是"正曲"（用交响乐的术语可以称为"主部主题"），而是像是一个类似于"场外旁白"式的章节，也带有一定的"夫子自道"或者"元诗"意味，它既是在展示一个音乐家的工作场景，也是在暗喻一个具有"音乐感觉"的诗人的工作态度，这个"他"既是马勒，也是张枣，"他"提示读者要有耐心，不要像那位"女伯爵"一样对自己不懂的东西指手画脚，比如乐段的长度问题。马勒的回答："不，不

长。"干脆利落,仿佛在告诉读者对他的"长度"问题要有足够的信心和尊重。那么,来看下面这章颇"长"的"主部主题":

    4
  此刻早已是未来。
        但有些人总是迟了七个小时,
他们对大提琴与晾满弄堂衣裳的呼应
竟一无所知。
  那些生活在凌乱皮肤里的人;
     摩天楼里
那些猫着腰修一台传真机,以为只是哪个小部件
    出了毛病的人,(他们看不见那故障之鹤,正
    屏息敛气,口衔一页图解,蹑立在周围);
那些偷税漏税还向他们的小女儿炫耀的人;
那些因搞不到假公章而扇自己耳光的人;
那些从不看足球赛又蔑视接吻的人;
那些把诗写得跟报纸一模一样的人,并咬定
  那才是真实,咬定讽刺就是讽刺别人
  而不是抓自己开心,因而抱紧一种倾斜,
  几张嘴凑到一起就说同行坏话的人;
那些决不相信三只茶壶没装水也盛着空之饱满的人,
  也看不出室内的空间不管如何摆设也

去不掉一个隐藏着的蠕动的疑问号；

那些从不赞美的人，从不宽宏的人，从不发难的人；

那些对云朵模特儿的扭伤漠不关心的人；

那些一辈子没说过也没喊过"特赦"这个词的人；

那些否认对话是为孩子和环境种植绿树的人；

他们同样都不相信：这只笛子，这只给全城血库

供电的笛子，它就是未来的关键。

一切都得仰仗它。[1]

这章诗的第一行就给我们来了一段奇峰突起的旋律（姑妄言之吧）："此刻早已是未来。"此刻就是此刻，怎么会是未来？这是在说未来已在此刻到来，还是说未来早在此刻之前就已经到来？无怪乎诗人接着说"有些人总是迟了七个小时"。请注意，中国与诗人当时所在的德国的时差也刚好是七个小时，那么，这里的"迟到"既有可能是指诗人自己的"迟到"，也有可能是指时差另一端的"大地"上的人们的"迟到"。如果联系下文来看，后面一种可能性更大一些，因为张枣显然不会是"对大提琴与晾满弄堂衣裳的呼应竟一无所知"的人。紧接着，诗人以大量的"那些"一

---

[1] 张枣：《张枣的诗》，北京：人民文学出版社，2017年，第265—266页。

词引起的排比句展开铺叙（或可曰"呈示部"），一幅具有现实色彩的巨幅画轴展示在我们面前，"那些"芸芸众生蝇营狗苟，不知"大提琴与晾满弄堂衣裳的呼应"为何物，只能"生活在凌乱皮肤里"。这十一个"那些"引起的名词性从句都比较长，有的甚至占据了三四行的篇幅，庸碌众生相在这样的排比长句之下被刻画得淋漓尽致，也讽刺得酣畅。到了末尾单独成节的三行，"那些"从句变成了"他们"引起的主谓句，他们没有意识到有一只"笛子"（显然又是一个关于艺术的隐喻）的存在，它才是"未来的关键"。"那些……的人"是名词性从句，适宜铺陈；而"他们……"是主谓句，则适宜总结和断论。这种有意制造的区别有点像交响乐中不同乐器的作用，小提琴、大提琴、小号，一起构成一部完整的乐曲。概言之，这首诗中决定其音乐感觉和结构感的因素主要有以下三个方面：一是语句和诗行的长度带来的节奏感；二是语言自身的语法结构的重复形成的总体感觉；三是诗歌的意象、画面和情绪的起伏，与前二者相互结合构成的总体感觉。

三、朝向"歌"的"诗"：重复与声响的示意

当然，在谈论诗与音乐的关系或者诗歌中的"音乐性"时，不能无差别地将两者混为一谈，在诗论中使用音乐术语也应当谨慎。虽然诗与乐在起源阶段是浑然难分的，但是就现在的状况而言，两者毕竟在构成机理、表现手段、传达机制等方面都存在巨大的区别。韦勒克、沃伦在其《文学理论》中甚至认为"音乐性"这个概念在诗歌中是不

成立的,"实际上,二者之间存在相当大的差异,讲出的一句话调子抑扬起伏,音高在迅速变化,而一个音乐旋律的音高则是稳定的,间隙是明确的","浪漫派与象征派诗人竭力要将诗歌与歌曲和音乐等同起来,这样的做法只不过是一个隐喻而已,因为诗在变化性、明晰性以及纯声音的组合模式方面都不能与音乐相抗衡"。[1] 韦勒克、沃伦的判断在一定意义上是成立的,就声音的物理特质而言,诗与音乐早已是两种东西。不过,两者在结构和本质上却并非完全没有趋同性乃至同一性。除了前面已经论及的两者都有对时间(以及声音长度)的高度敏感和巧妙运用之外,还有两点也值得补充。第一点是两者都以高度重复的方式形成结构,这也与两者作为一种时间艺术的特质有关。坡林(Laurence Perrine)认为:"音乐的本质是重复。"[2] 观察早期诗、乐合一阶段的诗歌(如《诗经》、中世纪英语民谣),其核心特征便是高度的重复性,这不仅体现于押韵,还体现在双声叠韵、叠词叠句、反复回增等重复手段的密集使用上,因为它们不仅可以加强节奏感,有利于吟唱,也有利于口耳传颂。[3] 而在以书面阅读为主要传播手段的现代诗歌上,显然不可能安排如此多的重复,否则读者也会

---

[1] 韦勒克、沃伦:《文学理论》,刘象愚等译,北京:文化艺术出版社,2010年,第169—170页。

[2] Laurence Perrine, *Sound and Sense: An Introduction to Poetry*, New York: Harcourt, Brace Jovanovich, 1982, p.155.

[3] 另参见陈世骧:《原兴:兼论中国文学特质》,收入《中国文学的抒情传统》,北京:生活·读书·新知三联书店,2015年,第101—137页;Cecile Chu-chin Sun (孙筑瑾), *The Poetics of Repetition in English and Chinese Lyric Poetry*, Chicago: University of Chicago Press, 2011。

感到厌倦。但是，在某些诗节或者诗行中，适当安插一些重复性片段，不仅可以加强其歌唱性，也会起到微妙的暗示作用。比如痖弦的《复活节》：

> 她沿着德惠街向南走
> 九月之后她似乎很不欢喜
> 战前她爱过一个人
> 其余的情形就不大熟悉
>
> 或河或星或夜晚
> 或花束或吉他或春天
> 或不知该谁负责的、不十分确定的某种过错
> 或别的一些什么
>
> ——而这些差不多无法构成一首歌曲
> 虽则她正沿着德惠街向南走
> 且偶然也抬头
> 看那成排的牙膏广告一眼[1]

这幅寥寥数笔的素描，画出一个失恋的女人欲言又止的内心世界。第一、三节是叙述性或者描述性的，看不出有多少音乐性与抒情性，第二节却明显不同，它由"或"字引导的一连串语词组成，几乎是凭空而来，把读者杀个措手不及。或许是本能地感觉到了这节诗中的歌唱性，诗人居

---

[1] 痖弦：《痖弦诗集》，台北：洪范书店，2010年，第204—205页。

然在接下来的第三节首行"出场"说了句"而这些差不多无法构成一首歌曲",有点自我解嘲的意味。换言之,第二节的这些内容本来可以成为一首歌曲的,可是却没有,因为作者对她失恋的事并不熟悉,细节太缺乏了。作者只看到一个神情寥落地走在街上的女子,听到少许流言,其他一概不知。因此,第二节的"或"字就很有意思了,它不仅表达的是多种可能性,也有猜测的意味("或"在文言中本来就有此义)。河流、星星、夜晚,不正是情人谈恋爱的一般场景吗?"花束""吉他"之类,也是恋爱之必修课?但接下来的这行更耐人寻味,"或不知该谁负责的、不十分确定的某种过错"。诗行长度陡然变长,让人的情绪变得紧张了起来,仿佛故事来到了某个转折点上:"过错",当然,分手必然意味着某种过错。不过,这"过错"到底由谁来负责,却不甚了然——从事后来看,这已经不重要了——重要的是现下已然失恋。最后一句"或别的一些什么"看起来轻描淡写,实际上隐隐透露着一些无奈。这首残缺不全的"恋歌"或者"失恋之歌"具有高度的概括性(可适用于大部分恋爱),而且带着点悲哀与厌倦的气息:"或"字表达的是或此或彼,亦可以是亦此亦彼,无可无不可。最后,画面又回到了当下:"虽则她正沿着德惠街向南走/且偶然也抬头/看那成排的牙膏广告一眼",刻写虽简略,但也让人产生无限的同情与感叹。由是观之,当具有强韵律性或者歌唱性的片段安插于叙事性、描述性的段落之中,亦有画龙点睛的效果。若这首诗没有中间这一节,就显得像是一个事件的描述,而那种同情、悲哀乃至厌倦的弦外之音就无法弹奏出来了。

关于诗与音乐之关联需要补充的第二点是，它们都有着对于声响本身的特质的挖掘和运用，虽然手段有所不同，但原理是一样的。由于语言一直处于变化与发展之中，为了适应不断增加的思想、情绪的表达内容，它的符号性变得越来越强，即声音的特质与意义的联系是任意的，这是语言学的常识，不必敷述。不过音乐并非如此，它需要从声音本身呼唤出情绪与内容来，否则传达就是失败的。至于诗歌的情况却有点复杂，它的声音与意义的关系既不像音乐那样直接，也不像一般意义上的语言那样任意，而是处于有意无意之间，任意与必然之间。诗人若要让自己的声音具有一定的识别性与必然性，那么让这种联系往音乐的方向倾斜是少不了的工作。来看昌耀诗的一个片段：

我必庄重。
黄昏予我苍莽。
——《庄语》[1]

这里，诗人作出了"我必庄重"的宣言，这个宣言本身就是用庄重的声响说出来的，不仅"庄重"两字都是响亮厚重的后鼻音，后面的"黄昏""苍莽"也是声如洪钟，苍莽之中令人肃然起敬。杰出的诗人必定有某种特别的"发声"方式，后者标记了他/她的风格特质。即便是平常的内容、常见的景象，也会因发声的特质而显得与众不同：

---

[1] 昌耀：《昌耀诗文总集》（增编版），北京：作家出版社，2010年，第379页。

> 一百头雄牛低悬的睾丸阴囊投影大地。
> 一百头雄牛低悬的睾丸阴囊垂布天宇。
> 午夜，一百种雄性荷尔蒙穆穆地渗透了泥土，
> 血酒一样悲壮。
>
> ——昌耀《一百头雄牛》（3）[1]

这里写的其实是青藏高原上常见的牦牛群，不过这幅图景在昌耀的笔下却有了宇宙洪荒的气概。牦牛的睾丸阴囊本来是令人难以启齿的言说对象，但在昌耀笔下也染上了十足的肃穆与庄重色彩。之所以如此，也与昌耀遣词造句的方法有关，前两行末尾都是四字短语或曰"四字顿"："投影大地""垂布天宇"。过去，卞之琳曾注意到诗行结尾的"顿"会影响节奏感，二字顿结尾的句子偏向于说话式，而三字顿结尾的偏向于歌唱式，虽然这样的概括或许有以偏概全之嫌，但不失为有趣的观察。[2] 不过，很少有论者意识到四字顿的意义，因为四字顿较为少见，而且常常被拆分为两个二字顿来理解，如"投影｜大地"。不过，在很多长诗行中，四字顿不应强行再拆分为两顿，因为诗行本来就长，到了末尾已是读者上气不接下气之时，四字短语自然应该一气读完，而不是画蛇添足强行停顿。翻开昌耀诗集，不难发现诗中四字顿结尾的情况甚多，它们在句尾往往有神龙摆尾之效，读起来更是气贯长虹（下划线为笔者所加）：

---

[1] 昌耀：《昌耀诗文总集》（增编版），北京：作家出版社2010年，第322页。
[2] 另参见李章斌、陈敬言：《1950年代卞之琳新诗格律理论探析》，《江汉学术》，2022年第2期。

> 我之愀然是为心作，声闻旷远
> 舒卷的眉间，踏一串白驹蹄迹
> ——昌耀《庄语》[1]

与昌耀之"庄语"相比，张枣则更长于"谐语"，或者"亦庄亦谐"之语：

> 铺开一条幽深的地铁，我乘着它驶向神迹，或
> 中途换车，上升到城市空虚的中心，狂欢节
> 正热闹开来：我呀我呀连同糟糕的我呀
> 抛洒，倾斜，蹦跳，非花非雾。……
> ——张枣《而立之年》[2]

这里，灵动的想象、轻盈的语风，显示出一个中年顽童的天真、活泼。尤其是末行几个词语的连用，"抛洒，倾斜，蹦跳，非花非雾"，如一尾鲜活的雄鲤鱼打挺，如果把昌耀那些庄重雄伟的语调比作大提琴的话，那么则不妨把张枣的语风比作灵动活泼的小提琴，它神出鬼没、非花非雾。

---

[1] 昌耀：《昌耀诗文总集》（增编版），北京：作家出版社，2010年，第379页。
[2] 张枣：《张枣的诗》，北京：人民文学出版社，2017年，第214页。

第五章　书面形式与新诗节奏的"视觉化"趋势

一、书面形式与节奏和时间性

新诗的写作以自由体为主，其书面形式是新诗形式研究中颇为棘手的问题，也是新诗节奏研究中一块难啃的"硬骨头"，其中涉及的很多问题在传统的"小学"（或语文学）研究中几乎不存在，是随着新诗的诞生才成为"问题"的，因此构建一个新的体系和一套有效的分析方法也就格外困难。相比之下，旧诗大都有整齐而固定的形式，一首诗用什么方式写在纸上或者排印出来并不是诗人在写作时就需要考虑的问题，而新诗则不同，诗歌的长短、诗行长度、分行分段的方式从始至终是内在于新诗的写作之中的。在很多读者眼里，新诗（尤其是自由体新诗）的形式是长短不一、毫无规则可言的，看不出其形式与节奏有何联系，所以便感觉自由诗是没有"形式"也没有"韵律"的。

实际上，在英语诗歌界，自由诗的形式同样颇受争议，其中不乏立场上的意气之争，但也有一些观点鞭辟入里。

比如，伊斯特曼（Max Eastman）在《论对晦涩的崇拜》中提出："被叫做自由诗的排印方式所能做到的最主要的事情，或者至少是最好的事情，就是使读者注意，并且经常使他注意，他是在读诗，而且要注意节奏。这样，如果作者愿意，读者同意的话，确实会促进一种微妙的节奏感；然而，它的最常见的效果则是使作者和读者的联系松弛了。"[1] 伊斯特曼跳出了那种简单地以"整齐"或"不整齐"来论断形式优劣的思路，而注意到自由诗在"作者—读者"关系上以及接受心理上的新特征。确实，自由诗的分行、排版等书面规则类似于一种"契约"，它是双方意向的结果（"作者愿意，读者同意"）。如果这种"契约"实现的话，那么它确实可以提醒读者去注意诗歌本身独特的节奏。但是，如果诗歌的排版形式（包括分行）过于随意，与节奏关系不密切，那么它在读者心中所起的"突出"效果便会被削弱，甚至会起到反作用，让读者手足无措，不知所云。如果一方不守约定，那么另一方就没有必要，也没有可能遵守"契约"。当今新诗的排列形式大受质疑，一方面固然是因为读者对它的理解不够，甚至误解也颇多，另一方面也与很多诗人对它的滥用大有关联，这种对形式的滥用不仅没有起到突出或者标示节奏的作用，反而使"作者和读者的联系松弛了"。此外，研究界对这种形式"契约"的认识和重视程度也是不足的。

---

[1] 麦·伊斯特曼：《论对晦涩的崇拜》，李永译，收入《现代主义文学研究》，下册，袁可嘉等编，北京：中国社会科学出版社，1989年，第919页。

自由诗排版的节奏效果的模糊，还和另一种倾向，即具象诗的追求有关。再来读读伊斯特曼前引文："从自由诗到自由的标点只有短短的一步。我们指的是放一把标点符号，像放一群细菌似的，让它们在书页上乱啃，甚至一直啃到那些分明健康的字眼内部去。让我们从卡明斯的诗里找一个这样的例子来看。我们必须看他的诗，因为他的诗大部分是由标点组成的，没法儿听得到。事实上，我们不久就要在一个放映室里来展览卡明斯；因为毫无疑问，现代主义的下一步就要表现这些标点符号插进一个字里的实际经过，表现那个字的核心，它的意义是怎样分裂的，表现新的和更微妙的意义是用生物学家所谓内部生长发芽繁殖的方法形成的。"[1] 这里提到的卡明斯（E. E. Cummings，今译"康明斯"）的"具象诗"（concrete poetry）曾经在美国风靡一时，被视为自由诗发展的重要方向。"具象诗"的本质是要让文字排列的空间性具备意义，就像一幅画那样用空间布局来表达意义，成为一种视觉艺术。实际上，具象诗在古代就出现了，比如古希腊西米亚斯（Simmias of Rhodes）的"翼形诗"：[2]

---

[1] 麦·伊斯特曼：《论对晦涩的崇拜》，李永译，收入《现代主义文学研究》，下册，袁可嘉等编，北京：中国社会科学出版社，1989年，第919页。
[2] 引自 John Hollander, *Vision and Resonance: Tow Senses of Poetic Form*, New York: Oxford University Press, 1975, p.256。

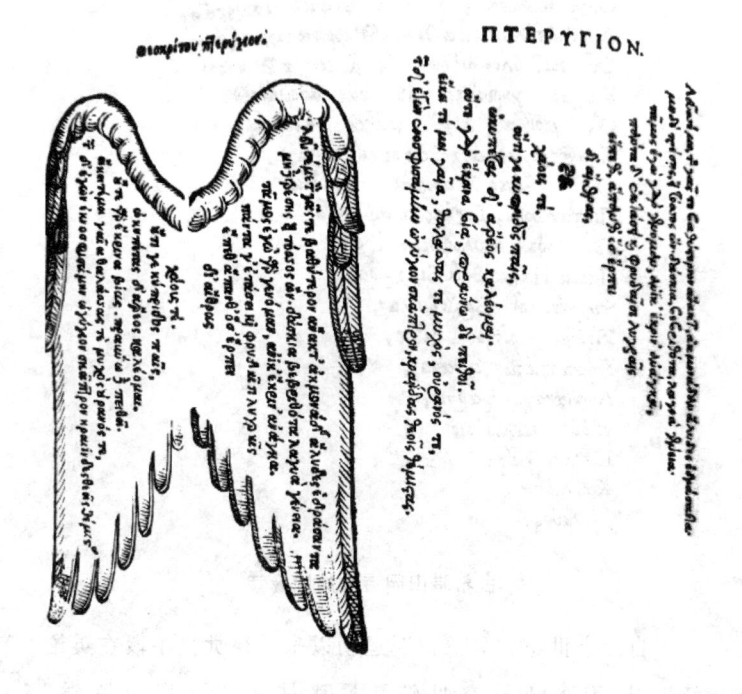

古希腊西米亚斯"翼形诗"

还有古希腊田园诗人的图像诗：[1]

ΣΥΡΙΓΞ.

(古希腊文图像诗原文，排列成排箫形状)

古希腊田园诗人的图像诗

自二十世纪"具象诗"运动以来，视觉化手段在英语诗歌中已逐渐司空见惯，尤其是在"语言派诗学"（Linguage Poetry）中更是达到了登峰造极的地步。在汉语诗歌中，中国台湾诗坛在六十年代以来出现了大量的"具象诗"，也出现了一些值得反思的问题。"具象诗"虽然体

---

[1] 引自 John Hollander, *Vision and Resonance: Tow Senses of Poetic Form*, New York: Oxford University Press, 1975, p.258。

现了高度的形式自觉,但是这种追求也隐藏着一个危险,即对语言的时间性本质的忽略和对节奏"契约"的进一步瓦解。来看台湾诗人杜十三的诗《鞋子》[1]:

> 颠簸、坎坷、崎岖和蜿蜒
>
> 分
> 头
> 散
> 开

如上强调文字排列本身的暗示性的诗歌在六十年代以来的台湾诗坛中俯拾皆是。此处的"分""頭(头)""散""開(开)"四个字的排列方式其实是在模拟鞋子凌乱摆放的姿态,虽然这样排列起到了一定的视觉暗示效果,但是它已经和诗歌节奏以及语言的时间性脱离关系,更像是一种视觉设计艺术。格罗斯等人认识到:"一旦诗歌变成一种图画写作,它就不再需要作为声响层的节奏了。进一步的情况是,诗歌将脱离语言,脱离整个听觉方面的符号特征(节奏是其一部分)。"[2] 无论现代诗歌的写作如何走向"视觉

---

[1] 杜十三:《叹息笔记:杜十三诗选》,台北:时报文化出版公司,1990年,第139页。

[2] Harvey Gross & Robert McDowell, *Sound and Form in Modern Poetry*, Ann Arbor: University of Michigan Press, 1996, p.126.

化",它的基本媒介依然是语言,那么,它也永远会像所有的语言那样具备时间性,而这是它的基本属性,诗歌的节奏就是这种属性的突出表现形式。空间性只是文字所具有的一个表征特性,它本应是语言的时间性本质的摹仿或者再现,而不是脱离这个本质的独立特性。因此,孤立地强调空间排列的"具象诗"是一种舍本逐末的追求,它让读者进一步忘记了诗歌的时间本质,也无助于甚至妨碍读者去注意诗歌的节奏。

"具象诗"只是现代诗歌越来越书面化的突出例证之一,后者的表现不仅限于此。诗人帕斯在欧美多种语言的自由诗写作中观察到,"智性和视觉对于呼吸日盛一日的凌驾反映出我们的自由诗也有转化为一种机械量度的危险,就像亚历山大体和十一音节体一样"[1]。自由诗作为一种诗体的出现本来是为了创造种种鲜活的、个性化的节奏方式,突破格律作为一种"机械量度"的桎梏,但如果书面形式又变成它的一个新的桎梏,那么这又重蹈覆辙了。应当承认,诗歌载体与传播形式的书面化是诗歌音乐性地位下降的根源,这种倾向在目前和可见的将来很难得到根本性的扭转,而只能在一定程度上矫正。书面化的根源还得从文字本身说起。《柏拉图对话录》里有一个关于文字的神话发人深省。传说中古埃及的瑙克剌提斯附近住着一位古神图提,他发明了算术、几何和天文,最重要的是发明了文字。图提把他的各种发明展示给埃及的统治者塔穆斯看,建议

---

[1] Octavio Paz, *The Bow and the Lyre*, R. L. C. Simms, trans. Austin: University of Texas Press, 1987, pp. 60 – 61.

后者推广到全埃及。在说到文字的好处时，图提说："大王，这件发明可以使埃及人受更多的教育，有更好的记忆力，它是医治教育和记忆力的良药！"国王却回答说："现在你是文字的父亲，由于笃爱儿子的缘故，把文字的功用恰恰说反了！你这个发明结果会使学会文字的人们善忘，因为他们就不再努力记忆了。他们就信任书文，只凭外在的符号再认，并非凭内在的脑力回忆。所以你发明的这剂药，只能医再认，不能医记忆。至于教育，你所拿给你的学生们的东西只是真实界的形似，而不是真实界本身。"[1] 布罗茨基说："一首诗只有被记忆后方能留存于世。"[2] 音乐性的存在尤其依赖于记忆，反过来，那些容易记诵的作品很多是具有较强的音乐性的。谈论诗歌音乐性而不及记忆问题，始终是言不及义的。文字的出现表面上增强了记忆力，实际上它仅仅提供了一个"符号再现"的方便法门，同时削弱了记忆的能力和语言的可记诵性——换言之，削弱了诗之所以为诗的实质，尤其是削弱了其音乐性和可记诵性的本质。进一步说，书面形式也是诗之真实本体的"形似"，要回到诗，回到音乐性，就必须回到活生生的语言发声本身。

与绘画、建筑等艺术相比而言，音乐是纯时间性的艺术，它自身不依赖于任何空间性的载体。而诗歌与音乐本为一体，是一种时间性的艺术，当然，它的传播、表达形

---

[1] 柏拉图：《文艺对话录》，朱光潜译，北京：人民文学出版社，1988年，第168—169页。
[2] 约瑟夫·布罗茨基：《文明的孩子——布罗茨基论诗和诗人》，刘文飞、唐烈英译，北京：中央编译出版社，2007年，第81页。

式也包含空间性的因素。因为在诗歌脱离口头传诵阶段进入书面形式传播阶段之后，它的时间性是以空间排列的文字为承载体的。在语言学上有一个重要的观点，即文字是对语言的模仿，而语言是对思维的模仿。这对于建立新的诗律学是一个重要的启发。对于诗歌而言，以空间形式呈现出来的文字是对以时间进程呈现出来的语言的模仿，而语言的时间进程又是对思维过程（包括情绪）的模仿。强调语言的"时间性"，就是强调语言的实际发声过程。只有这样，我们才能把无声的文字排列与有声的音乐联系起来。因此，这个理路建立的目的是要把文字形式"还原"为节奏（音乐）的发生过程。明确这个理论前提之后，再来看看，自由体诗歌的形式如何进行较为严谨的诗律学分析。

二、标点与分行

值得注意的是，在汉语的旧诗词中，诗歌的书面形式很少成为诗歌本身的一个重要因素。一个明显的事实是，在古代刻印的大部分诗集，不仅不必在排印时分行，甚至连标点都不必标，直接句子与句子首尾相接一气排下，因为读者可以根据押韵、句读很快判断出一首诗是五言还是七言，而词由于有词牌的固定规则，也不必刻意排版和标点。这说明，由于传统诗词有固定的节奏规则，书面形式很难参与到节奏的安排中来，它的作用是微乎其微的。因此，就古诗而言，它没有"行"的概念，而只有"句"的概念。然而，到了现代诗歌中，这一点发生了很大的变化，新诗的节奏进行很大程度上是依赖于书面形式的辅助的，即便不称为"视觉节奏"(这是一个容易引起误解的词),也可以称为"视觉辅助节奏",在一些情况下,甚至可以称为"具象节奏"。[1] 换言之,对于现代诗歌而言,停顿、跨行、空格、诗节分段等空间上的布局都可以是(而且应该是)语言的时间性特征的外在形式,两者之间是一种类似于乐谱和音乐本身的关系。下面来看标点与分行,这是新诗书面形式中两个基本的构成因素。先从穆旦的一节诗说起:

就把我们囚进现在,呵上帝!
在犬牙的甬道中让我们反复
行进,让我们相信你句句的紊乱
是一个真理。 而我们是皈依的,
你给我们丰富,和丰富的痛苦。[2]

这是穆旦的名作《出发》(1942)的最后一节。最后一行"你给我们丰富,和丰富的痛苦"节奏响亮,语言掷地有声。实际上,此句有一个节奏上的"突转",就是中间的逗号,这里起到标示停顿的作用(所以读到这里务必停顿一下,感受其中的语气变化),也起到突出的作用,突出了"丰富"与"痛苦"的转折与对比。另外,"丰富"与"痛苦"之间的叠韵("丰"与"痛"韵母相近,"富"与"苦"叠韵)也加强了这种对比,还带来了韵律感。若没有这个

---

[1] 参见本书第三编有关痖弦诗歌节奏的讨论。
[2] 穆旦:《穆旦诗文集》,第一册,李方编,北京:人民文学出版社,2006年,第86页。

第五章 书面形式与新诗节奏的"视觉化"趋势 385

逗号和停顿，比如写成"你给我们丰富和丰富的痛苦"，节奏上就过于平滑，把前述那种对比的效果给遮蔽了。如果进一步简化成"你给我们丰富和痛苦"。虽然意思还是一样，但其中的转折和对比就完全被抹消了。实际上，这首诗的其他形式安排，也处处在强调这种转折、对比。比如"让我们相信你句句的紊乱/是一个真理"。这里跨行的安排（断行也可以带来一种节奏上的停顿和中断），同样也是在强调"句句的紊乱"与"一个真理"之间的矛盾性并置，从而形成一种极大的内在张力。

这里对标点、分行的节奏作用的强调并不代表每首诗都必须分行、必须标点。实际上，在当代诗歌中我们可以看到不少几乎不标点的诗歌，也能看到不少不分行的散文诗。散文诗的节奏问题我们不拟在此处讨论，仅谈标点的问题。在当代诗歌中一个常见的做法是，当诗行末尾就是句子结束之处时，很多诗人习惯性地省略标点（无论句号还是逗号），比如海子的《祖国（或以梦为马）》不仅省略了行末标点，甚至行中也一般不用标点而用空格标示：

  面对大河我无限惭愧
  我年华虚度　空有一身疲倦
  和所有以梦为马的诗人一样
  岁月易逝　一滴不剩　水滴中有一匹马儿一命归天

  千年后如若我再生于祖国的河岸
  千年后我再次拥有中国的稻田　和周天子的

雪山　　天马踢踏
　　　　和所有以梦为马的诗人一样
　　　　我选择永恒的事业[1]

　　这说明，在现代诗歌中，标点所起的节奏作用与分行、空格相比在本质上是类似的，至于是用标点来标示，还是既用标点又用分行，或是只用分行标示节奏，这取决于诗人的风格与习惯，也和具体诗行的内容有关。大体而言，在那些抒情性较强且不那么强调句子的语法、逻辑严密性的诗歌中，省略标点已是常态，比如海子、多多的诗歌就经常如此。不过，还有更复杂、微妙的一种现象，就是当诗人有意模糊句子与句子、行与行之间的关系并制造歧义时，也会省略行末的标点，比如多多的这首《依旧是》（前两节）：

　　　　走在额头飘雪的夜里而依旧是
　　　　从一张白纸上走过而依旧是
　　　　走进那看不见的田野而依旧是

　　　　走在词间，麦田间，走在
　　　　减价的皮鞋间，走到词
　　　　望到家乡的时刻，而依旧是[2]

---

[1] 海子：《海子诗全集》，北京：作家出版社，2009年，第435页。
[2] 多多：《多多诗选》，广州：花城出版社，2005年，第202页。

第五章　书面形式与新诗节奏的"视觉化"趋势

有趣的是，这几行诗几乎每句都显得像是一种"未完结"状态，诗人有意用分行截断了句子，但在行末又不加标点，"而依旧是"这样的句子让读者有意犹未尽之感，（"依旧是"到底"是"什么呢？）由此被吸引得一路往下看，而"依旧是""走在"诸多重复词语的使用也在一定程度上加快了其节奏。从整首诗来看，这两节诗都属于一个更大的、没有完结的"句子"，因此也就不用在句末标出标点来画蛇添足了。这首诗写于诗人旅居海外期间，与乡愁有关，它通过未完成的歧义句把"依旧是"这几个字本身放到了舞台的中心，全诗的含义就在这几个字之中。如果说一般的乡愁书写总是有意无意地弹奏一首首"物是人非"的时间哀歌的话——或卓越或拙劣——那么多多这首《依旧是》则像是一部贝多芬式的宏伟交响曲，它和思乡有关但超越了思乡，它的本质是对"是"与"不是"的把握，是在用节奏的方式固执地抵制时间的流逝和世界的"不是"，带着宏伟的语调和自我反讽的意味宣称"依旧是"。

标点在现代诗歌中的使用与省略，其实是一个触及诗歌节奏之本质的现象。标点之所以在诗行中可以经常省略，是因为它的主要意义是标识节奏的进行状态，如果空格、分行已经起到这个作用，那么标点的使用与否就无关宏旨了。但是在散文中不一样，标点的首要作用是标示语法关系，比如表示句子是整句（句号）还是复句中的分句（逗号），标示说明关系（括号）或者并列关系（顿号、分号）。实际上，当代诗歌中不标标点（或者少标标点）的诗歌的大量存在，恰好从反面说明了前文的观点，即在现代诗歌中，标点的节奏功能变得更本质，而语法功能变得较为次要。

相比标点，分行在现代诗中的地位与意义更为重要，它不仅涉及节奏的划分与操控，也涉及诗歌节奏与语法、语义的复杂关联。不同的分行方式，不仅决定了一首诗的整体外形，而且对于诗歌意义的建构乃至诗的本质有着关键的贡献。一行认为，分行在现代诗歌中地位的上升，与诗歌形式的中心"开始从'听觉'这一极向'视觉'那一极移动"的大势相关："一旦情况变成了人们主要是在'看'诗，而不是在'听'诗或'诵'诗时，分行就摆脱了对听觉或声音形式的附属地位，成为一种独立的视觉形式要素。"[1]确实，尤其就当代诗歌写作的现状而言，分行不再是一个附属于听觉的形式要素，它已经独立成为诗歌形式安排的核心（之一）。不过，这本身也意味着一场危机，正如前面伊斯特曼在美国自由诗的现状中所观察到的那样，自由诗的"自由"的排印方式也松弛（甚至废弛）了作者与读者之间联系，很多现代诗的形式往往让读者看了之后莫名其妙。因此，在我们看来，重新找回并强化分行与诗歌节奏和时间性的关系是必要的，这是沟通作者与读者之间联系的桥梁。当然，在这个过程中，也包含着对"节奏"概念本身的认知调整。

过去人们常把节奏理解为一个纯听觉问题，实际上，在所有的语言形式中，都包含了一个基本的节奏问题（节奏并不仅仅适用于听觉领域，虽然在这一领域它的本质体现得最为明显）。因为哪怕是书写的论文，人们也是一行一

---

[1] 一行：《论分行：以中国当代新诗为例》，刊《诗蜀志》（2016卷），哑石编，成都：时代出版社，2016年。

行（或一列一列）、一句一句往后看的，而不是一眼把一页的内容全部看完，也不是从下往上看，或者隔一行跳着看的，这是语言本身的一个潜在的"规定"和前提，已然包含着一种时间性的维度，也意味着一种广义的"节奏"的存在；读者在阅读的时候，虽然不必再口中出声，但是在大脑里也多少会浮现出语言的声音，这自然也意味着节奏声响的存在。而诗歌中的分行，从表面来看虽然是一种视觉上的书写形式，但是其落脚点依然要回到时间性，本质上是对诗歌语言的时间性的主动操作。实际上，英文的"诗体"（verse）一词原为"诗行"或"一组诗行"之义，分行本身就是韵律的核心要素，"诗体（verse）即分行的语言"[1]。它从诗律学中独立出来，其实是自由诗（尤其是具象诗）兴起之后的故事。实际上，即便在自由诗兴起以后，分行依然可以放回到节奏研究（或诗律学）中理解。诗歌中的分行，哪怕是拙劣的作品，都起到了基本的节奏功能，那就是停顿和间歇，这也意味着它与不分行的散文有着截然的区别。确切地说，排在书页上的散文其实也是"分行"排印的，只是它是一种被动的、非自为的形式，不是有意的安排，因此可以忽略不计，它并没有将语言的"节奏感"唤醒和激发出来。相反，诗歌分行这种形式则将语言的节奏与时间性变成一个"自为"的语言动作，也提示了读者去"注意"节奏。

首先，诗歌中的"行"本身就是一个节奏单位，它意

---

[1] Charles Hartman, *Free Verse: An Essay on Prosody*, Evanston: Northwestern University Press, 1996, pp. 10 – 11.

味着一定的时间长度,而从一行诗到下一行诗,既意味着诗歌节奏的推进,也意味着语言时间的循序渐进。其次,当节奏单位里包含着明显的重复(尤其是在行首或行尾)时,这种推进的强度就会加大,既强化了"行"这一单位的独立性,又会形成明显的韵律感。例如:

> 当蜘蛛网无情地查封了我的炉台,
> 当灰烬的余烟叹息着贫困的悲哀,
> 我依然固执地铺平失望的灰烬,
> 用美丽的雪花写下:相信未来。
>
> 当我的紫葡萄化为深秋的露水,
> 当我的鲜花依偎在别人的情怀,
> 我依然固执地用凝露的枯藤,
> 在凄凉的大地上写下:相信未来。
> ——食指《相信未来》[1]

这两节诗不仅以同样的"当"字状语从句句式开始,而且在相同的位置上(比如每节第三行和结尾)使用了相同的词语("我依然""相信未来"),此外还有部分诗行也押韵,种种复现与排比强化了"行"的节奏效应。这种节奏感实际上与旧诗五言、七言中的节奏虽然有内部构造上的不同,但也有神似之处。旧诗是通过句子的齐整和韵脚的重复来强化每一诗句的节奏独立性,并凸显句与句之间的同一性

---

[1] 食指:《食指诗选》,北京:人民文学出版社,2009年,第29页。

或呼应关系；而《相信未来》这样的现代诗是通过"行"的时间长度的相近、行首行尾的重复来强化"行"的独立性，并凸显行与行，乃至节与节之间的呼应关系。这样构建的诗歌节奏显然比较易于诵读和记忆，无怪乎食指的诗句在六七十年代没公开发表时就已经在知青中流行开来，口耳传颂。

正因为"行"是一个时间上的节奏单位，当这种诗歌语言时间的推进与诗句中描写的物象的推进产生重合时，更有一种隐隐的呼应与共振隐现于诗中。例如：

客来小城，巷子寂静
客来门下，铜环的轻叩如钟
远天飘飞的云絮与一阶落花……
———郑愁予《客来小城》[1]

读者可以从中感受到美妙的时间之律动：第一行"客来小城"，似"客"尚在城外，因而"巷子寂静"；而"客来门下"，则"客"已至门下，故轻叩"铜环"。诗人不是在叙述事件，而是在细细观察事物与动作之推移，并以诗语的复叠和诗行的递进来模拟这一推移。若以散文书写，这样的句子似乎有啰唆琐碎之嫌，但通过分行的诗歌来写，则其"时间性"与节奏感呼之欲出。

跨行是分行之一种，这也是现代诗相对于古典诗歌的

---

[1] 郑愁予：《郑愁予诗的自选》，北京：生活·读书·新知三联书店，2000年，第10页。

重要区别，就一般情况而言，古典诗一句就是一个完整的语法与意义单位，而且本身不分行书写，就不存在"跨行"问题。[1] 前文说过，新诗中的分行就是一种节奏上的主动的"自为"动作。尤其是当诗歌的分行与句子的结构不相重合（即跨行）时，它的"自为"成分就更明显了。因为跨行不仅主动干预了句子的节奏行进过程，而且直接与句法相冲突，让读者意识到，虽然句子没结束，但是此处（行末）应该停顿。有学者已经注意到，由于分行导致的意义的断裂，新的意义也得以生成，这在很大程度上影响了新诗这一文体的总体特征。孙立尧把现代诗称为一种"行的艺术"，有别于古典诗歌的"韵的艺术"。他认为，"一行诗本身也就构成一个自足的意义空间"，"'行'的相对独立，客观上削弱了行间意义的联缀，从而扩大诗行跌宕的空间。因此，疏离几乎是现代诗的一致倾向"。[2] 一行认为："所有成熟诗人都有意识地在诗歌中强化'行'的效力。这一点也使新诗与其他以'句'作为基本单位的现代文体区别开来。因此，'行'在新诗中的首要位置，意味着停顿、中断和转换成了诗歌中至关重要的战略和战术问题，意味着'断裂的声音'和'断裂中的意义生成'远比声音、意义上

---

[1] 当然，也有少数"跨句"的诗词，比如"弃我去者，昨日之日不可留；乱我心者，今日之日多烦忧。"（李白《宣州谢朓楼饯别校书叔云》）。而在词中，由于三言、四言句相对较多，经常容不下一个整句，这种情况相对多一些："甚矣吾衰矣。怅平生、交游零落，只今余几！"（辛弃疾《贺新郎》）。值得注意的是，在一般的五言、七言诗句中，"跨句"的情况都非常少见。
[2] 孙立尧：《"行"的艺术：现代诗形式新探》，《学术月刊》2011年第1期，第104—105页。

的连续性更属于新诗的本性。"[1] "行"所造成的断裂首先是跨行对语法造成的断裂，歧义和多义性也由此生成，比如多多这节诗：

> 从一棵树的上半截
> 锯下我
> 的下半截，而你疼着
> 叫着，你在叫：
> 我不再害怕。 不疼
> 我并不疼，也跟着叫：
> 噢是的，你不再害怕。
> ——多多《噢怕，我怕》（1983）[2]

相对于古汉语而言，现当汉语的句法结构其实已经相对严密，能够支撑起超过两行的多行诗句。这既是跨行得以存在的前提，也是它的运作针对的对象。跨行撕扯开了现代汉语中的严密语法结构，从而也带来了语言更新和歧义生成的可能性。多多这节诗的前三行就是如此。从第一行之后，诗歌就充满了画面的"突转"，它赤裸裸地把一个暴力与恐怖的过程展现了出来，其中不乏魔幻和黑色幽默的成分。第一行"从一棵树的上半截"是一个状语，显然是在引出下一行的谓语，引出的却是"锯下我"这么一个梦魇般的场景。这还没完，读者读到"锯下我"，感觉这个句子

---

[1] 一行：《论分行：以中国当代新诗为例》，刊《诗蜀志》（2016 卷），哑石编，成都：时代出版社，2016 年。
[2] 多多：《多多诗选》，广州：花城出版社 2005 年，第 76 页。

读起来已经完整了（即便没有下一行也能通），但是未曾想"我"的后面还有"的下半截"，这种仿佛是一觉醒来打个呵欠突然发现自己只剩"下半截"！由于两次突转的转折点刚好就在分行之处，读者每次都在跨行后踩到一颗"地雷"，因此分行也就成为令人特别紧张的形式要素。这一点颇为类似某些恐怖片中的画面突转（后者其实也有一个节奏的控制问题——如果把镜头的变化理解为一次"分行"的话）。可见，跨行虽然没有否定句法结构，但是它带来了对句法结构的多重理解及多次理解，也造成了语义上的歧义性，[1] 因此也成为形式上的"焦点"。分行对语言的时间性的操控不仅改变了语言的线性前进过程，也在突显时间性本身，它把通常会被过快地接收的信息"一步一步"地让我们观看，有意无意地增加了感受的强度和时间长度，也让读者的注意力聚集于语言的细微处与关键处。

前面说过，现代汉语相对严密的语法结构其实是多次跨行句得以发生的前提，语法也是现代诗歌中潜在的"框架结构"。但是，跨行的"中断"很多时候也是对语法结构的"暴力"处理，由此诗歌产生了较强的语言张力[2]，分行与语法之间可谓是"相爱相杀"的关系。例如：

---

[1] 实际上，这也是由于现代汉语的语法虽然严格，但没有像英语这么严格而带来的一种诗意的"机会"，因为译为英文的话，"我/的下半截"里的"我"只能译为形容词性的"my"而不能译为宾词"me"，读者读到"my"会有所准备，知道它的后面还有下文，惊奇感和歧义感就不如汉语中的"我"到"的下半截"的转换来得大。这样的例子还有不少，此不详论。

[2] "张力"本为一物理术语，批评家瑞恰慈和新批评派将之引入形式批评中，指形式中存在两种相反的力量的矛盾作用。

> 每当吾看见那种远远的天边的空原上
>
> 在风中
>
> 在日落中
>
> 站着
>
> 几株
>
> 瘦瘦的
>
> 小树
>
> 吾就恨不得马上跑到那几株小树站的地方
>
> ——管管《空原上之小树呀》（第一节）[1]

  这首诗虽然经常被视为具象诗，不过，诗中也存在微妙的节奏问题。全诗以少量极长的诗行和大量极短的诗行构成，错落相间，其疏朗空阔的空间感与诗中所写的空原上的稀稀落落的小树这一景象非常相似，给人以一种空旷寂寥的感受，因此称之为"具象诗"也无妨。不过，它在分行与节奏控制上同样有可圈可点之处。首行交代了背景（远在天边的空原）和视镜（"吾看见"），从第二行直至第七行，全是2—4字的极短行，连跨六行，这里的跨行让读者感到很不"自然"，因为其中存在着张力。这种张力不仅来源于分行与语法的冲突，也因为这七行诗中的前六行是一个悬疑设置，第一行虽云"看见"但没有说看见什么，读到第七行才知道，"我"看见的其实是"小树"。读者会问，为何如此"故弄玄虚"呢？其实不妨做一个实验，即把答案"小树"放回第一行，变成：

---

[1] 管管：《管管闲诗》，南京：江苏文艺出版社，2015年，第17页。

> 每当吾看见那种远远的天边的空原上的小树
> 它们瘦瘦的
> 在风中站着
> 在日落中站着
> ……

这样一来，诗的张力就被削弱了，因为过早地交代了答案，变成一种单调乏味的陈述。而在原作中，由于答案的悬置，诗歌有一种强烈的镜头感。读者被诗的"视镜"引导着去看这幅画面，看到"风"，看到"日落"，然后才看到"瘦瘦的"小树，仿佛慢镜头一般放映，由此产生对于"小树"的强烈的同情，最后也会像诗人那样，"与小树们/站在一起/哭泣"。第2—7行极短的跨行，是在放慢节奏，示意读者慢慢地看这幅画面，细细观看"小树"站着的情状。而到第8行，又遽然变长，"吾就恨不得马上跑到那几株小树站的地方"这样的极长句需要一气读完，节奏加快，既暗示了焦急的心态，也有一种画面感，读者仿佛看见"我"一口气向远处的小树跑去。后面几节又再次模拟这种节奏动作和画面展开的过程，就不详论了。可见，在这首诗中，诗的视觉性与听觉上的节奏构成统一的有机整体；而且，诗歌的语法与分行既互相对抗，又相互配合，产生了巧妙的艺术效果。杰出的现代诗（包括具象诗）往往能通过其诗形，通过分行与语义、语法的巧妙配合，暗示节奏与情感的微妙变化,并示意含蓄蕴藉的诗之"姿势"。[1]

上文标点、分行带来的这种节奏感与平常理解的"节奏"有很大区别,因此我们也需要重新认识其构成性质与读者的接受心理上的特色。节奏问题在过去已争论得非常激烈,其中闻一多、朱光潜等人的观点是较有代表性的。实际上,闻一多、朱光潜等人的"节奏"观念是由中国旧诗和英语格律诗等传统格律诗形塑的,其内核是固定的"模式"和语言因素的重复(同一性),本质上是一种规划得整齐一致的时间性(参见本书第一编第三章)。朱光潜曾深入阐释了这种节奏观的心理机制,在他看来,由于"节奏"具备一定的"模型"(pattern),可以满足读者心理之"预期"(expectation)并节省"精力",因此能够带来"快感"。[2] 让读者得到预期中的东西,满足他(她)的心理,不让他们"费力",这种节奏实际上是在"催眠"读者的意识,于是格律诗中种种形式安排变成一种心理上的"超稳定结构"。[3] 虽然现代诗歌中也有与古典诗歌节奏模式相似的作品(比如上面所谈的食指、郑愁予的两首诗);但是不少杰出的新诗作品走向了这种模式的反面,它们不是试图去"催眠"读者而是去"惊醒"他们,它们的节奏的构成

---

[1] "语言姿势"(language as gesture)原由 R. P. Blackmur 提出,参见 R. P. Blackmur, *Language as Gesture: Essays in Poetry*, New York: Harcount Brace and Company, 1952。后来陈世骧、郑毓瑜等将其引入汉语诗论。参见陈世骧:《中国文学的抒情传统》,北京:生活·读书·新知三联书店,2014 年,第 225—246 页;郑毓瑜:《姿与言:诗国革命新论》,台北:麦田出版社,2017 年。

[2] 朱光潜:《诗论》,北京:北京出版社,2005 年,第 151—153 页。

[3] 当然,这只是从朱光潜节奏理论中推演出来的结论,旧诗的真实状况未必总是如此。

因素并不总是同一性元素的复现与循环，而经常是一种差异对比的方式，在读者意想不到的地方突然给他们一记猛击——不是放松读者的戒备，而是激起它，是一种惊警的节奏诗学。

三、"建模"与"拆模"

当然，在新诗中，包括自由体新诗的写作中，也并非完全没有同一性元素的重复运用和模式的建构，只是就大多数情况而言，这些同一性的语言元素往往是随诗歌行进而自然流动，并不以固定化、周期化为目的，诗人在诗中建立的某些"模式"也没有成为放之四海而皆准的固化标准，这种韵律前文称之为"非格律韵律"（non-metrical prosody）。对于新诗的韵律而言，书面形式当然也可以起到一定的构建作用，比如过去由未来派诗人所发明，后来在四十到七十年代也曾被不少诗人（如田间、郭小川、昌耀等）大量使用的"阶梯诗"形式，就是一个典型的例证。"阶梯诗"以三行为一个单位，虽然单位内部、各个单位之间的节奏不尽一致，但是总体上呈"三步走"的节奏过程也给诗歌带来了一种节奏上的同一性，自然也不乏"韵律感"。这种节奏虽然气势昂扬，但失之于单调和模式化，无法表达太复杂的情感以及节奏的变化，所以八十年代以后就很少被重要的诗人所使用了。而另一个重要的现象，即每行字数相同的"豆腐块体"或者"水泥柱体"——其实也是试图用书面形式来强化节奏的整齐性，却往往以压制或者损害现代汉语的节奏为代价（参见本书第一编）。可见，单纯用书面形式来构建整齐的节奏是一种有风险的写作方式，此中不仅需要对现代汉语本身的节奏有足够的尊重，还涉及对现代诗歌节奏心理的重新认知。

批评家瑞恰慈曾指出，"节奏，以及作为其特殊形式的格律，都取决于重复和期待"，"显然，没有期待就不会有惊奇和失望，而且大多数节奏既是由简单的满足，也是由失望、延缓、惊奇和背叛所组成的"。[1] 在很多现代诗的杰作中，即便在那些韵律感较强、模式较为明显的诗作（诗行）里，其实也持续地存在着"期待"与"反期待"的矛盾与斗争，模式的建构（包括书面模式）往往蕴含更多的内在张力，比如商禽的《月亮和老乡》第一章：

月
施施然从林梢踱出来

冷
许是树枝想要说的话吧

冰
晶明地把话语给冻住了[2]

这三节诗都是首字单独成行，看上去较为怪异。不过，这

---

1 I. A. Richards, *Principles of Literary Criticism*, London: Routledge & Kegan Paul, 1967, p. 103, p. 106.
2 商禽：《商禽诗全集》，台北：印刻文学生活杂志出版有限公司，2009年，第267—268页。

种抛字成行的形式在现代诗中也常见，不足为怪。真正令我们感兴趣的是，它们在整齐的外表下，实则包含了一场生动的戏剧：第一节让主语单独成行，把一幅月景简单地勾勒一下，"月"这个词被孤立出来了。读者读到第二节时，会以为大概第一个字也是一个类似"月"的主语，后面是相似的句式。结果读到的却是"冷/许是树枝想要说的话吧"，诗人似乎给读者开了一个玩笑，读者不仅读到"冷"，而且是树枝说的"冷"，再一想，树枝还会说话？——足以见出有多"冷"！这实际上是利用跨行和标点的省略来误导、"戏弄"读者。再到第三节，诗人又好好"戏弄"了一番读者的"期待"：既说"冷"，自然就会出现"冰"吧，可是这"冰"居然把刚才树枝说的"话"给"冻住了"，匪夷所思！本来是一幅寂静、凄冷的景象，却活脱脱被诗人演绎成一场"冷"戏剧，在短短六行之内，连续演了三"幕"。由于诗节内部有着丰富的波折，充满着惊奇、反转与背叛，这样一种看起来很机械的书面形式也不再显得枯燥、乏味了。与商禽这几节诗相比，穆旦的这几句诗的内部转折没有那么明显，却更为微妙：

  风暴，远路，寂寞的夜晚，
  丢失，记忆，永续的时间，
  所有科学不能祛除的恐惧
  让我在你底怀里得到安憩——
      ——穆旦《诗八首》（七）[1]

---

[1] 穆旦：《穆旦诗文集》，第一册，李方编，北京：人民文学出版社，2006年，第80页。

第五章　书面形式与新诗节奏的"视觉化"趋势

前两行是整个《诗八首》组诗中不多的节奏整饬的诗行，其节奏之"整"主要是书面形式（尤其标点）造成的顿歇的整齐，读起来仿佛诗人在远路旅馆中的喃喃自语，整齐自然。但是这两行看起来整齐顺滑的诗句内部隐含了一道巨大的裂缝。第一行是背景的铺陈，第二行也是同样的句式和节奏，但是与上一行相比有了更大的起伏：赶远路的时候我们丢失了什么，又记起了什么呢？诗人没有就这个话题写下去，后面接着的却是"永续的时间"！这有点令人惊讶，又合乎情理：人在旅途中不仅会觉得孤独，更会痛感到时间之无止无尽与生命之短暂，因而对这个世界产生了深刻的恐惧。从"记忆"二字到"永续的时间"只隔了一个停顿，读者却仿佛跨过一座深渊。这里的节奏感传达出的是节奏本身的残酷性——仿佛列车碾过生命中的痛苦、孤独与无奈，与其说是诗人在对时间说话，还不如说是诗律（学）本身在对时间说话。这两行是《诗八首》中不多的像是真正意义上的格律诗的诗行——而不是那种看起来每行字数一致，读起来却佶屈聱牙的"豆腐块体"或"水泥柱体"——但是如若把一组诗都写成这种模式的话，且不说读起来像是和尚念经，也把诗中的褶皱、差异与对比都抹平了。新诗中的节奏之"整"往往是"散"中之"整"，是以差异性对比出的同一性，它起到的往往也是"聚焦"的作用，而非构建模式让读者满足"预期"和"节省精力"。

在杰出的新诗作品中，诗人（以及读者）往往卷入一种持续的模式建构与反模式（或偏离模式）的相互循环，实际上，这正是由现代诗歌的"视觉转向"带来的可能性，因为在以听觉为中心的诗歌形式中,并不能在短时间内容纳太多信息内容和变化(所以节奏、意象多重复和对称),而书面形式为持续的"建模"与"拆模"运动提供了可能,这主要是视觉阅读虽然也有时间性,但是读者可以放慢阅读,也可以回头来重读;而由于现代印刷技术的助力,书面形式也变成了一个可供读者反复赏玩的对象。这里所说的"建模"与"拆模"的交织,实际上涉及传统的韵律形式(主要作用是建模)与现代的较为书面化的节奏形式之间的互动与互补的问题。诗人、批评家 T. S. 艾略特观察到:"即便在最为'自由'的诗中,某种基本的格律也该像个幽灵似的潜伏幕后,我们昏昏欲睡,它就咄咄逼人,挺身前行,我们一觉醒来,它便悄然隐退。"[1] 结合艾略特文中的例子和他本人的创作,不难明白他所说的"格律"的"幽灵"不是指直接在自由诗中搬用一整套格律模式,重新把自由诗规整为格律诗,而是指传统的韵律形式在自由诗中的部分化用,"模式"往往在若有若无之间。不独英语自由诗,在汉语新诗中,很多杰出的诗作往往也是如此。如张枣的《父亲》:

> 1962年,他不知道该怎么办。 他,
> 还年轻,很理想,也蛮左的,却戴着
> 右派的帽子。 他在新疆饿得虚胖,
> 逃回到长沙老家。 他祖母给他炖了一锅

---

[1] 托·斯·艾略特:《三思"自由体诗"》,《批评批评家》,李赋宁、杨自伍译,上海:上海译文出版社,2012年,第249页。

猪肚萝卜汤，里边还漂着几粒红枣儿。
室内烧了香，香里有个向上的迷惘。
这一天，他真的是一筹莫展。
他想出门遛个弯儿，又不大想。

他盯着看不见的东西，哈哈大笑起来。
他祖母递给他一支烟，他抽了，第一次。
他说，烟圈弥散着"咄咄怪事"这几个字。
中午，他想去湘江边的橘子洲头坐一坐，
去练练笛子。
他走着走着又不想去了，
他沿着来路往回走，他突然觉得
总有两个自己，
一个顺着走，
一个反着走，
一个坐到一匹锦绣上唱歌，
而这一个，走在五一路，走在不可泯灭的
真实里。

他想，现在好了，怎么都行啊。
他停下。 他转身。 他又朝橘子洲头的方向
走去。
他这一转身，惊动了天边的一只闹钟。
他这一转身，搞乱了人间所有的节奏。
他这一转身，一路奇妙，也

变成了我的父亲。[1]

这首诗写的是诗人的父亲被错划为"右派分子"时彷徨无助、心乱如麻，最后终于"想通了"的过程。整首诗看上去散乱无章，实则韵律的"幽灵"时时浮现，化用了不少传统的韵律形式，比如叠韵（如"猪肚萝卜汤""香里有个向上的迷惘"等）、复现（如第二节中的七个"走"）、排比（第三节中的"他这一转身"）等等。对此，江弱水曾作出敏锐而又富有想象力的分析："注意，这个猪肚萝卜汤如果换成莲藕排骨汤就完了，因为这里一定要 zhu du luo bo 才接得上声口，以'猪肚'呼应'祖母'，以'萝卜'呼应'炖锅'，不说食材了，连声音听上去都很滋补。"[2] 妙哉斯言！但更妙的是他对二、三节的"走"的复现和"他这一转身"的排比的分析：

> 第二节就写这想不通：走着走着又不想走，沿着来路往回走，两个自己一个顺着走一个反着走，写内心的凄怆与精神的错乱如活。"蛮左的，却戴着/右派的帽子"，左右本来就在撕扯。到了第三节，想通了。从第一句"他不知道该怎么办"，到"现在好了，怎么都行啊"，出现了伟大的转身。"他这一转身""他这一转身""他这一转身"，三句排比，挡都挡不住，若决江河沛

---

1 张枣：《张枣的诗》，北京：人民文学出版社，2017年，第286—287页。
2 江弱水：《诗的八堂课》，北京：商务印书馆，2017年，第69页。

第五章　书面形式与新诗节奏的"视觉化"趋势

然莫之能御也。[1]

江弱水对于诗中声韵的分析已经非常深入，这里我们仅补充对于此诗节奏的总体控制和书面形式的一些看法。第二节中"走"的反复回旋实际上也在彰显一种彷徨往复的节奏感，而到了第三节的排比句中，这种节奏感被"拉顺"而且加快了（因为想通了），换言之，韵律模式的变化也带来了节奏速度的变化，其中的"声情"和"言外之意"也在变化。此处和前文提到的《雨巷》中的排比式"改句"，都涉及上一章讨论过的节奏速度的变化和强度的控制问题，一个基本的趋势是，在整散结合的文本中，一旦由"散"变"整"（比如改用排比，少用跨行），往往会加快节奏的速度，加强节奏的强度。不过，这里还有一处更微妙的书面形式安排值得注意，就是全诗的收束方式：

他这一转身，一路奇妙，也

变成了我的父亲。

前面写"父亲"的"转身"，气势虽然宏伟，但若全诗仅以排比结束，余韵犹嫌不足。因为排比的加速，诗歌过快地冲向结尾，还需要一个"收束"来稳住动作，否则就显得单调了。而最后的跨段句正是这样一个动作，[2] 也是诗歌本

---

[1] 江弱水：《诗的八堂课》，北京：商务印书馆，2017年，第70页。
[2] 无独有偶，张枣的《祖父》一诗也几乎以同样的单句跨段方式收束，其效果也与此神似，这说明他对于这种形式是有意的实验，而非随意为之。

身的一次漂亮的"转身",通读下来隐约有360度前空翻,尔后稳稳落下之感。在"也"这个助词后面跨段"起跳"是一次尤其冒险的节奏动作——就一般情况而言,是在"也"之前分行的——这个惊险而又漂亮的前空翻给人一种恍若隔世之感,如果没有这次跨段,时空的间隔感就很难暗示出来。末尾的这个转折既回应了诗题《父亲》,也再次暗示了父亲这次"转身"的惊天动地:从青年到"父亲"显然是一场艰难的纵跃。张枣的这首诗,可以说是自由诗之精髓的巧妙演绎,它既化用模式与规则,又巧妙地运用转换模式和背离模式的"自由"。其中,分行分段等书面形式的运用如有"神助",全诗的节奏与气韵因此更为鲜活。

实际上,包括分行、标点、分段等在内的书面形式的问题也是一个考验传统的诗律学能否进行现代转型的关键问题。这是因为,现代诗歌的书面形式虽然也可以像过去的种种格律体式那样,为诗歌带来一种节奏上的同一性和韵律;但是更微妙的是,它其实触及的是诗歌节奏的"非韵律面相",后者并不以模式的构建和心理预期的满足为指归,而在于从种种差异、对比、转折中凸显语言的时间质地,表达情感、心理上的"动势"与转折,从中生出丰富的"姿势"意义。从前文对于戴望舒、穆旦、多多、张枣等人诗作的讨论中可以看到,书面形式可以将节奏的这些细节鲜活地展示出来,并展示出微妙的意涵(signification)。"意思"(meaning)抽离于语言具体的书写方式与发声,而"意涵"是鲜活的,是"动起来"的语言。可以说,一首杰出的新诗的书面形式在本质上就是对语言的"活化",它提示并且找回汉字与汉语的时间性之间的联系,并通过文字排列实现种种诗歌音乐性结构的构建。[1]

---

[1] 应当承认,在新诗写作中,并非每首诗都能像上文所列举的若干佳作那样将书面形式运用得出神入化,在泥沙俱下的海量新诗作品中,滥用回车键、空格键的诗作不计其数。但是,人们或许忘了,在海量的旧诗作品里,水准也同样是"泥沙俱下"的,格律和固定形式的存在并不能让一首劣作变成佳作。因此,我们只需要关注那些在形式上能够成立的新诗佳作并思考如何使之进入诗律学,让其起到沟通作者与读者之间的桥梁作用。

第三编 杰出的范例

诗律学所汲汲于"编织"与"重构"者,正是语言之时间性。当"时间崩溃随地枯萎"(《花朵受难》),诗人修复了语言的时间。

第一章　卞之琳诗歌与诗论中的节奏问题

众所周知，卞之琳的写作曾经受到新月派诗人和理论家的影响，他在早年写了不少所谓的"格律诗"，后来又以"格律体"翻译西方诗歌（比如莎士比亚的诗剧）；而且，他在五十年代以及1978年之后又写了一系列的理论和批评文字讨论诗歌格律问题。因此，长期以来，卞之琳被当作新诗格律路线上的重要代表之一，而当代学者也多以格律诗学来统摄其节奏理论。[1] 诚然，格律理论确实是其节奏论述的中心和"焦点"；但是，有两点事实需要注意：一是卞之琳不仅写过"格律诗"，也写了大量的自由诗，还有很多作品则介于格律体与自由体之间；二是卞之琳在批评与理论文字中并没有唯"格律"是尊，他也触及自由诗的节奏问题，而且他关于一般意义的"节奏"的阐述，其实有不

---

[1] 较有代表性的成果有袁可嘉：《略论卞之琳对新诗艺术的贡献》，《文艺研究》，1990年第1期，第79—81页；张曼仪：《卞之琳论》，收入《卞之琳》，张曼仪编，北京：人民文学出版社，第267—269页；西渡：《卞之琳的新诗格律理论》，《现代中文学刊》，2011年第4期，第62—66页；陈太胜：《格律体的主张与实践：卞之琳的诗论、写作与翻译》，收入《声音、翻译和新旧之争》，长沙：湖南人民出版社，2016年，第156—175页；等等。

少认识已经超出了"格律"的范畴,需要新的理论构架来予以真正的理解。但是,由于他对这些问题的论述并不太清晰、深入,很少为学界所注意。而且,直至当代,学界对"节奏""格律""韵律"等概念依然习惯于将之混为一谈,就更难清晰地发展这些卞之琳未及详论的理论了。另外,还应当认识到,包括闻一多、朱湘、卞之琳等人在内的所谓新诗"格律",自身就有很多根本问题有待解决,它并非已达自足完满之境,也绝不是不容置疑的"理所当然"。从技术层面来说,新诗"格律"并没有很好地实现格律应达致的目标,很大程度上是"有名无实"的,卞之琳的格律诗也不例外。这时如若重新审视卞之琳那些越出"格律"的节奏理念——尤其是他对重复与对称的强调——就能更清楚地理解他的一些杰作在节奏上能够"立足"的根源。

　　卞之琳不仅在节奏形式上"花色繁多,各尽其妙"[1],在批评与理论上也较为包容,且富有洞见。他的诗论与诗歌,不仅涉及"格律",而且关涉到较宽泛的"韵律"以及更广义的"节奏"问题,其中就包括自由诗的节奏问题。西渡认为,"卞之琳生前虽然没有明确阐述自由诗节奏的辨认和建设问题,但这应该是他留给后人的一个课题,因为说话型节奏已经为自由诗节奏的辨认预示了可能"[2]。本章的目的之一就是去解决这个悬而未决的"课题",卞之琳的理论与写作实践实际上展示了节奏的多重面相,这又提醒

---

[1] 袁可嘉:《略论卞之琳对新诗艺术的贡献》,《文艺研究》,1990年第1期,第81页。
[2] 西渡:《卞之琳的新诗格律理论》,《现代中文学刊》,2011年第4期,第65页。

我们:"节奏"并非是"一个"单一本质的现象,而是"一群"有着多重含义、多个层次的现象。但困难在于,卞之琳并没有明确、系统地论述这些不同层次的节奏概念之间的关系。而且,卞之琳的诗作与理论之间并非契合无间;他的理论不仅有的与创作相矛盾,甚至偶有自相矛盾之处。这就要求我们不能亦步亦趋地"总结"先人的理论,也要思索其未能"照明"之处。因此,本章的论述对卞之琳的诗论有所肯定,亦有所辩驳,而且力图在他的一些理论预见的基础上,结合其作品,进一步系统地梳理格律、韵律以及广义的节奏之间的区别和复杂关联。

一、"格律"的迷思与困境

卞之琳曾以格律体创作和翻译诗歌。不过,其诗歌创作与理论并不同步。卞之琳前期诗歌创作约从 1930 年开始,至 1939 年中断,此后其诗歌创作经历了长达十年的空白期。虽然 1950 年卞之琳重新开始诗歌写作,但这些作品的水准已不能和前期作品相比。因此,卞之琳诗歌写作真正具有文学史意义的依然是 1930 年至 1939 年这十年间的作品。但是,就目前掌握的文献情况来看,卞之琳并没有在这十年期间发表任何有关诗歌节奏的文章。目前所见卞之琳最早讨论节奏问题的文章——一篇发表于 1941 年 2 月 20 日香港《大公报》"文艺"副刊的演讲稿《读诗与写诗》,是卞之琳在西南联大冬青文艺社所作演讲整理而成的(由学生杜运燮整理),在当时的诗坛并没有引起多大反响,后来也渐渐被遗忘,到最近才被学者"重新发掘"出来讨论,并为学界所知。[1] 到了五十年代的诗歌形式大讨论中，卞之琳关于诗歌节奏的看法才为诗界与学界所注意，但这时卞之琳的见解依然不太系统和深入；而卞之琳真正深入、全面地讨论诗歌节奏问题是在1978年之后写的大量批评文字之中，这时距离其创作上的黄金期已经有四十余年了。从现今来看，卞之琳后期的诗论与其早年创作有很多一致之处，但也有不尽吻合的地方——这本是合理的现象。比如他晚年多次明确地反对把诗写成每行字数均齐的"方块诗"（详后），但是，他在三十年代其实也有很多"方块诗"作品，比如《白螺壳》《灯虫》《长途》《淘气》等。

综合起来看，卞之琳的格律诗写作和理念受到新月派闻一多、朱湘、叶公超等人的影响，而又有所改进。[2] 卞之琳在1979年的文章中回顾闻一多的格律诗探索时认为，闻一多以一定数目的"二字尺""三字尺"建行的构想"直到现在还是最先进的考虑"。[3] 但是，卞之琳在五十年代之后的诗论中，多次反对闻一多、朱湘那种追求每行字数相同的理念，他指出闻一多的格律理论立论是从视觉的角度来

---

[1] 此文并没有收入目前出版的各种卞之琳文集中。学者张松建从民国旧报中发现此文章，并深入地讨论其与卞之琳在五十年代之后的诗学观点之间的联系，颇有新见，参见张松建：《形式诗学的洞见与盲视：卞之琳诗论探微》，《汉语言文学研究》，2012年第1期，第79—87页。另外，解志熙在一篇辑校、考辨卞之琳的佚文佚简的文章中也讨论了其中的节奏理论，参见解志熙：《灵气雄心开新面——卞之琳诗论、小说与散文漫论》，《现代中文学刊》，2011年第1期，第78页。

[2] 除此之外，卞之琳的格律理论建构也受到朱光潜、王力等学者的影响，参见卞之琳：《赤子心与自我戏剧化：追念叶公超》（1989），收入《卞之琳作品新编》，高恒文编，北京：人民文学出版社，2009年，第211—212页。

[3] 卞之琳：《完成与开端：纪念诗人闻一多八十生辰》（1979），收入《卞之琳作品新编》，第113页。

谈"节的匀称和句的均齐","这显然是混淆了文艺的基本范畴,听觉艺术与视觉艺术的根本区分"。[1] 关于朱湘,卞之琳认为他写诗、译诗的"致命弱点"就是"硬要搞'方块诗'"。[2] 卞之琳之所以反对字数均齐这一点,是因为他认识到,从听觉(节奏)的角度来说,应该追求每行"顿"的数目相同或者一定,而不是字数上的相同;而且顿数相同时,字数往往并不相同,这是由于现代汉语的每顿的字数往往是变化不定的。这时如果强行要求各行字数相同,就可能会导致"字数划一了,更基本的节拍反而不整齐了"[3]。卞之琳对字数与顿数均齐之关系的分析,与五十年代的何其芳、孙大雨等人的反思是基本一致的。[4]

不过,前面说过,卞之琳的诗论与其诗歌创作并不完全一致。他在三十年代也有不少"方块诗",而且其中一部分作品的节奏正如他后来所批评的那样,"反而不整齐了":

空灵的白螺壳,你
孔眼里不留纤尘,
漏到了我的手里
却有一千种感情:

---

[1] 卞之琳:《完成与开端:纪念诗人闻一多八十生辰》(1979),收入《卞之琳作品新编》,高恒文编,北京:人民文学出版社,2009年,第111页。
[2] 卞之琳:《〈徐志摩选集〉序》(1982),收入《卞之琳作品新编》,第141页。
[3] 卞之琳:《人事固多乖:纪念梁宗岱》(1989),收入《卞之琳作品新编》,第227页。
[4] 何其芳:《关于写诗和读诗》,北京:作家出版社,1956年;孙大雨:《诗歌底格律》,《复旦学报》(人文科学)1956年第2期;孙大雨:《诗歌底格律》(续),《复旦学报》(人文科学)1957年第1期。

掌心里波涛汹涌，

我感叹你的神工，

……1

  这首诗的每行都是 7 字，但内部的顿逗是变化不定的，前六行分别是：3＋3＋1，3＋2＋2，3＋2＋2，2＋3＋2，3＋2＋2，3＋2＋2（数字表示顿包含的字数），后面的诗行也同样是如此。这样的七字一行的诗歌，并没有实现旧诗中七言诗的整饬的节奏效果，因为后者的顿逗是相当稳定的，一般都是"2＋2＋3"的顿逗方式。若从卞之琳后期的观点来看，这首诗歌的"均齐"追求就很有问题：如果说把诗行写得均齐而没有让节奏显得整齐（内部节奏反而更不整齐），那这种"均齐"又有什么意义？

  五十年代之后的卞之琳摒弃了闻一多等关于字数均齐的主张，而保留了他们有关顿数一致的观点。卞之琳晚年主张由数目固定的"顿"或"音组"建行，"由几行划一或对称安排，加上或不加上脚韵安排，就可以成为一个诗'节'；一个诗节也可以独立成为一首诗，几个或许多个诗节划一或对称安排，就可以成为一首短诗或一部长诗"[2]。追求顿数一致，在字数上只要大体相近即可，不必强求每行字数相同，而且行与行、节与节之间的"对称"安排多了一种变化，这种主张与五十年代孙大雨、何其芳等人的

---

1 卞之琳：《十年诗草（1930—1939）》（增订本），合肥：安徽教育出版社，2007 年，第 74 页。

2 卞之琳：《〈雕虫纪历〉自序》(1978)，收入《卞之琳作品新编》，高恒文编，北京：人民文学出版社，2009 年，第 264 页。

主张是接近的。实际上，卞之琳在三十年代就有很多符合这个主张的作品（如《无题三》《对照》《远行》《傍晚》等）。但是，问题依然没有解决：无论是字数整齐还是顿数整齐，都没有改变白话中的所谓"格律诗"在诗行内部节奏上的多变特征。在本书第一编中，我们分析了从闻一多、林庚、陆志韦一直到何其芳、孙大雨等人的格律理论与创作，提出种种新诗"格律"理论虽然看起来各自不同，但是在一个关键问题上有着惊人的"家族相似性"：他们所谓的"音步""顿"或"音组"并不是对诗歌声音本身的整齐有序的进行过程的描述，而是从句法、语义的角度人为地"划分"出来的，实际上是一些词组或者"意群"，而且每行内部的"音步"或者"顿"的时长往往长短不一、错落分布，就这点而言，这些诗行与散文并没有太大区别，任何散文都可以这划分出一些"顿"来。因此，它们是一种有名无实的"音步"或"格律"。

　　卞之琳的"格律"理论和创作也很难逃出这种"家族相似性"。卞之琳的"顿"同样是从句法、语义的角度来划分，每行内部不同字数的顿的安排也很难形成稳定的规律，例如：

　　　　三日前山中的一道小水，
　　　　掠过你一丝笑影而去的，
　　　　今朝你重见了，揉揉眼睛看

屋前屋后好一片春潮。[1]

这首诗写得比一般的"方块诗"自然，每行都可以划分为四个"顿"。但是其诗行的内部节奏也和《白螺壳》一样，与自由诗或者散文都很难说有太大区别。以卞之琳文章中的一句话为例："风格上也偶尔放纵一点也罢，偶尔又过分压缩而终归不行。"[2] 把这句话分行就有了每行五顿的"格律诗"：

风格上│也偶尔│放纵│一点│也罢，
偶尔│又过分│压缩│而终归│不行。

而且，把这个句子分行分顿之后，读者会有意无意地读成一顿一顿的，反而不自然了，因为诸如"放纵一点""过分压缩"其实连读反而更顺畅，《无题一》中的"屋前屋后"也是如此。那么，这样一种"顿"的划分，并没有让我们得到"格律"的真正好处（节奏整齐），反而牺牲了语气的自然流畅，又有什么意义呢？实际上，绝大部分诗行，只要字数相差不大，就可以划分出数目相同的"顿"来，因为划分方法实际上有很大的变通余地。正因为如此，卞之琳说："我这种主张看起来复杂，实际上很简单，用起来也

---

[1] 卞之琳：《十年诗草（1930—1939）》（增订本），合肥：安徽教育出版社，2007年，第66页。
[2] 卞之琳：《〈雕虫纪历〉自序》（1978），收入《卞之琳作品新编》，高恒文编，北京：人民文学出版社，2009年，第258页。

很自由。"[1] 可以说，整个新诗"格律体"的写作——无论在理论上叫"音步"也罢，"顿"也罢，从空间/视觉说也罢，从时间/听觉说也罢——最后落实到写作中就是一个问题，即如何把诗行写得字数相同或相近的问题。换言之，就是对诗行长度的控制。那么，这究竟在什么意义上影响了节奏呢？这个问题从没有得到过正面回答。

关于节奏，卞之琳的定义是："节奏也就是一定间隔里的某种重复。"[2] "一定间隔"意味着重复元素间隔的时间相同（或接近），也就意味着一种周期性的重复。这与雅各布森的认知是接近的："诗歌组织的实质在于周期性的复现。"[3] 朱光潜对"节奏"的定义也与此大同小异："节奏是声音大致相等的时间段落里所产生的起伏。"[4] 概言之，朱光潜、卞之琳所定义的"节奏"就是指语言元素的周期性的重复。以旧诗而论（如四言、五言、七言诗），其顿逗是大体均齐的，如五言往往是"2＋3"，七言为"2＋2＋3"，以一个诗行为一个重复的周期，另外，押韵也凸显了其周期性。但是在闻一多、卞之琳等人的"格律诗"中，很少有这种行内的周期性重复，它们只在一个较弱意义上有重复，即整个诗行的时间长度，或者说诗行的"边界"（boundary），是相同或相近的。因此，如果一定要说这样的

---

[1] 卞之琳：《〈雕虫纪历〉自序》（1978），收入《卞之琳作品新编》，高恒文编，北京：人民文学出版社，2009年，第267页。

[2] 卞之琳：《徐志摩诗重读志感》（1979），收入《卞之琳作品新编》，高恒文编，北京：人民文学出版社，2009年，第135页。

[3] 瓦·叶·哈利泽夫：《文学学导论》，周启超等译，北京大学出版社，2006年，第326页。

[4] 朱光潜：《诗论》，北京：北京出版社，2005年，第188页。

诗歌是"格律诗",那么最多也只能说是一种"弱格律",它们本身能带来的节奏效果是很有限的,还需要有其他途径来弥补其缺陷。

西渡在其讨论卞之琳格律理论的文章中认为:"就音乐性而言,自由诗和格律诗实际上都基于一个共同的性质,那就是它们都是一种说话型节奏。""语调的自然和语流的活泼流动正是说话型节奏得以成立的基础。"[1] 这是有见之言,不过问题也在这里:如果说新诗中的格律诗与自由诗和一般的说话在节奏基质上是一致的,那么格律诗的"格律"意义又何在呢?旧诗中的顿逗句法规约了一种整饬的节奏,而新诗中的"格律"虽然看起来较为整齐,但没有带来这种节奏,行内节奏变化无定,周期性重复也无法见出,因此也就无法起到"格律"本应起到的诸种效果,比如朱光潜所谓的建立"模型",形成心理上的"预期"并带来"快感",等等。[2] 正因为如此,新诗中的"格律体"实际上一直未能成为一种被作者、读者普遍认可的"约定俗成"的规范。

二、重新发现卞之琳的"韵律"

行文至此,有的读者或研究者可能会反驳笔者:卞之琳诗歌中不是也有很多朗朗上口、极易记诵的作品(如《断章》)吗?这难道不是其"格律"取得成功的明证吗?

---

[1] 西渡:《卞之琳的新诗格律理论》,《现代中文学刊》,2011年第4期,第65页。
[2] 朱光潜:《诗论》,北京:北京出版社,2005年,第151—153页。

或者说，这不正证明其诗作是有"节奏感"的吗？正因为这一点，我们才需要谨慎地重新审视这些诗作的"节奏感"到底是"格律体"的顿逗安排所致，还是另有源头？先来看《断章》：

你站在｜桥上｜看风景，
看风景人｜在楼上｜看你。

明月｜装饰了｜你的窗子，
你｜装饰了｜别人的梦。[1]

分析此诗的顿逗，可以发现诗的内部节奏很不规律，甚至每行是否应该划为三顿还是一个问题，比如"看风景人"其实应该是"看风景的人"，但这样一来这个顿就太长了，应该划分为两顿，作者似乎为了保持各行顿数的一致，略去了"的"字。但是，这首诗的节奏的形成主要不在于顿数的多少，而在于诗中语词、意象的重复与对称，比如"看风景""你""装饰"的重复，还有1、2行，3、4行各自形成对称，而对称也是一种很重要的韵律形式（详后）。这首诗有着两重意义上的"相对"：一是哲学意义上的，万物的相对性；二是节奏和结构意义上的，语词、语象的对称性，两者互为表里。所以即便此诗的内部节奏变化不定，但是通过种种重复与对称，还是形成了一种流动的韵律。

---

[1] 卞之琳：《十年诗草（1930—1939）》（增订本），合肥：安徽教育出版社，2007年，第24页。

实际上，即便把"看风景人"中缺失的"的"字还原回去，也不会对此诗整体上的韵律带来太大的影响。

实际上，《断章》中节奏感的形成是一种典型的诗歌韵律形式，即重复与对称——这并不是格律诗所专有的。"重复（repetition）是几乎所有诗歌和相当一部分散文中的整一性的基本组成因素，重复可以以各种形式体现：如声音、某些特定的音节（syllables）、词语、短语、诗节、格律模式、思想观念、典故或暗指（allusion）、诗形。因此，迭句（refrain）、谐元音（assonance，亦译'谐音'）、尾韵、内韵、头韵（alliteration）、拟声法（onomatopoeia）都是一些复现频率较高的重复形式。"[1] 重复是造成节奏的整一性的基本方式，叶公超曾经认识到："在任何文字的诗歌里，重复似乎是节律的基本条件，虽然重复的要素与方式各有不同。"[2] 虽然有的诗人认识到重复可以有很多种形式，但是包括闻一多、饶孟侃、孙大雨在内的格律提倡者，都有意无意地将"节奏"构建的目标聚焦于那种均齐的周期性重复上，企图在新诗中用顿逗的整齐排列的方式来构建这种"节律"——却因为白话自身的语言特点而没有取得应有的效果。很少有学者清楚地认识到，格律模式只是诗歌节奏之整一性的一种方式，而不是全部。实际上，任何较为频繁的重复都可以带来节奏上的整一性或者同一性（identity），而并不限于格律诗的周期性重复。因此，诸如某些字音、词语、词组、句式、意象等方面的重复或对称

---

1 J. A. Cudden, ed. *The Penguin Dictionary of Literary Terms and Literary Theory*, 4th edition, London: Penguin Books, 1999, p.742.
2 叶公超：《音节与意义》，天津《大公报》"诗特刊"，1936年4月17日。

所带来的节奏效果，需要我们重新去关注和审视。这些方式造成的节奏效果，由于重复元素往往并不固定，且未必是周期性的，较为灵活多变，我们称之为"非格律韵律"（见本书第二编）。

卞之琳和闻一多、叶公超、孙大雨等人一样，也将其节奏理论的焦点放在顿逗的整齐安排上。但是，卞之琳早年的创作中其实有大量巧妙地运用"非格律韵律"的作品。而且他在理论上对这种节奏形式有所察觉和预见，这些认识实际上不自觉地越出了"格律"的框架，而具有更深远的意义。前文讨论了卞之琳对"节奏"的定义（即"一定间隔里的重复"），值得注意的是，卞之琳在说明这个定义时谈到的却并非顿的均齐排列问题，而是叠句："再有叠句或变体的叠句，也不是歌曲里才有，外国诗里才有，看看《诗经》里有没有？难道我们写新诗用这一套就是浪费吗？精炼，并不在于避免这种重复。"[1] 叠词、叠句在新月派诸格律理论家的方案中并没有占据核心的地位，但是卞之琳察觉到它们对于新诗"节奏"建构的重要性。这是因为叠词叠句这种最简单的重复形式，是一种古老的构建节奏之整一性或者同一性的方式，在中国的《诗经》、乐府歌行和英国的谣曲（ballad）等诗体中，还有当下的流行歌曲中，叠词叠句都是最常用的节奏形式之一。而卞之琳本人的诗也经常使用这些手法，如《春城》（第五节）：

---

[1] 卞之琳：《徐志摩诗重读志感》（1979），收入《卞之琳作品新编》，高恒文编，北京：人民文学出版社，2009年，第135页。

> 哈哈哈哈，有什么好笑，
> 歇斯底里，懂不懂，歇斯底里！
> 悲哉，悲哉！
> 真悲哉，小孩子也学老头子，
> 别看他人小，垃圾堆上放风筝，
> 他也会"想起了当年事……"
> 悲哉，听满城的古木
> 徒然的大呼，
> 呼啊，呼啊，呼啊，
> 归去也，归去也，
> 故都故都奈若何……[1]

这首诗诗行长短不一，顿数也不均齐，是典型的自由诗，但是读起来有一种简朴有力的节奏感。这首先是因为作者频繁使用叠词叠句，比如"歇斯底里"（2次）、"悲哉"（4次）、"呼"（4次）、"归去也"（2次）、"故都"（2次）等。此外，后面五行"u"音的叠用（如"木""徒""呼""故""都"），也惟妙惟肖地模仿了风吹古木的声音，起到了"谐音"效果。这种古朴的节奏令人想起《诗经》中的"国风"，而卞之琳又加上了一点现代意味的反讽语调，别有风味。除这首诗以外，《古镇的梦》也以叠词叠句、排比，《尺八》则以复沓和词语、意象的重现，营造出各自有别的韵律形式。

---

[1] 卞之琳：《十年诗草（1930—1939）》（增订本），合肥：安徽教育出版社，2007年，第49页。

卞之琳在谈到节奏与重复的问题时，提到的"整齐"一词令人琢磨，即"我国《诗经》和词曲就有多种大体整齐的形式，外国也是如此：多样化。对称也是整齐。"[1] 卞之琳指出，徐志摩的短诗就是"多样"而"大体整齐"的。[2] 如果我们把"整齐"理解为视觉上的"均齐"或者顿逗数目的相同，那么卞之琳的话就显得自相矛盾，难以索解了：《诗经》中的句子并不均齐，一首诗中经常出现四言、五言、六言等诗句，顿逗数目也不尽相同；而词曲就更不必说了，长短句有何"均齐"可言呢？实际上，卞之琳所谓的"整齐"，是指通过种种重复构建的声音/听觉上的同一性，并加以一定的变化，形成"多样化"，而并非视觉上的"方块"。而"对称"之所以也是"整齐"，是因为"对称"也要求对称的双方在结构上、范畴上具有同一性，否则便难以成"对"。就像在坐标系中，"A"与"－A"可以围绕纵轴形成对称，那是因为其绝对值相同；而在律诗的"对仗"中，相对仗的东西也往往处于同一范畴。可见，对称其实也可以说是一种特殊的重复。卞之琳把"对称"纳入"整齐"的范畴，显示出他在触及节奏的同一性的本质，只是没有适当的术语来表达它。在卞之琳三十年代的作品中，就相当圆熟地运用了种种重复与对仗，如《无题四》：

隔江泥衔到你梁上，
隔院泉挑到你杯里，

---

[1] 卞之琳：《徐志摩诗重读志感》（1979），收入《卞之琳作品新编》，高恒文编，北京：人民文学出版社，2009年，第135页。
[2] 同上。

海外的奢侈品舶来你胸前：
我想要研究交通史。

昨夜付一片轻喟，
今朝收两朵微笑，
付一支镜花，收一轮水月……
我为你记下流水帐。[1]

这首诗每行的顿的数目并不相同，第三行比其他诗行多了一顿，但这首诗依然有着井然有序又流动婉转的韵律。第一节前三行以句式的重复（即排比）为原则组织节奏，但又有所变化，第三行明显比前两行长，这样可以增加节奏的丰富性，以免过度重复引致读者的厌腻。两个诗节总体上的节奏起伏也有同一性，都是在一个较长的诗行（第三行）后，接着一个较短的，带有"结语"性质的第四行，在长短对比中，显得简洁有力。此外，首节第四行"我想要……"与次节第四行"我为你……"也形成了呼应。当然，第二节与第一节的区别在于，它的前两行更多的是以对称来建立结构的，而第三行又在行内形成了对称，这是在新诗中巧妙地化用旧诗中的对偶这种节奏形式的一个典范。这首诗的节奏相对于早期新诗，诸如俞平伯的类似作品而言，灵动而不拘泥，有行云流水之势。最后一行的"流水帐"一语既指前面的"付"与"收"之"帐"，也暗

---

[1] 卞之琳：《十年诗草（1930—1939）》（增订本），合肥：安徽教育出版社，2007年，第69页。

示这首诗的节奏/声音上的行云流水的形态。再看《旧元夜遐思》（第二节）：

"我不能陪你听我的鼾声"
是利刀，可是劈不开水涡：
人在你梦里，你在人梦里。
独醒者放下屠刀来为你们祝福。[1]

这首诗各行的顿数同样不均齐，也不押韵，是一首"自由诗"，不过其中暗含着一种回旋的韵律，这是何故？这节诗中其实包含了语音、词语、意象等方面的多重对称与平衡。第一行"我……你……我……"暗含着"我看你"与"你看我"的视角对称，而第二行则是意象上的截然对比，即至刚至锐的"利刀"与至柔至软"水涡"之间的对比；第三行则是《断章》式的视角、意象对称；第四行则是"屠刀"与"祝福"的对比。而且，这一行还有声音上的巧妙平衡：首字（"独"）与尾字（"福"）以及中间的"屠"谐韵，巧妙地暗示着"独醒""屠刀"与"祝福"的紧张平衡。实际上，假设此句改写成"独醒者放下屠刀来祝福你们"，这种平衡稳重的韵律感就无法凸显了。而且，最后一行明显比前面三行长，对比之下，有一种荡气回肠的节奏感。卞之琳以对称为主要的韵律原则的作品还有很多，例如：《雨同我》《寂寞》《无题五》等。整体上来看，《旧元

---

[1] 卞之琳：《十年诗草（1930—1939）》（增订本），合肥：安徽教育出版社，2007年，第56页。

夜遐思》《无题四》《无题五》等在节奏安排上重复中又有变化，变化中暗含呼应与对称，韵律井然又短长肥瘦各有态，可谓新诗在节奏安排上的登峰造极之作。

可见，卞之琳无论是在创作上，还是在理论批评上，都已经突破了那种追求顿逗均齐与固定的周期性重复的格律诗学，而触及一些更为基本的韵律原则，即重复与对称，也就是同一性的韵律结构。这些韵律结构主要不体现在顿逗的安排上，也不限于语音的层面，而是结合了语音与语义、语法、语象等方面的重复与对称；其同一性并不仅在诗行内部见出，也在诗行与诗行、诗节与诗节之间见出。卞之琳的部分精妙之作，圆熟地结合了重复与变化，同一性与差异性的因素，有效地配合了诗歌的情绪与内容变化，而且消除了过度重复所引发的厌腻感。自由诗（以及"有名无实"的格律诗），由于丧失了格律诗的那种周期性重复的节律，实际上更依赖于这些韵律手段，来构建其节奏上的"整齐"（同一性），成其为有"韵律"的诗。应该强调，自由诗同样也要讲求音乐性与节奏。早在四十年代，卞之琳就认识到自由诗并非与格律诗截然两立，它也要讲究"规律"。[1] 而在晚年，卞之琳又指出，徐志摩和闻一多的白话诗"即便'自由诗'以至散文诗，也不同于散文，音乐性强"。关于"音乐性"，卞之琳强调"重要的是不仅有节奏感而且有旋律感"。[2] 他还提醒我们，不要"随心所欲的讲求诗的'音乐性'"，而要"在活的语言以内去探求、去

---

[1] 卞之琳：《读诗与写诗》，香港《大公报》"文艺"副刊，1941年2月20日。
[2] 卞之琳：《徐志摩诗重读志感》（1979），收入《卞之琳作品新编》，高恒文编，北京：人民文学出版社，2009年，第134页。

找规律的要求"。[1] 我们前文从语言元素的重复与对称出发去探索卞之琳诗歌的"音乐性"之"规律",就是在这种要求下的一种努力,以求将卞之琳触及却又并未明言的规律重新彰显出来。

三、分行、标点与"广义的节奏"

前文分析了卞之琳诗歌中以重复和对称为基本原则的韵律特征,不过,我们也应该认识到,无论是在卞之琳的诗作中,还是在其他诗人的诗作中,都有很多诗作和诗句较少地用到语言元素的重复和对称,那么,这样的诗作是否有"节奏"可言呢,还是与散文无异?既写自由诗也写格律诗的卞之琳显然也曾思索过这个问题,他认为:"只是自由体诗也至少有广义的节奏问题,或者即使'现代化'到不讲旋律也罢。'自由是对于必然的认识',我常常认为(因此也常说)用在这里也是合适。"[2] 卞之琳说即便不讲"旋律"(即我们前面讨论的韵律结构),也有"广义的节奏"问题。在他看来,万物变化都有"客观规律",那些被眼花缭乱的"浮面现象"所迷惑而以为没有规律的存在的看法"实际上是错觉","其中自有狭义以至广义的节奏"。[3] 卞之琳并未明言何谓"狭义的节奏""广义的节奏",这是

---

[1] 卞之琳:《徐志摩诗重读志感》(1979),收入《卞之琳作品新编》,高恒文编,北京:人民文学出版社,2009 年,第 135 页。
[2] 卞之琳:《完成与开端:纪念诗人闻一多八十生辰》(1979),收入《卞之琳作品新编》,高恒文编,北京:人民文学出版社,2009 年,第 113—114 页。
[3] 同上,第 114 页。

颇为遗憾的。我们只能从其创作与理论的一些"蛛丝马迹"出发，并加以自身的理论视角和方法，对这些问题尝试作一个初步的回答，这也意味着我们不仅仅是在"阐释"卞之琳的理论，也是在进一步地发展它们。卞之琳所谓的"狭义的节奏"，显然包含了较强的规律性的要求，在我们看来，它的意涵接近于前文所讲的由重复与对称所建构的诸种韵律结构。[1] 而"狭义的节奏"（或云"韵律"）实际上又可以进一步辨析出两个层次：一是固定的、约定俗成的、以周期性重复为标志的"格律"概念；[2] 二是以各种语言元素的重复和对称为基础的"韵律"概念。细究起来，这两个概念并非彼此排斥的关系，"格律"其实是"韵律"中较特殊、固定的一种，"韵律"包含着"格律"，但不限于"格律"，它还包含着较灵活的"非格律韵律"。

而卞之琳所谓"广义的节奏"的含义就很不明确了。卞之琳说所有事物都有（广义的）"节奏"，那么也就是说，一切语言都有（广义的）节奏，包括自由诗、散文甚至说话。前面所谓的"说话型节奏"，已经隐隐指向这一意义上的"节奏"概念了。从本书第二编所作的概念区别和节奏的层次体系划分来看，广义的节奏还涉及节奏的"非韵律"形态，其构成因素不是韵律中的同一性（比如重复和对

---

[1] 之所以不把"狭义的节奏"等同于"格律"，是因为卞之琳认为自由诗也可能会有（但不是必须有）"狭义的节奏"。

[2] 这里定义的"格律"与旧诗中的"律诗"之"律"不是一个概念，实际上，旧诗中的四言、五言、七言（无论是古体，还是近体），都符合这里定义的"格律"，因为它们在顿逗、押韵上有周期性重复且固定的特征。新诗"格律体"对旧诗的参照，也主要是在这个意义上，而不是在平仄或对仗的意义上。

称），而是更微妙、更深层次的语言与时间的内在联系。这种联系具体到形式层面，可以包括音调的起承转合，某些具体音色的使用，声音的"密度"、速度等。这些因素在古典诗歌中自然也存在，但是对于现代诗而言，更具特色的反倒是包括分行、标点、空格等书面形式的运用，后者同样也涉及语言与时间的内在联系，因此属于节奏的"非韵律面相"，也是"广义的节奏"理应包括的因素之一，它们同样能够造成某些特殊的节奏体验，并与诗歌情绪、感觉的表达相互配合。下面，请看卞之琳的《入梦》：

设想你自己在小病中
（在秋天的下午）
望着玻璃窗片上
灰灰的天与疏疏的树影，
枕着一个远去了的人
留下的旧枕，
想着枕上依稀认得清的
淡淡的湖山
仿佛旧主的旧梦的遗痕，
仿佛风流云散的
旧友的渺茫的行踪，
仿佛往事在褪色的素笺上
正如历史的陈迹在灯下
老人面前昏黄的古书中……
你不会迷失吗

在梦中的烟水？[1]

这首诗并没有频繁地运用重复与对称的语言结构，韵律似乎较为涣散，与散文区别不大，但是通篇读下来，给人一种奇妙的节奏感，这种节奏感看不出多少规律性，难以名状。但若从分行与时间的角度，或可略见端倪。哈特曼指出，当我们读到断行之处，便会有意无意地略作停顿，这实际上中断了散文语言的线性前进过程，因此操纵了读者对诗歌的"时间体验"，形成一种节奏感。[2]《入梦》就是这种节奏效果的一个活生生的说明，其实整首诗就是一个整句，句子主干是"设想你……你不会迷失吗……"但是这个整句被分成了多达 16 行，可以说这 16 行全是（宽泛意义的）跨行，其中至少有 10 行是严格意义上的跨行（即在一个分句内断行），这些跨行一再阻碍了句子的前进，放慢了节奏的步伐，直到倒数第 2 行才达到一再被延宕的"结尾"。但是，这些诗行之间在语义、语法上又是紧密地连接在一起的（"望着""枕着""想着"以及三个"仿佛"的重复加强了这种连接），整首诗就显得"藕断丝连"，分而不断。因此，这里分行对时间的控制与散文中的直线前进逻辑构成了内在的冲突。而且，这些分行、跨行造成的若断若续的、舒缓慵倦的节奏也巧妙地暗示了"你"在入梦时分的那种出神、恍惚。可见，控制节奏段落的行进同样可

---

[1] 卞之琳：《十年诗草（1930—1939）》（增订本），合肥：安徽教育出版社，2007 年，第 112 页。
[2] Charles O. Hartman, *Free Verse: An Essay on Prosody*, Evanston, IL.: Northwestern University Press, 1996, p.52.

以达成时间的"重构",从而更微妙地实现节奏与情感、思维状态的相互呼应。从卞之琳的《入梦》可以看出,分行绝不仅是"分"一下那么简单,它还涉及分行与语义、语法结构的关系,与情感、思维、呼吸的配合等复杂层面。在运用得巧妙的情况下,仅仅分行就可以造成突出的节奏效果。

除了分行之外,标点、空格等书面形式,在运用得当的情况下,也可以对节奏起到特别的作用,卞之琳的《无题二》就是一个典范:

> 杨柳枝招人,春水面笑人。
> 鸢飞,鱼跃;青山青,白云白。
> 衣襟上不短少半条皱纹,
> 这里就差你右脚——这一拍!

前两行通过三组偶句形成错落有致的韵律,此不详论;非常有趣的是第 4 行的"这一拍"。据废名说,卞之琳把诗集给他的时候,特意把"这一拍"指给他看,生怕后者不解其中风情,可见他对此颇为"自觉"。[1] 陈太胜敏锐地指出其中的巧妙双关:"表面的意思是将说话者正在等待的人的右脚比喻为不可缺少的一个节拍;而另一层意思……意指这里(这首诗)在格律上(每行四顿,即四个节拍)差了一拍。"[2] 确实,这里拍子数量的多少是一个所谓的"格律"

---

[1] 废名:《论新诗及其他》,沈阳:辽宁教育出版社,1998 年,第 165 页。
[2] 陈太胜:《声音、翻译和新旧之争》,长沙:湖南人民出版社,2016 年,第 163 页。

问题，但拍子具体怎么"拍"则是一个节奏问题（即前述"具体的存在"），而且更为重要。关键在于行中破折号的使用，其实把它去掉，"拍子"还是四拍，不影响所谓"格律"的构建；但是这样的话，"这一拍"就太顺溜地滑过去了，这个破折号在时间上起到停顿的作用，而且，通过停顿的短暂一瞬，描绘"你"脚先到了，但还没踩下的瞬间。为什么这个"瞬间"要特意突显出来呢？因为它暗示着"我"对"你"的到来的隐秘期待和款款深情。可见，标点、空格等书面形式，都可以起到控制节奏的"边界"、快慢、行止等方面，与诗的情感、思绪相配合，起到特殊的作用。

闻一多、饶孟侃等新月派诗人和理论家，重新借鉴中西方诗歌的传统格律，在白话诗中重建格律，企图恢复诗歌旧日的荣光，却因为其构想与白话语言难以驯服的多变特征相矛盾，而难以成其为真正的"格律"，没有被诗人和读者广为接受。卞之琳写作和翻译也在做这种恢复格律的努力，但其格律理念与创作同样难逃新诗格律路线的"家族相似性"，其"格律"很难说是真正成功的。所幸卞之琳无论在创作还是在理论上都较为开放和多元，他曾进行过各种类型的节奏试验，并不拘泥于"格律"。而且，他在诗艺上用功甚勤、用心甚苦，虽自谦为"雕虫"，[1] 其意则在"雕龙"。结果是，新诗节奏的各个层面和面相，都在其作品中有精彩的反映。他的诗不仅展现出形态各异的韵律结

---

[1] 卞之琳：《〈雕虫记历〉自序》，收入《卞之琳作品新编》，高恒文编，北京：人民文学出版社，2009 年，第 254 页。

构，也成功地运用了分行、标点等不为传统诗律学所重视的节奏手段，声韵斐然，是新诗节奏探索上的典范之作。而卞之琳在批评、理论上所作的种种观察和预见，也成为有趣的"引子"，为后来者进一步探讨一些节奏理论的谜题提供了启发，让我们认识到，节奏并非"一个"单一本质的现象，而是"一群"现象，可以区分为广义节奏、韵律和格律三个层次。只有清晰地区分这些层次，我们才能够着手去分析自由诗的韵律和（广义的）节奏问题，对于卞之琳诗艺的认知才会更准确和深入。

第二章　痖弦与现代诗歌的"音乐性"

一、"诗"与"歌"的关系：新诗的一个难题

自从新诗诞生起，"诗"与"歌"的关系一直萦绕于这一文体的核心，并成为新诗的一个难解的"心结"。在胡适等早期新诗探索者废除了传统的格律，改用白话写自由体诗歌之后，新诗是否还具有"音乐性"就成了一个难题。二十年代，郭沫若明确地提出"诗"应与"歌"分离的观点："诗自诗，而歌自歌。歌如歌谣，乐府词曲，成为感情的言语之复写，或不能离乐谱而独立，都是可以唱的。而诗则不必然。"[1] 在当时的郭沫若看来，诗有"内在韵律"即可，外在的形式与音乐性则并非必要的。虽然这一理论现在看来尚有疑点，但是已成为自由诗节奏理论的风向标。戴望舒在三十年代进一步宣称："诗不能借重音乐，它应该

---

[1] 郭沫若：《论诗》，收入《文艺论集（汇校本）》，长沙：湖南人民出版社，1984年，第253页。

去了音乐的成分。"[1] 这种观点出于以音乐性强的《雨巷》成名的戴望舒口中，无疑是极显眼而又令人疑窦丛生的。[2] 艾青也曾明确地提出："所有文学样式，和诗最容易混淆的是歌；应该把诗和歌分别出来，犹如应该把鸡和鸭分别出来一样。"[3] 作为新诗一支的中国台湾诗坛，在"诗""歌"分离的道路上走得更为彻底。台湾当代诗的奠基者纪弦在五十年代明确反对新月派的格律追求，反对以"韵文"写诗，他在《现代诗》杂志上发表了以《诗是诗，歌是歌，我们不说诗歌》为题的社论。[4] 这篇社论产生了很大的影响，台湾诗坛也确实走向了他展望的道路。知名学者奚密指出："台湾近40年来，不管是诗人、批评家，还是一般读者，均习惯称新诗为'现代诗'而不称'现代诗歌'（或'当代诗歌'），有别于中国大陆。这应该归功于纪弦和《现代诗》的大力推动。"[5] 总体上，尽管对于"诗""歌"的分离至今仍有不少批评与反对意见，[6] 但这已然是一个客观存在的总体趋势。

---

[1] 戴望舒：《望舒诗论》，《现代》第2卷第1期，1932年11月，第92页。
[2] 余光中曾对此有质疑："我认为这两句话完全不负责任，因为中外古今的诗，都不能没有节奏和意象。"（余光中：《评戴望舒的诗》，《名作欣赏》，1992年第3期，第14页）
[3] 艾青：《诗论》，收入《艾青全集》，第三卷，石家庄：花山文艺出版社，1991年，第24页。
[4] 纪弦：《诗是诗，歌是歌，我们不说诗歌》，《现代诗》，第12期，1955年。
[5] 奚密：《反思现代主义：抒情性与现代性的相互表述》，《渤海大学学报（哲学社会科学版）》，2009年第4期。
[6] 参见公木：《歌诗与诵诗——兼论诗歌与音乐的关系》，《文学评论》，1980年第6期；高小康：《在"诗"与"歌"之间的振荡》，《文学评论》，2002年第2期；吕周聚：《被遮蔽的新诗与歌之关系探析》，《文学评论》，2014年第3期；等等。

当然，百年以来试图重新弥合"诗"与"歌"之间裂痕的努力也一直没有停歇。早在二十年代，以北京大学歌谣研究会为中心形成了一个颇具声势的歌谣运动，参加者有胡适、周作人、刘大白、刘半农等众多新诗的开创者。[1] 三十年代，则有"中国诗歌会"的蒲风、任钧、王亚平等鼓动和实践歌谣创作，五六十年代有声势浩大的"大跃进"民歌运动、小靳庄诗歌运动，等等。即便在"诗""歌"分离已成定局的七八十年代台湾诗坛，也曾有过一场民歌运动，参与者有余光中、夏宇等诗人和杨弦、罗大佑等音乐人。然而，和新诗史上的多次格律诗探索一样，这些努力并没有对新诗发展的大势产生决定性的影响，这其中的原因值得深思。一方面，正如有的学者已经注意到的那样，"不能简单以歌词的思维写诗，降低诗的格调和水准，纯粹模仿民歌写诗，历史证明很难成功，远的如'五四'诗人的拟民歌创作，近的如十七年诗人的民歌体诗歌，几乎未留下传世之作"[2]。确实如此，民歌中使用的重章叠句的节奏，如何以诗的方式呈现出来，至今仍然是个棘手的难题。另一方面，更为根本的是，在很多论者与诗人眼里，"诗"与"歌"（音乐性）的结合的问题经常被简单地化约为格律、押韵的有无问题。于是，自由诗这一新诗的主流体裁就被有意无意地当作一块音乐性上的"蛮荒之地"，而成为一种无法摆脱的"根本性缺陷"，这种看法从闻一多开始，

---

[1] 相关讨论可参见傅宗洪：《"音乐的"还是"文学的"？——歌谣运动与现代诗学传统的再认识》，《中国现代文学研究丛刊》，2011年第9期。
[2] 罗振亚、侯平：《诗与歌的"合流"——论现代歌词与新诗的关联》，《文学与文化》，2015年第4期，台北：洪范书店，1982年，第121页。

到现在依然有论者坚持，比如有学者称："现代诗的主流——自由诗——便可以说基本上丧失了音乐性，而这恰恰是现代诗一直不能被底层大众接受的一个根本性的缺陷；换句话说，诗的音乐性就只有一种，即'歌谣的音乐性'。"[1] 然而，问题恰恰在此：君不见，当今流行歌曲的歌词其实在体裁上大都也是"自由体"，也并不一定押韵，谁能否认它们具有"音乐性"？另外，以可不可以"唱"来作为诗歌是否具有音乐性的标准其实并不可靠，因为从理论上来说，新诗中的很多作品也是可以"唱"的，自由体诗诸如海子的《九月》《远方》，郑愁予的《错误》，都曾被不同的音乐人多次改编为歌曲，且取得了很不错的反响。区别只在于有没有人愿意去"唱"，而不在于可不可以"唱"。实际上，自由体这种体裁不仅具有特定的音乐性，也汲取了包括民谣在内的多种音乐形式的节奏因素。在这方面，台湾诗人痖弦便是一个成功的典范。

有趣的是，痖弦曾经明确提出要学习传统的《诗经》、民谣等与音乐紧密相连的形式（详后），他本人的诗作也经常径名为"歌"或者"曲"，如《歌》《一般之歌》《无谱之歌》《夜曲》《协奏曲》等。痖弦的好友，诗人、学者杨牧曾经指出："关于绘画和音乐的比重的问题，我认为痖弦诗中的音乐成份是浓于绘画成份的。"[2] 但是，杨牧的论断一直没有得到很好的论证。由于痖弦诗歌大都采用自由体甚

---

[1] 傅宗洪：《"音乐的"还是"文学的"？——歌谣运动与现代诗学传统的再认识》，《中国现代文学研究丛刊》，2011年第9期，第130页。

[2] 叶珊（杨牧）：《〈深渊〉后记》，收入《诗儒的创造》，萧萧编，台北：文史哲出版社，1994年，第20页。

至散文诗的形式,很少押韵,其"音乐性"也经常让论者感到无从下手。在我们看来,痖弦实际上在有意识地定义一种现代诗"歌"的形式与路径。对于这样的诗"歌",我们的分析视角与路径也需要从过去那种格律、押韵模式的机械分析中解脱出来,而更多地考虑诗歌与音乐在结构和本质上的相通之处。从痖弦的创作中可以窥见现代诗歌为何需要形成自身的"音乐性",却又不能简单地挪用民谣、歌词,否则依然容易落入过去那种仿民歌的老路上去。因此,对于痖弦之诗是如何成为"歌"的思考,或许也可以为我们整体上思考现代诗"歌"的"音乐性"问题带来一些方法论上的启发。

二、"不感觉有格律存在"的音乐形式

痖弦对新诗的形式问题一直有很强的自觉认识和危机感,在其论著《中国新诗研究》中,痖弦认为:"一开始,新诗便扬弃了旧诗的严整格律,在新秩序尚未建立之前,这点相当危险,直到今天,'形式'仍然是现代诗中最被忽视的一环。"[1] 他对于形式问题的解决办法是:"最理想的方式是具一种形式感——形式的约束感(法国诗人梵乐希认为,形式之于诗人正如钢索之于走索人);叶公超在《论新诗》中说:'好诗读起来,无论自己读或者听人家读——我们都并不感觉有格律的存在,这是因为诗人的情绪与他的格律已融为一体,臻于天衣无缝的完美'……这种'不感

---

[1] 痖弦:《中国新诗研究》,台北:洪范书店,1982年,第12页。

觉有格律存在'的格律，也就是诗人自觉的形式感。"[1] 这段话既是启发性的，又令人困惑：一般所言的"格律"意味着一种明确的约束，若感觉不到它的存在，那在诗歌中存在的又是什么呢？格律过去有"法律"之意，它是一种外在的、固定的规范，故此才有"戴着脚镣跳舞"的说法；[2] 但新诗早已废弃了格律，痖弦的诗作也很少使用闻一多等所提倡的"新格律"，这里提出形式的自我"约束"又从何说起呢？

痖弦所引用的叶公超《论新诗》是一篇颇有影响的文章。[3] 由于叶公超本身是"新月派"成员，再加上文中明确提出"格律是任何诗的必需条件，惟有在适合的格律里我们的情绪才能得到一种最有力量的传达形式；没有格律，我们的情绪只是散漫的，单调的，无组织的"，[4] 因此，叶公超也一般被当作新月派的格律路线的支持者。细读此文的具体论证，却可以发现他的主张与闻一多、饶孟侃等实际上有根本区别，甚至他所提倡的形式是不是"格律"都是一个问题。首先，他主张新诗的节奏是一种"说话的节奏"，而不是旧诗那种吟唱的节奏。其次，叶公超明确提出新诗的字数乃至音组数目都不必每行相同，他甚至批评闻一多的诗行过于整齐，造成的效果过于急促，与诗的情绪

---

1 痖弦：《中国新诗研究》，台北：洪范书店，1982年，第12页。
2 闻一多：《诗的格律》，《闻一多全集》，第2册，武汉：湖北人民出版社，1993年，第140页。
3 此文原刊于《文学杂志》1937年创刊号，后收入《叶公超散文集》，台北：洪范书店，1979年。
4 叶公超：《论新诗》，《文学杂志》，1937年创刊号，第13页。

并不相宜。[1] 再次，叶公超也和闻一多一样强调重复的作用，他提出："格律的功用是要产生某种不同的节奏的模型。它必然包括某种音段之重复条件。"[2] 但是他所提倡的并不是闻一多、饶孟侃、朱湘等人所主张的以相同的字数、音组数来组成均齐的诗行，而是"对偶和均衡的技巧"，他为此举的两个诗例（分别是金克木的《织情诗》和徐志摩的《我等候你》）都不是诗行整齐、押韵规则的格律诗，而是自由诗；他着重分析的是其中的各种重复与"对偶"。比如"怨风，怨雨，怨无情的露滴"，他称"怨风"与"怨雨"是"均衡"的，而"怨无情的露滴"与前两者相比是"较大的均衡"，[3] 这实际上就是简单重复和略有变化的重复。再如他注意到徐志摩的《我等候你》一组有趣的对比，即第6—7行"希望/在每一秒上允许开花"与4行之后的"希望在每一秒上/枯死——你在哪里？"他指出："'枯死'在一行的开始，使人在抬头转行之间突然发现它，记忆中却仍存着'希望在每一秒上允许开花'的回音。这几行中的情绪的转变可以说完全是靠均衡与对偶的力量产生的。"[4] 叶公超说的"均衡与对偶"，在我们看来，其实就是以重复（同一性）为框架的对比（差异性）原则，而这是韵律构建的一个关键。叶公超指出："均衡的原则是任何艺术中最基本的条件，而包含对偶成分的均衡尤其有效力。重复一方面增加元素的总量（massiveness），一方面产生一种期待的

---

[1] 叶公超：《论新诗》，《文学杂志》，1937年创刊号，第22页。
[2] 同上，第20页。
[3] 同上，第25页。
[4] 同上，第27页。

感觉，使你对于紧跟着的东西产生一种希望，但是趁你希望的时候又使你失望。"[1] 叶公超观察到重复（均衡）的普适性意义，还注意到重复可以给读者心理带来一种期待，而期待落空往往也可以造成特别的效果。有趣的是，叶公超三十年代在清华大学的同事瑞恰慈也曾指出，"节奏，以及作为其特殊形式的格律，都取决于重复和期待"，"显然，没有期待就不会有惊奇和失望，而且大多数节奏既是由简单的满足，也是由失望、延缓、惊奇和背叛所组成的"[2]。确实，重复（期待）与差异对比（落空）是现代诗歌的一条重要节奏原则，而瘂弦在这方面可以说是大师（详后）。

可见，如果一定要说叶公超、瘂弦这里提倡的是"格律"的话，那么这种"格律"也与过去闻一多、饶孟侃等人的"格律"的含义有根本区别。考虑到"'不感觉有格律存在'的格律"这样的说法颇有自相矛盾的意味，甚至有概念混乱的危险。若从明确概念定义的角度出发，不妨将其称为"'不感觉有格律存在'的韵律"，或者用我们在本书第二编中提出的"非格律韵律"来称呼这种"形式感"。"不感觉有格律存在"其实强调的是这种形式感并非那种明确、固定化的规范，就像叶公超所云，形式的追求应避免"过于显著（英文所谓 cheep effects）"，而是一种潜在的同一性原则，即韵律。"韵律"一词没有"格律"那么强的规范性与固定性的含义，不过它背后指向的正是节奏规律的基石，即重复与同一性。古人很早就认识到"韵"的本质

---

[1] 叶公超：《论新诗》，《文学杂志》，1937 年创刊号，第 27—28 页。
[2] I. A. Richards, *Principles of Literary Criticism,* London: Routledge & Kegan Paul, 1967, p.103, p.106.

涵义，恰恰在叶公超的这篇文章中，就引用了《文心雕龙》声律篇的话："异音相从谓之和，同声相应谓之韵。韵气一定，故余声易遣。"[1] 这实际上也是对韵律原则中的同一性与差异性的一种认识。这种形式感与格律那种外在、固定规范不同，是一种以同一性（均衡）为原则，依照诗歌情绪发展所进行的自我约束，而这一点正是自由诗的节奏的本质，也是痖弦诗歌的音乐形式的关键。来看一首似乎没有"韵律"的散文诗《庙》，其前二节是：

> 耶稣从不到我们的庙里来；前天他走到宝塔的那一边，听见禅房里的木鱼声，尼姑们的诵经声，以及菩提树喃喃的低吟，掉头就到旷野里去了。
> 顿觉这是中国，中国底旷野。[2]

这里写的是现代人信仰缺失的荒芜境况，也是痖弦诗歌的一个常见主题，而这首诗中还突出了基督教在异文化中的疏离状态，耶稣成了一个与本地文化格格不入的外乡人，这是颇为反讽的，尤其是对于有普世主义倾向的基督教而言。在此诗的最后一节，这种反讽到达顶点：

> 整个冬天耶稣回伯利恒睡觉。梦到龙，梦到佛，梦着大秦景教碑，梦到琵琶和荆棘，梦到无梦

---

1 叶公超：《论新诗》，《文学杂志》，1937 年创刊号，第 23 页。
2 痖弦：《痖弦诗集》，台北：洪范书店，2010 年，第 274 页。

之梦,梦着他从不到我们的庙里来。[1]

敏锐的读者马上就会意识到,这里所发生的事情几乎与叶公超在徐志摩《我等候你》中观察到的所谓"均衡与对偶"完全一样,甚至更为微妙。"梦到龙,梦到佛,"构成一种"均衡"(重复),而"梦着大秦景教碑,梦到琵琶和荆棘"则构成一种更大尺度的"均衡"。这也会让我们形成一种期待,以为往下"梦到"的肯定依然是某种熟悉的景象,但是痖弦接下来"戏耍"了读者一番,接着梦到的居然是"无梦之梦"——"无梦之梦"到底是何许梦也?接下来梦到的更令读者吃惊,"梦着他从不到我们的庙里来",又让人陡然想起此诗的开首一句"耶稣从不到我们的庙里来"。这与徐志摩的《我等候你》那几行的效果相似,而且更复杂:如果说整首诗歌(除了最后两句)写的实际上就是"耶稣从不到我们的庙里来",那么最后一句又带有"梦中之梦、戏中之戏"的意味,而且颇有"元叙事"的特色:这也就意味着,前面三节所描述的种种其实也是一个"梦",而这个"梦"又是"无梦之梦"?难以确凿言之。实际上,这种荒诞的感觉正暗示着在现代性与异文化的背景下,宗教信仰所面临的种种窘境与反讽,就像诗中所云:"他们简直不知道耶路撒冷在哪里?"从整体来看,这首诗第三节与第一节构成一种"均衡"与"循环",而通过节奏的反复推进全诗,在结尾冲向一个"惊讶"与"悬疑"的顶点。首尾循环结构在痖弦诗歌中可以说俯拾皆是,比如

---

[1] 痖弦:《痖弦诗集》,台北:洪范书店,2010年,第274—275页。

第二章 痖弦与现代诗歌的"音乐性" 445

《乞丐》：

不知道春天来了以后将怎样
雪将怎样
知更鸟和狗子们，春天来了以后
　　以后将怎样

依旧是关帝庙
依旧是洗了的袜子晒在偃月刀上
依旧是小调儿那个唱，莲花儿那个落
酸枣树，酸枣树
大家的太阳照着，照着
　　酸枣那个树

而主要的是
一个子儿也没有
与乎死虱般破碎的回忆
与乎被大街磨穿了的芒鞋
与乎藏在牙齿的城堞中的那些
　　那些杀戮的欲望

每扇门对我关着，当夜晚来时
人们就开始偏爱他们自己修筑的篱笆
只有月光，月光没有篱笆
且注满施舍的牛奶于我破旧的瓦钵，当夜晚
　　夜晚来时

谁在金币上铸上他自己的侧面像
　　　（依呀嗬！　莲花儿那个落）
　　谁把朝笏抛在尘埃上
　　　（依呀嗬！　小调儿那个唱）
　　酸枣树，酸枣树
　　大家的太阳照着，照着
　　　　酸枣那个树

　　春天，春天来了以后将怎样
　　雪，知更鸟和狗子们
　　以及我的棘杖会不会开花
　　　开花以后又怎样[1]

这首诗写的是乞丐衣食无着、穷困潦倒的生活，因为"一个子儿也没有"，所以难免担心吃了上顿没有下顿。第一节的几个"将怎样"流露出的正是这种担忧。这个"将怎样"的句式在最后一节又复现了，但又有所区别，区别在于末二行："以及我的棘杖会不会开花/开花以后又怎样"。这里实际上暗示着一种微妙的心理变化："棘杖"的开花暗示着乞丐的死亡，但"开花以后又怎样"则带有一种无奈与无所谓的语气，可以说是典型的"乞丐式"的达观与绝望：生活已经最坏，再坏又能怎样？可见，这首诗首尾二节的循环暗示着丰富的心理内容，这是重复与差异对比的节奏原则带来的。

1　痖弦：《痖弦诗集》，台北：洪范书店，2010年，第62—64页。

第二章　痖弦与现代诗歌的"音乐性"　　447

实际上，这首诗也是现代诗化用民谣的一个典范。民谣里经常使用的复沓、复叠，在这首诗里比比皆是，比如"酸枣树，酸枣树/大家的太阳照着，照着/酸枣那个树"。这一点与贺敬之那些模仿民谣的诗作是类似的。[1] 此外，诗中也大量使用各种民谣中的俚语、俗语，"依呀嗨！莲花儿那个落""依呀嗨！小调儿那个唱"，这给诗歌带来一股浓厚的泥土气息。但是，此诗并不是一首纯粹的民谣，它的泥土气息又混杂着浓厚的现代气息。应该注意到，在"酸枣那个树"这曲小调后接着的是第三节："而主要的是/一个子儿也没有/与乎死虱般破碎的回忆/与乎被大街磨穿了的芒鞋/与乎藏在牙齿的城堞中的那些/那些杀戮的欲望"。这些完全"现代"的诗行的出现几乎令读者猝不及防。稍稍回过神来，才发现这首诗不仅在写乞丐的穷酸窘迫，也在写人一旦陷入极度饥饿困乏之中，就难以避免地变得"穷凶极恶"："与乎藏在牙齿的城堞中的那些/那些杀戮的欲望"就暗示着"每个人都是所有人的敌人"那种存在主义式的极恶之境。后面的"每扇门对我关着，当夜晚来时/人们就开始偏爱他们自己修筑的篱笆"也在暗示着这种困境。[2]

值得注意的是，此诗第三、四节的措辞与比喻明显与前面两节不同。一是书面语与文言语词的大量使用，比如

1　比如贺敬之的《桂林山水歌》："水几重呵，山几重？/水绕山环桂林城……"
2　1960年，痖弦在《现代诗短札》中说："新兴艺术只会使人更加发狂。它发掘人类心中的魔鬼，或制造更多的魔鬼。这些话是存在主义作家们常常说的：'人不过孤独地"生存"，在一个上帝已死的世界里，没有丝毫价值。人愈知自己就变得愈坏。'"（原刊于《创世纪》第14、15期，收入《中国新诗研究》第49页）

"与乎""芒鞋""城堞"等；二是大跨度比喻的使用，如"死虱般破碎的回忆""牙齿的城堞""月光没有篱笆"，给诗歌带来了很大的张力，也是极其典型的"现代诗"的写法，与前面的民间小调构成反差。而在接下来的第五节，"民间"与"文明"这两种语言势力开始合流："谁在金币上铸上他自己的侧面像/（依呀嗨！莲花儿那个落）/谁把朝笏抛在尘埃上/（依呀嗨！小调儿那个唱）"，这里，两种声音的共同出场构成了一种奇妙的"多声部"效果，也暗示着一种反讽：乞丐们潦倒的世界与达官显贵们荣华富贵的世界之间的互相反讽。概言之，痖弦这首诗为如何将民谣形式带进现代诗树立了一个典范；他并不强行将两者"融合"在一起，而是容许这两股力量各自存在，通过矛盾性的并置使得两者成为一个富含张力的整体。实际上，应该注意到，这也是英国诗人奥登在复兴英国"谣曲"（ballad）时所采取的路径。

在世界各国文学发展"初级阶段"普遍存在的民谣，可以说是诗歌与音乐最原始的结合方式之一。痖弦一直有意识地思考和实践如何在现代诗歌中实现民谣的继承与创新。他指出，过去《诗经》、说部、民谣的形式，在纪弦、杨牧、洛夫的笔下"重新流出鲜活的生命力，这些是传统的，也是现代的"[1]。有意思的是，痖弦所说的值得借鉴的传统形式，并不是五言、七言这些最成熟的传统诗歌形式，而是《诗经》和民谣一类较原始、古朴的形式，这恐怕不是毫无缘故的。这些形式实际上也可以说是诗歌"格律化"

---

[1] 痖弦：《中国新诗研究》，台北：洪范书店，1982年，第13页。

（定型）之前的"自由诗"，它们往往基于语言中最根本、最简单的节奏原则，这也是它们值得重新走向自由诗之路的现代诗歌关注的原因之一。《诗经》与民谣极其亲近，甚至大部分作品也可以说是民谣，因此陈世骧以及其弟子杨牧才用原来英国民谣研究中的术语"反复叠增法"（incremental repetitions，或译"反复回增法"）来概括《诗经》中的节奏方式。[1] 民谣与现代的自由诗——尤其是那些讲求"形式感"的自由诗——能够互通声息之处，首先是那些叠词叠句乃至重章叠句的大量使用，这也是痖弦的"歌诗"接通传统的重要路径。痖弦诗歌中有很多带有民谣节奏特点的作品，比如《歌》《西班牙》《巴比伦》《在中国街上》等。这些作品大都如《乞丐》一样，同时也具有较强的语言张力、跳跃性和悬念，不过，他也有少数诗作是较简单地模仿歌谣体的习作，其问题与二十年代的刘大白、刘半农等人的歌谣类似，比如《协奏曲》：

> 在小小的山坡上
> 一群牛儿在吃草
> 他们吃着红地丁
> 他们吃着紫地丁
> 他们吃着白地丁

---

[1] 陈世骧：《原兴：兼论中国文学特质》（1970），收入《中国文学的抒情传统》，张晖编，北京：生活·读书·新知三联书店，2015 年，第 107—109 页；杨牧：《钟与鼓》，成都：四川人民出版社，1990 年；杨牧：《一首诗的完成》，台北：洪范书店，1989 年，第 148 页。

在静静的小河滨

小风车们在做梦

他们梦着北风

他们梦着西风

他们梦着南风

在丛丛的林子里

一些情侣在偷吻

他们吻着蔷薇唇

他们吻着玫瑰唇

他们吻着月季唇

……1

这首诗让我们想到了《诗经》中的那些"反复叠增"的诗句："七月流火,九月授衣。一之日觱发,二之日栗烈。无衣无褐,何以卒岁……"(《诗经·豳风·七月》)但是若以现代诗歌的标准来看,痖弦这首诗并不算太成功的作品,它读起来"太顺",语言缺乏内在的紧张感,而且会让读者产生不耐烦的冲动。这也典型地反映出传统民谣在现代诗歌中复生所遭遇到的问题:它们固然可以建立较明快的节奏,但是缺乏现代诗所要求的张力与"硬度",而且过多的重章叠句往往容易陷入"轻"与"滑"的路数上。用前面叶公超与瑞恰慈的理论来说,它们只建立了"期待",却没有突破期待之后的"失望、延缓、惊奇和背叛"。而前面所

---

1 痖弦:《痖弦诗集》,台北:洪范书店,2010年,第276—277页。

论的《乞丐》的实验显然更为可取，它并不满足于"复制"传统形式，其节奏除了差异对比之外，还有强大的张力。关于"张力"与现代诗歌的关系，痖弦说："在我们流行的思想和日常言语中，散文的侵蚀性是很严重的。现代诗人的艺术之一，或者就是在于排斥此种侵蚀和保持作品的'张力'上。"[1] 换言之，张力让现代诗歌保持诗性语言的特质，并将其与散文区别开来。

痖弦诗歌与音乐发生联系的方式不仅限于民谣。实际上，当诗歌语言中重复性的因素大量增加时，它就不可避免地走向音乐的性质。正如坡林（Laurence Perrine）所观察到的，"音乐的本质是重复"[2]。实际上，诸如首尾循环结构，至今是流行音乐普遍使用的手段，而相同或者近似旋律的反复，更是一个乐段的基本构建原则。若我们观察痖弦的诗作，会发现他大量使用不同形式的重复，比如字音、字词、词组、句式、意象等，这些重复甚至已经变成其诗歌的一条重要的结构原则。比如《红玉米》（前二节）：

宣统那年的风吹着
吹着那串红玉米

它就在屋檐下
挂着
好像整个北方

---

[1] 痖弦：《中国新诗研究》，台北：洪范书店，1982年，第53页。
[2] Laurence Perrine, *Sound and Sense: An Introduction to Poetry*, New York: Harcourt, Brace Jovanovich, 1982, p.155.

整个北方的忧郁

　　都挂在那儿[1]

如果单独地看这首诗歌的每一行，是看不出它们有什么韵律感的。但是通读下来，能感觉到一种流动的韵律感萦绕其中。如果说韵律感实际上是对同一性的追求的话，那么这里的韵律则可以说是一种"流动的同一性"，它们与格律诗中那种相对固定的同一性有别。实际上，这两节诗是靠两个动词的重复"结构"起来的，分别是"吹"和"挂"。两者萦绕于整首诗，后面又不断出现，比如第6节：

　　"就是那种红玉米/挂着，久久地/在屋檐底下/宣统那年的风吹着"，还有最后一节："犹似现在/我已老迈/在记忆的屋檐下/红玉米挂着/一九五八年的风吹着/红玉米挂着"。[2]

词语反复摆荡于现实与记忆之间，给人以余音绕梁三日不绝之感。对于痖弦诗歌而言，重复之意义不仅在于给文本提供结构和秩序，更在于有了这重"秩序"，就有了进一步立体化与复杂化的可能。第二节先写红玉米挂在屋檐下，紧接着就笔锋一转，说："好像整个北方/整个北方的忧郁/都挂在那儿"，这里视角骤然放大，从"红玉米"到"整个北方"，而且从具象的"红玉米"一步就迈入抽象的"北方

1　痖弦：《痖弦诗集》，台北：洪范书店，2010年，第56页。
2　痖弦：《痖弦诗集》，台北：洪范书店，2010年，第56页。

的忧郁"，这一切都是在三行十八个字之内瞬间完成的，令人叹服。比照之下，第二个"挂"字显得不同凡响。若我们说："这让我想起了整个北方/和整个北方的忧郁"，这种比照就感觉不到了。与二三十年代郭沫若、戴望舒大部分作品里的那些简单重复或者排比堆砌不同的是，痖弦诗歌的重复暗含着剧烈的跌宕和跳跃，这正是其诗艺中关键的一个特点，它解除了重复排比给读者带来的厌倦与疲惫感，让读者对眼前发生的事情保持持续的关注。

在很多时候，痖弦诗歌中重复与韵律结构的使用甚至到了违背日常的语言习惯乃至语法的程度，实际上，这不仅是古典诗歌中经常出现的情况，[1] 也是包括当下的流行歌曲在内的歌词创作中经常有的情况。[2] 比如《如歌的行板》：

温柔之必要

肯定之必要

一点点酒和木樨花之必要

正正经经看一名女子走过之必要

君非海明威此一起码认识之必要

欧战，雨，加农炮，天气与红十字会之必要

散步之必要

溜狗之必要

薄荷茶之必要

---

[1] 赵敏俐：《中国早期诗歌体式生成原理》，《文学评论》，2017年第6期。
[2] 如方文山作词的周杰伦歌曲、唐映枫作词的陈鸿宇歌曲，都有很多类似的现象。

> 每晚七点钟自证券交易所彼端
>
> 草一般飘起来的谣言之必要。 ……[1]

这种"之必要"结尾的句式几乎统治了整首诗歌,而且很多"之必要"句让人看了有啼笑皆非的感觉,比如"正正经经看一名女子走过之必要""懒洋洋之必要"等。这些"之必要"在细读之下,其实是完全不必要的,这一反讽背后流露的是对琐碎日常生活的无奈与绝望。实际上,若没有"之必要"这个简单"暴力"的韵律装置的使用,整首诗歌就成了一团乱麻了——这首诗歌的优点恰好在于它的语言"暴力"。这种"暴力"地折腾语言的风格也让笔者想起了另一个同样讲究"音乐性"的当代诗人多多的作品。另外,痖弦与多多都有较强的超现实主义风格倾向,他们之所以如此重视诗歌音乐性的营造,原因之一在于,超现实主义诗人所打破的不仅是意象的现实性,也是词语的现实性,因而句与句、词与词之间的联系就变得相当松散或者跳跃,这时诗人就需要一根"纽带"来把这些看起来凌乱的部分"连接"起来,这根纽带就是音乐结构。

但是,痖弦与多多诗歌中韵律结构的运用与诗歌的语义、语法保持着一种紧张的关系,两者似乎在相互反对,又在反对中构成一个整体,它们不停地在制造期待与突破期待的矛盾中推进,类似于叙事文学和电影中的情节推动的模式。这其实是现代诗歌与歌曲或者民谣之间不得不承

---

[1] 痖弦:《痖弦诗集》,台北:洪范书店,2010 年,第 194—195 页。

认的一个分野；如果说大部分民谣或者歌曲中的韵律结构是为了满足听众的期待的话，那么诸如痖弦与多多这些较有现代气息的诗歌则更多的是为了在期待之后突破期待，是一种"惊警的（韵律）诗学"。这种差别来源于诗歌和歌曲不同的传达和接受方式。歌曲、民谣是用来唱和听的，或者是用来吟诵、口耳相传的，这种路径不能容纳太多的多义性和思维上的跳跃性。而诗歌既是用来朗读的，也是用来阅读的（而且其分量越来越大），前者要求一定的音乐性，而后者要求具有一定的多义性乃至"悬念"，可供读者反复玩味，一时不明白还可以停下来继续思考。正因为如此，艾青说："歌是比诗更属于听觉的；诗比歌的容量更大，也更深沉。"[1] 这就是为什么包括民谣在内的各种传统韵律形式需要被新诗所吸纳，又需要进行"诗化"改造。归根结底，现代诗歌是一种阅读与朗读的综合艺术。

三、流动的"感觉"与变动的"时间"

前文我们从重复与韵律结构的角度讨论了痖弦诗歌与歌和音乐之间的"亲缘性"，这可以说是两者之间在结构上的相似，不过，这一点还不足以说明诗歌与音乐的统一性。应该看到，诗歌中的"音乐性"并不同于音乐中的"音乐性"，诗歌中并不存在严格意义上的音乐旋律以及对位和声等形式。韦勒克、沃伦在其《文学理论》中甚至认为，"音

---

[1] 艾青：《诗论》，收入《艾青全集》，第三卷，石家庄：花山文艺出版社，1991年，第24页。

乐性"这个概念在诗歌中是不成立的,"实际上,二者之间存在相当大的差异,讲出的一句话调子抑扬起伏,音高在迅速变化,而一个音乐旋律的音高则是稳定的,间隙是明确的","浪漫派与象征派诗人竭力要将诗歌与歌曲和音乐等同起来,这样的做法只不过是一个隐喻而已,因为诗在变化性、明晰性以及纯声音的组合模式方面都不能与音乐相抗衡"。[1] 笔者同意韦勒克等人的看法,即从物理(声学)角度来说,诗歌的语声与音乐差异甚大;而且也同意他们关于研究节奏的建议,即不能"完全脱离意义去分析声音"[2]。不过,诗歌的"音乐性"也并非一个牵强的隐喻,它背后包含着对于诗与音乐之间在本质上的趋同关系的体认,"诗歌"这个名称同样也暗含着这种体认。然而,这种本质上的趋同关系究竟是如何具体体现的,一直被当作一个"理所当然"的问题,或存而不论,或顾左右而言他,语焉不详。

在我们看来,探索"音乐性"这个"隐喻"如何在诗(学)中立足是一个有真正意义的诗律学问题,也是对杨牧关于痖弦诗歌的"音乐成份"观点的一个回应。要解开这个问题的症结,必须从"时间"这个概念入手。时间是音乐的本质维度,因其曲调与旋律只在时间中行进;而绘画与建筑艺术的本质维度则是空间。这本是常识,无须敷述。当然,诗歌与音乐都以"声音"工作,而声音自然是有时间性的。问题在于,一切文学艺术的语言都有"声音"的

---

[1] 韦勒克、沃伦:《文学理论》,刘象愚等译,北京:文化艺术出版社,2010年,第169—170页。

[2] 韦勒克、沃伦:《文学理论》,第168页。

面相（从理论上说），那么，诗歌声音为何可以称为"音乐性"呢？这个问题还必须回到节奏这个老问题上。过去大部分学者对于节奏的定义，强调的是周期性的复现或者"波动"，[1] 但是正如韦勒克等所认识到的，这种认知"显然将节奏与格律视为一体，因而必然导致否定'散文节奏'的观点，把散文节奏视作与之相矛盾的，或者视作一种比喻"[2]。在我们看来，格律固然包含着一种典型的对时间的认知，即周期性，但这并不是语言之时间性的唯一认知，在周期性之外，还包含着非常丰富的"时间性"。节奏除了规律性、同一性面相（即韵律）之外；还有非规律性、差异性的面相，即具体的高低、起伏、停顿，这些特征甚至在每一行诗中的表现都是各有不同的，因此需要一种更宽泛、全面的节奏定义。

唐代孔颖达在《礼记·乐记》中曾这样给"节奏"作"疏"："节奏，谓或作或止，作则奏之，止则节之。言声音之内，或曲或直，或繁或瘠，或廉或肉，或节或奏，随分而作，以会其宜。"[3] 实际上，古人已经很清楚地认识到"节奏"所描述的声音之丰富与多变，还用"曲""直""繁""瘠"等具象化的词语来形容它——这也启发了后文提出的"具象节奏"概念——而绝非只是整齐的模式。诗人帕斯将节奏（rhythm）定义为一种"具体的时间性"，以

---

[1] 如雅各布森，中国的朱光潜、陈本益，相关讨论详见本书第二编第一章。
[2] 韦勒克、沃伦：《文学理论》，刘象愚等译，北京：文化艺术出版社，2010年，第175页。
[3] （汉）郑玄注，（唐）孔颖达正义，吕友仁整理：《礼记正义》，中册，上海：上海古籍出版社，2008年，第1559页。

区别于格律中那种抽象的、模式化的时间性,[1] 他也认识到节奏是一种具体的声响特征。因此,节奏是语言元素在时间中的具体分布情况,它就是语言之时间性的具体化。"节奏"与时间性的联系是本质性的,在节奏意识的背后,是人们的时间意识。传统诗律学中所强调的种种周期性的重复、对称,固然暗含着一种典型的"时间意识",不过,在现代诗歌中,周期性与固定模式的瓦解已然是世界性的趋势,时间已变成"变动的时间",或"流动的时间",甚至其重复与同一性因素,也是"流动的"(参见本书第二编第一章)。痖弦诗歌的节奏就鲜明地体现出节奏的变动性与具体性,并将其充分利用。比如《远洋感觉》,就善于以变动的节奏捕捉变动的"感觉":

哗变的海举起白旗
茫茫的天边线直立,倒垂
风雨里海鸥凄啼着
掠过船首神像的盲睛
(它们的翅膀总是湿的,咸的)

晕眩藏于舱厅的食盘
藏于菠萝蜜和鲟鱼
藏于女性旅客褪色的口唇

---

[1] Octavio Paz, *The Bow and the Lyre*, R. L. C. Simms, trans. Austin: University of Texas Press, 1987, pp. 49–58.

时间
钟摆。秋千
木马。摇篮
时间

脑浆的流动,颠倒
搅动一些双脚接触泥土时代的残忆
残忆,残忆的流动和颠倒[1]

这里写的显然是在海上晕船的感觉。第二节第三行是"藏于……"的平行排比句式,"晕眩"已渐有弥漫之势,从"食盘"漫上"褪色的口唇"。而第三节变成了对称性摆动的节奏,"钟摆。秋千"与"木马。摇篮"各自对称,而前后首行和末行的"时间"又形成一组对称。第二、三行全是由一个名词单独成句,这些孤悬于空中摆荡的名词,通过对称性的节奏,尽写行船中的摆荡之感。这不仅令人联想到"钟摆"等摆荡之物,甚至感觉连"时间"也开始"摆荡"起来了,让人觉得度日如年。到了第四节,节奏模式又为之一变。从上一节的对称摆荡变成了颠倒循环。"脑浆的流动,颠倒"已让人无法忍受,而这节中的三行本是一个整句,到第三行居然主谓颠倒循环,成了"残忆,残忆的流动和颠倒",连"残忆"也颠倒了;而且此中"残忆,残忆"的停顿与复沓,仿佛人呕吐前的一声哀叹,可谓"苟延残喘"!可见,这里通过巧妙的节奏变化,从平行

---

[1] 痖弦:《痖弦诗集》,台北:洪范书店,2010年,第70—71页。

重复到对称摆荡再到颠倒循环，把晕眩的逐渐发展写得入木三分，登峰造极。此中的节奏虽然也要依靠过去的重复、对称、排比等形式，但被运用得极其灵活多变，体现出鲜活的具体性。

  痖弦的诗歌节奏让我们想起了二十世纪自由诗的开创者之一庞德的"绝对节奏"（absolute rhythm），即"与想要表达的情感或者情感的影子精确地相互呼应"的节奏。[1] 实际上，二十世纪初英美自由诗变革的一个根本缘由，就是想追求一种更为灵活，也更为贴近诗歌表达内容的节奏形式。对于痖弦而言，如何精密以节奏的方式表现"感觉"，是其诗艺的一个核心，即"从感觉出发"[2]。由于"感觉"是千变万化的，因而节奏也不可能是完全整一化的格律式节奏，而是随着情绪与感觉的需要不断变化、发展的。从整个世界诗歌的发展历史来看，这种企图精确地描述具体情感的节奏趋势之所以变得可能，跟现代诗歌的主要表现与传达形式——书面形式——有着颇为密切而又悖论性的联系。应该看到，紧接着庞德、艾略特的自由诗变革，就有威廉斯（William Carlos Williams）等人的"具象诗"（concrete poetry）运动，即以诗歌的书面形式、视觉上的

---

[1] Ezra Pound, *Literary Essays*, T. S. Eliot, ed. New York: New Directions, 1968, p. 9.

[2] "从感觉出发"是痖弦一首诗的名字，也是其诗集第七卷的名字，此外，他还曾提出："一首不可解的诗并不一定是首坏诗，除非它是不可感的。"（痖弦：《中国新诗研究》，台北：洪范书店，1982年，第47页）

排列效果来表现特定的意涵,[1] 这种方式实际上对六十年代之后的台湾诗坛也有着深刻的影响,但痖弦诗歌总体上止步于诗歌由听觉转入视觉的边界线上——这是微妙而又关键的区别。来看《那不勒斯——1943年所见》一诗前4节:[2]

> 被钢铁肢解了的,这城市中
> 一些石膏做成的女子
> 不知为什么,她们
> 总爱那样
> 微笑
> 甚至整个前额陷在
> 刺藦与瓦砾之间
>
> 而当长长的画廊外,
> 长春藤失去最后的防卫
> 在重磅烧夷弹的
> 　火焰树的尖梢
> 　　天使们,惊呼而且
> 飞起

---

[1] "具象诗"或者"视觉韵律"(visual prosody)其实在西方有着悠久的历史,只是到了二十世纪才变成一场诗歌运动,参见 John Hollander, *Vision and Resonance: Tow Senses of Poetic Form*, New York: Oxford University Press, 1975, pp.245-287。
[2] 痖弦:《痖弦诗集》,台北:洪范书店,2010年,第120—122页。

蜥蜴一般

外国兵士使流行的言语变色

有时候整个意大利

在尼古拉市场的清晨

为一罐青豆而争吵

孩子们，很多

没有姓氏

嬉栽于轰炸后的街道上

似一株茶梨树

在圣玛丽亚的椅子下面生长

也发芽，也开看起来很苦的花

但不知为谁种植

让我们从右开始从头读这首诗。前五行诗行长度逐渐收缩，节奏也放缓，我们的目光逐渐由整体上的"城市"聚焦到"女子"的脸部表情（"微笑"），但是从第 6—7 行陡然换了一个节奏形式（以空出首格的形式排列），句首的"甚至"这两个急促的去声字也暗示着情绪的转折。画面也突然一转，告诉我们这个"女子"的脸部是陷在一堆废墟之中！这里的节奏与画面转变颇似悬疑电影中的画面突变，同样让人疑窦丛生：微笑的女子的"前额"怎么会陷在废墟之中？读到后面的战火描述以及"圣玛丽亚"，我们才恍然这些"石膏做成的女子"原来是毁于战火的圣母像。"甚至"领起的两行陡然一转的节奏实际上也隐含着诗人看到被凌夷的圣母像的心理波澜。再看这首诗的第 4 节，"没有姓

第二章　痖弦与现代诗歌的"音乐性"　463

氏"的"孩子们"委婉地暗示战争中妇女被士兵凌辱奸淫的现象，这些孩子在后来又成了一种耻辱且尴尬的存在，就像种子不经意地飘洒在毁坏的圣母像座椅下长出的"茶梨树"一般。实际上，首行的分行就很微妙，在"很多"一词后分行，仿佛在说一件难于启齿的事情时流露出的那种迟疑与停顿，若写成"孩子们，很多没有姓氏"，就体现不出这种语气与节奏了。再看最后两行："也发芽，也开看起来很苦的花"中"也"字的复叠带有隐隐的无奈，这些孩子虽然被视作"野种"，可是也和其他孩子一样纯洁无瑕，令人同情。而最后一行行前空两格，节奏又一顿，话锋一转："但不知为谁种植"，仿佛一声悲哀的叹息。

可见，痖弦诗歌中书面形式的安排（包括分行、空格、标点）与前文的各种韵律结构一样，也与语言中具体的节奏进程（快慢、行止、转折等）有着微妙的直接联系，仿佛乐谱与乐曲的关系一样。当然，我们也必须承认，有少部分形式的安排，其实与语音上的节奏关系已经不太密切了，而更接近"具象诗"。比如第二节的"天使们，惊呼而且／飞起"中的"飞起"，在竖排形式之下就仿佛在模拟"天使"由低向高的"飞起"之状。不过，这样的现象在痖弦诗歌中并不多。在大部分情况下，痖弦诗歌中的书面形式与诗歌声音的关系，仿佛电影的画面与台词、配乐的关系一般，相互配合形成一个紧密的整体。不妨借用"具象诗"（concrete poetry）的名称，将这种以视觉形式辅助形成的节奏称之为"具象节奏"（concrete rhythm），这也呼应了帕斯对"节奏"的认识，即"具体的时间性"。

虽然现代诗"歌"需要构建自身的"音乐性"，然而这一时间性的艺术又必须得通过空间性的文字排列来最后传达与实现,这是其中的悖论之处。但是,这里绝非在宣扬诗歌写作的视觉化。实际上,痖弦这些以书面形式"模仿"声音节奏的作品与后来台湾诗坛流行的"具象诗"写作是有着微妙而本质性的区别的。痖弦的"具象节奏"并没有脱离语言的时间性,相反是对其时间性的一种模拟:模拟语言在时间中行进的过程,即人是逐字逐句、一行一行地向前读的。这就与后来的具象诗有根本区别了。试拿上面的这些作品与洛夫的《长恨歌》(第四章)、陈黎的《战争交响曲》或者白荻的《流浪者》对比,便可见分晓:

    望着远方的云的一株丝杉
     远方的云的一株丝杉
      一株丝杉
       丝杉
        在
        地
        平
        线
        上
      一株丝杉
       在
       地
       平
       线
       上

第二章 痖弦与现代诗歌的"音乐性"

  他的影子,细小。 他的影子,细小
  他已忘却了他的名字,忘却了他的名字。 只
  站着。   只站着。 孤独
   地站着。 站着。 站着
    站着
    向东方。

   孤单的一株丝杉。[1]
       ——白荻 《流浪者》

  这些诗歌的形式排列也有其自身的暗示与意涵,比如上面第一节的诗形实际上是在模仿"丝杉"站在地平线上望云的形貌,而最后一节单独成句则是在暗示它的孤独。其实,这些形式是很难体现出节奏的起伏高低的。而且,我们并不需要逐字逐句地"读"完每个字,而是整片整片地"看"诗,也正因为如此,我们把"具象诗"看作一种逾越文体边界的跨界艺术,而不再是"诗歌",其时间性已经不明显了。这些具象诗很难与语言活生生的实际发声结合在一起,因此读诗往往变成了看诗乃至"想诗"。

  应该记得,汉语新诗的诞生本身就有自觉地回到语言的实际节奏的目的,胡适的"自然音节"倡导就是这种追求的结果。若自由体的形式安排反而脱离了与语言实际节奏的联系,那么就与原来的出发点背道而驰了。但是,从

---

[1] 洪子城、奚密等编选:《百年新诗选》,上册,北京:生活·读书·新知三联书店,2015年,第414—415页。洛夫的《长恨歌》、陈黎的《战争交响曲》亦可见于此书,限于篇幅,此不讨论。

另一方面来说，现代诗歌很难完全摆脱视觉因素，就连分行，也是一种视觉手段，而且基本上是与现代诗如影相随的手段（中国古典诗歌在印刷上其实是不需要分行排列的，往往是句与句之间首尾相接排版）。考虑到以上两方面，痖弦这种以视觉手段辅助的"具象节奏"的独特意义就凸现出来了。痖弦的诗之所以依然能被称为"诗歌"，是因为它们是以时间性为中心的，包括书面形式的安排。他对语言之时间性的敏感甚至要高于很多看起来有"韵律"的诗人。在很多时候，他往往有意"展示"语言在时间中展开的过程，仿佛要给语言的行进本身"放慢动作"一样，比如前文第二节讨论过的《庙》的第二节：

顿觉这是中国，中国底旷野。

在这个"慢镜头"下，诗句的丰富意义展现了出来：上半句"顿觉这是中国"在暗示着"中国"是一个基督教之外的"异文化"，而下半句"中国底旷野"则是在形容这种文化上的荒芜感。语言的声音与意义像一个俄罗斯套娃一样，在时间的进行中一层一层地展现出来。在短短的一行之内，就有着语气与节奏上的曲折变化。回头看前文所讨论的《乞丐》中的两句：

与乎藏在牙齿的城堞中的那些
　　那些杀戮的欲望

在跨行和空格后陡然出现的"那些杀戮的欲望"带有一种

惊悚效果：让读者猝不及防地遭遇到人性之恶。之所以在"那些"一词后跨行且在下行复沓，实际上也在暗示说出"杀戮的欲望"前的迟疑。此诗的最后二句"以及我的棘杖会不会开花/ 开花以后又怎样"其实也运用了同样的手法。可见，在痖弦的诗歌中，分行、空格的使用与乐谱中的休止符颇为相似，两者都是一种标示时间性的方式。而下面这首《故某省长》，则让人想起音乐中比例的设置问题：

钟鸣七句时他的前额和崇高突然宣告崩溃
在由医生那里借来的夜中
在他悲哀而富贵的皮肤底下——

合唱终止。[1]

这首写"某省长"去世的诗歌是颇具反讽性的，前三行的措辞已经流露出这种意味。最微妙的是最后一句"合唱终止"。这句诗本来可以和上一行合并为一行，却被"暴力"地分到了最后一节，与前面三行长句对比之下，在视觉上显得形单影只，而在节奏声响上则有戛然而止之感。这既暗示着这首诗歌"合唱"的"终止"，也暗示着"某省长"生命之歌的"终止"，可谓曲终人"丧"，双重反讽。

从这些诗作可以看出痖弦诗歌之时间性的关键，即语词（"内容"）出现的时间顺序乃至具体的"时间点"都是相当重要的节奏因素，而且可以构成诗歌"意涵"

---

[1] 痖弦：《痖弦诗集》，台北：洪范书店，2010 年，第 146 页。

（signification）的一部分——诗歌不是抽象、干瘪的"意思"（meaning）的堆积，它的言说方式本身（即节奏开展过程）就是"意涵"之一部分。而这一点，同样也是音乐的本性和长处。不管是诗歌节奏还是音乐旋律，都要求我们对声音之进行过程予以足够的关注，就像舞蹈动作一样，本身就是艺术欣赏的对象。从本质上说，正是在让声音本身——当然是包含着意义的声音——成为语言的目的这个意义上，诗歌与音乐才获得了本质上的同一性，这也是谈论现代诗歌的"音乐性"的真正意义。

从前文对痖弦诗歌的讨论中可以看到，新诗中的"诗"与"歌"（音乐性）的关系问题涉及声音与语义、阅读与诵读、视觉与听觉等多方面的复杂关系，也关系到整个新诗的本质与未来的发展方向。这并不是简单的评判或者号召就能迅速解决的问题；而是要充分地立足于百年来新诗写作的成功经验与失败教训，深入诗人写作的"内核"中去，去分析其"不得不如此"的缘由。鉴于诗与歌的传播和接受方式并不完全一样，对于新诗而言，"诗"与"歌"的结合并不能停留于表面上的形式挪用，而更多从结构与本质的方面考虑。从根源上来说，现代诗歌已经是一种朗读和阅读的综合艺术，诗歌中的"音乐性"的营造要综合考虑两方面的因素。痖弦诗歌的典范性在于，它敏锐地捕捉到语言的实际节奏，并以"流动的同一性"给语言带来韵律，还能保持丰富的悬念和张力。而且，他在使用书面形式表达节奏特征上，也有相当的创造性，以"具象节奏"来为声音"赋形"，既适宜朗读，也适宜阅读。由痖弦的诗歌可以看出，现代诗歌不仅在吸纳民谣、歌曲的节奏因素，也在努力创造适宜自身条件的独特形式,由此定义一种"新诗歌"。在我们看来,这条路径是新诗音乐性有实绩,也有前景的方向。

第三章　昌耀诗歌的"声音"与新诗节奏之本质

在昌耀逝世的十余年间，他已经被追认为新诗史上的"大诗人"——和其他没有在生前得到充分肯定的诗人一样。[1] 不过，关于其诗歌的节奏或者"声音"，一直存在争议。早在 1985 年，刘湛秋就在为《昌耀抒情诗集》写的序言中提出："我们也可以说昌耀的诗偏于散文化，太不讲究形式上的韵律，或者在内容和角度上有些什么……"[2] 若我们以有关"韵律"的一般认知来丈量昌耀作品，确实很容易得到昌耀诗歌缺少"音乐性"和"形式感"的印象：昌耀诗歌往往长短不齐，诗行经常长到难以卒读，也很少押韵，很难看出与散文有什么区别。无怪乎有研究者认为："他的诗歌与散文的边界往往是模糊的，其音乐性是不太和

---

[1] 早在 1988 年，骆一禾、张玞就指出，"昌耀是中国新诗运动中的一位大诗人"，不过，他们也注意到当时"关于他的评论和研究也极为稀少"（《太阳说：来，朝前走》，原载《西藏文学》，1988 年第 5 期，收入《命运之书》，西宁：青海人民出版社，1994 年，第 357 页）。昌耀的地位得到普遍的承认是在其逝世之后。

[2] 刘湛秋：《他在荒原上默默闪光——〈昌耀抒情诗集〉序》，《文学评论》，1985 年第 6 期，第 64 页。

谐的。""昌耀诗歌的语调往往是单调的,结构形式也往往是呆板的排比式……艾青所说的'平庸的叙述、芜杂、过分的散文化'在昌耀诗歌中并不少见。"[1] 如果这个判断能够成立的话,那么昌耀作为一个"大诗人"的地位就颇为可疑了。很难想象一个"大诗人"居然在诗歌的核心质地——声音或者节奏——上有偌大缺陷。如果在节奏上如此可疑的诗人被尊为典范,那岂不意味着作为一个整体的新诗之节奏与形式也相当可疑?有论者认为:"中国新诗大多不可吟、诵、歌,连'读'也很困难,得用啃、嗑、咬、嗑、嚼诸如此类凶狠的动词方可勉强对付!"而他举出的"典型例证"便是昌耀。[2] 因此,这不仅是一个昌耀个人成就的评价问题,而且是如何看待整个新诗节奏的本质问题。不独昌耀,新诗作为一个整体也经常被视作"散文化"且缺乏"音乐性"。

颇为遗憾的是,即便那些高度赞赏昌耀诗歌的诗人与评论家,也或直接或委婉地承认昌耀诗歌声音的"缺陷"。比如燎原在其《昌耀评传》中认为:"他在这里〔青藏高原〕读出了一种沉重的、滞涩的、古奥的、佶屈聱牙、块垒峥嵘的语言和文体。""它们叙事的不流畅,以及语言的滞涩感,犹如矿石群在山体内的憋闷崛动。"[3] 而敬文东则把昌耀的诗歌声音与其"口吃者"的个人习惯联系起来,

---

[1] 胡少卿:《评价昌耀诗歌的三个误区》,《中国现代文学研究丛刊》,2017年第1期,第124、125页。
[2] 刘家魁:《缺失四分之三的新诗》,《星星》诗刊,2001年12期。
[3] 燎原:《昌耀评传》,北京:人民文学出版社,2008年,第271页。

认为其诗歌"结结巴巴地,说出一个朴素而拗口的真理"[1]。问题在于,昌耀从未否定过诗歌音乐的重要性,他曾这样述说自己的诗观:"诗,不是可厌可鄙的说教,而是催人泪下的音乐,让人在这种乐音的浸润中悄然感化,悄然超脱、再超脱。"[2] 难道昌耀所呈现的"音乐",就只是口吃者的"结结巴巴"与"诘屈聱牙"?诗人陈东东也认为昌耀诗歌"时而聱牙,硬语盘空",但他的观察值得注意:"而昌耀善将古语词羼入,造就疙瘩滞涩扭结的诗章,则也有着认同新诗语言并不追求(实为否决)相对于散文的、需要严守某些他律规则的韵文,从而独创其诗歌音乐之自律。"[3] 虽然陈东东没有对昌耀"诗歌音乐"作具体分析,但他的观察体现出难得的敏感与同情,可谓"以诗心会诗心";而且,他关于诗歌音乐之"自律"的判断也超越了过去那种将韵律与"散文化"狭隘地对立的视角,而触及昌耀乃至新诗整体上的形式本质问题。本章的问题在于,昌耀诗歌声音之"自律"究竟是如何"自律"的?他是否只写"诘屈聱牙"之作?还有,他的所谓"疙瘩滞涩"之作的内在动机何在,如何评价?进一步说,昌耀诗歌的声音特质与新诗节奏之整体特质和走向有何关联?

---

[1] 敬文东:《对一个口吃者的精神分析——诗人昌耀论》,《南方文坛》,2000年第4期,第53页。

[2] 昌耀:《与梅卓小姐一同释读〈幸运神远离〉》,《作家》,1999年第1期,第86页。

[3] 陈东东:《斯人昌耀》,《我们时代的诗人》,上海:东方出版中心,2017年,第46页。

一、昌耀的"韵语"

若我们全面审视昌耀的诗作，不难发现，尽管昌耀作品确实有不少所谓"滞涩"的作品，但是，较有韵律感和"音乐性"的作品也不在少数。那些长短不齐，也很少押韵的昌耀诗作，有何韵律可言呢？因此，在我们适当地评价昌耀诗歌的"韵语"之前，需要重新审视新诗评论中关于"韵律"以及"散文化"的一些流行见解。至今依然流行的一种见解是，韵律的形成需要整齐的诗行和押韵，否则便是所谓的"散文化"。前述关于昌耀诗歌"散文化"的观点，就是依着这种标准来评判的。但是，这种标准本身就是新诗史上传播最广泛的偏见之一。这种偏见既与人们对于古典诗歌形式的体认有关，也与近百年来新诗的"格律"运动有关。包括闻一多、饶孟侃、罗念生、孙大雨、林庚、何其芳等一大批的学者和诗人所推动的新诗"格律"或者"音节"讨论，虽则理论线索和方案各有区别，但在总体上将新诗韵律建设的方案局限在如何以数量相同的节奏单位——或称为"音尺""音组"，或称为"顿"——来构建"格律"，最后落到实处的方案不外乎整齐或大体整齐的建行方式，却忽略了现代汉语的语句长度有着顽固的拒绝整齐砍削的本性，所以真正拿出来的有效典范并不多；而且这些讨论在很大程度上忽略了"齐整"也只是韵文与韵律的片面视觉特征，而非必要前提；另外，还有相当部分诗人与学者习惯于将"节奏"与"格律"以及"韵律"混为一谈。

在本书第一编中我们已经讨论过这些论点，这里只想说一点事实,那就是,过去旧诗中齐整的形式也是在历史中逐渐凝成的,在汉语诗歌发展初期乃至格律兴盛之期,都有不"齐整"的韵文形式,早期的《诗经》《楚辞》,唐宋以来的词、曲,其语句都未必如同五言、七言那样齐整,甚至未必有"分行"这一概念。而其韵律构建的核心手段,乃是重复与对称。实际上,在各种语言诗歌发展的早期阶段,尤其是在格律定型之前的阶段,诗歌形式的核心都是重复与排比。我们不妨以一种"大韵律观"或者"大韵文观"来看古典文学中韵律的普遍存在问题:除了诗、词、曲等人们习惯于放入"韵文"的体裁之外,在那些句式长短不一,也完全不"分行"的体裁中,比如赋、骈文乃至八股文中,韵律感也相当明显。从"重复—韵律"的角度,我们得以理解为何排比、对偶这些手法在古典文学中如此普遍,而对仗甚至进入律诗的规范之中。在某种意义上,可以将赋、骈这些体裁和《诗经》《楚辞》一起,视作汉语韵文中的"自由诗"——如果我们不把"自由诗"与"韵律"狭隘地对立起来的话——而且是韵律密度相当高的"自由诗"。

如果把"韵律"的视野放宽,就会在现代诗中发现一些跨越历史的惊人的相似——"韵律"与"韵文"从未远离我们。比如昌耀的《一片芳草》:

> 我们商定不触痛往事,
> 只作寒暄。 只赏芳草。
> 因此其余都是遗迹。
> 时光不再变作花粉。

飞蛾不必点燃烛泪。

无需阳关寻度。

没有饿马摇铃。

属于即刻

惟是一片芳草无穷碧。

其余都是故道。

其余都是乡井。[1]

和上文的两篇赋一样，此诗也大量使用对句和偶句，如第 2 行、第 4—5 行、第 6—7 行、第 10—11 行。这些对偶句语言凝练，圆融地化用了古典意象与语词，又不损害现代汉语的语感，可以说是现代汉语使用对偶结构的成功范例。另外，"无需阳关寻度"与"没有饿马摇铃"两句之间，平仄大体相对（尤其两者的第 2、4、6 字上），抑扬顿挫，极有层次感。与海子的名句"面朝大海，春暖花开"一样，是新诗运用平仄对仗的典范——尽管后者在新诗中已经很难得到广泛的使用和接受了。此诗的节奏井然有序，又有灵活的变化，在节奏的行止起伏之间，暗含着丰富的言外之意，在极其克制中又跌宕起伏、暗流汹涌。与古典文学那些经典作品相比，毫不逊色。

昌耀诗歌对于古典诗歌的语言、节奏有着高超的把握，又在节奏的丰富变化中显出敏锐的现代意识，即对语言的时间进程的微妙掌控。这与他对古典诗歌的悉心揣摩是分

---

[1] 昌耀：《昌耀诗文总集》（增编版），北京：作家出版社，2010 年，第 453 页。

不开的。在《月亮与少女》这样的"早期"作品中,[1] 就可以看到昌耀对《诗经》中的节奏方式的巧妙化用:"月亮月亮/幽幽空谷//少女少女/挽马徐行//长路长路/丹枫白露//路长路长/阴山之阳"[2]。词语的复沓、重章叠句的韵律结构,在昌耀的手中得心应手。有了这重古典的底色,昌耀又进一步化出种种样式繁多的韵律结构:

> 时光之马说快也快说迟也迟说去已去。
> 感觉平生痴念许多而今犹然无改不胜酸辛。
> 一年一度听檐沟水漏如注才又蓦然醒觉。
> 我好似听到临窗草长橘木返青美人蕉红。
> 夏虫在金井玉栏啼鸣不止。[3]
>
> ——《江湖远人》

这里的长句看起来颇为凌乱,读起来却有顿挫起伏的整饬节奏,何故?细细一读,可以发现这些诗行大体上是以一种四音节音组构成的,比如"时光之马｜说快也快｜说迟也迟｜说去已去。/感觉平生｜痴念许多｜而今｜犹然无改｜不胜酸辛"。昌耀的诗可能是令新诗的格律论者最意想

---

1 最近的研究表明,昌耀经常修改自己早期(1979年之前)的作品,有的修改幅度非常大,甚至相当于重写,而他1979年后的作品同样也经常进行修改。参见王清学、燎原:《昌耀旧作跨年代改写之解读》,《青海社会科学》,2008年第3期;燎原:《昌耀评传》,北京:人民文学出版社,2008年,第255—270页。慎重起见,最好将昌耀诗歌所署的日期理解为"初稿写成日期",尤其在对其诗歌形式的考察中,不宜轻易地以现有诗集中的最终版本来分析其历时性变迁。
2 昌耀:《昌耀诗文总集》(增编版),北京:作家出版社,2010年,第6页。
3 昌耀:《昌耀诗文总集》(增编版),北京:作家出版社,2010年,第457页。

不到的例子了：若对比新月派那些看起来诗行齐整，然而内部节奏并不齐整的"格律诗"，[1] 我们会发现这些诗行才是真正意义上的"格律诗"：因为它大体实现了节奏单位（音组或者顿）的时间长度的基本相等。不过，我们毋宁将这样的作品视为有韵律的自由诗，这是因为这些诗行也不全是四音节音组，而且诗人并没有将其作为一种硬性规定应用于所有诗行之中——这样反而显得过于呆板"滞涩"，相当于用四言体写现代诗。昌耀这些诗行在四音节音组与其他音组的结合中，更显示出其节奏的曲折性与丰富性，就像宋人偏爱的词的节奏。因此，自由诗的"自由"之真正含义在于，它并不排斥整齐节奏，只是不把它当作贯彻始终的硬性规范。马克·斯特兰德等人在其《诗的制作：诺顿诗歌形式汇编》中，把自由诗归入"开放形式"（open forms）类别中，他们指出"开放形式"实则与传统的诗歌形式有着深刻的联系和内在的连续性，并非对传统形式的任意摒弃，它作为诗歌形式的要义在于其连续性与未完成性。[2]

从这个视角出发，我们就可以更好地欣赏昌耀那些长短不齐的诗歌中的韵律，比如他的名作《高车》：

从地平线渐次隆起者

---

[1] 之所以不齐整，是因为那些诗行内部的顿的时长往往长短不一、错落分布，而且过多的虚词也影响了顿的整齐构建，参见本书第一编。

[2] Mark Strand & Eavan Boland, *The Making of a Poem: a Norton Anthology of Poetic Forms*, New York & London: W. W. Norton & Company, 2001, pp. 259–260.

是青海的高车。

从北斗星宫之侧悄然轧过者
是青海的高车。

而从岁月间摇撼着远去者
仍还是青海的高车呀。

高车的青海于我是威武的巨人。
青海的高车于我是巨人的轶诗。[1]

前三节都是同一句式的排比重复,即"从……者,是青海的高车"。用诗人、学者沃伊特的术语来说,这些重复标示出一个个"组块"(chunk),进一步构成了我们的韵律认知模式。[2] 这首诗前三节实际上就是三个"组块"。不过,三个诗节在重复中又有微妙的变化,画面由近及远,由小及大,渐趋开阔,而终及岁月久远。第三节与前两节相比,多了四个虚词"而""仍还……呀"。前两节是目光所见之"高车",而第三节的"高车"已超越了现在,直达历史深处,语气中多了一份慷慨激越与悲凉。再看第四节,其韵律显然与前三节之排比并列结构有所区别,而变成了一组相互对称的偶句。这种相互回环的偶句,让人想起《阿房宫赋》的末四句:"秦人不暇自哀,而后人哀之;后人哀之

---

[1] 昌耀:《昌耀诗文总集》(增编版),北京:作家出版社,2010年,第7页。
[2] E. B. Voigt, *The Art of Syntax: Rhythm of Thought, Rhythm of Song*, Minneapolis: Graywolf Press, 2009, p.11.

而不鉴之，亦使后人而复哀后人也。"两者都有很强的箴言性质：在语义上富于内在波折，在节奏上却又稳重平衡；作为结语，恰到好处。

研究古典韵文的学者观察到，包括《诗经》《楚辞》在内的诗歌以至赋与骈文等体裁，其措辞造句与形式构建往往是出于韵律的需要，有时甚至违背语法、语义规则。[1] 而《高车》最后两行其实也是这种以韵律造语的情况。为了与"青海的高车"相对，昌耀甚至生造了"高车的青海"这个几乎文义不通的偏正词组，这可以说是一个典型的在节奏上"明确"而在语义上"含混"的例子，它可以意指"高车所行走的青海"，也可以指"如高车一般的青海"，甚至是指"高车拥有的青海"。在我们看来，这个缩略表达恰好暗示着"高车"与"青海"的多重可能的关系，这正是诗歌语言朦胧多义与"少胜于多"的精彩演绎。

可见，昌耀绝非没有形式感和韵律的诗人，只是我们需要对韵律之本质重新理解。韵律，在我们看来，是语言元素的重复与对称，是节奏的同一性与规律性面相。语言中重复与对称的元素可以是某些音素、词语、词组、语法结构、句式、意象等，甚至也可以是语言的时间长度和间隙（音组），而未必以"整齐"为外貌，音乐同样如此。昌耀诗歌娴熟地运用了重复、排比、对称、偶句、回环等韵律结构，又有节奏上的灵活变化与现代敏感。若说昌耀诗歌"散文化"，又怎么解释他的作品居然有新诗韵律的典范之作这个事实呢？对分行、标点等细节都斟酌的昌耀，怎

---

[1] 赵敏俐：《中国早期诗歌体式生成原理》，《文学评论》，2017年第6期。

么能说是没有"形式感"的诗人呢？可见，学界更应该反思的是其自身的韵律认知模式和先入为主的假定，而不是用这些本身就可疑的假定去论断昌耀的诗歌。早在1988年，骆一禾、张玞在评价昌耀的文章中就提出，"重要的是中国诗学和批评出现了判断力上的毛病：看不清创造"[1]。可以说，这个问题在昌耀诗歌形式与声音的评价上是尤其突出的。

二、昌耀的"硬语"

当然，不能否认的是，昌耀诗歌确实有不少作品不太顺口，有时甚至是有意地造成盘空"硬语"。在我们知道昌耀其实也并非不能写顺口之"韵语"之后，这些"硬语"出现的原因和意义就值得细细琢磨了。正如很多学者已经注意到的那样，这些"硬语"之存在，与昌耀大量生造新词、改写古语的语言习惯有关。不过，我们强调的是，其语言之"滞涩"也与昌耀对节奏的强力"介入"有关，尤其是在对停顿与诗行长度的处理上。先来看停顿：

潜在的痛觉常是历史的悲凉。
然而承认历史远比面对未来轻松。
理解今人远比追悼古人痛楚。

---

[1] 骆一禾、张玞：《太阳说：来，朝前走》，原载《西藏文学》，1988年第5期，收入《命运之书》，第367页。

> 在古原骑车旅行我记起过许多优秀的死者。
> 我不语。 但信沉默是一杯独富滋补的饮料。[1]
> ——《在古原骑车旅行》

昌耀是一位极其注重诗行的停顿的诗人，有时甚至不惜以违背日常语言习惯乃至语法规则为代价。第二节首行是一个典型的"昌耀式长句"，其实若要读者读得"顺畅"，可以写成"在古原骑车旅行，我记起过许多优秀的死者"。在句中稍作停顿，可以让读者"换气"。而第二行"我不语"与后面的"但信……"其实是一个整句，有共同的主语"我"，按照语法规则应当在"我不语"后标逗号，而非句号。但这也恰是昌耀的匠心之所具。"我不语"一句与上一行长句相比，显得极短，而且骤然中止了节奏的进行。此中的句号，如同《一片芳草》中的"只作寒暄。只赏芳草"一样，暗示着沉默。因此，这里的"我不语"，是一个节奏上的鲜明的"手势"。试想：一个诗人若刚说完"我不语"，不到半秒就接着"语"，岂不讽刺？对于昌耀而言，"沉默是一杯独富滋补的饮料"，不管在生活中，还是在诗艺中，都是如此。因此，此处节奏的猝然中止可以说是昌耀诗歌中的沉默时刻的一个典型。[2] 关于沉默，作为"口吃者"的昌耀无疑是新诗中的沉默大师。

---

[1] 昌耀：《昌耀诗文总集》（增编版），北京：作家出版社，2010 年，第 451 页。
[2] 实际上，这种情况在昌耀诗歌中相当常见，比如："漾起的波光粼粼盈耳乃是作声水晶之昆虫。/无眠。琶音渐远。"（《圣桑〈天鹅〉》"远征。排箫还在吹。/远征，超越痛苦的遗产无论从舟车或飞船/都是一样痛苦"（《盘庚》），等等。

细想一下,《一片芳草》第二行的停顿的处理和此诗最后一行还有一个共同点:它们在语义、语法上要求读者连读、短停顿,而在标点上又暗示读者长停顿。在这一意义上,可以说此中包含了诗人、诗律学家哈特曼所谓的节奏"对位法"(counterpoint),即在一个节奏段落中包含两种相互冲突的节奏认知,两者构成一种"张力"(tension)。[1] 这也是为什么这样的诗行,如同跨行一样,经常让读者感到"纠结"乃至"不舒服",昌耀诗歌声音显得"疙瘩扭结"也与此相关。但是,从另一个角度说,矛盾的节奏认知也正是提高节奏之"自觉"的途径,它可以让读者有意无意地感觉到,此处很特别,且不说好坏,至少是诗人有意为之。而"自觉"与"自为",在我们看来,正是新诗节奏之本质。

　　因此,哪怕我们承认昌耀的诗歌声音是"滞涩"的,也不能指责它们是"散文化"的。因为昌耀对于节奏的处理,正是要求诗句与散文语言、日常语言的无意识的节奏行进方式拉开距离,凸显其独特性和陌生性。关于诗歌语言与散文语言的节奏差别,帕斯有言:"节奏自发地出现在一切语言形式中,但是只有在诗歌中才表现得最完美。"[2] 此处的"节奏",应理解为一种比"韵律"概念更宽泛的广义上的节奏概念,它是语言的时间性的具体形态。节奏在诗歌、散文乃至任何语言中都存在,只是在诗歌中"最完

---

[1] Charles O. Hartman, *Free Verse: An Essay on Prosody*, Evanston, IL.: Northwestern University Press, 1996, p.25.

[2] Octavio Paz, *The Bow and the Lyre*. R.L.C. Simms, trans. Austin: University of Texas Press, 1987, pp56-57.

美"。"完美"当然是一个褒义词,不过,考虑到自由诗盛行以来,诗歌中也出现了很多节奏上较失败的作品,我们不妨用一个黑格尔《逻辑学》中的术语来代替"完美"一词:自为(self-making)。节奏自发地出现在包括散文在内的一切语言形式中,只是在诗歌中才是"自为"的:其手段包括押韵、分行、停顿、诗行长度控制等方面。换言之,只要诗歌分行(主动控制语言的时间长度)——哪怕不整齐——就已经是诗歌在节奏上"有所为"了,当然这也可能变成一种失效的"任意妄为"。而诗歌形式从潜在到展开,并最终发展成为一种自足、完满的存在,则可以称为"自由"[1]。因此,诗歌节奏的特质在于,通过有意为之,让读者感受到诗歌中时间进程的独特性,实现一种"节奏自觉",从而与散文中节奏的无意识状态区别开来。

从"时间体验—节奏自觉"的角度出发,就可以对昌耀诗歌另一个备受争议,也最为"滞涩"的节奏特征——长句——有新的理解。观察昌耀的长句出现的机缘,《烈性冲刺》是一个很好的例子:

> 此时是生死存亡更见艰危的一段。
> 雷火电光又在树梢扫过了。
> 那形枯影瘦得落魄者永远是我:可憎的人。
> 现在火焰又在烧灼。 过后必信是洪水。 是大风。

---

[1] 关于"自由",黑格尔的话也对自由诗的形式问题颇有启发性:"自由正是精神在其他物中即在其自身中,是精神自己依赖自己,是精神自己规定自己。"(黑格尔:《逻辑学》,梁志学译,北京:人民出版社,2002年,第72页)

  我自当握管操瓢拼力呼叫拖出那一笔长长的捺儿。

  那是狂悖的物性对宿命的另一种抗拒。

——《烈性冲刺》[1]

  《烈性冲刺》和昌耀很多后期作品一样，带有很强的精神自白与诗艺自述的意味，可以称之为"元诗"。值得注意的是，这几行诗在精神的顶点（第5行），也使用了最长的诗句。读者若来通读这一行诗，恐怕会有一种拼尽全力的感觉：这个长句，恰好应合了此诗的标题，是一次名副其实的"烈性冲刺"。诗行气势的长度，与"拖出那一笔长长的捺儿"的长度对应。布罗茨基说："诗歌韵律本身就是精神强度，没有任何东西可以替代这些精神强度。""韵律的不同就是呼吸和心跳的不同。"[2] 虽然他谈的是格律诗，但对自由诗而言也同样如此。若改写成两句话"我自当握管操瓢，拼力呼叫拖出那一笔长长的捺儿"，又怎么会有这种一气呵成、飞流直下的畅快？因此，昌耀诗歌的节奏形式，尤其是诗行长度的安排，在很大程度上就是其精神气质的"赋形"。

  考察昌耀诗歌的修改与版本情况，可以发现昌耀在八九十年代屡屡将早期的较短的诗行改写成现在所呈现出来的长诗行。据王清学、燎原考证，1994年才收入昌耀诗集

---

1 昌耀：《昌耀诗文总集》（增编版），北京：作家出版社，2010年，第510页。

2 布罗茨基：《小于一》，黄灿然译，杭州：浙江文艺出版社，2014年，第118页。

《命运之书》的《水色朦胧的黄河晨渡》实际上是由1957年的旧稿《啊，黄河》改写而成，对比两个版本，可以发现两者的节奏有很大区别，比如《啊，黄河》中的这十行：

  这些黄河的少女，
  肌肤上，还散发着
  羊皮被子里
  热辣辣的温暖。
  她们轻挪着脚丫儿，
  小跑到岸边，
  一眼就认出了
  船上的情人，
  由不得唱几支
  撩人心肺的情歌。

在《命运之书》中被大幅凝缩为五行：

  那些黄河的少女撒开脚丫儿一路小跑，
  簇拥着聚在码头，她们的肩窝儿
  还散发着炕头热泥土的温暖味儿，
  一眼就认出了河上摇棹搬舵的情人，
  由不得唱一串撩人心肺的情歌。[1]

---

[1] 王清学、燎原：《昌耀旧作跨年代改写之解读》，《青海社会科学》，2008年第3期，第97页。

可以看出，原诗虽然更"顺口"，但是与同时代的抒情诗在节奏上并没有太明显的区别，而改作则开始带有明显的"昌耀风格"。实际上，这不仅仅是长度的变化问题，经过改写之后，语言更为凝练；而且，因为诗行长度的变化，朗读的节奏分段也必须有所变化，音节划分显然要比短诗行要长（否则根本无法一气读完），便有了很多前文所提到的"四音节音组"，比如"一路小跑""温暖味儿""摇棹搬舵"等。[1] 于是，诗句中平添几分庄重与厚重感，更富有成熟、稳重的中年气质。无独有偶，昌耀所敬仰的美国诗人惠特曼也经常在诗行（尤其是尾部）中安插多音节词语，诗行多了几分雄壮宏伟的节奏感。无怪乎 D. H. 劳伦斯说读惠特曼的诗行仿佛感觉到"一颗健壮的心脏的收缩和扩展"[2]。这句话用来形容昌耀的诗行也是合适的。

  昌耀诗歌中长句的普遍存在是昌耀在其诗艺发展中主动做出的艺术选择，目的在于寻找一种能与其精神强度相对应的诗歌形式，即陈东东所谓的"说出思想的形态"[3]。在八九十年代与新一代先锋诗人的竞争中，昌耀明显感受到了艺术上的压力与焦虑，因此对于早期那些带有过于明显的"时代烙印"的作品，也有了强大的改写的渴求，希冀在新的艺术竞争中"趔趄半步"（《僧人》），独创一种卓

---

[1] 这个问题在诗律学上很少被关注，即行内节奏段落的划分实际上不仅是由语义、语法决定的，还和诗行长度密切相关，即同样的话，在长句与短句中的停顿方式是不同的。

[2] Octavio Paz，*The Bow and the Lyre*，R. L. C. Simms，trans. Austin：University of Texas Press，1987，p60.

[3] 陈东东：《斯人昌耀》，《我们时代的诗人》，上海：东方出版中心，2017 年，第 46 页。

尔不群的诗歌节奏与风格。昌耀后期诗歌之所以出现大量远超一般诗歌长度的诗行,在很大程度上就是诗人一次次"烈性冲刺"的结果。八十年代之后,昌耀写了大量让人读起来几乎喘不过气的诗行,仿佛是一次次生死搏斗后留下的"遗迹":

> 你挣扎。 你强化呼吸。
> 你已如涸泽之鱼误食阳光如同吞没空气。
> 你懊丧了吗? 你需要回头吗?
> 但你告诫自己:冷静一点。 再冷静一点好吗?
> 你瞪大瞳孔向着新的高度竟奇迹般地趔趄半步。
> 又向着更新的高度趔趄而去。[1]
> ——《僧人》

> 气度恢宏的人生慨叹,
> 疲倦的心境顿为静穆祥和之氲氤沛然充弥,
> 泪花在眼角打转已不便溢出。
> 人生迂曲如在一条首尾不见尽头的长廊竞走,
> 脚下前后都是斑驳血迹,而你是人生第几批?[2]
> ——《江湖远人》

---

[1] 昌耀:《昌耀诗文总集》(增编版),北京:作家出版社,2010年,第455—456页。
[2] 昌耀:《昌耀诗文总集》(增编版),北京:作家出版社,2010年,第457页。

> 回味翠柏生苔燧人作古碧螺冰天映照白雪
> 生的妙谛力透纸背石破天惊直承众妙之门[1]
> ——《元宵》

这些诗行，确实如同劳伦斯所言，要求"一颗健壮的心脏"。而且，与前文所述的停顿与语法之矛盾相似，这些诗行的建行与语法之间常有着激烈的冲突。很多长句往往有意识地违背语法和读者的阅读习惯。有的几乎是"病句"，诗句经常连环谓语套谓语（比如"你已如涸泽之鱼误食阳光如同吞没空气""回味翠柏生苔燧人作古碧螺冰天映照白雪"），这种语法关系混乱的诗句在西方语言中几乎是不可容忍的。不过，这在汉语中并非孤例，诗人郑愁予的名作《错误》也有这样的句子，如"你底心如小小的寂寞的城／恰若青石的街道向晚""三月的春帷不揭／你底心是小小的窗扉紧掩"。[2] 可见，这样的语言结构颇可为诗句的节奏增加几分曲折度。

当然，昌耀这些长句对朗读者提出了极高的要求，读者往往念到一半就已气虚力竭，而诗句却要求读者违逆自身的习惯，逆流而上，竭尽全力读完全句。这在很大程度上，也造成了"诘屈聱牙""疙瘩滞涩"的感觉。几乎大部分评论者以及读者注意到了昌耀诗歌声音的这个特征——或褒或贬，但总归是对同一现象的不同评价。从某种意义

---

[1] 昌耀：《昌耀诗文总集》（增编版），北京：作家出版社，2010年，第418页。
[2] 齐邦媛主编：《中国现代文学选集》，第一册，台北：尔雅出版社，1983年，第177页。

上说，这本身就意味着昌耀诗歌声音的"成功"，因为它成功地将自身的节奏特质传达给了读者，唤起了其节奏"自觉"，且有意无意地感受到了诗歌中的时间进程——凡此种种，正是节奏成功地"传达"的征兆。况且，若我们稍稍调整一下自身的朗读习惯，这些长诗行也并非没有美感与"音乐性"，反而有一种气贯长河的畅达与痛快。而且，昌耀经常将长句和短句配合使用，长句发力、短句换气，与呼吸起伏配合：

>   一个蓬头的旅行者背负行囊穿行在高迥
> 内陆。
> 　不见村庄。　不见田垄。　不见井垣。[1]
> 　　　　　　　　　——《内陆高迥》

前一个长句显出一意孤行之决绝，而第二行的三个短句则是三个排比句，行内长长的停顿显出"旅行者"之四顾无人的孤寂与凄凉。这样长短相间的节奏段落，别有一番波澜起伏的顿挫感，且具有很强的暗示性。

当然，昌耀在其成熟期呈现给读者的也不仅是长诗行的形式，偶尔也有一些较短诗行的作品，有的甚至短到令人惊愕的程度，比如《船，或工程脚手架》：

>   高原之秋

---

[1] 昌耀：《昌耀诗文总集》（增编版），北京：作家出版社，2010年，第414页。

船房

　　与

　　桅

　　云集

　　濛濛雨雾

　　淹留不发。

　　水手的身条

　　悠远

　　如在

　　邃古

　　兀自摇动

　　……[1]

这首注明写于"1955年9月"的诗歌实际上也是由五十年代的旧稿修改而成，这个版本晚至1994年才出现在昌耀诗集《命运之书》中。据王清学、燎原考察，此诗的早期版本实际上并没有使用如此简短的分行，在1956年《文学月刊》发表时，诗歌原貌是这样的："高原的秋天，/多雨的日子，/冲天的桅杆，尽自缠着多情的白云，/不愿离去！/水手啊，/你怎么尽自喊着号子，/而船身不动一韭菜尖？"[2]原诗并没有显出多少节奏与意绪上的独特性，而修改之后，不仅语言更为凝练，节奏也明显不同。此诗重在表达一种悠远、空旷的诗境，这需要和缓的节奏来表达，而跨行和

---

[1] 昌耀：《命运之书》，西宁：青海人民出版社，1994年，第7页。
[2] 王清学、燎原：《昌耀旧作跨年代改写之解读》，《青海社会科学》，2008年第3期，第96—97页。

短诗行恰好放缓了节奏（戴望舒《雨巷》的首节也是如此）。改作的跨行颇为奇崛，甚至安排了一个虚词单独成一行（"船房/与/桅"），这也和语法结构发生内在的冲突，因此形成了节奏张力。关于分行，昌耀说："我并不贬斥分行，只是想留予分行以更多珍惜与真实感。就是说，务使压缩的文字更具情韵与诗的张力。"[1] 确实如此，昌耀诗歌中的分行方式颇具匠心，无论是长诗行还是短诗行，都力图让分行本身有表现力，即通过书面形式操控语言的时间性，进而表现诗歌之情韵与内在张力，使得诗歌形式本身有了很高的强度和必然性。这一点，卞之琳的看法也与其不谋而合。卞之琳曾经批评胡适和他的追随者"不论用韵还是不用韵，有些写出了实际是分行的语体散文"；与此相反，他指出，推崇散文化的废名以及艾青则是"另一回事"，"并不平板，絮聒，相反，另有突兀效果"。[2] 实际上，昌耀诗歌分行就是这种"突兀效果"的精彩体现。

　　昌耀对于诗歌节奏的操控不仅体现于停顿、分行与诗句长度上，也体现于标点、诗节排列等方面。换言之，几乎所有的书面形式都可以是，而且应该是其节奏与诗歌精神的表达形式。昌耀认为："但我近来更倾向于将诗看做'音乐感觉'，是时空的抽象，是多部主题的融会。""诗，自然也可看做是一种'空间结构'，但我更愿将诗视做气

---

[1] 昌耀：《〈昌耀的诗〉后记》，《昌耀诗文总集》（增编版），北京：作家出版社，2010 年，第 681 页。
[2] 卞之琳：《翻译对于中国现代诗的功过》（1987），收入《卞之琳》，张曼仪编，北京：人民文学出版社，1995 年，第 239 页。

质、意绪、灵气的流动，乃至一种单纯的节律。"[1] 可见，昌耀对于诗歌的空间形式与节奏、情绪的关系颇为"自觉"，他的诗歌的书面形式不应仅仅视作一种视觉形式，更应视作其节奏感（语言之时间性）的外在形态。例如，他的名作《慈航》中反复出现的四行诗：

  是的，在善恶的角力中
  爱的繁衍与生殖
  比死亡的戕残更古老、
    更勇武百倍。[2]

我们知道，这种递进诗行的排列方式自从马雅可夫斯基等未来派诗人的作品被译介为汉语之后，就在新诗中广泛传播开来了，四十年代的田间，五六十年代的郭小川、贺敬之等人都有不少"阶梯诗"。阶梯诗在渐次递进的诗行排列中，往往暗示着一种逐渐增强的节奏感，因此，它也被很多喜欢激昂风格的左翼诗人所采用。但是，这种形式在无节制的滥用中，也造成一种高昂到接近于虚假的诗歌节奏。相比之下，昌耀对阶梯诗的使用更为谨慎，往往在诗歌节奏和情绪爆发的顶点才使用这种形式。上引《慈航》中的第四行"更勇武百倍"就是如此——它承接了前面的"更古老"，但是诗人希望将其节奏推进到更激越的层次，因此使用了递进式诗行排列方式。再如：

---

1 昌耀：《我的诗学观》，《昌耀诗文总集》（增编版），北京：作家出版社，2010年，第300页。
2 昌耀：《昌耀诗文总集》（增编版），北京：作家出版社，2010年，第106页。

> 他走向彼岸,
>
> 走向你
>
> 　　众神的宠偶![1]
>
> 　　　　　　　——《慈航》

昌耀对阶梯诗的谨慎使用还可以从《山旅》一诗的修改中看出来,这首初稿完成于 1980 年的诗歌收入 1986 年的《昌耀抒情诗集》时,大量使用阶梯诗形式以及破折号咏叹调,例如:

> 但——
> 寄存在这大山之后的记忆,
> 却不纯是属于我个人的文物
> 却不纯是属于我心灵的私产。
> 哪怕是——
> 　　我感知世事前
> 　　　　　初尝的苦果;
> 哪怕是——
> 　　我披览人生后
> 　　　　乍来的失恋,
> 　　……[2]

而收入 1996 年的诗集《一个挑战的旅行者步行在上帝的沙

1　昌耀:《昌耀诗文总集》(增编版),北京:作家出版社,2010 年,第 111—112 页。
2　昌耀:《昌耀抒情诗集》,西宁:青海人民出版社,1986 年,第 53 页。

盘》时,这 10 行被合并成了正常的诗行形式(此后的诗集也如此):"但是你寄存在这大山之后的记忆/却不纯是属于我个人的文物。/却不纯是属于我心灵的私产。/哪怕是我感知世事前初尝的苦果,/哪怕是我披览人生后乍来的失恋"[1]。在笔者看来,昌耀的修改是明智的,因为这些诗行并没有表达出多少激越的情感,用阶梯诗来写未免夸张、做作。另外,此诗前一版本中大量使用破折号来制造咏叹效果,诗中竟有多达 31 个破折号,常以一两个词加破折号而单独成行,比如"尽管——""这——""但——""似乎——"等等。显然,这是一种激昂、高亢的诗歌节奏的表露。但是,这些破折号咏叹调到了 1996 年之后的各诗集中被全数删除(除了两处以外)。在笔者看来,这些修改并不仅仅是出于节省版面空间方面的考虑,而更多的是诗歌风格,尤其是在诗歌节奏方面的慎重决定。[2] 九十年代之后的昌耀显然对自己之前部分作品中那种过于高亢和"抒情"的诗歌节奏有所不满,而力图使其沉潜下来。与《山旅》的早期版本中泛滥的破折号使用相比,《斯人》一诗对破折号的使用则显得更微妙和独特:

---

[1] 昌耀:《一个挑战的旅行者步行在上帝的沙盘》,兰州:敦煌文艺出版社,1996 年,第 56 页。另,张光昕也考察了昌耀诗歌中的文体变迁问题(《昌耀诗歌文体变迁的内在逻辑》,《中国现代文学研究丛刊》2014 年第 12 期),其分析颇有新意,不过笔者对于其论述中的空间逻辑与政治学比附有不同意见。

[2] 王清学、燎原认为,昌耀后期诗集中经常将早期诗作折并诗行、删削文字,是出于"出版条件的制约"(王清学、燎原:《昌耀旧作跨年代改写之解读》,《青海社会科学》,2008 年第 3 期,第 99 页)。笔者认为,这只是次要的原因。否则何以解释《慈航》中的阶梯诗形式和破折号被保留下来呢?又何以解释后期诗集反而出现了《船,或工程脚手架》中,一行只有一两个字这样极不"节省版面"的形式呢?

静极——谁的叹嘘？[1]

　　这首诗第一节只有这一行诗，它以"静极"二字简练地开首，这两字在声音上由大至小、由高至低，暗示着万籁俱寂。而后的破折号不仅是一个停顿，也有引出悬念的作用，接着便出现了"悬念"的内容："谁的叹嘘？"破折号起到很好的"拟声"与"会意"效果。在昌耀的那些成功之作中，诗歌绝不是"散文化""缺乏形式感"，反而具有极强的形式感和音乐性，只是这种形式感不是先于诗歌写作的僵化规范，而是内在于诗歌"赋形"过程中的个性化的追求。

　　当然，和任何勇进的探索者一样，昌耀的写作中也难免有失败之作，这一点在任何新诗写作者中都不例外，昌耀如此，穆旦、多多等人也是如此。比如他的部分长诗常有连篇累牍的长句式，不仅在声音上无法卒读，在视觉上也令人"审美疲劳"。而他的部分诗行中的停顿处理也颇显诡谲，让人不明所以。另外，他那些杂合古语词、新造词的长句式经常显得语法混乱，节奏的"分段"也不明确，需要读者进行一番节奏分析才能较顺畅地读完全句，这也直接导致了其部分作品的可接受度不高。但是，需要认识到的是，这些缺点之存在并非因为他不明了韵律营造之技艺——从第一节可以看出，事实正好相反——而是因为他并不满足于顺口顺耳之圆熟韵语，而希望独创一种铿锵顿挫之宏伟节奏，自铸"硬语"，他在独创节奏个性的"自

---

[1] 昌耀：《昌耀诗文总集》（增编版），北京：作家出版社，2010年，第283页。

为"与"自律"之路上走得太远，难免有失手之时。昌耀诗歌声音的某些不完美之处，是攀越巅峰者的不完美，绝非牙牙学语者的幼嫩与拙笨。更何况，只要有相当数量的成功之作的存在，就已然是一个值得被历史铭记的典范了。

三、以语言"修复时间"

与后起的"今天派"诗人以及更后起的诗人相比，昌耀是一个经历了完整的中国当代新诗历程的诗人，他早年（1949—1978）在"政治抒情诗"的语境下成长，自身就是参与者之一，尔后遭遇政治风波，在思想与诗艺上都经历了一番痛苦的内在"裂变"，八十年代之后又遭遇新一代诗人和新的写作语境的挑战。因此，他有着强烈的自我更新的渴求，也有着强烈的从正统文化体制和诗歌范式中挣脱出来的愿望。他在追求诗歌形式与诗歌声音上的独特性时，经常激进到过分的程度，直到晚年也没有止步，可谓名副其实的"语不惊人死不休"——是的，他在多个方面（包括节奏）上令人想起杜甫。幸运的是，天道酬勤，在世纪交替之际才变成"完成时"的昌耀诗歌，异常鲜明地体现出新诗节奏与音乐营造的创造性和个人性，这既是其诗歌艺术的核心成就，也是百年新诗在"自由"的音乐性之路上的杰出体现。昌耀诗歌的节奏特质，也正好反映了新诗节奏的一些根本特质，简单地说，就是：自由的韵律，自为之节奏，自律之形式。

昌耀诗歌声音之特质与内在机理，也值得被新诗的节奏研究乃至一般意义上的诗律学（prosody）深入探讨、争论，因为它可以令我们重新反思一些过去被视作"理所当然"的理论假设。昌耀诗歌看似长短不齐、形式不整，实际上却巧妙地运用了很多古已有之的韵律结构；而且，昌耀极其主动地操控诗歌中的节奏进程，运用了几乎是现代诗人所能想到的各种方式，来自造一种节奏、自创一种声音，给诗歌声音赋予一种鲜活的、个性化的存在，甚至成为生命本身的"有机形式"。昌耀说："我用音乐描写运动。/我用音乐探索人生。/生的节奏在乐感中前进。"（《节奏：１２３……》）[1] 需要强调的是，诗歌节奏之本质，就是语言之具体的运动状态（即其具体的、实际上的时间性），包括它的整齐或不整齐的起伏顿挫，它的高低轻重，它的行进与间歇，等等。可惜的是，近百年来的新诗韵律理论在对"整齐形式"与"格律"的讨论中，很大程度上忽视了节奏的这些具体、丰富的"时间性"，而将目光紧紧地盯在诗行的整齐与顿的数量这两点上。长期以来，理论界对自由诗的节奏形式尚未有基本的分析路径，而更多的是去攻击它、否定它。因此，遭遇危机的与其说是现代诗，不如说是现代诗律学——它无法应对现代诗人乃至现代读者种种丰富的节奏意识，而故步自封地满足于高度同一性的韵律结构和所谓"和谐"的音乐性。

幸运的是，诗人没忘记"时间"。"谁能捡起词，并把它展示给时间？"对声音极度敏感，也极其自信的诗人曼德

---

[1] 昌耀：《昌耀诗文总集》（增编版），北京：作家出版社，2010年，第154页。

里施塔姆如是问。[1] 对此的回答当然是：诗人。不过，也应该包括诗律（学）。我想以昌耀写于二十世纪末的一篇散文《时间客店》来结束本章的讨论。这篇散文看似是在写诗人旅居客店之感受，实则处处指涉诗艺，逼问"诗人何为"。昌耀写到，他进入"时间客店"时正托着"一份形如壁挂编织物似的物件"，他凭直觉知道"那就是所谓'人人心中所有、人人笔底所无'的'时间'"。当一位妇人过来询问"时间开始了吗？"时，

> 我好像本能地理解了她的身份及这种问话的诗意。 我说：待我看看。 于是检视已被我摊放在膝头的"时间"，这才发现，由于一路辗转颠簸磨损，它被揉皱且相当凌乱，其中的一处破缺只剩几股绳头连属。 我深感惋惜，告诉她：我将修复，只是得请稍候片刻。
>
> 我俯身于那一物件，拧松或是拧紧那一枚枚指针，织补或梳理那一根根经纬，像琴师为自己的琴瑟调试音准。 而我已本能地意识到我将要失去其中所有最可珍贵的象征性意蕴。[2]

"时间客店"显然是诗人所生活之世界的象征，这里的"时间"（"编织物"）则暗示着诗歌艺术："调试音准""象征性

---

[1] 曼德里施塔姆：《词与文化》，收入《时代的喧嚣》，刘文飞译，昆明：云南人民出版社，1998年，第152页。

[2] 昌耀：《时间客店》，《作家》，1999年第1期，第86—87页。着重号为笔者所加。

意蕴"云云，处处隐喻诗之音乐性，即校准时间。而其中写到的时间客店中的"店堂伙计、老板与食堂"等人物，更像是围在诗人与诗歌身边的一群聋子："他们的眼睛贼亮，有如荒原之夜群狼眼睛中逼近的磷火。"于是，诗人终于怒不可遏地呵斥道："你们这些坐享其成者，为时间的开始又真正做出过任何有益的贡献吗？其实，你们宁可让时间死去，拔一毛利天下而不为。"[1] 不妨将此看作这个时代的诗歌的寓言，是诗人生命的自喻，也是其诗艺乃至"声音"的自喻。而我们还想"别有用心"地将其理解为一个诗律学的寓言。因为，诗律学所汲汲于"编织"与"重构"者，正是语言之时间性。当"时间崩溃随地枯萎"（《花朵受难》），诗人修复了语言的时间。

1　昌耀：《时间客店》，《作家》，1999 年第 1 期，第 87 页。

第四章　多多诗歌的音乐结构

在当代诗人当中，多多是公认的少数几个具有较强的音乐性的诗人之一。诗人、批评家黄灿然较早地注意到多多诗歌中音乐的地位和作用，在评论多多的一篇文章中，他观察到多多"把每个句子甚至每一行作为独立的部分来经营，并且是投入了经营一首诗的精力和带着经营一首诗的苛刻"。"但是，以行为单位，如何成篇，也即，这样一来，他的诗岂不是缺乏结构感？换上另一个诗人，很可能是如此。但多多轻易解决了这个问题，而且是用一种匠心独运的方法解决的——它刚好是诗歌的核心之二：音乐。他用音乐来结构他的诗"。[1] 黄灿然对多多诗歌中音乐与结构的关系的观察颇具眼力，在多多诗歌中，音乐确实是主要的组织和结构方式，这种做法在当代诗人中是很少见的。不过，虽然黄灿然在文中对多多诗歌中的音乐颇有独到的分析，但是他的论述和枚举例证都不是很充分，而且他对多多具体如何用音乐来建构诗歌并没有做充分的讨论，这

---

[1] 黄灿然：《最初的契约》，收入《多多诗选》，广州：花城出版社，2005年，第258页。

正是本章关注的焦点。

多多是个艺术手法较为多样化的诗人,正如其名字所暗示的那样。任何一个熟读多多诗歌的读者,都会惊讶于他面前所上演的语义与音乐的双重奇观。而多多诗歌的音乐有很多层面,我们这里着重论述的仅仅是多多最常用来构造诗歌的那些音乐手段。[1] 音乐(尤其是节奏)的基本原则是重复(复现),在多多诗歌中,有大量的重复。唐晓渡观察到,"多多出国后的作品中,运用复沓手法的频率和密度大大增加了"[2]。其实,即使在多多八十年代的作品里,也同样存在着大量的复沓或重复。在多多诗歌的重复中,经常使用的主要有两类:其一,相同或者相近的词组和句式;其二,押韵以及其他类型的同音复现。前者是句法结构方面的重复,后者是语音方面的重复。当然,它们并不仅仅是"手段";更重要的是,它们只是为了分析方便而作出的简单分类,且不说在概念上有相互交叉之处,它们在多多诗歌中是作为一个整体而出现的。因此,这两个类别只是我们在论述时所依循的两条线索,而不是论述的全部对象和主题。本章真正的论述对象是:多多诗歌中作为有机的整体而出现的音乐。

---

1 黄灿然在《最初的契约》一文中曾把音乐性分为普遍的音乐性和独特的音乐性,而前者又分为两类:说话式的和依靠修辞手段的。笔者虽然对这种分类体系持保留态度,但是亦承认本章所论述的音乐只是诗歌音乐的一部分——主要是黄所谓的"依靠修辞手段"的那一类,也是他没有予以充分讨论的一部分。
2 唐晓渡:《多多:是诗行,就得再次炸开水坝》,《当代作家评论》,2004年第6期,第109页。

一、"重复"的玄机与诗意的跌宕起伏

多多诗歌中句式与词组的重复与转换方式其实与律诗中的平仄安排或者英语诗歌中的音步设计在原则是类似的，只不过其构建单位不是平仄音组或者抑扬音步，而是词组和句式。正如律诗在平仄音的重复和转换中形成节奏，多多的诗歌也在词组和句式的重复、转换中获得明显的节奏。这种节奏显然受到了狄兰·托马斯的"词组节奏"的影响。[1] 先来分析《北方的夜》（1985）这首诗，这是其第二节：

夜所盛放的过多，随水流去的又太少
永不安宁的在撞击。 在撞击中
有一些夜晚开始而没有结束
一些河流闪耀而不能看清它们的颜色
有一些时间在强烈地反对黑夜
有一些时间，在黑夜才到来
　　女人遇到很乖的小动物的夜晚
语言开始，而生命离去[2]

虽然在读过这些诗行几年后，笔者对它们的"意义"

---

[1] 多多自己也曾透露过"词组节奏"对他的影响，参见《我的大学在田野——多多访谈录》，收入《多多诗选》，广州：花城出版社，2005年，第272页。本章所引多多诗歌，均依据《多多诗选》。

[2] 《多多诗选》，广州：花城出版社，2005年。

仍然存有疑惑，但想必有不少读者会同意笔者初次读到它们的感受：这些回旋的韵律确实是现代汉诗中不多见的大手笔。这些诗句的动人的力量既来自诗句中那些令人印象深刻的意象、隐喻，也来自诗中大量的"空白"和暗示，更来自诗歌的节奏与行进方式，而后者正是多多有别于大多数当代诗人的原因之一。对语言稍有敏感的读者马上就会发现这些诗句中有很多重复使用的词组和句式，如"夜所盛放的""随水流去的""永不安宁的""有一些夜晚""一些河流""有一些时间"。还有一些对称的句式——一种特殊的重复方式，如"开始而没有结束""语言开始，而生命离去"。然而从整体来看，与新诗中的那些习见的排比诗句相比（典型的如艾青、臧克家等人的作品），多多的这些词组与句式的重复并不显得单调，更不会让人觉得刺眼——多多不会刻意地显露这些重复。更重要的是，多多对结构的重复往往同时包含着转换和不同的句式之间的衔接。例如，第 2 行在重复了第三个"的"结构的句式之后，又把前面的"在撞击"重复了一次，并且和下面的几个"有一些"句式衔接。又如第 3—6 行，第 3、4 行都是以"而"连接构成对称，然而多多并没有把这种句式使用到令人发腻的地步，第 5 行又转换了句式，但第 5 行的"强烈地反对黑夜"又与第 6 行的"在黑夜才到来"形成对比，因此可以说 5—6 行在更大的意义上重复了 3—4 行的对称。可以看到——当然更可以"听"到——多多的这些诗句环环相扣，往复回旋，与那些单调生硬的排比句式判然有别。

即便是结构的重复，多多所进行的也绝不是简单的重复和排列，而是在重复中有变化，更有冲突——这也是笔者不把这些重复称为"排比"的原因之一。请看《北方的夜》第 3 节：

> 雪，占据了从窗口望去的整个下午
> 一个不再结束的下午
> 一群肥大的女人坐在天空休息
> 她们记住的一切都在休息
> 风景，被巨大的叶子遮住
> 白昼，在窗外尽情地展览白痴
> 　　类似船留在鱼腹中的情景
> 　　心，有着冰飞入蜂箱内的静寂

第 2 行的"下午"看起来是在重复前句的"下午"，而实际上是在翻新乃至颠覆我们前面得到的"下午"的印象；3—4 行更是如此：在写下"一群肥大的女人坐在天空休息"之后，换了别的作家可能会加上一句描写别的正在"休息"的人或者动物——只有动物才能"休息"。而多多立刻又在下句给我们一个惊喜——"她们记住的一切都在休息"！动物可以"休息"，记忆如何休息？是休眠、遗忘，还是埋葬？不论如何，后一个休息直接颠覆了"休息"的意义，乃至使得前一个"休息"也变得很可疑。是的，多多绝不会等到一个意象、句式或者词语重复得让读者发腻的地步，他往往先读者一步变换他的魔术并再次给他们一个惊喜：

第四章　多多诗歌的音乐结构　　505

读者在上一行中可能会得到的"固定反应"[1]很难在下句实现。多多则服膺于约翰·阿什贝利关于每一句都必须有两个"兴奋点"的苛刻追求,决计不会"让你觉得他在唠叨"[2]。类似的诗句在多多的诗歌中举不胜举,例如:

> 看海一定耗尽了你们的年华/眼中存留的星群一定变成了煤渣/大海的阴影一定从海底漏向另一个世界/在反正得有人死去的夜里有一个人一定得死 　　　　　　　　　　　　(《看海》)
> 她们做过情人、妻子、母亲,到现在还是/只是没人愿意记得她们/连她们跟谁一块儿睡过的枕头/也不再记得。　　　　　　　(《常常》)

在我看来,这些突转与冲突对于多多诗歌这种存在大量重复的音乐结构来说是非常必要的,如果没有这些重复中的突转与冲突,没有这些不断出现的"惊喜"的话,这样的结构对读者来说可能会变成一场灾难,而不是狂欢。

然而如果仅仅把多多诗歌中的这些句式与结构的安排看作一些"手段",或者是一种把意象、词语"悦耳"地组织起来的方式的话,那么我们仍然低估了音乐,尤其是节奏,在多多诗歌中的作用和意义。回到前引《北方的夜》第2、3节诗,应该注意到多多在这里不断地提到"时间"

---

[1] "固定反应"是克林斯·布鲁克斯和潘·沃伦提出的概念,参见 Cleanth Brooks & Robert Penn Warren, *Understanding Poetry*, 3rd edition, New York: Holt, Rinehart and Winston, 1960, p.289。
[2] 金丝燕:《我的大学在田野——多多访谈录》,《多多诗选》,第280页。

以及一些时间概念（如"夜晚""黑夜""下午"等）。值得回味的是，时间在这里并不是直线前进的牛顿力学式的"时间"，而处于难以言状的美妙的律动之中，如"有一些夜晚开始而没有结束""有一些时间，在黑夜才到来"。回味这些句子让我们不得不认真对待多多在此诗第 4 节的一行看似是游戏的断言："时间正在回家而生命是个放学的儿童"，"时间"是这些诗句真正的主角，它以"生命"的面目出现，而节奏则是时间之律动的体现，是这个"放学的儿童"或急或缓的步伐。节奏作为时间的体现者，它对诗歌不仅仅是工具，更是目的，是诗歌的存在本身。

而在多多的《北方的夜》中（以及相当多的其他诗作中），节奏的控制也极为自觉，与时间之律动同一。不妨再来作一次技术分析——"有一些时间在强烈地反对黑夜/有一些时间，在黑夜才到来"。这两句虽然有重复和对比，但是也有微妙的变化。请注意第 2 句中间的逗号，在节奏上是停顿，在时间上则是延缓，这恰好模拟了诗中的"时间"本身的律动：前面一句的"时间"在不断地"反对黑夜"，而后一句的另外一些"时间"则到了黑夜才姗姗来迟，诗中的停顿模拟了这种状态，这样的节奏安排简直到了一字不易的地步！

再看多多另一首诗歌《居民》的最后三节：

　　　　他们喝过的啤酒，早已流回大海
　　　　那些在海面上行走的孩子
　　　　全都受到他们的祝福：流动

> 流动，也只是河流的屈从
>
> 用偷偷流出的眼泪，我们组成了河流……

这首写于海外的诗真正的主角依然是时间，然而是无情地流动，而我们只能"屈从"的时间，"偷偷流出的眼泪"一语甚至带着忍气吞声的意味。然而屈从中也有抗拒，抗拒中又带着无奈。这种复杂的感受集中地体现在"流动"的重复中。在说出第一个"流动"后，多多空了一行（跨段），然后再说第二个"流动"，在节奏上是很长的停顿，在停顿中，似乎流动在这一瞬间已经停止，这个幻觉透露出一点虚幻的希冀，仿佛河流之流动和时间之流逝都可以停止，何其悲哀之感受！多多不会像孔子那样感叹"逝者如斯夫，不舍昼夜！"也不会像歌德笔下的浮士德那样高喊："瞬间，请你停止，你真美！"他仅仅在节奏的一张一弛中，就已经说出了全部。

当然，并不是所有多多诗歌的音乐结构安排都可以上升到如此高度。但是在最基本的意义上，它们至少可以和诗歌的意义与情绪保持一致，这种音乐上的自觉在当代诗人中依然是凤毛麟角的。看这首典型的"多多式"的诗《没有》（1998）：

> 没有表情，所以支配，从
> 再也没有来由的方向，没有的
> 秩序，就是吸走，逻辑
> 没有止境，没有的

就在增加,
……

河,就会有金属的

平面,冰的透明,再不掺血

会老化,不会腐化,基石会

怀疑者的头不会,理由

会,疼不会,在它的沸点,爱会

挺住会,等待不会,挺住

就是在等待没有

拿走与它相等的那一份

之前,让挺住的人

免于只是人口,马力指的

就还是里程,沙子还会到达

它们所是的地点,它们没有周围

没有期限,没有锈,没有……

  这首诗通过一些相似的词组和短句式(如"没有……""会……"),营造出急促的节奏,表现出一种疯狂辩论的语态——当然是和自己辩论——这反映出其内心激烈的矛盾与面临的巨大的危机。这首诗的写法接近于"反内容",然而其节奏成了意义的来源之一。尽管它在总体上是急促的,甚至有点紊乱,但依然张弛有度。细读倒数第 8 行至倒数第 4 行,并对比前后几句,可以看出它们并不是一气呵成的节奏和不断重复的句式,而是相对较为凝滞。这四行,前面一冲而下的气势突然收住,而就在这个当口,全诗发出了其最强音:"挺住/就是……让挺住的人/免于只是人口",它以强硬的姿态回应了里尔克那句著名的诗:"有何胜利可言?挺住意味着一切。"在这样一种"没有来由"的矛盾中,"挺住"本身就是意义。而在这些接近于"没有来由"的呓语中,节奏已包含着意味,它的起伏就是诗歌的意义和情绪的起伏。

二、词语的"厮杀"与声音的召唤性

如果说前面论及的词组、句式安排是一种结构重复的话,下面我们要讨论的则是一种语音上的重复,后者最明显的体现当然是押韵。但是,多多诗歌中从头到尾压尾韵的几乎没有,这种定期在每行末"叮当"响一下的音乐在他的诗歌中并不多见,他有自己的韵律法则。在多多诗歌中,往往在某些部分出现大量的内韵(即在句中押韵)与尾韵的联合使用,甚至还会同时卷入其他的同音关系,如双声、叠韵以及同音字,当然,最极端的同音情况是同一个字词反复使用。在句中大量重复某一辅音或者元音的节奏手法在英语诗学中分别被称为"头韵法"(Alliteration)和"谐元音法"(Assonance)[1],这些手法在俄语诗歌中也经常使用。在汉语诗律学中,除译名以外,目前还没有与"Alliteration"和"Assonance"完全对应的术语,因此笔者

---

[1] "Alliteration"指在诗句中密集地重复某一辅音,尤其是词语开头的辅音或者重读音节中的辅音;"Assonance"指在诗句中密集地重复某些相同或相似的元音,它的使用往往会带来某种特定的谐音效果(Euphony)。

拟称其为"谐音"[1]。在现代汉语诗人中,多多是最经常运用这种手法的诗人,也是在这方面做得最成功的诗人。

例如,"当记忆的日子里不再有纪念的日子/渴望赞美的心同意了残忍的心"(《解放被春天流放的消息》),这两句重复的不仅仅是"日子"和"心",而且是"记忆"和"纪念"(同音)、"赞美"和"残忍"(内韵),这不仅增强了诗歌的节奏,而且给这两行诗增添了曼妙的对称之美,这与古诗中的"当句对"有异曲同工之妙,如李义山的一联:"池光不定花光乱,日气初涵露气干"("池光"对"花光","日气"对"露气",且"涵"与"干"谐韵)。虽然没有直接的证据,但我相信正是同音原则让多多在写下"记忆"之后想到了"纪念",在"赞美"的对面摆放了"残忍",也就是说,语音而不是语义,才是这些词语之间联系的纽带。在这个意义上,所谓诗歌的"结构"原则实际上就是构思原则(两者均有"构"字),明显以同音原则"结构"的诗句在多多的诗中还有很多(下划线为笔者所加,下同):

死人死前死去已久的寂静　　　(《他们》)
而四月四匹死马舌头上寄生的四朵毒蘑菇不死/五日五时五分五支腊烛熄灭/而黎明时分大叫的风景不死　　　　　　　　　(《五年》)

---

[1] 广义的"谐音"指的是声韵的相同或相近,但是在目前的用法中,"谐音"一般仅指谜语、对联、广告等艺术中同音双关的使用情况,同音原则仅仅是添加一些额外的小趣味的佐料。笔者看来,这实际上是现代汉语的表达能力的衰退之体现。

不妨把这些诗句朗读一遍，可以发现，第二段第一行中"四"与"死"的刺耳的谐音（或许叫"不谐音"更确切些[1]）有着绕口令般的难度。不过显然会有读者质疑：为了造成如此强烈的音响效果，诗人岂不是有硬凑词语、意象之嫌吗？答曰：对于不是多多这种超现实主义式的诗风而言，或者对于不是像多多这样的"苦吟"诗人而言，如此建构诗行很可能会变成"硬凑"。然而多多的意象与措辞本来就以出人意表制胜，在诗人与词语的漫长搏斗中[2]，这种苛刻的结构方式反而成了刺激想象的"兴奋剂"。在前文的《五年》这首写于诗人流寓海外五年后的作品中，去国怀乡之恨与逝者如斯的感慨以一种疯狂的语言表现出来，"四"与"死"之间的谐音关联让多多迷狂不已，他在这两者之间堆砌了一道海市蜃楼般的意象奇观，以此来辨明"不死"之生命，抵制时间的流动。

多多诗歌中同声、同韵、同音以及同一字词的反复使用在语义上经常造成的"后果"就是词语之间的矛盾乃至厮杀——诗歌内部的战争。这在修辞上经常表现为反讽和悖论。例如，"在曾经/是人的位置上忍受着他人/也是人"（《忍受着》）。"人"在这里所暗示的巨大的张力和矛盾让我们联想到法国哲学家列维纳斯的一个认识：《圣经》中的人是能够让他人在我面前通过的人。在这里，诗歌的特权之

---

[1] 英语诗学中有"谐音"（euphony）与"不谐音"（cacophony）的区别，前者指一连串和谐的音节，后者指一连串刺耳的音节，它们与汉语中的"谐音"概念不同，不可混淆。
[2] 多多坦言他的每一首诗都要写几十遍之多！参见金丝燕：《我的大学在田野——多多访谈录》，《多多诗选》，第 275 页。

——跨行，一种停顿和转折——再次体现出它的价值：当读到第二行时，我们会发现他"曾经是人的位置上"忍受着他人，那是在忍受着他人的什么行为呢？停顿之后，读到下一行，才发现他忍受的是"他人也是人"——如此迂回曲折的矛盾！而如果这句话不进行跨行，则它的迂回与跌宕将被去除无余。"他人"当然也是人之一种，然而强调"他人也是人"，则暗示了"他人"有并不被当作人的可能，而这种感受居然是在"人的位置"上产生的。而在多多另一首诗中的"人"则更为纠结，"一种酷似人而又被人所唾弃的/像人的阴影/被人走过"（《我始终欣喜有一道光在黑夜里》），这个似人非人的"阴影"与"人"纠缠在一起，欲为"人"而不得。

词语之间的"战争、搏斗、厮杀"，在多多看来，是"诗歌最本质的东西"，也是"诗歌最高级的地方"。[1] 在1986 年的一首诗歌中，多多就向我们展露了词语之间的这种战争，"它们是自主的/互相爬到一起/对抗自身的意义/读它们它们就厮杀"（《字》）。当然，这场战争在其诗中遍地开花，并不仅限于同音字词之间。不过，正是在同音字词之间，它们之间的搏斗才显得空前激烈。例如，《在这样一种天气里来自天气的任何意义都没有》中的这四行：

在这样一种天气里
你是那天气里的一个间隙
你望着什么，你便被它所忘却

---

[1] 金丝燕：《我的大学在田野——多多访谈录》，《多多诗选》，第 282 页。

吸着它呼出来的，它便钻入你的气味

仔细观察可以发现，"天气"与"间隙"中的两个字的韵母都相同，"望着"和"忘却"也如此，这显然不是碰巧出现的：应该注意到，第1—2句、第3句、第4句内部都存在着一种对称或对比，这当然是诗人有意为之。"天气"与"间隙"之间的谐韵凸显了"你"的无足轻重，"在这样一种天气里"的无意义的存在。而"忘却"显然站在"望着"的对面，并像回音一样回应着后者。如果"望着"与"忘却"中的两个字不是分别同音和同韵，而是诸如"注视"或者"观察"这样的意义接近的词语的话，这种对应与回响的效果显然不会那么强烈，而"望着"与"忘却"之间的矛盾也不会显得那么突出，语言之张力远逊。可见韵律对语义领域的战争发挥了"火上浇油"的作用。当代英语大诗人西默斯·希尼也屡次谈到这种情况，例如，菲利浦·拉金的《晨歌》(Aubade)：

> Unresting death, a whole day nearer now,
> Making all thought impossible but how
> And where and when I shall myself die.
> Arid interrogation: yet the dread
> Of dying, and being dead,
> Flashes afresh to hold and horrify. [1]

---

[1] 笔者试译："不安的死亡，现在又逼近了一整天，/使人无法思索任何东西，除了关于/何时，何地，我自己将如何死去。/枯燥的质询：死亡/与垂死的恐惧/再次闪现，抓住并恐吓我。"

希尼评价道:"当'恐惧'(dread)与'死亡'(dead)谐韵,它与其全部语义的对峙几乎达到了顶点。而动词'死去'(die)也在动词'恐吓'(horrify)中引爆出自身的激情。"[1] 再看多多的另两行诗:"冬日的麦地和墓地已经接在一起/四棵凄凉的树就种在这里"(《依旧是》)。辛笛的《风景》可以与之比照:"比邻而居的是茅屋和田野间的坟/生活距离终点这样近"。"生活"与"终点"之间的临近关系非常微妙,辛笛的后一行诗用来阐释多多的这两行诗也恰如其分。不过辛笛的第一行比较之下则略显拖沓,而多多以两个声音极其相近的词语("麦地"和"墓地","麦""墓"为双声)简练地显示出这种对比,效果更明显,节奏亦更为响亮。

对词语的语义与音韵效果如此执迷,在我看来,这并不是一种诗歌技艺的炫耀——至少主要不是如此——它体现了多多对词语与音乐的高度敏感,甚至隐含着一股复活语言生命的冲动:

　　　　船是海上的马,遗忘向着海上的村庄。
　　　　循着麦浪滚动的方向,落日
　　　　也盛装,旧翅膀也能飞翔。
　　　　从罗马的凉台往下望,
　　　　比流亡者记忆的土地,还要宽广,

---

[1] 西默斯·希尼:《希尼诗文集》,吴德安等译,北京:作家出版社,2001年,第334页。该译文(姜涛译)谬误较多,笔者略作改动(引文改"战栗"为"恐吓",并在"身"前面添加"自"字)。

第四章　多多诗歌的音乐结构　　515

比等待<u>镰</u>刀收割的庄稼还要焦<u>急</u>:
只有<u>一</u>具装满火药的躯<u>体</u>!
让脾<u>气</u>,如<u>此</u>依赖天<u>气</u>;
让脑<u>子</u>,只服从犁<u>沟</u>。

——《五亩地》(1995)

  这两节诗歌中内韵与尾韵的联合使用和较平稳的布局让诗歌的节奏非常稳健、恢弘,一读便知。尤耐寻味的是,这两个诗节的韵部的选择:上节为"ang",下节为"i"。"ang"韵读起来非常响亮、庄重,这恰好与这一节诗歌辉煌的意象相互配合,音与义交相辉映。这两节诗歌的分节显然是依照韵律,而不是句法或者句义(多多相当多的诗作都是如此)。下节所押"i"韵在声响上相当的刺耳、激越,这也与本节诗歌所表现的焦灼、激烈的情感互为表里。正因如此,前引《五年》中的"四月四匹四马……"一句也同样反复使用"i"韵来配合诗中紧张、激烈的情绪:可见多多对于韵部的选择并非是随机的,至少在相当多的诗歌中是如此。

  这种以声音模仿感觉、配合语义的手法在英诗中被称为"拟声法"(Onomatopoeia),[1] "Onomatopoeia"在希腊

---

[1] 这种手法在英诗中很常见,如雪莱的《奥西曼迭斯》("Ozymandias"):"Nothing beside remains, round the decay/ Of that colossal wreck, boundless and bare/The lone and level sands stretch far away."此诗堪称"拟声法"之典范:"round the..."一句屡次以辅音 k 和其他辅音以及元音相互摩擦,形成刺耳的声响(不和谐音),以表现残破的荒凉景象;而最后一行则以和谐而平稳的语音表现出自然的永恒与壮阔。

文中的原义便是"命名"(name-making)。[1] 在希腊人看来，语言对万物"命名"所依据的就是语音与语义感觉上的关联；而蒲柏（Alexander Pope）则明确要求"声音必须成为感觉的回声"[2]，在笔者看来，这个要求至少对于诗歌而言是相当合理的。实际上，这种音义之间的关联也是中国文字的一个固有的性质。中国的文字学中有种观点叫"佑文说"，即认为在形声字的形成过程中，读音相近的声旁往往被用来组成意义相近的形声字，如在古音中声旁读音相同的"钟""江"，声响都比较洪亮，两者都用来表示宏大、壮阔之物，而形旁则用来区分两者的事类范畴。在西方诗歌中，"音"与"义"也经常有这种类似的联系，然而这种联系在现代汉诗中几乎被遗忘了。现代汉语在西方语言因素的不断融合和现代社会的不断冲击下，虽然可能性极大地增加了，但同时也变得日趋芜杂，这种状况在现代汉诗与古诗的对比当中体现得很明显。作为语言艺术之极致的体现者，诗歌有必要时时回到原点，恢复和更新语言与世界的最初联系，激活语言之根的生命力量。

三、韵律的"组织"作用

前文所分析的这些音乐结构只是多多诗歌音乐的一部分，而且是最容易辨识的那部分。无论是词组、句式的重复与转换，还是押韵或者同音字词的使用，它们都有章可

---

1 *The Penguin Dictionary of Literary Terms and Literary Theory*，4th edition，edited by J. A. Cudden，London: Penguin Books，1999，p.614.
2 Ibid., p.615.

循：其规律简言之就是重复与变化。变化可以是句式的衔接、转换，词义的扭转、翻新，同音字词的冲突、对立，等等，这些变化让重复超越低层次的平面排列，而呈螺旋式的上升运动。闻一多早在其1922年写就的《律诗底研究》一文中，就反复强调"均齐中之变异"的原则，"变异"之用，在于它能够调和或冲淡重复所带来的单调之感。[1] 对于试验新诗节奏的诗人而言，这条原则也是相当值得注意的；进一步说，重复是音乐（包括诗歌这种词语音乐）的核心原则。对于诗歌音乐而言，保持一定的可复现性和一贯性是必要的，否则不独诗歌声响会凌乱，各个部分也会像散落的珠子一样不成体系。这对于那些追求夸张的意象组合和词句的跳跃性的诗人而言，是尤其重要的一点。在谈到一些诗歌中的跳跃性组合时，布罗茨基曾分析到，"正是韵律原则使人们感觉到了貌似不同的事物之间的相近。他所有的组合如此真实，因为它们都是押韵的"[2]。在笔者看来，不独押韵如此，其他音乐形式（如词组、句式的重复，同音字词重复等）也有类似的效果。多多诗歌的意象如此夸张和繁复，词语之间的断裂如此明显，意义又如此隐晦，而作为一个整体却不给人以凌乱、突兀之感，其奥妙首先就在于音乐，尤其是本章所讨论的显性层面的音乐结构。

类似句式、韵式、谐音之类的韵律结构，有学者可能

---

[1] 闻一多：《律诗底研究》，收入《闻一多研究四十年》，北京：清华大学出版社，1988年，第43页。
[2] 约瑟夫·布罗茨基：《文明的孩子——布罗茨基论诗和诗人》，刘文飞、唐烈英译，北京：中央编译出版社，2007年，177页。

会认为它们只是一些"雕虫小技"而不屑一顾——尤其是在当代文学批评界如此盛行"主义""理论"的背景下。然而笔者以为这些"雕虫小技"所关涉的正是诗歌发展过程中最核心的东西。西默斯·希尼在论及奥登时一针见血地指出,奥登与马克思、弗洛伊德的渊源关系并不是像某些批评家所炒作的那么重要,而其诗歌中"类韵、头韵联合使用以制造一种新的语言现实,就像由岩块和石英构成","才是对长久的诗歌进程最有价值的东西,因为它们对语言的艺术有着最本质的敏感"。[1] 而当我们考虑到新诗是一种以新生语言(现代汉语)为载体的新生文体时,尤其是在艺术上(如音乐方面)还未积累足够的"雕虫小技"时,那么类似多多诗歌中这些富有成效的艺术实践,是不是值得倍加珍惜呢?

---

1 西默斯·希尼:《希尼诗文集》,吴德安等译,北京:作家出版社,2001年,第352页。

结　语

　　现在可以对本书各个部分的内容与发现作一个简单的回顾与总结了。现代诗的节奏或者形式的研讨是一个特别繁杂、争执也特别激烈的学术领域，本书没有把这些观点与争议一一爬梳、罗列出来，而是重点剖析了几家的节奏或者格律理念，试图去寻找这些争论的症结、认识的局限性，以及重新认识的新"起点"，以便于为诗歌节奏的理论建设设定新的"起跑线"。我们意识到，一方面，虽然早期新诗的开创者们为新诗节奏的方向提出了不少整体上的构想，比如"自然的音节""内在韵律"等，但是对于其构想的韵律或者节奏具体如何在诗句中实现没有太多论证与分析，也没有明确定义它们在何种意义上是一种"韵律"或者"节奏"，因此新诗写作的主体——自由诗——的节奏分析便长期处于"顾左右而言他"的状况。另一方面，"格律体"新诗的提倡者们虽然提出了具体的节奏构成因素的分析，也在诗形的构建上提出了种种明确的倡导和规划，但是其所构想的整齐的节奏往往与现代汉语的语言特质格格不入，很多时候仅仅是一些悬设的"假定"，很难变成作者、读者均广泛认可的"格律",而在具体的诗句中是否实现了其所构想的整一节奏也颇为成疑。本书着重反思的节奏理念可以称为"对单质、匀速节奏的执迷",或者说对于"等时性节奏"的执迷,即把节奏理解为只有同一本质、单一构成因素的现象,这些单一因素只有在时间尺度上均匀分布才能被称为"节奏",节奏被理解为像秒针匀速摆动一样的"节拍"。这一特定意义上的"节奏",在不少中国现代诗论中,往往又被称为"格律",这是在几乎所有"格律体"新诗的倡导者中挥之不去的根源性的认知前提,朱光潜和何其芳所论证的"顿"、孙大雨所提出的"音组"、罗念生所提出的"拍子"等理论,无一不带有这个认知的烙印。本来,这一理念运用于古典诗歌的节奏分析中,也并非完全不适用——但也有不少龃龉之处——一旦放到以现代汉语为载体、以自由体为主流诗形的新诗身上,便处处碰壁,难以普遍施行。因此,与新诗创作实践更贴合的倒是"自然的音节""内在韵律"等理念,但是后者的缺陷在于,难以用有效的技术细节分析对文本的特质进行解释和佐证。为了解开这些疑题,必须对"节奏""格律""韵律"本身的定义、本质和相互关系进行重新认识。

而书中关于帕斯、哈特曼、陈世骧等人的节奏理论的谈论则服务于这个目的。实际上,这几个人并不能完全代表西方学界在诗律研究方面的成就。之所以选取他们作为讨论对象,是想借此展开本书所关注的几个核心命题的讨论。从帕斯有关诗律的讨论中可以看到"节奏"与"格律"并不是一个东西,"节奏"是与句子融为一体的,是一种"具体的时间性",而"格律"则是从具体节奏中抽离出来的"抽象的度量"。在诗律发展的历史中,两者之间有着复杂的纠葛,自由诗的诗律实质可以视作活生生的语言节奏对抽象的格律规范的颠覆。哈特曼则力图破除以下成见,即把自由诗视作一种没有"节奏"或者"韵律"的诗,他让我们认识到,自由诗的分行等形式本身就是在构建某种"诗律"(prosody)。另外,他还意识到,节奏的构成因素经常是多元的,而非单一的,这些不同的因素之间可以构成一种"对位法"关系。因此,我们需要从过去那种单质性节奏的认知中走出来。陈世骧关于中国"抒情传统"(更多的是"韵律传统")的论述则指出,中国诗歌自起源起就与韵律有着解不开的关联,韵律与作者"情志"的抒发共同定义了中国古典诗歌的基本特质。现代诗对这一传统进行了激进的变革,背后也有着深刻的动因。陈世骧意识到,即便在古典诗歌中,节奏也是丰富多变的,并非纯以"整齐"为准绳,"律度"与"时间"互相定义,为杰出诗作情意表达添加了丰富的"示意作用"。

在以上理论的讨论中,我们得到了一些重构新诗节奏理论体系的启发和"起点"。首先是必须破除过去那种习惯于将"节奏""韵律"与"格律"等同视之的成见,必须将"节奏"与"韵律"从"格律"概念的遮蔽中解放出来,重新追溯其历史渊源,并赋予不同的定义,因此就有了本书所建构的"格律—韵律—节奏"三层次节奏理论。"格律"在古代有"法律"之义,在本书中指语言元素在时间中固定的、周期性的重复现象。而"韵(律)"也是古已有之的现象,在本书中所指并不限于押韵,而是一切较有规律的语言元素的重复现象。"节奏"的含义最为宽泛,也最为微妙，我们把它定义为语言元素在时间中的具体分布特征，本质上是对声音之"动势"的把握，也符合古人对"节奏"一词的基本认知。这三个概念之间的区别不仅在外延的宽狭上，也在内涵上。"格律"更多的是一种规范和"抽象原则"，而"节奏"则是语言"动势"的具体面相。"韵律"介于两者之间，它具备一定的结构和同一性，但又容许变化和差异性的存在，在大多数情况下，"格律"是"韵律"进一步规范化和整一化的结果；而当格律被抛弃之后，"韵律"又以一种相对自由、流动的方式继续存在。就新诗而言，中国现代诗学自其开端即致力于推翻"格律"，虽然后来又有闻一多等人重建"格律"的尝试，但是并未获得普遍性的成功；而新诗的"韵律"，由于外在的格律规范的消亡，也处于"离散"的状态，其结构往往也是时有时无、若隐若现。最后是"节奏"，因为前两者的"消亡"与"离散"，新诗的"节奏"便从幕后走向了"前台"，也就是说，一首诗的节奏的具体性问题从未如此迫切地摆在新诗的作者、读者以及研究者面前，因此它也是本书所关注的重心。

首先，当认识到在新诗中构建整饬的、固定的格律诗体几乎是不可能的之后，我们会意识到新诗中的韵律形态更多的是以一种不固定、非定型的流动形态而出现，即"非格律韵律"，这是自由体诗歌的韵律形式的主要形态。进一步说，新诗韵律更多的是从差异性中显现出来的同一性，即从"散"中见出"整"。它所起到的作用，更多的是对比与"聚焦"，而非古典诗歌格律那样以整齐的周期性循环满足读者的"期待"。在相当多杰出的新诗文本中，往往存在着模式建构与"反模式"（背离模式）的交替，其中隐含着一种可以称为"惊警的诗(律)学"的内质,以让读者对眼前发生的语言事件保持足够的注意和警觉,并引发持续的思考,这与支撑古典诗律发生效用的心理机制有本质的差别。当然,由于缺乏明确的周期性和可预期性,新诗韵律的公共性和可接受性也被削弱,即新诗韵律的某些精妙的安排很难被读者一眼看出来,而是需要相对敏锐的眼光和深入的分析,这不仅影响到新诗在读者中的接受度,甚至也经常影响到新诗形式上的"合法性",由此遭受不小的质疑。这也正是新诗的节奏研究的必要性和紧迫性所在。

虽然新诗韵律与古典诗歌的韵律依然有不少可以相互连通的共性,比如对重复、对称的语言结构的倚重、种种声音模式的复现和循环,然而从整体上说,其内在的生成动力和形式内核已经发生了根本性的变化,新诗中形式的生成不再是像过去的格律诗那样"依葫芦画瓢",每一次写作都是一次"自造新瓢"的过程,因而有了所谓的"一次性原则"之类的说法,即每一首诗歌的形式感都是不可复制、一次性的。这样的形式本质可以说既是"自在"又是"自由"的,就像黑格尔所说的"自由"的本质:"是精神自己依赖自己,是精神自己规定自己。"[1]这句话用来形容新诗的形式本质也是能够成立的,这里的"自由"不应理解为"放任自由",而是一种对形式的内在必然性的认识。

其次,从具体的节奏形态和构成要素来看,本书关注的重点不再是过去诗律学所关注的那种规范化的、整饬的"音乐的节奏",而更多的是内在于语言本身的、灵动多变

---

[1] 黑格尔:《逻辑学》,梁志学译,北京:人民出版社,2002年,第72页。

的"语言的节奏",因此对其构成因素的分析和判定的方式也发生了变化。由于"顿"或者"音步"在新诗中的划分方式较为混乱,而且其背后往往隐含着"等时性节奏"的期待,我们不再将其作为句中(或者行内)节奏的主要分析手段,转而采用"边界"这一区划单位。相对而言,"边界"讲求划分标志的明确性和公共性,比如标点、空格、分行等,这些因素看似"表层",实则形塑了一首诗的节奏"框架",与诗句整体上的吞气、吐气的方式相契合。而具体字音的选用、重复的密度和形式、词语的结构等"内部"因素进一步为这一总体"框架"润色,共同赋形了一首诗整体上的"气韵"。"语言的节奏"与"非格律韵律"并不是相互矛盾的两个概念。相对而言,"非格律韵律"凸显的是由重复、对称所构成的种种结构,是"流动的同一性";而"语言的节奏"强调的是语言具体的动势与变化特征,是"具体的时间性"。两者各司其职,旨在"测听"出语言中的同一性与差异性。

与过去的汉语诗律学研究相比,本书的重点发生了四点比较明显的变化。首先是对书面形式或者视觉形式(包括分行、标点、分节、空格、排版等)的节奏效用的强调和发掘,这是因为从诞生开始,新诗实际上就走向了一条视觉化的道路,分行就是重要的标志之一。然而,过去的诗律学对视觉形式的关注的重点依然局限于种种"豆腐块"式的整齐诗性——其指导思想不脱闻一多"三美"理念的辙轨——殊不知在长短不齐、形式各异的诗节中,分行(或跨行)、标点乃至空格等具体的形式安排,都会影响到具体节奏效果的达成,要说清楚这个问题必须破除对节奏之"整一性"的固有认知,而深入它作为语言之"具体的时间性"的层次中去,否则视觉形式的节奏效应便只能在诗律学中付之阙如。对于大部分新诗而言,其"节奏"既是用来"看"的,也是用来"听"的,换言之,它是一种以视觉形式辅助的声响特征,在某些情况下可以称为"具象节奏"。因此,新诗对"声"的重构不仅是在纯听觉这一意义上来说的,也是"心声"如何在视觉形式的辅助下表达成"语声"意义上的"重构"。

其次是对于语法(包括构词法)与节奏之关系的考察。虽然从宏观上说,语法与韵律是句子组织的两个主要的争夺者,然而就具体的诗句而言,特定的语法结构的规律排布又会造成某些节奏效果,甚至也会塑造某种"形式感"和"音乐感觉",这是现代诗中值得关注的新现象,本书仅作了初步的尝试,更多的探索依然有待学者展开。

再次,从方法论上来说,本书所分析和讨论的"节奏"不再是某种外在于具体语言片段的、抽离的"规律",而是一个个内在于语言质地、纹理、情感的活生生"实体",它是诗人发声方式的显形。也就是说,对节奏的分析必须密切结合对诗歌语言本身的分析,对新诗节奏的研究不能脱离对具体诗作和诗人本身的研究,而是需要建立在对文本的内在动力、诗人的风格成因的深入洞察之上。由此,我们可以期待在这条路线上深入开掘下去,诗律学自身也将迎来一次范式的转型:它不再像过去那样与具体的诗歌批评相脱节,而是变成诗歌批评的有机组成部分,并与之相互激荡,不仅为一般意义上的诗歌评论增添"声情"的维度,也有望生发出一门生机盎然的新"诗律学",而不仅仅是新诗的"诗律学"。也就是说，从中摸索出的一些分析方法和原则也可以运用于古典诗歌的声律研究。

最后是对节奏与时间之关联的深入挖掘。节奏与时间是相互定义、相互说明的一组概念。它们的关联既是微观的，也是宏观的。从微观的层面上说，具体节奏细节的安排，比如快慢、停顿，一个语段的长短，等等，本身就是在建构语声的时间感，并与诗歌的情意、思想的表达相联系。而从宏观上来说，诗歌的时间观念的传达，不仅仅是一个主题和内容的问题，也是一个技术问题，它应与诗歌的语言细节相契合。换言之，节奏是时间在诗歌中"在场"的方式。这一点，无论是在李白、李商隐这样的古典诗人写"时间"的作品中，还是在多多这样的现代诗人的相应作品中，都是如此。因此，诗律学在根本上是可以衔接形而上学的讨论的，这也是布罗茨基在他的诗论中所示范的。我们有理由展望，在新诗批评中，有望出现一种既能进行细节分析，又能升华到一定的思想高度的"时间诗学"。

进一步地，我们也对"节奏"的本质产生了新的认识，那就是节奏不仅是一种情感形态，还是一种思想形态。如果说节奏是语言之时间性的实现的话，那么语言所承载的情感与思想也必然与其内在地相关联，因为语言是一种时间性的媒介。节奏的快慢、高低，行进与停顿，还有语词出现的具体的"时间点"，都意味着形态各异的情感的"褶皱"与思想的"纹理"。换言之，诗歌的声音与形式让诗歌的情意的表达具有了一种"立体感"，而不是一堆干瘪瘪的"意思"。这种效果就像布罗茨基所言，"类似于某个习惯于被迫面对墙壁的人,突然被迫面对地平线"[1]。这里,我们意识到,节奏对语言之时间性的操纵和表达,与语言自身所蕴含的思维、认知过程是合而为一的。诗歌的声音或者节奏不仅是一些外在的"形式",而是具有丰富的认知意义的时间载体。不把节奏与语言的认知过程结合在一起,就很难对诗歌语言这种人类语言最精致、最复杂的形态有深入的认识。从这条研究思路往下开掘,也意味着"诗律学"有向"诗律哲学"或者"认知诗律学"发展的可能,就像过去隐喻学研究所发生的情况那样。[2]

简言之,理解语言的节奏也是为了理解"节奏中的语言",即把语言放回节奏的波动变化进程中来看待,或者说,把语言的意义放回其实际发声中来阐释。从本书讨论中可以看到,对于节奏的控制与一首诗的意涵乃至新诗整体上的文体特征都有着切不断的联系,新诗的声情表征是其意蕴构成中不可或缺的一部分。如果缺失声音的维度,对新诗的理解很可能是不完整的。西默斯·希尼曾指出,诗人 T. S. 艾略特最重要的观点,不是"传统与个人才能"等著名论断,而是有关诗歌的"听觉想象力"的认识,即"对音节和韵律的感觉,渗透思想和感觉的意识水平之下的深处,使每一个词语都充满生气;沉入那最原始和被遗忘

---

[1] 约瑟夫·布罗茨基:《小于一》,黄灿然译,杭州:浙江文艺出版社,2014年,第37页。
[2] 另参见 I. A. Richards, *The Philosophy of Rhetoric*, Oxford: Oxford University Press, 1936;保罗·利科:《活的隐喻》,汪堂家译,上海:上海译文出版社,2004年;胡壮麟:《认知隐喻学》,北京:北京大学出版社,2004年。

的，返回源头……"[1]对诗歌节奏的讨论，本质上是要培养一种敏锐的"听觉想象力"。因为诗歌所告诉我们的，很多时候必须通过声音来传达。换言之，诗的声情维度经常会越出字面意思的范围之外，就像苏珊·朗格所言："由于诗歌所使用的材料是言语，其意蕴（import）并不在于文字的字面意思，而在于表达这些意思的方式，后者涉及诗歌的声音、节奏、词语的结合所产生的气韵（aura）……"[2] 归根结底，诗的声情感染力是诗真正发生效用并成其为"诗"之处。当我们意识到诗的声音或节奏对诗之表达与理解的根本性意义时，那么不妨说，本书的主标题——"'声'的重构"——也隐含着这样的意图，即从"声"的角度重构我们对于现代诗的认识。

---

[1] 西默斯·希尼：《向艾略特学习》，《希尼三十年文选》，黄灿然译，杭州：浙江文艺出版社，2021年，第43页。
[2] Susanne K. Langer，*Philosophy in a New Key*，Cambridge：Harvard University Press，1942，pp. 260 - 261.

跋

在本书之前，我在2014年出版过一本讨论新诗韵律的专著《在语言之内航行：论新诗韵律及其他》[1]，初步提出了我对新诗韵律问题的一些基本观点。不过，在书出版后至今的十年间，我逐渐意识到，该书提出的理论框架与分析方式还有不少局限和偏颇。在这本2014年的专著中，我的核心关注点还在于如何为新诗"正名"，即如何证明新诗（包括自由体新诗）也有韵律，并非完全的放任无度之形式，以便消解新诗在文体与形式上一直面临的"合法性危机"。在那本书中，我的核心思路是如何"约取"一般意义上的诗歌韵律的核心成分——用一种从古今诗歌中提取"最大公约数"的方式——以此观照新诗是否具有这样的成分。我们所提炼的"韵律"主要包括以同一性为根基的种种重复与对称形式，新诗当中自然也具备这些成分，只是往往以不定型、流动变化的形态而出现，因此我将之称为"非格律韵律"（non-metrical prosody），这也是国内学界首次使用这个概念来描述和研究新诗韵律问题。

在此书中，首先我们的兴趣点主要在于辨认种种韵律

---

[1] 李章斌：《在语言之内航行：论新诗韵律及其他》，北京：人民文学出版社，2014年。

元素和结构,并讨论其在诗意构建与情感抒发中的有机作用,不过,那些并没有明显的"结构性"的因素我们并没有深入讨论。因此,难免有读者疑惑:那些没有重复、对称等语言结构的诗歌,难道就没有"节奏"可言了吗?其次,在这本2014年的书中,我们还没有深入、系统地思考节奏与"时间"的关系,虽然在诸如对多多诗歌的讨论中也触及了这个问题。因此,对于诗歌声音的某些细节与"纹理",还有新诗中书面形式的具体安排,书中的讨论仍嫌粗疏。最后,由于"二元对立"式思维的过多主导,为了凸显新诗韵律的独特性,该书中对于传统诗歌格律的概括也稍显简单化和模式化。

在《在语言之内航行:论新诗韵律及其他》出版后的十年间,我慎重地思考如何解决过去那些没有很好地解决的问题,尤其是如何调整整个节奏理论的框架,以便于新的问题和分析方式的展开。在《"声"的重构:新诗节奏研究》这本书中,我们首先明确了"节奏"与"时间"的内在关联。虽然过去朱光潜、孙大雨等学者,都曾触及"节奏"与"时间"的关系,不过,二十世纪三十至五十年代的大部分诗律学论述往往有意无意地假设,节奏的本质是建构一种整一乃至单质的"时间性"或者"时间感",这种认知忽略了"时间"在语言中灵动多变、层次丰富的"出场","时间"维度在这些论说中并没有很好地和语言的细节结合起来。为此,我们把"节奏"这个概念从"韵律"和"格律"的覆盖下解放出来,如果说韵律是种种重复、对称因素的总和的话,那么这里所谓的"节奏"则更多是语言在时间中具体的展开方式,或者说是对语言之时间性

跋　531

的"赋形"。这种"赋形"未必是过去经常假设的那般，如同秒针匀速转动的均质的时间感，而往往有高低抑扬、顿挫起伏、行进与歇止、庞杂与纯净等多样的形态，甚至还经常有多重声音元素互相应和，而成为一个丰富的声音体系。为了把这些微妙的节奏面相"离析"出来，首先，我们提出了节奏体系的"三层次"构想，即"格律—韵律—节奏"三个层次，三者的概念外延由狭到广逐渐放大，内涵上的联系与区别则更为微妙，读者可详参本书第二编的讨论，此不赘述。沿着"节奏—时间"这条脉络进一步地思索，可以明白，现代诗人"节奏感"与语言感觉的变化，本质上是以时空感乃至世界观方面的变迁为大背景的，因此诗歌中的节奏意识与诗人之"时间观"、生命意识乃至历史意识的内在联系也是一个耐人寻味的话题。关于这个话题的讨论，将在第二编有关"韵"之离散，第三编有关昌耀、痖弦诗歌的分析中展开。由此，我们意识到，汉语的诗律学研究可以从种种声音细节的琐碎分析中，找到一条通往诗人之创作理念乃至形而上学的通道，成为一种"诗律哲学"（philosophy of prosody），就像知名诗人、评论家约瑟夫·布罗茨基在其评论中示范过的那样。

其次，之所以要区分"格律""韵律""节奏"这三个层次，并进一步提出"非格律韵律"以及"非韵律的节奏"等特殊概念，主要是考虑到过去那种将节奏混同于韵律乃至格律的认识，极大地简化了对丰富的声音体系的认识，也不利于系统地探讨以自由体为主流形式的新诗。过去这种概念上的混同源于新诗自诞生伊始就存在的形式焦虑，即渴求一种整饬的、规范性的形式，以便于为混乱、多元的新诗写作指引方向。然而，正是由于"格律"观念在新诗节奏分析中强有力的主导地位，新诗创作者们所建构的种种新的声音形式并没有得到理论上的深入认识，甚至可以说它还影响到我们对于旧诗节奏的丰富性的认知。本书的出发点不仅在于重新认识新诗在声音与形式上的种种新的特征，也是在重构我们的认知框架，以便于重新认识普遍意义上的诗歌声音问题，包括旧诗的声音与节奏。换言之，我们所期待的不仅是针对"新诗"的诗律学，甚至也是一种"新的"诗律学。

关于本书的篇章结构，笔者在此也略作解释。用"重探和重估"开篇，是因为任何理论上的创新，不可能是从一片空白中陡然出现的，而更多是建立在对现有理论体系的充分认识、吸收与彻底反思的基础之上。尤其对于现代诗律学这片争论纷纭、歧见迭出的领域而言，只有充分意识到现有理论体系的瓶颈与矛盾，才能明了一个新的理论体系的任务和必要性。诗歌节奏在现代经历了"问题范式"的根本性转换，即问题面临的语境、对象以及解决问题的原则、方法都必须彻底变革——因此也遭受了深刻的困境：学界甚至连"节奏"具体指什么、新诗有没有"节奏"都没有达成起码的共识。孙大雨在五十年代说："'五四'以来每有人讲到诗歌艺术，总要提起节奏；不过节奏到底是怎么一回事，却总是依稀隐约，囫囵吞枣，或'王顾左右而言他'……不过对于'节奏'一词底涵义，可以说始终是一个闷葫芦。"[1] 对于热火朝天的诗歌形式问题争论，罗

---

[1] 孙大雨：《诗歌底格律》，《复旦学报》（人文科学）1956年第2期，第13页。

念生后来反思道:"我当时觉得各人的讨论都不接头,你说你的节奏我说我的节律……这种不接头的现象到如今依然存在。"[1] 本书中对"格律—韵律—节奏"这三个层次的区分和剖析,很大程度上也是针对诗律讨论中种种"牛头不对马嘴"的尴尬现象而建立的。当然,过去的理论论说也并非总是一些有待推翻的过时陈说,其中也不乏有价值的"闪光点",这些"闪光点"经过新的阐释与引申,完全可以变成新的理论体系的一部分,这正是"重探"的必要性所在。这种论说的脉络,过去 I. A. 瑞恰慈在其《修辞哲学》(*The Philosophy of Rhetoric*)、保罗·利科在其《活的隐喻》中都作出过杰出的示范,笔者只是步武其后罢了。

不过,值得说明的是,本书第一编不是一个对于过去相应学术史的完整梳理,书中提到的种种诗律理论并未全面地涵盖二十世纪以来关于新诗节奏的所有重要理论(这或许也是笔者需要去加深理解的课题之一),而仅仅是挑出若干较有典范性的节奏理论,以便于为新诗节奏理论的范式突破解开症结。之所以讨论陈世骧、帕斯、哈特曼等人的古典诗律学乃至西方诗律学领域的理论,首先是出于它们对本书的理论建构具有极大的启发作用,再加上它们很少被国内学界所关注,因此笔者不吝篇幅地详细介绍。其次,在笔者看来,有效的新诗节奏理论并不能只针对新诗成立,也可以在一定程度上适用于古典诗歌或者西方诗歌,至少可以与后二者具备相通之处。这是因为节奏是人类语

---

[1] 罗念生:《谈新诗》,《罗念生全集》第八卷,上海:上海人民出版社,2004年,第315页。

言认知与诗歌欣赏的基本面相,如果说一种有关新诗的节奏理论在某种意义上能够成立的话,那么它或多或少也应有助于人们观察古典诗歌的节奏,重新认识古典诗歌节奏的精微之处。这就是为什么新诗节奏理论必须坚持"比较诗学"视野的原因,实际上闻一多、郭沫若、朱光潜、王力等学者在建构其节奏理论时,也是带着古今对比、中西汇通的方法的。基于这些前例,本书尝试着把视野延伸到古典诗歌中去,看看是否能发现一些被过去的节奏理论所忽略的面相。

第二编是本书的"正论",其考量与出发点前文已经交代,不必赘述。之所以要加上第三编对若干杰出范例的个案讨论,并不是因为这些诗人在声音上的成就值得被单独讨论,除了本篇中的几位诗人,同样值得被单独讨论的还有不少——而是因为我们不希望节奏的分析与研究变成一种无差别地运用于任何诗人的普适标准,抹平了诗人与诗人之间的区别。新诗节奏研究可以而且应该契合于诗人的创作理念、风格;在某些极端的情况下,节奏研究甚至应该及时调整自身的理论假设,以便于更好地面对某些发声方式较为独特的诗人。简言之,节奏研究应该与诗歌批评、诗人研究更密切地结合起来,并成为推动对诗歌文本的新认知的一个有力的"抓手"(就像海伦·文德勒和陈世骧所示范的那样),以避免过去节奏研究那种与具体的诗歌批评脱节的倾向。

当然,由于学力与时间的局限,本书中提出的若干颇具野心的构想并未完全地实现,比如书中所期待的让诗律学研究发展为一种诗律哲学的愿景,将语法研究与节奏研究相互结合的尝试，将本书的理论体系延伸到古典诗歌领域的努力，以及对新诗的视觉形式（或书面形式）的节奏效应的分析，等等。笔者在撰写本书过程中难免有望洋兴叹之感，很多问题的探讨在最好的情况下也只能算"点到为止"。《"声"的重构：新诗节奏研究》虽然仍是一个"阶段性"的产物，但可聊以自慰的是，它也是笔者在学力与时间的局限下所能给出的最好的答案。那些意犹未尽、略有遗憾的部分只能在今后的研究中补足；如若学界同仁在相应的问题上有更精彩的见解，也是笔者所喜闻乐见的。本书的写作时间长达十年，其间笔者也分心从事过其他课题的研究，因此虽然已经对文稿通读、修订过三次，但或许还有"漏网之鱼"。如有细心的读者发现并予以指出，笔者将不胜感激。本书编辑谭天女士在近一年的策划、编校过程中，细心更正了书中的疏漏，笔者亦衷心感激。

李章斌

2024 年 11 月于南京陋室

图书在版编目(CIP)数据

"声"的重构：新诗节奏研究 / 李章斌著. — 南京：南京大学出版社，2025.1
ISBN 978-7-305-27805-1

Ⅰ.①声… Ⅱ.①李… Ⅲ.①新诗－诗歌研究－中国 Ⅳ.①I207.25

中国国家版本馆 CIP 数据核字(2024)第 089981 号

出版发行	南京大学出版社
社　　址	南京市汉口路 22 号　　邮　编　210093
书　　名	"声"的重构：新诗节奏研究
	"SHENG" DE CHONGGOU: XINSHI JIEZOU YANJIU
著　　者	李章斌
责任编辑	谭　天
照　　排	南京南琳图文制作有限公司
印　　刷	南京新世纪联盟印务有限公司
开　　本	880 mm×1230 mm　1/32 开　印张 17.125　字数 385 千
版　　次	2025 年 1 月第 1 版
印　　次	2025 年 1 月第 1 次印刷
ISBN	978-7-305-27805-1
定　　价	88.00 元

网　　址　http://www.njupco.com
官方微博　http://weibo.com/njupco
官方微信　njupress
销售热线　(025) 83594756

* 版权所有，侵权必究
* 凡购买南大版图书，如有印装质量问题，请与所购图书销售部门联系调换